Daniela Strigl
Berühmt sein ist nichts

Daniela Strigl

Berühmt sein ist nichts
Marie von Ebner-Eschenbach
Eine Biographie

Residenz Verlag

Bibliografische Information der Deutschen Nationalbibliothek
Die Deutsche Nationalbibliothek verzeichnet diese Publikation in der Deutschen Nationalbibliografie; detaillierte bibliografische Daten sind im Internet über http://dnb.dnb.de abrufbar.

www.residenzverlag.at

Umschlaggestaltung: BoutiqueBrutal.com
Umschlagbild: Marie von Ebner-Eschenbach 1867,
Heliogravure von Victor Angerer, © Wien Museum
Der Stammbaum basiert auf dem Stammbaum in der Beilage zu:
Čoupek, *Aus der Geschichte der Geschlechter Dubsky von Třebomyslic und Ebner von Eschenbach*, 27
Typografische Gestaltung, Satz: Ekke Wolf, typic.at
Lektorat: Jessica Beer
Gesamtherstellung: CPI books GmbH, Leck - Germany
ISBN 978 3 7017 3340 8

In memoriam

David Axmann

Wendelin Schmidt-Dengler

»Abgeschrieben kann das Leben nie werden, dazu ist es zu reich.«
M. v. E.-E.

Inhalt

Vorwort

»Modern sein heißt auf dem Wege sein, unmodern zu werden.«[1]

Marie von Ebner-Eschenbach ist die berühmteste österreichische und – neben Annette von Droste-Hülshoff – die berühmteste deutschsprachige Schriftstellerin des 19. Jahrhunderts. Nach wie vor bewundert werden ihre Aphorismen, nicht zuletzt dank ihrer Verbreitung im Internet: »Eine gescheite Frau hat Millionen geborener Feinde: – alle dummen Männer.« – »An Rheumatismen und an wahre Liebe glaubt man erst, wenn man davon befallen wird.« – »Jeder Mensch hat ein Brett vor dem Kopf – es kommt nur auf die Entfernung an.« – »Wer nichts weiß, muß alles glauben.« Oder, ebenso zeitlos gültig: »Der Gescheitere gibt nach! Eine traurige Wahrheit; sie begründet die Weltherrschaft der Dummheit.«[2]

Dass Ebner-Eschenbach als Figur aber heute in irgendeiner Weise *sexy* wäre, wird kaum jemand behaupten. Man verbindet mit ihr das etwas angestaubte Bild einer Matrone und einen Tugendkatalog ganz nach dem Geschmack des 19. Jahrhunderts: Güte, Mitleid, Weisheit, Mütterlichkeit, Mitmenschlichkeit, Tierliebe, Herzenswärme. Und, das schon auch, eine Reihe von klassischen Werken des Bürgerlichen Realismus, vielleicht den Roman *Das Gemeindekind*, gewiss einige Novellen, die es zu Lesebuchehren gebracht haben und je nach Geschmack als richtig schön traurig oder ein wenig rührselig gelten: *Er laßt die Hand küssen*, *Die Spitzin* und, natürlich, *Krambambuli*.

Das Schloss im mährischen Dorf Zdislawitz/Zdislavice, in dem die Schriftstellerin 1830 zur Welt kam, befindet sich heute in schlechtem Zustand und steht zum Verkauf. Der tschechische Staat, der seit geraumer Zeit Franz Kafka für die nationale Literaturgeschichte reklamiert, hat bis dato wenig Interesse an der übrigen deutschsprachigen Literatur auf seinem heutigen Territorium. Allein die tschechisch-mährische Germanistik hat sich der berühmten Landsmännin nachdrücklich angenommen.

Vor allem von Germanistinnen aus dem angelsächsischen Raum gibt es in der Literaturwissenschaft der letzten Jahrzehnte ein verstärktes Interesse daran, im Kanon des 19. Jahrhunderts nach bedeutenden Autorinnen zu suchen. Gefunden hat man neben der Droste im Grunde nur »die Ebner«. Andererseits hat sich das Muster einer kritischen Rezeption verfestigt, die der einst Gefeierten einen amodernen Hang zur Harmonisierung und ein konservatives Weltbild unterstellt, Ebner-Eschenbachs Image ist heute nicht nur das einer immer schon alten, sondern das einer altmodischen Frau. Was vor gut hundert Jahren Gegenstand der Verehrung war, ist zum Rezeptionshindernis geworden: Der »gute Mensch von Zdißlawitz«[3] (Gertrud Fussenegger) wirkt abschreckend in seiner Biederkeit.

Warum also Ebner-Eschenbach? Was könnte an der Biographie einer Frau interessant sein, die in privilegierten Verhältnissen aufwuchs und zeitlebens verblieb, eine lange, offenkundig harmonische, kinderlose Ehe führte, berühmt und geehrt wurde und nach Erreichung eines biblischen Alters verschied? Weil das Bild der Literaturgeschichte sich von der Persönlichkeit der Dichterin und vor allem von deren Texten gelöst hat, weil es höchste Zeit ist, die »andere« Ebner-Eschenbach zu entdecken.

Auf diese Frage sei aber auch eine persönliche Antwort versucht. *Krambambuli* gehörte zu meinen frühesten Leseereignissen. Ich hatte die Ausgabe auf dem Dachboden meiner Großeltern gefunden und fieberte mit der armen, zwischen zwei Herren zerrissenen Hundeseele mit, aber auch mit dem in seiner Gekränktheit wie vernagelten Revierjäger Hopp. Als der Konflikt seinen Höhepunkt erreicht hatte, brach die Geschichte ab: Die letzten Seiten, ich wusste nicht, wie viele, fehlten in meinem Buch, eine bittere Enttäuschung zunächst. Weil ich aber ahnte, dass es kein gutes Ende nehmen würde mit dem von seinem rechtmäßigen Besitzer verstoßenen Krambambuli, mied ich jede Gelegenheit, die Erzählung zu Ende zu lesen. So dachte ich mir mein eigenes, versöhnliches Ende aus: Kinder sind ja selten Anhänger einer kompromisslosen Dramaturgie.

Jahre später erst habe ich gewagt, die Lektüre des richtigen Schlusses nachzuholen, und musste feststellen: *Krambambuli* funktioniert in jedem Fall, als offenes Fragment oder mit bitterem Ende: Tränen waren da auch bei mir unvermeidbar. Die Erzählung ist mir in lebhafter Erinnerung als ein Text, der zu rühren, aufzuwühlen und zu erschüttern vermag, der eine fremde Kreatur, quasi ein anderes Tier, dem eigenen Empfinden ganz nahe rückt. Mit dieser existentiellen Qualität steht die Novelle beispielhaft für eine Literatur des echten Pathos, eine Literatur, die ihre Leser nicht kalt lässt und ihre affektive und damit kathartische Wirkung auch nach hundert Jahren noch entfaltet. Ich habe die Geschichte später noch mehrmals gelesen, bin ihr auch mit dem philologischen Besteck zu Leibe gerückt: Sie hält das aus und erweist sich als ebenso vielschichtig wie kompakt komponiert. Meine Liebe zu Ebner-Eschenbach verdankt sich aber nicht der Entdeckung des Raffinements, sondern dem unmittelbaren Eindruck. Mit Sentimentalität oder Kitsch hat dieser nichts zu tun, denn die Realität wird von der Autorin nicht zum schöneren Bild zurechtgebogen und -gelogen. Nichts wird wieder gut: Der Wilderer ist tot, der Hund ist tot, der Jäger trauert um ihn.

Der dringlichste Grund, sich mit der Biographie einer Schriftstellerin zu befassen, liegt für mich immer in der Bedeutung ihres Werkes: das der Marie von Ebner-Eschenbach hält der strengsten Prüfung stand. Es zeichnet kein geschöntes, sondern ein realistisches Bild der Gesellschaft. Wer sich darauf einlässt, betritt keine muffige Stube in altdeutscher Eiche, sondern einen Raum von klassischer Modernität: Ebner-Eschenbachs Werk enthält »die erstaunlichsten Identifikationen mit dem Dunklen und Abgründigen«, es ist »nicht nur von leidenschaftlichen Gefühlstönen, es ist auch mit beißenden Ironien durchsetzt« (Gertrud Fussenegger).[4] Und es vermag über den Abgrund der verstrichenen Zeit hinweg Leserinnen und Leser zu bewegen. Dies war auch der Grund für Ulrike Tanzer, Evelyne Polt-Heinzl und mich, die wichtigsten und aufregendsten Texte Ebner-Eschenbachs in einer neuen vierbändigen Leseausgabe dem Publikum von heute wieder zugänglich zu machen.

Abgesehen von seiner ästhetischen Qualität, erzählt ihr Werk auch die Geschichte ihrer Epoche als einer Zeit dramatischer Veränderungen. Marie von Ebner-Eschenbach hatte dieselben Lebensdaten wie Kaiser Franz Joseph: 1830 bis 1916. Wie keine andere literarische Stimme des Landes verkörpert sie das Franzisco-josephinische Zeitalter. Sie erlebte als junge Frau die Revolution von 1848 und die neoabsolutistische Gegenbewegung; sie erlebte den Krieg gegen Preußen, die kollektive Schmach von Königgrätz und die Reform der Donaumonarchie im Zuge des österreichisch-ungarischen Ausgleichs; die

Schleifung der Wiener Basteien und den Ringstraßenbauboom; die Blüte des Liberalismus und den Börsenkrach; den immer vehementer werdenden Streit der Nationalitäten, die antisemitische Stimmungsmache im Wien des Bürgermeisters Lueger; und zuletzt noch den Ersten Weltkrieg. Erspart blieb ihr der Zusammenbruch der Monarchie, den sie freilich vorausahnte.

Marie Baronin von Ebner-Eschenbach, geborene Baronesse Dubsky (ihr Vater wurde später in den Grafenstand erhoben), war eine Zerrissene zwischen den Epochen, den politischen und den literarischen Strömungen: Sie sympathisierte mit der bürgerlichen Revolution und war erschrocken über ihre Brutalität, sie wünschte sich konstitutionelle Reformen und hielt an der Monarchie fest, sie kritisierte den Adel scharf und glaubte an seine noble Bestimmung. Sie schrieb sozialkritische Texte und stand bei den Führern der Sozialdemokratie in hohem Ansehen, doch mit dem Sozialismus wollte sie nichts zu tun haben. Sie war nicht fromm, aber religiös und dachte antiklerikal. Sie unterstützte die Kämpferinnen für die Frauenemanzipation, doch sie bekannte sich nicht öffentlich zu ihnen. Sie nahm in vielem Rücksicht auf ihre Familie, die von einem weiblichen Mitglied Zurückhaltung in politischen Fragen erwartete, aber sie trat ohne Zögern dem von Bertha von Suttner ins Leben gerufenen »Verein zur Abwehr des Antisemitismus« bei. Sie wollte der weibliche Shakespeare des 19. Jahrhunderts werden und reüssierte als Erzählerin. Sie, die Aristokratin, galt und gilt als die Hauptvertreterin des Bürgerlichen Realismus und wagte sich doch in so mancher Schilderung von Elend und Ungerechtigkeit auf naturalistisches Terrain.

Mit der Kritik hatte Ebner-Eschenbach lange Zeit schlechte Erfahrungen gemacht, den Registrierzwang der Germanistik verachtete sie. In ihrer Parabel *Die Ausgestoßene* mokiert die Dichterin sich über das »Taxierungsbureau« der Literaturwissenschaft, das einem Gewürzladen gleicht: »Die Wände desselben waren bis zur Decke mit Schränken verkleidet, und jeder Schrank hatte Abteilungen und Unterabteilungen, und diese wieder hatten Fächer und Fächerchen, Laden und Lädchen, und bis zur kleinsten waren alle etiquettiert und numeriert.«[5] Partout kein Fach findet sich da für die frisch gelieferten lebenden Dichter – hier beklagt sich eine »Unregistrierbare« quasi durch die Gewürzblume darüber, dass »gerade das Einzigartige ihres Wesens« (Victor Klemperer) dem wissenschaftlichen Etikettendenken zum Opfer fällt.[6]

So wie Marie Ebners Romane und Erzählungen sich, gegen den ersten Anschein, bei der Lektüre als subversiv, mitunter auch explosiv erweisen, so kommt bei näherer Betrachtung hinter dem Habitus der braven Ehefrau und ehrwürdigen Respektsperson ein Charakter zum Vorschein, der seine Brüche und Schattenseiten hat und keineswegs aus einem Guss ist. Aus Ebner-Eschenbachs weitgehend erhaltenen Tagebüchern und Briefen spricht weder Seelenruhe noch Ergebung: In dem lebenslangen Konflikt mit ihrem Ehemann und ihren beiden Brüdern gibt Marie Ebner nicht klein bei: Sie hat sich das Dichten in den Kopf gesetzt und hält mit bewundernswerter Ausdauer daran fest. Für sie ist es alles andere als ein adeliger Zeitvertreib: »Ich brauche freilich nicht zu schreiben um essen zu können aber ich brauche zu schreiben um *leben* zu können.«[7]

So sehr sie eine damals allgemein von (erst recht von jungen) Frauen geforderte Bescheidenheit zur Schau trug und ihre Leistungen auch wirklich selbstkritisch beurteilte, so glühend und ernst war doch ihr künstlerischer Ehrgeiz. Mit vierzehn Jahren schrieb Marie Dubsky ihrer Erzieherin, sie sei entschlossen, »entweder nicht zu leben oder die größte Schriftstellerin aller Völker und Zeiten zu werden«.[8] Ihre gesellschaftliche Rolle spielte sie mustergültig, obwohl sie unter der Zeitverschwendung pflichtschuldig absolvierter Visiten und leerer Konversationen litt. Über die Menschen in ihrer Umgebung dachte und schrieb sie nicht nur liebevoll, sondern auch mit Ironie, Witz und einiger Bosheit. Nicht zuletzt diese Gabe der prägnanten Charakterisierung machte Ebner-Eschenbach zur berühmtesten deutschsprachigen Aphoristikerin ihrer Zeit, auch da eine Klassikerin zu Lebzeiten. Ihrem Scharfblick entging kaum eine menschliche Schwäche, mit sich selbst ging sie aber nicht weniger unnachsichtig ins Gericht.

Wie konnte Marie von Ebner-Eschenbach angesichts dieser ausgeprägten Ambivalenz zur Ikone, zur literarischen Heiligenfigur werden? Sie selbst war daran nicht unschuldig, sie malte in ihren letzten Jahrzehnten durchaus mit am Bild der altersweisen, gütigen, bescheidenen, über jeden moralischen Zweifel erhabenen Dichterin – wobei Bild auch wörtlich zu verstehen ist: Durch die Auflage von

Korrespondenzkarten mit ihrem Altersbild hat sie dazu beigetragen, dass das »altfrauliche und entsexualisierte Image« der Marie von Ebner-Eschenbach sich verfestigte.[9] In ihren autobiographischen Schriften verlieh sie ihrem Konterfei abgeklärte Züge, allein Maries literarisches Jugendbildnis *Meine Kinderjahre* durfte ein wenig aus dem ordentlichen Rahmen fallen.

Aber Marie Ebner griff auch auf andere Weise in die Vorbereitung ihres Nachruhms ein: Im Alter von siebzig Jahren begann sie Auszüge aus ihren Tagebüchern anzufertigen, in denen sie das Berichtete nicht nur verknappte und ergänzte, sondern auch entschärfte. Ihrem ersten Biographen Anton Bettelheim, der zu ihrem siebzigsten Geburtstag bereits eine Biographie vorgelegt hatte, stellte sie diese dezent frisierten Tagebücher für ein umfassenderes Werk zur Verfügung, das 1920 postum erschien.

Bemerkenswert ist außerdem, dass Marie Ebners frühe Tagebücher überhaupt verschollen sind. Zudem sucht man unter den vielen erhaltenen Briefbeständen sowohl im Nachlass Ebner-Eschenbach in der Wienbibliothek im Rathaus als auch im Familiennachlass Dubsky-Kinsky im Mährischen Landesarchiv Brünn (MZA) gerade jene vergeblich, von denen Aufschlüsse über Persönliches und Intimes zu erwarten wären: Die Briefe der jungen Marie an ihre Vertraute Marie Kittl sind verschollen – kaum vorstellbar, dass die ihr herzlich Zugetane sie nicht sorgfältig aufbewahrt haben sollte; aus dem reichhaltigen Briefwechsel mit Ehemann Moriz existieren nur noch wenige Stücke; Marie Ebners Briefe an Ida von Fleischl, die engste Freundin über mehr als drei Jahrzehnte, sind ebenso verschollen wie fast alle Gegenbriefe; auch die Korrespondenz mit einer ihrer ältesten und besten Freundinnen, Henriette »Jetty« von Tunkler, existiert nicht mehr, und hier führt die Spur zu ihr selbst zurück: Im Tagebuch vermerkt Ebner-Eschenbach 1890 erschüttert Jettys plötzlichen Tod in Prag – und einen Monat später, dass sie ihre eigenen Briefe von der Tochter der Verstorbenen zurückerhalten habe. Das ist wohl nur über Ebner-Eschenbachs ausdrücklichen Wunsch denkbar. »Briefe von geliebten Menschen verbrennt man gleich oder nie«, heißt es in einem ihrer Aphorismen. Demnach muss sie wohl etliche gleich verbrannt haben.[10]

Vor diesem Hintergrund ist der vor einigen Jahren entdeckte und soeben publizierte Briefwechsel zwischen Marie Ebner und ihrer langjährigen guten Freundin Josephine Baronin von Knorr von großer Bedeutung: Er gewährt wichtige Aufschlüsse vor allem über die Jugendzeit der Dichterin, aus der keine Tagebücher erhalten sind, und die Entstehung ihrer ersten Werke, über die sie sich in der Korrespondenz mit der ebenfalls dichtenden »Sephine« Knorr rege austauschte.[11] Hier äußert Ebner-Eschenbach sich offensichtlich ungeschützt und ohne mit einer etwaigen Öffentlichkeit zu spekulieren.

Von Interpreten um ihre Lebensdaten gefragt, pflegte sie zu sagen: »Ich habe nichts erlebt!« Der Kritiker Moritz Necker schloss daraus: »Sie hat das Leben aller jener Hausfrauen geführt, deren Stolz es ist, von sich nicht reden zu machen.« Insbesondere Anton Bettelheim schrieb den Ebner-Eschenbach-Mythos im Geiste seiner Urheberin fort und fest. Dabei folgte er strikt dem von ihr aufgestellten Gebot der Diskretion, sowohl in den früheren *Biographischen Blättern* als auch im späteren Band mit dem programmatischen Titel *Marie von Ebner-Eschenbachs Wirken und Vermächtnis*, in dem er ausführlich aus den redigierten Tagebüchern zitiert und die Selbstzensur der Autorin mit dem Persönlichkeitsschutz betroffener Personen rechtfertigt. Aus dem zeitlosen Problem der »autorisierten« Biographie ergeben sich Rücksichten, die dem wissenschaftlichen Objektivitätsgebot entgegenstehen können. Die mütterlich gütige Gestalt der Dichterin färbte in der Rezeption dann gleichsam auf ihr Werk ab, das einerseits als »weiblich«, also gefühlvoll-sentimental markiert war und damit als Literatur zweiter Klasse. Gelobt wurde andererseits Marie Ebners damenhafte Dezenz in der Beschreibung oder eher: Umschreibung sexueller Vorgänge. Man nahm den Gestus der Bescheidenheit, mit dem die ehrgeizige Autorin ihr durchaus »männliches« Geltungsbewusstsein bemäntelte, gewissermaßen für ihr Eigentliches. Das wiederum wurde im Zuge der Kanonisierung geglättet und in seiner Sprengkraft entschärft.[12]

Von Forscherinnen unserer Tage, insbesondere von der verdienstvollen US-amerikanischen Ebner-Eschenbach-Biographin Doris Klostermaier, wurde Bettelheim vor allem als Hagiograph kritisiert: Er habe die Dichterin schon in seinem ersten Buch als zeitgenössische »Superwoman« dargestellt, in seinem zweiten aber geradezu zur Märtyrerin stilisiert.[13]

Zumindest als eine faszinierende, weise, alte Frau wurde Marie Ebner von Zeitgenossen und Zeitgenossinnen ohne Zweifel verehrt; insbesondere jüngere Kolleginnen suchten ihre Bekanntschaft, katholisch-konservative Schriftstellerinnen wie Enrica von Handel-Mazzetti, aber auch exzentrische wie Helene von Druskowitz und Lou Andreas-Salomé, die Gefährtin Nietzsches und Rilkes und Schülerin Freuds, die durch ihr unkonventionelles Liebesleben Aufsehen erregte. Der Philosoph Fritz Mauthner hatte sie bei Ebner-Eschenbach eingeführt, und Lou Andreas-Salomé besuchte diese jedes Mal, wenn sie sich in Wien aufhielt, zuletzt 1913. In ihren Lebenserinnerungen schrieb sie:

> »Unvergeßlich bleiben mir die Stunden bei ihr – die Stille und, wie soll ich Bezeichnung dafür finden: die *Wesenhaftigkeit*, die von ihr ausging. Beinahe wirkte infolgedessen ihre äußere Erscheinung, als kauere sie sich absichtsvoll so klein in sich zusammen, als schauten ihre grauen Augen, die unendlich wissenden Augen, so tief von unten herauf, um niemandem auffällig zu machen, was da alles vor ihm saß: als bliebe das besser unverraten. *Das* was sich doch so innig-unablässig in Ton, Wort, Blick und Gebärde verriet –. Man nahm von ihr gleichsam Geheimnis und Offenbarung mit – und es bewahrte sich in dieser zusammengehaltenen Wärme heimliche Gegenwart.«[14]

Geheimnis und Offenbarung: Diese Spannweite fiel bereits zu Lebzeiten der Dichterin der Trivialisierung zum Opfer, die Bettelheim und andere Lobredner ihr angedeihen ließen. Mit deutlich größerer Distanz hat Mechtild Alkemade 1935 Marie Ebners Leben und Werk nach dem psychologischen Modell Charlotte Bühlers vermessen und die Fähigkeit der Schriftstellerin hervorgehoben, Rückschläge in ihrer Lebensplanung – das Scheitern als Dramatikerin, ihre Kinderlosigkeit – nicht nur hinzunehmen, sondern ihre Ziele mit Willenskraft und Lebensmut gleichsam umzustecken. Ihr sozusagen spät auf Touren kommender Lebenslauf ist, mit Bühler gesehen, typisch für Politiker, Journalisten und Gelehrte, nicht jedoch für Künstler. Alkemade erklärt Ebner-Eschenbach zwar nicht zur Heiligen, legt aber großen Wert darauf, deren späte Annäherung an den Katholizismus als Rückkehr in den Schoß der Kirche gebührend zu gewichten.[15]

So ist auch die vorliegende Lebensgeschichte der Marie von Ebner-Eschenbach, die erste Biographie in deutscher Sprache seit fast hundert Jahren, zugegeben nicht interesselos: Hier soll eine Persönlichkeit in möglichst vielen ihrer Facetten gezeigt werden, auch in jenen, die sie selbst rücksichtsvoll verschleierte, die sie aber heutigen Lesern umso interessanter erscheinen lassen. Unzweifelhaft war Marie Ebner, bei allem maskulinen Zugriff, eine Frau: Ihre von Skandalen freie, kinderlose Ehe mit einem erheblich älteren Mann hat dazu beigetragen, dass Interpreten ihr einschlägige Erfahrungen und daher auch die Zuständigkeit für das Gebiet der Erotik rundweg abgesprochen haben.[16] Die von ihr selbst betriebene Stilisierung zum geschlechtslosen Wesen, zur erotisch befriedeten Ehefrau, darf nicht zuletzt angesichts des brodelnden sexuellen Untergrunds in ihrer Literatur in Frage gestellt werden. Bereits Gertrud Fussenegger hat Ebner-Eschenbachs Kreativität mit dem Eros in Beziehung gesetzt und über die Natur der Zuneigung zu ihren meist deutlich älteren Förderern spekuliert.[17]

So umstritten die Psychoanalyse als theoretischer Ansatz auch heute sein mag: zur Erhellung so manches dunklen Winkels im Seelenleben einer Zeitgenossin Sigmund Freuds bietet sie doch taugliche Mittel. Insbesondere hat der Arzt Georg Groddeck (1866–1934) ein Denkmodell entwickelt, mit dessen Hilfe sich scheinbar »unschuldige« Lebensäußerungen einer Schriftstellerin vielleicht besser verstehen lassen, die alles im Sinne der Moral ihrer Zeit als gefährlich wahrgenommene Sinnliche konsequent abgeblockt, verdrängt und erfolgreich literarisch sublimiert hat. Der nach eigener Definition »wilde Analytiker« Groddeck, dem Freud den Begriff des »Es« verdankt, begründete in den 1890er Jahren die Psychosomatik. In Anbetracht von Ebner-Eschenbachs zahlreichen, ihre Schreibarbeit früh überschattenden Krankheiten, bei denen die Ärzte keine organischen Ursachen feststellen konnten, bietet sich der psychosomatische Aspekt an. Groddecks Ansatz soll hier nicht als allein gültige Erklärung verstanden werden, sondern als möglicherweise bereichernde Facette des Gesamtbildes. Ebner-Eschenbach da und dort psychoanalytisch zu betrachten, dient nicht zuletzt dem Versuch, ihrer Desexualisierung, Verharmlosung und literarhistorischen Seligsprechung entgegenzuwirken. Bemerkenswert ist jedenfalls, dass die Dichterin Freuds Theorie völlig aus ihrem Wahrnehmungshorizont ausgeblendet hat, obwohl ihr Hausarzt Josef Breuer Freuds Förderer und Koautor der bahnbrechenden *Studien über Hysterie* (1895) war.[18]

So stand Marie von Ebner-Eschenbach als Verfechterin der Diskretion der Gilde der Biographen nicht minder skeptisch gegenüber als jener der Literaturwissenschaftler. Über diese meinte sie:

> »In einer Zeit dichterischen Unvermögens, wie die in der wir leben, blüht die Litteraturgeschichte, blähen die Litteraturhistoriker sich auf, kochen, rühren, filtrieren, brauen, u. bereiten uns wahre Festgelage. Das Material das sie verwenden, ist die Frucht ihrer Wühl- u. Minierarbeit. Sie haben verschüttete Gänge eröffnet, Moder ausgeschaufelt u. vertrocknete Knochen u. laden uns zu Tische ein. Einen dunklen Punkt entdecken an der Sonne eines Ruhms, einen Makel am Glanz eines großen Namens, ist ihnen wonnigste Erfüllung ihres edlen Berufs. Am erfolg- u. genußreichsten üben sie ihn aus, wenn sie Totenfeiern abhalten.«[19]

Ebner-Eschenbach betonte die Autonomie des künstlerischen Werks gegenüber literatursoziologischen und biographischen Gesichtspunkten. »Um das was gemacht *ist* kümmert Euch, nicht um den der's gemacht *hat*«, heißt es aus eigener leidvoller Erfahrung im Tagebuch. Und in einem Aphorismus: »Die Kritik ist von geringer Qualität, die meint, ein Kunstwerk nur dann richtig beurteilen zu können, wenn sie die Verhältnisse kennt, unter denen es entstanden ist.« Und doch hat sie ihren Freund Bettelheim zum Schreiben einer Biographie ermächtigt und ihn mit Material und Lebensdokumenten versorgt, und doch hat sie selbst in ihren Erinnerungen *Meine Kinderjahre* von den Verhältnissen erzählt, aus denen sich ihre schriftstellerische Laufbahn entwickelt hat.[20]

Der junge Peter Handke hat einmal die »Geschichte« gegen die »Tradition« gesetzt und dabei Marie Ebner als Kronzeugin aufgerufen:

> »Geschichte: das selbstverständliche Hineinwirken eines Bewußtseins von früher in meines jetzt, die Neugier, Ferdinand Kürnberger oder Marie von Ebner-Eschenbach so zu lesen, wie man in eine alte Vorstadtstraße kommt, die sich seit langem nicht geändert hat, wo man aber die Kondensstreifen der Düsenflugzeuge am Himmel sieht oder aus den Häusern am hellichten Tag die Fernseher (...) laufen hört ... Die Tradition dagegen: das Abstauben eines Museumsgegenstands durch einen stumpfsinnigen Museumsdiener.«[21]

Ebner-Eschenbach zu lesen und zu erleben und zugleich mit der alten Vorstadtstraße auch die Kondensstreifen der Flugzeuge zu sehen und den Fernsehton zu hören, das könnte das Anliegen dieses Buches sein.

Anmerkungen

1 Marie von Ebner-Eschenbach: *Aphorismen*. In: Deutsche Dichtung, Bd. 25, 1898/99, 9.

2 Marie von Ebner-Eschenbach: *Sämtliche Werke*. Bd. 1. *Erzählungen. Božena. Neue Erzählungen. Aphorismen. Die Prinzessin von Banalien. Am Ende*. Berlin: Paetel [1920], 594, 604 , 625. Darin: *Aphorismen*. Im Folgenden zitiert mit der Sigle A, der Bandzahl 1 und der Seitenzahl.
Marie von Ebner-Eschenbach: *Gesammelte Schriften*. Bd. 1. *Aphorismen. Parabeln, Märchen und Gedichte*. Berlin: Paetel 1893, 21. A, 1/582.

3 Gertrud Fussenegger: *Marie von Ebner-Eschenbach oder Der gute Mensch von Zdißlawitz*. Ein Vortrag. München: Delp'sche Verlagsbuchhandlung 1967 (= Schriftenreihe der Künstlergilde 9). Vgl. kritisch: Helmut Koopmann: *Schloß-Banalitäten. Lebenslehren aus einer halbwegs heilen Welt: Marie von Ebner-Eschenbach*. In: *Deutschsprachige Schriftstellerinnen des Fin de Siècle*. Hrsg. von Karin Tebben. Darmstadt: Wissenschaftliche Buchgesellschaft 1999, 162–180. Vgl. dagegen: Daniela Strigl: *Jenseits von Krambambuli: Die phallischen Anmaßungen der Schriftstellerin Marie von Ebner-Eschenbach*. In: Volltext 2/2015. 1, 28–31.

4 Fussenegger, *Marie von Ebner-Eschenbach*, 13.

5 Marie von Ebner-Eschenbach: *Sämtliche Werke*. Bd. 3. *Lotti, die Uhrmacherin. Miterlebtes. Margarete. Drei Novellen. Rittmeister Brand. Prinzessin Leiladin. Hirzepinzchen. Parabeln und Märchen*. Berlin: Paetel [1920], 701f. Darin: *Parabeln und Märchen*. Im Folgenden zitiert mit der Sigle P, der Bandzahl 3 und der Seitenzahl.

6 Victor Klemperer: *Marie von Ebner Eschenbach*. In: Jahrbuch der Grillparzer-Gesellschaft 19 (1910), 183–234, 185.

7 Marie von Ebner-Eschenbach: *Tagebücher II. 1871–1878. Kritische Texte und Deutungen*. Hrsg. von Karl Konrad Polheim unter Mitwirkung von Markus Jagsch, Claus Pias u. Georg Reichard. Tübingen: Niemeyer 1991, 18.10.1878, 591. Im Folgenden zitiert mit der Sigle TB 2, Datum und Seitenzahl.

8 Zit. nach: Anton Bettelheim: *Marie von Ebner-Eschenbach. Biographische Blätter*. Berlin: Paetel 1900, 25. Im Folgenden zitiert mit der Kurzform Bettelheim I und der Seitenzahl.

9 Peter C. Pfeiffer: *Marie von Ebner-Eschenbach. Tragödie, Erzählung, Heimatfilm*. Tübingen: Francke 2008, 22.

10 Vgl. Marie von Ebner-Eschenbach: *Tagebücher IV. 1890–1897. Kritische Texte und Deutungen*. Hrsg. von Karl Konrad Polheim und Norbert Gabriel unter Mitwirkung von Markus Jagsch. Tübingen: Niemeyer 1995, 29.3.1890, 17. Im Folgenden zitiert mit der Sigle TB 4, Datum und Seitenzahl.
Marie von Ebner-Eschenbach: *Sämtliche Werke*. Bd. 4. *Unsühnbar. Glaubenslos? Das Schädliche. Die Totenwacht. Alte Schule. Gedichte. Meine Erinnerungen an Grillparzer. Aus einem zeitlosen Tagebuch*. Berlin: Paetel [1920], 673. Darin: *Aus einem zeitlosen Tagebuch*. Im Folgenden zitiert mit der Sigle ZT, der Bandzahl 4 und der Seitenzahl.

11 Vgl. Marie von Ebner-Eschenbach, Josephine von Knorr: *Briefwechsel 1851–1908.* Krit. und kommentierte Ausgabe. Hrsg. von Ulrike Tanzer, Irene Fußl und Lina Maria Zangerl. In Zusammenarb. mit Gabriele Radecke. 2 Bde. Berlin: De Gruyter 2016. Die Ausgabe wurde mir von den Hg. freundlicherweise in einer noch nicht druckfertigen Version zur Verfügung gestellt, wofür ihnen mein besonderer Dank gilt.
Vgl. auch: Ulrike Tanzer: *Unbekannte Briefe Marie von Ebner-Eschenbachs und Ferdinand von Saars.* In: Julia Danielczyk, Ulrike Tanzer (Hg.): *Unerwartete Entdeckungen. Beiträge zur österreichischen Literatur des 19. Jahrhunderts.* Wien: Verlag Johann Lehner 2014 (= Quodlibet 12), 244–258. Sowie Ulrike Tanzer: *Wiederentdeckt. Die Lyrikerin Josephine von Knorr.* In: *Festschrift für Wolfgang Wiesmüller.* Mitteilungen aus dem Brenner-Archiv 30 (2011), 25–38.

12 Moritz Necker: *Marie von Ebner-Eschenbach. Ein literarisches Charakterbild.* In: Deutsche Rundschau 64 (Juli-Sep. 1890), 338–357, 339.
Vgl. Manuela Günter: *»Dank und Dank: – ich wiederhole mich immer, nicht wahr?« Zum Briefwechsel zwischen Marie von Ebner-Eschenbach und Julius Rodenberg.* In: *Briefkultur im 19. Jahrhundert.* Hrsg. von Rainer Baasner. Tübingen: Max Niemeyer Verlag 1999, 55–72.

13 Doris M. Klostermaier: *Anton Bettelheim. Creator of the Ebner-Eschenbach Myth.* In: Modern Austrian Literature 29 (1996), 15–43, 23.
Vgl. auch Daniela Strigl: *Der Biograph als Testamentsvollstrecker. Anton Bettelheim erfindet Marie von Ebner-Eschenbach.* In: Stephan Kurz, Michael Rohrwasser, Daniela Strigl (Hg.): *Der Dichter und sein Germanist. In Memoriam Wendelin Schmidt-Dengler.* Wien: new academic press 2012 (= Zur neueren Literatur Österreichs 26), 112–130.

14 Lou Andreas-Salomé: *Lebensrückblick. Grundriß einiger Lebenserinnerungen.* Aus dem Nachlass herausgegeben von Ernst Pfeiffer. Zürich: Max Niehans und Wiesbaden: Insel 1951, 66.

15 Vgl. Mechtild Alkemade: *Die Lebens- und Weltanschauung der Freifrau Marie von Ebner-Eschenbach. Mit sechs Tafelbeilagen und dem Briefwechsel Heyse und Ebner-Eschenbach.* Graz, Würzburg: Wächter-Verlag 1935, 15ff., 28, 30, 33, 249ff. Alkemade bezieht sich auf Charlotte Bühler: *Der menschliche Lebenslauf als psychologisches Problem* (1933).

16 Vgl. Gudrun Brokoph-Mauch: *»Die Frauen haben nichts als die Liebe«. Variationen zum Thema Liebe in den Erzählungen der Marie von Ebner-Eschenbach.* In: Joseph P. Strelka: *Des Mitleids tiefe Liebesfähigkeit. Zum Werk der Marie von Ebner-Eschenbach.* Bern: Peter Lang 1997 (= New Yorker Beiträge zur österreichischen Literaturgeschichte 7), 57–76, 57f.

17 Vgl. Fussenegger, Marie von Ebner-Eschenbach, 21.

18 Vgl. Gerhard Danzer: *Der wilde Analytiker. Georg Groddeck und die Entdeckung der Psychosomatik.* München: Kösel 1992.

19 Zit.: nach: Ulrike Tanzer: *Frauenbilder im Werk Marie von Ebner-Eschenbachs.* Stuttgart: Heinz 1997 (= Stuttgarter Arbeiten zur Germanistik 344), 75.

20 Ebner-Eschenbach, *Tagebücher I. 1862–1869. Kritische Texte und Deutungen.* Hrsg. von Karl Konrad Polheim unter Mitwirkung von Rainer Baasner. Tübingen: Niemeyer 1989, 3.11.1867, 211. Im Folgenden zitiert mit der Sigle TB 1, Datum und Seitenzahl.
A, 1/615. Vgl. auch Doris M. Klostermaier: *Marie von Ebner-Eschenbach. The Victory of a Tenacious Will.* Riverside: Ariadne 1997 (= Studies in Austrian Literature, Culture, and Thought), VIII.

21 Peter Handke: *Das Ende des Flanierens.* Frankfurt/Main: Suhrkamp 1980, 19.

Prolog

Am Ziel

»Am Ziele deiner Wünsche wirst du jedenfalls
eins vermissen: dein Wandern zum Ziel.«[1]

Am 25. Mai 1899, 10 Uhr, empfängt Kaiser Franz Joseph I. Marie Baronin von Ebner-Eschenbach in Audienz: »Es ist sehr liebenswürdig daß sie sich zu mir bemühen«, sagt er zu seiner Besucherin. Zur Feier seines fünfzigjährigen Thronjubiläums im vergangenen Dezember hat er – »eine herrliche Überraschung« – die Zuerkennung des höchsten Ordens für Künstler an sie verkünden lassen. Die Dichterin verbrachte den Winter gerade in Rom, als ein Telegramm ihrer Brüder, der Grafen Adolph und Victor Dubsky, einlangte: »Ehrenzeichen für Kunst und Wissenschaft erfüllt deine Lieben mit unendlicher Freude«. Paketweise trafen aus Wien Glückwunschschreiben ein, darunter vom Bürgermeister und vom Hoftheater-Intendanten.[2]

Nun gilt es, dem Kaiser »meinen unterthänigsten Dank« abzustatten, aber der lässt sie gar nicht aussprechen: »Sie haben es längst verdient. Sie haben sich durch Ihre Leistungen einen so ausgezeichneten Namen gemacht.« Und er fügt hinzu, sie sei die zweite Frau, der er das Ehrenzeichen »Pro litteris et artibus« verliehen habe: »Außer Ihnen besitzt es nur noch die Königin v. Rumänien.« Die Erwähnung von Carmen Sylva, der dichtenden Königin, kommentiert Marie von Ebner-Eschenbach in ihrem Tagebuch nicht, sie scheint auch keineswegs aus dem Häuschen wegen ihres Rendezvous mit dem Monarchen, sie notiert über den Gleichaltrigen: »Der Kaiser hat immer seine schöne schlanke Gestalt, kam mir zwar gealtert vor, aber sehr gut aussehend, u. wie freundlich sieht er einen an, welche Güte spricht aus seinen Augen!«[3]

Bei ihrer Begegnung stehen die beiden prominenten Landsleute kurz vor ihrem siebzigsten Geburtstag und trotz allen Unterschieden haben sie noch etwas gemein: Auf Franz Josephs Schultern lastet nicht nur die Bürde eines in sich zerfallenden, vom Nationalitätenstreit gezeichneten Reiches, sein Regierungsjubiläum war auch von der Ermordung seiner Gemahlin Elisabeth im September 1898 durch einen Anarchisten überschattet. Auch Ebner-Eschenbach war frisch verwitwet: Im Jänner desselben Jahres war ihr Mann Moriz gestorben, den sie 1848, im Jahr von Franz Josephs Thronbesteigung, geheiratet hatte. In ihrer Laufbahn als Schriftstellerin aber war sie mit dieser Auszeichnung endgültig am Ziel angelangt: Nach Jahrzehnten der Kämpfe und Rückschläge auf dem Theater, der innerfamiliären und öffentlichen Missbilligung, nach späten Erfolgen auf dem Gebiet der Prosa bedeutete der kaiserliche Orden die gültige Anerkennung ihres künstlerischen Weges.

Nun geht es Schlag auf Schlag. Aus Anlass ihres runden Geburtstags erhält Marie von Ebner-Eschenbach 1900 als erste Frau das Ehrendoktorat der Universität Wien. Ihr Promotor, der Germanistik-Ordinarius Jakob Minor, nennt die Ausgezeichnete mit feiner Differenzierung »unstreitig heute die erste deutsche Schriftstellerin, nicht bloß in Österreich, sondern auch in Deutschland (…). Sie ist aber auch, ganz abgesehen von dem Geschlechtsunterschied, einer der ersten deutschen Schriftsteller und heute jedenfalls der bedeutendste deutsche Schriftsteller in Österreich.«[4] Schriftsteller zu sein, das war die Königsklasse, damit kam ihr nicht nur der Vorrang unter allen schreibenden Frauen, sondern auch unter den männlichen Kollegen zu.

In der Tat erreicht Ebner-Eschenbachs Ruhm, der sich erst spät, um ihren fünfzigsten Geburtstag, eingestellt hat, nun seinen Gipfel. In einer die deutschen Lande umspannenden Unternehmung, der sogenannten »Ebner-Feier«, findet eine Aufführung dreier ihrer Einakter im Burgtheater statt, »die Frauen Wiens« richten eine Grußadresse mit 10 000 Unterschriften an die Jubilarin, und es wird eine silberne Ebner-Medaille geprägt, die der deutsche Literaturnobelpreisträger Paul Heyse mit einem Huldigungsgedicht begleitet. Die Baronin von Ebner-Eschenbach ist nunmehr eine Starautorin, sie versendet hunderte Autogrammkarten und vorgedruckte Dankbilletts. An der Schwelle des neuen Jahrhunderts, als die nächste Generation der »Modernen« wie Bahr, Schnitzler oder Hofmannsthal zu reüssieren beginnt, ist sie die regierende Fürstin der Literatur.

Sie galt mit ihren Romanen, Erzählungen und Aphorismen nicht nur als die führende Prosaautorin ihrer Zeit, sondern auch als moralische Autorität. Berühmte Kolleginnen und Kollegen, von Louise von François bis Peter Rosegger, standen mit ihr in Korrespondenz, Nachwuchstalente suchten ihre Bekanntschaft und Protektion. Unzählige literarische Gesellschaften, Tierschutzvereine, karitative Komitees und Frauen-Vereinigungen buhlten um ihre Unterstützung, und sie bemühte sich, ihrer Rolle gerecht zu werden.

In der Parabel *Am Ziel* erzählt Ebner-Eschenbach von einem reichen Mann, der am Ende seines Lebens – »Wie klein, wie eitel!«[5] – die Aufzeichnungen seiner lebenslang geheim gehaltenen Wohltätigkeit verbrennt und auf den Nachruhm pfeift. Das tat Marie Ebner nicht. Jedoch war ihr die Willkürlichkeit und Zufälligkeit des Ruhms bewusst. Ihr Weg zur allgemeinen Anerkennung, ja Verehrung war ein harter und dornenreicher gewesen, und dass er ans Ziel oder genauer: an dieses Ziel führen würde, war nicht vorhersehbar gewesen. Weder von ihr selbst noch von ihrer Umgebung.

Die Zielstrebigkeit, das respekteinflößende Bewusstsein, zu Höherem berufen zu sein, war jedoch sehr früh da gewesen: »Ich war ein junges Mädchen, beinahe noch ein Kind, meine traumhaften Ansichten, meine Sympathien und Antipathien wechselten wie Aprilwetter; aber eines stand immer klar und felsenfest in mir: die Überzeugung, daß ich nicht über die Erde schreiten werde, ohne ihr eine wenigstens leise Spur meiner Schritte eingeprägt zu haben.«[6]

Anmerkungen

1 A, 1/626.

2 Marie von Ebner-Eschenbach: *Tagebücher V. 1898–1905. Kritische Texte und Deutungen.* Hrsg. von Karl Konrad Polheim und Norbert Gabriel. Tübingen: Niemeyer 1996, 25.5.1899, 146; 2.12.1898, 72; vgl. 13.12.1898, 75f. Im Folgenden zitiert mit der Sigle TB 5, Datum und Seitenzahl.

3 Ebd., 25.5.1899, 146.

4 Zit. nach: Bettelheim I, 245.

5 P, 3/670.

6 ZT, 4/648.

I. Kapitel

Das Waldfräulein

1830–1848

»Mehr noch als nach dem Glück unserer Jugend
sehnen wir uns im Alter nach den Wünschen
unserer Jugend zurück.«[1]

An ihre Mutter hatte Marie von Ebner-Eschenbach keine Erinnerung: Diese starb neunzehn Tage nach Maries Geburt, vermutlich an einem Schlaganfall. Dabei war die Entbindung im Schloss des mährischen Dorfes Zdislawitz (Zdislavice), »dießmal leicht und glücklich« gewesen, wie sich Maries Cousin Moriz, damals ein fünfzehnjähriger Schüler, später erinnert. Ein Mädchen wurde am 13. September 1830 geboren und noch am selben Tag nach seiner Mutter Marie getauft, Maria Josepha Johanna Nep. (für Nepomuk), um genau zu sein. »Das Wochenbett verlief in vollkommener Regelmäßigkeit«, und als der Schüler am Ende der Ferien im Alkoven-Zimmer Abschied nimmt, sind alle guter Dinge: »In ihrem Körbchen lag dort die kleine Neugeborene neben dem Bette ihrer Mutter. Wie freuten wir uns über beider Wohlergehen (…).« Doch kaum nach Wien zurückgekehrt, erfährt Moriz vom Tod seiner Tante Marie: »Scheinbar in vollem Wohlbefinden, scherzend noch mit ihrem Manne, sank sie plötzlich vom Schlage gerührt darnieder und war mit 29 Jahren eine Leiche.«[2]

Die kleine Marie verlebte ihre ersten Wochen und Monate in einem Haus der Trauer. Ihr Vater war untröstlich, wollte sich erschießen und hätte das auch getan, hätte nicht ein zufällig eintretender Verwandter ihm die Pistole entrissen. »Aus allen meinen Himmeln geworfen«, bedauert er wenig später in einem Brief an seine Schwester, nicht anstelle seiner Frau gestorben zu sein, »da für meine armen

Kinder der Verlust des Vaters gegen jenen einer solchen Mutter, wie meine Marie war«, leichter zu verwinden gewesen wäre.[3] Die (Stief-) Mutter der Verstorbenen übernimmt die Obhut über die Neugeborene und die vierzehn Monate ältere Tochter Friederike. Das Wiedersehen mit der Familie in deren Wiener Winterquartier empfindet Cousin Moriz als überaus traurig, nicht minder die folgenden Sommerferien auf Schloss Zdislawitz ohne die Schlossherrin, ihm scheinen die kleinen Halbwaisen für alle »mehr eine Sorge als eine Freude«.[4] Bei der Geburt war Marie schwächlich gewesen. »Mit unsäglicher Mühe aufgezogen«, heißt es über ihr literarisches Alter Ego, »erholte sich das kleine Mädchen allmählich und wurde nach und nach, wenn auch nicht so schön und blühend, doch so kräftig wie ihre ältere Schwester.«[5]

Maries Vater, Franz Freiherr Dubsky von Třebomyslic, Jahrgang 1784, war kein junger Mann mehr, er hatte bei seiner Eheschließung mit Maries Mutter bereits eine kurze – kinderlose – Ehe hinter sich: Seine erste Frau Konradine von Sorgenthal, Tochter des berühmten Direktors der Augarten-Porzellanmanufaktur Konrad Freiherr Soergel von Sorgenthal, war ebenfalls früh gestorben. Sie brachte das sogenannte Drei-Raben-Haus in der Wiener Rotenturmstraße in die Ehe. Auch Maries Mutter, eine geborene Freiin von Vockel, siebzehn Jahre jünger als ihr Mann, entstammte einer reichen Familie, zu deren Besitz die Herrschaft Zdislawitz gehörte. Als Witwer und Universal-Erbe zweier vermögender Frauen war der ehemals mittellose pensionierte Offizier nun zu Reichtum gelangt. Das Gut war vor allem durch seine Schafzucht ertragreich, zum Vockel'schen Erbe gehörten auch zwei große Häuser in der mährischen Landeshauptstadt Brünn und ein Barvermögen von geschätzten 276 000 Gulden – umgerechnet rund 4,8 Millionen Euro.[6]

Marie Baronin Dubsky, geboren 1801, wurde in seltener Einhelligkeit von allen geschätzt, ja verehrt, lange über ihren Tod hinaus. Sie selbst hatte ihre Mutter im Kindbett verloren und war von einer liebevollen Stiefmutter aufgezogen worden – jener »Großmutter Vockel«, die sich nun der verwaisten Mädchen annahm. Ihr Vater, Friedrich Baron von Vockel, Abkömmling eines sächsischen Geschlechts, hatte die Herrschaft Zdislawitz von seinem Schwiegervater Baron Kaschnitz gekauft, der den exzellenten Ruf der dort gezüchteten Schafe begründet hatte. Aufgewachsen in Wien und erzogen im

Theresianum, der von Kaiserin Maria Theresia gestifteten Akademie, wandte Baron Vockel sich mit Hingabe der Landwirtschaft zu und baute das väterliche Gut seiner Braut zu einem Schafzucht-Musterbetrieb aus. Er stockte die Herde von 350 auf 1600 Stück auf, verbesserte die Ackerbaumethoden nach neuesten wissenschaftlichen Erkenntnissen, ließ neue Wirtschaftsgebäude errichten und sorgte für mehr Komfort in den Gemächern des Schlosses.

Als Muster eines aufgeklärten Adeligen und josephinischen Reformers ging Friedrich von Vockel in das Familiengedächtnis ein. Nach dem Tod seiner Frau widmete er sich mit besonderer Zärtlichkeit seiner kleinen Tochter Marie, er ließ ihr eine Erziehung zukommen, deren Breite und Gründlichkeit die damals Mädchen gezogenen Grenzen deutlich überschritten. Nicht nur, wie üblich, Musik, Zeichnen, Tanz und Kenntnisse in Religion, Französisch und Literatur wurden der Baronesse vermittelt, sie erhielt auch Unterricht in den Naturwissenschaften. Ihr Vater gab sein Wissen über die Führung eines landwirtschaftlichen Betriebs an sie weiter und förderte so die Anhänglichkeit seiner Tochter an ihren künftigen Besitz. »Unsere Mutter«, so Marie von Ebner-Eschenbach, »sagte ›Sie‹ zu ihrem Vater. Er war ihr geistiger Führer, ihr alleiniger Lehrer. Von ihrer Hand beschriebene Hefte (...) geben Zeugnis von dem Ernst und der Gründlichkeit der Studien, die er sie treiben ließ.«[7]

Seine Enkelinnen sollte Großvater Vockel nicht mehr kennenlernen, er starb 1829 an einem Lungenleiden, im Geburtsjahr Friederikes, die ihren Namen ihm zu Ehren erhielt. Friedrich von Vockels Tochter, die ihn nur um ein Jahr überleben sollte, erschien der Familie als sein Ebenbild in Charakter, Stil und Weltanschauung. Unter ihren zahlreichen Freiern aus besten Häusern kam 1827 der verwitwete Baron Franz Dubsky zum Zug, der dem aufgeklärten Modernismus seines Schwiegervaters fernstand, seine junge Frau aber anbetete und mit ihr trotz aller Wesensverschiedenheit harmonierte. Ihr Neffe Moriz nennt sie eine »unübertreffliche Vorsteherin des Hauses«, er attestiert ihr »Verstand« und »gereiftes Wissen«, »Genauigkeit und Ordnungsliebe«.[8] Er erinnert sich »der Freude, mit der ich ihrem durchgeistigten Clavierspiel, ihrem reizenden Gesang zuhörte, und der köstlichen Abende, an denen sie mir Erzählungen und Märchen vorlas«.[9]

Insbesondere in und um Zdislawitz waren sich die Hausleute, die Beamten, Bauern, Arbeiter und Gärtner, einig in Marie Dubskys Lob, ja, sie genoss geradezu den Ruf einer Heiligen. Bei ihrem Begräbnis schlugen sich die Dörfler buchstäblich um die Ehre, ihren Sarg tragen zu dürfen. Für Friederike und Marie war ihre Mutter insofern eine Engelsgestalt, als man ihnen erzählte, die Verstorbene würde als »ein zweiter Schutzengel« über sie wachen; das »Bewußtsein ihrer Nähe« tröstete die kleine Marie und erfüllte sie mit einer »geheimnisvollen Glückseligkeit«. Dabei mussten die Kinder sich die Lichtgestalt ihrer Mutter nicht als unsichtbares Geistwesen vorstellen: Im Wiener Schlafzimmer von Großmutter Vockel hing ein Portrait Marie Dubskys von Karl Agricola. Täglich sahen die Mädchen das »liebliche Gesicht«, die braunen Augen, »aufmerksam und klug, und aus ihnen leuchtet das milde Licht eines Geistes so klar wie tief«.[10]

Der unglückliche Witwer Baron Dubsky entstammte einem böhmischen Geschlecht, das sich nach seinem Stammsitz, der Burg Dub (tschechisch »Eiche«) bei Třebomyslic, benannte und dessen Spur sich bis ins Jahr 1406 zurückverfolgen lässt, in dem ein Wilhelm Dubsky als erster ritterlicher Burggraf der Königsburg Karlstein verbürgt ist.[11] In ihrer Erzählung *Die Freiherren von Gemperlein* resümiert Ebner-Eschenbach die Geschichte derer von Gemperlein und meint wohl eigentlich die Dubskys, wenn sie sie als »ein edles und uraltes« Geschlecht bezeichnet; »seine Geschicke sind auf das Innigste mit denen seines Vaterlandes verflochten. Es hat mehrmals glorreich geblüht, es ist mehrmals in Unglück und Armut verfallen.« Schuld daran waren die streitbaren Mitglieder des Hauses, dessen Generationen divergierende politische Überzeugungen lebten. Während die einen ihren Herrschern bis zum letzten Blutstropfen dienten, »machten sich die andern zu Vorkämpfern der Revolte und starben als Helden für ihre Sache«. So wurden die »loyalen Gemperlein« zum Lohn »für ihre energischen Dienste zu Ehren und Würden erhoben und mit ansehnlichen Ländereien belehnt, die aufrührerischen zur Strafe für ihre nicht minder energische Widersetzlichkeit in Acht und Bann getan und ihrer Güter verlustig erklärt. So kam es, daß sich dieses alte Geschlecht« keines ebenso alten Stammsitzes erfreute.[12]

Die mährische Linie der Familie Dubsky büßte nach der Schlacht am Weißen Berg auf Befehl von Kaiser Ferdinand II. sämtliche Güter ein. Die im Laufe der Zeit wiederum erwirtschaftete Herrschaft Biskupitz bei Znaim verkauften die Brüder Johann Karl und

Maximilian 1761 und starben gänzlich verarmt in Wiener Spitälern. Die fünf Söhne des ersten wurden zu Pflegschaftsfällen, Franz, der älteste – Marie von Ebner-Eschenbachs Großonkel – erhielt durch die Fürsorge eines Brünner Pfarrers eine gute Ausbildung, er renommierte außerdem als hervorragender Geiger, Tänzer, Schütze und Reiter und stieg im Staatsdienst bis zum kaiserlichen Rat und zum Landrechts-Präsidenten von Mähren und Schlesien auf: 1810 wurde er in den Grafenstand erhoben und begründete auf Schloss Lissitz (Lysice), das er durch Heirat erworben hatte, den »Lissitzer Zweig« der Familie. Aber auch sein Bruder Johann, Maries Großvater, arbeitete sich aus tiefster Armut empor, besuchte die von Maria Theresia gegründete Orientalische Akademie in Wien, trat in den diplomatischen Dienst ein und diente an der sogenannten Militärgrenze im Südosten der Monarchie als Dolmetscher des Feldmarschalls Graf Laudon. Im Feldlager übersetzte und kommentierte Johann Dubsky Kadi Omar Effendis türkische *Geschichte des Krieges in Bosnien 1737–1739*, das Buch erschien 1786. Am Beginn einer glänzenden Karriere stehend, starb Johann in Peterwardein mit 36 Jahren an einer Gehirnentzündung. Seine Witwe musste von ihrer kümmerlichen Pension eine Tochter, Helene, und drei Söhne, Joseph, Fritz und Franz, durchbringen. Der Familienüberlieferung zufolge war die Familie so arm, dass Mutter und Tochter die Wohnung nur sonntags zum Kirchgang verließen, weil sie sich keine standesgemäße Kleidung leisten konnten.[13]

So war Marie Ebners Vater Franz einmal mehr ein Dubsky, der mit leeren Händen ins Leben gehen musste. Wie seine älteren Brüder absolvierte er die Theresianische Akademie in Wien, wie seine Brüder diente er in der österreichischen Armee, wie sie nahm er teil an den Napoleonischen Kriegen, die er, im Gegensatz zu ihnen, allerdings überlebte: Joseph fiel 1813 in der Nähe von Dresden, Friedrich im Jahr darauf bei Parma. Marie von Ebner-Eschenbach beschreibt in *Meine Kinderjahre* ein »Aquarellbildchen« auf dem Schreibtisch ihres Vaters, das drei »hübsche Offiziere in Uniform« darstellte, junge Hauptleute allesamt, den Vater und seine beiden Brüder, die »vor dem Feinde geblieben« waren: »›Vor dem Feinde geblieben.‹ Ich hörte das sagen und fragte mich, was es bedeuten sollte. Es schien etwas Trauriges und Schönes zu sein. Papa sprach es immer in sehr ernstem und sehr stolzem Tone aus.«[14]

Franz Dubsky kämpfte in der Völkerschlacht von Leipzig und marschierte mit der siegreichen Armee in Frankreich ein. Als er bei Cléry an der Loire schwer verwundet auf dem Schlachtfeld liegen bleibt, fällt er in die Hände von Plünderern, die es auf seine Uhr abgesehen haben. »Je n'ai pas de montre«, sagt der Verwundete, »ich habe keine Uhr.« Das rettet ihm das Leben – weil er Französisch spricht, wird er von den Räubern verschont.[15] Franz Dubsky gerät in französische Gefangenschaft. Seinen Kindern erzählte er später von dem kleinen alten Herrn, der ihn in Troyes, auf dem Transport in die Normandie, neben anderen Blessierten auf einem Leiterwagen erblickt und dem Frierenden seinen ärmlichen blauen Mantel geschenkt hatte.[16] Überhaupt war dem österreichischen Offizier die Frankophilie trotz Krieg, Tod der Brüder und Gefangenschaft nicht ausgetrieben worden. Ja, dem Kaiser selbst hatte er zu danken, der zu Pferd in seinem Hauptquartier den Zug der Gefangenen in Augenschein nahm, mit einigen sprach und ihnen Geldgeschenke machte. Der österreichische Hauptmann erhielt von Napoleon 300 Francs zugesprochen, von denen er in Caen zehrte, wo er als Internierter bei einem alten Ehepaar untergebracht war und langsam wieder zu Kräften kam. Von der Zwiebelsuppe der Hausfrau pflegte er noch Jahrzehnte später zu schwärmen, wie überhaupt von der Freundlichkeit der Franzosen. Dass von der Grande Nation abfällig gesprochen wurde, duldete Franz Dubsky grundsätzlich nicht. Seine Haltung entsprach, wie seine Tochter resümierte, dem Brauch der Zeit: »man schoß den Feind tot, aber man verleumdete ihn nicht.«[17]

Nach dem Sieg der antinapoleonischen Koalition und der Einnahme von Paris kam Baron Dubsky 1816 frei, ging zurück nach Wien und quittierte, noch nicht völlig genesen, den Dienst im Rang eines Majors. Als kaiserlich-königlicher Kämmerer hatte er ein ehrenvolles Hofamt inne und war unter anderem mit der Abwicklung von kaiserlichen Audienzen befasst. Zunächst fand Franz Dubsky Aufnahme im Haushalt seiner Schwester Helene, die in den Feldzügen gegen Napoleon nicht nur ihre Brüder, sondern auch ihren Verlobten verloren hatte: Hauptmann Nikolaus von Ebner-Eschenbach war 1809 in der Schlacht von Aspern gefallen. An seine Stelle trat – sein Vater: Noch vor Ablauf einer schicklichen Jahresfrist hielt der 67-jährige Feldmarschall-Leutnant und Ritter des Maria Theresien-Ordens Wenzel Freiherr von Ebner-Eschenbach um die Hand der fast vierzig

Jahre jüngeren Braut seines verstorbenen Sohnes an und wurde 1810 erhört.[18] 1815 wurde den beiden ein Sohn, Moriz, geboren.

Als sein viel älterer Schwager 1820 starb, ging Franz Dubsky mit seiner Schwester und dem kleinen Moriz nach Lissitz, nördlich von Brünn. Auf dem Gut lebte der gräfliche Zweig der Familie. Moriz wurde dort gemeinsam mit Franz' viel jüngerem Cousin Emanuel erzogen. Und als Major Dubsky 1825 durch seine Heirat mit der Tochter und Erbin des Porzellanindustriellen Konrad von Sorgenthal in Besitz des stattlichen »Drei-Raben-Hauses« in der Wiener Innenstadt kam, fanden seine Schwester Helene und sein Neffe dort jeweils über den Winter Quartier.

In kürzester Zeit, 1826 und 1830, war der jugendliche Veteran zweimal zum Witwer geworden. Trotz seiner maßlosen Trauer um seine zweite Gemahlin Marie heiratete Franz Dubsky bald ein drittes Mal, eine »jüngere und schönere Frau«, Eugénie Freiin von Bartenstein: »Wenn der Himmel mir mein Haus niederreißt, muß ich es mir wieder aufbauen.«[19] 1833 schenkte Eugénie ihrem Mann den ersten Sohn und künftigen Erben Adolph, ein Jahr darauf kam sein Bruder Victor zur Welt, wieder ein Jahr darauf die kleine Sophie. Die Rollenverteilung im Hause Dubsky war für die heranwachsende Marie klar: »Maman Eugénie« war die »liebreichste und gütigste Stiefmutter«, die die beiden älteren Mädchen nicht anders behandelte als ihre eigenen Kinder. Ihr zur Seite stand die von Friederike und Marie geliebte Großmutter Vockel, die durch das Testament ihrer Tochter zum Gast im eigenen Haus, vielmehr: Schloss, geworden war und befürchtet hatte, mit der neuen Herrin würde ein neues Regiment einziehen und ihre Enkelinnen würden nichts mehr zählen. Der »milden mütterlichen und großmütterlichen Herrschaft« stand als Antipode der strenge Vater gegenüber. Nur von außen betrachtet war das Verhältnis zwischen den Kindern und dem Patriarchen ein modernisiertes: »Wir standen mit unserem Vater auf dem Duzfuße; er war aber ungefähr von der Sorte, auf dem sich das russische Bäuerlein mit dem Väterchen in Petersburg befindet. Von einer Seite ein unbeschränktes Machtgefühl, von der anderen Unterwürfigkeit.« Kindsein im Biedermeier, ob in feudalen oder in plebejischen Häusern, bedeutete Leibeigenschaft.[20]

»Subordination« war, was Franz Dubsky von klein auf gewohnt

war, was er als Offizier von seinen Leuten verlangte. »Gehorsam! Wie ferner Donner rollte das r am Schluß der zweiten Silbe, wenn er dieses Wort befehlend aussprach.« Die militärische Haltung, innerlich wie äußerlich, bewahrte Marie Ebners Vater bis ins hohe Alter. Trocken, aber dabei nicht ohne Sympathie, fällt die Charakterisierung durch die Tochter aus:

> »Mit einem großen Vorrat an positivem Wissen hat er sich nicht beladen und lebte in dieser Beziehung sozusagen von der Hand in den Mund. Doch litt er dabei keinen Mangel. Sein guter, klarer Verstand, sein Schönheitssinn, seine Schlagfertigkeit und Beobachtungsgabe ließen ihn nie im Stiche. Er verzichtete gern auf vieles, das sich erlernen läßt, weil er reich war an vielem, das sich nicht erlernen läßt.«[21]

Wie viele adelige Gutsbesitzer pflegte die Familie Dubsky die Winter in Wien zu verbringen und im Vorfrühling aufs Land zu ziehen, wo man bis in den Spätherbst hinein blieb. Die Reise nach Zdislawitz mit der Postkutsche dauerte in Marie Dubskys Kindheit eineinhalb, bei schlechtem Wetter zwei Tage, die Kinder genossen sie freilich als Abenteuer und »befugte« Freizeit und sorgten dafür, dass in den bereitgestellten Koffern schon Tage vor der Abfahrt zuallererst ihre Schulbücher verschwanden. Sie freuten sich auf die Fahrt über Land und durch die Dörfer, auf die »schmetternden Fanfaren« des Postillons (der fürs Posthornblasen ein Extra-Trinkgeld bekam), auf das Übernachten im Gasthof und natürlich auf die Ankunft im Schloss. Das Stück von der letzten Poststation bis Zdislawitz fuhr man mit drei vierspännigen Reisewagen, es war ein nobler Auftritt. Im Schlosshof drängten sich Dorf-Honoratioren, Gutsbeamte und Bedienstete zum Empfang der Herrschaft: »war das ein Willkommrufen und ein Händeschütteln und ein Versichern, man hätte die Stunde, die uns wiederbringen sollte, kaum erwarten können!«[22]

Zdislawitz (auch Zdisslawitz oder Zdißlawitz geschrieben), auf einer Anhöhe nahe der Bischofsstadt Kremsier (Kroměříž) gelegen, war für Marie von Ebner-Eschenbach nicht einfach die Stätte ihrer Geburt und ihrer Kindheit – es blieb vielmehr ihr Leben lang Sehnsuchtsort und Refugium, geheimnisvoller Kraftquell und Ankerplatz ihrer Identität. Die Besonderheit des heimatlichen Bodens lag für sie gerade in dessen Mangel an Besonderem:

»Ringsum dehnte sich das fruchtbare, wohlgepflegte Land. Da war jedes Fleckchen ausgenützt, jeder Wegrain mit Obstbäumen bepflanzt. Schwerlich hätte ein Maler sich hier seine ›Motive‹ geholt; die charakterlosen Hügel in der Nähe, die grüne Bergesreihe, die den Horizont mit einer fast geraden Linie abschloß, konnten auf Schönheit keinen Anspruch machen, aber herzerfreuend wie die Großmut, wie die Dankbarkeit, war der Anblick des tausendfachen Segens, mit dem dieser Boden die Sorgfalt lohnte, die ihm zu teil wurde von Menschenhand.«[23]

Wie hier in ihrem Roman *Božena* hat die Erzählerin ihr Zdislawitz unter vielen Namen und in mannigfaltiger Gestalt portraitiert. In *Die Freiherren von Gemperlein* heißt es Wlastowitz: »Kein überzärtlicher Vater hat jemals den Namen seiner einzigen Tochter in schmelzenderem Tone ausgesprochen, als sie den Namen Wlastowitz auszusprechen pflegten. Wlastowitz war ihnen der Inbegriff alles Guten und Schönen. Für Wlastowitz war ihnen kein Opfer zu groß, kein Lob erschöpfend.«[24]

In Zdislawitz fungierte Maries verstorbene Mutter als eine Art Schutzmantelmadonna für die Bewohner von Dorf und Schloss, für ihre Kinder war sie eine Projektionsfigur des schlechthin Guten: Dass Zdislawitz durch sie, nicht durch den Vater in die Familie gekommen war, trug zu der postumen Verklärung bei. Umgekehrt verstärkte die anhängliche Liebe, die die einfachen Leute für die Mutter hegten, Maries Bindung an ihren Geburtsort. »Ein alter Gehilfe«, erinnert sich ihre Tochter, »nannte ihren Namen nie, ohne das Mützlein zu ziehen: ›Das war eine Frau, Ihre Mutter! … Gott hab sie selig.‹«[25]

Marie von Vockels Vater, der 1829 verstorbene, seinen Enkelinnen unbekannte Großvater, war wohl der Vater, den die kleine Marie sich gewünscht hätte: liebevoll, zärtlich und ein Erzieher, der auch die Bildung von Mädchen ernst nahm. Franz Dubsky hingegen war nicht nur wenig gebildet, er befasste sich auch kaum mit der Erziehung seiner kleinen Töchter und wenn, dann hatte sein sporadisch aufflammendes Interesse unangenehme Folgen, weil es ihm am Fundament einer gefestigten Beziehung mangelte. Die bestand vor allem zwischen den Kindern und den weiblichen Dienstboten wie der Kinderfrau Josefa »Pepi« Navratil und Maries Amme Anischa, die wiederum den Hausherrn als oberste Instanz ihrer Erziehungsgewalt installierten: »Wartet nur, ich sag's dem Papa, und dann werdet ihr sehen!« Pepi geleitete die Mädchen zweimal täglich zum Guten-Morgen- und zum Gute-Nacht-Sagen vom Seitenflügel durch den langen Gang zur väterlichen Wohnung am anderen Ende der Hauptfront. Die Besuche der Töchter hatten den Charakter einer Audienz, ihr Ablauf war ritualisiert, der Handkuss zur Begrüßung, die Fragen des Vaters – »Seid's brav?« – und die Entlassung in Gnaden, manchmal auch das Stillstehen und Warten, bis der Vater Zeit für sie hatte. Denn wie der allergnädigste Monarch – damals noch Franz I. – saß auch der Schloss- und Gutsherr, wenn er seine Untertanen empfing, an seinem Schreibtisch, las Akten, unterschrieb Briefe und prüfte Wirtschaftsbücher.[26]

Zwischen den beiden Mädchen und ihrem Vater lag nicht allein die Distanz einer Zimmerflucht. »Zum Schaden unseres Verhältnisses zu ihm« pflegte der Major a. D. bewusst den Ruf einer kalten Autorität: »Nicht geliebt will ich sein, sondern gefürchtet!«, sagte er, wenn er sich über seine Kinder ärgerte. Während die Buben sich davon nicht nachhaltig einschüchtern ließen, zitterten die Mädchen vor seinem nur allzu leicht erregbaren Zorn: »Ein Zornesausbruch unseres im Grund der Seele so guten Vaters schloß jeden Gedanken an Widerstand aus.« Oft geschah das aus nichtigem Anlass. »Da wurden seine blauen Augen starr und hatten den harten Glanz des Stahls, seine kraftvolle Stimme erhob sich dräuend«, und Friederike, genannt Fritzi, und Marie wären am liebsten in den Boden versunken, auch wenn sie gar nichts angestellt hatten.[27]

Wie jeder Despot übte der Baron nicht nur Terror, sondern auch Großmut, die freilich ebenso Ausdruck seiner Willkür war. Als die kleine Fritzi einmal beim Ballspielen eine Fensterscheibe zerschoss und heulend außer sich geriet aus Verzweiflung und Angst vor dem Papa, sodass sie gar nicht wieder zu beruhigen war, da kam, zu Hilfe gerufen von der Großmutter, der Fürchterliche höchstselbst, nahm die Schluchzende in seine Arme, tröstete sie, versicherte sie seiner Liebe, und als das alles nur Linderung ihrer Schmerzen, aber noch keine Heilung brachte, ergriff er den Ball und schoss ihn eigenhändig durch das benachbarte Doppelfenster.[28]

In ihrer Erinnerung war Marie Dubsky als Kind ein »fröhliches Geschöpf«, aber auch ein »sehr wildes und unbändiges«.[29] Ihre »große« Schwester hingegen galt als Muster an Bravheit und Fleiß, ein ewig unerreichbares Vorbild, das immer alles schon konnte, was die Jüngere erst erlernen musste. Der »erste Schmerz« in Maries Leben hatte mit einer doppelten Anforderung zu tun: Sie sollte mit fünf Jahren stricken und lesen lernen. Besonders das Stricken erschien dem Mädchen schrecklich.

> »Ich wehrte mich heftig und lange, doch wurde mein Widerstand endlich besiegt. Der Abscheu, den ich vor der Strickkunst empfand, endete mit der Herstellung von Strumpfbändern für meine geliebte Mama. Sie waren das Mißratenste, was je auf diesem Gebiete geleistet worden, aber die größten Meisterwerke hätten nicht freudiger empfangen werden können, als das scheußliche Paar. Mit welcher Zärtlichkeit schloß mich Mama in ihre Arme und wischte mir die Thränen ab, die ich vergoß, indem ich ihr das Zeichen meiner Unterwerfung in den Schoß legte.«[30]

Als ältere Frau findet Marie Ebner es »unerklärlich«, warum ihr gerade die Einweisung in die »weiblichen Handarbeiten« als eine »Schmach« erschienen war. Die Unterwerfung unter die von den Eltern erhobene Lernanforderung bedeutete das Einverständnis mit einem ambivalenten Initiationswissen: Das Lesen erscheint vor dem Hintergrund des zeitgenössischen weiblichen Bildungskonzepts für – bürgerliche und adelige – Frauen als eine potentiell emanzipatorische Kulturtechnik, mit deren Hilfe sich ein Ausschnitt der grundsätzlich abgegrenzten Männerwelt erschließen ließ. Die »Strickkunst« hingegen ist Bestandteil und Zeichen typisch weiblicher häuslicher Beschäftigungen: ein Handwerk zwar, aber ein geschlechtlich definiertes, Kunst des Dienens, des Sitzfleisches, der Langeweile. Die Großmutter, Muster der stillen Schicksalsergebenheit, pflegte zu stricken. Die kleine Marie empfindet beides als Schmerz, das Lesen- und das Stricken-Müssen, doch nur das Letztere reizt sie zu offenem Widerstand. Dass er gebrochen wird und es keine Alternative zur »Unterwerfung« gibt, unterstreicht die symbolische Bedeutung dieses Akts der Zähmung. Maries Niederlage ist wiederum mit einem ambivalenten Gefühl verbunden, das sich, zumindest rückblickend, rationalisieren lässt: »Ich war glücklich und traurig, denn ein dumpfes Gefühl sagte mir, daß es nun vorbei sei mit meiner ungebundenen Freiheit und die Zeit gekommen, in der auch ich arbeiten und lernen mußte.«[31]

Der innere Widerstand gegen die erste Stufe auf dem Weg zum Erwachsenwerden mag auch der wahre Grund für Maries rätselhafte Lernschwierigkeiten gewesen sein. Ihre Lehrer verstehen nicht, wie man so schlecht lernen kann, wenn man so leicht lernt. Sie selbst erklärt sich dies mit den vielfältigen Ablenkungen auf dem Land, der Sonne, den Vögeln, der Natur, den draußen spielenden Brüdern. Zunächst war da aber ihr ausgeprägter Unwille, lesen zu lernen, ein Manko, das sogar ihrem fernen Vater auffiel und in der Folge zu einer zweiten Urszene ihrer Kindheit führte.

Unterricht im Lesen und Schreiben erhalten die Mädchen vom Verwalter des Gutes, Herrn Volteneck, einem überaus sanftmütigen, ständig Tabak schnupfenden Mann, dessen »Leibfarben« Braun und Gelb waren, dessen »Seelenfarbe« aber nur »das zarteste Apfelblütenrosa gewesen sein« kann. Selbst ein Kalligraph von Graden und Meister mannigfacher Schriften, benotet er Fritzis Leistungen fast durchwegs mit »Ausgezeichnet«, wogegen Marie sich kaum je ein »Sehr gut« verdient: »Meine Schwester konnte schon geläufig lesen, während ich noch die Kunst des Buchstabierens nicht völlig innehatte.«[32]

Als sich der Vater bei Tisch, wie meistens, beiläufig nach den Fortschritten seiner Töchter erkundigt, gibt er sich eines Tages plötzlich nicht mehr mit der Auskunft der Mutter zufrieden, dass Fritzi sehr fleißig sei und Marie es wohl auch werden würde. Die Tischszene wird zum Tribunal: Der Richter sitzt am Kopfende des Tisches zur Linken von Maman Eugénie, die den Vorsitz führt, zu ihrer Rechten sitzt Großmutter Vockel, die sich in Erziehungsdebatten der Eltern prinzipiell nicht einmischt. »Dann war ein langer Zwischenraum an dem großen, ovalen Tische, und dann kamen wir zwei, meine Schwester und ich.« Dass seine jüngere Tochter nach einem Frühling und Sommer des Lernens noch immer nicht lesen kann, ist Baron Dubsky nicht gewillt hinzunehmen. Der Urteilsspruch bestellt Marie für die Früh des nächsten Tages ins väterliche Arbeitszimmer – allein.

Die rundum einschüchternde Übung kann nicht gelingen. Das Mädchen zittert vor Angst, der Vater unterstellt ihm ein schlechtes Gewissen. Er, der kein Vertrauen mehr hat in die Unterrichtsmethode des nachsichtigen Verwalters, hat lauter exakt gleiche viereckige Blätter zugeschnitten und auf jedes etwas gemalt: »Ein gut gekanntes und gut gehaßtes Zeichen – einen Buchstaben.« Marie weiß nicht, wie man die »Familie« der Buchstaben nennt, ja, sie weiß auf die Fragen des Vaters bald gar nichts mehr zu antworten. In den »Reihen der schnurgerade aufmarschierten Kärtchen« ereignet sich eine Verwirrung: »sie wanden sich wie Schlangen, sie tanzten, bildeten Gruppen, stoben davon nach allen Richtungen.« Unmöglich, auch nur einen Buchstaben zu erraten. »Die Qual dauerte lang. Mein armer Papa, der Selbstbeherrschung doch so ungewohnt, nahm sich zusammen, wiederholte die selbe Frage mehrmals, ohne die Stimme allzusehr zu erheben. Die meine aber wird wohl zuletzt gar keinen Laut mehr gehabt haben.« Die Prüfung endet mit einem Rausschmiss, und ehe das davoneilende Kind noch das Vorzimmer durchquert hat, kommt der Vater ihm nach, schiebt es aus der Tür und streut »mit einem raschen Wurf das ganze Alphabet über mich« aus.[33]

Das ist eine aggressive Handlung von schillernder Bedeutungsvielfalt: eine triumphal wegwerfende Geste des Patriarchen einerseits, der die Schriftlichkeit gegen die Mündlichkeit des matriarchalen Haushalts (Stiefmutter, Großmutter, Kinderfrau, Amme) hochhält, dabei aber doch nicht reüssiert: trotz generalstabsmäßiger Vorbereitung entsteht ein »semiotisches Chaos« (Konstanze Fliedl).[34] Bedenkt man, dass hier eine Schriftstellerin von ihren ersten, leibhaftigen Erfahrungen mit der Schrift erzählt, erscheint die väterliche Handlung aber auch in einem anderen Licht: als, wenn auch brachiale, Weitergabe der Autorschaft, als *Autorisierung* durch den Vater, der die Verweigerung der Annahme durch die Tochter als »Schande« bezeichnet. Die vom Geist der schwarzen Pädagogik erfüllte »Unterrichtsstunde bei Papa« war nämlich nur kurzfristig erfolglos, sie trug »wunderbar rasch gute Früchte«: Bald darauf »war es mir plötzlich mit Leichtigkeit gelungen« zu lesen.[35]

Die Lektion und den Eklat, mit dem diese endet, hat die Fünfjährige gleichwohl als Trauma erlebt, in ihrem Resümee versucht die Fünfundsiebzigjährige das abzumildern und bleibt doch zwiespältig: »Dieser Buchstabensprühregen, den mein Vater mir damals nachschickte, ist die einzige ›Gewalttat‹ gewesen, die ich je durch ihn erfuhr. Seine Hand hat mich nie unsanft berührt, er hat seine Stimme nie laut gegen mich erhoben, dieser fürchterliche, liebe, gute Papa.« Die tiefenpsychologische Symbolik des »Buchstabensprühregens« drängt sich geradezu auf: Feuchtigkeit und Regen stehen für Befruchtung – nicht nur im geistigen Sinn. Freudianisch gedeutet symbolisiert das Schreiben den Geschlechtsakt: Die Feder steht für das männliche Glied, das Papier für die Frau, die Tinte für den Samen, der sich im heftigen Auf und Ab der Feder auf das Papier ergießt. Das schreibende Mädchen an sich maßt sich eine Macht an, die ihm nicht zusteht.[36]

Eine andere Begebenheit, die Franz Dubskys fatale Neigung zu impulsiven Erziehungsmaßnahmen belegt, schildert Marie Ebner in ihrer Erzählung *Die erste Beichte*. Sich selbst zeichnet sie unter dem Decknamen Clary als das Sorgenkind von Pater Joseph, des Pfarrers im Nachbardorf, der sich als Religionslehrer der Grafenkinder bemüht, über die »Wunderlichkeiten und Schrullen« des Mädchens hinwegzusehen. Denn »für diese Kleine gab es keine Mittelstraße; immer bewegte sie sich in dem oder jenem Äußersten. Tolle Lustigkeit oder tiefe Schwermut, stumpfe Gleichgültigkeit oder ein förmliches Sichauflösen in Liebe, Nichtbegreifen des Einfachsten und überraschendes Verständnis des Schwerfaßlichen«, die Stimmungen und Zustände wechselten oft und blieben unberechenbar. Als Clary sieben ist, befiehlt der Vater, die Kinder hätten ihre erste Beichte zu absolvieren – von den vorsichtig vorgebrachten Bedenken Pater Josephs, der die Jüngere noch nicht für reif hält, lässt er sich nicht umstimmen. Und tatsächlich: Diese will das vorgeschriebene Beichtgebet nicht sprechen, weil sie sich nicht verpflichten will, »lieber zu sterben, als Gott wieder durch eine Sünde zu beleidigen«. Pater Joseph aber sagt, sie müsse aufhören zu grübeln und gehorsam sein. Also bittet Clary/Marie am Vorabend der ersten Beichte alle ihre Lieben, vom Vater bis zum Hund Faßan, um Verzeihung. Die Absolution in der Schlosskapelle versetzt die Kleine in inbrünstige Andacht. Nach der feierlichen Handlung ist sie plötzlich verschwunden. Pater Joseph findet sie im Turmzimmer auf dem Boden liegend, die Stirn blutig geschlagen, das Fenster offen, ein Sessel umgestürzt. Das Fensterkreuz hat den Sturz Clarys in die Tiefe verhindert. »Wort halten« hat sie wollen – »lieber sterben als noch eine Sünde begehen.« Der entsetzte Pater behält das Geheimnis nicht für sich, er weiht den Vater ein, und der geht schließlich in sich.[37]

In Marie Ebners Autobiographie ihrer Kindheit wird das Ereignis ein Jahr später angesetzt; und es ist nicht vom Zwang zu einem unhaltbaren Schwur die Rede, sondern von der verlockenden Vorstellung, den »Glanz meiner Seelenschönheit« nachhaltig zu bewahren: »Ach – wer sterben könnte, gleich nachdem er sündenfrei geworden ist!« Der Fenstersprung wird als erlösende Tat imaginiert, obwohl das Schloss nur über ein Stockwerk verfügt. Nach dem missglückten Sprung halb bewusstlos, wird Marie von Pater Borek, dem realen Pfarrer des benachbarten Hoschtitz (Hoštice), aufgelesen, der ihr traurig und gütig klarmacht, dass sie drauf und dran gewesen sei, eine viel größere Sünde zu begehen als die gebeichteten, und seine Finger auf ihre Stirnbeule legt: »Da hat Ihr Schutzengel ›Merk's Tölpel‹ draufgeschrieben.«[38]

Heftige Gewissensbisse bereitet der kleinen Marie auch ein Gelöbnis, das sie ihrem Lehrer in der Stadt geleistet hat. Dieser führt einen Feldzug gegen die neumodischen Stahlfedern und schwört auf die Vorzüge des Gänsekiels als des einzig tauglichen Instruments für die Zwecke der Kalligraphie: »wer mit Eisen schreibt, kriegt eine Hand von Eisen.« Die Schülerin sollte geloben, niemals mit einer Stahlfeder zu schreiben, und tat dies freudig, doch sie brach ihren Schwur schon im Jahr darauf, als der Lehrer verstorben war und nur noch modernes Schreibgerät ins Haus kam.[39]

Auf die leicht erregbare Phantasie des hitzigen Kindes, seinen krankhaften Wahrheitskult, sein hypersensibles Gewissen war in der Familie zuvor nicht wirklich geachtet worden. Gewiss nicht vom Vater, vielleicht von der Großmutter, doch sie, über deren Lippen nie eine Klage kam, wollte auch nicht hören, wenn jemand anderer klagte: »Alles geht vorüber, alles wird gut«, war einer ihrer Sprüche, »Nur gescheit!« ein anderer, der bald als Trost, bald als Tadel, als Aufmunterung oder als Warnung eingesetzt wurde.[40] Klein, zart, mit einem »etwas zu großen Kopf«, klassischen Zügen, großen, dunklen, traurigen Augen, eine Altersschönheit, doch schmallippig, war Großmutter Vockel das Urbild der »vereinsamte[n], stolze[n], schweigsame[n] Frau«, die, vom Schicksal geschlagen und von den Menschen enttäuscht, zur Resignation neigte. Die Mädchen erlebten sie als stille Verbündete und Trösterin, aber, im Unterschied zu ihrer Stiefmutter Eugénie, nicht als Anwältin ihrer Anliegen.

Eugénie war der gute Geist des Hauses und wenn sie krank war, hing der Schlosssegen schief. Eine lebensbedrohliche Krankheit war die Cholera, die 1836 in Zdislawitz viele Todesopfer forderte und auch vor dem Schloss nicht Halt machte. Die Mutter und der zweijährige Viktor waren erkrankt, das Kind schien nicht mehr zu retten. Pater Borek stand ringsum ebenso selbstlos und unermüdlich im Einsatz wie der jüdische Arzt Dr. Engel. Im Hof des Schlosses wurde ein Suppenausschank für die Dorfbewohner eingerichtet, und da man über die Erreger und ihre Rolle bei der Ansteckung noch nichts wusste, durften auch die Kinder den Schöpflöffel führen. Bei dieser Gelegenheit wurde ihnen eines schönen Sommertages ein lange entbehrter Anblick angekündigt, und am Fenster im ersten Stock zeigten sich nach Wochen erstmals Mutter und Sohn, ein Jammerbild der Kleine, noch gelb im Gesicht. Unter den Geschwistern brach Jubel aus, der Vater umarmte den Arzt, ihm sollten seine Kinder danken: »Der heißt nicht nur Engel, der ist ein Engel.«[41]

Bereits im Jahr darauf erkrankt die Stiefmutter in Wien wieder schwer, nachdem sie ein Kind geboren hat, das gerade lange genug lebt, um die Nottaufe zu erhalten, weder sein Geschlecht noch sein Name ist überliefert. Nach wochenlanger Bettlägerigkeit erlaubt der Arzt ihr auszufahren, und von allen Geschwistern darf nur Marie sie begleiten, deren Seligkeit über diese Auszeichnung bald Bedrückung weicht: Durch nichts ist die Genesende im frühlingshaften Park von Schloss Belvedere aufzuheitern. Kaum heimgekehrt, erleidet Maman Eugénie einen Rückfall, wieder ist sie ans Bett gefesselt, Vaters Schwester Helene pflegt sie, die Großmütter Vockel und Bartenstein, Eugénies stets optimistische Mutter, statten Besuche ab, Fritzi und Marie warten im angrenzenden Speisezimmer auf ihre Chance. Als die Kranke die Jüngere zu sich ruft, ist alles ganz anders als erhofft. Die Stiefmutter, bereits vom Tod gezeichnet, phantasiert von einer Lüge, deren Marie sich schuldig gemacht habe – ausgerechnet die kleine Wahrheitsfanatikerin und eine Lüge! Obwohl von Tante Helene auf die Verwirrung der Sterbenden vorbereitet, ist das Mädchen zutiefst getroffen, umso mehr, als die stets so gütige Stiefmutter Marie für die nicht begangene Unehrlichkeit keine Verzeihung gewährt und sie aus dem Zimmer weist. So wird diese letzte Begegnung für das Kind zur lebenslangen Wunde: »Ich bin damals im siebenten Jahr gewesen und bin heute im fünfundsiebzigsten. Wenn aber die Erinnerung an jene Stunde lebhaft vor mir aufsteigt, erwacht noch ein Reflex der Qual, die damals mein Kinderherz zerriß.«[42]

Bald nach der schrecklichen Szene stirbt die vielgeliebte Stiefmutter, die dem dunkel getönten Märchenklischee so gar nicht entsprach. Am Abend des Todestages spielen die Mädchen »ganz vergnügt«, und das Merkwürdige daran fällt Marie auf: »warum sind wir denn nicht traurig?« Das, meint Fritzi, würden sie schon sein, »wenn erst die schwarzen Kleider kommen«. Kleine Kinder trauern freilich anders, doch Marie ist bereits in einem Alter, in dem ihr der Unterschied zu den Erwachsenen auffällt. So gefasst, still und hoheitsvoll Eugénies Mutter Baronin Bartenstein trauert, so bewegt zeigt sich der zum dritten Mal verwitwete Gatte – »seine Stimme versagte, als er mit uns sprechen wollte, und er weinte mit seinen Kindern wie ein Kind«.[43]

Das imposante Bild des Schlossherrn und Patriarchen wird davon nicht beeinträchtigt. Baron Dubsky ist und bleibt die personifizierte Macht, auf die sich alles Geschehen im Haus bezieht. Seine Tochter Marie konzediert ihm »in hohem Grade die männliche Tugend der Gerechtigkeit. Eigensinn kannte er nicht.«[44] Hatte er, »hingerissen von seinem leidenschaftlichen Temperament«, eine ungerechte Strafe verhängt, machte er sie wieder gut. Er, der selbsternannte »Ritter der Wahrheit«, war ein glühender Verächter der Lüge und der Feigheit. »Was andere in Schrecken versetzt, löste bei ihm eine Wallung des Zornes aus.« Seine Kinder waren Augenzeugen, als der Baron einem wildgewordenen Ochsen, der Treiber und Gutsbeamte in die Flucht geschlagen hatte, mit seinem Spazierstock in den Weg trat und drohend »Na – du!« rief, was das Tier tatsächlich zur Räson brachte.

Ängstlichkeit sah Franz Dubsky nicht einmal weiblichen Wesen nach, und dass Marie sich mit solcher Verve bemühte, als Draufgängerin zu gelten, hatte wohl auch mit ihrem Wunsch zu tun, dem Vater zu gefallen. Das begann schon, als die Geschichten des »Erzählertalent[s]« Anischa, ihrer früheren Amme, die Umgebung der Kinder, den Brunnen, die Felder, die Eschen, mit Geistern und Elfen bevölkerten. Von der unheimlichen »hvala«, die, wie ihr Name verriet, nur aus einem scheußlichen Kopf bestand und Tiere und Menschen mit tödlichem Biss anfiel, durfte Anischa nur Marie erzählen, »weil ich so couragiert war«. Dass sie der Sache auf den Grund gehen will und sich wünscht, dass »die hvala einmal mir nachgerollt käme«, wird von der Geschichten-Erzählerin als tollkühn bewundert, was Maries Prahlerei weiter anheizt: »O ich fürchte mich nicht – ich weiß nicht, wie das ist, sich fürchten; ich hab eine große Courage!«[45]

Das väterliche Erbe der Courage und des Gerechtigkeitssinns zeigt sich bei Marie früh als soziales Engagement. Als gebürtige Zdislawitzerin fühlt sie sich mit den Einheimischen verbunden, ja solidarisch.

Wer diese tadelt, kränkt auch sie, und die Härte der Aufseher bei der Fronarbeit empfindet die Baronesse als persönlichen Übergriff. Vor allem der sogenannte Burggraf, der wirtschaftliche Verwalter des Gutes, war wegen seiner Brutalität gefürchtet und hatte sich Maries Feindschaft zugezogen:

> »Dieser Burggraf schlug einmal in meiner Gegenwart einen alten Teichgräber so heftig mit dem Stocke, daß der Mann zusammenbrach. Bei diesem Anblick ergriff mich eine sinnlose Wut; was ich unter ihrem Einfluß gethan, ist mir nicht mehr erinnerlich, ich weiß nur, daß ich schrie und tobte und daß diese Scene mit einer Beschämung für mich endete. Der Burggraf, die Arbeiter lachten mich aus, sogar der Geprügelte lachte.«[46]

Die tobende Attacke des kleinen Mädchens gegen den großen, mächtigen Mann ähnelt durchaus der Konfrontation des Vaters mit dem wilden Ochsen. Dass Marie von Ebner-Eschenbach gerade diese sozialkritische Episode in ihren zur Autobiographie erweiterten Erinnerungen weglässt, ist gewiss kein Zufall. Als gefeierte Dichterin hatte sie kein Interesse mehr, die feudalen Zustände in ihrem Vaterhaus allzu drastisch darzustellen. Damals hielt der schmähliche Ausgang ihrer Rebellion Maries »Groll gegen den Machthaber« wach, sie schmiedete einen Racheplan, nämlich »dem Burggrafen bei der nächsten Gelegenheit einen tüchtigen Puff zu geben«.[47]

Dazu kam es nicht, aber der Posten auf Seiten der Ohnmächtigen und Entrechteten war bezogen.

Wie pflegt man ein Talent?

Jahrelang, ja ihre »ganze Kindheit hindurch« hatte Marie eine merkwürdige, streng solipsistische Sicht der Welt: Allein ihr Blick, so stellte sie sich vor, zauberte Himmel und Erde vor sie hin. »Wohin aber mein Blick nicht drang, da war das Nichts, die Leere. Vor mir die Welt, hinter mir das schreckliche Nichts, grau, stumm, tot.« In dem Drang, den Kulissenzauber zu entlarven, rannte das Mädchen immer wieder quer durch den Garten, um sich am Zaun blitzschnell umzuwenden: »Aber da war schon wieder alles aufgestellt, die Gesträuche, die Bäume, die Blumenbeete und Wiesen.«[48]

Während Marie von Ebner-Eschenbach in einer früheren Kindheitserinnerung (*Schattenleben*) behauptet, das Misslingen ihrer Entlarvungsbemühungen habe sie ebenso wenig betrübt wie der Gedanke, dass alle ihr Nahestehenden nur Produkte ihrer Phantasie seien, nennt sie dieses Phänomen in *Meine Kinderjahre* »unheimlich« und »häßlich«. Dort spricht sie aber auch davon, wie sie aus der Not eine Tugend gemacht habe: Wenn die Menschen um sie nicht wirklich existieren, wenn sie sich diese nur einbildet, warum sie dann nicht gleich als gute, freundliche und nachsichtige Erwachsene erschaffen? »Ich will mir einen Papa einbilden, den ich nicht fürchte, und eine Gouvernante, die mich nicht quält.« Vom so »umgestalteten Papa«, von der verbesserten Mademoiselle Henriette gab es freilich keinerlei positive Reaktionen auf Maries neu erworbene Unbefangenheit. Was sie damals erfährt, muss sie später auch als Schriftstellerin einsehen: »Über keines der Wesen, die ihre Existenz wirklich nur unserer Einbildungskraft verdanken, haben wir unumschränkte Macht.«[49]

In ihren Erinnerungen ist Marie Ebner sich bewusst, dass dieses psychische Phänomen bei Kindern nicht selten anzutreffen ist – bei Tolstoi hat sie Ähnliches gelesen. Kindlicher Solipsismus hat mit Machtphantasien zu tun und daher mit Ohnmachtsgefühlen. Er ist Ausdruck einer tief liegenden Einsamkeit und Unsicherheit, einer Sehnsucht nach Ordnung; meist hat er den Charakter einer spielerischen Spekulation.[50] Marie Ebner gibt an, als Kind mit der Vorstellung subjektiver Welterschaffung »gespielt« zu haben, allmählich jedoch habe der »Zweifel an der Wirklichkeit« dessen, was sie umgab, sich zur »Überzeugung« entwickelt.[51]

Die tiefenpsychologische Ursache für Maries fundamentale Verunsicherung könnte man mit Georg Groddeck in ihren ersten Lebenswochen und -monaten vermuten: »Der Säugling, der von der Amme gestillt wird, ist in den Zweifel hineingestellt und wird den Zweifel nie verlieren. Seine Glaubensfähigkeit ist im Fundament erschüttert und das Wählen zwischen zwei Möglichkeiten ist für ihn schwerer als für Andere.« Der Mensch, »dessen Gefühlsleben man von Beginn an halbiert hat, den man um die volle Kraft der Leidenschaft betrügt«, findet sich demnach im Zwiespalt zwischen der Mutter, die ihn ausgetragen hat und als ihr Eigentum beansprucht, und der Frau, die ihn nährt und deren Kind er nicht ist: »Man steht vor einem Problem, das sich durch Wissen nicht lösen läßt, vor dem man fliehen muß, gegen dessen aufdringliche Frage man am besten in das Reich der Phantasie flüchtet.«[52]

Nun war die kleine Marie zwar womöglich in ihren ersten Tagen hin- und hergerissen zwischen ihrer Mutter und ihrer Amme Anischa, dem »lichte[n] Stern unserer Kinderstube und immer freundlich und gut«[53], doch die tiefere Wunde fügte ihr zweifellos der baldige Tod der Mutter zu. – Auch Leo Tolstoi, Jahrgang 1828, der von ganz ähnlichen solipsistischen Erlebnissen berichtet, verlor seine Mutter früh. Eine tiefere Verunsicherung für einen Säugling, ein Kleinkind ist kaum denkbar: Marie litt darunter, ohne leibliche Mutter aufzuwachsen, aber sie tat es sozusagen retrospektiv: »Dummes Kind, das ich war, und immer fröhlich, ohne Grund zur Fröhlichkeit … Arme, mutterlose Kindheit!« Im Rückblick hatte sie zwiespältige Gefühle: Es war eine glückliche Kindheit, und zugleich herrschte ein Mangel an Liebe: »Ist der reich, der nicht weiß, wie arm er ist, oder doppelt arm? Arm oder reich, geliebt oder ungeliebt – ich *war.*«[54]

Das Thema Mutterlosigkeit hat Marie von Ebner-Eschenbach ihr Leben lang beschäftigt, auch als Autorin: Viele ihrer Figuren sind Waisen wie das Findelkind Provi in der Novelle *Die Spitzin* oder Kinder, die durch die Macht der Umstände von ihrer Mutter getrennt aufwachsen, wie Pavel in *Das Gemeindekind* oder auch *Der Erstgeborene* in der gleichnamigen Novelle. In der kleinen Erzählung *Der Fink* bringt Ebner-Eschenbach den Komplex Verlust, Trennung und Mutterliebe metaphorisch auf den Punkt. Die Geschichte handelt von einem Mädchen, das einen aus dem Nest gefallenen Finken vor einem gefräßigen Kater beschützt, worauf der kleine Vogel sich erholt und in den nächsten Wipfel zu seiner Mutter fliegt: »Es ist gerettet vor dir, vor allen seinen Feinden, es ist bei seiner Mutter!«, ruft die Kleine dem Kater zu. Um dann zu sinnieren: »Wie einem da ist, wußte sie schon lange nicht mehr … Sie war damals so gar klein gewesen … aber herrlich muß es sein für einen Vogel – und für ein Kind.«[55]

Leo Tolstoi findet in *Meine Beichte* ein ganz ähnliches Bild für sich als »ein aus dem Neste gefallenes Vögelchen«, das im Gras piepst, um nach der Mutter zu rufen – wenngleich er dieses Bild in einen religiösen Kontext stellt. Die Idealisierung der verstorbenen Mutter (bei Tolstoi wie bei Ebner-Eschenbach), die nicht als bewusste Erinnerung, aber buchstäblich als in Öl gemalte Mutterimago weiterlebt, ist psychoanalytisch gedeutet die Kehrseite eines kindlichen Hasses, der wiederum von Schuldgefühlen genährt wird: Auch wenn Maries Mutter nicht unmittelbar an den Folgen ihrer Geburt gestorben war, so stellte die Tochter doch einen ursächlichen Zusammenhang her, überzeugt davon, dass ihr Leben »um den Preis des Lebens ihrer Mutter erkauft worden« war (*Meine Kinderjahre*). Kinder, die sich einbilden, ihre früh verstorbene Mutter ermordet zu haben, werden davon noch als Erwachsene gequält, oft ohne sich ihren Hass auf die Verursacherin des Schuldgefühls einzugestehen.[56]

Im Jahr 1840, Marie ist zehn Jahre alt, ihr Vater 56, fragt Franz Dubsky seine fünf Kinder, was sie dazu sagen würden, wenn er ihnen »eine neue Mama brächte«. Die Älteste wird rot und schweigt geziemend, Marie aber denkt an die bösen Stiefmütter aus vielen Märchen und sagt unumwunden: »Bring uns keine neue Mama; wir brauchen keine!« Die väterliche Frage war freilich eine rhetorische, schon am nächsten Tag stellt Baron Dubsky seine Verlobte der Familie vor: Xaverine Gräfin von Kolowrat-Krakowský, 32, blond, schön, rosig, füllig, ein »Bild blühender Gesundheit und selbstbewußter Kraft«.[57]

Nicht nur Marie und Fritzi, auch Großmutter Vockel und Tante Helene, die ihrem Bruder den Haushalt führte, fürchten das Regiment der neuen Herrin, die ihrerseits unter Heimweh leidet, mit der plötzlichen fünffachen Mutterschaft überfordert scheint und mit der Gloriole ihrer Vorgängerinnen hadert. Entgegen dem ersten Anschein bricht die neue Mama oft in Tränen aus, sie ist ängstlich, was ihrem Gatten missfällt, und sie kann dem »genialen Pedantismus« des eher bürgerlich ausgerichteten Haushalts Dubsky nichts abgewinnen. Dass alles wie am Schnürchen läuft und mit seinen vornehm livrierten Dienern und schönen Equipagen gediegenen Reichtum ausstrahlt, genügt der Dame aus einem der ältesten böhmischen Grafengeschlechter nicht, sie will einen Hauch von großer Welt: »Der Verwandten- und Bekanntenkreis Mamas stand auf der sozialen Leiter um eine Sprosse höher als der unsere und sollte allmählich der tonangebende werden.«[58] 1843 wurde Franz Freiherr Dubsky von Třebomyslic in den Grafenstand erhoben und damit seiner Frau zumindest formell ebenbürtig. Aus diesem Anlass stiftete er der Gemeinde Zdislawitz ein prächtiges Volksschulgebäude. In Wien wird das Leben der Dubskys noch eine Spur mondäner. Die Eltern führen ein reges gesellschaftliches Leben, besuchen Bälle, geben Soiréen, unternehmen Spazierfahrten. Die neue väterliche Würde teilt sich auch Franz Dubskys Töchtern mit: Aus den Baronessen Fritzi, Marie und Sophie sind Komtessen geworden.[59]

Trotz allen Vorbehalten und einer atmosphärisch unterkühlten ersten Begegnung gewinnen auch die älteren Mädchen die neue Stiefmutter lieb, wenn auch Maries Verhältnis zu ihr nie so innig wird wie jenes zu Maman Eugénie. Je älter das Mädchen wird, desto strenger kritisiert es Xaverine Dubskys Faible für die schöne Oberfläche, ihre Engstirnigkeit, ihren Hang zum Klatsch und später auch zur Frömmelei. Die geborene Gräfin Kolowrat ist jedoch eine kunstsinnige, musisch begabte Frau und bringt frischen Wind in das geistige Familienleben; sie singt und lässt sich von den Mädchen am Klavier begleiten, sie liest ihnen vor, zum Beispiel Anastasius Grüns Gedichtzyklus *Der letzte Ritter*, eine romantisch-vaterländische Hommage an Kaiser Maximilian, die Marie tief beeindruckt: »die Verse drangen mir in die Seele mit klingendem Spiel und tönendem Schritt (…).« Vor allem bewundern Fritzi und Marie aber die Malkünste der neuen Mama, die eine Mappe voll naiver, zauberhafter Aquarelle angelegt hat.[60]

Auch die Erziehung der Mädchen wird von der Stiefmutter in neue Bahnen gelenkt: »Vom Gediegenen hüpften wir zum Gleißenden hin.«[61] Effekt und Gefälligkeit stehen nun im Vordergrund – ein neuer Klavierlehrer studiert mit ihnen Opernpotpourris ein, die ihren Vater unterhalten sollen, sie lernen aquarellieren, der alte Tanzlehrer wird durch eine Französin à la mode ersetzt, die sich mit Inbrunst den guten Manieren widmet. Die handfest herzensgute Kinderfrau Pepi respektive Pepinka wird unter vielen Tränen in Pension geschickt, weil Gräfin Xaverine das Kind, das sie erwartet, von einer Jüngeren betreut sehen will. In einer anderen Position, der der Gouvernante, wird zur großen Freude der jungen Damen die Dienst tuende Französin gegen eine Deutschböhmin ausgetauscht, die für die nächsten Jahre Maries engste künstlerische Vertraute werden sollte: Marie Kittl.

Eigentlich kam ja in einem aristokratischen Haus für das Amt der

Gouvernante nur eine Französin in Betracht. Als Marie fünf und Fritzi sechs waren, wurde eine solche engagiert, nicht zuletzt um den Kindern, die mit ihren mährischen Betreuerinnen Tschechisch und mit den Eltern und Verwandten Deutsch sprachen, das für Adelige unerlässliche Französisch beizubringen; allein die Ankündigung der neuen Erzieherin brachte das emotionale Gefüge zwischen Dienstboten und Kindern durcheinander. Deren Gefühlshaushalt spielte sich gewissermaßen zu ebener Erde und erster Stock ab. Da gab es die gräfliche Familie, die Eltern, Tante Helene, die Großmutter, aber die engsten Bezugspersonen, mit denen die Kinder tagsüber die meiste Zeit verbrachten, waren die Kinderfrau Pepi, bei der sie auch schliefen, und die junge Anischa. Nun würden sie den Tag im Zimmer der Gouvernante absitzen müssen, mit deren Strafgericht die vorauseilend eifersüchtige Pepinka schon drohte. Als die Schwestern schließlich die lang und bang Erwartete begrüßen sollten, wehrte Marie sich tobend mit Händen und Füßen und musste über die Stiege getragen werden.[62]

Mademoiselle Hélène Hallé aber erwies sich als ganz anders: mild, ruhig, sympathisch, alle liebten sie. Der Unterricht wurde für die Mädchen zum Vergnügen, sehr bald konnten sie Französisch sprechen und lesen, die »Pforten zweier Weltliteraturen« standen Marie nun offen. Die nächste Aufregung, die das Kinderzimmer erschütterte, war der Abgang von Anischa, der wunderbaren Erzählerin und Spielkameradin, die eines Tages in Wien von einem schmucken Hannaken (wie die in der Hanna, der Ebene um Kremsier, beheimatete Volksgruppe heißt) besucht und offenbar abgeholt wurde, denn am nächsten Morgen war sie weg. Die Kinder waren untröstlich, aber im Sommer darauf kam die geliebte Gefährtin nach Zdislawitz zu Besuch und erzählte von Mann und Kind. Bis zu deren Tod stand Marie Ebner mit ihrer Amme in Briefverkehr, den für Anischa der Pfarrer besorgte, denn lesen konnte die Rhapsodin nicht.[63]

Der nächste Abgang betraf die mittlerweile allseits liebgewonnene Mademoiselle Hélène, die nach nur zwei Jahren schweren Herzens zu ihrer Familie zurückkehrte. Ihre Nachfolgerin machte den Mädchen den Verlust besonders spürbar, denn sie war ein »Drache«: »In seinem Zorne hatte Gott Mademoiselle Henriette zur Gouvernante geschaffen. Sie war schön und jung; darin bestand die einzige Ähnlichkeit, die sie mit Hélène Hallé hatte. In allem übrigen war sie ihr Widerspiel.« Eine Antipädagogin also, die ihre Schülerinnen zwar nicht schlägt, aber zur Strafe hungern und in der Ecke stehen und viele Seiten französische Grammatik auswendig lernen lässt. Marie trifft es besonders hart, weil sie immer wieder gegen den Stachel löckt, zum Beispiel, als Mademoiselle nach traditioneller Weise die Österreicher, »les Autrichiens«, als »les autres chiens«, die anderen Hunde (neben den Deutschen), schmäht. Die beiden Mädchen erfahren, »wie tief unglücklich Kinder sein können, die sich wehrlos einer böswilligen Macht überantwortet fühlen«. Maman Eugénie, von der hier Rettung zu erhoffen gewesen wäre, war zu diesem Zeitpunkt schon ernstlich erkrankt, der Vater pflegte sich um derlei nicht zu kümmern.[64]

Ähnlich gefürchtet, aber weniger mächtig war die Klavierlehrerin der Mädchen, Frau Krähmer, die mit ihrem »meisterhaft« gebrauchten Zeigestab aus Elfenbein, der bei jeder falschen Note auf die Fingerknöchel der Kinder herabsauste, dem Klischee ihres Berufsstandes vollkommen entsprach. Sie peinigte die musikalische Friederike nicht weniger als ihre unmusikalische Schwester. Dennoch wurde Frau Krähmer zur Protagonistin einer für Marie wegweisenden Erfahrung: Sie und Fritzi durften im alten Musikvereinssaal auf der Tuchlauben einem Konzert beiwohnen, das die verwitwete Lehrerin mit ihren beiden Söhnen gab. Es hieß, sie müsse die Familie mit Klavierstunden über Wasser halten, bis der ältere, ein genialer Geiger, seinen Durchbruch hätte. Die Mädchen waren hingerissen von der künstlerisch verwandelten Frau, die auf der Klarinette, ihrem eigentlichen Instrument, brillierte. Als die Lehrerin im Herbst nicht wieder zum Unterricht erschien, erfuhren ihre Schülerinnen vom Tod ihres älteren Sohnes.[65]

Just die schreckliche Frau Krähmer half mit, Maries Leben auf die »Tonart« der Empathie zu stimmen. Im Alter benutzt Ebner-Eschenbach, längst als die »Dichterin des Mitleids« berühmt, diese Episode auch zur Selbsterklärung: »Ein Begriff war mir aufgegangen von dem Leiden, das in der Welt ist und neben uns hergeht mit erhobenem Haupte und geschlossenen Lippen«, von einer verschwiegenen Armut, die sich nur erahnen lässt. Ein »trotziges und selbstsüchtiges Mitleid« sei damals in ihr wach geworden, ein »Wille zum Leiden« (ein Begriff Nietzsches, den sie ins Positive verkehrt), nicht zum Nutzen der anderen, sondern »weil mein Leiden mir das ihre erleichtert«.[66]

Maries Begabung lag offenkundig weder im Musikalischen noch im Tanz, der ebenso obligat zu einer adeligen Mädchenerziehung gehörte wie das Klavierspiel. Der alte Tanzmeister Minetti hatte seine liebe Not mit dem Ungeschick der jüngeren Schwester. Ein andalusischer Jaleo de Jerez mit Kastagnettenbegleitung sollte für Papas Geburtstag einstudiert werden – und das Gelingen der Aufführung war nur Fritzis Geduld beim Einüben zu verdanken. Überhaupt war das Mädchenhafte Maries Stärke nicht, sie begeisterte sich vor allem für im klassischen Sinn sportlich-männliche Disziplinen: Beim Scheibenschießen zeichnete sie sich ebenso aus wie beim Reitunterricht, den Franz Dubsky selbst seinen Kindern gab. Als ihre kleinen Brüder 1839 in dem kameradschaftlichen Monsieur Just einen eigenen Erzieher bekamen, nutzte Marie die Gelegenheit, sich mit ihm im Jeu de barres, dem Schleifenraub-Spiel, oder im Laufen zu messen und musste irritiert, ja gedemütigt zur Kenntnis nehmen, dass der hübsche junge Franzose ihr da den Rang ablief.[67]

Dass Marie geschickt, flink, mutig wie ein Bub sein wollte, entsprang wohl einerseits dem Bemühen, ihrem Vater zu gefallen, andererseits der Erkenntnis, dass das männliche Rollenbild mehr Freiheit und mehr Prestige versprach. Georg Groddeck hat eine solche Annäherung an Verhaltensweisen des anderen Geschlechts aber auch mit der früh erworbenen Ambivalenz der Ammenkinder erklärt, deren Es »zu Zeiten nicht weiß, ist es Mann oder Weib«.[68] Marie von Ebner-Eschenbach selbst nennt ihr jüngeres Ich in *Meine Kinderjahre* ironisch eine »hannakische Atalante«[69], nach der amazonengleichen Jägerin der griechischen Mythologie, der schnellsten Läuferin im Lande. Der Vergleich ist aufschlussreich: Atalante wurde nach der Geburt von ihrem Vater, der sich einen Sohn gewünscht hatte, ausgesetzt und von einer Bärin gesäugt. Männer weigerten sich, an ihrer Seite zu jagen, bei der Jagd auf den Kalydonischen Eber machte sie sich aber bald einen Namen. Sie tötete zwei Kentauren, die sie vergewaltigen wollten, und besiegte im Ringkampf Peleus, den Vater des Achill. Obwohl Atalante ewige Jungfräulichkeit gelobt hatte, nahm sie schließlich Melanion, ihren Bezwinger im Wettlauf, zum Mann, nachdem etliche Freier die Probe nicht bestanden und mit ihrem Leben bezahlt hatten. – Das ist unbestreitbar ein starkes Role Model und nebenbei ein Indiz dafür, dass Monsieur Just auf die kleine Marie auch eine gewisse erotische Wirkung ausübte.

Eindeutig ein männlicher Zug der Zehn- oder Elfjährigen ist auch ihre Neigung zum Aufbegehren gegen Autoritäten. Als die verhasste Mademoiselle Henriette über die Klarinettenkunst der Frau Krähmer lästerte, trug die Schülerin ihr in einer Zornesaufwallung eine Ohrfeige an. Mit einer von Henriettes Nachfolgerinnen lieferte Marie sich heftige Scharmützel im Geschichtsunterricht, für den sie sich jedes Mal gründlich vorbereitete; sie hoffte, die Lehrerin bei einem Fehler zu ertappen, aus reinem »Widerspruchsgeist« attackierte sie die Helden des Fräuleins, zum Beispiel Karl den Großen, den Marie wegen der Ermordung tausender Sachsen nicht als christlichen Bekehrer gelten lassen wollte – für die Lehrerin eine »Versündigung« gegen die Religion: »Wir zankten uns durch das ganze Mittelalter hindurch.« Als Erwachsene schämt die Dichterin sich für den Kampf, den sie »um eine selbständige Meinung über Menschen und Begebenheiten jener Zeit führte«, denn die junge Lehrerin hatte diese Aufsässigkeit nicht verdient. In Maries emotionaler Logik war sie damals ein Beweis für die Treue gegenüber ihrer Freundin Marie Kittl, die nur knapp zwei Jahre im Hause Dubsky Dienst getan hatte.[70]

Bald nach der Wiederverheiratung des Vaters hatte auch der ebenso von allen heiß geliebte Monsieur Just das Haus verlassen, er litt an einer »Nervenkrankheit«, an der er zum Entsetzen der Kinder bald sterben sollte. Die Brüder wurden daraufhin in Wien in einem Internat – dem berühmten Theresianum – untergebracht, vor allem der Jüngere litt darunter, und Marie fand es »grausam«, sie »fortzuschicken unter fremde Menschen«, ohne indes die Weisheit der Eltern ernstlich in Zweifel zu ziehen. In ihr Notizbüchlein schrieb sie: »Die Brüder sind heute fort. Ich habe einen Schmerz in meinem Herzen. Der ist viereckig und hat Ränder, die sind scharf. Er hat auch Spitzen.«[71] Es gab aber auch Familienzuwachs: Im Jahr 1841 brachte Xaverine Dubsky ein Mädchen zur Welt, das den Namen Julie erhielt, 1847 sollte noch ein Bruder, Heinrich, folgen: Sieben Kinder von drei seiner vier Ehefrauen hatte Franz Dubsky nun – »Patchworkfamilien« waren zu Zeiten kriegsdienstverpflichteter Männer und unter hohem Risiko gebärender Frauen zwar nicht selten, aber diese war doch besonders bunt geraten.

Für die Schwestern war der von Gräfin Xaverine angeordnete »Regierungswechsel« vom »Drachen« Henriette zur Deutschböhmin Marie

Kittl ein Weg »aus der Hölle in den Himmel« gewesen. Marie Kittls Vater war Fürst Schwarzenberg'scher Justizamtmann im böhmischen Worlik (Orlík), ihr Bruder Johann Friedrich Kittl ein renommierter Komponist von Opern, Liedern und symphonischen Werken, sein bekanntestes, die »Jagdsymphonie«, wurde von Felix Mendelssohn in Leipzig uraufgeführt. Marie von Ebner-Eschenbach beschreibt ihre Namensvetterin als noch junge Frau von wenig einnehmendem Äußeren, kurzsichtig, ohne Anmut und mit einer Neigung zur Breite, aber als geborene Erzieherin; sie war »eine Kinderfreundin ohnegleichen«, die nicht nur für das geistige Wohl ihrer Schützlinge sorgte, sondern auch hingebungsvoll mit ihnen spielte und an ihren Krankenbetten die Nächte durchwachte. Marie Kittl hatte eine schöne Stimme, mit der sie auch Lieder ihres Bruders vortrug, vor allem aber hatte sie eine schwärmerische Begeisterung für die Dichtung.[72]

Zum ersten Mal stieß Marie Dubsky mit ihren poetischen Versuchen nun auf ein freundliches Echo. Bisher hatte sie in ihrer Familie damit nicht nur Desinteresse erfahren, sondern offene Missbilligung. Angefangen hatte Maries Weg in die Dichtung mit dem Bau von Luftschlössern: Im Fauteuil ihrer Großmutter fuhr sie in aller Stille ins Märchenwunderland, mit zwei Pferdchen aus Pappe als Vorläufern des Pegasus. Dann, in ihrer solipsistischen Phase, dachte sie sich eine zweite Welt jenseits der fernen Berge aus, ein phantastisches Kinderland, in dem sie als edles Mädchen oder als wilder Bub die herrlichsten Abenteuer erlebte und in der Realität der Großen nicht immer gleich wieder ankam. Maries mitunter »keckes und bubenhaftes Benehmen« erregte den Unwillen ihrer großen Schwester, die ihr dann vorwarf, wieder einmal »so kurios« zu sein.[73]

Die nächste Stufe in Maries phantastisch-poetischer Existenz bildete ein reger und naturgemäß einseitiger Briefverkehr mit den Bewohnern jenes fernen Landes. Unter strengster Geheimhaltung schrieb sie Grüße und Herzenswünsche auf feinstes Papier und ließ die Briefe beim luftig gelegenen Pavillon im Schlosspark vom Wind davontragen: »Ich schrieb jeden mehrmals ab, bevor er mir endlich würdig schien, seine Reise anzutreten. Wenn er aber so weit gebracht war, dann kannte meine Ungeduld, ihn abzuschicken, keine Grenzen.« In dem Maße, in dem Maries Zweifel an der Realität ihrer Umgebung schwinden, verblasst auch die Leuchtkraft der erfundenen Welt, der »Filigranbau meiner Träume« wird brüchig, der Glaube an eine Antwort von »drüben« erlischt. Zugleich wächst Maries Bedürfnis, ihre nun von klassischer Dichtung inspirierten französischen Verse und Prosastücke aufzubewahren, sie schreibt sie in selbstverfertigte Miniaturhefte und trägt sie mit Emphase vor.[74]

Wenn Fritzi eines dieser Gedichte bewundert, sich nach dem Fundort erkundigt und Marie stolz verkündet: »Das hab ich selbst gemacht!«, dann »war es vorbei mit der Bewunderung, und sie bat in ihrer sanften Art: ›Ach geh, mach doch keine Gedichte!‹« Was konkret gegen das Verfassen von Gedichten einzuwenden sei, kann oder will Fritzi nicht verraten; zumindest kommt es ihr wieder »kurios« vor. Instinktiv scheint sie zu spüren, dass das Versemachen eine »gefährliche Sache« ist. Über Maries Gedichte will die Schwester weder sprechen, noch verlangt sie je nach einem Da capo des Vortrags.[75] Im Rückblick sieht Marie Ebner hier ein Lebensmuster sich zum ersten Mal abzeichnen:

> »Von dem Schmerz und dem Groll, den diese stumme Ablehnung mir verursachten, habe ich nie etwas verraten, und wie oft sollte ich sie erleiden! Alles wiederholt sich im Leben. Der Grundton, auf den das Schicksal des Größten wie des Kleinsten gestimmt ist, kommt immer wieder hervor. Die stumme Ablehnung, die mein erstes poetisches Gestammel durch eine Getreueste und Geliebteste erfuhr, wurde meiner Schriftstellerei bis ins reifste Alter durch andere Vielgetreue und Vielgeliebte zuteil.«

Der Schmerz war groß, und er wurde bald chronisch. Auch später, als unbestrittene literarische Autoritäten Marie Ebner längst Talent bescheinigt hatten, war »rücksichtsvolles Schweigen« über »meine per nefas geborenen Geisteskinder« das äußerste, was sie von ihren Angehörigen erwarten durfte. *Meine Kinderjahre* handelt nicht zuletzt vom Umgang mit Begabung – echter wie eingebildeter. Ebner-Eschenbach erzählt darin auch von den poetischen Ambitionen Marie Kittls, denen diese später eine glanzvolle Gouvernantenkarriere in königlichen Häusern opferte, obwohl ihnen jede literarische Substanz fehlte.[76]

Im Alter von dreizehn Jahren findet Marie Dubsky in dem leidenschaftlichen Pädagogen Josef Fladung, einem pensionierten Beamten, dem besorgte Mütter der ersten Wiener Gesellschaft vertrauensvoll ihre Töchter überantworten, ihren ersten Förderer. Fladung, als Original belächelt, als autodidaktischer Edelsteinexperte geschätzt, als Lehrer geliebt, rät Maries Eltern entschieden, das dichterische Talent der Tochter zu pflegen. Wie aber pflegt man ein Talent? Als anerkannte Schriftstellerin wird Marie von Ebner-Eschenbach diesbezüglich häufig um Rat gefragt. Sie weiß aber nur, worauf es *nicht* ankommt:

> »Das Kind, das Talent zu einer darstellenden Kunst besitzt, schickt man in eine Schule, in der sie gelehrt wird. Für das schriftstellerisch veranlagte Kind gibt es, Gott sei Lob und Dank! noch keine in Mauern eingeschlossene, mit Lehrsälen und Professoren ausgestattete Schule. Nur das Handwerk seiner Kunst könnte ihm beigebracht werden, und dieses lernt jeder am besten allein. (…) Jede Dichterindividualität, wenn sie auch nicht zu den großen gehört, hat von Natur aus ein eigenes Gepräge und gibt es der Form, in der sie sich, in oft schwerem Ringen, auszugestalten sucht. Der Geist baut sich selbst sein Haus; was er von fremden Baumeistern lernen kann und soll, ist nur das Alphabet der Kunst.«[77]

Den Boden seiner Begabung kann und muss demnach ein jeder selbst bestellen. Als präsumtive Gegnerin von Schreibschulen hält Marie Ebner auch nichts von der Talentpflege durch »Familienmitglieder, die selbst nicht ein paar gereimte Zeilen zusammenbrächten«. Ihre eigene Erziehung war so etwas wie eine Talentpflege wider Willen. Denn die Bekanntschaft mit französischer und deutscher Literatur, vor allem aber mit dem Theater, regte das Mädchen lebhaft zu eigener Produktion an. Früh schon fand Marie Vergnügen am Theatralischen, sie liebte es, sich vor Publikum zu produzieren. Gebannt verfolgte das Kind die Heilige Messe in Hoschtitz, um dann im Schloss mit eigenem liturgischen Gerät und der Schwester als Ministrantin die Heilige Messe zu zelebrieren – im Publikum die Großmutter und der gutmütige Pater Borek, der die angemaßte Messfeier jedoch nicht mit der erwarteten Freude aufnahm: Fritzi, die Bedenken gehabt, sich aber wie meist Maries Wünschen gefügt hatte, hatte wieder einmal das richtige Gespür bewiesen.[78]

Bereits als Neunjährige durfte Marie die Eltern hie und da ins Carl-Theater (damals Kasperl-Theater genannt) begleiten, wo man wienerische Possen gab. Völlig bezaubert war sie von Ferdinand Raimunds *Das Mädchen aus der Feenwelt*, heute besser bekannt unter dem Titel *Der Bauer als Millionär*, im Theater an der Wien. Solche Stücke, bald lustige, bald traurige Zaubermärchen, wollte Marie sich von nun an ausdenken – diese schrieb sie aber nicht auf, sondern erzählte sie ihrer Schwester und den gleichaltrigen Freundinnen, die die Geschichten, nur zum eigenen Pläsier, mit den nötigen Improvisationen in Szene setzten. Ein richtiges, geschriebenes Stück kam dann nicht von Marie, sondern von Fanni, der begabtesten Schauspielerin der Truppe; es wurde im Haus ihrer Mutter vor Publikum aufgeführt: In der Rolle eines griesgrämigen Onkels erntete Marie nicht, wie erhofft, Mitgefühl, sondern stürmische Heiterkeit.[79]

Der Misserfolg von Fannis nächster dramatischer Schöpfung besiegelt das Ende des jungen Ensembles, fortan muss Marie ihre Einfälle wieder für sich notieren, auch mit dem Gedichtemachen fängt sie wieder an, heimlich zunächst: »Ebensogut hätte ich aber eine Brut Singvögel mit mir herumtragen und sie bewegen können, stumm zu sein.«[80] Der Versuch, die Schwester an ihrem Geheimnis teilhaben zu lassen, endet wieder in einer Szene, Fritzi versteht nicht, warum man etwas, von dem man weiß, dass es in dieser Familie verpönt ist, nicht einfach sein lassen kann. Weil die Schwester in Tränen ausbricht, schwört Marie, künftig dem Dichtdrang zu widerstehen; um die Kraft dazu betet sie inbrünstig – in Versen.

Der Bruch dieses sich selbst widerlegenden Gelübdes wird bald offenkundig, als Marie in Wien die Großmutter nach der Sonntagsmesse in ihre Wohnung im ersten Stock des Dubsky'schen Drei-Raben-Hauses begleiten darf und, hingerissen von einigen Strophen Pierre Corneilles und ermuntert durch das Lob, das ihr die Großmama fürs Auswendiglernen spendet, gesteht, selbst zu dichten und eine Dichterin werden zu wollen: »In der Schilderung dieses ruhmvollen Zukunftsbildes kam ich nicht weit. Großmama unterbrach sie mit einer Strenge, die ich noch nie von ihr erfahren hatte, und die mir bis zum heutigen Tage unerklärlich geblieben ist.« Die Großmutter schickt Marie fort, der alte Diener muss sie sogleich in den zweiten Stock hinaufgeleiten. Der Verweis tut bitter weh und schmerzt lange: Warum hat sie, die Liebe, Gute, »mein Geschwätz« nicht als kindisch abgetan, warum hat sie es »wie ein Unrecht behandelt und hart zurückgewiesen?«[81]

Vielleicht spürte die Großmutter, die Meisterin der Gottergebenheit und des Sich-drein-Schickens, in Maries kindlichem Wunsch ja den gar nicht kindlichen unbedingten Willen zur Kunst? »Nur gescheit!«, war der auch hier zum Einsatz kommende Lieblingsspruch[82] der Großmutter Vockel, die wohl wusste, dass die Klugheit einer schreibenden Frau mit dieser von ihr propagierten Form des Gescheit-Seins nicht kompatibel ist.

Marie ist nun von der »Sündhaftigkeit« ihrer Passion überzeugt, sie weint mit ihrer Schwester, die auch nicht mehr weiterweiß: »Sprich nicht davon; dann vergeht's vielleicht.« Auch sie glaubt nicht mehr an die Erlösung, um die Marie zu Gott betet. – »Sie begann mein Übel als ein unheilbares anzusehen.« Was wie eine komische Grille anmutet, erlebt das Kind als schreckliche Gewissensnot, als ein Verdammtsein zum Ungehorsam. Ganz ernsthaft wünscht Marie sich den Tod. Das Urteil der erwachsenen Frau beschönigt nichts: »Gut bei diesem Verfahren der Meinen war bloß die Absicht. Gewollt haben sie mein Bestes und, ohne zu wissen was sie taten, mir das peinvoll demütigende Gefühl eines angebornen, geheimen Makels aufgebürdet.« Erwartungsgemäß vergeht »es« nicht, und das Mädchen beginnt seinen Hang zu »Poesien« als göttliche Bestimmung zu sehen und sein Festhalten daran, allen Widerständen zum Trotz, als das Leiden einer Märtyrerin. Das macht Marie stark, es erweckt in ihr aber auch, wie sie später meinte, »ein tüchtiges Maß Hoffart«. [83]

Unter allen Familienmitgliedern gab es freilich eines, das die poetischen Bestrebungen der Baronesse Marie ernst nahm: Ihr Cousin Moriz, der seine Ferien als Student und junger Offizier auf Schloss Zdislawitz zu verbringen pflegte, war 1841[84] als Oberleutnant zum Lehrer für Physik und Chemie an die k.k. Ingenieur-Akademie in Wien berufen worden und bewohnte mit seiner Mutter, der »Tante Helene«, (wieder) den dritten Stock des Drei-Raben-Hauses. So hatte er auch über die Wintermonate Kontakt mit seinen kleinen Cousinen, die ihn wegen des Altersunterschieds, seiner glanzvollen Schulkarriere und seiner imposanten Bildung »Onkel Moriz« nannten. Sonntags kam er zum Diner, manchmal wohnte er auch dem Unterricht der bösen Mademoiselle Henriette bei, um ihr in aller Höflichkeit zu verstehen zu geben, dass er von ihr und der von ihr propagierten und praktizierten Vorherrschaft des Französischen recht wenig hielt.[85]

Eines Tages fällt dem Cousin beim Durchsehen der Schulsachen ein darin verstecktes kleines Heft in die Hände, in das Marie zuletzt ihre *Ode à Napoléon* notiert hat, eine flammende Hymne auf das Genie samt einer tiefgefühlten Verwünschung Englands. Von Fritzi aufgeklärt, dass das »Gedichte von der Marie« seien, lachte der Cousin, »las weiter und verzog während des Lesens keine Miene, und ich hatte die Empfindung, daß mich jemand würgte, und daß mir dabei hunderttausend Ameisen über die Wangen liefen und über den ganzen Körper, mit kalten, hastigen Füßchen«. Nach einer langen, langen Weile legt Moriz das Heftchen zurück wie »ein Knäuel Zwirn«, ohne ein Wort, die auf die Folter gespannte Autorin wagt es nicht nachzufragen. Noch in derselben Woche kommt ein Päckchen mit Konfekt und einem von Moriz eigenhändig abgeschriebenen Auszug aus Joseph Christian von Zedlitz' Poem *Waldfräulein*, ein Lied auf den Rhein als das »Taufwasser deutschen Volkes«. Das Postskriptum hat der Cousin selbst gedichtet:

»O, sing auch du, du deutsche Maid,
Nicht fremden Ruhm in fremdem Kleid!
Du bist ein Sproß aus gut german'schem Blut,
Was deutsch du denkst, hab deutsch zu sagen auch den Mut.«[86]

Dass der hochverehrte, streng urteilende Onkel Moriz sie nicht nur eigener, an sie adressierter Verse für würdig befindet, sondern auch seinen Sanctus zu ihrer Schreib-Schwäche gibt, solange sie ihr in deutscher Sprache frönt, beflügelt Marie ungemein. Allerdings: »Es kam mir nicht vor, daß meine Gedanken gebürtige Deutsche wären.« Seit Jahren spricht sie inzwischen fast nur Französisch. »Eine strenge Selbstüberwachung begann. Meine Einfälle wurden auf ihre Nationalität geprüft. Innerlich fand meine Umgestaltung aus einer französischen in eine deutsche Dichterin geschwinder statt, als je die Verwandlung einer Raupe in einen – sagen wir – Kohlweißling stattgefunden hat.«[87]

Gefördert wird diese »Umgestaltung« durch das Geschenk, das die neue Stiefmutter Marie zu deren elftem Geburtstag macht: Friedrich Schillers sämtliche Werke. Im Alter nennt die Dichterin diese Geburtstagsgabe »das für mich vielleicht denkwürdigste Ereignis meiner Kinderjahre«. Es handelte sich wohl um *Schillers sämmtliche*

Werke in Einem Bande. Mit einem Stahlstich, die Schillers-Statue zu Stuttgart vorstellend, und einem Facsimile seiner Handschrift. Marie stürzt sich mit Feuereifer zunächst in die Balladen, weiß bald viele auswendig und phantasiert sich in ihre Heldinnen und Helden hinein. Es ist eine erotisch getönte Faszination, ein Rausch der Sprache, die sie umfängt »wie eine feurige Umarmung«. Maries Schwärmerei gilt aber auch dem schönen Dichter und dessen imposanter Gestalt. Sie macht ihre Schwester und Marie Kittl darauf aufmerksam, dass Bertel Thorvaldsens steinerner Schiller sein Haupt unter der Last des Lorbeerkranzes gebeugt hält, worauf Fritzi meint: »Sie glaubt gewiß, daß auch sie einmal einen solchen Kranz auf ihrem Kopf haben und so dastehen wird.« Marie ist »schwer beleidigt«, der Spott der Schwester hat ins Schwarze getroffen.[88]

Den zweiten mächtigen Eindruck auf ihrem Weg zur »deutschen Dichterin« verdankt Marie Dubsky dem Burgtheater. Jeden zweiten Tag darf die Elfjährige im Winterhalbjahr 1841/42 die Eltern in ihre Loge begleiten und an der ersten deutschen Bühne in die dramatische Weltliteratur eintauchen: »Das Burgtheater war damals eine Bildungsschule ersten Ranges, die Erfindung der Komtessen-Stücke noch nicht gemacht.« Im alten Burgtheater musste auf die Empfindlichkeiten der Aristokratie Rücksicht genommen werden, de facto durften nur hochadelige Familien eine Loge mieten. Die 98 Logen mit jeweils drei Sitzen machten fast ein Drittel der 1100 Plätze aus. Im Parterre saß das Großbürgertum, auf den Sperrsitzen Hofbeamte und Diplomaten. Die Logen waren teuer, das Halbabonnement, das zum Besuch an jedem zweiten Tag berechtigte, kostete 1858 40 Gulden monatlich (Marie zahlte ihrem Vater später Miete für die zeitweise Überlassung), ein Viertelabonnement kam 1881 auf 325 Gulden jährlich.[89]

Die kleine Marie erlebt nun das Dramatische als ihr eigentliches Element, sie schwelgt in Aufführungen von Shakespeare, Lessing, Schiller, Goethe und Grillparzer, sie fühlt heroisch mit opferfreudigen Frauen und leidensfähigen Helden. Der Zensur im Staate Metternichs zum Trotz war das alte k.k. Hofburgtheater am Michaelerplatz auch der Ort, wo im Gewande der Klassiker die Idee der Freiheit verkündet werden konnte. Mit den Schauspielerinnen und Schauspielern des Ensembles ist Marie aus der Ferne ihres Logenplatzes nunmehr beinah familiär vertraut, was der Bewunderung keinen Abbruch tut. Mit dem Wiener Publikumsliebling Luise Neumann stehen die Schwestern Dubsky gar durch eine gemeinsame Englischlehrerin in ehrfürchtig genossener indirekter Verbindung.[90] All die vielen von Marie und Fritzi mit großer Sorgfalt auf teuerstem Papier verfassten Billetts, die die Miss der Gefeierten zu übergeben versprochen hat, fallen eines Tages in einem großem Haufen aus der Tasche der Engländerin: ein bitterer Vertrauensbruch und ein weiteres Beispiel vergeblicher Liebes- und Schreibmüh. Viel später sollte die zwölf Jahre ältere Luise Neumann, als verheiratete Gräfin Schönfeld, dennoch eine der besten Freundinnen Marie Ebners werden.

Dem künstlerischen Ehrgeiz des Mädchens geben die Erlebnisse im Burgtheater neue und kräftige Nahrung, Selbstzweifel scheinen ihm »auf dem Bänkchen im Hintergrund unserer Loge« fremd: »der Kopf brannte mir, meine Wangen glühten, ein kalter Schauer nach dem andern lief mir über den Rücken und ich dachte: über kurz oder lang werden deine Stücke hier aufgeführt, und deine Worte werden von der Bühne wie Funken herunterprasseln. Das waren Stunden! Jede von ihnen befestigte meine Überzeugung, daß ich bestimmt sei, der Shakespeare des XIX. Jahrhunderts zu werden.« So bewahrt Marie sich sogar gegenüber dem vergötterten Schiller eine gewisse Unabhängigkeit, ihre Bewunderung ist nicht kritiklos: An *Kabale und Liebe* hat sie einiges auszusetzen, die Gedichte an Laura findet sie gar lächerlich, *Laura am Klavier* reizt sie zur Parodie – erstmals zeigt sich ihre Neigung zur Satire. Marie Kittl hält Spottlust angesichts des Dichterfürsten allerdings für pietätlos und entschuldigt sie allein mit der Unreife ihrer Schülerin.[91]

Das Verständnis und die mütterliche Zuwendung der sensiblen Erzieherin, die ihre Schützlinge stets ernst nahm, bescherten Marie »die schönste, friedlichste« Zeit ihrer »ganzen Kindheit«, eine »kleine Insel der Seligen«. Zur Besiegelung ihrer Freundschaft bieten Marie und Fritzi Fräulein Kittl – so war damals das soziale Gefälle – das Du-Wort an, in dessen Genuss üblicherweise nur die kleinen Geschwister kommen. So sollten Marie und Marie einander quasi auf Augenhöhe begegnen, ein Leben lang, bis zum Tod der Gouvernante.[92]

Das Ende der »Insel der Seligen« kommt nach knapp zwei Jahren: Marie Kittl muss ihren Dienst aufkündigen, da ihre Familie sie nach Prag ruft. Ihr Vater und ihr Bruder sind an Typhus erkrankt und brauchen Pflege. Was als Karenz gedacht war, wird zur dauerhaften Trennung, weil Xaverine Dubsky, wie sie ihren Stieftöchtern später gesteht, noch nach Monaten eine Ansteckung fürchtet. Für Marie und Friederike selbst sind die ersatzweisen Lektionen der verschiedenen Hauslehrer und der vermeintlichen »Interimsgouvernante[n]« keineswegs befriedigend, der oberflächliche Unterricht in Klavierspiel, Tanz, Gesang, etwas Sprachlehre, Literatur, Geschichte und Geographie entsprach aber durchaus dem zeitgenössischen Ideal adeliger Mädchenerziehung, das von bürgerlichen Familien übernommen wurde und darauf abzielte, aus den jungen Damen angenehme Gesellschafterinnen zu machen, Zierden des Salons, die imstande sein sollten, amüsant zu konversieren und bei schöngeistigen Dingen mitzureden.[93]

Das ist auch das Bild, das Franz Dubsky von der idealen Tochter vorschwebte. Der Graf war ein Feind des Tiefgangs, die Wissenschaften waren ihm suspekt, sein »Schönheitssinn« machte ihn empfänglich für die Poesie und die Musik, vorausgesetzt, sie war nicht »zu ernst«. Leidenschaftlich liebte er das Theater, auch die klassischen Stücke, vor allem aber Ferdinand Raimund und den »wehmütigen Humor« seiner Zaubermärchen, die der passionierte Erzähler seinen Kindern schon früh in Form von Geschichten nahegebracht hatte.[94]

In Ebner-Eschenbachs Eheroman *Unsühnbar* ist der einzige Dienst, den die Heldin Maria Dornach ihrem Vater zu leisten vermag, das Zubereiten einer abendlichen Tasse Tee:

> »Es wäre ihr heißer Wunsch gewesen, etwas für ihn zu tun, ihm etwas sein zu können; aber sie fühlte wohl, daß die Ahnung eines solchen Ehrgeizes im Herzen seiner Tochter ihn lachen gemacht hätte. Er wollte sie heiter und glücklich sehen, und wenn sie seine Fragen: ›Hast du dich unterhalten? – Freut dich dies? – Freut dich eines?‹ mit ja beantwortet hatte, dann wich der strenge Ernst, der gewöhnlich auf seinem Antlitz lag (…); fiel es ihr aber ein, bei der Betrachtung eines Bildes, einer Bronze etwas von ihren neu erworbenen Kenntnissen in der Kunstgeschichte durchblicken zu lassen, dann wurde seine Miene so spöttisch, daß Maria verwirrt schwieg und sich beschämend albern vorkam.«[95]

Graf Dornach, Franz Dubskys leicht verfremdetes Ebenbild, schenkt seiner Tochter ein kostbares Klavier, auf dem sie ihm aber nur Operettenmelodien und Tanzmusik vorspielen darf. Versucht sie es mit schwererer Kost, ertönt »das gefürchtete ›Gute Nacht, Maria‹«, und der Graf ist fort. So spielt Maria das, was ihr am Herzen liegt, vor dem Bildnis ihrer verstorbenen Mutter: »Du hättest gewußt, daß ich nur zu wollen brauchte, um eine Künstlerin zu werden. Aber ich werde nicht wollen, ich darf nicht. Unsereins darf so etwas nicht.«[96]

Obwohl eigentlich Fritzi die Pianistin war, ist der autobiographische Bezug deutlich. Es scheint, als würde die Aversion der Erwachsenen gegen Maries literarische Betätigung die Abneigung des Familienoberhauptes gegen jede allzu ernsthafte Beschäftigung, namentlich bei weiblichen Wesen, reflektieren. Hingegen förderte Graf Dubsky sehr wohl das burschikose Element in Maries Erziehung. Dass sie »ritt wie eine Amazone«, mit Geschick Gespanne lenkte und als ausgezeichnete Scheiben-Schützin galt, verdankte sie seinem Unterricht. Marie Dubsky hatte, ihren intellektuellen Bestrebungen zum Trotz, einiges vom Typus der »Sportskomteß« an sich, die sie in der Novelle *Komtesse Muschi* karikiert. Dort hat der Vater der Sechsjährigen ihr erstes Pony geschenkt und ihr erlaubt, Hunde zu halten. Die Titelheldin der Novelle *Komtesse Paula* wiederum sagt über ihren ebenfalls als recht konziliant geschilderten Vater: »Wir unternehmen weite Ritte zusammen; in früherer Zeit gingen wir auch zusammen auf die Jagd, und es machte ihm Vergnügen, wenn ich einen Hasen niederknallte,– mehr als mir.«[97]

Paulas Vater ist zwar von anderem, gutmütigerem Naturell als Franz Dubsky, die Autorin scheint aber doch in eigener Sache zu sprechen: »Er hat im Grund recht viel an mir auszusetzen, findet mich zu laut und zu lustig und findet doch auch wieder, daß ich zu viel im Zimmer hocke und lese. Eine gelehrte Frau, sagt er, das ist die größte von allen Kalamitäten.« Der Kopf der Frau, so bringt Paulas Papa den zeitgenössischen männlichen Diskurs auf den Punkt, solle »in ihrem Herzen sitzen; aus dem Herzen, aus dem Gemüt« müsse bei ihr alles kommen. Mit der ihr eigenen ironischen Naivität lässt Marie von Ebner-Eschenbach die Tochter antworten: »Es *muß* kommen, sagst du, es kommt aber nicht. Es gibt Dinge, die auch eine Frau nicht aus den Tiefen ihres Gemütes schöpfen kann. So hat neulich Baron Schwarzburg von Livland gesprochen, und ich habe nicht gewußt, wo das liegt, und mein Herz hat es mir nicht gesagt.«[98]

»Blaustrumpf« lautete im 19. Jahrhundert die abfällige Bezeichnung für bildungshungrige, »unweibliche« Frauen, und »Blaustrümpfeleien«[99] muss sich auch Marie Dubsky von ihrer Familie vorwerfen lassen. Umso intensiver gestaltet sich ihre Korrespondenz mit Marie Kittl, deren Briefe sie sammelt und zeitlebens aufbewahrt. – »Meine Briefe sind – so hoffe ich wenigstens – nicht erhalten.«[100] Ihre Ahnungslosigkeit will man der Dichterin nicht ganz glauben: Die Erzieherin, die ihren Schützling über alle Maßen liebte und bewunderte, hat dessen Briefe gewiss nicht weniger in Ehren gehalten. Marie Ebner hat sie wohl von Marie Kittl zurückerbeten oder sie um deren Vernichtung ersucht.[101] Denn die Stimme des Wunderkinds, das sich in diesen Episteln artikulierte, ist der Erwachsenen – das bekennt sie – peinlich.

Der mütterlichen Freundin kann das Mädchen alles sagen, und das tut es auch: »Das Unbedeutendste, das in meiner kleinen Gedankenwelt vorging, war ihr wichtig.« Die »Vertraute meiner Dichterleiden« wird zur Adressatin einer pubertären Selbstinszenierung. Der Tenor von Marie Dubskys Briefen war, wie die Erwachsene selbstkritisch vermutet: »Staune in mir ein Kind von außerordentlichen Gaben und Fähigkeiten an, das zu großen Dingen bestimmt ist.« Komtesse Marie gibt mit ihrer Lektüre an, schmiedet kühne Pläne, schickt lyrische Arbeitsproben, flunkert, schreibt »verwegenen Unsinn«: »Ich sehe einen kleinen Affen, der sich vor Vergnügen darüber nicht kennt, daß seine Grimassen ernst genommen werden.«[102]

Das Mädchen klagt der Erzieherin aber auch ihr Leid, und diese tröstet sie: »Dein Brief schnitt mir ins Herz, ich möchte so gern Alles für Dich thun, aber es scheint, daß ich den Stahl doch nicht recht kenne, der Dein Herz verwundet, Deine Seele so ruhelos gemacht. Du sagst, meine Marie, der Himmel hätte Dir vor Deiner Geburt schon das Kreuz auf die Stirn gezeichnet, sage das nicht wieder.« Wohl habe der Himmel ihr die Mutter geraubt, aber so früh, dass sie den Verlust nicht als solchen ermessen habe können, weil ihr ja der Vergleich gefehlt habe. Eine große Zärtlichkeit spricht aus den Briefen Marie Kittls: »Du Liebling aller Herzen, wie machst Du es, daß man für Dich immer mehr hat als für die Anderen und Dich nie mehr vergessen kann?«[103]

Immer wieder mahnt Fräulein Kittl zu Vernunft und Mäßigung. Als »eben so kühne als gewandte Reiterin« (Moriz Ebner) soll Marie einmal vom Hof in Zdislawitz in ein Zimmer im ersten Stock gesprengt sein – was kaum glauben mag, wer die Stiegenaufgänge im Schloss gesehen hat. Als die Komtesse mit ihren Husarenstücken prahlt, fürchtet die Gouvernante nicht nur um Maries Gesundheit, sondern auch, »daß ich durch das Führen der Zügel die Ruhe und Leichtigkeit der Hand verliere«, die doch zur Ausführung der hübschen Aquarelle so nötig sei. So ermahnt Fräulein Kittl ihren Liebling auf Französisch: »Ich bewundere Deine Bravour, aber ich bin weit davon entfernt, sie gutzuheißen; eine Frau muss vorsichtig sein, und solche Heldentaten sind nur etwas für Männer.«[104]

Eben diese Beschränkung nicht zu akzeptieren, war das junge Mädchen aber früh entschlossen. Als Erwachsene blickt sie auf sich und ihre Geschwister zurück:

> »Wir bildeten ein Fähnlein von sieben Aufrechten, die fest zusammenhielten, und unter denen es drei Ehrgeizige gab, – zwei meiner Brüder und ich. Sie gedachten die Welt, ich gedachte das deutsche Theater zu reformiren. Der Weihestunde, in welcher dieser Entschluß mir ganz klar wurde, weiß ich mich heute noch zu erinnern. Der Schauplatz derselben war der Fichtenhain, der in *Lotti, die Uhrmacherin* geschildert ist, mein Alter 13 Jahre.«[105]

Der Fichtenhain von Schloss Zdislawitz erfährt im Roman eine symbolische Aufladung: »Alles eifrig, alles beschäftigt, alles, was da schwebte, flog und kroch, sich selber so wichtig und so kühn in seiner Schwäche, so unverdrossen in der Ausübung seiner kleinen Kräfte.« In ihren Briefen an die zunehmend besorgte Marie Kittl bekräftigt die Komtesse ihre Schwüre: Entweder nicht leben wolle sie oder die »größte Schriftstellerin aller Völker und Zeiten« werden. Die Gouvernante lässt sich begeistern für Maries Welt »von farbigen Träumen von sonnigen Erwartungen«, aber sie meint, ihr ins Gewissen reden zu müssen: »ja meine süße Marie ich weiß ich sehe es daß du ehrgeizig bist und ich bitte dich sehr arbeite an dir, daß dich diese Truggestalt nicht unglücklich mache, ja Marie es ist eine Truggestalt, besonders, wenn sie dem Weibe erscheint und ich fürchte sehr für dich, wenn du nicht deine Zufriedenheit im Glücklichmachen und Glücklichsein suchst.«[106]

Die Mutter: Marie Freiin
von Dubsky, geb. Vockel (?)

Der Vater: Franz
Freiherr von Dubsky

Marie (?, um 1836)

Marie (rechts) mit ihrer Schwester Friederike

Die Halbbrüder Victor und Adolph

Der Geburtsort: Schloss Zdislawitz (Zdislavice) in Mähren (Photo: W. Sonntag)

Großer Salon von Schloss Zdislawitz (Photo: W. Sonntag)

Das »Haus zu den drei Raben« in der Wiener Rotenturmstraße

Die Schwester Friederike (Fritzi), Aquarell von Marie Dubsky

Das Schlafzimmer der Schwestern im Drei-Raben-Haus, Aquarell von Marie Dubsky (1848)

oben: Der Vater Franz Graf Dubsky und die Schwester Fritzi, Bleistiftzeichnung von Marie Dubsky; *Mitte:* Aquarell und Zeichnung (Fritzi) von Marie Dubsky; *unten:* Skizzen (Fritzi, Napoleon, Fouché u. a.) von Marie Dubsky

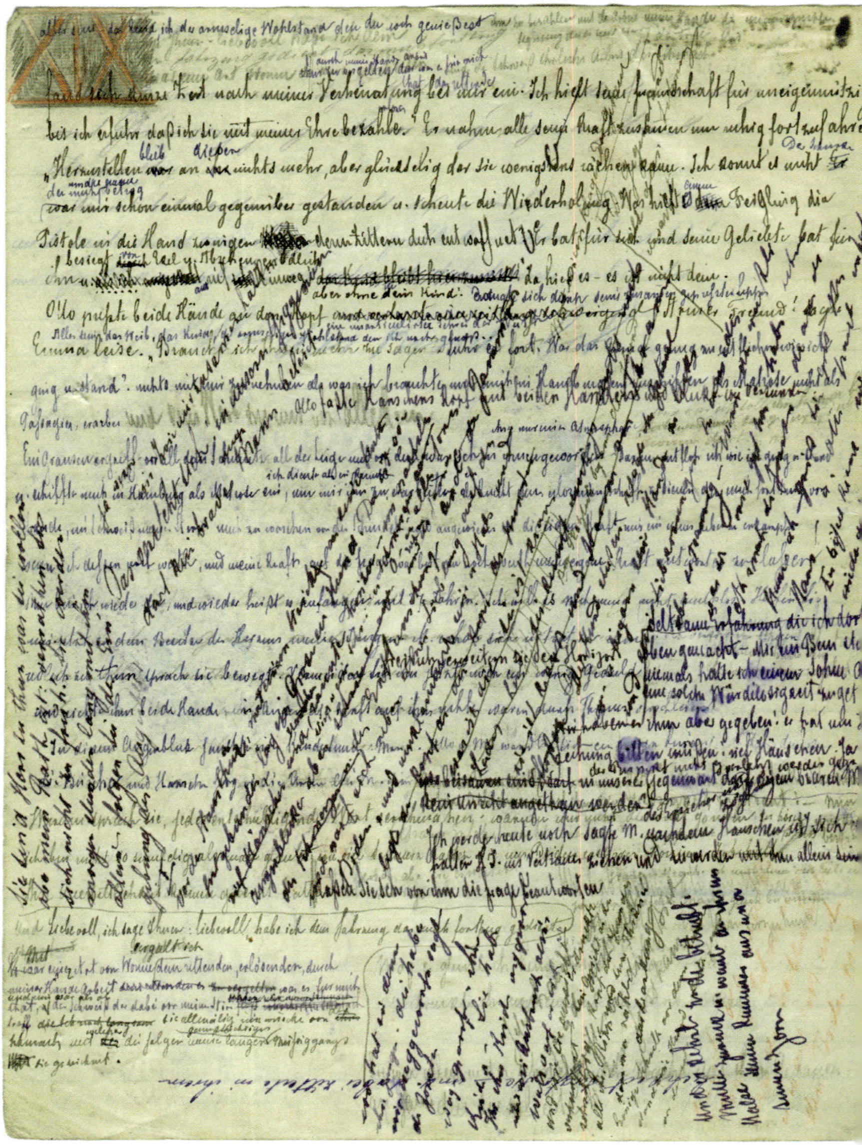
fand ich kurze Zeit nach meiner Verheiratung bei dir ein. Ich hielt Ihre Freundschaft für uneigennützig
bis ich erfuhr daß ich sie mit meiner Ehre bezahlte." Er nahm alle seine Kraft zusammen um ruhig fortzufahren
war mir schon einmal gegenüber gestanden u. scheute die Wiederholung.
Pistole in die Hand
aber ohne dein Kind.
Otto preßte beide Hände an den Kopf
Freund! sagte
Emma leise.
Otto faßte Hänschens Kopf mit beiden Händen
Ich werde heute noch sagte M. nachdem Hänschen sich

Notizen zum Roman *Die große Welt* (1852/53)

Johann Nepomuk Horrak: Marie von Ebner-Eschenbach 1851 (Aquarell)

Johann Nepomuk Ender: Marie von Ebner-Eschenbach als Braut 1848

Moriz Ebner von Eschenbach als Oberstleutnant (um 1860)

Nach dem Weggang Fräulein Kittls war das Verhältnis zwischen den älteren Schwestern und Großmutter Vockel sehr eng geworden, ja, Marie hatte der Großmama sogar gebeichtet, was ihr schwer aufs Gewissen drückte: dass sie noch immer schrieb. »Nur gescheit!« war die Antwort gewesen, und »Nur gescheit!« sagt sie auch, als sie im Frühling 1844 sterbend ihre Enkelin empfängt und diese in Tränen ausbricht. Ihr Tod erschüttert die beiden Schwestern schwer. Die Großmutter vermacht ihnen ihre Bibliothek, und Marie erhält den Auftrag, einen Katalog zu erstellen. Sie entledigt sich dieser Aufgabe, indem sie tut, wozu ein Bibliothekar eigentlich keine Zeit hat: Sie vertieft sich in die Bücher, die sie erfassen sollte. Eine höchst demoralisierende Wirkung übt eine Biographie Gotthold Ephraim Lessings auf Marie aus, der darin als genialisch frühreifer Knabe dargestellt wird: »*So* sind Kinder beschaffen, aus denen große Menschen werden – *so war ich nicht.*«[107]

Dieser Schlag trifft Marie, als sie eine fundamentale Glaubenskrise durchlebt, die durch ein Lehrbuch der Astronomie ausgelöst wurde, das der alte Josef Fladung verfasst und seiner Schülerin geschenkt hatte. Marie fand darin die Schöpfungserzählung des Katechismus widerlegt und sich selbst mit ihrer Überzeugung von der eigenen Wichtigkeit und Geborgenheit in Gott ins Nichts gestürzt: Ein »Stäubchen« war die Erde, »das im Sonnenstrahle tanzt«, und sie, Marie, wie alle Menschen, bloß »ein Hauch, über ein Stäubchen geweht, ein Nichts in der Unendlichkeit«. Ein »tödlicher Schmerz« ist diese Erkenntnis für das Mädchen, und sie löst ein Gefühl »völligen Vernichtetseins« aus, dem Pater Borek mit seinem Verweis auf die dem menschlichen Verstand überlegene göttliche Weisheit nicht nachhaltig abzuhelfen vermag.[108]

Diese Phase des Zweifels und der Ernüchterung fasst die Heranwachsende in einen Vierzeiler, den sie auf das Vorsatzblatt der Lessing-Biographie schreibt:

»Ich bin ein Nichts für meinen Gott,
Für meinen Nächsten bin ich klein,
Mir selber dien' ich nur zum Spott,
Wie könnt' ein Mensch noch ärmer sein?«[109]

Dank Maries genuiner Lebensfreude hält die pubertäre Depression jedoch nicht lange an. Bald findet sie sich damit ab, kein zweiter Lessing, sondern eben »etwas anderes Gutes« zu werden, und feiert zu diesem Zweck »wahre Leseorgien«: Shakespeare, Corneille, Racine, Goethe, Kleist, es fehlen allerdings die römischen und griechischen Klassiker, die der gleichaltrige Lessing im Original las: »Weil er ein Bub war, *durfte* er das, er *mußte* sogar Griechisch lernen und Latein. (…) Wofür würde ich angesehen werden, wenn ich anfangen wollte, Griechisch und Latein zu lernen? Ganz einfach für verrückt. Ich war ja nur ein Mädchen. Was gehört sich alles nicht, schickt sich alles nicht für ein Mädchen!«[110]

Ebenso heftig wie hartnäckig stürmt die junge Marie Dubsky gegen die Grenzen an, die Familie und Herkommen ihrem Wissensdurst setzen. In *Meine Kinderjahre* betrachtet die 75-Jährige jene Wochen in der Bibliothek ihrer Großmutter als eine Phase des Durchgangs zum Erwachsenenalter. Ihre »Sehnsucht, zu denken und zu leiden«, sollte bald Wirklichkeit werden. Aber: »Eine kleine Vergangenheit lag schon hinter mir. Ich hatte gedacht und gelitten – ich war kein Kind mehr.«[111]

Auf diesem freudig beschrittenen dornigen Pfad erhält Marie Dubsky eine ebenso überraschende wie willkommene Unterstützung – von keinem Geringeren als dem berühmtesten Dichter Österreichs. Ihre Stiefmutter hatte nach Josef Fladungs Fürsprache Maries poetische Ambition immerhin ernst genug genommen, um Franz Grillparzer 1847 einige lyrische Arbeitsproben zu schicken. Das an Xaverine Dubsky – »Gnädige Gräfin!« – adressierte Gutachten des damals 56-Jährigen liest sich wie ein literarischer Adelsbrief:

> »Die Gedichte zeigen unverkennbare Spuren von Talent. Ein höchst glückliches Ohr für den Vers, Gewalt des Ausdrucks, eine, vielleicht nur zu tiefe, Empfindung, Einsicht und scharfe Beurtheilungsgabe in manchen der satyrischen Gedichte bilden sich zu einer Anlage, die Interesse erweckt, und deren Kultivierung zu unterlassen wohl kaum in der eigenen Willkühr der Besitzerin stehen dürfte.
> Was noch fehlt ist jene Reife, die den Dichter erst zum Künstler macht, jene durchgehende Verständligkeit, die den Gedanken ungehindert auf den Zuhörer (oder wohl gar Leser?) überträgt. Junge

> Frauenzimmer sind jungen Männern von gleichem Alter an Verstand und Einsicht gewöhnlich um mehrere Jahre voraus; aber eines fehlt ihnen, was uns unsere mitunter abgeschmackten methodischen Studien geben: Ordnung in den Gedanken. Daran fehlt es zum Theile diesen Gedichten, namentlich wo sie zu schildern suchen und die Empfindung der Begebenheit störend in den Weg tritt.«[112]

Was – der »Hochachtungsvoll ergebenste« – Grillparzer »im allgemeinen und in Eile« notiert, wobei er hofft, gelegentlich »einzelnes und näheres mündlich nachzutragen«, sollte Marie von Ebner-Eschenbach über alle Enttäuschungen ihrer Laufbahn hinweg trösten und stets aufs Neue motivieren: Ihr Lebtag wird sie den Brief in Ehren halten. Dass der Dichter und amtierende Direktor des Hofkammerarchivs darin insbesondere die »scharfe Beurtheilungsgabe« und das satirische Talent der Autorin hervorhebt, spricht ebenso für seinen Kunstverstand wie die Erkenntnis, es stehe wohl gar nicht in deren Macht, ihre Begabung zu ignorieren – genau das war es ja, was ihre Angehörigen von ihr verlangten.

Im selben Jahr wagt die Siebzehnjährige, ein weiteres Urteil über ihre Arbeit selbst einzuholen: Sie sendet ihre Gedichte an die von ihr verehrte, wenn auch persönlich unbekannte Betty Paoli, recte Barbara Elisabeth Glück (1814–1894), damals eine der bekanntesten Schriftstellerinnen im deutschen Sprachraum; Stifter schätzte sie, Grillparzer nannte sie »*den* größten Lyriker Österreichs«.[113] Paoli, von der es hieß, sie sei eine uneheliche Tochter des Fürsten Nikolaus von Esterházy, blieb zeitlebens unverheiratet und musste ihren Lebensunterhalt als Journalistin, Übersetzerin, Erzieherin und Gesellschafterin adeliger Damen verdienen.

Am 31. Juli 1847 schreibt Betty Paoli aus Worlik, der Heimat Marie Kittls, wo sie im Schloss als Vorleserin der Fürstin Schwarzenberg lebt, eine ausführliche Antwort an die junge Kollegin, die deutlich weniger dezidiert ausfällt als die Grillparzers: Zu bestimmen, ob Marie Dubsky »Dichtertalent« besitze, scheine ihr »für den Augenblick unmöglich. Daß Sie eine poetische Natur sind, ist außer allem Zweifel; Ihre Gedichte wie jede Zeile Ihres Briefes bürgen mir dafür.« Freilich: »Man kann reich an den edelsten Gedanken, den schönsten Empfindungen und dennoch kein Dichter sein, wenn sich zu jenen Gaben nicht auch die Kraft des Bildens gesellt.« Ob sie diese besitze, lasse sich anhand von »Erstlingsarbeiten« nicht feststellen. Marie Dubsky möge ihrer inneren Stimme folgen und ihren geistigen Horizont erweitern: »Besitzen Sie wahrhaften Dichterberuf, so wird er durch Fleiß und Studium höhere Macht und Bedeutung erlangen« – Betty Paoli empfiehlt der Komtesse, mehr auf die Form ihrer Dichtung zu achten, »unsere großen Dichter« zu lesen, »unter den Neuern namentlich Platen«, als einen Meister der Form. Hat Grillparzer dem Teenager ein »höchst glückliches Ohr für den Vers« bescheinigt, so konstatiert Paoli: »Ihr Ohr muß erst recht gebildet werden (...).« Sie entschuldigt sich bei der Adressatin für ihre Offenheit: »die Sache ist zu wichtig, ja zu heilig, um leere Phrasen und Complimente zuzulassen.«[114]

Zu intensiver Lektüre und eifrigem Studium muss man Marie Dubsky nicht erst ermuntern, doch Paolis Ratschläge weiß sie zu schätzen. Im Februar 1848 stiftet Gräfin Xaverine die Bekanntschaft der beiden, indem sie die in adeligen Salons sehr begehrte Dichterin in ihre Wiener Wohnung einlädt. Es ist noch keineswegs der Beginn einer wunderbaren Freundschaft; diese sollte sich erst Jahrzehnte später entwickeln, wie auch Maries ganz spezielle Beziehung zu Franz Grillparzer. Damals, so vermutet Anton Bettelheim, habe Maries schwärmerischer Überschwang Betty Paoli eher befremdet.[115]

Onkel Moriz und der Blaustrumpf

Nicht nur hinsichtlich ihres künstlerischen Lebenswegs legt Marie Dubsky sich erstaunlich früh fest, sondern auch, was ihren privaten betrifft: Im Alter von vierzehn Jahren, so behauptet sie später, sei es für sie beschlossene Sache gewesen, dass sie einmal ihren Cousin Moriz Ebner von Eschenbach heiraten würde. Die beiden wohnen nun winters wie sommers unter einem Dach und sehen einander oft. »Onkel Moriz« war Naturwissenschaftler und Offizier, das erste mit noch mehr Hingebung als das zweite. Er war immer Vorzugsschüler gewesen, war umfassend gebildet, musikalisch und literarisch interessiert. In klaren Sommernächten stellt er im Zdislawitzer Park ein Fernrohr auf und vermittelt den Mädchen astronomische Grundkenntnisse, vor allem nimmt er sich der nach Marie Kittls Abgang geistig verwaisten jüngeren Cousine an.[116]

Er bemüht sich, ihren Zeichenlehrer zu korrigieren, der in seiner unglücklichen Liebe zur Naturwissenschaft die abstrusesten Erkenntnisse verkündet und mit eigenen Entdeckungen renommiert, die bereits hundert Jahre zuvor gemacht worden sind, etwa ein synästhetisches Farbenklavier. In seiner geduldigen, »klaren und anschaulichen Art« war Moriz von Ebner-Eschenbach der geborene Lehrer: »Solange er sprach, war ich überzeugt, alles gut zu verstehen, was er mir erklärte. Als ich aber darüber nachdachte und es mir zurechtlegen wollte in meinem Kopfe, da merkte ich, daß die neuen Erkenntnisse nicht hineingedrungen waren. Draußen schwebten sie umher als klang- und farbenreiche undeutliche Gebilde.«[117]

Trotz seiner intellektuellen Überlegenheit lässt »Onkel Moriz« sich von einer Schwärmerei seiner jungen Cousinen doch infizieren und erkrankt wie sie (und auch Franz Grillparzer) am sogenannten Lind-Fieber: Die schwedische Sängerin Jenny Lind hatte mit ihrer magischen Bühnenpräsenz das Kärntnertortheater, ja ganz Wien erobert. Marie erschien sie, Moriz Ebner zufolge, als »das verkörperte Ideal des Schönen«. Er vermutete »manche Hymne auf die Vergötterte« in ihrem Schreibtisch: »aufgeputzt, wie er war, sah er einem kleinen Hochaltare ähnlich. Die Bildniße einiger Gefeierten von Blumen umgeben, Lieblingsbücher und Leuchter zierten ihn, und ich glaube, daß er bei feierlichen Gelegenheiten auch beleuchtet wurde. In einem Schreine wurde nebst anderen Kostbarkeiten auch ein Handschuh J. Linds verwahrt, welchen Marie sich zu verschaffen gewußt hatte, und daneben lag ein Bindfaden, mit welchem die gefeierte Dichterin Betti Paoli das erste ihr zur Beurtheilung übergebene Drama umwunden hatte.«[118]

Der weiße Glacéhandschuh hat sich in Marie von Ebner-Eschenbachs Nachlass erhalten, samt einem Begleitbrief aus dem Jahr 1847: »Gott erhalte die Jugend in deiner Seele! – und schwanke nie in Deine [sic] Glaube! Jenny Lind«.[119]

Moriz Freiherr von Ebner-Eschenbach war in seiner Laufbahn zielstrebig auf den Spuren seines Vaters Wenzel gewandelt, der es vom Handschuhmacherlehrling bis zum Feldmarschall-Leutnant und zum Leiter des österreichischen »Geniewesens«, also der Militärtechnik, gebracht hatte. Als Ritter des Maria-Theresien-Ordens wurde er auch in den Freiherrenstand erhoben, mit dem Recht, den

Zusatz »von Eschenbach« im Namen zu führen, nach dem Stammsitz der Familie bei Nürnberg. Ob sich die Ebner-Eschenbachs in der Reformationszeit in einen bayerisch-protestantischen und einen österreichisch-katholischen Zweig gespalten hatten oder ob zwischen den beiden gar keine Verbindung bestand, ist unter Genealogen umstritten. Die Angehörigen der österreichischen Linie ließen sich jedenfalls zunächst in Schlesien nieder, dann, völlig verarmt, in Mähren, in Auspitz (Hustopeče) bei Brünn. Wie sein Vater, der mit vierzehn Jahren einen Freiplatz in der hochangesehenen k. k. Ingenieur-Schule in Wien-Gumpendorf erhalten hatte, war auch Moriz Stipendiat: Auf Verfügung des Kaisers durfte seine verwitwete Mutter für ihren Sohn zwischen einer zivilen Ausbildung im Theresianum und einer militärischen in der Ingenieur-Akademie wählen. Aus Angst entschied Helene von Ebner-Eschenbach sich für das Erstere. In seinen Memoiren erinnert Moriz Ebner sich an eine Audienz bei Franz I., die wie ein Urbild von Joseph Roths Roman *Radetzkymarsch* (1932) anmutet: Der Kaiser »gedachte der großen Verdienste meines Vaters und ermahnte mich in seine Fußstapfen zu treten«.[120]

So verwundert es nicht, dass Moriz partout nichts anderes werden wollte als Soldat. Mit der Erlaubnis seines Onkels und Vormunds Franz Dubsky wechselte er 1834 in die inzwischen in der Laimgrube (auf dem Boden der heutigen Stiftskaserne) etablierte Ingenieur-Akademie und machte dort rasch seine Defizite in den naturwissenschaftlichen Fächern wett. Als Kadett fand er Aufnahme im Ingenieur-Corps und Beschäftigung beim Bau der Olmützer Befestigungsanlagen. Weil ihn das Bürodasein nicht befriedigte, bewarb er sich um eine Professur für Chemie und Physik an der Ingenieur-Akademie, wo er ab 1841 unterrichtete; die offizielle Ernennung zum Professor durch den Genie-Generaldirektor Erzherzog Johann erfolgte zwei Jahre später.[121]

In ihrer Erzählung *Rittmeister Brand* (1895) hat Marie Ebner ein zart verfremdetes Portrait ihres Gatten gezeichnet. Da sind es die Eltern, Kaufleute, die nicht begreifen können, warum ihr Sohn just Soldat werden möchte: »Weil er erziehen wollte, wie er von klein auf getan.«[122] Was diese gelten lassen müssen: An Hund und Papagei, an Tauben und Spatzen, »an allen hatte er – und mit Glück – erzogen. Im Sommer (…) kamen die Kinder dran. Da war er immer von einem Trupp umgeben, den er kommandierte und der ihm gehorchte« –

was den Eltern »anfangs ganz unauffindbar schien, war der Zusammenhang zwischen seiner Lust zum Erziehen und seiner Liebe zum Militärstande«. Brand aber begreift die Armee als »Volkserziehungsanstalt«, in seinem Regiment ist er berühmt für seine »unerschöpfliche Geduld«. Als die Eltern ihrem Buchhalter klagen, ihr Sohn sei ein »Feuergeist«, denkt dieser bei sich: »Zur Hälfte Feuergeist, zur Hälfte Pedant. Die Sorte setzt alles durch.«

Ganz so sieht es auch beim jungen Baron von Ebner-Eschenbach aus. In seinen ersten Jahren als Lehrer an der Genie-Akademie besucht er selbst noch die Vorlesungen berühmter Kollegen: »Ich komme mir vor wie ein Schwamm, sauge mich an in den Vorlesungen Etting[s]hausens und Schrötters und presse mich am nächsten Tage in meiner eigenen Vorlesung aus.« Bald aber erwirbt der brillante junge Wissenschaftler sich auch durch seine experimentelle Forschung einen hervorragenden Ruf. Von seinem Onkel musste Moriz Ebner sich indes allerlei Hänseleien gefallen lassen, hatte Franz Dubsky doch eine ausgeprägte Abneigung gegen die »Gelahrten«, wie er sie nannte. Als Schulabbrecher und militärischer Praktiker hielt er, der einst in Karlsbad die Bekanntschaft Hegels gemacht hatte, Wissenschaftler grundsätzlich für weltfremd und lebensuntüchtig. Überhaupt musste, wie Marie Ebner es ausdrückte, »bei unserem Vater und seinem Neffen die gegenseitige Zuneigung und Wertschätzung ihre Kraft bewähren, um die Kontroversen, in die beide Männer oft gerieten, friedlich ausklingen zu lassen«. Graf Dubsky disputierte lebhaft und aufbrausend, er liebte den Streit und die Versöhnung, während Moriz Ebner sich nicht aus der Reserve locken ließ und kühl auf seiner Meinung beharrte.[123]

Der halbwüchsigen Marie musste ein Mann imponieren, der so viel wusste und konnte und es nun sogar wagte, dem gefürchteten Vater Paroli zu bieten. In der jüngeren Literatur zu Ebner-Eschenbach figuriert der Gatte der Schriftstellerin vornehmlich als Militarist und ältlicher Langeweiler, konservativ, dominant, ehrgeizig und egoistisch, kurz: als der Mann, der seiner Frau die Schriftstellerei verleidet hat[124] – ein Bild, das zumindest einseitig erscheint. Für Moriz Ebner verkörperte die wissensdurstige Cousine, an deren Wiege er einst gestanden war, das ideale Objekt seiner Erziehungsambitionen. In ihrer beider Verhältnis war sie der Schwamm, der begierig aufsog, was er von sich gab. Der junge Offizier erkannte den geistigen

Notstand, erfreut und gerührt erlebte er »das Erwachen und Erblühen dieser ungewöhnlichen Begabung unter so wenig günstigen Verhältnißen. Das Wissen war dürftig, die Muttersprache war weniger ausgebildet als die französische, das Wollen überstieg ins Maßlose das Können, die Hoffnungen auf baldigen Erfolg waren eben so kühn als noch wenig berechtiget, und die kaum 17 Jährige suchte umsonst jenes Verständniß und jene Förderung, die ihr so überaus nothwendig gewesen wäre.«[125]

Der Cousin, der Anfang dreißig und nach eigenem Befund »in seine jugendliche Base etwas verbrannt war«, geht strategisch vor und nähert sich Marie, die »zu einem ernsten, sinnigen Mädchen«, »erfüllt von heißem Verlangen nach großen Thaten«, herangewachsen ist, zunächst auf geistigem Gebiet. Er versucht, ähnlich wie Kleist in seinen Brautbriefen, ihren Bildungslücken mit kleinen Aufsätzen abzuhelfen. Später erscheinen ihm seine Abhandlungen ungeschickt und fehl am Platz, weil er sich darin nicht an Empfindung und Phantasie gewandt hat, sondern an den noch ungeschulten Verstand seiner Schülerin: »Sie war eine Libelle, welche eben erst ihre zarten Schwingen entfaltete, und er wünschte, sie möge sich gleich Schwänen und Condoren in die Lüfte erheben.«[126]

Marie Ebner selbst widerspricht in *Meine Kinderjahre* der Einschätzung ihres verstorbenen Mannes vehement: Er habe sie damals »den Wert der Bildung ermessen gelehrt« und auf ideale Weise gefördert. Jedenfalls führt sein zunächst pädagogischer Eros, wie Moriz Ebner bemerkt, »zu einem engeren geistigen Verkehr und hatte die angenehme Folge, daß mir Marie eine größere Zuneigung bewies, als unserem geschwisterlichen Verhältniße entsprechen mochte«. An anderer Stelle formuliert Moriz Ebner die Folgen seiner knochentrockenen Unterweisungen poetischer: »Gott Amor war ungehalten über solche Mißgriffe, aber sein edlerer Gefährte, der ernste Hymen, nahm sich des Bekümmerten an und schloß das Bündniß, welches dem Vetter und der Base während eines langen Lebens volle Befriedigung gewährte.«[127]

Moriz von Ebner-Eschenbach war zunächst freilich prosaisch genug, die Hindernisse zu erkennen, die Hymen, dem Gott der Ehe, entgegenstanden: Sie beide waren blutsverwandt. Er war ohne Vermögen und konnte mit seinem Gehalt einer Frau kein Leben auf großem Fuß bieten. Deshalb war die »Bescheidenheit« Maries, ihre »Abneigung gegen die Vergnügungen der großen Welt« für den Bewerber um ihre Hand nicht nur von ideeller, sondern auch von praktischer Bedeutung. Marie Ebner stellt ihre Gefühle für den fünfzehn Jahre Älteren später nicht als Verliebtheit dar, sondern als das folgerichtige Ergebnis ihres kindlichen Entschlusses. In der Novelle *Komtesse Paula* lassen sich die Eltern dazu bewegen, ihre Tochter einem älteren, wenig attraktiven Mann ohne Vermögen zur Frau zu geben, der als Genie gilt, aber auch als Don Quijote: »Ich träume, ich wäre sein«, heißt es im Text: »Und an seiner Seite würde ich gescheit, tüchtig und besser von Tag zu Tag.« Paula weiß freilich auch: »Sterben ist nichts, aber heiraten ist gewagt!« Sehr früh scheint Marie erkannt zu haben, dass ihr schriftstellerischer Beruf, bei aller Förderung durch den Cousin, mit ihrer beider Beziehung in Konflikt zu geraten droht. So erinnert sich Marie Kittl an den für ein heimlich verlobtes Mädchen doch ungeheuerlichen Satz aus einem Brief ihres Schützlings: »Ich kann das Dichten nicht aufgeben und wenn ich seine Liebe verlöre.«[128]

In Ebner-Eschenbachs Werk finden nicht selten Menschen zusammen, die gemeinsam aufgewachsen sind und lange durch ein bloß geschwisterliches Verhältnis verbunden waren – etwa in der Dialog-Novelle *Ohne Liebe* oder dem Roman *Lotti, die Uhrmacherin*, in dem am Ende der Ziehsohn Meister Feßlers dessen Tochter Lotti einen Heiratsantrag macht: »Ja, ja, antworteten die milden Augen, in die er fragend blickte, und der Mund, den er liebte, sprach: ›Guter Gottfried, nicht erst seit heute weiß ich, daß du mir das Liebste auf der Welt bist.‹ (…) Getreulich und jahrelang hatte er das Geheimnis seiner tiefsten Sehnsucht in sich verschlossen, der Jubel wollte ihm die Brust zersprengen.« In Marie Ebners Roman *Die arme Kleine* denkt Luise, als sie sich entschlossen hat, den Antrag des Außenseiters Bornholm anzunehmen: »Einem Menschen, den man herzlich liebt, alles sein zu können – ist alles. Herzliche Liebe, das war ihr Gefühl für ihn, von gewaltiger Leidenschaft wußte sie nichts, sie hielt sich ihrer sogar für unfähig. Aber treu verbunden mit dem teuersten Menschen durchs Leben zu gehen, dachte sie sich schön …« Auf Maries Ja folgt das Einverständnis ihres Vaters: 1847 sind der 32-jährige Moriz und die 17-jährige Marie offiziell verlobt. Wegen ihres jugendlichen Alters wird die Hochzeit erst für das folgende Jahr festgesetzt. Moriz legt sich ein Pferd zu, um seine Braut auf dem väterlichen Gut in Süßenbrunn bei Wien öfter besuchen zu können und »mit ihr und meinem Onkel manchen angenehmen Ritt zu machen«.[129]

Zur selben Zeit erlebt auch ihre Schwester Friederike, kaum in die Gesellschaft eingeführt, ihre erste große Liebe. Auf einem Ball im Hause des Fürsten Schwarzenberg lernt sie im Winter 1846/47 den um zwölf Jahre älteren Grafen August »Gustl« Kinsky kennen, Rittmeister bei den »Kaiser von Rußland Husaren«, nach Moriz Ebners Urteil »[g]utmüthig, lebensfroh, heiteren Sinnes, dabei ein flotter Tänzer und ein trefflicher Reiter«. In ihrem Tagebuch schildert Friederike Dubsky, wie sehr man sich in der Familie über Moriz' Antrag an Marie freute: »Wie stolz war ich sie allen Leuten als Braut vorzustellen. Doch wie sich mein cousin erklärt hatte so vorderten es meine Ältern von Kinsky auch. (…) Er machte mir so decidirt den Hof alle Leute sprachen davon, und doch sagte er mir nie ein Wort.«[130]

So ist der Sommer 1847 in Zdislawitz für Fritzi eine bittere Zeit: »Ich bin so allein überall wohin ich komme. Die Schwester ist Braut, sie sind oft so glücklich sich ungestört sprechen zu können, und mir ist ihr Glück zu heilig zu erfreulich als daß ich es stören sollte. Ich kann mir so deutlich vorstellen wie störend eine Dritte und wenn es auch eine Schwester ist in einem solchen glücklichen Bunde ist. Mir sind es die glücklichsten Impressionen wenn ich Marie an Moritz Seite so glücklich sehe.«

Das Glück der anderen scheint in dieser nachdrücklichen Beschreibung aus nächster Nähe durchaus den Charakter der Verliebtheit zu besitzen. Fritzi ist sich bewusst, dass es für ihre Schwester im Verkehr mit so vielen jungen Leuten, die »heitrer anziehender für das Äußere« sind als Moriz, sehr leicht gewesen wäre, »den wahren inneren Werth meines zukünftigen Schwagers wenn nicht [zu] vergessen so vielleicht [zu] übersehen«. Am 27. Mai 1848 erfolgt das erste Aufgebot der für Juli geplanten Vermählung, auf die sich reinen Herzens zu freuen Fritzi wacker bemüht ist. Eine Woche später wird sie von ihren Leiden endlich erlöst: Kinsky hält bei den Eltern um ihre Hand an, die ihm gerne gewährt wird. Denn obwohl nicht er, sondern sein Bruder Carlos als Majoratsherr über das riesige Vermögen der Familie verfügt, ist August Kinsky, Herr auf Bürgstein und Schwoika, doch eine unvergleichlich bessere Partie als Moriz Ebner.

In dieser einen Woche geschahen jedoch Dinge, die die behütete Welt der Komtessen wenigstens mittelbar dem rauen Wind der Geschichte aussetzten: Im Wien der Revolution spitzten sich die Ereignisse zu. Am 29. Mai notiert Komtesse Fritzi in Zdislawitz in ihr Tagebuch:

> »Moritz und Dolph [Adolph] schrieben uns – entsetzlich sah es in Wien aus – Die Academische Legion sollte ihre Waffen auf Befehl des Ministeriums abgeben und sich mit der Nationalgarde vereinigen. Schon war alles beider Seits abgemacht als der Comandant durch ein Zeichen des Mißtrauens alles in Alarm brachte, er ließ Canonen auf den Universitäts Platz aufführen die Thore sperren die Garnison ausrücken. In einem Augenblick versammelte sich die Nationalgarde mit der Academischen Legion, den[en?] Handwerkern und Bürgern, es entstanden Baricaden auf allen Plätzen in allen Straßen. Alle Fenster waren mit Steinen versehen die man auf das Militär werfen sollte, unsere Wohnung wurde sogleich in Beschlag genommen, wer mag wohl jetzt in den so sorgfältig bewahrten Zimmern hausen? – (…) Das Ministerium nahm seine Befehle zurück die Garnison maschirte wieder in die Kasernen – die Baricaden bleiben besetzt – die Bewohner der Stadt sind schutzlos, der Plünderung überlassen die Eisenbahn bis Flori[d]sdorf zerstört – und wir wissen die Tante den Moritz die Brüder jeden Augenblick in Todesgefahr – (…) Maries Hochzeit auf weiß Gott wie lange auf geschoben ihr künftiges Etablissement vielleicht zerstört.«

Graf Dubsky bricht rasch nach Süßenbrunn und Wien auf, um Wertvolles vor etwaigen Plünderern in Sicherheit zu bringen. Zwei Tage später kehrt er mit den Söhnen Adolph und Victor, damals bereits Zöglinge der Wiener Ingenieur-Akademie, wohlbehalten zurück nach Zdislawitz. So unbegründet Fritzis Ängste waren, beruhigte sich die politische Lage doch nur vorübergehend.

Bereits im März 1848 war es in Wien zum Sturm auf das niederösterreichische Landhaus durch Studenten gekommen, die die bürgerlichen Forderungen nach einer Abschaffung des Absolutismus unterstützten; Arbeiter schlossen sich der Demonstration an, das Militär griff ein, die Bürger bewaffneten sich und errichteten Barrikaden, es gab Verwundete und Tote.[131] Nach der Flucht des verhassten Staatskanzlers Metternich hob Kaiser Ferdinand I. die Zensur auf und kündigte eine freiheitliche Verfassung an. Weil diese im April

»oktroyierte« Konstitution den Revolutionären zu wenig demokratisch erschien, kam es zu den Mai-Unruhen. Die Regierung machte Zugeständnisse, der Kaiser zog die Konstitution wieder zurück und floh nach Innsbruck.

Als Großgrundbesitzer und Aristokrat vom alten Schlag war Franz Dubsky – wie der alte Graf Rondsperg in Ebners Roman *Božena* (1875) – von Anfang an ein entschiedener Gegner der Revolution, seine Söhne folgten ihm darin. Etwas anders verhielt es sich mit seinem Neffen: Moriz Ebner von Eschenbach, der spätere k. u. k. General, hegte zumindest anfangs gewisse Sympathien für die Aufständischen, die er »jugendliche Feuergeister« nennt; auch er beklagt die »allgemeine Stagnation« in Österreich, obwohl er sich als Wissenschaftler bisher »blutwenig« um Politik gekümmert hatte.[132] Am 13. März wurde er in seinem Labor von den Ereignissen ebenso überrascht wie auch die übrige Familie: »Dieses gutmüthige, lebensfrohe, Bier, Salat und Backhühner liebende Wiener-Volk sollte es gewagt haben, seinen beschränkten Unterthanen-Verstand zu gebrauchen und sich der Polizei, ihrem gewohnten Schreckbilde, zu wiedersetzen?«

Zu Hause traf er auf Franz Dubsky und die zu Tode erschrockene Fritzi, die Pulverdampf nicht einmal auf der Bühne ertrug. »Marie dagegen war sehr muthig, sie wußte nur in diesem Augenblicke nicht, ob sie die Parthei der Bedrohten oder die der Bedrohenden ergreifen sollte. Ich stand mit ihr am Fenster und wir bewunderten den Heldenmuth einer Rotte kleiner Kappelbuben, welche das (...) zu ihrem Glücke unbesetzte Polizei-Wachhäuschen mit keckem Muthe angriffen und zu Boden streckten.« Mochte seine Verlobte einer romantischen, durch ihre Schiller- und Anastasius-Grün-Lektüre geprägten Idee von Freiheit anhängen, so sah Hauptmann von Ebner-Eschenbach sich als »kühler Beobachter« der Märztage und betrachtete die »s. g. Freiheit« als mit »schwerem Gelde« – auch an der Börse – bezahlt. Mit einem »sehr gemischten Gefühle« blickte wohl auch seine Braut auf diese Zeit der Anarchie zurück. Doch noch als fast Achtzigjährige spricht sie, gründlich ernüchtert, von 1848 als dem Jahr, »in dem ich voll Begeisterung das Anbrechen einer neuen herrlichen Zeit begrüßte«.[133]

Viele anfängliche Sympathisanten wandten sich erst in den Maitagen von der revolutionären Bewegung ab, die meisten Bürgerlich-

Liberalen und bald auch die Bauern (die durch ein kaiserliches Patent im September 1848 von den Abgabelasten der Erbuntertänigkeit befreit wurden) waren von der Radikalisierung der Massen abgestoßen. Dazu kam die nationalistische Komponente der Revolution, die in Prag und Krakau zu Aufständen, in Ungarn, aber auch in den Staaten Italiens zu Unabhängigkeitskriegen gegen die österreichische Herrschaft führte.

Maries und Moriz' Hochzeit musste trotz alledem nicht verschoben werden – in Zdislawitz blieb es verhältnismäßig ruhig. Eine Hürde allerdings war vorher noch zu nehmen: Für die Ehe zwischen Cousin und Cousine musste Baron von Ebner-Eschenbach in Rom um eine Dispens ansuchen. Diese kostete 800 Franken, was den freisinnigen Mann hart ankam: Die Ehe zwischen Blutsverwandten werde schließlich aus physiologischen, nicht aus moralischen Gründen verboten, deshalb sei es Sache des Staates, und nicht der Kirche, eine Ausnahme zu gestatten: »Allein die Kirche läßt überall, wo es eben angeht, ihren Klingelbeutel ertönen, und dieses fromme Geklimper wird so lange andauern, bis bessere Einsicht die blöden Gläubigen wird in harthörige Ungläubige verwandelt haben.«[134] Dass Moriz Ebner mit dieser Einstellung in der streng katholischen Familie Dubsky keinen leichten Stand hatte, verwundert nicht.

Außerdem blieb er für die Dubskys zeitlebens der arme Verwandte und haderte mit einem Ruf, der auch auf seine Frau abfärbte, die allerdings mit dem Erreichen der Großjährigkeit an ihrem 18. Geburtstag Anspruch auf ihr mütterliches Erbteil hatte. In seinen *Erinnerungen* berechnet Moriz Ebner dies penibel: Ein Sechstel des mütterlichen Vermögens stand Marie zu, das waren 46 000 Gulden. Der Vormund musste diese Summe bei der Militärbehörde sicherstellen und erhielt daraus pro Kind einen jährlichen Erziehungsbeitrag von jährlich 1200, nach zehn Jahren 1000 Gulden genehmigt. Bei der Auszahlung erhielt die Tochter zusätzlich zum Pflichtteil einen Betrag von 23 500 Gulden. Moriz Ebner bezeichnet diese Regelung als »eine Rente für den Vater«, außerdem sei nach dessen Tod das restliche Vockel'sche Vermögen auf alle sieben Kinder verteilt worden. Franz Dubsky habe immerhin versucht, die Ungerechtigkeit durch ein Legat zu Lebzeiten auszugleichen, auch habe der »vortreffliche Stiefbruder Adolf« zu »solchem Ausgleich gar manches beigetragen«.[135] Das wohl früh verfestigte Gefühl des Zukurzgekommenseins, das nur Moriz, nicht aber seine Frau hatte, mag erklären, warum er später gegen die großzügigen Zuwendungen Adolph Dubskys kaum etwas einzuwenden hatte.

Am 3. Juli 1848 wurden die Brautleute durch Pater Borek in Zdislawitz getraut. Schwester Fritzi und Gustl Kinsky sollten ihrem Beispiel im September folgen. »Sonderbares Geschick!«, resümiert Moriz von Ebner-Eschenbach: »Die kühne Marie heirathet einen gelassenen Studiosus, die zaghafte Fritzi einen unternehmenden Rittmeister. Ob des ersteren Bücher, Instrumente, Chemikalien und Apparate der Gattin so viel Kummer bereitet haben als des letzteren Pferde, Hunde, Papageien und brasilianische Spatzen, getraue ich mir nicht zu entscheiden.«[136]

In ihren Kindheitserinnerungen dankt Marie Ebner nicht nur ihrem Ehemann und Förderer, sondern auch allen, die ihren literarischen Bemühungen Steine in den Weg legten. Vornehm verschweigt sie, dass auch der Gatte zu dieser Gruppe gezählt werden kann. Im Blick zurück sieht die Schriftstellerin nur das Positive: »Je härter und widerwilliger der Boden war, in dem das Bäumchen meiner Kunst Wurzel schlagen mußte, desto fester stand es, und je grausamer die Mißerfolge gewesen sind, die jeden Schritt am Beginn meiner Laufbahn bezeichnet haben, desto enger schloß sich das Bündnis zwischen mir und meinem vielbestrittenen Talent.«[137]

Anmerkungen

1 A, 1/598.

2 Moriz von Ebner-Eschenbach: *Erinnerungen des k.k. Feldmarschall-Lieutenants.* Hrsg. von Edda Polheim. Berlin: Nicolai 1994, 53ff. Vgl. auch Milan Čoupek: *Aus der Geschichte der Geschlechter Dubsky von Třebomyslic und Ebner von Eschenbach.* In: Karl Konrad Polheim (Hg.): *Marie von Ebner-Eschenbach. Ein Bonner Symposion zu ihrem 75. Todesjahr.* Bern et al.: Peter Lang 1994, 15–26, 20.

3 Marie von Ebner-Eschenbach: *Sämtliche Werke.* Bd. 6. *Die unbesiegbare Macht. Bertram Vogelweid. Agave. Altweibersommer. Meine Kinderjahre.* Berlin: Paetel [1920], 578. Darin: *Meine Kinderjahre.* Im Folgenden zitiert mit der Sigle MK, der Bandzahl 6 und der Seitenzahl.

4 Vgl. Moriz von Ebner-Eschenbach, *Erinnerungen*, 55f.

5 Marie von Ebner-Eschenbach: *Sämtliche Werke.* Bd. 1. Berlin: Paetel [1920], 129. Darin: *Die erste Beichte.* Im Folgenden zitiert mit der Sigle EB, der Bandzahl 1 und der Seitenzahl.

6 Vgl. Moriz von Ebner-Eschenbach, *Erinnerungen*, 55, 153. Um 1830 entsprach 1 Gulden einem Wert von 17,24 Euro (Stand 2011). Die Summe ergibt demnach 4 758 240 Euro. Vgl. *Währung Gulden und Kronen. Gegenwerte in Euro*. Vgl. http://www.albertmilde.com/deu/waehrung.html sowie Karlheinz Rossbacher: *Literatur und Liberalismus. Zur Kultur der Ringstraßenzeit*. Wien: Jugend & Volk 1992, 92f. Hier wird der Gulden für die »letzten Jahrzehnte vor 1900« mit 90 bis 100 Schilling umgerechnet.

7 MK, 6/571.

8 Moriz von Ebner-Eschenbach, *Erinnerungen*, 55.

9 Moriz von Ebner-Eschenbach, zit. nach: Bettelheim I, 2.

10 MK, 6/552f.

11 Vgl. Bettelheim I, 2.

12 Marie von Ebner-Eschenbach: *Sämtliche Werke*. Bd. 1. Berlin: Paetel [1920], 435. Darin: *Die Freiherren von Gemperlein*. Im Folgenden zitiert mit der Sigle FG, der Bandzahl 1 und der Seitenzahl.

13 Vgl. Čoupek, *Aus der Geschichte der Geschlechter Dubsky und Ebner*, 19. Vgl. Bettelheim I, 6.

14 MK, 6/568.

15 Vgl. Bettelheim I, 6f.

16 Vgl. MK, 6/574.

17 Ebd., 576.

18 Vgl. Bettelheim I, 6; sowie Čoupek, *Aus der Geschichte der Geschlechter Dubsky und Ebner*, 24.
Vgl. zum Hochzeitsjahr 1810 auch Bettina Mitterhofer: *Moritz Ebner von Eschenbach – Erfinder und Literat. Ein Mann im Schatten seiner Frau*. Diss. Wien 1986, 7.

19 MK, 6/554; zit. nach: ebd., 578.

20 Ebd., 554, 571.

21 Ebd., 572.

22 Marie von Ebner-Eschenbach: *Aus meinen Kinder- und Lehrjahren*. In: Karl Emil Franzos (Hg.): *Die Geschichte des Erstlingswerks. Selbstbiographische Aufsätze*. Eingeleitet von Karl Emil Franzos. Mit den Jugendbildnissen der Dichter. Berlin: Concordia Deutsche Verlags-Anstalt o. J. [1894]. 67–83, 69f. Im Folgenden zitiert unter der Sigle MKL.

23 Marie von Ebner-Eschenbach: *Sämtliche Werke*. Bd. 1. Berlin: Paetel [1920], 363. Darin: *Božena*. Im Folgenden zitiert mit der Sigle B, der Bandzahl 1 und der Seitenzahl.

24 FG, 1/437.

25 MK, 6/552.

26 Vgl. MK, 6/560, 566f.

27 Ebd., 560f., 571.

28 Ebd., 561f.

29 MKL, 67.

30 Ebd., 67f.

31 Ebd. Von »weiblichen Handarbeiten« ist, bei sonst teilweise gleichem Wortlaut, nur die Rede in: MK, 6/581; vgl. auch 598, 632.

32 MK, 6/563f., 564f.

33 Vgl. ebd., 569f.

34 Vgl. Konstanze Fliedl: *Close reading. Zu Marie von Ebner Eschenbachs »Meine Kinderjahre«*. In: Roland Innerhofer, Daniela Strigl (Hg.): *Sonderweg in Schwarzgelb? Auf der Suche nach einem österreichischen Naturalismus in der Literatur*. Innsbruck: Studienverlag 2016, 97–110, 100.

35 MK, 6/570, 581.

36 MK, 6/570. Vgl. Georg Groddeck: *Das Buch vom Es. Psychoanalytische Briefe an eine Freundin.* Leipzig, Wien, Zürich: Internationaler Psychoanalytischer Verlag 1923, 145.
37 EB, 1/129f, 141, 149.
38 MK, 6/621, 623.
39 Vgl. MKL, 68.
40 MK, 6/553f. Dort auch das Folgende; ebd., 681.
41 Ebd., 626.
42 Ebd., 593.
43 Ebd., 594. Zur Reaktion kleiner Kinder auf den Tod ihrer Angehörigen vgl. Groddeck, *Das Buch vom Es*, 165.
44 Ebd., 576. Dort auch das Folgende; ebd., 682.
45 Ebd., 559f.
46 MKL, 74.
47 Ebd.
48 MK, 6/612f.
49 Marie von Ebner-Eschenbach: *Sämtliche Werke.* Bd. 4. Berlin: Paetel [1920], 491. Darin: *Schattenleben.* Im Folgenden zitiert mit der Sigle SCH, der Bandzahl 4 und der Seitenzahl. MK, 6/613.
50 Vgl. Else Freistadt: *Vom inneren Leben der Jugend.* In: *Handbuch der Individualpsychologie.* 2. Bd. Hrsg. von Erwin Wexberg. Berlin, Heidelberg: Springer 1926, 235–275, 249.
51 MK, 6/612.
52 Groddeck, *Das Buch vom Es*, 6f.
53 MK, 6/555.
54 SCH, 4/491. Tolstoi war beim Tod seiner Mutter knapp zwei Jahre alt.
55 Marie von Ebner-Eschenbach: *Sämtliche Werke.* Bd. 4. Berlin: Paetel [1920], 479f. Darin: *Der Fink.* Im Folgenden zitiert mit der Sigle F, der Bandzahl 4 und der Seitenzahl.
56 Zit. nach: Nikolai J. Ossipow: *Tolstois Kindheitserinnerungen. Ein Beitrag zu Freuds Libidotheorie.* Wien: Internationaler Psychoanalytischer Verlag 1923, 97. Auch Tolstois Mutter war allgemein hochgeachtet und sehr gebildet, galt als gütig und nicht eigentlich schön, ihr Sohn als hässlich. Wie Ebner-Eschenbach erhielt er eine zärtliche Ersatzmutter. MK, 6/553; vgl. Groddeck, *Das Buch vom Es*, 6.
57 Ebner-Eschenbach nennt in *Meine Kinderjahre* irrtümlich 1841 als Hochzeitsjahr, vgl. MK, 6/640f. Milan Čoupek ermittelte im Familienarchiv jedoch das Jahr 1840, vgl. Čoupek, *Aus der Geschichte der Geschlechter Dubsky und Ebner*, 20. MK, 6/642, 644.
58 Ebd., 649.
59 Vgl. Bettelheim, *Marie von Ebner-Eschenbach*, 22.
60 MKL, 76; vgl. MK, 6/650.
61 Ebd., 652. Dort auch das Folgende.
62 Vgl. ebd., 579f.
63 Ebd., 581; vgl. 585f.
64 Ebd., 587f.
65 Vgl. ebd., 600ff., 605.
66 Ebd., 606; Friedrich Nietzsche: *Die fröhliche Wissenschaft.* Frankfurt/Main: Insel Verlag 1982, 212.
67 Vgl. MK, 6/600, 689; Bettelheim I, 22; MK, 6/607.
68 Groddeck, *Das Buch vom Es*, 14.
69 MK, 6/607.
70 Vgl. ebd., 605; 673ff.
71 Ebd., 656.
72 Vgl. ebd., 643f.

73 Vgl. ebd., 598; 614.
74 Ebd., 615; vgl. 626.
75 Ebd., 626f. Dort auch die folgenden Zitate.
76 Vgl. ebd., 698ff.
77 Ebd., 679.
78 Ebd.; vgl. 620f.
79 Vgl. ebd., 629.
80 Ebd., 630; vgl. dort auch das Folgende.
81 Ebd., 632f.
82 Vgl. ebd., 681.
83 Ebd., 633f.
84 Vgl. Friedrich Gatti: *Geschichte der k. und k. technischen Militär-Akademie. 1. Teil. Geschichte der k. k. Ingenieur- und der k. k. Genie-Akademie. 1717–1869.* Wien: Wilhelm Braumüller 1901, 776. In *Meine Kinderjahre* (6/636) steht falsch 1840 und ebenso falsch, er sei damals im 27. Lebensjahr gestanden. Moriz von Ebner-Eschenbach war Jahrgang 1815.
85 Vgl. MK, 6/636ff. Vgl. dort auch das Folgende.
86 Ebd., 639.
87 Ebd., 640.
88 Ebd., 657f. Der Schiller-Band steht auch in Fräulein Lottis Bibliothek in *Lotti, die Uhrmacherin*, vgl. Marie von Ebner-Eschenbach: *Sämtliche Werke.* Bd. 3. Berlin: Paetel [1920], 7. Darin: *Lotti, die Uhrmacherin.* Im Folgenden zitiert mit der Sigle L, der Bandzahl 3 und der Seitenzahl.
89 MKL, 76; vgl. zum Folgenden MK, 6/659. Vgl. Georg Reichard: *Die Dramen Marie von Ebner-Eschenbachs auf den Bühnen des Wiener Burg- und Stadttheaters.* In: Polheim (Hg.), *Marie von Ebner-Eschenbach,* 97–121, 101. 1881 hatte Ebner-Eschenbach eine Viertel-Loge.
Vgl. Brief Marie von Ebner-Eschenbachs an Franz Graf Dubsky, 24.1.1858, MZA Brünn, Familienarchiv Dubsky, G 366, Kart. 28, I.N. 146.
90 Vgl. MK, 6 /668ff.
91 MKL, 76f; vgl. MK, 6/658, 670.
92 Vgl. ebd., 645f.
93 Vgl. ebd., 665, 671.
94 Vgl. ebd., 572.
95 Marie von Ebner-Eschenbach: *Sämtliche Werke.* Bd. 4. Berlin: Paetel [1920], 5. Darin: *Unsühnbar.* Im Folgenden zitiert mit der Sigle U, der Bandzahl 4 und der Seitenzahl.
96 Ebd., 5f.
97 Bettelheim I, 22. Marie von Ebner-Eschenbach: *Sämtliche Werke.* Bd. 2. *Dorf- und Schloßgeschichten. Zwei Komtessen. Neue Dorf- und Schloßgeschichten. Das Gemeindekind. Ein kleiner Roman. Ohne Liebe.* Berlin: Paetel [1920], 180. Darin: *Komtesse Muschi.* Im Folgenden zitiert mit der Sigle KM, der Bandzahl 2 und der Seitenzahl.
Marie von Ebner-Eschenbach: *Sämtliche Werke.* Bd. 2. Berlin: Paetel [1920], 186. Darin: *Komtesse Paula.* Im Folgenden zitiert mit der Sigle KP, der Bandzahl 2 und der Seitenzahl.
98 Ebd., 2/189.
99 Ebd., 195.
100 MK, 6/681.
101 Klostermaier, *Marie von Ebner-Eschenbach*, vgl. VIII, berichtet, allerdings ohne Quellenangabe, die Dichterin habe ihre engsten Vertrauten, darunter Louise von François und Marie Kittl, gebeten, ihre Korrespondenz zu verbrennen. In Ebner-Eschenbachs Tagebuch findet sich ein Hinweis darauf, dass sie nach dem Tod Louise von François' offenbar erfolgreich versuchte, ihre in deren Nachlass befindlichen Briefe von den Erben zurückzuerhalten, vgl. TB 4, 7.11.1893, 256.
102 MK, 6/670f., 681.

103 Zit. nach: Bettelheim I, 26.
104 Moriz von Ebner-Eschenbach, *Erinnerungen*, 61. Anton Bettelheim: *Marie von Ebner-Eschenbachs Wirken und Vermächtnis.* Leipzig: Quelle & Meyer 1920, 79. Im Folgenden mit der Kurzform Bettelheim II zitiert. Bettelheim I, 26f.; MK, 6/682. Das Zitat lautet auf Französisch: »Je vous admire dans vos (?) bravour, mais je suis loin de les approuver; il faut de la prudence dans une femme et de tels exploits ne sont faits que pour les hommes.« Zit. nach: Bettelheim I, 25; vgl. den leicht abweichenden Wortlaut in MK, 6/682.
105 Zit. nach: Paul Heyse, Ludwig Laistner (Hg.): *Neuer Deutscher Novellenschatz.* 24 Bände, Bd. 1, Ludwig Starklof: *Sirene.* Marie von Ebner-Eschenbach: *Die Freiherren von Gemperlein.* München, Leipzig: Oldenbourg 1884, [Vorwort] 193.
106 L, 3/115; Bettelheim I 25; Brief Marie Kittls an Marie von Ebner-Eschenbach, dat. »Am 28ten«, Wienbibliothek, Handschriftensammlung, I.N. 129947.
107 MK, 6/681, 709, 713.
108 MK, 6/684ff.
109 Ebd., 713.
110 Ebd., 714.
111 Ebd., 723.
112 Brief Franz Grillparzers an Xaverine Gräfin Dubsky [1847], Wienbibliothek, Handschriftensammlung, I.N. 6725. Dort auch das Folgende.
113 Zit. nach: Bettelheim II, 78; vgl. auch Rossbacher, *Literatur und Liberalismus*, 325; sowie Karin S. Wozonig: *Die Literatin Betty Paoli. Weibliche Mobilität im 19. Jahrhundert.* Wien: Löcker 1999.
114 Bettelheim I, 220.
115 Vgl. ebd., 24, sowie Bettelheim II, 86.
116 Bettelheim beruft sich auf einen Brief Ebner-Eschenbachs an Julius Rodenberg, vgl. Bettelheim II, 74; vgl. MK, 6/684.
117 Ebd., 697.
118 Moriz von Ebner-Eschenbach, *Erinnerungen*, 58. Dort und 57 auch die vorangegangenen Zitate. In der Anm. 6 zitiert der Autor Grillparzers Gedicht Jenny Lind.
119 Brief Jenny Linds an Marie Gräfin Dubsky, 1847, Wienbibliothek, Handschriftensammlung, I.N. 56701.
120 Vgl. Bettelheim I, 31, und im Widerspruch dazu Mitterhofer, *Moritz Ebner von Eschenbach*, 4. Vgl. Gatti, *Geschichte der k. und k. technischen Militär-Akademie*, 215. Zit. nach: Mitterhofer, *Moritz Ebner von Eschenbach*, 8.
121 Vgl. ebd., 12.
122 Marie von Ebner-Eschenbach: *Sämtliche Werke.* Bd. 3. Berlin: Paetel [1920], 487ff. Darin: *Rittmeister Brand.* Im Folgenden zitiert mit der Sigle RB, der Bandzahl 3 und der Seitenzahl. Dort auch die folgenden Zitate.
123 MK, 6/637, 636.
124 Vgl. etwa Tanzer, *Frauenbilder im Werk Marie von Ebner-Eschenbachs*, 36–40; Evelyne Polt-Heinzl: *Ringstraßenzeit und Wiener Moderne. Porträt einer literarischen Epoche des Übergangs.* Wien: Sonderzahl 2015, 80–84; Klostermaier, *Marie von Ebner-Eschenbach*, 75ff., 206–209; Klostermaier, *Anton Bettelheim*, 19f., 26, 31; kritisch dazu: Marie Luise Wandruszka: *Marie von Ebner-Eschenbach. Erzählerin aus politischer Leidenschaft.* Wien: Passagen Verlag 2008, 13.
125 Moriz von Ebner-Eschenbach, *Erinnerungen*, 58.
126 Bettelheim I, 26f.
127 MK, 6/680. Moriz von Ebner-Eschenbach, *Erinnerungen*, 59; zit. nach: Bettelheim I, 27. Bettelheim zitiert aus einer ihm vorliegenden anderen Fassung der Memoiren.
128 Moriz von Ebner Eschenbach, *Erinnerungen*, 60. KP, 2/214, 235. Zit. nach: Bettelheim II, 80.
129 L, 3/121. Marie von Ebner-Eschenbach: *Sämtliche Werke.* Bd. 5. *Stille Welt. Aus Spätherbsttagen. Genrebilder. Die arme Kleine.* Berlin: Paetel [1920], 739. Darin: *Rittmeis-*

ter Brand. Im Folgenden zitiert mit der Sigle RB, der Bandzahl 5 und der Seitenzahl. Moriz von Ebner-Eschenbach, *Erinnerungen*, 61.

130 Ebd., 59. Friederike Gräfin Dubsky: Tagebuch 1847, 9f. Die folgenden Zitate ebd., 16, 18, 33. Familienarchiv Dubsky, G 366, MZA Brünn.

131 Zu den historischen Ereignissen vgl. etwa Dieter Hein: *Die Revolution von 1848/49.* München: C. H. Beck [4]2007 (= C. H. Beck Wissen 2019).

132 Moriz von Ebner-Eschenbach, *Erinnerungen*, 26; ebd., 27ff., die folgenden Zitate.

133 Brief an Marie Hirsch (Pseudonym Adalbert Meinhardt) vom April 1908, zit. nach: Bettelheim II, 91.

134 Ebd., 60.

135 Vgl. Moriz von Ebner-Eschenbach, *Erinnerungen*, 153f.

136 Bettelheim II, 61. Die Hochzeitsanzeige lautete: »Moriz, Freiherr Ebner von Eschenbach, Capitän-Leutant im k. k. Ingenieur-Corps, gibt geziemend Nachricht von seiner Vermählung mit dem hochgeborenen Fräulein Marie Gräfin Dubsky-Trzebomislitz, Tochter des hochgeborenen Herrn Franz Grafen Dubsky Freiherrn von Trzebomislitz, k. k. Kämmerers, Oberstwachmeisters in der Armee, Ritters des kaiserlich-russischen St. Wladimir-Ordens, Herrn der vereinigten Güter Zdißlawitz und Lebedau, und weiland der hoch- und wohlgeborenen Frau Maria Freifrau Dubsky-Trzebomislitz, geborenen Reichsfreiin von Vockel. Die priesterliche Einsegnung wird den 3. Juli 1848 im Schlosse Zdißlawitz vollzogen werden.« Zit. nach: Bettelheim I, 251, der von einer Erwerbung der Anzeige durch die »Wiener Stadtbibliothek« berichtet.

137 MK, 6/680.

II. Kapitel

Eine Spätgeborene

1848–1875

»Ganz aufgehen in der Familie heißt ganz untergehen.«[1]

Eine Hochzeitsreise unternahm das Paar nicht, das war, wie Moriz von Ebner-Eschenbach meinte, damals noch nicht üblich. »So führte ich denn meine junge Frau nach Wien in ihr neues Zuhause. In einer stürmisch bewegten Zeit hatten wir es gegründet. So tiefer Friede in unserem Heime herrschte, so unruhig ging es in der Umgebung der hübschen Wohnung zu, die ich im Sternhof auf dem Jordansplatze gemiethet hatte«, berichtet der Ehemann. Der Sternhof, das Sterbehaus Johann Bernhard Fischer von Erlachs, befindet sich in der Innenstadt, an der Ecke Schultergasse/Jordangasse, nicht weit vom heute nicht mehr bestehenden Dubsky'schen Drei-Raben-Haus in der Rotenturmstraße. Der Friede im Hause Ebner wird allerdings nicht nur von außen durch die Revolutionsereignisse, sondern auch von innen bedroht, ist doch die Wohnung, wie Moriz Ebner schreibt, »geräumig genug, um auch meine liebe Mutter angenehm bewohnen zu können. Es galt als selbstverständlich, daß ich mich von der theueren betagten Frau auch nach meiner Vermählung nicht trennen werde.«[2]

Im September begibt das junge Paar sich wieder nach Zdislawitz, zur Hochzeit von Friederike. Dort erfährt man von der Oktoberrevolution in Wien, Franz Dubsky bricht sogleich auf, um seine Söhne und seine Schwester Helene aus der Hauptstadt in Sicherheit zu bringen. Nach einer gefährlichen Reise – Adolph und Victor haben sich mit revolutionär Gesinnten angelegt – wieder zurück im Schloss, berichtet Maries Vater von der Ermordung des Kriegsministers Graf Latour am 6. Oktober: Er war von der empörten Menge in seinem Amtssitz Am Hof gelyncht und an eine Laterne geknüpft worden, man hatte seinen Leichnam geschändet und ihm die Kleider vom Leib gerissen. Moriz Ebner, der Theodor Latour 1844 auf einer Inspektionsreise nach Dalmatien kennen und schätzen gelernt hat, ist tief betroffen und fährt sofort nach Wien, seine Frau lässt er in Zdislawitz zurück, wo man der Herrschaft mit der gewohnten Ehrerbietung begegnet.[3]

Der Sieg der österreichischen Truppen unter Feldmarschall Radetzky über Sardinien-Piemont bei Custozza am 25. Juli 1848 hatte den habsburgtreuen Kräften bloß eine Atempause beschert. Der Oktoberaufstand war ausgebrochen, weil die mit den ungarischen Freiheitskämpfern sympathisierende Bevölkerung den Abmarsch kaiserlicher Truppen nach Ungarn verhindern wollte. Nach Latours Tod floh Kaiser Ferdinand ein zweites Mal, diesmal ins mährische Olmütz, etwa vierzig Kilometer nördlich von Zdislawitz, wo der Hof im erzbischöflichen Palais Quartier nahm. Der Reichstag wurde nach Kremsier verlegt, der Hauptstadt jenes Kreises, zu dem der Dubsky'sche Besitz gehörte. Die reguläre Armee musste Wien aufgeben. Erst nach einer Belagerung durch zusätzliche Truppen unter dem Kommando des Fürsten Windisch-Graetz unterliegen die Revolutionäre der Übermacht. Insgesamt 2000 Gefallene sind zu beklagen.

Am 2. Dezember 1848 verzichtet Kaiser Ferdinand »der Gütige« »nach der Resignierung seines gleich unfähigen Bruders Franz Carl« (Moriz Ebner) zugunsten seines erst achtzehnjährigen Neffen Franz Joseph auf den Thron, die Krönung findet in Olmütz statt. Während seine junge Frau für den gleichaltrigen Monarchen schwärmt, macht Baron Ebner von Eschenbach kein Hehl daraus, dass er den unerfahrenen Prinzen, »der, einer zarten Pflanze gleich, ungewohnt der rauhen Luft im warmen Glashause gelebt hatte«, für eine Fehlbesetzung und in der Wahl seiner Berater für unglücklich hält. Nicht bloß Standfestigkeit, auch reformerische Kraft tut not: »Die Republik hat den Vortheil, daß sie sagen kann, sie habe jene Praesidenten, welche sie verdiene; die Monarchie muß sich mit dem Oberhaupte abfinden, welches der Zufall auf den Thron gesetzt.«[4]

In ihrem Roman *Božena* macht Marie von Ebner-Eschenbach fast dreißig Jahre später die Ereignisse des Revolutionsjahres zum historischen Hintergrund der Handlung: einerseits den Krieg der kaiserlichen Armee gegen die revolutionären ungarischen Streitkräfte, als der ungarische Reichstag im April 1849 unter der Führung von Lajos Kossuth die Republik ausrief und die Absetzung des Hauses Habsburg erklärte. Erst einer russisch-österreichischen Koalition gelang es, die Truppen der »Insurgenten« in Siebenbürgen zu besiegen. Dort fallen die jungen Leute, die im Roman ihren ganz privaten Aufstand gegen die väterliche Autorität geprobt haben, gleichsam sinnfällig den Folgen der Revolution zum Opfer. Andererseits wird im Städtchen Weinberg in nuce die harmlose mährische Variante der Ereignisse vorgeführt, die die junge Dichterin in Zdislawitz vor allem als Offenbarwerden nationaler Spannungen und als Erstarken eines tschechischen Patriotismus wahrnahm. Die Weltgeschichte, die sich, um ein Wort von Karl Marx abzuwandeln, anderswo als Tragödie abspielte, wurde hier zur Farce. Während der alte Graf Rondsperg an überholter Wirtschaftsweise und traditionellen Vorrechten festhält, rät seine klarsichtige Frau ihrem Sohn: »laß zusammenstürzen, was morsch und reif zum Untergang ist«.[5]

So unverkennbar die Autorin dieser Ansicht recht zu geben scheint, so sehr ist sie doch durch Erziehung und Familienbande mit dem Ancien Régime verbunden. Durch ihre Heirat war aus Marie Gräfin Dubsky von Třzebomislic nun Marie Freiin Ebner von Eschenbach geworden, ein Abstieg in der Adelshierarchie, weshalb viele Bekannte die verheiratete Frau Baronin weiterhin höflich mit der Anrede Gräfin bedachten. Die Wappen-Prägung auf ihrem »offiziellen« Briefpapier musste sie natürlich ändern. Aber noch acht Jahre nach ihrer Hochzeit bemerkte Marie Ebner zu einer Aufstockung ihrer Aussteuer: »Meine Sacktücher waren bis jetzt immer mit der Grafenkrone gestickt weil meine Ausstattung noch zu Hause gemacht wurde – wenn sie aber mit dem Monogramm M. E gemerkt werden gebührt ihnen nur die sieben kugeliche Krone, ich bitte also um die Letztere.« Die Grafenkrone bestand aus neun Kugeln, nämlich: Perlen. Auch noch Jahrzehnte später lässt die Dichterin auf ihre Visitkarte unter »Baronin Ebner Eschenbach« in kleinerer Schrift »geb. Gräfin Dubsky« drucken.[6]

Die Frau ihres Cousins zu werden, war eine entscheidende Etappe in Marie Dubskys Lebensplan. Der neue Stand bedeutete für sie neue Freiheit und neue Bindung zugleich. Er entzog sie der direkten Befehlsgewalt ihres Vaters und erweiterte ihren Bewegungsradius: Die

Ehre verheirateter Frauen wurde in der Gesellschaft als ein nicht annähernd so zerbrechliches Gut betrachtet wie die Ehre heiratsfähiger Jungfrauen. Außerdem kam Marie aus einer Umgebung, die ihren ernsthaften literarischen Interessen ablehnend gegenüberstand, in das Haus eines Mannes, der es sich angelegen sein hatte lassen, gleich dem griechischen Bildhauer Pygmalion ihren Geist zu modellieren. In der späten Erzählung *Erste Trennung* (1913) heißt es von der jungen Ehefrau: »Sie war gewachsen in seiner Nähe, ihm verdankte sie diese reiche und köstliche Entfaltung ihres geistigen Wesens. (…) Sie hatte ihm oft gesagt, sie schrieb es ihm: Was ich bin, bin ich durch dich.«[7]

Andererseits war Marie Ebner nicht unabhängig: Sie hatte die Vormundschaft ihres Vaters gegen die ihres Gatten getauscht. Auch wurde von ihr erwartet, als Hausherrin dem Haushalt vorzustehen und ihre gesellschaftlichen Pflichten zu erfüllen. Und sie hatte ihren Ehemann nicht für sich: Sie musste ihn zum einen mit seiner beruflichen Mission teilen, zum anderen mit seiner Mutter. Die Ménage à trois mit Tante Helene lastete von Anfang an als Bürde auf ihrer Ehe: Der früh vaterlos gewordene Moriz hatte eine überaus enge Bindung an seine Mutter und wurde seinerseits von dieser vergöttert.

Angesichts der ödipalen Konstellation hegt Doris Klostermaier den naheliegenden Verdacht einer Mutterfixierung, die Moriz Ebners Beziehungen zum anderen Geschlecht erschwert haben dürfte. Zweifellos übte er seinen Beruf mit überdurchschnittlichem Engagement aus, aber ob man deshalb die Gedanken der Gattin über den Gatten, »der mir alles ist, dem ich – etwas bin«, in *Erste Trennung* der Autorin in den Mund legen kann, ist doch fraglich. »Du hast die Welt, deine große Aufgabe, du hast die Zukunft, ich habe dich, mir bist du die Welt, Gegenwart und Zukunft.« Marie Ebner war sich von Anfang an ihrer eigenen großen Aufgabe bewusst.[8]

In *Erste Trennung* ist die Gleichgültigkeit des Ehemannes gegen seine Frau eine gespielte: Sie sollte »ihre Macht nicht kennen lernen«. Und in der Ehe der Ebners? »[I]t is difficult to imagine them as ever having been lovers«, meint die Biographin gar. Dass Hauptmann Ebner Ende Mai 1851, knapp zwei Jahre nach der Trauung, einen dreimonatigen unbezahlten Urlaub antritt, um zur Weltausstellung nach London zu reisen und sich über den Stand der internationalen Militärtechnik zu informieren, kann man natürlich als Zeichen des Desinteresses an seiner jungen Frau interpretieren. Andererseits eröffneten Moriz' Umtriebigkeit und Reiselust Marie Freiräume, die sie zu schätzen und zu nutzen wusste. Wie hätte sie mit einem Mann gelebt, der ihr nicht von der Seite gewichen wäre?[9]

Aus seinen – nur zu einem kleinen Teil veröffentlichten – Lebenserinnerungen und Marie Ebners Tagebüchern ergibt sich das Bild eines ebenso scharf- wie eigensinnigen, ja rechthaberischen Mannes, eines überaus selbstbewusst und kontrolliert auftretenden Vernunftmenschen, der allerdings begabt war mit Humor, Witz und Selbstironie. Wie Friederike ist auch die einstige Erzieherin mit Maries Wahl ganz einverstanden: »Dein Moritz ist ein Mann voll Charaktergediegenheit und wahrem, tiefen Wissen, der dich leiten und führen kann, dabei deine Begeisterung theilt«, schreibt Marie Kittl, die sich aber ihre »Predigten« nicht verkneifen kann: »Du bist jetzt in einem so frohen, sonnigem Verhältniß daß dir zu deinem Bewußtsein nichts fehlen sollte und doch fängst du schon wieder an dich zu quälen (...).« Die junge Ehefrau möge nicht nach der »farbigen Seifenblase« des literarischen Erfolgs haschen: »Mache, daß Moritz mit dir zufrieden ist und vergesse nicht, daß die Gattin vor der Dichterin den Platz in der Ménage habe.«[10]

In der Tat sitzt der Stachel der Poesie Marie Ebner nach wie vor im Fleisch. In Wien hat sie mit der drei Jahre älteren Baronesse Josephine Knorr Freundschaft geschlossen, die ihrerseits vor allem Lyrik schreibt. Die beiden jungen Frauen gehen nicht nur miteinander ins Theater, sie tauschen Lektüreerfahrungen aus, lesen einander ihre Arbeiten vor und üben sich als strenge Kritikerinnen. In der Korrespondenz mit der hochgebildeten Freundin, die die Sommermonate auf dem Familiensitz im niederösterreichischen Gresten zubringt, erzählt Marie Ebner von der Konzeption eines Trauerspiels über Strafford, den Minister Karls I. von England, und ihrer lieben Not mit der gebundenen Rede: »Ich werde vielleicht in Jahren einige passable Romane, einige erträgliche Gedichte zu liefern in Stande sein – weiter bringt es meine starre Feder nicht.« Angesichts von Nikolaus Lenaus Epos *Don Juan*, das sie als ein Zeichen schwindender poetischer Kraft liest, meint die Zwanzigjährige düster: »Mir kommt immer vor daß mir Lenau's Zukunft bevorsteht, ohne daß ich seine Vergangenheit gehabt habe.« Vorerst widmet sie sich »ernsthaften Studien« und hat vor, dies noch Jahre zu tun: »meine Unwissenheit ist mir all und überall ein Stein des Anstoßes«. Auch und gerade mit ihrem eigentlichen Werkzeug, der deutschen Sprache, kommt sie nicht zurande: Die dereinst berühmteste Schriftstellerin deutscher Zunge nimmt Deutschunterricht bei Carl M. Böhm, einem Lehrer und Schriftsteller, weil sie ihre Grammatik- und Syntaxkenntnisse für verbesserungswürdig hält. Das »berühmte mährische Adelsdeutsch, das Gemisch aus Deutsch und Französisch mit slavischem Accente nicht gesprochen, sondern gelispelt« (Jakob Julius David), ist als Literatursprache jedenfalls ungeeignet.[11]

Zunächst gilt es jedoch, sich einer äußeren Veränderung zu stellen: Auf allerhöchsten Befehl soll die Ingenieur-Akademie im September 1851 von Wien nach Klosterbruck (Louka) bei Znaim in ein ehemaliges Prämonstratenserstift übersiedeln. Einerseits wünscht der Kaiser, dass die Ausbildung der Ingenieuroffiziere mit jener der minder qualifizierten Mineure und Sappeure zusammengelegt werde – die in ganz Europa berühmte Ingenieur-Akademie wird in »Genie-Akademie« umbenannt. Andererseits soll das Institutsgebäude in der Laimgrube für die Stationierung von Truppen freigemacht werden: Die Revolution hat das Sicherheitsbedürfnis des Monarchen empfindlich gesteigert. Die Lehrer waren von beidem wenig begeistert, sie fürchteten um den elitären Ruf der Akademie und um ihr schönes Leben in der Haupt- und Residenzstadt. Koryphäen wie der Physiker Andreas von Ettingshausen und der Architekt Theophil Hansen beendeten ihre Lehrtätigkeit, es gab Krankmeldungen und Versetzungsgesuche. Hauptmann Ebner fügte sich wohl oder übel: Znaim (Znojmo), die Hauptstadt Südmährens, liegt 90 Kilometer von Wien entfernt, mit dem Wagen brauchte man etwa 15 Stunden (es gab noch keine Bahnverbindung), aber das Leben in der Provinz war wenigstens bedeutend billiger. Das Paar bezieht zunächst eine Wohnung am Unteren Platz und übersiedelt im Herbst 1853 in das Akademiegebäude am Ufer der Thaya, mit der Kutsche eine Viertelstunde von der Stadt entfernt.[12]

Bei der Auflösung der Wiener Wohnung wird Marie von ihrem Vater unterstützt, ihr Mann ist bereits in Znaim. Erstmals macht sich bei dessen Mutter Helene eine psychische Störung massiv bemerkbar: »Von der Laune, und Stimmung meiner Schwiegermutter kann sich gar Niemand eine Vorstellung machen«, schreibt Marie ihrer Schwester Fritzi. Was für den Arzt bloß »eine fürchterliche

Nervenaufregung« als Folge der Übersiedlung ist, erweist sich als das frühe Stadium einer schweren Gemütskrankheit, die das Leben der Schwiegertochter überschatten wird: »Ich [bin] kein Engel, und weis es recht gut, aber meine Sünden büße ich doch alle ab.«[13]

In der wenig mehr als 6000 – fast ausschließlich deutsche – Einwohner zählenden Provinzstadt gestaltete sich das gesellschaftliche Leben bescheiden, auch hatten die meisten von Hauptmann Ebners Professorenkollegen keine musischen Neigungen. Umso intensiver entwickeln sich die Beziehungen des jungen Ehepaars zu den wenigen kulturell Interessierten: zu Andreas Tunkler von Treuimfeld und seiner Frau Henriette sowie zu Joseph Weil, der unter dem Künstlernamen Weilen Gedichte und Dramen schreibt. Ohne dass es zu einer näheren Bekanntschaft gekommen wäre, verkehrt man auch mit dem Nachfolger Theophil Hansens als »Lehrer der schönen Baukunst«, dem Architekten Wilhelm Doderer, dessen Sohn Wilhelm Carl (der Vater des Schriftstellers Heimito von Doderer) in Klosterbruck zur Welt kam.[14]

Andreas Tunkler, fünf Jahre jünger als Moriz Ebner, unterrichtete Darstellende Geometrie und Fortifikationslehre und galt schon damals als genialer und äußerst fähiger Ingenieuroffizier. Seine Schriften wie *Leitfaden zum Unterrichte in der Fortification* und *Angriff und Vertheidigung fester Plätze* wurden später zu europäischen Standardwerken. Die Bekanntschaft mit den Tunklers wurde zur Lebensfreundschaft, insbesondere zwischen den beiden Frauen. Nicht minder wichtig war für Marie Ebner die Beziehung zu Leutnant Weil, der an der Akademie Geschichte und Literatur lehrte. Der um zwei Jahre Ältere war der allererste ihrer vielen jüdischen Freunde. Zunächst Wanderschauspieler, dann am Wiener Theater in der Josefstadt engagiert, wurde Joseph Weil 1848 von einem rachsüchtigen Nebenbuhler, einem Polizeikommissär, revolutionärer Umtriebe bezichtigt und zum Militär zwangsrekrutiert, wo er nichtsdestoweniger rasch Karriere machte, wobei seine patriotischen Dichtungen ihm nicht geschadet haben mochten. Seine Stücke gelangten später auf die Bühne des Burgtheaters, der Kaiser verlieh ihm – wie auch Tunkler und Doderer – die Ritterwürde, und Weil/Weilen bewährte sich als Redakteur des von Thronfolger Rudolf ins Leben gerufenen sogenannten Kronprinzenwerkes, einer umfassenden Darstellung der Donaumonarchie »in Wort und Bild«.[15]

Von der Unzufriedenheit mit ihrer literarischen Produktion abgesehen, fühlt sich die junge Hauptmannsgattin in Znaim bald recht wohl. Sie erhält lieben Besuch, unter anderem von ihrer Cousine Marie Kolowrat, einer »Fanatikerin des Tischrückens«, weshalb sie ihr – boshaft, wie sie auch sein kann – ein »sehr grobes Gedicht« widmet, von dem die Adressatin nicht ahnen darf, »daß es von mir kömmt«. Josephine »Sephine« Knorr soll es für sie auf die Post geben. Nolens volens übernimmt Marie nun auch manche Hausfrauenpflicht. Im Fasching 1854 geben die Ebners, bereits in Klosterbruck, sogar einen Ball: »Ja! Man wird in Casa Ebner tanzen – mir wird bei jedem *tour de Valse* immer miserabel, das ist aber das Geringste wenn nur unsere Gäste sich unterhalten[.]« Marie ist, wie sie Sephine Knorr gesteht, »eigentlich ganz *désolirt* über dieses Festerl, aber *Moriz* fand es nothwendig daß wir es geben« – sie befürchtet außerdem eine *blamage*, denn ihr *apartement* im ehemaligen Kloster ist nicht allzu groß. Dabei steht sie den Spitzen der Znaimer Gesellschaft mit der Überheblichkeit der Hauptstädterin gegenüber: »Diese Znaimer élegance ist Gott voll – die Herrn bei jedem *engagement* so:« – hier folgt die Zeichnung eines sich verbeugenden Strichmännchens – »und die Damen lauter verkleidete Gänse. Ich sage Dir eine Taktlosigkeit eine Plumpheit wie sie Dir gewiß nie vorgekommen ist –.«[16]

Ihren Altersgenossen, den Kaiser, verlor Marie von Ebner-Eschenbach auch in Znaim nicht aus den Augen: Am 11. und 12. Juli 1853 (einen Monat später sollte er sich mit der bayerischen Prinzessin Elisabeth verloben) stattete Franz Joseph der Genie-Akademie einen Besuch ab, wobei »Seine Majestät Allergnädigst bemerkten: ›Man könne gar nicht besser exercieren!‹« Auch was den Unterricht angeht, »geruhten Seine Majestät« dem Kommandanten die »Allerhöchste Zufriedenheit mit dem Zustande der Anstalt auszusprechen und ihm huldreichst zu danken, für den darin verlebten vergnügten Tag«. Die Zöglinge profitierten davon in Form eines schulfreien Tages mit »Kaiser-Jause«. Marie Ebner kommentiert die kaiserliche Inspektion trocken: »ich glaube, er war zufriedener als wir es alle wünschen, denn es droht uns die Gefahr, statt 2 Jahren, noch 4 Jahre hier zubringen zu müssen«, in »diesem elenden Nest Znaim«.[17]

Der heiter ironische Ton der Korrespondenz täuscht bei Marie Ebner nicht selten über ein gravierendes Unwohlsein hinweg: »von meinem äußerlichen Leben hier weißt Du alles, wenn ich Dir sage, ich male, spiele Clavier, schreibe Briefe und habe Kopfweh.« Von Kopfschmerzen und Migränen, von starken, jede geistige Tätigkeit unmöglich machenden Beschwerden ist in der Tat oft die Rede, und die Klage darüber wird zu einem Cantus firmus der kommenden Jahrzehnte. Spätestens in der Pubertät hat Marie darunter zu leiden begonnen. In *Meine Kinderjahre* erzählt Ebner-Eschenbach, dass sie als Vierzehnjährige in Wien an einem sommerlichen Maitag – »in der Stadt für mich ein Kopfschmerzenausbrüter« – nicht mit den Eltern habe ausfahren können und deshalb als Einzige zur Stelle gewesen sei, als die sterbenskranke Großmutter ihre Enkelinnen zu sich rief.[18]

In ihrer Satire *Bertram Vogelweid*, der Geschichte eines seines Berufes überdrüssigen Starfeuilletonisten, gibt die Schriftstellerin eine beklemmende Schilderung ihrer eigenen Zustände: »Plötzlich legte sichs ihm wie ein eisernes Band um den Hals, oder es bohrte sich ihm ins Ohr wie ein Dolch, und nun begann das Tosen und Brausen im Kopf und machte ihm die Anstrengung des Denkens zur Höllenqual.« Im Tagebuch beschreibt die Leidende die linke Seite »vom Scheitel bis herab ins Ohr wie eingegossen mit heißem Blei«. Evelyne Polt-Heinzl bietet eine physiologische Erklärung für den Kopfschmerz schreibender Frauen im 19. Jahrhundert: Im Zeitalter der raumgreifenden Krinoline war ihnen das Sitzen am Schreibtisch nicht möglich, sie mussten in vorgebeugter Haltung mit einem Schreibbrett auf dem Schoß vorlieb nehmen. Der Schmerz der malträtierten Halswirbelsäule habe in den Kopf ausgestrahlt. Allerdings überdauerten die weiblichen Kopfschmerzen die Epoche des Reifrocks (bis etwa 1870) auch im Fall Ebner-Eschenbachs. Bei ihr liegt es auf der Hand, dass ihr Kopfschmerz sich auch psychosomatisch deuten lässt, als Reaktion auf die Zurückweisung ihres Talents durch die Familie, als Ausdruck des Konflikts zwischen familiärer Pflicht und künstlerischer Neigung, als »expression of the conflict within her personality« (Doris Klostermaier).[19]

Georg Groddeck geht mit seiner Erklärung psychoanalytisch tiefer. Der Arzt interpretiert den Kopfschmerz als ein Mittel des Unbewussten, um Gedanken und Triebe stillzustellen. Die bei Frauen oft mit der Menstruation einhergehende Migräne habe die Funktion, die in dieser Zeit gesteigerte, aber nach der Konvention nicht zu befriedigende Libido abzutöten. »Menschen, die an Kopfschmerzen leiden: die beiden häufigsten Erscheinungen, das Gefühl des Zerplatzens des

Schädels und das Gefühl des Drucks auf den Schädel sind (…) Symbole des Kampfs gegen die Geburt der primitiven Wahrheit im Innern des Schädels oder gegen die Befruchtung des wahrheitsempfindlichen Schädels von außen.«[20]

Die »Geburt der primitiven Wahrheit im Innern« von Marie Ebners Kopf könnte tatsächlich über ihre Triebsublimation durch die Kunst gehemmt worden sein. In ihrer Literatur wie in ihrem Leben ist Marie von Ebner-Eschenbach zudem ständig mit dem Erbringen von Abwehrleistungen beschäftigt: Sinnlichkeit, überhaupt Körperlichkeit bleibt zwar nicht ausgespart, erscheint aber als etwas zutiefst Suspektes. In ihrem Tagebuch gebraucht sie das Attribut »sinnlich« stets abwertend, etwa über die berühmte Burgschauspielerin Charlotte Wolter: »Die Wolter missfiel mir. (…) am Schlusse trieft sie vor Sinnlichkeit.«[21]

Ihrer Freundin Sephine gesteht Marie Ebner, oft »kleinmüthig und grantig« zu sein – sie erkennt ihre Neigung zu Kopfschmerzen als chronisch: Eine akute Krankheit, die spurlos wieder verschwindet, die »laßt man sich gerne gefallen, aber nie gesund zu werden ohne im Sinne des Worts, krank zu sein«, sei abscheulich.[22] Dessen ungeachtet, beginnt sie mit geradezu manischem Eifer ein literarisches Projekt nach dem anderen, Gedichte, Epen, Aufsätze, Tragödien, Komödien, nach wie vor »im Unklaren über den *genre* der mir am geläufigsten werden wird«. Eines aber glaubt sie bereits zu wissen: »Ich brauche [›]das Schreiben‹ nothwendiger als die Luft die ich athme, und könnt ich mich nur recht damit abgeben ich würde bald gesund«.[23]

Mit Anfang zwanzig hat Marie von Ebner-Eschenbach, gerade auch als schreibende Frau, bereits einen rebellisch emanzipierten Standpunkt entwickelt. In ihrer Antwort auf einen Brief Sephines, in dem diese die Stellung der Schriftstellerinnen mit jener getaufter Juden vergleicht (die auch ihr Lebtag auf den Makel ihrer Geburt reduziert bleiben), gibt Marie Ebner der Freundin scheinbar recht, um sogleich einzuwenden, dass doch jetzt im »erleuchtetesten Lande der Welt, in England ein Jude Finanz Minister« sei: »man kann also trotz Allem den Sieg über Vorurtheile davon tragen«. Resignation ist überhaupt ihre Sache nicht:

»Und die kommende Zeit – denn ich glaube an die Verbreitung des geistigen Fortschritts, wird wie von den Confessionen, so auch von uns die Fesseln der Unterdrückung nehmen. (…) Energie fehlt den Frauen zumeist und die Gedrücktheit in welche sie nach einem verlornen Streite verfallen, die Unthätigkeit, die Sanftmuth, die sie allzu oft denjenigen entgegensetzen, von denen sie angegriffen werden, ist Schuld daran, daß sie gar immer das Kürzere ziehen – Und es ist ein großes Unrecht, diese Sanftmuth – dieses leidende Dulden, die man den Frauen zur Tugend macht – Gleichviel welchem Geschlechte der Dichter angehört – sein Lebensberuf ist, die Verbreitung der Wahrheit unter den Menschen, er gehört nicht sich selber an – sondern: ›Demjenigen der ihn gesendet hat –‹ den Kampf, den er für sich selbst, zurückweisen möchte, muß er annehmen, gilt es seine Uberzeugung.«[24]

Mit diesem Sendungsbewusstsein geht Marie Ebners Entschlossenheit einher, das bisher Geschriebene nur als Vorübung zum Eigentlichen zu betrachten. Ablehnende Kritik entmutigt sie nicht nachhaltig. Jahrzehnte später fasst sie zusammen:

»Es giebt kein Pförtchen, das zu schriftstellerischem Ruhme führen kann, an das ich nicht gepocht hätte. Da entstand ein Epos aus der römischen Geschichte [*Segeste*, D.S.], es entstanden Lust- und Trauerspiele, Novellen und zahllose Gedichte. Von jeder neuen Schöpfung hatte ich in der Zeit ihres Werdens die beste Meinung und wurde auch gar oft durch Wohlmeinende darin unterstützt. Bei dem ersten Tadel, den ich aber erfuhr, waren Mut und Zuversicht verloren. Ich verwarf die alte und ging an eine neue Arbeit – *wenn* man diesen unreifen und überhasteten Versuchen einen so ehrenvollen Namen geben dürfte.«[25]

Dass ihr »einziger Vertrauter und leider viel zu milder Kritiker« damals Carl M. Böhm gewesen sei, stimmt allerdings nicht. Marie Ebner diskutierte ihre Arbeiten mündlich und schriftlich mit Josephine Knorr, in deren Familiensitz in Gresten ihrer beider alter Lehrer Böhm ein häufiger Gast war, und mit Joseph Weil, dem dichtenden Leutnant respektive Oberleutnant. Im Knorr'schen Schloss Stiebar hatte auch der Maler Franz Alt (1821–1914), der jüngere Bruder des bekannteren Rudolf von Alt, seinen ständigen sommerlichen Wohnsitz. Über Sephine lernte Marie Ebner Franz Alt kennen und nahm bei ihm als durchaus begabte Schülerin Unterricht im Aquarellieren. Daraus entwickelte sich eine Freundschaft, die bis ins hohe Alter andauerte.[26]

Der eigentliche Gegenstand von Marie Ebners jugendlicher Kunstbemühung blieb freilich die Literatur. Nicht nur das Historiendrama *Strafford*, das epische Rittersagen-Gedicht *Stauffenberg* und das altrömische Epos *Segeste* gehörten zu den – zumindest vorerst – verworfenen Texten, auch das Gesellschaftsstück *Die Schauspielerin*, das Ebner-Eschenbach Anfang 1854 schrieb. Carl M. Böhm gab es an Louise Neumann weiter, die sich jedoch nicht vorstellen konnte, die Hauptrolle zu spielen – eine Ironie des Schicksals, bedenkt man, dass diese 1857 die Frau des Grafen Carl von Schönfeld wurde: Marie Ebners Stück handelt von einer Schauspielerin, um deren Hand zum Entsetzen seiner Mutter ein junger, edler Fürst anhält. Die Heldin weist ihn am Ende jedoch ab, um ihrer Kunst treu zu bleiben. Das Stück ist natürlich auch ein Selbstkommentar seiner Autorin – in der Fassung von 1861 gilt der letzte Satz der Kunst: »Weh dem, der glaubt, ihr nur halb gehören zu können; die Kunst hat ihn verloren, und das Leben hat ihn nicht gewonnen.«[27]

In Znaim und Klosterbruck arbeitet Marie Ebner stets gleichzeitig an ganz unterschiedlichen literarischen Projekten. Für einen engeren Freundeskreis gestaltet sie eine handschriftliche »Zeitung«, die sie *Die Parzen* nennt. Alle zwei Wochen will sie eine neue Lieferung mit Proben ihrer Arbeit schicken; in der ersten Ausgabe lobt Sephine Knorr vor allem den im Adelsmilieu spielenden »Feuilleton-Roman« in Fortsetzungen *Die große Welt* und bescheinigt seiner Autorin humoristische Begabung. Drei Jahre später ist Marie Ebner anscheinend dabei, den Text fertigzustellen und meint, in einem ersten Bekenntnis zum Realismus, sie sehne sich einmal aus der phantastischen in die wirkliche Welt, lese Shakespeare und Jean Paul »und will Euch Menschen zeichnen, so prosaïsch, so natürlich, daß Jeder erschrecken soll, der unter dieses Geschlecht gehört«.[28]

»Ausdauer ist eine Tochter der Kraft, Hartnäckigkeit eine Tochter der Schwäche – nämlich der Verstandesschwäche«, heißt es in einem Aphorismus Ebner-Eschenbachs. In den fünfziger Jahren fiel es ihr durchaus nicht leicht, hier für sich selbst die Trennlinie zu ziehen.

Doch jedem Zweifel an ihrem Talent folgte sogleich ein neuer Aufschwung. Um die Arbeit, die sie für *Strafford* in das Studium der englischen Geschichte des 17. Jahrhunderts investiert hatte, nicht ganz verloren geben zu müssen, verfasste sie einen umfangreichen Aufsatz über das Zeitalter Karls I., den sie zuerst über Carl M. Böhm dem *Illustrierten Familienbuch* des Österreichischen Lloyd anbot, wo man ihn aber nicht annahm. Dann versuchte sie es bei der Zeitschrift *Der Salon* und hatte endlich Erfolg: Marie von Ebner-Eschenbachs erste Publikation erfolgte 1854 unter dem Pseudonym Emaéri – ein Anagramm von »Marie E.« – und brachte ihr unter Freunden und Verwandten einiges Lob. Auf einen vorzeigbaren Beweis ihrer Professionalität als Autorin hatte sie schon ungeduldig gewartet: Es stimme schon, gab sie in einem Brief an Josephine Knorr zu, »daß am Ende doch nicht das eigentliche Vergnügen des Poeten in der Anerkennung von Außen, sondern in der Wonne des Schaffens liegt«. Es gehe ihr aber gar nicht so sehr um die Anerkennung des Publikums als um die ihrer Freunde. »Leider sind welche darunter, besonders in meiner Familie, die kein selbstständiges Urtheil haben (…) – gelingt es mir also nicht Lob von Außen her zu gewinnen, bleibt mir ihr Interesse an meinen Arbeiten unerobert[.]«[29]

Mit dem Versuch, für ihre gesammelten Gedichte »Lob von Außen« zu erhalten, erleidet Marie Ebner gründlich Schiffbruch: Sie schickt sie im selben Jahr, wiederum als Emaéri, an die damals 69-jährige Bettina von Arnim und erhält, wie sie Josephine von Knorr unter dem Siegel allerstrengster Verschwiegenheit gesteht, eine vernichtende Antwort, nicht von der Galionsfigur der deutschen Romantik selbst, sondern von ihren Töchtern, vier eng beschriebene Seiten: »Sie fänden gar nichts hübsch darin – und der Autor müsse im höchsten Grade eitel und eingebildet sein; (Die Worte sehr dick unterstrichen), daß er die Offentlichkeit für dieses Produckt anstrebe.« Das empfindet die Autorin als Untergriff: »Wer giebt ihnen das Recht aus meinen – mögen sie's sein! – schlechten Gedichten, auf einen schlechten Charakter zu schließen – ?« Marie Ebner reagiert mit Zorn und Scham, gerade weil sie die Kritikerinnen als kompetent und verständig ernst nehmen muss: »das ist eine Wunde die nicht vernarben wird und lebte ich zehntausend Jahre!«[30]

Marie Ebner lässt das Schreiben sein und ihren Roman liegen und nimmt stattdessen, ohne rechte Neigung, Mathematikunterricht bei ihrem Gatten. – »Daß ich durch die erste wirklich derbe Kriegserklärung so um alle Kampflust gekommen bin, ist mir ein Beweis meiner Nullität.« Die Schreibkrise währt freilich nicht lange, denn nur fünf Wochen später erhält die junge Dichterin durch Bettina von Arnim ein Gutachten von Karl August Varnhagen von Ense übermittelt, dem Witwer Rahel Varnhagens, dem Bettina als »dem ersten deutschen Litteraten« die Gedichte zur Prüfung übersandt hatte. Varnhagen von Ense schreibt, er habe sie »mit Vergnügen u Anteil u fast in einem Zuge gelesen, welches Letztere schon als ein günstiges Zeichen gelten kann«. Sie zeugten von »frischem Sinn, kräftigem Gefühl, reicher Erweckung durch Natur und Welt: sie lassen weitere, glückliche Entwicklung hoffen.« Und der Kritiker empfiehlt wärmstens ihre Veröffentlichung. Das Urteil der »dummen Urscheln« und »Erlkönigstöchter« (Marie Ebner) ist somit glänzend widerlegt.[31]

Marie Ebner bleibt zwar ihrer zuvor getroffenen Entscheidung treu, keinen Lyrikband herauszubringen, doch publiziert sie noch 1854 unter demselben Pseudonym vierzehn kleinere Gedichte. *Aus einem Liederbuche* in der Wochenschrift *Der Salon*, die sie in zwei Teilen abdruckt. Es sind bald wehmütige, bald ironisch abgeklärte Liebesgedichte, denen man eine intensive Heine-Lektüre anmerkt: »Wir haben einander begegnet, / Erkannten beinahe uns nicht, / Wir haben ja Beide, ach leider! / Ein fürchterlich kurzes Gesicht.« Von Heinrich Heine zeigt die Baronin Ebner sich überhaupt ungebührlich tief beeindruckt, musste er ihrer adeligen Umgebung doch mindestens vierfach verdächtig erscheinen: als Jude, als Dichter der Revolution, als Franzosenfreund und als gottloser Spötter.[32]

Ähnlich hartnäckig blieb Marie Ebner, bis sie mit einem Essay reüssierte, in dem sie ihrer Neigung zur Polemik nachgegeben hatte: 1856 war der hochangesehene Dramatiker Friedrich Halm – recte Eligius Franz Joseph Freiherr von Münch-Bellinghausen (1806–1871) – vom Schulmeister Franz Bacherl (wohl zu Unrecht) des Plagiats an einem seiner Stücke bezichtigt worden. Ebner-Eschenbach, die den verehrten Halm zu ihrem dramaturgischen Berater erkoren hat, wirft sich mit einer »Anti-Bacherliana« in die Schlacht und tadelt dabei auch den deutschen Literatur(geschichts)papst Gervinus, muss allerdings »mit einer entsetzlichen Entrüstung« feststellen, dass die Zeitschrift *Donau* ihren Text verstümmelt abgedruckt hat: Gerade die besten Stellen fehlen. Gegenüber Joseph Weil empört sie sich über die »Impertinenz«, »die sich erdreistet, Aufsätze die man mit seinem Blute geschrieben hat, mit dem Schlammwasser der holen Zeitungsplaperei zu verunreinigen«. Weil soll ihr Verbündeter im »Verteidigungskriege« sein und das Manuskript für sie vom Redakteur zurückverlangen. Marie Ebner schickt Weils Brief dann aber nicht ab, sie hat den Aufsatz inzwischen aus dem Gedächtnis neu geschrieben, um ihn unter dem Titel *Den deutschen Litteraten* (»[e]in Titel ist eine wichtige Sache, in der Bücher[-] wie in der Menschenwelt«) bei Braumüller als eigene Broschüre herauszubringen.[33]

Der engere Verkehr zwischen Marie Ebner und Joseph Weil brachte eine gewisse Vertrautheit mit sich. Wiewohl der Ton der (erhaltenen) Briefe über respektvolle Herzlichkeit nicht hinausgeht, dürfte von Seiten des Dichter-Offiziers mehr als bloße Sympathie für seine jüngere Kollegin im Spiel gewesen sein. Darauf deutet jedenfalls ein ungewöhnliches Widmungsgedicht, das allein durch seinen Titel eine gewisse Zumutung für die Adressatin darstellt:

»Einer Häßlichen

Du klagst, daß Dir die Schönheit fehle,
Ist diese Klage Deiner werth?
Du edle Frau! – Du reine Seele,
Die geist'ge Schönheit reich verklärt.
Wo Schätze in der Tiefe liegen,
Bedarf's der Wälder auf den Höhn?
Hilft wol sein Glanz dem Schwerte siegen?
– O Häßliche! – Du bist doch schön!

Daß Dich nicht jene Schönheit schmücket,
An der jed' Auge lüstern hängt,
Und die im Nu, den Sinn berücket,
Dank Gott, daß sie Dir nicht geschenkt;
Denn diese saugt oft im Entfalten
Der Seele beste Triebe ein,
Und läßt so Geist wie Herz erkalten,
Und nur die Eitelkeit – gedeih'n.

Dir sind bescheid'ne Reitze eigen:
Dein Haupt umwallet blondes Haar,
Und vielbered't, ist selbst im Schweigen,
Dein Seelekündend Augenpaar,
Und vom Gespräche fortgerissen,
Wie glänzt Dein Antlitz klar und klug; -
Nur Eines möchte ich gerne missen:
Um Deinen Mund – den Schmerzenszug.

Wo Du erscheinst in Deiner Reinheit,
Als schmückt' die Stirn' ein Priesterband,
So schreckt zurücke die Gemeinheit,
Und schaler Witz flieht wie gebannt,
Doch jedes Herz, das edel fühlet,
Das schlägt so frei und stolz wie nie,
Als ob es Frühlingsluft umkühlet;
Denn wo Du bist – ist Poesie!

Und tönet eine ernste Saite,
Erschallt ein großes, geistig Wort,
Dein Ohr empfängt's wie Siegesbeute,
Und Deine Seele wahrt's als Hort.
Und hast Du Dirs zurecht geleget,
Ist Fremdes schnell geworden Dein,
Denn sinnend hast Du's neu gepräget,
Und sollte dieß nicht Schönheit sein? –

O Weib – so rein wie Mondenschimmer,
Mißtrau' nicht länger Deinem Glanz,
Glaub' trät' ich in des Königs Zimmer,
Säh' dort der schönsten Frauen Kranz,
Kaum blickte ich mich um im Kreise,
Auf Dich trät' ich bescheiden zu,
Und neigte mich und spräche leise:
›O Häßliche: wie schön bist Du!!‹«[34]

Eine Liebeserklärung solcher Art musste der Gemeinten ein zweifelhaftes Glück bescheren, zumal Verweise auf die Bedeutung der

»inneren Schönheit« bei einem Mangel an äußerer immer etwas Schales haben. In der Tat sprach Marie Ebner, wie in der ersten Strophe behauptet, ihren wunden Punkt selbst des Öfteren an, weshalb der Freund es wagen konnte, ihr dieses lyrische Portrait zu verehren – das sich nun in ihrem Nachlass befindet. Der undatierte, mit »J Weilen« signierte Text stammt ohne Zweifel aus der gemeinsamen Zeit in Znaim, denn 1857 hat der Autor eine geringfügig abweichende Fassung – begreiflicherweise ohne Namensnennung – in einer Anthologie publiziert. 1860 widmet Joseph von Weilen der Freundin sein Drama *Heinrich von der Aue*, das im selben Jahr am Burgtheater aufgeführt wird.[35]

Marie von Ebner-Eschenbach war ihr Aussehen keineswegs gleichgültig: Sie litt darunter, dem äußeren Klischee eines Blaustrumpfs zu entsprechen, auch wenn sie ihren Schmerz in reiferen Jahren hinter manchem Scherz verbarg. Über eines ihrer Jugendbildnisse meinte sie einmal zu ihrem Freund Fritz Mauthner, wenn eine Komtesse sich malen lasse, würde sie immer schön: »Sogar ich war eine Schönheit für den Komtessenmaler.« Als 35-Jährige vermerkt sie in ihrem Tagebuch die erste Ausfahrt des Jahres: »In den Prater wo ich die Allerschönste war, nämlich die Einzige.« Nach dem Besuch des chinesischen Pavillons bei der Pariser Weltausstellung notiert sie im Jahr darauf: »Chineserinnen u. Chinesen – sehen mir alle gleich! besonders die besonders hässlichen. Wirklich auffallend.« Am tiefsten geht ihre Selbsterkundung in der Beschreibung ihres literarischen Spiegelbilds, der Titelheldin ihres Romans *Lotti, die Uhrmacherin*, die mit 35 Jahren den Blick in den Spiegel meidet: »denn – sie war sich kein angenehmer Anblick. Die Zeit, in der sie ihren Mangel an Schönheit gar schmerzlich und fast wie eine Schmach empfunden, war freilich vorbei (...), aber so ganz erloschen war das letzte Fünkchen Eitelkeit in ihrem Frauenherzen doch nicht (...).« Wie selbstverständlich geht Lotti Feßler von einem Zusammenhang zwischen Attraktivität und Zuneigung aus: »Es ist ein Glück, daß ich anderen anders vorkomme, als mir selbst, sonst könnte mich niemand leiden.« Und Lotti erinnert sich an den ersten Blick ihres späteren Verlobten, den Blick, »mit dem fast alle jungen Männer, denen sie zum ersten Male begegnete, sie ansahen; den Blick, der deutlich fragt: Was willst du in der Welt? Und an den ein nicht hübsches Mädchen sich gewöhnen muß.«[36]

Was sie will in der Welt, das weiß Marie Ebner genau. Immer drückender empfindet sie das Nervenleiden ihrer Schwiegermutter – offenbar eine Kombination von Depression und Angststörung – als Belastung und Hemmschuh für ihre literarische Arbeit. So erlebt die junge Frau durch Monate »nicht Einen Augenblick des inneren Friedens«, fühlt alle ihre »Kräfte abgespannt, und abgestumpft«. Für einige Wochen muss sie die Kranke nach Wien begleiten, wo ärztliche Behandlung eine vorübergehende Besserung bewirkt. Bald aber braucht Helene Ebner – »sie ist von einer wirklich schwarzen Melancolie, und großer Reizbarkeit« – wieder ständige Pflege. »Moriz und ich wir sind schon Beide, manchmal ganz entmutigt und kleinlaut. Dazu die trostlose Znaimer Existenz …«. Bei allem Bemühen um dichterische Produktivität »liegt ein Bann auf meiner geistigen Thätigkeit – Nie, wirklich noch nie, habe ich in Ruhe von Außen und Frieden von Innen eine poetische Arbeit zu Ende bringen dürfen (…).«[37]

Während seine Frau an ihre häuslichen und familiären Pflichten gebunden blieb, konnte Moriz Ebner von Eschenbach sich gelegentlich in seine dienstlichen flüchten. Er hatte inzwischen die Entwicklung von Schießbaumwolle als Ersatz für Schießpulver in Österreich maßgeblich vorangetrieben, hatte eine reibungselektrische Zündung für Minen sowie einen elektrischen Feldtelegraphen konstruiert und wurde, gemeinsam mit Andreas von Tunkler, im Sommer 1853 zum großen Kaisertreffen nach Olmütz kommandiert, wo sie in einem Manöver vor dem österreichischen Kaiser, dem Zaren Nikolaus und dem Prinzen von Preußen, dem nachmaligen Kaiser Wilhelm I., sowie vor 50 000 Mann die Resultate ihrer Arbeit erfolgreich vorführten, wobei die Detonation der mit 30 Zentnern Pulver gesprengten Hauptmine bis Zdislawitz (wo Mutter und Gattin weilten) zu hören war. Dies brachte Moriz Ebner ein »Bravo« Kaiser Franz Josephs und die baldige Beförderung zum Major ein. 1855 wurde er in das neugegründete Geniekomitee berufen. Dort litt er unter der Zeitvergeudung durch ebenso langwierige wie langweilige Sitzungen: »Um nicht den Titel eines Beischläfers statt eines Beisitzers zu verdienen, löste ich Gleichungen auf und übte mich mit der linken Hand zu schreiben.«[38]

Einen Lichtblick für Marie Ebner bringt im März 1854 Josephine von Knorrs Besuch in Klosterbruck, der den Freundinnen Gelegenheit zum literarischen Gedankenaustausch bietet und dem Hausherrn als erklärtem Freidenker die Möglichkeit, mit dem prononciert katholischen Gast theologische Streitgespräche zu führen. Marie steht damals als Agnostikerin mit pantheistischen Gefühlen der atheistischen Position ihres Mannes gewiss näher: »Nur nicht verloren und verweht soll das Leben sein, das in uns zur Erscheinung kam [.]« Sie liest Werke des Materialisten Jakob Moleschott und beneidet Sephine ausdrücklich um ihren Glauben. In dem Roman, den sie gerade schreibt, soll es auch um Religion gehen, was ihre eigene Haltung betrifft, verweist sie auf ein Gedicht des Zeitgenossen Gottfried Kinkel. Dessen lyrisches Ich sieht *In einer alten belgischen Kathedrale* nur Frauen beten: »Der mich erfaßt, es ist der Geist der Wahrheit: / Wohl ziemt dem Mann, für volle Sonnenklarheit, / Ob Wonne sie, ob Elend ihm verheißt, / Der Kindheit süßem Dämmer zu entsagen.«[39]

Der schon länger versprochene Gegenbesuch Marie Ebners bei Josephine Knorr auf Schloss Stiebar in Gresten kommt auch im folgenden Sommer nicht zustande, und die jährliche Ankündigung durch Marie und ihre darauf zuverlässig folgende Absage aus guten oder vorgeschützten Gründen wird zum Dauerbrenner dieses Briefwechsels. Sogar finanzielle Motive führt sie dafür ins Treffen. Fast immer ist es die Familie in Zdislawitz, die ihrer dringend bedarf, und man versteht die resignative Ironie der Freundin, die den Versprechungen keinen Glauben mehr schenkt, bis sie 1868 nach siebzehn Jahren vergeblichen Drängens durch einen Besuch Marie von Ebner-Eschenbachs auf dem Rückweg von Bad Kissingen überrascht wird.

Im Jahr 1855 jedoch hat Marie einen guten Grund auszubleiben: Sie bricht im Mai zu ihrer ersten größeren Reise auf: »nach dem träumerischen Venedig«. Ausland war Venedig allerdings nicht: Seit 1815 gehörte es dem Königreich Lombardo-Venetien an und damit (wieder) zum Habsburgerreich. Zwei Monate verbringt Marie dort mit ihrer Freundin Henriette »Jetty« von Tunkler und deren kleiner Tochter, deklariert wird die Reise als Kuraufenthalt. Venedig war bereits Mitte des 19. Jahrhunderts als auch klimatisch wirksames Seebad beliebt, vor allem bei Lungenkrankheiten und Skrofulose. Marie Ebner erwähnt aber nur allgemein ihre »recht geschwächte Gesundheit«, einmal auch ihre Kreuzschmerzen.[40]

Für die 25-Jährige ist schon die Anreise aus Wien, offenbar nur in Begleitung ihrer Kammerzofe, ein Abenteuer. In einem Reisetagebuch spricht sie von »Glückseligkeit« und notiert, wohl an ihre Schwester

Fritzi adressiert, am 3. Mai euphorisch: »Dich von der Locomotive über den Semmering schleppen lassen, an einem sonnigen Maimorgen mit der Empfindung im Herzen: das ist ein Anfang – das ist ein Entgegenfahren dem noch viel Schöneren u. Herrlicheren.« In Opicina bei Triest verkündet sie: »Von dieser Reise komme ich nie mehr zurück, ich will ewig wandern, ich brauche keine Ruhe mehr – Bewegung ist Leben – ich lebe!« Nach einer stürmischen Überfahrt richtet man sich in einer großen, bequem ausgestatteten Wohnung in der »Casa de Genio« ein. Offenkundig hat man die venezianische Dienstwohnung Major Ebners, der in diesen Jahren auch die in Oberitalien stationierten Genietruppen im Gebrauch des elektrischen Zündapparats unterwies, seiner Gattin überlassen. So haben Marie und Jetty eine eigene Gondel zu ihrer Verfügung, besichtigen tagsüber die Sehenswürdigkeiten der Stadt und fahren allabendlich zur »lieblichsten« Insel St. Helena hinüber. »Das Leben was sich hier führen läßt ist das mir Zusagendste das ich mir erdenken könnte«, schreibt Marie von Ebner-Eschenbach aus Venedig an ihre Schwester und fügt eine poetisch-enthusiastische Schilderung von Kunst und Natur an; das Erlebnis eines Sonnenuntergangs sowie eines Mondaufgangs auf dem Meer lässt sie »die unendliche Größe des Geistes der alle die Pracht u. Herrlichkeit in das Leben rief« beschwören.[41]

Das freie Leben ist freilich von kurzer Dauer. Doch eine zweite Leidenschaft neben dem Schreiben pflegt Marie Ebner auch zu Hause ganz un-verschämt: das Reiten. Ihre Backfisch-Begeisterung hat sich weiter intensiviert. Ihrer Freundin Sephine berichtet sie aus dem sommerlichen Zdislawitz:

> »Meine größte Freude ist hier daß ich täglich alleine ausreiten kann, und die Stunden dieses einsamen Rittes sind die besten im Tage da bin ich frei, da bin ich vergnügt, – ich versichere Dich man begreift von zu wenig Seiten die *poesie* des Reitens – und es liegt gewiß eine poetische Regung dem Gefühle zu Grunde welches man hat wenn man so sich selbst überlassen, allein mit seinem Pferde seinen eigenen Weg gehen kann.«[42]

Das Reiten ist für sie zu Hause, wo sie von ihrer gesellschaftlichen Rolle stundenweise Urlaub nehmen kann, kein geselliger Zeitvertreib und auch nicht in erster Linie ein Sport, sondern ein geradezu kontemplativer Akt, der ihr den Freiraum eröffnet, um den sie sonst so oft vergeblich kämpft. Den eigenen Weg ohne Rücksicht auf andere bestimmen zu können, das ist der jungen Marie von Ebner-Eschenbach nur im Sattel vergönnt.

In Klosterbruck, wo die Kaufpreise und Haltungskosten niedrig sind, kauft sie sich sogar ein eigenes Pferd, das sie täglich reitet: »ein Pegasus der Dir gefallen würde, – denn es felen ihm nur die Flügel um auch in den Lüften so jagen zu können wie es auf der Erde fliegt daß ihm keines von den großen Pferden nachkommen kann, die es hier giebt.« Marie Ebner weiß, die Freundin wird belächeln, dass das für sie »eine Wichtigkeit« ist. Es ist eigentlich wohl mehr – eine veritable Passion: »Ich bin so eine Reitnärrinn, daß ich vor dem Aufsteigen am ganzen Leibe zittere vor Aufregung und Freude. Dazu kommt noch daß mein Goel (so heißt es) scheu ist, und noch nicht ganz geritten so daß seine Erziehung mir zum großen Theil obliegt. Moriz ist auch beritten und hat ein schönes starkes Pferd. – wir lernen auf unseren Ritten erst jetzt die Gegend von Bruck kennen.«[43]

Dass gemeinsame Ausritte im 19. Jahrhundert erotisch konnotiert sind, liegt auf der Hand: zunächst weil sie, wie etwa in Fontanes *Effi Briest*, Gelegenheit bieten, der sozialen Aufsicht zu entkommen. Überhaupt sind in Ebner-Eschenbachs Werk nicht wenige Schlüsselstellen durch Reitszenen markiert: In der Erzählung *Chlodwig* erlangen der Titelheld und seine Angebetete wenigstens einige Augenblicke unter vier Augen und – nach einem schweren Sturz Chlodwigs – sogar die Chance zu einem Kuss. In dem Lustspiel *Die Egoisten* (später *Die Selbstsüchtigen*) fällt das junge Mädchen absichtlich vom Pferd, um sich von seinem Onkel retten zu lassen. In *Der Nebenbuhler* besiegelt der Ausritt zweier Fast-Verlobter durch den Auftritt eines dritten Reiters das Ende des Traums von einer gemeinsamen Zukunft; dabei ist die Frage, wie die beiden Männer beritten sind, symbolisch entscheidend: Der Siegreiche hat das weitaus bessere Pferd. Umgekehrt kann eine klapprige Rosinante den edlen Don-Quichotte-Charakter ihres Reiters widerspiegeln: In der Novelle *Komtesse Paula* begegnen der Protagonistin auf der Prater Hauptallee drei Männer auf drei jeweils kongenialen Pferden, das selbstzufriedene Ross des selbstzufriedenen Bewerbers um Paulas Hand signalisiert bereits, dass dieser leer ausgehen wird. Und in *Der Erstgeborene* kommt es während einer langen Galoppade zur Attacke des gemeinen Mannes gegen jenen Magnaten, der sich an seiner Braut vergangen hat: Der Groom unterliegt, aber befreit sich so doch aus dem Dienst beim Grafen.

Psychoanalytisch gedeutet steht das Pferd für Vitalität und Energie, für Libido und männliche Potenz, es erscheint oft als Teil des Körpers, der Kavallerist tritt gleichsam als moderne Variante des Kentauren auf. Wenn Moriz Ebner »ein schönes starkes Pferd« hat, dann ließe sich das Kompliment auf ihn übertragen. Unleugbar erscheint das Pferd im Kontext eines nicht beherrschbaren Kreatürlichen. Die beim Reiten unmittelbar eingängige Bezüglichkeit zum Geschlechtsverkehr setzt laut Georg Groddeck überhaupt Pferd und Frau symbolisch gleich.[44]

So ist es nicht verwunderlich, dass im zunehmend prüden 19. Jahrhundert der Herrensitz für Damen zu Pferde immer anstößiger erschien. Katharina die Große und Marie Antoinette hatten noch das Reiten nach »deutscher Art«, also rittlings, praktiziert, denn vor allem bei Jagdritten war der Seitsitz gefährlich. Die Einführung eines dritten Sattelhorns in England machte durch die Fixierung des linken Oberschenkels auch Sprünge über höhere Hindernisse möglich. Um 1830 wurde dieser verbesserte Sattel auch auf dem europäischen Kontinent zusehends populär. Wie die berühmteste zeitgenössische »Reitnärrin«, Kaiserin Elisabeth, ritt Baronin Marie Ebner im Damensattel – photographische Beweise gibt es dafür nicht, aber einige Zeichnungen von eigener Hand.[45]

Nach dem Modell der Psychoanalyse verrät der Sturz vom Pferd, wie überhaupt das Fallen, sinnbildlich ein Straucheln, einen Fehltritt auf dem Pfad der Tugend. Der Schwindel ist eine Warnung des Es vor dem realen wie dem Sünden-Fall. »Und wenn das Es der Ansicht ist, daß ein einfacher Schwindel (…) zu einer eindringlichen Mahnung nicht ausreicht, wirft es den Menschen zu Boden, schlägt ihm ein Loch in den dicken Schädel« (Georg Groddeck). Marie von Ebner-Eschenbachs diesbezügliche Erzählung könnte das exemplarisch belegen. Im Herbst 1854 beklagt sie anhaltende Kopfschmerzen als Folgen eines Sturzes vom Pferd, »der übrigens noch so glücklich ausfiel als möglich«. Das junge Tier, »nicht von der ruhigsten Gemütsart«, schreckt sich »außerordentlich leicht«: »es machte neulich wärend wir ein scharfes Tempo ritten, einen so unerwarteten und heftigen Seitensprung, daß ich aus dem Sattel geworfen und mit dem Kopfe ganz tüchtig gegen den Boden geschleudert wurde, im ersten Augenblicke etwas confus, war ich doch im Stande, als das Pferd wieder gefangen u mir zugeführt wurde, nach Hause zu reiten, aber als wir ankamen wurde mir recht übel (…).«[46]

Dem »Seitensprung« auf symbolischer Ebene entspricht auf der Ebene der »mésaventure«, des Missgeschicks, dessen sportliche Bewältigung: Die junge Baronin Ebner reitet nicht einfach so ein bisschen spazieren, sie bevorzugt ein »scharfes Tempo«; sie scheut schreckhafte Pferde nicht und bildet ihres selber aus; sie geht im Gelände über Hindernisse, und wenn sie gefallen ist, sitzt sie sogleich wieder im Sattel, wie sie auch Jahre später in ihrem Tagebuch berichtet, dass sie beim Sprung über einen Graben gestürzt und sogleich wieder aufgesessen sei. Auch als Enddreißigerin reitet sie regelmäßig und mit Begeisterung; wo immer sie bei Freunden und Verwandten auf dem Land zu Gast ist, vermerkt sie »gutes Reitwetter« und lustige, herrliche, »köstliche Ritte«, charakterisiert sie ihre Pferde oder übt sie Selbstkritik: »den grauslichen Rappen grauslich geritten«. Im Herbst 1866 freut Marie Ebner sich in Zdislawitz über ein Pferd, einen Braunen, den ihr der (Stief-)Bruder Adolph schenkt. Mitunter tritt das Reiten bei der Dichterin auch in Konkurrenz zu ihrem Beruf: »Ich bin jetzt recht faul was das Schreiben anbetrifft, aber tummle mich viel mit den Pferden herum (…).«[47]

Sie war aber nicht nur durch eine handfeste Praxis mit dem Pferd verbunden, die ihr körperliche Betätigung in freier Natur bescherte, sie bekannte sich auch zu dessen Symbolik der Freiheit, jedenfalls sofern die Assoziation des Die-Zügel-Schießen-Lassens auf den Bereich des Politisch-Gesellschaftlichen beschränkt blieb. Im Kontext einer Erörterung möglicher Buch-Monogramme, Briefpapiergestaltungen und Siegelformen schreibt Marie Ebner an ihre Freundin Sephine: »Unter den Devisen gefiel mir das wilde Pferd mit dem Motto: Dominum generosa recusat, so gut, daß ich mir's stechen ließ.« Bild und Spruch sind immerhin eine Ansage für eine junge, verheiratete Baronin des Nachmärz. Das Zitat stammt aus Ovids *Metamorphosen* und bezieht sich dort auf eine Braut wider Willen. Es wurde der Wahlspruch der Stadt Pisa und wird gewöhnlich frei übersetzt mit »Die Stolze will keinen Herrn«. »Generosa« ist eigentlich die Edle, Adelige, und wenn Marie von Ebner-Eschenbach sich ein Siegel mit Pferd und diesem Motto »stechen« ließ, dann kannte sie das Bedeutungsfeld gewiss.[48]

Debut mit Hosenrolle

Im Herbst 1856 wird Moriz von Ebner-Eschenbach zum Major befördert und nach Wien versetzt. Er soll dort eine »Technische Abteilung« im Geniekomitee einrichten. In *Meine Kinder- und Lehrjahre* erinnert seine Frau sich an zehn in Znaim und Klosterbruck verlebte Jahre – es waren jedoch nur fünf. Allerdings stattet Marie Ebner in den folgenden Jahren ihrer Freundin Jetty von Tunkler häufige, teils längere Besuche ab und genießt das Wiedersehen mit dem Znaimer Zirkel von Künstlern und Wissenschaftlern, die sie als eine der Ihren stets herzlich willkommen heißen. Sie beklagt jedoch auch Neid und Eitelkeit, diese namentlich bei Joseph Weil, dessen Entwicklung als Dramatiker sie nicht gutheißt. Großen Anteil nimmt sie an Jettys Kindern, die sie auch hütet, wenn sie krank sind. Wie wichtig ihr die Kleinen – ein Mädchen und ein Bub – sind, lässt sich auch daran erkennen, dass sie ihrer Schwester Fritzi zwar einiges aus und über Venedig berichtet, das eigentliche Anliegen ihres Briefes, die Bitte um Empfehlung einer Bonne für Jetty, aber wesentlich ausführlicher behandelt: »Du kannst Dir aber selbst am Besten denken wie sicher man da fahren möchte wo es gilt einen solchen kleinen Anfang von Menschen, dem man bis jetzt wie die Vorsehung selbst gewesen, (…) auf dessen Haupte man jedes Haar bewacht, einer neuen – noch fremden Führung zu übergeben.«[49]

Marie Ebner selbst hat nun die Mitte der Zwanzig überschritten und ist noch immer kinderlos. Weil sie keine Kinder wollte? Oder weil sie keine bekommen oder ihr Mann keine zeugen konnte? Darüber herrscht Uneinigkeit in der Ebner-Eschenbach-Forschung. Gerade die Interpretinnen der jüngeren Zeit plädieren für Ersteres, während frühere Deutungen ganz selbstverständlich von einer unfreiwilligen Kinderlosigkeit ausgehen: »Sie besaß ein Mutterherz wie nur wenige und ein großes Verständnis für Kinder. (…) Und sie selbst blieb kinderlos. Wie schwer sie darunter gelitten hat, spricht sie nirgends offen aus.« (Mechtild Alkemade) Tatsächlich hat Marie von Ebner-Eschenbach sich nie direkt dazu geäußert, in ihren Tagebüchern kommt das heikle Thema nicht vor. Eine Eheschließung ohne den Wunsch, eine Familie zu gründen, war sicherlich für ihre Zeitgenossen ebenso wenig vorstellbar wie für die achtzehnjährige Marie Dubsky selbst. Aber sah sie auch später, wie sie in Bezug auf ihre Tante Helene einmal meinte, die Mutterschaft als »das Beste und Höchste« an, »was das Leben dem Weibe zu bieten hat«? Dafür spricht doch einiges, nicht zuletzt die große Hingabe und Zärtlichkeit, mit der sie sich den Kindern ihrer Freundinnen und vor allem ihrer Geschwister widmete. Als ihre Schwägerin Sophie, Adolphs Frau, an Schafblattern erkrankt, holen Marie und Moriz deren Säugling, die kleine Marie, zu sich, im Findelhaus wird eine Amme ausgesucht, vier Wochen lang spielen die Ebners die Elternrolle – Marie mit Hingabe und großer Besorgtheit. Ihre spätere lyrische *Liebeserklärung* an ihre Lieblingsnichte Marie und die ganze Schar ihrer Nichten und Neffen gipfelt in dem Satz: »Die Kinderlose hat die meisten Kinder.« In ein Notizbuch trug sie in den sechziger Jahren ein Gedicht von Moritz Hartmann ein: »Ich hab' ein Kind! das heißt aus einem Zelt / Ward mir zu einem Hause diese Welt.«[50]

In Ebner-Eschenbachs Literatur sind Kindergestalten – etwa in den Erzählungen *Der Fink*, *Mein Neffe* oder *Der Vorzugsschüler* – mit besonderem psychologischen Gespür gezeichnet, Mutterliebe ist ein zentrales Thema. Sie fehlt schmerzlich, und sie wird gerade deshalb verherrlicht, sei es in *Das Gemeindekind*, *Božena*, *Der Erstgeborene* oder in *Die Spitzin*. In der Erzählung *Ihr Beruf* verzichtet die Protagonistin auf die Erfüllung ihrer Berufung zur Nonne, um ihr Leben künftig dem verwaisten Kind ihres abgewiesenen Verehrers zu weihen. Auffällig oft wird in Ebner-Eschenbachs Œuvre liebende Fürsorge von biologischer Elternschaft entkoppelt. »[D]as ist der größte Wahn, daß man eigene Kinder haben müsse – es gibt Kinder genug auf der Welt …«, belehrt der Lehrer Habrecht die Halbwaise Pavel in *Das Gemeindekind*. Das klingt, als hätte die Autorin für sich eine Not zur Tugend erklärt. Anlässlich der Geburt ihrer Nichte Marie notiert Marie Ebner in ihr Tagebuch: »Ich möchte den Augenblick, in dem die Kleine ankam, um nichts in der Welt hergeben.« Sie kommentiert aber auch den Kindersegen einer Bekannten, die ein neuntes, zehntes oder elftes Kind erwarte, leicht ironisch: »Die Übung macht den Meister – u. auch die Meisterin!«[51]

Unbestritten ist, dass Marie von Ebner-Eschenbach die biologisch-emotionale Leerstelle in ihrer Existenz mit künstlerischer Produktivität kompensierte. Die Dichterin selbst betrieb konsequent die bildhafte Gleichsetzung von Werk und Nachkommenschaft und gab dabei in einem Aphorismus dem Geistigen den Vorzug: »Es gibt eine nähere Verwandtschaft als die zwischen Mutter und Kind: die zwischen dem Künstler und seinem Werke.« Die Künstlerin ist hier natürlich mitgemeint. Marie Ebner wünscht sich, dass sie endlich »eines meiner Geisteskinder in die Welt hinaus geschleudert hätte und es verstünde sich durchzuschlagen«. Ein patriotisches Gedicht, das in Wien von der Polizei konfisziert und in Leipzig an dem Tag gedruckt worden war, an dem die Proklamation des Vorfriedens von Villafranca (1859) es obsolet gemacht hatte, nannte sie »wieder einmal ein todtgebornes Kind dessen ich mich da zu erfreuen habe«. Und der Heldin ihres Stückes *Die Schauspielerin* wollte sie den »Hang zu pathetischer Deklamation« mit »der Ruthe auspeitschen«: »Da es aber einmal nichts Schwereres gibt als die Züchtigung eigener Kinder, so habe ich kein lustiges Spiel.«[52]

Als ein äußeres biographisches Indiz für einen Kinderwunsch Marie von Ebner-Eschenbachs könnte die Wahl des Kurorts gelten, den sie ab 1857 mindestens viermal aufsuchte: Franzensbad (Františkovy Lázně). In der Trias der berühmten böhmischen Bäder – mit Karlsbad (Karlovy Vary) und Marienbad (Mariánské Lázně) – war Franzensbad das anerkannte Zentrum für Frauenleiden, insbesondere für Sterilität. Sowohl die eisenhaltigen Quellen als auch die Moorbäder wurden bei Unfruchtbarkeit sowie bei einer Neigung zu Früh- und Fehlgeburten empfohlen und zeitigten gute Erfolge. Prominente Kurgäste wie Goethe, Beethoven und Herder hatten naturgemäß andere Indikationen – Franzensbad half angeblich auch bei allgemeiner Nervenschwäche, Herzbeschwerden und »männliche[m] Unvermögen«. Bei Marie Ebner stellte sich der Erfolg, wenn er denn gewünscht war, auch nach ausgiebigen Wasser- und Badekuren nicht ein.[53]

Der psychosomatische Ansatz des Arztes Georg Groddeck geht bei kinderlosen Frauen einigermaßen provokant von einer unbewussten Ablehnung der Schwangerschaft aus: »wozu gibt es Krankheiten? Besonders Unterleibsleiden? Sie sind in vielen Richtungen angenehm. Da ist zunächst die Möglichkeit, das Kind zu vermeiden.« Frauen, die sich intensiv nach einem Kind sehnen und »alles tun, um zu dem Glück der Mutter zu gelangen, die nicht wissen, und wenn man es ihnen sagt, durchaus nicht glauben wollen, daß sie selbst das Kind verweigern, diese Frauen haben ein schlechtes Gewissen (…).«[54]

Als ernsthaftes Argument dafür, dass das Ehepaar Ebner-Eschenbach sich bewusst gegen Kinder entschieden haben könnte, kommt eigentlich nur die Angst vor möglichen Inzucht-Folgen in Frage. Moriz Ebner kannte als Naturwissenschaftler jedenfalls das Risiko der Fortpflanzung von eng Blutsverwandten. Nimmt man einen solchen gemeinsamen Entschluss zum Verzicht auf Kinder an, dann erscheint die Wahl des böhmischen Frauenbades als Kurort allerdings unlogisch, weil womöglich kontraproduktiv.[55]

Die Kur in Franzensbad »gebrauchte« Marie von Ebner-Eschenbach gemeinsam mit Jetty von Tunkler. Man pflegte ausgiebig zu kuren – gewöhnlich vier bis sechs Wochen, daran schloss sich meist noch eine ärztlich empfohlene »Nachkur« an. Bei ihrem ersten Franzensbad-Aufenthalt im Juli 1857 berichtet Marie ihrer Schwester Friederike, ohne jede Anspielung auf eine gynäkologische Indikation: »Ich habe nun 6 kalte Bäder genommen u. 12 Krüge Franzensbader Wasser ausgeleert, spüre aber noch keine merkliche Besserung. Kreuz u. Kopf plagen mich immer sehr.«[56]

In Franzensbad erreicht Marie Ebner die Nachricht vom überraschenden Tod ihrer jüngeren Schwester Sophie, verheiratete Fürstin Waldburg-Zeil-Wurzach, die die Geburt ihres ersten Kindes, eines Mädchens, nur um sechs Wochen überlebt hat. Marie ist tief betrübt und sorgt sich um ihren Vater, dessen Liebling Sophie gewesen sei.[57]

Trägt auch die Kur nicht die (vermutlich) erhofften Früchte, so trägt sie doch andere: Die Erlebnisse in dem angeblich langweiligsten der böhmischen Bäder haben Marie Ebner zu einer Sammlung fiktiver Briefe angeregt, die unter dem Titel *Aus Franzensbad. Sechs Episteln von keinem Propheten* 1858 bei Carl B. Lorck in Leipzig erscheinen. Ihr erstes Buch hat Ebner-Eschenbach auf eigene Kosten drucken lassen und »Der lieben Reisegefährtin« – Jetty von Tunkler – gewidmet. Die Anonymität hat ihren guten Grund in der satirischen Schärfe des Textes. Gegenüber Sephine Knorr nennt die Autorin die »*bruchüre*« das »tolle Kind einer übermüthigen Laune, welches mir Arger genug machen könnte, wenn man hinter meine Autorschaft käme«. Sie bittet die Freundin gleich im vornhinein, ihren Tadel freimütig in einer Rezension zu äußern, um so den Absatz anzukurbeln. Sei die erste Auflage einmal verkauft, könnte sie das »Badeprodukt« in einer zweiten verbessern. Auch gegenüber Joseph Weil gibt sie ihrer Hoffnung auf eine Neuauflage dieses »überstürzten Produktes des Übermuts« Ausdruck, für das sie sich schon »bitterlich oft« habe schämen müssen. Dazu kam es jedoch nicht: Im Sommer 1860 meldete der Verleger respektive Buchhändler bloß 150 der 500 gedruckten Exemplare als verkauft oder verschenkt. Die Autorin kann das nicht recht glauben: »Jeder den ich anschaue hat *Franzensbad* gelesen – die Leute müßten sich's gerade alle unter einander geliehen haben!«[58]

Aus Franzensbad ist in mehrfacher Hinsicht ein typisches Erstlingswerk: ein freches, aufmüpfiges, witziges, ein bisschen großmäuliges und exaltiertes Buch, in dem eine junge Autorin mit Verve das ganze Arsenal ihrer formalen Möglichkeiten zum Einsatz bringt. Gleich im Untertitel geht sie mit der Anspielung auf die Episteln der Propheten des Alten Testaments auf Distanz zur orthodoxen Lehre. Sie stellt ihren Erstling in die Tradition der im Vormärz zur Blüte gelangten Reisebriefe, etwa Heinrich Heines *Die Bäder von Lucca* oder George Sands *Briefe eines Reisenden*. In der Einleitung zu den *Episteln* wird im Gespräch zwischen der jungen Dame, die nach Franzensbad geschickt wird, und dem Arzt, der sie schickt, das literarische Programm des Textes formuliert: ein »Unterhaltungsbuch über Franzensbad« will die Patientin schreiben, nachdem sie alle vom Doktor empfohlenen medizinischen Handbücher und Kurleitfäden – lauter real existierende Werke, Verfasser und Zitate – verworfen hat.[59]

In diesem Sinne gestaltet die Schreiberin ihre Briefe als feuilletonistische Reiseberichte von mitunter zeitloser Gültigkeit: »Reden Sie mir nicht mehr von Zivilisation, so lange noch eine Anstalt besteht, die sich österreichische Post nennt«, fordert die zwischen Eisenbahn und Postkutsche gestrandete Reisende. In den locker aneinandergefügten Szenen und Gedanken werden unterschiedliche »Genres und Schreibweisen« »aufgerufen und zugleich parodiert« (Ulrike Tanzer). Dabei sind die Anspielungen auf den schwarzgelben Untertanengeist und die beklemmende Atmosphäre der politischen Reaktion unüberhörbar und werden vom Doktor in seinen Antworten gerügt.[60]

Die Briefschreiberin streut eine ironische »Idylle« über »Die Zofe auf Reisen« ein, auf die kein Verlass mehr sei, weil sie (wie Marie

Ebners Caroline auf der Fahrt nach Venedig) immer seekrank oder sonstwie unpässlich ist. Das Epistel-Ich nimmt die in Kurbadewannen geritzten Poeme sowie die im Freien auf Bänken, Säulen, Zäunen verewigten Verse zum Anlass, mit einer »Geschichte der deutschen Wannen-Dichtung« und »Hecken-Literatur« die Richterpose deutscher Literarhistoriker und Kritiker zu persiflieren. Als spielerische »Begründerin einer Geschichte des poetischen Graffitos« (Karlheinz Rossbacher) zielt sie vor allem auf Julian Schmidt (1818–1886), den Ideologen des Bürgerlichen Realismus, und Georg Gottfried Gervinus (1805–1871), der – »groß im Verurteilen, größer im Ignorieren« – die Österreicher Friedrich Halm und vor allem Franz Grillparzer in seiner *Geschichte der poetischen Nationalliteratur der Deutschen* schmählich vernachlässigte. Diese Ignoranz, die auch den seit 1846 in Wien lebenden Dramatiker Friedrich Hebbel betraf, prangert Ebner-Eschenbach an, wenn sie eine »dramatisierte Morgenaudienz« des »Zeus Gervinus« erträumt und die österreichische Muse vorsprechen lässt:

> »Zeus Gervinus: Kenne keine österreichische Muse.
> Österreichische Muse (tritt ein und beugt das Knie): Lerne mich kennen, Großer, Unfehlbarer, Allwissender!
> Zeus Gervinus: Ich lerne nicht mehr, ich lehre.«[61]

Die Verfasserin der Briefe renommiert mit ihrer Belesenheit und will Kritikerin werden, weil diese Stellung »in unseren Tagen«, da nach 1848 leider »die Despotie aus der Mode gekommen«, die »einzige unumschränkte der Welt« sei. Schon ehe sie selbst ihre Erfahrungen mit Rezensenten gemacht hat, geht Ebner-Eschenbach ins Gericht mit einer »oft sehr unbefugten, sehr mittelmäßigen, in den meisten Fällen aber unbarmherzigen Kritik«. In seinen Beispielen einer »Wannen-Poesie« verknüpft das Briefe schreibende Ich Gedicht-Parodie, etwa von Goethes *Mignon* (»Kennst du das Land, wo die Zitronen blühn«), und Kritik-Parodie.[62]

Was der mit seiner Patientin unzufriedene Briefpartner bemängelt, erschwert allerdings auch für den heutigen Leser mitunter die Lektüre von *Aus Franzensbad*: »für den Laien zu mystisch und für den Fachmann zu frivol«[63], setzt sie über weite Strecken gründliche literarische Bildung und ein Bewandertsein im zeitgenössischen

Feuilleton-Diskurs voraus. Im Stil der beliebten, forciert originellen Korrespondenten-Nachrichten fügt die Verfasserin dann auch noch »Badebriefe aus Franzensbad« an, ehe sie im vierten Brief zum Hauptziel ihres polemischen Furors gelangt: zu ihren Standesgenossen und vor allem -genossinnen.

Marie Ebner portraitiert in diesem Buch die europäische Gesellschaft in nuce, vom russischen Kriegshelden bis zur ärmlich gekleideten Bewohnerin des Badehospitals, die kostenlos behandelt wird. So mild sie die »Gnädigen«, die überaus stolzen Offiziers- und Beamtengattinnen, verspottet oder das »erwählte Volk« vom »langbärtigen Jüdchen bis zum stattlichen Abraham«, das Diktat der Mode oder den Dialekt der Berlinerin wie der Pragerin – so gnadenlos verfährt sie mit den »mächtigsten Säulen« des Badelebens, dem Adel und der Geldaristokratie. Diese hat, ohne Ansehen ihrer Herkunft, nichts vorzuweisen als den »Luxus des Gemeinen«, Hochmut, einen hohlen Kopf und einen schlechten Geschmack. Dabei ahmen die »Geldmenschen« den echten Aristokraten nach: »wie er von den Würden nur die Titel, von den Machtvollkommenheiten nur wertlos gewordene Pergamente« behalten habe, »so blieb ihm von seinem einstigen Stolze nur dessen Zerrbild – der Hochmut – übrig«. Die adeligen Damen der Wiener Gesellschaft huldigen dem rätselhaften Fetisch der Élégance, welche verlangt: »tadellose Toilette, ein Auftreten so sicher, daß es nur aus jener grenzenlosen Ignoranz in Bezug auf fremdes Verdienst entspringen kann, die von diesen großen Kindern mit in das Grab genommen wird«, außerdem »Unhöflichkeit gegen alle, welche nicht zu der eigenen Coterie«, also: Clique, zählen, »und: (aber schon in seltneren Fällen) die Fertigkeit, dieselben Albernheiten in verschiedenen Sprachen zu sagen«.[64]

Da verwundert es nicht, dass Marie Ebner sich um eine mögliche Lüftung ihres Inkognitos sorgte. Ihre Betonung von Verdienst statt Geburt, von Sein statt Scheinen war ein Schlag ins Gesicht der Ihren: »Der mächtige aristokratische Leu (…) ist in ein kriechendes Katzengeschlecht degeneriert, das die Füße der Mächtigen leckt und die Schwachen kratzt«, statt sie zu beschützen. Die ungeschminkt formulierte Diagnose zielt freilich nicht auf Abschaffung, sondern auf Erneuerung. Die Baronin von Ebner selbst hat bereits einen Prozess der Erkenntnis durchgemacht: Wenn sie in ihren Episteln verkündet, ein »echter« Aristokrat, der auf einem Bauernkarren spazieren fahre, würde diesen zum Staatswagen adeln, dann spielt sie wohl auf ein eigenes Erlebnis aus einer Zeit an, in der ihr Dünkel nicht fremd waren. Als Komtessen hatten sie und Fritzi sich einmal geweigert, auf dem Bahnhof ein unstandesgemäßes Fuhrwerk zu besteigen – worauf der zufällig mitreisende Staatsminister Graf Stadion meinte: »Steigen Sie nur ein, meine Damen, ein Gefährt, das Sie benützen, wird zur Staatscarosse.«[65]

Marie von Ebner-Eschenbach hat ihre Lektion gelernt, und doch sind gewisse Reste von Überheblichkeit noch der Weise anzumerken, in der sie sich in ihrem literarischen Debut über – jüdische wie nichtjüdische – Parvenüs mokiert. Zur Entstehungszeit des Buches wirkten indessen neben der »Adelsschelte« vor allem die zahlreichen Spitzen gegen die k. k. Obrigkeit provokant, die die Autorin raffiniert erst dadurch so richtig ausstellt, dass sie den Doktor als tadelnde Instanz einführt. So lässt die Verehrerin Schillers ihr Alter Ego beklagen, dass im nahen Eger in jenem Zimmer, in dem Wallenstein, der Hochverräter an seinem Kaiser, ermordet wurde, nun die k. k. Gemeindekanzlei residiert: »Die Kanzlei, die Wallenstein gestürzt hat, triumphiert noch über der Stätte, an welcher er sank (…).«[66]

So ist *Aus Franzensbad* bei aller jugendlichen Prahlerei ein Text voll Esprit und Eigensinn, modern in seinem Ethos wie seiner Komposition, man könnte auch sagen: postmodern, geschrieben mit sichtlicher Lust am Spiel mit der Form. Am Schluss übernimmt der Doktor wie versprochen das Geschäft der Drucklegung, die, zu seiner moralischen Entlastung, auch seine Antworten umfassen wird. Die Briefschreiberin betrachtet ihr Opus nicht ohne Koketterie als »leichtsinnige Eintagsfliege«: »Gestern geschrieben, heute gedruckt, morgen gelesen (…) – aber übermorgen, Doktor?« Übermorgen wird es ihrer Vermutung nach als Einwickelpapier Verwendung finden.

Ganz so schlimm kommt es im wirklichen Leben nicht. Allerdings sickert der Name der Verfasserin schließlich doch durch und sorgt für böses Blut. Es ist, wie schon der Doktor wusste, »ein gefährliches Buch, ich meine, in Sonderheit gefährlich für Euer Gnaden selbst«.[67]

Als satirische Gesellschaftsstudie und realistische Schilderung des Kuralltags schließen die *Sechs Episteln von keinem Propheten* einerseits an die knapp hundert Jahre zuvor erschienenen *Briefe* der Lady Mary Wortley Montagu an, die das Leben der Wiener Aristokratie ein einem gar nicht günstigen Licht zeigen. Andererseits steht Marie Ebners Erstlingswerk um 1850 am Beginn einer Reihe von adelskritischen Schriften: 1860 erscheint, ebenfalls anonym, das Buch *Die Wiener Gesellschaft. Charakterisirt von einer Dame*, die im Wesentlichen zu demselben Befund kommt, allerdings mit deutlicher Stoßrichtung gegen den zunehmenden jüdischen Einfluss und die höhere Bildung höherer (und anderer) Töchter. Die angeblich von »einem Oesterreicher«, in Wirklichkeit von keinem Geringeren als Kronprinz Rudolf, gemeinsam mit Carl Menger, verfasste Polemik gegen den österreichischen Adel (1879) setzte wiederum als Mittel gegen Trägheit und Oberflächlichkeit auf eine Bildungsoffensive – für die jungen Herren.[68]

Noch neun Jahre nach Erscheinen ihres Debuts kann Marie Ebner ihr Drama *Marie Roland* nicht der Fürsprache der Fürstin Auersperg, der Gemahlin des Hoftheater-Intendanten, anvertrauen, weil diese die bösen Worte gegen den Adel in *Aus Franzensbad* nicht vergessen hat. Aber genügt diese nachtragende Aufnahme durch die Gescholtenen als Erklärung dafür, dass Ebner-Eschenbach von diesem Jugendwerk später so gar nichts mehr wissen will? In ihrem Beitrag zu der von ihrem Kollegen Karl Emil Franzos herausgegebenen *Geschichte des Erstlingswerks* (1894) konzentriert die Schriftstellerin sich ganz auf ihre Tragödie *Maria Stuart* und verschweigt ihren eigentlichen Erstling, oder: verschweigt ihn nicht wirklich, sondern hält fest, sie habe mit dreißig »noch nicht einmal etwas für die Sterblichkeit gethan« – soll heißen: geschweige denn für die Unsterblichkeit – »und noch nichts veröffentlicht als ein kleines Bändchen, das erheiternd wirken sollte. Es hat aber Niemand erheitert und Einen tief verstimmt – meinen armen Herrn Verleger.«[69]

1913 brachte ein Leipziger Buchhändler gegen den Willen der Autorin eine neue Ausgabe unter ihrem richtigen, inzwischen prominenten Namen heraus, die aber auch kein Bestseller wurde. In ihrem letzten zu Lebzeiten erschienenen Werk *Aus einem zeitlosen Tagebuch* sagt Ebner-Eschenbach 58 Jahre nach der Veröffentlichung ihres ersten: »Ich habe gegen das Büchlein ›Aus Franzensbad‹ dieselbe Abneigung, die manche Mutter gegen ein vor der Ehe geborenes Kind hat.«[70]

Man könnte sagen: in den Augen seiner Schöpferin fehlt dem illegitimen literarischen Kind nicht nur der gute Name, sondern auch die Familienähnlichkeit mit den legitimen, den allseits beliebten Kindern. In der Tat haben etliche Passagen eine Schärfe, die sich nicht mit dem späteren Image der »Dichterin der Güte« verträgt und die weder als weibliche noch als mütterliche Tugend vermittelbar ist. In *Aus Franzensbad* gibt es nicht nur Kritik, Witz und Ironie, wie in Ebners anderen Werken auch, sondern stürmische Empörung, Naserümpfen und echte Bosheit. »Wo bleibt denn da die Nächstenliebe?«, fragt der Doktor, und die etwas älter gewordene Autorin dürfte sich das auch gefragt haben. Nichtsdestoweniger war das rasch verfasste »Büchlein« – der Doktor veranschlagt »nicht mehr als sechs mal zwei Stunden Arbeit« – ein starker Auftritt, ein selbstbewusster Schritt ins literarische Leben. Heute liest es sich in der Auffächerung seiner Themen und Schreibattitüden als »Ouvertüre« (Karlheinz Rossbacher) für das, was noch kommen sollte.[71]

Im Jahr 1858 starb auch eine Symbolfigur österreichischer Glorie – und Tyrannei: Feldmarschall Joseph Wenzel Graf Radetzky, der vor allem 1848/49 durch seine Schlachtensiege von Custozza und Novara als der Unterdrücker der italienischen Unabhängigkeitsbestrebungen berühmt geworden und erst mit neunzig Jahren vom Kaiser seines Postens enthoben worden war. Die Begräbnisfeierlichkeiten am 19. Jänner sind eine eindrucksvolle Demonstration dessen, was man in Wien eine »schöne Leich« nennt. Am 24. Jänner schreibt Marie ihrem Vater aus der Hauptstadt, sie habe gehofft, von den Fenstern seiner Wohnung (im Drei-Raben-Haus) »profitieren« zu können, um den Kondukt zu sehen, sei aber wegen Kopfwehs nicht ausgegangen. Eine ganze Reihe von Verwandten und Bekannten habe um Zutritt zur väterlichen Wohnung gebeten, einigen Auserwählten habe sie ihn, »auf Deine Güte rechnend«, gewährt. Radetzky konnte nicht in der Kapuzinergruft bestattet werden, weil er seinen Leichnam dem Heereslieferanten Joseph Pargfrieder, bei dem er schwer verschuldet war, für ein gemeinsames Mausoleum auf dem »Heldenberg« im niederösterreichischen Kleinwetzdorf testamentarisch versprochen hatte. Wissend um die Vorliebe ihres Vaters für Anekdoten und Sprüche, teilt Marie ihm die Grabschrift mit, »die der Wiener Witz auf die Gruft in Wetzdorf setzte«. Sie findet das »Gedichtchen« »recht spassig« und »machte mir gar nichts daraus, wenn es mir eingefallen wäre«: »Hier in diesem Marmorschreine / Da schlafen zwei Freunde in Ruh / Die Schlachten liefert der Eine, / Der and're – Commissbrot u. Schuh'.«[72]

In ihrer literarischen Arbeit konzentriert Marie Ebner sich nun ganz auf die Dramatik. Ihren Gesellschaftsroman hat sie verworfen: »er bedürfte einer vollständigen Umarbeitung u. verdient sie nicht«, schreibt sie an Joseph Weil. Sie bezweifelt jedoch überhaupt ihre Eignung zur Romancière:

> »Ich fühle das nötige Zeug nicht in mir zum Schreiben eines Romans. Die Erfindung fehlt mir, ich besitze nur Anempfindungsvermögen u. etwas Humor, das ist Alles – wenig eigenes Urtheil, keine Fähigkeit Spannung zu erregen. Eine einfache Herzensgeschichte könnt' ich schreiben, verwickelte Lebensverhältnisse kann ich nicht ersinnen. Lachen Sie mich nicht aus wenn ich sage, daß ich meine eher ein gutes Stück als einen guten Roman schreiben zu können. Ein Stück, in dem eine mächtige Leidenschaft das Ganze trägt u. die Details verschwinden in deren Erfindung ich so ungeschickt bin.«[73]

Ein solches Stück stand bereits der Dreizehnjährigen lebhaft vor Augen, nachdem sie in den Memoiren der Madame de Motteville Cinq-Mars, den leichtlebigen Günstling und Freund Ludwigs XIII., entdeckt hatte und für ihn entflammt war. Die eigentliche Zentralgestalt des Dramas sollte der alte, kranke Kardinal Richelieu sein, von dessen Bevormundung der schwache König sich befreien will, aber nicht kann. Das Komplott zum Sturz Richelieus ist geschmiedet, als es diesem noch einmal gelingt, den Spieß umzudrehen, sich dem König als Retter vor dem Verräter Cinq-Mars zu präsentieren und den Widersacher hinrichten zu lassen, der im Angesicht des Todes über sich hinauswächst. »Lange Jahre«, so erinnert die Autorin sich in ihrem Kindheitsbuch, schlug sie sich mit diesem Stoff herum. »Zuletzt stand ich an der Spitze einer kleinen Armee von Manuskripten, von denen nur die ersten den Titel ›Cinq-Mars‹, die letzten aber den Titel ›Richelieu‹ führten.« Die Gestalt des Kardinals war ihrer Schöpferin über den Kopf gewachsen: »ich wußte: Mit all meiner Begeisterung, all meinem Fleiß habe ich nur ein Pfuschwerk zustande gebracht.«[74]

Das Autodafé der gesammelten Manuskripte, das Ebner-Eschenbach in *Meine Kinderjahre* schildert, vermeldet ihr Tagebuch am 9. Oktober 1863 zugleich mit einem Neuanfang. Auch zuvor zeugen ihre Aufzeichnungen von immer neuen Anläufen, Umarbeitungen,

Verzweiflungen. Das Werk wurde jedoch nicht vollständig vernichtet: Nach dem Tod der Dichterin entdeckte Anton Bettelheim in Zdislawitz mehrere Akte in zum Teil unterschiedlichen Fassungen und beurteilte *Cinq-Mars* als »ihre bedeutendste Historie«, den Geschichtsdramen der vielgespielten Zeitgenossen Laube, Gutzkow, Mosenthal, Weilen jedenfalls künstlerisch überlegen. Die kaltblütige Verbrennung der »Frucht so vieler Mühen« inszeniert Marie Ebner in ihren Memoiren als Sinnbild für die Vergeblichkeit des Schreibens, das eine Sisyphosarbeit ist und sein muss. Hätte sie mit dem *Cinq-Mars* je angefangen, wenn sie das Ergebnis vorausgewusst hätte? »Fast glaube ich: Ja.«[75]

Ist dieses konkrete Vorhaben aus Kindertagen auch zum Scheitern verurteilt, so scheint Marie Ebner auf dem Weg zur Verwirklichung ihres großen Jugendtraumes doch eine entscheidende Stufe zu erklimmen: Noch vor ihren vergeblichen Versuchen mit dem Stoff des *Cinq-Mars* schreibt sie ein fünfaktiges Trauerspiel *Maria Stuart in Schottland* in Blankversen, mit dem sie erhobenen Hauptes in Schillers Fußstapfen tritt und sich quasi als Reformatorin des zeitgenössischen Theaters bewirbt. Die Reform, die ihr vorschwebt, ist eine Restauration – zurück zur Klassik – und liegt durchaus im Zeittrend. Vor den Erschütterungen der Revolutionszeit soll das Reich der Ideale, nur mild gewürzt durch eine Prise demokratischer Freiheitsliebe, Zuflucht bieten. Nach wie vor gilt das Historiendrama als Königsdisziplin.[76]

Nach umfangreichen historischen Studien – sie liest Thomas Macaulays und François Guizots Werke zur Geschichte Englands – arbeitet Ebner-Eschenbach im Herbst 1859 den Plan zu *Maria Stuart in Schottland* aus. Mithilfe von Sephine Knorr, die ihr das Entree verschafft, gewinnt sie einen neuen literarischen Berater von besonderem Gewicht – Anfang 1860 verkündet sie ihrem Bruder einen »Sieg«, »an dem Du Dich mit mir freuen sollst«: Sie habe die Bekanntschaft Grillparzers gemacht und ihm die ersten beiden Akte der *Maria Stuart* vorgelesen und »seine vollste Anerkennung, die wärmste Theilnahme für meine Arbeit gefunden«. Grillparzer hat ihr »einige unschätzbare Rathschläge« gegeben, er will sogar, was er wegen seiner schlechten Augen selten tut, das Manuskript selbst lesen; sie findet den »schon sehr gebeugten« Greis körperlich »gebrochen«, »aber sein Geist vereinigt mit fast jugendlicher Frische die hohe u. herrliche Klarheit, welche die Wahrheit endlich denen verleiht, die ihr Leben ihrem Dienste gewidmet haben«.[77]

Mit spürbarer Genugtuung berichtet Marie hier dem Bruder über den Ritterschlag durch *die* Autorität auf dem Gebiet des Dramas. Später resümiert sie diese Zeit: »Meine Freunde, die Meinen, alle die mich liebten, hatten längst angefangen eine mehr oder minder lebhafte Opposition gegen meine fruchtlosen litterarischen Bestrebungen zu erheben. Ihr Glauben an mein Talent war nicht stark und konnte es nicht sein. Was hatte dieses Talent bisher geleistet? welche Früchte hatte es getragen außer den beiden herben: Enttäuschung und Demütigung?« Nun aber: wie könnte noch von den Seinen unterschätzt werden, wer von Grillparzer anerkannt wurde? Marie Ebner besucht ihren neu gewonnenen Mentor ein weiteres Mal, um ihm den vierten und fünften Akt vorzulesen, und erhält weitere Korrekturhinweise.[78]

Am Abend dieses Maitages sendet sie Kathi Fröhlich zum Dank einen selbstgenähten Fußpolster, den Grillparzers Lebensgefährtin vor seinen Fauteuil legen möge, wenn der »Herr Hofrat« nicht zu Hause ist. »Bis Er dann kommt – darf Er den Eingebürgerten nicht mehr hinauswerfen, er will ja so bescheiden sein, u. sich in dem dunkelsten Winkerl unter dem Schreibtisch, überaus geehrt finden.« In einer charakteristischen Mischung aus Devotheit und Witz ist auch das Gedicht gehalten, das Marie Ebner ihrer Gabe beilegt:

»Nicht blos für diese bunte Spielerei,
die nur der Müß'ge: Arbeit wagt zu nennen,
für Alles was ich jemals sollt' erstreben,
Begehr ich keinen höheren Gewinn,
Als daß es werth – zu Füssen Dir's zu legen

Marie.«[79]

In ihrem Beitrag zur *Geschichte des Erstlingswerks* erwähnt die Dichterin merkwürdigerweise nur ihren Lehrer Carl M. Böhm, dem sie das Stück zum Lesen gegeben und der davon überrascht und begeistert gewesen sei. Die Konsultation Grillparzers kommt nicht vor. Und in *Meine Erinnerungen an Grillparzer* ist nur von einem namenlosen

Theaterstück die Rede, von der bald bereuten Keckheit, »dem größten jetzt lebenden Dichter ein selbstverfaßtes Drama vorzulesen«. Ein Urteil habe der nicht gefällt, das Stück aber gewiss »miserabel« gefunden. Und sie habe ihm, dem Vielbelästigten, nie wieder eine ihrer Arbeiten aufgedrängt. Es scheint, als ob die Schriftstellerin sich im hohen Alter von ihrem dramatischen Jugendwerk noch einmal gründlich und nachhaltig distanzieren hätte wollen. Dem wäre Grillparzers Lob im Wege gestanden.[80]

Ebner-Eschenbachs Stück behandelt quasi die Vorgeschichte zu Schillers *Maria Stuart*, beginnend mit dem Mord an Marias Privatsekretär Rizzio, an dem ihr Gemahl Darnley ohne ihr Wissen Mitschuld trägt. Maria erfährt es, sie hasst ihn, weil er falsch und feige ist und sie zu Unrecht des Ehebruchs mit Rizzio beschuldigt, aber in Ebner-Eschenbachs Interpretation ist sie, anders als bei Schiller, unschuldig am Gattenmord. Den wiederum hat Graf Bothwell auf dem Gewissen, der über Marias Hand die schottische Krone anstrebt. Die Königin schützt ihn vor Strafe, weil sie seinen Unschuldsbeteuerungen Glauben schenkt, sie bürgt für ihn und liefert sich ihm ganz aus: als seine Gemahlin. Der Aufstand der Lords ist die Folge, Bothwell gesteht Maria seine Tat, um sich vor ihr loszusagen: »Bist Du nicht Königin? Beschütz' Dich selbst.« Maria wird von ihrem kleinen Sohn getrennt, von ihrem Bruder Murray verraten, sie flieht zum Schluss nach England, zu ihrer Todfeindin Elisabeth – keine gute Idee, wie man weiß: »Es ist für sie der Weg zum Blutgerüst. –«[81]

Mit dem literarischen Segen von ganz oben war Marie von Ebner-Eschenbach nun im Juli 1860 entschlossen, das auf eigene Kosten frisch gedruckte Bühnenwerk an alle, wirklich: alle in Frage kommenden Theater Deutschlands zu schicken. Als »M. von Eschenbach« versandte die Autorin die *Maria Stuart in Schottland* und wartete, mit »rührender Unkenntniß der wirklichen Theaterverhältnisse« (Anton Bettelheim), voll Vorfreude auf die Reaktionen, um dann – erst dann – »den Meinen zu verkünden: – Seht, seht, es ist doch etwas an meinem Talente, ich hab's doch zu etwas gebracht.« Die Familie verbringt den Sommer wie immer in Zdislawitz.[82]

»Am Nachmittage zur Stunde, in der der Postbote einzutreffen pflegte, litt es mich nicht mehr im Hause, da ging ich ihm ein Stück Weges entgegen, um wenigstens den Anblick der großen, versperrten

> Ledertasche zu genießen, die er umgeschnallt trug. Aufgeschlossen wurde sie erst im Zimmer meines Vaters. Er hielt den Schlüssel zu dem Heiligtum in seiner Verwahrung.
> Meine schönen, rotwangigen Träume und Hoffnungen waren allmählich doch sehr bläßlich und nebelhaft geworden. Der graue Hintergrund, die Wirklichkeit fing an hindurch zu scheinen. Nicht *eine* Antwort, die nur irgendwie verheißend gelautet hätte, war gekommen auf alle meine nett kouvertierten, von überaus höflichen Briefen an die Herren Theater-Direktoren begleiteten Sendungen.«[83]

Ihrer Freundin Sephine schreibt die Ernüchterte, sie glaube nicht, dass die *Maria* irgendwo »gezündet« habe, es sei jedenfalls nirgends Rauch zu sehen. Und sie bekennt, »so recht von der Leber weg geredet«, auf Joseph Weil und dessen – ihr gewidmetes! – Drama *Heinrich von der Aue* eifersüchtig zu sein: »Entweder bin ich ein blindes Trottl, oder Eitelkeit hat mich so ganz confus gemacht, aber (ganz aufrichtig) meinem Gefühle nach, ist dieser *Heinrich* kaum nobel genug, einen Stiefelputzer der *Maria Stuart* abzugeben, u. ihm öffnen sie angelweit alle Thore, während meine Königin *antichambrirt.*« Nein, für »miserabel« hält diese Autorin ihre Arbeit nicht, und sie macht sich auch nicht klein im Vergleich mit dem Freund, der in der Welt des Theaters schon einen Namen hat.[84]

Und als die Freundin ihr mit Henry W. Longfellow rät: »Learn to labour and to wait«, reagiert sie leicht gereizt und ausgesprochen kämpferisch: »Ja – Longfellow hat gut reden. Wenn man bei der kalten Pastete sitzt ist's leicht Hunger predigen. Ich glaube kurios viel Ubung in der Kunst: ›Geduld haben‹ zu besitzen – aber gegen ein absichtliches bei Seite geschoben Werden – wenn neben Einen rings die Mittelmässigkeit florirt, das hilft Geduld haben u. Warten nichts – da muß man eingreifen, u. das will ich jetzt, auf jede mir zu Gebote stehende Weise thun.«[85]

Nach Wochen der, wie sie es Sephine gegenüber ausdrückt, »Folter«, nämlich »Ungewißheit, Herzensangst, peinlicher Erwartung«[86], sitzt Marie eines Tages mit Maman Xaverine im Salon und liest ihr vor – aus Otto Ludwigs Drama *Die Makkabäer*, wie sie in *Aus meinen Kinder- und Lehrjahren* behaupten wird. Ludwigs Stück schüchtert sie gehörig ein, nie würde sie dem Stardramatiker, dem »Meister«, das Wasser reichen können: »Ich *war* nichts und ich *konnte* nichts.«

Da kommt der Diener mit einem Paket Briefe. »Ich fragte nicht einmal wie sonst mit heuchlerischer Ruhe und wüthend klopfendem Herzen: ›Nichts für mich‹?« –

»›Da ist etwas für M. von Eschenbach: Bist Du das vielleicht?‹ fragte meine Mutter lachend und reichte mir über den Tisch ein bläuliches Kouvert mit dem Poststempel Karlsruhe. Ich seh' es heute noch, ich sehe jeden Zug der markigen, liegenden Schrift auf der Adresse. Der Brief war vier Seiten, vier eng beschriebene Seiten lang; sein Inhalt eine warme Begrüßung, ein herzliches Lob, der Schluß: Wir werden Ihr Stück mit derselben Liebe und Sorgfalt einstudieren, mit der wir Otto Ludwigs ›Makkabäer‹ einstudiert haben. Die Unterschrift, Eduard Devrient.«[87]

Eduard Devrient (1801–1877) war nicht irgendein Theaterdirektor: Er war einer der bedeutendsten Bühnentheoretiker und -praktiker der Zeit, Sänger, Schauspieler und Regisseur in Berlin und Dresden, Verfasser einer vielgelobten fünfbändigen *Geschichte der deutschen Schauspielkunst* – und seit 1852 Direktor des Baden-Württembergischen Hoftheaters Karlsruhe. Die tatkräftige Anerkennung durch Eduard Devrient für die, nein: *den* unbekannten Autor aus Wien war also sensationell. Vergleicht man allerdings Marie Ebners Memoiren mit ihren zeitgenössischen Äußerungen, so stößt man wieder auf eine kleine Retouche, die auch ein unwillkürliches Resultat phantasievoller Erinnerungsarbeit sein könnte: In ihrem Brief an Sephine Knorr vom September 1860 zitiert sie Devrient, er wolle »mit derselben Lust« an die *Maria Stuart* gehen, »mit welcher wir jetzt Freytag's ›Fabier‹ in Angriff nahmen«. Und eben diese *Fabier* habe sie, »ein merkwürdiger Zufall«, gerade mit Mama zum zweiten Mal gelesen, »in verbissener Verzweiflung« darüber, »daß dieses Stück, das meine so weit überrage«.[88]

Ein schönes Beispiel dafür, wie autobiographisches Schreiben zur Lebensdichtung werden kann: Welcher der prominenten bürgerlichen Realisten – ob Gustav Freytag, der Autor des Erfolgsromans *Soll und Haben*, oder Otto Ludwig, der den Begriff des »poetischen Realismus« prägte – hier die Projektionsfläche für die Newcomerin bietet, ist eigentlich nicht wichtig. Doch die »göttliche Fügung« auf Otto Ludwig zu beziehen, taugte deshalb eher zur Bildung eines biographischen Mythos, weil sich hier eine weitere Beziehung knüpfen ließ: In Ludwigs Nachlass fand sich eine ausführliche Besprechung der *Maria Stuart* des Herrn von Eschenbach, die trotz grundlegender Kritik am Überwiegen der Intrige auf Kosten der Tragik (Ludwig selbst wollte den Stoff bearbeiten) viel Lob enthielt, nämlich in puncto »Vermögen der Poesie«, »rhetorischer Kraft« und technischer Geschicklichkeit – darin übertreffe der Verfasser »ohne Frage jedes andre deutsche Glied seiner Schule bei weitem«.[89]

Marie Ebner nahm mit der ihr eigenen Empfindlichkeit nur das Negative dieser Kritik wahr, fasste sie als Absage für ihr dramatisches Talent auf und zitierte sie in diesem Sinne in ihrem Beitrag zur *Geschichte des Erstlingswerks*: Hätte sie gewusst, dass der große Otto Ludwig überhaupt Notiz genommen hatte von ihrem Werk, sie wäre hingepilgert und hätte ihm Abbitte geleistet. Damals, 1860, scheint es jedoch, als wäre Marie von Ebner-Eschenbach endlich der Durchbruch geglückt – wenn auch zunächst in männlicher Gestalt. Ihre Briefe an Eduard Devrient unterzeichnet sie noch bis nach der Uraufführung der *Maria Stuart in Schottland* am 4. Oktober 1861 mit »Ihr dankbarer und ergebenster M. Eschenbach«. Doch es machen Gerüchte die Runde, von einem heimlich schreibenden Klosterbruder ist gar die Rede, und als Devrient seinen neuen Autor geradeheraus nach seiner Identität fragt, antwortet ihm Ebner-Eschenbach: »Ich bin wirklich nur eine arme Frau, die Frau des guten, wackeren Obristlieutnants, an welchen Sie alle Ihre Briefe richten. Sagen Sie das Niemandem! – ich flehe darum! Und Sie selbst, wenn es möglich ist – vergessen Sie's.« Gerade vom »edlen und ritterlichen Devrient« wollte und will sie keinen Damenbonus, keine Nachsicht, sondern rücksichtslose Beurteilung.[90]

Die Aufführung in Karlsruhe findet, auch dank einer ausgezeichneten Besetzung, viel Beifall beim Publikum und erhält zwei lobende Kritiken – die Autorin erinnert sich später an »eine lobende und eine tadelnde«. Marie von Ebner-Eschenbachs Inkognito kann freilich nicht gewahrt werden, was sie bedauert, denn »das grosse Publikum tritt den Frauenleistungen auf künstlerischem Gebiete, (dem der Schauspielkunst ausgenommen) recht befangen entgegen«. Vor allem aber aus Rücksicht auf die Ihren, die kaum »verschmerzen« hätten können, »einen – blue stocking in der Familie zu haben«, habe sie sich hinter Herrn Eschenbach verborgen. Und Marie Ebner prophezeit ihrem Mentor Devrient mit bemerkenswerter Weitsicht, bei einer möglichen Aufführung eines ihrer Werke in Wien würden etwaige, angesichts des dortigen Cliquenwesens durchaus wahrscheinliche, Verrisse ihren Mann und ihre Brüder verletzen.[91]

Maria Stuart in Schottland etablierte sich in einer überarbeiteten Fassung für einige Jahre im Repertoire des Karlsruher Hoftheaters – seiner Autorin war es jedoch nicht vergönnt, ihr Werk je auf der Bühne zu sehen. Dafür reichte Eduard Devrient das Trauerspiel 1863 für den ersten vom preußischen Prinzregenten (und nachmaligen Kaiser) Wilhelm gestifteten Schiller-Preis ein. Der Preis für das beste Theaterstück der letzten drei Jahre ging zwar an Friedrich Hebbels Trilogie *Die Nibelungen*, aber Marie Ebner war entzückt, von Devrient überhaupt vorgeschlagen worden zu sein. Allerdings wurde *Maria Stuart* von keiner anderen Bühne übernommen – auch nicht vom Burgtheater, um das die Autorin sich bemühte. Das lag am Spielplankonzept Heinrich Laubes, der seit 1851 die künstlerische Direktion des Hauses innehatte und die zeitgenössischen Historiendramen nicht schätzte, auch mit Grillparzer war er nicht wirklich erfolgreich. Laube forcierte Zeitstücke und leicht fassliche Klassiker, sein oberstes Ziel war die Publikumsfreundlichkeit, der zuliebe er etwa auch Shakespeare-Dramen stark kürzen und bedenkenlos inhaltlich adaptieren ließ. Die Vorstellung in Karlsruhe hatte viereinhalb Stunden gedauert: »Die Dauer des Stückes hat mich erschreckt – für Wien würde *sie* genügen, es lebensunfähig zu machen«, gesteht Ebner-Eschenbach Devrient. Bitter muss es für sie gewesen sein, dass die *Maria Stuart in Schottland* des Grillparzer-Epigonen Wilhelm von Wartenegg 1871 auf die Bühne des Burgtheaters gelangte und dort, wie Marie Ebner kommentarlos vermerkt, »sehr gefallen« hat.[92]

Die Reverenz an Friedrich Schiller haben die Zeitgenossen dem Ebner'schen Drama nicht angekreidet, sondern eher als mutig zugutegehalten. In *Maria Stuart in Schottland* gestaltet die dreißigjährige Dichterin in konventionellem Jambengewand eine zeitgemäße und dabei sehr persönliche Auffassung von weiblicher Tragik. Anders als Schillers Maria Stuart ist die der Marie Ebner keine schwache und zum Herrschen ungeeignete Frau, sondern eine echte Königin. Marias Ausstrahlung ist nicht reduziert auf ihre Sexualität. Und ihre Schuld besteht nicht in der Ermordung ihres inferioren Ehegatten, sondern in der Aufgabe ihrer Souveränität. Die Liebe zu Bothwell hat die Form einer Obsession, sie führt zur Selbstentmündigung. Die Warnung vor entfesselter Leidenschaft und die Empfehlung einer wohltemperierten Zuneigung passen gut ins Konzept des Poetischen Realismus. Marias Unterordnung als Frau verletzt ihren Status als Herrscherin, lässt sie ihre »beruflichen« Pflichten vernachlässigen und entwürdigt sie in den Augen ihres Volkes.

Dass Marie von Ebner-Eschenbach die Selbstentwirklichung einer Königin als Charakterdesaster packend und glaubwürdig dargestellt hat, wussten ihre zeitgenössischen Kritiker zu würdigen, wenngleich sogar Anton Bettelheim, der stets Lobbereite, die allzu heiligmäßige Zeichnung Maria Stuarts moniert. Dass Ebner-Eschenbachs Stimme – und damit eine weibliche Sicht auf Schlüsselereignisse der europäischen Geschichte – aus dem Kanon der historischen Tragödie ausgeschlossen blieb, kann man heute mit Fug und Recht bedauern.[93]

Gegen Devrients Ansinnen, Marias Schuld moralisch anders zu gewichten, sie nicht vom Gattenmord gänzlich freizusprechen, wehrt Marie Ebner sich hartnäckig, woraus man wohl eine gewisse Identifikation der Autorin mit ihrer Heldin gleichen Namens ableiten darf: Maria Stuart ist die erste einer Reihe von Namensvetterinnen in Ebner-Eschenbachs Werk. Bereits an dieser historischen Maria exemplifiziert die Autorin ihre Lebensthemen: Treue und Verrat, vor allem aber: die Treue zu sich selbst, zu seinem ureigenen Wesen.

Gemütserschütterungen

Gleichzeitig mit der Arbeit an und dem Kampf um *Maria Stuart* – im Leben ist immer alles gleichzeitig, was in der Erzählung in mehr oder weniger saubere Zöpfe entflochten werden muss – erlebt Marie Ebner eine gewaltige Erschütterung. Ihre äußerlich so festgefügte Existenz droht aus den Fugen zu geraten. Dabei lag der Gedanke, die Dichterin könnte je »Verwirrungen« erlebt oder ihre Ehe könnte »Anlaß zu irgendwelchen Verwicklungen« gegeben haben, vielen Interpreten lange fern: »Man hat gesagt, es habe bei ihr nie eine Leidenschaft gegeben, und sie habe auch nie eine Leidenschaft erregt.« (Johannes Klein) Spürt man der Sache nach, so scheint ein untergründiger Zusammenhang immerhin möglich zwischen ihrer ernsten Krise und dem angeblich in drei Wochen niedergeschriebenen Trauerspiel.[94]

Das Beben kam ohne Vorzeichen. Wieder zurück in Wien, wohnt das Ehepaar Ebner-Eschenbach zunächst in der Heugasse, heute Prinz-Eugen-Straße (an der Grenze zwischen den Bezirken Wieden und Landstraße), wo Moriz Ebner seine ersten Lebensjahre verbracht hat. Dieser ist beschäftigter denn je und viel unterwegs. Seine beruflichen Aufgaben führten den Offizier nach Krems, Ofen (Buda), Krakau und Verona, wo er die österreichischen Genietruppen im Gebrauch seines Zündapparats zu unterweisen hat. 1858 erhielt Moriz Ebner von Eschenbach den Auftrag, für den Bau der Wiener Ringstraße die mittelalterlichen Basteien und Stadttore zu sprengen, wegen der angrenzenden Wohnhäuser eine heikle Aufgabe, die er wie gewohnt mit Bravour erledigte – Ebner arbeitete mit schwach geladenen Bohrschüssen, 50 davon benötigte er etwa für den Abbruch des Schottentors. 1859 wurde er, nunmehr als Oberstleutnant, wieder militärisch eingesetzt: Der Krieg gegen Frankreich und Sardinien erfordert den Schutz der Häfen von Triest und Venedig, wo Moriz Ebner sich nun häufig aufhält. Er entwickelt die kühne Idee, die Hafenzufahrt von Venedig mit achtzehn von ihm selbst entwickelten Seeminen zu sperren, was auch geschieht; der Waffenstillstand von Villafranca und der folgende Frieden von Zürich verhindern jedoch das Eintreten des Ernstfalls.[95]

Während ihr Mann Avancement um Avancement erfährt, scheint Marie von Ebner-Eschenbachs Laufbahn zu stagnieren. Für Sephine Knorrs »Glückwunsch zur Oberstlieutnandin« bedankt sie sich mit Vorbehalt: »Die Charge läßt mich übrigens noch kalt, erst bei der Oberstin wird mir der Kamm wachsen.« Und sie notiert den messerscharfen Aphorismus: »Die einzigen von der Welt unbestrittenen Ehren, die einer Frau zuteil werden können, sind diejenigen, die sie im Reflex der Ehren ihres Mannes genießt.«[96]

In Ebner-Eschenbachs Erzählung *Ob spät, ob früh* heißt es über die Verlobung der blutjungen Käthe aus »verarmtem Adelsgeschlechte« mit dem viel älteren hohen Staatsbeamten: »Alle priesen ihr Glück und überboten sich im Lobe ihres Bräutigams. Ein Elitemensch! Ein allverehrter Mann!« Es scheint nicht zu vermessen anzunehmen, dass Marie Ebners häusliche Situation nach zwölf Jahren Ehe jener ähnelte, die hier die frischvermählte Käthe vorausahnt: »nach ihrer

Verheiratung sah sie ein, und es bereitete ihr nicht einmal eine Enttäuschung, daß sie in seinem Dasein nur eine Nebenrolle spielen könne. Seine Interessen lagen außerhalb der Familieninteressen. Im Amte blieb sein Herz, sein Geist, das Genie, von dem er gestreift war, zurück.« Über den allverehrten Mann urteilt die Erzählstimme: »Er war leichtlebig zum Äußersten vor lauter Gleichgültigkeit.«[97]

Dafür, dass es bei der noch nicht Dreißigjährigen, plötzlich und unvermutet, um die »Meeresstille der Seele«, wie die Stoiker das nannten, geschehen ist, gibt es einen expliziten Zeugen – den Brief, den Marie Ebner am 2. Juni 1860 an Josephine von Knorr geschrieben hat:

> »Diese Tage haben Stürme mitgebracht die meine ganze Zukunft, alle meine Verhältnisse bedrohten, u aus denen ich, zu völliger Ruhe noch nicht gelangt.
> Du kannst leicht errathen was der Grund zu alledem gewesen, der ganze verflossene Winter hat die Blüten vorbereitet, die jetzt auf mich niederregnen. Was sich noch aus diesem Chaos entwickelt ahne ich nicht – meine Gesundheit hat gründlich unter den Gemütserschütterungen gelitten – obwol sie keine von denen ist, die nicht wiederstehen gelernt.
> Dießmal traf der Schlag u. brennt die Wunde. Ich hab' nichts dagegen wenn sie tödtlich ist; u das eine glaub ich bis an's Ende von mir sagen zu dürfen, daß wenn ich den Schmerz wie ein Weib gefühlt, ich ihn doch getragen habe wie ein Mann. –«[98]

Dieser emotionale, ja hochdramatische Ton sticht heraus aus Marie von Ebner-Eschenbachs Korrespondenz – auch im so vertraut-amikalen Schriftverkehr mit Sephine Knorr. Klagt sie sonst über Leiden und seelischen Verwundungen, so gilt das entweder körperlichen Schmerzen oder der Sorge um die psychisch kranke Schwiegermutter und der Befriedigung ihres literarischen Ehrgeizes. Jetzt aber fühlt sie sich sogar zu »leidend«, um Grillparzer einen Abschiedsbesuch abzustatten. Marie Ebners Rede ist verklausuliert, doch dass es hier um einen Mann geht, dass der Bestand ihrer Ehe ernstlich gefährdet war oder vielmehr: ist – zu diesem Schluss bedarf es keiner besonderen Phantasie. Denn die »Stürme« haben »meine ganze Zukunft, alle meine Verhältnisse« bedroht, das »Chaos« ist noch nicht überwunden. Die kaum bewältigten »Gemütserschütterungen« sind metaphorisch trotz allem positiv konnotiert: »Blüten« sind es, die auf sie nun »niederregnen«.

Ihre Freundin Sephine kennt die Vorgeschichte, und sie kennt, zumindest dem Namen nach, den Mann, den Marie im vergangenen Winter in Wien (näher) kennengelernt haben muss, als auch Sephine in der Stadt war. Marie Ebner schreibt als schwer Getroffene: Sie spricht von »Schlag«, »Wunde«, »Schmerz«. Eine derartige Verwundung scheint ihr nicht zum ersten Mal zugefügt worden zu sein. Was immer Marie Ebner mit der Betonung auf »Dießmal« meint: dass sie behauptet, nichts dagegen zu haben, sollte die Wunde tödlich sein, ist ein starkes Stück, neigt sie doch, selbst in ihren Tagebüchern, eher zu Understatement und affektiver Selbstzensur.

Aus dem Umstand, dass in diesen Stürmen Marie Ebners »ganze Zukunft« und all ihre »Verhältnisse« auf dem Spiel stehen und der – vorläufige – Ausgang für sie schmerzhaft ist, lässt sich eigentlich nur schließen, dass sie die *Bestürmte* war, dass der ungenannte Mann ihr zwar den Seelenfrieden geraubt, aber keine Erhörung gefunden hat, jedenfalls keine, die eine gemeinsame Zukunft beträfe. Ihre Selbstbeschreibung, sie habe »den Schmerz wie ein Weib gefühlt«, ihn jedoch getragen »wie ein Mann«, hat tatsächlich etwas von einer Königin – wer dächte da nicht an Maria Stuart?

Marie beabsichtigt, wie sie schreibt, Wien am übernächsten Tag zu verlassen und zu Jetty Tunkler nach Klosterbruck zu fahren, für sechs Wochen, »zum aller Wenigsten«. Das klingt nicht nach Ferien, sondern nach Asyl, nach einem Urlaub von der Ehe, und so war es wohl auch gedacht: »– was dann mit mir geschieht, weiß ich nicht.« Ganz lapidar heißt es weiter unten: »Moriz geht nächste Woche nach Venedig, Mutter nach Zdisslawitz«. Man kann vermuten, aber eben nur: vermuten, dass der Grund für die Erschütterung dem Gatten nicht verborgen geblieben ist. Die obligate Schwiegermutter-Betreuung kündigt Marie Ebner jedenfalls vorerst auf. Einen Tag zuvor hat sie auch an ihre Schwester Fritzi, ohne auf die bewusste Sache einzugehen, geschrieben: »Ich muß einige Wochen absoluter Ruhe haben, sonst weiß ich nicht was mit mir geschieht. Es sieht übel aus mit meiner Gesundheit. Nur eine zeitlang völligster Pflichtenlosigkeit (...) kann vielleicht heilsam auf mich wirken.«[99]

Der Freundin stellt Marie einmal mehr ein sommerliches Zusammentreffen in Gresten in Aussicht, zu dem es nicht kommen wird:

»so sprechen wir über die Ereignisse dieser letzten Zeit – schreiben läßt sich darüber nicht, u. ich bitte Dich inständigst mein bestes Herz, lasse die Sache auch in Deinem nächsten Briefe, den ich Dich nach Bruck zu adressiren bitte, unerwähnt.« Diese Bitte erfolgt gewiss nicht, weil Marie vor ihrer Vertrauten Jetty Geheimnisse gehabt hätte. Der Brief Sephines mag aber im Hause Tunkler der Gefahr ausgesetzt gewesen sein, in fremde Hände zu geraten. Auch hat Marie Ebner die Post aus Gresten dort gewöhnlich weitergereicht oder im kleinen Kreis vorgelesen, und es wäre aufgefallen, hätte sie das für diesmal unterlassen.

In ihrem Brief, in dem sie nichts ausspricht und zwischen den Zeilen alles verrät, wendet Marie sich ausdrücklich dem Befinden der Freundin zu – um auf diesem Umweg wieder von sich zu reden und dann doch deutlich zu werden: »Wenn ich mich an Deine Stelle denke, so mein' ich es müsse etwas Beseligendes darin liegen, so frank u. frei u pflichtenlos sich fühlen – nichts über sich als den Herrn den uns unser eig'ner Wille gesetzt – u zu dieser Freiheit gelangt zu sein, durch die blosse Gunst des Schicksals, ohne verletzte Pflicht, ohne gebrochnen Schwur.« Die verletzte Pflicht, das gebrochene Ehegelöbnis ist vor dem Horizont der Schreiberin sichtlich keine ferne Möglichkeit, sondern eine gedankliche Realität. Wie nah Marie Ebner der Grenze zwischen dem imaginierten und dem tatsächlichen Treubruch gekommen ist und ob sie diese gar überschritten hat, bleibt offen. Indes hat sie nirgends so deutlich wie hier gegenüber der ledig gebliebenen Freundin ihre Eheschließung bereut. Sie macht klar: Wäre sie so frei gewesen, dem eigenen Willen gehorchen zu dürfen, dann hätte sie den ungenannten, unbekannten Bewerber um ihre Liebe erhört.

In ihrer Antwort achtet Sephine strikt das von Marie verhängte Schweigegebot, sie stellt sich selbst jedoch als in keiner Hinsicht beneidenswert dar, berichtet von eigenen Seelenschmerzen und meint nur beziehungsvoll: »Darum die Erde trägt Dornen für jedem [sic], sey er nun frey oder gebunden (…).« Ihre Freundin in Klosterbruck gibt daraufhin zu, diese Andeutungen nicht zu verstehen. Sephine Knorrs Leben erscheint Marie Ebner »glatt« und »eben«; die Junggesellin verkörpert für sie, nicht zuletzt dank ihrem Vermögen, die emanzipierte Frau schlechthin: »du stehst frei u. unabhängig, einig in Dir selbst über die Lebensfragen des Menschen, ausgerüstet mit einem glänzenden Talente in der Mitte Deiner Laufbahn, – Du stehst allein – wohl! – aber nur weil Du es vorgezogen Dich auf keine, als die eigne Kraft zu stützen.«[100]

Ihre Gefühle hat Marie Ebner inzwischen wieder so weit unter Kontrolle, dass sie über sie kein weiteres Wort verliert. Ihre Ehe läuft, zumindest nach außen, bald weiter wie ehedem. Zur Identität des ominösen Mannes gibt es bis jetzt keinen Hinweis. Zu gründlich hat die Schriftstellerin alle schriftlichen Spuren getilgt: ihre Briefe an Jetty von Tunkler, aber wohl auch ihr Tagebuch aus dieser Zeit. Nicht tilgen konnte sie die Spuren dagegen aus ihrem Werk. Vor dem biographischen Hintergrund lässt sich Ebner-Eschenbachs Interpretation der Maria Stuart auch als eine Art Abwehrzauber verstehen: die schottische Königin als warnendes Beispiel dafür, was einer Frau passiert, die den Kopf verliert. Die Tragödie stammt aus eben jenem Winter, in dem Marie Ebners Gefühlsverwirrung ihren Anfang nahm. Und dann schreibt sie das vieraktige Schauspiel *Das Geständnis* (1863), zunächst unter dem stimmigen Titel *Die Versuchung*, als Psychogramm einer Ehekrise: Graf Walter von Wallenfeld strebt eine Karriere als Minister oder Botschafter an und vernachlässigt seine junge Frau Thecla sträflich. Diese ist nahe daran, dem Ansturm des berüchtigten Herzensbrechers Marquis de Longis zu erliegen, da gelingt es ihrer Schwiegermutter, sie mit dem Geständnis eigener, lang zurückliegender Schuld umzustimmen: Wenn sie meine, mit dem Verführer ein neues Leben beginnen zu können, dann möge sie gehen. Aber dazubleiben und dem betrogenen Gatten oder den Kindern die allseits geehrte Unschuldige vorzuspielen – das sei unerträglich. Am Schluss ist der – natürlich – französische Versucher der Düpierte, und Thecla kehrt zurück in die Arme des geläuterten Gatten. Den Succus des Stücks legt Ebner-Eschenbach dem Verführer in den Mund: »Pfui über die Bettelhaftigkeit des Herzens (...). Der Mensch ist einem Gotte nie ähnlicher als beim Erwachen der Leidenschaft, – ihm nie weniger ähnlich als bei ihrem Ersterben.«[101]

Graf Walter sieht die Gefahr nicht und keine Schuld bei sich: »ich gönne ja meiner Frau alles was ihr Vergnügen macht. Ich hindre sie nicht einmal, ihre Romane zu spielen, so lange sie nur – wolverstanden – bei den ersten Capiteln bleibt!« Was seine Mutter ihm zu sagen hat, könnte auch an den Gatten der Dichterin adressiert sein: »nicht innre Glut deckt Deine äußre Kälte. Du bist im Tiefsten angehaucht vom Froste der Gleichgültigkeit (...).« Die Conclusio verweist unzweifelhaft auf die Vorgeschichte von Marie Ebners eigener Versuchung: »es gibt für ein junges, schönes Weib *nur einen* vollkommen sicheren Schutz vor jeder Herzensverirrung: – häusliches Glück.«[102]

Die Auffassung der Ehe als einer echten emotionalen und intellektuellen Zweisamkeit, die Forderung an den Ehemann, die Bedürfnisse seiner Frau nicht auf deren Beziehung zu den Kindern zu reduzieren, muten durchaus fortschrittlich emanzipiert an. Von seiner Mutter bekommt Walter zu hören: »Da ist sie, die stereotype Antwort! – Ihre Kinder! – Sind diese Kinder nicht auch die deinen, und glaubst *Du* Dich entschädigt für jede Forderung an das Leben, weil es Dir diese *eine* bezalte?« In der Predigt, die die alte Gräfin ihrer Schwiegertochter hält, und im hochmoralischen Schluss zeigt Ebner-Eschenbach sich dagegen in den zeitgenössisch konventionellen Vorstellungen von Sünde und Ehre befangen. In der literarischen Verarbeitung des Konflikts geschieht die Lösung durch Übererfüllung des gesellschaftlichen Kodex – mit dem Roman *Unsühnbar* wird Marie Ebner das Thema Ehebruch und Wahrheitsrigorismus wieder aufgreifen und auf geradezu überspannte Weise zuspitzen. In *Das Geständnis* gestattet sie sich ein Happy End. Dennoch findet das Stück keine Gnade vor den Augen Heinrich Laubes, der es mit Rücksicht auf den Publikumsgeschmack für das Burgtheater ablehnt. Desgleichen tut Eduard Devrient für das Hoftheater in Karlsruhe. Julie Rettich hingegen nimmt *Das Geständnis* mit Erfolg in ihr Gastspiel-Repertoire auf. Ganz bewusst hat die Autorin sich darin ein Beispiel am französischen Sittenstück genommen. Aus gewissermaßen patriotischer Ambition schrieb sie, wie sie in einem Brief an Devrient bekennt, das Schauspiel »den Leuten zum Trotze«, »die immer behaupten, es könne die Grazie und Eleganz der Franzosen im deutschen Gespräche nie erreicht werden.«In der Tat ist es erstaunlich, wie scheinbar mühelos Ebner-Eschenbach die Register wechselt: von der historischen Jambentragödie zum bald ernsten, bald komischen und immer geistreichen Konversationsstück in Prosa – und wieder retour.[103]

Zuvor schon ist Marie Ebner mit einer Neufassung der *Schauspielerin* (1861) bei beiden Theaterdirektoren abgeblitzt, wiederum begleitet von kräftigen Lobsprüchen. Laube nennt das Drama »geistvoll und reich an kleinen Zügen wirklichen Lustspieldialoges«, doch er empfiehlt eine Leseausgabe, denn auf der Bühne würde es »untergehen«, ganz einfach, weil die Heldin Helene Walter und der sie zur Frau begehrende Baron Waldau einander am Schluss nicht kriegen, obwohl der Bewerber ihr erlaubt, ihren Beruf weiter auszuüben, und alles auf ein glückliches Ende hinzusteuern scheint: »Publikum will Genüge des Herzens, lustig oder traurig. Ein Ergebniß des Verstandes, wie hier die Einsicht, daß die beiden Leute nicht zusammengehören, ist ihm eine unerquickliche Enttäuschung.«[104] Genau dies ist hier aber Ebner-Eschenbachs unhintergehbare Conclusio: dass die Künstlerin, die um ihrer Kunst willen manches Opfer gebracht hat, das Opfer des geliebten Mannes – seine Karriere – nicht annehmen darf, weil er im tiefsten Inneren ihre Kunst trotzdem verachtet. Der Bund, der zwischen zwei Liebenden nicht zustande kommt, weil er nicht zustande kommen darf, das ist 1861 ein Herzensthema für die Dichterin, das sie nicht bereit ist, der angeblichen Publikumserwartung zu opfern.

Kam Marie Ebner auch nicht beim Burgtheater zum Zuge, so überzeugte sie doch eine seiner berühmtesten Schauspielerinnen: Die gebürtige Hamburgerin Julie Rettich (1809–1866) gab *Die Schauspielerin* wie auch *Das Geständnis* während ihrer Deutschlandtournee mit Erfolg auf verschiedenen Bühnen. Rettich genoss als tragische Heroine, als gebildete Intellektuelle und Muster weiblicher Tugenden großes Ansehen, ihre Verehrerschar reichte von Franz Josephs Mutter Erzherzogin Sophie über den späteren Nobelpreisträger Paul Heyse bis zu – Friedrich Halm. Julie Rettich hatte Halm mit der Titelpartie seines Dramatischen Gedichts *Griseldis* (1835) zum Durchbruch an der Burg verholfen, die beiden galten bald als Paar, und obwohl Julie Rettich mit dem Ensemblekollegen Karl Rettich verheiratet war, tat dies ihrem Nimbus keinen Abbruch.[105]

So war Marie von Ebner-Eschenbach zunächst geschmeichelt, als Friedrich Halm sie im Herbst 1862 bat, ein Stück für Julie Rettich zu schreiben. Sie konzipierte *Die Heimkehr*, ein Schauspiel, in dem allzu plakativ edle Adelige und berechnende Geldaristokratie aufeinanderprallen: Die bürgerliche Braut des leichtsinnigen jungen Grafen wird gegen dessen edelmütige Mutter (Julie Rettich) ausgespielt. Es kommt zum Bruch zwischen Mutter und Sohn und schließlich zur Versöhnung, als dieser erkennt, dass es der Braut und deren Vater von allem Anfang nur um den gräflichen Besitz und Titel gegangen war. Die Arbeit am antibürgerlichen Schauspiel wird der Dichterin durch zahlreiche Interventionen der beiden »Auftraggeber« erschwert. Marie Ebner plagt sich mit dem Schreiben: »langweilt mich, wird andre langweilen«. Und sie schwört sich: »nie wieder schreibe ich einer Schauspielerin eine Rolle«. Nach etlichen Änderungen gastiert Julie Rettich mit *Die Heimkehr* in Berlin und erntet großen Beifall, während das Stück verrissen wird. Auf Drängen Friedrich Halms arbeitet Marie Ebner den Text noch einmal um und schickt ihn mit dem neuen Titel *Mutter und Braut* Anfang 1864 einigermaßen entnervt an Halm. »Ließen sie mich jetzt nur auf meinen Disteln ruhen«, notiert sie in ihr Tagebuch. Im März tritt Julie Rettich mit *Mutter und Braut* in Hamburg auf und feiert wieder Triumphe. Von Halm, der ihr einen Bericht versprochen hat, hört die Autorin nichts; von Karl Rettich erfährt sie schließlich vom wiederum desaströsen Presseecho auf das Stück und ist buchstäblich am Boden zerstört.[106]

Trotz ihrer erstaunlichen Produktivität arbeitete Marie Ebner in diesen Jahren nicht nur im stillen Kämmerlein. Unternehmungslustig gibt sie sich gegenüber ihrer Freundin Sephine: »Jede Maschine, auch die Denkmaschine muß von Zeit zu Zeit Öhl bekommen wenn sie in Gang erhalten werden soll.« Sie sei in dieser Hinsicht sehr gut dran: »Halm ist fast alle 14 Tag bei mir, u. aus einer 2stündigen Unterredung mit ihm, lerne ich mehr, als aus Bibliotheken zu lernen wäre. Das Haus Laube, das der edlen u. vortrefflichen Rettich, steht mir offen, in's Burgtheater geh ich fleissig, was will ein Dichter noch mehr? – Anerkennung? – So viel ich brauche um nicht zu erlahmen finde ich in der Theilnahme meiner Freunde, mehr wäre, ein – (freilich sehr süsser) Uberfluß.«

So haben der ferne Eduard Devrient und der nahe Baron Münch alias Halm als dramaturgische Ratgeber den alten Lehrer Böhm weitgehend ersetzt, auch Heinrich Laube, selbst ebenfalls erfolgreicher Dramatiker, steht der lernbegierigen Baronin gerne zur Verfügung; Halms sonntägliche Unterweisungen betreffen mögliche Dramenstoffe und drehen sich auch um die Geheimnisse der Theatertauglichkeit – er rät ihr, sich vor Buchdramen zu hüten, beim Schreiben immer die Bühne und sogar bestimmte Schauspieler im Sinn zu haben; sie erlaubt sich ihrerseits auch Kritik an Dramen des Meisters.[107]

Geistige Anregung und Herausforderung fand Marie Ebner eher in den bürgerlichen Salons der Stadt denn in den adeligen, die als intellektuell wenig reizvoll galten und in denen außerdem der soziale Verkehr durch allerlei virtuelle Verbotsschilder behindert wurde. Bei Heinrich Laubes Frau Iduna traf sich die Burgtheaterwelt am Nachmittag vor Vorstellungsbeginn beim weitum berühmten »schwarzen Kaffee«. Auch Luise Neumann, die von fern angehimmelte Lichtgestalt ihrer Kindheit, die inzwischen zur Freundin geworden war, fungierte als Gastgeberin, bis sie 1857 ihren Abschied von der Bühne nahm und als Gräfin Schönfeld ihrem Mann nach Graz folgte. 1865 lernte Ebner-Eschenbach die um zwanzig Jahre ältere Fanny Elßler kennen und schätzen und besuchte von da an die Soireen der berühmten Tänzerin. Einen regelrechten Salon führte schon in Vormärz-Zeiten Auguste von Littrow-Bischoff, die Frau des renommierten Astronomen Karl von Littrow. Er war der Direktor der Wiener Sternwarte, sie eine Schriftstellerin und Frauenrechtsaktivistin, aber auch, wie Ebner-Eschenbach es ausdrückte, Grillparzers »weiblicher Eckermann«; sie führte Buch über jedes ihrer Gespräche mit dem Dichter, der in jüngeren Jahren häufig in ihrem Hause zu Gast war.[108]

Zu Auguste von Littrow merkt Marie Ebner an: »Hausherrin sagen wir, aber ohne jede Tyrannei, sie führt eben nur die Leute zusammen, die einander interessieren können.« In den sechziger Jahren verkehrten bei Littrows Wissenschaftler wie der Jurist Rudolph Ihering, der Slawist Franz von Miklosich und der Philosoph Robert von Zimmermann, Maler wie August Eisenmenger, Schauspieler wie der gefeierte Burgmime Joseph Lewinsky, aber auch Goethes Schwiegertochter Ottilie – und Friedrich Hebbel. Am 3. Jänner 1863 vermerkt Marie Ebner die Begegnung mit ihm in ihrem Tagebuch: »Hebbel über seine *Nibelungen* mit herrlichem Selbstbewußtsein.« Hebbels Tagebuch-Eintragung fällt ausführlicher aus:[109]

> »Amüsierte mich gut, besonders mit einer Gräfin, die recht gut sprach und mir interessante Dinge erzählte, z. B. daß die Erzherzöge in einem Hofkonzert, in welchem der Violinist Joachim spielte, einen Lärm gemacht hätten, wie die Stallknechte, während sie, wenn ein Komiker etwas Lustiges vorträgt, still dabeisitzen, als ob das Gebet für die Toten gesprochen würde, und den armen Schauspieler durch gänzliche Teilnahmslosigkeit zur Verzweiflung bringen. Sie ist an

> einen Baron Ebner verheiratet und leider, wie ich später erfuhr, eine heimliche Schriftstellerin.«

Das allgemeine Vorurteil, das Hebbels Bemerkung verrät, trifft die Schriftstellerin doppelt: als schreibende Frau und als vermeintliche adelige Dilettantin. Hätte man Hebbel gesagt, dass er sich im Littrow'schen Salon mit seiner Konkurrentin um den Schillerpreis unterhalten hat (die Einreichung war gerade angelaufen), er wäre höchst erstaunt gewesen. Aus seinem Eintrag geht immerhin hervor, dass die »heimliche Schriftstellerin« in Gesellschaft nicht als graue Maus auftrat und selbst gegenüber einem berühmten Autor nicht schüchtern war, sondern Anekdoten zum Besten gab. Marie Ebner bewunderte Hebbel und war von seinem Nachruhm überzeugt, die *Nibelungen* fand sie »wunderschön«, »nur peinlich das Bramabarsiren Siegfrieds«. Sie gab aber auch anlässlich einer Aufführung der *Agnes Bernauer* zu: »an mir fehlts, an mir; ich finde keinen Weg zu Hebbel.«[110] Zu einer zweiten Begegnung kam es nicht – Friedrich Hebbel starb, fünfzigjährig, im Dezember desselben Jahres.

In Marie Ebners Tagebucheintragungen dieser Zeit manifestiert sich neben Galgenhumor aber auch eine große Niedergeschlagenheit. Am Silvestertag des Jahres 1862 bilanziert sie: »Ich gratuliere mir dass wieder ein Jahr überstanden ist. Ich kondoliere mir dass wieder eins anfängt!« Vier Jahre später verbringt sie den Morgen ihres Geburtstags stimmungsvoll in der Zdislawitzer Familiengruft: »Heut vor 36 Jahren habe ich eine grosse Dummheit begangen, die nämlich: geboren zu werden. Die Strafe« – der Tod ihrer Mutter – »ist aber auch auf dem Fusse gefolgt (...).« Bald darauf relativiert sie immerhin: »Ich finde mein Leben oft so traurig u. doch wie manche Freude ward mir schon geschenkt die ich so recht genießen durfte.«[111]

Die Gründe für diese depressiven Anwandlungen liegen wohl nicht allein im wiederholt erlittenen Schiffbruch auf dem Theater. Marie Ebner hatte inzwischen, trotz der Bestätigung durch die Annahme der *Maria Stuart* in Karlsruhe, ernsthafte Zweifel an ihrem Talent. Sie litt mehr denn je unter den ausgesprochenen wie den unausgesprochenen Vorwürfen ihrer Angehörigen. Als sie von einer gelungenen Benefiz-Aufführung der *Maria Stuart* in Danzig erfährt, nimmt sie dies zum Anlass für den Versuch einer Selbstermunterung:

»vielleicht ein Schritt vorwärts auf meiner dornenvollen Bahn? Aber gute Nachrichten machen auf die Meinen keinen Eindruck u. jede abfällige Beurteilung einen sehr starken u. nachhaltigen. Nicht den Muth verlieren, sage ich mir nach jeder neuen schlimmen Erfahrung, die ich mache, ein paar Freunde habe ich ja doch die an mich glauben u. die wissen! sie kann nicht anders, kann das Dichten nicht ablegen wie man eine schlechte Gewohnheit ablegt.«[112]

Außerdem hatte die Dichterin das bohrende Gefühl, ihre Zeit zu vergeuden: Gerade weil sie bemüht war, sich bezüglich ihrer gesellschaftlichen Pflichten nur ja keine Blöße zu geben, verkehrte sie keineswegs bloß mit anregenden Gesprächspartnern. »Die Meinen, die vielgeliebten Meinen, halten jede Stunde die ich bei der Arbeit zubringe, für eine vergeudete. Beste, Theuerste! das aber scheint Euch eine gut angewandte Zeit die ich mit den unbedeutendsten Menschen, die [sic] sie und mich langweilend – vergähne.«[113]

Während der bis in den Spätherbst ausgedehnten Sommeraufenthalte in Zdislawitz oder auf den mährischen, böhmischen oder slowakischen Gütern ihrer weitverzweigten Verwandtschaft wird ebenfalls der Geselligkeit gefrönt, mitunter wird es Marie zu viel, wie einmal ein Besuch bei Kinskys: »Von 3–10 in Swoika. Sage 7 Stunden. Übersteigt die Kraft meines Liebenswürdigkeitentwicklungstalentes!« Dennoch gibt es auf dem Lande für sie eher die Möglichkeit zu unauffälligem Rückzug: »Wir leben sehr einförmig, sehr stille, also nach m. Geschmacke«, trägt Marie Ebner in Zdislawitz in ihr Tagebuch ein. »Promenade, Lecture den Tag über, Abds Partie.« En famille spielte man Karten, aber vor allem Billard. »Lästig ist mir nichts als die Spazierfahrten Vormittags. Um ganz zufrieden zu sein, brauchte ich ein paar Stunden völliger Einsamkeit alle Tage, dann wäre ich's aber so sehr, dass ich mit Freude darauf einginge, den ganzen Winter in Zdisslawitz zuzubringen.«[114]

In Wien jedoch hält die Baronin von Ebner-Eschenbach sich an das, was der gute Ton in der kaiserlichen Haupt- und Residenzstadt vorschreibt, und absolviert nahezu täglich Besuche und empfängt Besucher. Üblicherweise ab 11 Uhr meldete man sich in der adeligen Hofgesellschaft mit seiner Visitkarte an und hinterließ diese, wenn der oder die Besuchte nicht zu Hause war oder gerade nicht empfing. Die Visite war ein Akt der Höflichkeit und musste selbstverständlich in angemessener Zeit erwidert werden. Kam man dann von einer Reihe von Besuchen nach Hause, fand man die Karten derer vor, die einen verpasst hatten und nun ihrerseits auf Erwiderung warteten – ein unerschöpflicher Reigen gesellschaftlicher Ehrenbezeugungen. Marie von Ebner-Eschenbach war in ihren jüngeren Jahren gewiss das, was sie in einer ihrer Erzählungen eine »Visitenameise« nennt. »Vorm: Visiten«, notiert sie an einem starken Besuchstag: »Münch, Arioli, Dudzeck, Grossmama, Braida, Stolzenberg.« Ziemlich viel für einen Vormittag, aber auch danach war sie nicht für sich: »Biri [Barbara Freiin von Baldacchi, D. S.] kam zum Speisen.«[115]

Marie Ebner verkehrte nicht nur in der »ersten«, aristokratischen, sondern auch in der »zweiten«, bürgerlichen oder neuadeligen, Wiener Gesellschaft, wodurch das Visitengeflecht doppelt dicht geknüpft war. Bisweilen entfährt der Vielbeschäftigen in ihrem Tagebuch ein Seufzer der Erleichterung, wenn sie bei ihrem Besuch niemanden vorgefunden, also eine sogenannte blinde Visite gemacht hat; aber sie muss sich auch über Besucherinnen (meistens sind es Damen) ärgern, die sie abpassen, wenn sie gerade im Begriff ist, ihre Wohnung zu verlassen, oder sie überraschen, wenn sie mitten im Schreiben steckt: »Über das Kommen mancher Leute tröstet uns nichts als – die Hoffnung auf ihr Gehen.« Dass sie als Hausfrau jemanden nicht empfängt, kommt nur bei Unpässlichkeit oder Krankheit vor, sie versteht es als soziale Verpflichtung: »Besuche Unendliche Zeitvergeudung. Aber es muß sein, sonst heißt es Ihrer Schriftstellerei opfert sie ihre Freunde«.[116]

Das tut Marie Ebner gewiss nicht, doch in Gedanken ist sie oft beim Schreiben und den Enttäuschungen, die es bisher begleitet haben. Die verbreiteten Vorurteile gegen Schriftstellerinnen erklären den Misserfolg der Ebner'schen Dramen nur zum Teil. Man hat ihn oft darauf zurückgeführt, dass Frauen, denen man allenfalls einen Sinn für Poesie zubilligte, es gerade in der dramatischen Kunst besonders schwer gehabt hätten. Aber es gab zwei Autorinnen, die am Wiener Burgtheater bereits in Marie Dubskys Mädchenzeit große Erfolge feierten und auch auf den Bühnen Europas präsent waren: Die eine war die k.k. Hofschauspielerin Johanna (Franul) von Weissenthurn (1773–1847), die 52 Jahre lang auf der Bühne des Burgtheaters stand, als nebenbei überaus produktive Theaterautorin die satirischen

Pfeile Ludwig Börnes auf sich zog und das dankbare Publikum mit insgesamt 60 Rührstücken und Lustspielen beglückte. Marie Dubsky wohnte mit ihrer Familie Weissenthurns Abschiedsvorstellung im März 1842 bei. Die andere Autorin, die ebenfalls in *Meine Kinderjahre* erwähnt wird, ist Prinzessin Amalie von Sachsen (1794–1870), die unter dem sprechenden Pseudonym Amalie Heiter sehr beliebte Lustspiele schrieb. Der hochadelige Name allein machte seine Trägerin also noch nicht zur Zielscheibe.[117]

So gern Marie Dubsky die Stücke der beiden Damen als Kind sah: als Vorbilder für weibliche Autorschaft kamen diese für sie nicht in Frage. Marie von Ebner-Eschenbach orientierte sich da eher an George Sand oder Madame de Staël. Außerdem lag ihr ursprünglich nichts ferner, als das Komödienfach zu bedienen: »M. v. Eschenbach« hatte sich mit der historischen Tragödie ein Genre ausgesucht, das von den Zeitgenossen nach wie vor als männliche Domäne betrachtet wurde, was der Autorin, sobald sie als solche enttarnt war, in der Rezeption eindeutig zum Nachteil gereichte. Ebner-Eschenbachs aristokratische Herkunft war hingegen Vor- und Nachteil zugleich: Sobald ihre Identität durchgesickert war, öffnete ihr adeliger Name der jungen Schriftstellerin die Türen zu den Theaterdirektionen – sie musste nicht lange antichambrieren, die Herren lasen ihre Arbeiten, setzten sich ernsthaft damit auseinander, korrespondierten mit ihr. Andererseits war ihre öffentliche Stellung im Theaterbetrieb eine sehr exponierte, insofern hatte sie es schwerer als Autoren aus dem Bürgertum: den bürgerlich-liberalen Kritikern wie jenen der *Neuen Freien Presse* war die dichtende »Gräfin« als Repräsentantin einer überlebten Klasse suspekt. Zudem hatte Marie Ebner sich durch ihre unverblümte Kritik unter ihren Standesgenossen mächtige Feinde – wie Fürst und Fürstin Auersperg – geschaffen, ob diese nun direkt Einfluss auf die Rezensenten nahmen oder nicht.[118]

Mit ihren »ernsten« historischen Dramen überforderte Marie Ebner in puncto Ensemble jedenfalls so manches kleinere Theater in Deutschland und verfehlte mit Sicherheit die herrschende Programmrichtung des Burgtheaters. Und mit ihren zeitgenössischen Konversationsstücken bewies sie nicht immer eine glückliche Hand, weil sie zu stark auf Kontrastwirkung und pädagogischen Nutzen setzte. Ihre Erfahrungen und die Diskussionen mit Burgtheaterdirektor Laube bewogen die Dichterin, es nun einmal mit einem echten

Lustspiel zu versuchen. Um den Jahreswechsel 1861/62 schrieb sie in 16 Tagen den Einakter *Die Veilchen* – und wirklich, diesmal schien sie das Richtige getroffen zu haben. Im Februar 1863 kann sie Sephine Knorr von der Aussicht berichten, das Stück auf die Bühne des Burgtheaters zu bringen: »Die Annahme von Seite Laube's, hängt von meinen Concessionen, an den jetzt leider hier herrschenden Geschmack für das derb Komische, ab. Heut soll ich hören was er fordert. Was mein poetisches Gewissen mir zu thun erlaubt, will ich thun, mehr nicht.« Man einigt sich aber, Laube nimmt *Die Veilchen* an und bereitet sie im Frühjahr mit der zwanzigjährigen Auguste Baudius in der Hauptrolle zur Aufführung vor: »Mir ist angst und bange.«[119]

Marie Ebner hat in diesem Theaterstück eines ihrer Lebensthemen, die Wahrheitsliebe, von der komischen Seite angepackt und mit dem Lob des natürlichen, unverdorbenen Landlebens kombiniert: Graf und Gräfin Andlau verbringen, noch ziemlich frisch verheiratet, ihren ersten Sommer in der Stadt – auf Franziskas, der Gräfin, Wunsch, weil sie in der Gesellschaft auf wahre Freundschaft hofft. Ihr Ehemann Sigmund, der auf sein Landgut zurückkehren möchte, glaubt das Gegenteil und wettet mit seiner Frau: Bei jeder mehr oder minder frommen Lüge, bei der er sie ertappt, wird er einen der sieben Veilchensträuße aus dem Fenster werfen, die ihr ein Verehrer zum Geburtstag geschenkt hat. Und bei der achten Lüge soll Franziskas Schoßhund den Sträußen nachfolgen. Es kommt, wie es kommen muss: Franziska hat sich um einen Orden, das Marienkreuz, beworben, und kann der gräflichen Oberstkanzlerin, die sie mit ihrem Besuch beehrt, nicht ihre wahre Meinung über sie mitteilen, weil sie das ihr Marienkreuz kosten würde. Es erscheinen Damen und Herren, die mit Franziska ein künstlerisches Projekt, ein Tableau vivant, planen, und Franziska tut es ihnen in der Verabreichung falscher Komplimente gleich und stolpert immer wieder vom diplomatischen Ausweichmanöver in die offene Lüge. Ehe es dem Hündchen an den Kragen geht, besinnt sie sich jedoch und macht eine Kehrtwendung, in deren Verlauf sie alle vor den Kopf stößt und zudem den Verehrer und Veilchenspender bloßstellt, denn der hat ihrer Freundin ganz ähnliche Avancen gemacht. Am Ende sind, bis auf einen treuen Freund, alle verprellt, die Ehe der Andlaus ist gerettet, und die Rückkehr aufs Land beschlossen – wo Franziska »allen Leuten die Wahrheit sagen« will, von ihrem Mann aber korrigiert wird: »Nicht Allen. Geben wir unser Bestes nur den Besten. Mit den Uebrigen seien wir – liebenswürdig.«[120]

Die Veilchen als heitere Petitesse knüpfen, sicher nicht von ungefähr, an Franz Grillparzers *Weh dem, der lügt* an. Nur dass Ebner-Eschenbach das moralische Problem nicht an einem Küchenjungen zur Zeit der Merowinger abhandelt, sondern an einer jungen Wiener Gräfin ihrer Gegenwart. So führt sie hier nicht nur Allgemein-Menschliches vor, sondern nimmt wieder das eigene Milieu in den gar nicht so harmlosen satirischen Blick. Die hochmütige »Oberstkanzlerin« ist außerdem eine Anspielung auf die Frau des über das Burgtheater gebietenden k. k. Oberstkämmerers Auersperg. Alle erdenklichen Leiden des Salonlebens, wie die Autorin sie auch ihrem Tagebuch des Öfteren anvertraut hat, finden sich in diesem Lustspiel komisch komprimiert. Ihre einstige Erzieherin Marie Kittl schreibt ihr nach der Lektüre: »›Die Veilchen‹ haben mir die wahrheitsliebende Marie recht lebhaft wieder vorgeführt und ich sie so ganz in ihrem Ausfall auf ›die societé‹ erkannt.« Und Sephine Knorr, selbst in vielen Salons bewandert, findet das Stück »fließend, lebhaft, anmuthig geschrieben – die Frage ist mehr zerhauen als gelöst;« sie gibt aber gleich zu, dass eine echte Lösung nach ihrem Geschmack – Nächstenliebe statt Höflichkeit – für die Bühne zu ernst wäre. Für Anton Bettelheim spielt die »ganz kleine Kleinigkeit« mit dem »tiefsten Lebensernst so lustig und ist in aller Lustigkeit so ernst«, dass *Die Veilchen* »wohl als das Muster eines deutschen Einakters gelten dürfen«.[121]

Bevor Ebner-Eschenbach ihr Debut auf den Brettern des Burgtheaters feiert, bekommt der Direktor jedoch kalte Füße. Zwei Tage vor der Premiere schreibt er seiner Autorin, er sei »gar nicht sicher, daß wir mit dem Stückchen nicht – abblitzen.« Sie möge doch am nächsten Tag zur letzten Probe kommen und jemanden mitbringen, »der unbefangen hören und aufnehmen kann. »Bestätigte sich meine heutige Unsicherheit, dann mach' ich Jemand krank, und das Stückchen wird vertagt. Denn Ihre Entrée darf nicht mit einer kleinen Aufgabe beschädigt werden.« Marie Ebner fühlt sich, als müsse sie in die Schlacht ziehen: »Ich hab ein Kanonenfieber ohnegleichen.« Als Vertrauenspersonen nimmt sie ihren Mann und ihren Cousin Claudius Podstatzky in die Generalprobe mit, die offensichtlich ihren Sanctus geben – in die Premiere wagt die Autorin sich dann nicht. Sie selbst findet die Aufführung »sehr amüsant«, Amalie Haizinger, die Mutter Luise Neumanns, »spielt köstlich«, die übrigen »sehr gut«. Tatsächlich werden *Die Veilchen* im Theater »sehr freundlich aufgenommen, mir ist ein Stein vom Herzen«.[122]

Die Kritik allerdings ist weniger freundlich. Emil Kuh in der *Presse* lässt immerhin gelten, dass das dramatische »Epigramm« »recht anmutig anfängt«, es laufe aber »in eine stumpfe Spitze aus. Man braucht im oberflächlichen, gesellschaftlichen Verkehr nicht zu lügen, man kann die Wahrheit umgehen, und je zierlicher und gewandter eine Frau dieses ›edle Whist‹ zu spielen versteht, desto lieber wird man an den Facetten ihres Geistes verweilen.« Kuh, der nebenbei verrät, Eschenbach sei das Pseudonym einer Dame, erklärt das Lügen geradewegs zur weiblichen Kunst und zeigt so, dass er das Anliegen der Komödie genauso wenig verstehen will wie deren Methode der zuspitzenden Übertreibung. Der jüdisch-bürgerliche Journalist belehrt die Aristokratin, »noch weniger angemessen« sei in der »großen Welt« die »nackte Aufrichtigkeit, deren sich die bekehrte Francisca bedient« – ja, fast ärger, als würde man den Salon »in Tricots« betreten. Voilà, möchte man dem Mann zurufen, eben davon handelt das »Epigramm«.[123]

Beim Publikum kamen *Die Veilchen* besser an, sie wurden achtmal am Burgtheater gespielt und von Bühnen in Breslau, Coburg, Brünn, Prag und München übernommen. Damit verdiente Marie Ebner erstmals auch Tantiemen: Drei Wochen nach der Uraufführung erhielt sie 80 Gulden vom Burgtheater und 100 von einem Agenten, der *Die Veilchen* nach Breslau vermittelt hatte. Das war erleichternd und befriedigend für die zunehmend frustrierte Autorin – aber der Auftritt mit einer »kleinen Aufgabe«, einem lustigen »Stückchen«, war nicht das Debut, das sie sich als »Shakespeare des 19. Jahrhunderts« für das Wiener Burgtheater erträumt hatte.[124]

»Die zerbrechliche Maschine, in der ich stecke«

Vier Wochen nach der Premiere der *Veilchen* am 13. Mai 1863 begab sich – eine Seltenheit – das Ehepaar Ebner-Eschenbach gemeinsam auf Kur nach Bad Gastein. Auch Moriz hätte allen Grund zum Feiern gehabt. Soeben hatte er von seinem Avancement zum Oberst erfahren und – eine noch größere Freude, auch weil diese Ehre einem Militär kaum zuteilwurde – von seiner Aufnahme als korrespondierendes Mitglied in die österreichische Akademie der Wissenschaften. In Anton Bettelheims zweiter Ebner-Biographie von 1920 ist die Reise nach Gastein offenbar bewusst falsch datiert, nämlich mit Sommer 1849, als eine Art Ersatz für die versäumte Hochzeitsreise. Der sonst so gewissenhafte Biograph suggeriert damit eheliche Innigkeit, wo in Wahrheit nicht selten auch räumliche Distanz zwischen den Eheleuten herrschte. Vielleicht aber war die Gasteiner Kur für Marie und Moriz Ebner wirklich so etwas wie eine verspätete Hochzeitsreise und besiegelte die gegenseitige Wiederannäherung. Der Aufenthalt in Gastein, der nur der Auftakt für eine große Sommerreise war, blieb jedenfalls der Gattin zeitlebens in lebhafter guter Erinnerung. Über Salzburg und St. Johann, »wo wir übernachten wollen, wenn die Kellnerin uns nicht früher ermordet«, ging es nach »Wildbad Gastein«. Die Ebners machten dort nicht nur eine Badekur, sondern auch ausgedehnte Bergtouren ins Kötschachtal oder ins Nassfeld, zum Kesselfall und zum Schleierfall. Auf der Rudolfshütte stellte sich Marie Ebners alpine Ausrüstung bei Platzregen als unzureichend heraus: »Da sich das Wetter nicht legen wollte, borgte mir die Sennerin zur Heimkehr ihre Schuhe. In den meinen wäre ich nachhause *geschwommen.*«[125]

An Sephine von Knorr schreibt Marie Ebner: »Hier ist es wundervoll, u. über mich alte Schachtel kommt eine neue Jugend in dieser schönen nie alternden, stets unergründlich jung u. blühend bleibenden Natur. Wir machen täglich Promenaden von 5–6 Stunden, u. kommen unermüdet nach Hause. Wenn eine Wanderung noch so groß war, empfinden wir bei'm Enden derselben nichts, als daß es uns Leid, daß sie schon vorbei.« Zum Schreiben kommt sie zwar vor lauter Baden nicht – sie hat einen Kopf »like a Wasserschaffel«, aber sie liest mit Moriz Charles Dickens' *Great Expectations*, die ihr die vielsprachige Freundin empfohlen hat. Ihrer beider Englischkenntnisse sind zu gering, um den Witz ganz zu erfassen, aber die Figur des Anwalts Mr. Jaggers beeindruckt Marie nachhaltig.[126]

Doch wir sind bereits im Zeitalter des alpinen Postkutschenverkehrs (über den Pass Lueg spannt man der Equipage eine Kuh vor), und so wird die Urlaubsreisende von Nachrichten aus dem gewöhnlichen Leben eingeholt. In Gastein erfährt Marie Ebner aus einem Brief Julie Rettichs vom negativen Echo auf die *Heimkehr* in Berlin und vom Triumph der Hauptdarstellerin, auch findet sie eine Korrespondenten-Notiz in der *Presse*, die von einem »jämmerlichen Schauspiel« berichtet.[127] Am selben Tag schreibt sie an ihren jüngeren Bruder über ihre Verwundung durch die Wiener Kritiker, deren Bestechlichkeit ein offenes Geheimnis ist:

> »Arme Leute! Sie denken sich, sie müßten es noch dahin bringen daß ich mir bessere Urteile von ihnen erkaufe. Sie werden es nicht dahin bringen. In erhabener Gelassenheit schwebt der Schleierfall über die Klippen die sich ihm entgegensetzen. Ich stand vor ihm u. dachte mir: Das will ich Dir nachahmen, Du reines, klares Element. Und so soll es sein, mag mir das Leben entgegenstellen was nur Böswilligkeit u. Neid, an spitzen, scharfen, schneidenden Hindernissen aufbringen können, mögen sie wie Felsen aufthürmen in Mitte meines Weg's, hinüber geht's. Gott hat die Kraft gegeben u. die Ruhe, den Gleichmut erwerb ich selbst dazu.«[128]

Nach vier Wochen Gastein – »[n]icht nur gewaschen, sondern auch geläutert, will ich hoffen« – fahren die Ebners über Schwarzach und Salzburg nach München, wo man natürlich im ersten Haus am Platz, im Bayerischen Hof, absteigt und Marie Ebner gebührend beeindruckt die Stadt (»steht alles im Baedeker«) und vor allem die Pinakothek besichtigt. Die nächste Station ist Karlsruhe: Der Besuch gilt Eduard Devrient, man ist voneinander sogleich angetan und schimpft einhellig über die Kritik: »offener Krieg ist noch das beste«, befindet der Direktor, der seinen Gästen offenbar nichts Essbares aufwartet, denn die gehen abends um neun »sehr hungrig« nach Hause. Indessen notiert der Gastgeber über den Besuch der Dichterin: »Aber kleinlich der Wert, den sie auf die Rezensenten legt. Er geht bis zur Narrheit. Sie blieben zum Tee.« Am nächsten Tag zeigt Devrient den Ebners sein im Sommer geschlossenes Theater, am übernächsten lernt die Autorin noch die vielgelobte Darstellerin ihrer *Maria Stuart* kennen, Johanna Lange, die auf sie eher »den Eindruck einer klugen, ernsten, bewussten, als einer genialen Künstlerin« macht.[129]

Was Devrient über die erste Begegnung sonst noch in sein Tagebuch schreibt, hat Ebner-Eschenbach-Forscherinnen gekränkt: »Ihr

Aussehen ist erschreckend häßlich, durch die eingedrückte Nase, aber lebhaft, hingebend, wienerisch.« Marianne Henn begründet Ebner-Eschenbachs »angebliche Häßlichkeit« mit Devrients typisch männlichem Vorurteil: Jemand, der in der »männlichen« Gattung des Historiendramas Bedeutendes leiste, müsse demzufolge als »unweiblich« angesehen werden. Devrients Eindruck entspricht aber durchaus Marie Ebners eigenem Urteil. Einem ihrer Briefe an den Förderer hat sie eine Photographie beigelegt, die sie, passend zur pseudonymischen Vorgeschichte, offenbar verschleiert oder sonstwie verhüllt darstellte. Auf seine Beschwerde hin – der Austausch von Portraits gehörte zum Besiegeln einer freundschaftlichen Beziehung – entgegnet sie: »Wenn Ihnen hingegen nun das Geringste daran liegt mein Gesicht zu sehen (– ich will Ihnen's im Vertrauen sagen: s'ist ein recht garstiges Gesicht,) so sollen Sie es sehen.« Demnächst würde sie sich ein zweites Mal photographieren lassen – »mit offenem Visier«.[130]

In Baden-Baden trifft das Ehepaar wie geplant mit Maries Bruder Adolph und seiner frisch angetrauten Frau Sophie zusammen. Diese, eine geborene Gräfin Stockau, Jahrgang 1834, war die Witwe des berühmt-berüchtigten kroatischen »Banus« Joseph Graf Jelačić (1801–1859), mit dessen Unterstützung Fürst Windisch-Graetz den Wiener Oktoberaufstand des Jahres 1848 niedergeschlagen hatte. Marie Ebner war von der Schwägerin von Anbeginn entzückt: »eine liebe und eine herrliche Frau. Sie hat vor lauter Natürlichkeit und Anspruchslosigkeit etwas Grandioses.« In ihrem Baden-Badener Quartier trifft man zu Maries freudiger Überraschung drei weitere Reisegenossen: die Schwester Fritzi samt Gustl, ihrem Mann, und Gusti, ihrem vierzehnjährigen Sohn. Die Reise geht weiter nach Zürich, wo die Dichterin gutgelaunt den Eintrag ins Gästebuch übernimmt: »Verewigt hätten sich so gern / Die Damen hier und auch die Herr'n. / Der Wunsch zu dichten lebt in allen / Doch keinem ist was eingefallen.«[131]

Gemeinsam macht man sich an die Besteigung des Rigi: »Imposante Karawanne [sic]. Voran Gusti im Sturmschritt. Sophie, Adolph, Moriz und ich zu Pferde, Fritzi im Tragsessel, Gustl auf Flügeln des Gesanges.« Weiter geht es, mit teils beschwerlichen Ritten, durchs Berner Oberland bis nach Grindelwald, »über rauschende Bergströme, schmale Brücken, Schneefelder, oft über nackte, steil abfallende Felsplatten«. Marie Ebner ist begeistert: »Von unvergleichlich großartiger Wildheit der Todtensee in der Eisregion.« – »An solchen

Erinnerungen kann man jahrelang zehren«, schreibt sie, in Zdislawitz angekommen, an Sephine Knorr, der sie, bei aller grundsätzlichen Wahrheitsliebe, die Dringlichkeit ihrer Rückreise vorschwindelt, weil sie wieder einmal nicht in Gresten Station gemacht hat.[132]

In Wien wohnte das Ehepaar Ebner-Eschenbach seit 1861 gemeinsam mit Moriz' Mutter in einem kleinen Haus in der Vorstadt, an der Landstraßer Hauptstraße, nicht weit von der Rochuskirche, es ist ein »vornehm behagliches Heim, ohne Pracht, aber mit erlesenem, intimem Geschmack ausgestattet« (Ferdinand von Saar).[133] Zum Stadtzentrum, zum Stephansdom und zur nahe gelegenen Wohnung der Eltern im Drei-Raben-Haus brauchte Marie Ebner zu Fuß eine halbe Stunde – sie ging oft zu Fuß, schätzte Bewegung und frische Luft. In den sechziger Jahren erlebte die Dichterin allerdings eine empfindliche Verschlechterung ihrer Gesundheit. Sie neigte dazu, ihren Körper als ein Vehikel zu betrachten, dessen Defekte die Erreichung ihrer hochgesteckten geistigen Ziele gefährdeten. Bereits 1860 schrieb sie an Sephine von Knorr: »Wenn nur die zerbrechliche Maschine in der ich stecke, noch ein paar Jahre zusammenhält – sie ist jetzt in ganz miserablem Zustande – ruhelose Kreuzschmerzen, plagen mich Tag u. Nacht – ich kann mich wenig rühren – u. möchte doch in der Unstätheit die mich oft ergreift über alle Berge.«[134]

Waren es zunächst die schon chronischen Kreuzschmerzen, die ihr zu schaffen machten und gegen die sie erfolglos mit unangenehmen »Wasserkuren« – damals beliebten kalten Bädern, Aufgüssen und Wickeln – anzugehen versuchte, so stellte sich 1864 überdies ein schmerzhaftes Ohrenleiden ein, das zur schleichenden Ertaubung ihres rechten Ohres führte. Marie Ebner litt außerdem einige Zeit an Tinnitus, einem »widerwärtige[n] Sausen«. Die Ohren-Kuren verschiedener Ärzte waren »peinlich«, nämlich schmerzhaft, aber fruchtlos: »ich verliere das Gehör auf dem rechten Ohr. Nichts zu machen«, resignierte die 37-Jährige. Belastend waren auch häufige Augeninfektionen, die der Schriftstellerin das Lesen und Schreiben erschwerten, sodass sie zeitweise ihre Korrespondenz nicht selbst erledigen konnte.[135]

Am schwersten aber wog das Auftreten einer Krankheit, die Marie Ebner fast zweieinhalb Jahrzehnte plagen sollte: 1866 klagt sie im Zusammenhang mit einer Verkühlung in ihrem Tagebuch zum ersten

Mal über »Grimmigen Gesichtsschmerz«. Von da an treten die heftigen Schmerzen mit der Symptomatik einer Trigeminus-Neuralgie, ausgelöst durch Zugluft oder Berührung, häufig auf und machen der Dichterin, bisweilen auch im Verein mit den gewohnten Kopfschmerzen, ihre Arbeit tageweise unmöglich. Manchmal ist sie nicht einmal in der Lage zu sprechen. Ihr Kollege und späterer Freund Ferdinand von Saar erinnert sich, »Augenzeuge« gewesen zu sein, »mit welcher Standhaftigkeit sie ein schweres körperliches Leiden ertrug, das sie endlich und nicht zum wenigsten durch ihre unerschütterliche Willenskraft überwand«. Dass das Leiden nach dem Befund einer Schweizer Koryphäe auf Ebner-Eschenbachs Blutarmut zurückzuführen sei, lässt sich als bloße Mutmaßung einstufen: Noch heute sind die Ursachen der »klassischen« Trigeminus-Neuralgie weitgehend unbekannt, man vermutet eine Nervenschädigung durch benachbarte Blutgefäße im Gehirn, weshalb eine Operation den meisten Patienten Erleichterung bringt. Die Nervenschmerzen des »Tic douloureux« gehören zu den stärksten überhaupt bekannten Schmerzen und führen unter den Betroffenen zu einer signifikant erhöhten Selbstmordrate. Ob die Dichterin nun darunter oder, worauf ihre Aufzeichnungen eher hindeuten, unter dem nicht anfallsartigen »atypischen Gesichtsschmerz« litt: Marie von Ebner-Eschenbach schuf in den von dieser Krankheit überschatteten Jahrzehnten den Großteil ihrer bedeutendsten Werke.[136]

Im Dezember 1864 stirbt Helene von Ebner-Eschenbach. Moriz ist untröstlich, und seine Frau notiert: »Jetzt hat sie den langentbehrten Frieden.« Den hat Marie Ebner in ihrem Haus nun auch. Ihr Mann wird freilich bald infolge der politischen Entwicklungen stark in Anspruch genommen: Die Spannungen zwischen Österreich und Preußen machen aufs Neue die Verminung der Häfen von Venedig und Pola notwendig. Wilhelm von Tegetthoff, der gerade mit dem Kommando über die österreichische Seemacht betraut worden war, unterstützt Ebner von Eschenbachs Pläne. Innerhalb weniger Wochen entwickelte dieser neuartige elektrische Torpedos zur Serienreife: »Ich habe damals beinahe die Erfahrung gemacht, daß Essen und Schlafen nicht zu den nothwendigen Lebensbedingungen gehören.«[137]

Gatte und Gattin arbeiten gleichsam um die Wette, sie schreibt ihre neue Tragödie *Marie Roland* zu Ende. Ihre Tagebuchnotiz verrät einigen Widerstand gegen die Logik des Militarismus: »Voll Bewunderung für Moriz, der unter den ungünstigsten Verhältnissen rastlos eifrig an der Lösung seiner großen Aufgaben arbeitet. Ich sagte ihm aber heute: Du hast leicht fleißig sein. In Deiner das heißt: in unserer Familie nimmt es Dir Niemand übel, daß Du Seeminen legen willst, während Du meine armen Theaterstücke am liebsten in die Luft sprengen möchtest.«[138] Die Versenkung der Minen erfolgte unter Moriz Ebners Kommando rechtzeitig, nicht allerdings in Lissa, wo die überlegene italienische Flotte am 18. Juli angreift und am 20. Juli von der unter Tegetthoffs Kommando vollständig aufgebotenen habsburgischen Seestreitmacht überfallen und geschlagen wird. Nun ist Tegetthoff ein Held, doch der Krieg war schon verloren: An der nördlichen Front hatten die preußischen Truppen den österreichischen bei Königgrätz in Böhmen eine entscheidende Niederlage zugefügt: Die k. k. Nordarmee hatte rund 5700 Gefallene zu beklagen, 7500 Verwundete und ebenso viele Vermisste.

Marie von Ebner-Eschenbach und ihre Familie waren unmittelbar von den Kriegswirren betroffen. Während ihr Mann sich unverhofft auf See als »Commandant einer Escadre«, eines Geschwaders, wiederfand, besuchte Marie ihre Cousine Marie Gräfin Zay von Csömör in Bucsán (Bucsány) in der heutigen Westslowakei, damals Ungarn. Als Anfang Juli die ersten Nachrichten über verwundete und tote Verwandte und Bekannte zu ihr dringen, vertraut Frau Oberst Ebner-Eschenbach ihrem Tagebuch an: »Welch' ein garstiger, scheusslicher Unsinn ist doch der Krieg! –« In diesen Kreisen ist man erschüttert über die schmähliche Niederlage, der Gastgeber Layos Graf Zay »bricht in Thränen aus«. Nervös verbucht Marie Ebner, dass tagelang keine Nachricht von ihrem Mann kommt. Am 9. Juli fährt sie nach Wien, um dort die Eltern zu treffen, die sie aber nicht mehr vorfindet. Die Preußen rücken gegen die Stadt vor, der Donau-Brückenkopf bei Floridsdorf soll von 26 000 Mann verteidigt werden. Auf dem Bahnhof gerät die Reisende ins allgemeine Gedränge, ein Zug mit 30 Verwundeten kommt an. Marie von Ebner-Eschenbach kann nicht mehr nach Zdislawitz weiterreisen, weil die preußische Armee sich Kremsier nähert. Also begibt sie sich über Preßburg zurück nach Bucsán, wo bald auch der Vater eintrifft, der im eigenen Wagen von Zdislawitz angereist ist, bald folgen Adolph samt Gattin Sophie und Maries jüngster Bruder Heinrich, der die Schlacht heil überstanden hat und

Niederschmetterndes vom Zustand der Truppen berichtet. Man fährt nach Tyrnau (Trnava), um die Ankunft der geschlagenen Regimenter zu sehen. Die Stimmung ist schlecht, bei Mensch und Tier: »die Mannschaft sieht übermüdet aus, alle Pferde sind gedrückt.« Man munkelt, die Preußen seien sogar schon in Sichtweite von Schloss Bućsan. Wenige Tage später wird nach dem österreichischen Sieg bei Lissa der Waffenstillstand geschlossen – Marie Ebners Kommentar: »Was für ein Jammer!«[139]

Obwohl Marie von Ebner-Eschenbach um einiges näher mit den Auswirkungen des Krieges konfrontiert war, als dies bei Bertha von Suttner je der Fall war, hat sie diese Erlebnisse und auch die Erzählungen Betroffener nirgends literarisch umgesetzt; weder drastisch-naturalistisch wie Suttner noch poetisch-realistisch gemildert. Mag sein, dass die Rücksicht auf ihre Brüder, die allesamt Offiziere waren, und natürlich auf ihren Mann sie davon abhielt. Nur in ihrem Tagebuch notiert sie »traurige Détails«, die sie von einem Bekannten erfahren hat, etwa dass flüchtende österreichischen Husaren durch eine Scheune sprengten und die dort liegenden Verwundeten zertrampelten. Als Franz Dubsky und seine Tochter Anfang September mit der Kutsche in Zdislawitz eintreffen, finden sie dort bereits Maman Xaverine – und die Cholera, die wohl von den einquartierten preußischen Soldaten eingeschleppt worden ist und ringsum grassiert. Sobald die Quarantäne für das benachbarte Hoschtitz aufgehoben wird, erfährt Marie Ebner vom Pfarrer »Erschütterndes« über die vielen Toten in seinem Sprengel und erschrickt über die Ferienlaune im Schloss: »Wir ahnten nicht dass rings umher so viel Elend geherrscht – wir wollen davon nichts wissen, u. entheben uns somit der Verpflichtung zu helfen u. zu trösten. Und wir wären beleidigt wenn Einer uns sagten [sic], dass wir keine Christen sind.«[140]

Oberst Moriz von Ebner-Eschenbach fand für seinen enormen – und enorm effizienten – Einsatz nicht die gebührende Anerkennung von oben. Dies mochte daher rühren, dass sein Verhältnis zum General-Genie-Direktor Erzherzog Leopold gelinde gesagt nicht das beste war. Moriz Ebner hielt nichts vom Erzherzog, er dürfte ihn das auch spüren haben lassen und ihm bei mancher Gelegenheit Paroli geboten haben. In seinen Memoiren nennt er ihn einen »hochmüthigen und unwissenden Prinzen«. Er habe einem Herrenreiter geglichen, der plötzlich ausgedehnte Besitztümer bewirtschaften soll: »Der neue Chef unterscheidet kein Kartoffelfeld von einem Weizenfelde und hält eine Dreschmaschine für eine Windmühle. Was in aller Welt kümmern ihn alle Neuerungen.« Jedenfalls findet Marie Ebner in der Zeitung unter der Rubrik Auszeichnungen die Notiz: »Die allerhöchste Zufriedenheit dem Obersten Ebner, u. dem Hptm: Coczycka für Erfindung u. Legung der Seeminen.« Die Gattin echauffiert sich solidarisch: »Infame Schmutzerei. Nichts – wäre im Vergleich der Theresien Orden. Nichts – würde heissen: wir wissen deine Leistung nicht zu schätzen, aber sie schätzen u. dann einer ›allerh. Zufriedenheit‹ werth finden, das ist schnöde.« Sogleich schreibt sie ihrem Mann aus Zdislawitz: »Meine schmerzliche Empörung.« Dieser reagiert »bewunderungswürdig« gelassen, ärgert sich aber sehr, dass nicht einmal, wie von ihm beantragt, sein tüchtiger Hauptmann ausgezeichnet wurde.[141]

Der frischgebackene Held Wilhelm von Tegetthoff scheint aus demselben patriotisch-widerspenstigen Holz geschnitzt zu sein wie die Ebner-Eschenbachs: »Der Sieger von Lissa war bei Hofe keine persona grata, seine rauhe Seemannsart vertrug sich nicht mit der spanischen Etikette«, meint Moriz Ebner. So habe Tegetthoff auch nicht das seiner Leistung angemessene Großkreuz, sondern nur das Kommandeurkreuz des Maria-Theresien-Ordens erhalten. Nach seiner Rückkehr aus den USA, wohin der jugendliche Vizeadmiral vor den Kalamitäten des Ruhms geflüchtet, wo er aber vom Regen in die Traufe gekommen war, vertiefte er die Freundschaft mit Moriz Ebner. Das Ehepaar lud ihn in die Landstraße zu Tisch, Marie war angetan: »Er gefiel mir ungemein durch sein schlichtes und treuherziges Wesen, dabei sehr verständig, freisinnig in seinen Ansichten; im ganzen weit mehr als ein braver Soldat, nämlich ein edler, vielseitig gebildeter Mensch und gewiß auch mehr als ein großer Held, nämlich ein guter Mensch.« Zwei Wochen später, es wird im Haus gerade heftig geputzt, erscheint der Held überraschend auf der Küchenstiege: »er hatte unzähligemal vergeblich an der Haustür geschellt; machte mir dann einen langen Besuch.«[142]

Wenige Jahre zuvor hat die Dichterin die Bekanntschaft zweier anderer außergewöhnlicher Menschen gemacht, mit denen sie bald Freundschaft schließt: Ida Fleischl und Ferdinand von Saar. Ida Fleischl, die für Marie Ebner so etwas wie ein Lebensmensch werden sollte, begegnet ihr zum ersten Mal im März 1866 im Salon der Littrows. Im Tagebuch wird sie mit einer gewissen Reserviertheit gelistet: »Die merwürdig [sic] gescheidte Freundin Betty Paoli's. Fr: Fleischl.« Nach der nächsten Zusammenkunft ist die Verfasserin schon gewonnen: »Gescheidte, superiore Frau u. so viel Humor!« In der Zwischenzeit hat sie der neuen Bekannten ihre *Maria Stuart* geschickt. »Anregend«, findet sie Ida Fleischl und: »Sehr angenehm im tête a tête.« In einem Zug liest Marie Ebner ihr ihre neue Tragödie *Marie Roland* vor: »Es muss eine tüchtige, starke, tieffühlende Natur sein, die ein fremdes Werk mit solchem Antheil mit so energischem Interesse in sich aufnehmen und überblicken kann.« Und sie schätzt Frau Fleischls Umgangsformen: »was ihre kurz angebundene Art u. Weise, die Frau v. Littrow so verurtheilt, betrifft, ist sie wenigstens natürlich u. einfach, nicht gedrechselt« – wie die Gattin des Astronomen. In die Sympathie für Ida Fleischl mischt sich Bewunderung: »In dieser Frau stecken herrliche Eigenschaften, sie hat Größe; man könnte von ihr sagen: Diese Frau ist ein braver Mann.« Anfang 1869 firmiert sie im Tagebuch zum ersten Mal als »Ida«.[143]

Was Marie Ebner in ihren privaten Notizen kein einziges Mal erwähnt, ist die jüdische Herkunft der um fünf Jahre älteren Freundin und ihres Ehemannes. Ida Fleischl, geborene Marx, kam aus einer vermögenden Münchner Familie, ihr Vater war Hofjuwelier und Eisenbahnunternehmer; sie folgte ihrem Mann Karl Fleischl nach Wien, wo dieser eine Niederlassung des väterlichen Großhandels mit Wolle und Bettfedern gründete. Als Unternehmer, später auch Bankier und Präsident der Wiener Tramwaygesellschaft gehörte Fleischl zu den reichsten und angesehensten Wiener Juden. 1875 verlieh der Kaiser ihm das Adelsprädikat »Edler von«, Fleischl wählte als Hommage an seine Frau den Zusatz »von Marxow«. In ihrer neuen, großen Wohnung in der Bräunerstraße hatten die Fleischls Idas Freundin Betty Paoli aufgenommen, die sie schon lange finanziell unterstützten. War früher Grillparzer ein häufiger Gast in Ida Fleischls Salon gewesen, so verkehrten nun Friedrich Halm, Ferdinand von Saar, Heinrich Laube und die prominentesten Theaterleute Wiens bei ihr und gaben Lesungen im kleinen Kreis. Betty Paoli, die während Laubes Direktionszeit für das Burgtheater Dramen aus dem Französischen übersetzte, war einst dem Schauspieler Ludwig Gabillon sehr nahegestanden, aber auch Joseph Lewinsky, der ihm nun, von Laube protegiert, den Rang ablief. Die Eheleute Ludwig und Zerline Gabillon gehörten lange zu den Stützen des Burgtheater-Ensembles – ihre Tochter Helene wurde 1881 die Frau von Marie Ebners Biographen Anton Bettelheim, den die Dichterin durch Betty Paoli kennenlernte.[144]

Im Hause Fleischl hatten Literatur und Kunst, anders als bei den Dubskys, einen essentiellen Stellenwert – und zwei intellektuell überragende, selbstbewusste Frauen gaben dort den Ton an. Ida Fleischl sah sich selbst als eine Nichtkreative, eine »Stummgeborene«, sie war aber, auch für Betty Paoli, die ideale Mentorin und Kritikerin. Umfassend gebildet und belesen, lernte sie Sanskrit und befasste sich gründlich mit Philosophie und Religion, insbesondere mit dem Buddhismus. Marie Ebner erkannte ihre Vorzüge früh: »Ich glaube, es ist viel an dieser Frau: Geradheit, Biederkeit! Verstand, um die Wahrheit zu finden, Charakter, um sie zu sagen.« Als ein etwas strenger konturiertes Ebenbild Ida Fleischls wirft in Ebner-Eschenbachs Erzählung *Wieder die Alte* die Baronin einem selbstverliebt liebenden jungen Mann »lauter Hohlheit, lauter Schein« vor: »Ein bißchen ehrlicher Zynismus wäre mir lieber.« Ihre Überlegenheit ist dabei unleugbar: »Die tiefen Furchen auf dieser Weiberstirn wurden durch unerbittliche Gedanken gegraben – Gedanken, die sich keine Rast gönnen, die nach den letzten Zielen streben, nach den letzten Gründen fragen. Der herbe Zug um den schmalen Mund deutet auf eine Kraft hin, die unbeugsam, auf einen Mut, der grenzenlos ist, und wenn die Fähigkeit zu denken und zu wollen unsern Rang unter den Menschen bestimmt, so ist der deine ein so hoher, wie er wenigen zukommt.«[145]

Ida Fleischls literarische Beratung war für Marie Ebner ebenso ein Glücksfall wie ihre herzliche, fürsorgliche Zuneigung und ihr fröhliches Wesen. »Veritas et caritas«, rühmte Marie der Freundin nach, Wahrheit und Liebe. Unumwunden machte die Ältere die Jüngere auf ihre der aristokratisch-französischen Erziehung geschuldeten Wissenslücken aufmerksam und gab ihr Lektüretipps und regelrechte Bildungsaufträge. Sie übernahm gewissermaßen Moriz Ebners Lehrer-Rolle. Und Ida Fleischl konnte auch besser Deutsch: In Fragen der Stilistik und Grammatik verließ Marie Ebner sich auf ihr Urteil. Im Tagebuch vermerkt sie: »Zu Ida – Correcturen. Wieder habe ich große Böcke gemacht Die Vorwörter, meine schlimmsten Feinde!« Denn das »Schönbrunner Deutsch« des österreichischen Adels zeichnete sich durch eine Nonchalance aus, die man, weniger freundlich, auch Schlamperei nennen konnte. Zudem hatte Ebner-Eschenbach ja als Schriftsprache zunächst Französisch gelernt. Sie konsultierte die Freundin bald nicht nur zu Fragen der Stoffwahl und der formalen Gliederung, sie zeigte ihr bereits die ersten Fassungen ihrer Arbeiten – und ging mit ihr die letzten Korrekturen durch. Ein Aphorismus Ebner-Eschenbachs sagt es unmissverständlich: »Gemeinsame geistige Tätigkeit verbindet enger als das Band der Ehe.«[146]

Die Bekanntschaft mit Ferdinand von Saar (1833–1906) verdankte Marie Ebner nicht der Freundin, die hatte sie 1867 aus eigenem Antrieb gesucht, nachdem sie ein Theaterstück des Kollegen gelesen hatte. Sie erkundigte sich über den Autor und erfuhr, er habe als Offizier den Dienst quittiert, müsse mit einer Rente von 300 Gulden jährlich auskommen und habe unlängst zehn Tage im Schuldenarrest verbracht.[147] Unverzüglich initiierte Ebner-Eschenbach unter ihren adeligen Freundinnen und Bekannten eine Sammelaktion zu Saars Gunsten. Viele solcher Aktionen sollten folgen, zu Saars Gönnerinnen zählten auch Ida Fleischl, Josephine von Knorr und vor allem die Bankiersgattin und Salonnière Josephine von Wertheimstein. In einem Punkt teilten Saar und Ebner-Eschenbach dasselbe Schicksal: Beide wurden als Erzähler berühmt, verstanden sich jedoch in Wahrheit als Dramatiker und konnten sich auf der Bühne nicht durchsetzen.

Marie Ebner ermunterte Joseph Weil, seinen Freund Saar zu einem Besuch mitzubringen, der Ästhetiker und Philosoph Robert von Zimmermann, ebenfalls ein Förderer des lange verkannten Autors, stieß dazu und lobte kenntnisreich dessen jüngste Doppel-Tragödie *Kaiser Heinrich IV.* »Der Dichter«, notierte die Gastgeberin, »hörte glückselig zu und wischte sich in höchste [sic] Erregung den Schweiß von der Stirn, u. die Thränen aus den Augen.« Ihr Resümee über den Mittdreißiger: »Ein echter vollblut österreichischer Infanterie Officier, dem Äußern nach. Seine Gestalt ist untersetzt, seine Züge sind männlich, sein Charakter ist es vielleicht nicht. Er hat schöne, blaue, zärtliche Dichteraugen. Die Rede strömt ihm nicht vom Munde, er spricht schwer u. langsam.« Saar, der von Marie Ebner zuvor noch nie gehört hat, ist seinerseits beeindruckt: »Am Ende der Dreißiger stehend, war sie eine gewinnende Erscheinung. Nicht hoch von Wuchs, aber schlank und zierlich gebaut; Hände und Füße vom feinsten

Ebenmaß. Das Gesicht nicht schön, aber doch anmutig und höchst ausdrucksvoll; die mächtige Stirn von dichten, mattbraunen Haaren umrahmt. Aus dem Blick der etwas tiefliegenden graublauen Augen sprach unendliche Güte, die sich auch in dem sanften Wohllaut der Stimme offenbarte (…).« Ein diplomatisches Kunststück, wenn man bedenkt, dass Saar diese Erinnerung zum siebzigsten Geburtstag der Kollegin publiziert hat.[148]

Weil die Familie Dubsky-Kinsky sich im Sommer 1865 nicht nur photographieren, sondern auch wiegen ließ, wissen wir, dass Marie Ebner damals wirklich schlank war: Sie vermerkt für sich ein Gewicht von 100 (österreichischen) Pfund, etwa 56 Kilo, für Moriz, den laut Saar »stattlichen älteren Herrn« von fünfzig Jahren, eines von etwa 80 Kilo.[149]

Einmal Paris und retour

Marie von Ebner-Eschenbachs Hauptwerk jener Jahre war zweifellos das große Revolutionsdrama *Marie Roland*, das sie im Jänner 1867 fertigstellte. Hingerissen von Alphonse de Lamartines *Histoire des Girondins* (1847), hatte sie ein knappes Jahr zuvor beschlossen: »ich schreibe eine Tragödie: *Marie Roland*. Das steht fest!«[150] Die Heldin – wieder eine Marie – hieß eigentlich Marie-Jeanne »Manon« Roland, war und ist aber besser bekannt als Madame Roland. Sie war die Frau des girondistischen Innenministers Jean-Marie Roland und starb am 8. November 1793 auf dem Schafott. Im Dezember 1792 hatte sie ihren Mann und sich in einer fulminanten Rede vor dem Konvent noch gegen den Vorwurf des Royalismus verteidigt und Rolands Rehabilitierung erreicht. Nachdem der Minister nach der Hinrichtung Ludwig XVI. im Jänner 1793 zurückgetreten war, durfte das Ehepaar Paris nicht mehr verlassen. Roland gelang die Flucht, seine Frau, die auf eigenen Wunsch zurückblieb, wurde verhaftet, zum Tode verurteilt und hingerichtet. Ihr Mann, zu diesem Zeitpunkt bereits in Sicherheit, nahm sich daraufhin das Leben.

Madame Roland, in deren Salon die Crème de la Crème der Revolution verkehrte, war die ideale Identifikationsfigur für Marie von Ebner-Eschenbach: eine sehr gebildete, literarisch versierte Frau mit hochfliegenden Idealen, ungeheurem Mut und Opfermut. Das »Trauerspiel in fünf Aufzügen« setzt mit einer Beratung der Girondisten ein, in der Marie Roland als unangefochtene Meinungsführerin sich mit dem Wunsch durchsetzt, sich nicht auf ein Bündnis mit Danton einzulassen. Die geplante Ausschaltung der Bergpartei scheitert durch Verrat, es kommt zum Aufstand der Sansculotten, Jean-Marie Roland wird zu Hause festgehalten. Seine Frau verlangt, im Konvent sprechen zu dürfen, und trifft in der Schlüsselszene des 3. Akts – und des gesamten Dramas – auf Danton, der vergeblich versucht, sie auf seine Seite zu ziehen, und ihr schließlich jede moralische Überlegenheit abspricht: Sie habe die Girondisten, »Träumer, tugendhafte Schläfer«, in den Untergang gehetzt und wolle sie nun nicht retten, sie sei mit schuld am Tod des Königs und am künftigen der Königin: »Der Haß ist oft nur mißverstand'ne Liebe, / Ich bin vielleicht Dir theurer als Du glaubst, / Wie Du mir ähnlicher als Du's gewußt.« Marie Roland rät ihren Mitstreitern zur Flucht, bleibt selbst aber in Paris und wird verhaftet. Wie Maria Stuart wird sie gewaltsam von ihrem Kind – ihrer Tochter Eudora – getrennt. Die letzte Szene führt ihre Bekehrung im Angesicht der Guillotine vor: ihre Reue über die Gewalttaten der Jakobiner und die Hinrichtung Marie Antoinettes sowie ihre Rückkehr zu Gott: »Nicht zu der Kirche.«[151]

Zu den dichterischen Freiheiten, die die Autorin sich gegen die historischen Fakten herausnimmt, gehört vor allem der Ausbau des Ehebruchs- und Scheidungskomplexes: Bei Ebner-Eschenbach ist Marie Roland die Hauptverantwortliche für das neu eingeführte Scheidungsrecht der Frau, weshalb sie meint, es selbst nicht in Anspruch nehmen zu dürfen. So gibt sie Buzot, den Mann, den sie liebt, auf und bleibt bei ihrem Gatten. In moralischer und dann auch religiöser Hinsicht geläutert wird Marie durch Lodoïska, auf die sie zunächst herabschaut, weil diese um eines Genossen willen Mann und Kind verlassen hat und sich nun verfemt weiß – das bekannte Lieblingsthema Ebner-Eschenbachs: »Denn elend macht die unerlaubte Liebe; / in der Entzückung macht sie elend noch!«[152] Als moderne Maria Magdalena ist just sie es, die sich am Schluss für Marie Roland opfern will und ihr so den Glauben an Gott zurückgibt.

Wohl lässt sich Marie Ebners Marie Roland in ihrem selbstbewussten Aktivismus als moderne Frau verstehen, doch ist sie als solche auch fragwürdig: Roland reformiert zwar den Buchstaben des Gesetzes, doch hält sie für sich am weiblichen Ehr- und Tugendbegriff fest. Als politische Kämpferin ist sie, um Marie Ebners Wort über Ida Fleischl aufzugreifen, »ein braver Mann«, ja sie übertrifft die Männer in eigentlich allem, aber letztlich wird ihre Größe durch Privates, durch selbstlosen Verzicht in Liebesdingen definiert. Dass sie am Ende nicht nur zurück zum Glauben findet, sondern auch inbrünstig Marie Antoinette Abbitte leistet, war ein Zugeständnis an die österreichische Hoftheaterwelt – Heinrich Laube hatte diese explizite Bußübung von der Autorin verlangt. Man gewinnt den Eindruck, diese habe mit ihrer Revolutionärin heftig sympathisiert und dann Angst vor der eigenen Courage bekommen.[153]

So kann man mit Anton Bettelheim in »Anlage, Technik, Charakteristik« des großteils in Blankversen, szenenweise in Prosa verfassten Dramas einen »bedeutenden Fortschritt« gegenüber *Maria Stuart in Schottland* sehen und der »einfachen, gedrängten, plastischen Schönheit« der Sprache (Ferdinand von Saar) Anerkennung zollen. Tod und Verklärung heben die Akteurin aus Fleisch und Blut jedoch ins Abstrakt-Ideale, der Heiligenschein, den die Heldin auch hier erhält, schadet ihrer dramatischen Wirkung. Ebner-Eschenbachs Marie Roland ist »verehrungswürdig, aber unpoetisch« (Gabriele Reuter).

Nichtsdestoweniger war der Beifall der Zeitgenossen enthusiastisch. Mit der *Marie Roland* kam Ebner-Eschenbach ihrem Traum von einem Entree als Tragödiendichterin am Burgtheater so nahe wie nie zuvor – und nie wieder. Ihr Ehemann, gewöhnlich ihr erster Leser und gefürchteter Kritiker, las das Stück in einer Nacht aus und sagte seiner Frau ein »inniges, kräftiges Lob – ohne einer [sic] Silbe des Vorbehalts«.[154] Als er in Paris, wo er die österreichische Militärschau im Rahmen der Weltausstellung 1867 kuratierte, das gedruckte Bühnenmanuskript erhielt, legte er noch eins drauf und schrieb an seine »Liebste Marie«:

> »Die Roland ist in meinen Händen, ein bißchen beschmutzt und zerknittert von der langen Reise. Ich drücke und küsse diese kunstreiche Hand die diß vortreffliche Werk geschrieben. Ist es die letzte Feile, oder bin durch die Druckerschwärze erst zum rechten Genuß und Verständniß gekommen, genug das Werk hat niemals früher mit solcher Gewalt und Macht auf mich gewirkt. Du weißt wie ehrlich und wie rauh ich stets meine Meinung sage, hier nun ist sie ganz einfach

> diese: daß die Roland den ersten Werken unserer dramatischen Literatur ebenbürtig an die Seite gestellt werd[en] muß. Dir hat wahrlich der Gott der Poesie die Locken geküßt. Du hast einen rauhen Pfad durcheilt, und leider nicht helfend – eher hemmend stand ich dir zur Seite. Aber du bist am Ziele und das ganz allein durch eigene Kraft und eigenes Verdienst, deßhalb ich bitte Dich frage nicht und zögere nicht sondern handle allein, das was du künftig schaffst kann dich keiner lehren denn es überflügelt alle Produkte deiner Lehrer wenn du überhaupt jemals solche gehabt hast, vom Vater Böhm bis hinauf zum Vater Münch.
> Könnt ich dir vom Himmel volle u. kräftige Gesundheit erflehen! drum hüthe deine Schale vor dem zu starken Druck des Geistes. Nicht mir – der Welt bist Du schuldig dich frisch u. kräftig zu erhalten.«[155]

Diese Reverenz konterkariert immerhin das Bild des selbstsüchtigen Banausen, als welcher der Ehemann mitunter in der Ebner-Literatur erscheint. Auch wenn er diese Einsicht bald wieder vergessen haben mag: Moriz von Ebner-Eschenbach war durchaus imstande, die Begabung seiner Frau zu ermessen, er erkannte, was sie ihren Lehrern voraushatte, und er sah seine eigene Rolle kritisch. Eduard Devrient hatte ihn ähnlich eingeschätzt: »ein gutaussehender, eleganter Mann«, »mit der österreichischen gewandten Art, bescheiden und verständig. Ein sehr guter Mann für eine Dichterin.« Bescheiden freilich war Moriz Ebner nicht, und er war es auch nicht, was seine Frau betraf, der er vorhielt, sie habe »zu viel Autoritätsglauben«. Sie komme, meinte er zu ihr einmal, in die Gesellschaft der Laube, Münch, Wolter »wie der Donner unter die Töpf!« Seinen Brief aus Paris schließt der Gatte denn auch, auf das symbolische Gelb des Neides anspielend, mit der Frage: »Was sagt der Laube? Vergilbt Weil?«[156]

Heinrich Laube war diesmal nicht nur voll des Lobes, er wollte zu Marie Ebners freudiger Überraschung *Marie Roland*, mit einigen Änderungen, tatsächlich auf die Bühne des Burgtheaters bringen: »*Alle* Änderungen die er vorschlägt lächeln mich nicht an – gern hätte ich mein Stück, mit Fehlern u. Vorzügen schon gelassen wie es ist. So ist's wenigstens – mein.« Die Autorin ließ sich aber auf eine Überarbeitung ein, und Laube erstellte eine Bühnenfassung mit geringen Strichen. Devrient versprach eine Aufführung der *Marie Roland* in

Karlsruhe. Baron Münch alias Friedrich Halm war begeistert, Ferdinand Saar ebenfalls, Weil lobte ohne jede neidische Reserve. Der erste Dämpfer für Marie Ebners Euphorie kam schon im März – Devrient machte einen Rückzieher, offenbar aus politischer Vorsicht: »Die Gifthauchatmosphäre der Revolutionszeit ist zu treu darin geschildert.« Dies war ein harter Schlag, doch schwerer noch traf Marie Ebner im Juli die Nachricht, dass Münch als Intendant der Hoftheater dem verstorbenen Fürsten Auersperg nachfolgen solle: »Leb wohl *Marie Roland*! – Es ist einmal wieder eines meiner Kinder gestorben bevor es auf der Welt war.«[157]

Und genauso kam es, trotz der Begeisterung, die Münch dem Werk entgegenbrachte: In vorgerücktem Alter zu großer Macht gelangt, beschnitt der Baron sogleich Laubes Befugnisse als »artistischer Direktor« des Burgtheaters, was sich dieser nach achtzehnjähriger Amtszeit nicht gefallen ließ. Als Liberaler und einstiger Jungdeutscher in Ungnade gefallen, trat Laube im September zurück, und der vorsichtige Generalintendant wagte sich nicht an eine Aufführung des Revolutionsstückes, in dem das tragische Ende der Habsburgerin Marie Antoinette zur Sprache kam. In diesem Streit zwischen ihren beiden Mentoren, der damals die Wiener Gesellschaft bewegte, stand Marie Ebner auf Seiten Laubes, sie betrachtete Münchs Vorgangsweise als unkorrekt, wodurch sich ihr Verhältnis abkühlte. Es war für die ambitionierte Dramatikerin eine Ironie des Schicksals: Obwohl sie mit beiden für das Burgtheater maßgebenden Männern seit Jahren befreundet war und obwohl beide sie und ihr Stück überaus schätzten, kam es nicht auf die Bühne. Und ausgerechnet Laube, der Gegner des Historiendramas, trat als dessen wärmster, nach seinem Sturz auch öffentlicher Fürsprecher auf. Dass es sehr wohl möglich war, Ebner-Eschenbachs in Wahrheit revolutionskritische Tragödie an einem Hoftheater zu realisieren, bewies im Oktober 1868 die Intendanz in Weimar: Unter dem Beifall des Großherzogs von Sachsen-Weimar-Eisenach wurde die Uraufführung der *Marie Roland* ein veritabler Erfolg.[158]

Die Tätigkeit Moriz Ebner von Eschenbachs als Präsident der militärischen Ausstellungskommission im Rahmen der Weltausstellung 1867 bescherte seiner Frau die Gelegenheit zu einer Reise nach Paris. Moriz Ebner, besorgt um ihre Gesundheit, drängt: »Paris sollte eine

Stärkung für dich sein, sicher könnt es eine geistige sein. Ich glaube du müßtest nachhaltigen Nutzen heimbringen und ich sehe keine Möglichkeit dir unter so angenehmen Umständen hir einen Aufenthalt anzubiethen. Ich bin financiell so gut gestellt daß dich der Aufenthalt nicht einen Heller kosten soll, und du alles Erübrigte für Kissingen verwenden kannst.« So bricht Marie mit ihrer Kammerfrau Gusti am 2. Mai nach Paris auf: »Nach Paris – wie einem das vorkommt!«[159]

Sechs Wochen sollte ihr Aufenthalt dort dauern, und Baron Ebners Voraussagen sollten sich bewahrheiten: Seine Frau genießt diese Zeit außerordentlich – die elegante Wohnung, die ihr Mann gemietet hatte, die Ausflüge an seiner Seite, die Kunstschätze, vor allem im Louvre, die prächtigen Parks, das meist ausgezeichnete Essen, das »Commissionen-«, sprich: Besorgungen-Machen, den Glanz ihres Mannes, der in der Ausstellung »immer von vielen franz: Generälen belagert war«, und nicht zuletzt die Abende im Theater und im Zirkus. Als strenge Kritikerin findet sie vor allem an den sozialkritischen Stücken des jüngeren Alexandre Dumas Gefallen, namentlich an *Die Kameliendame* und *Die Ideen der Madame Aubray*, ein Stück, das sie schon in Wien auf der Bühne bewundert hat. Sie sieht alles, was man in Paris gesehen haben muss, sie besucht außerdem die neue Morgue (wo sie zwei Leichen bestaunt), aber besonders interessiert sie sich für die Schauplätze der Revolution und das Portrait der Madame Roland im Schloss Versailles: »nicht ganz das Bild der Heldin, für die ich mich begeistert hatte«. Als frankophil Erzogene schwankt Ebner-Eschenbach zwischen Bewunderung für die französische Kultur als Blüte der Zivilisation und patriotischer Eifersucht. Nur ein einziges Mal in diesen durchaus anstrengenden Wochen klagt sie im Tagebuch über »Kopfweh« infolge schrecklicher Hitze.[160]

Für Oberst Ebner von Eschenbach, der die Ausrichtung einer eigenen Militärschau mit den neuesten technischen Errungenschaften gegen den Widerstand Erzherzog Leopolds erkämpfen hatte müssen, war der Erfolg der »imposanten Ausstellung« (so seine Frau) eine große Genugtuung. Er ging beim österreichischen Botschafter Fürst Metternich und dessen als Salonnière bekannter Gemahlin Pauline ein und aus, er und Marie trafen auch seinen Freund, den Industriellen und Erfinder Wilhelm alias William von Siemens, und dessen Frau. Als Kaiser Franz Joseph die Weltausstellung besucht, führt Moriz Ebner ihn durch den militärischen Teil und heimst allerhöchstes Lob ein. Belohnt wird er, der »von solchen Zierden« nicht viel hält, mit dem Ritterkreuz des Leopoldordens, was er mit der ihm eigenen Bärbeißigkeit quittiert: »wenn man mir schon eine Auszeichnung gewähren wollte, so hätte es für meine Leistungen im Feldzuge 1866 geschehen sollen. Die Erfindung eines neuen Kriegsmittels (...), die Schließung der Häfen von Venedig, Pola und Lissa, das waren einer Anerkennung wohl würdige Taten. Die Pariser Weltausstellung dagegen ein Kinderspiel.«[161]

In ihr Tagebuch trägt Marie Ebner am 19. Juni ein: »Die pariser Reise ist zu Ende! Ganz ohne Frucht wird sie mir wohl nicht bleiben u. dafür habe ich zu danken u. danke ich von ganzem Herzen, besonders Dir, lieber Alter, der vielleicht einmal dieses Tagebüchlein lesen wird.« Für sie ist die Reise nach den harmonischen Wochen, in denen sie intensiver mit ihrem Ehemann zusammen war als je in Wien, noch nicht vorbei. Sie schließt eine Kur in Bad Kissingen an, genießt die Bäder und die tägliche Routine, die Muße zum Lesen und Briefeschreiben. Überraschend meldet sich Eduard Devrient bei ihr, dessen Frau Marie Ebner auf der Kurliste entdeckt hat. Er verspricht, die *Marie Roland* auf den Spielplan zu setzen, wenn das Burgtheater vorprescht – wozu es nicht kommen wird. In seinem Tagebuch bekräftigt der Intendant seinen früheren Eindruck: »Eine liebenswürdig bescheidene, gescheite und gutherzige Frau, geistreich und poetisch.« Und er ergänzt: »Leicht von der Phantasie über das Sympathische in dramatischen Stoffen getäuscht.«[162]

Die Kur hat Marie Ebner »vortrefflich angeschlagen«, weder Kopf- noch Gesichtsschmerzen haben sich gemeldet; nach den angenehm eintönigen Tagen in Bad Kissingen würde Marie Ebner am liebsten »zur Nachcur noch einige Zeit im Gebirge, in irgend einer einsamen Hütte zubringen«. Offenkundig verspürt sie weder Sehnsucht nach der Großstadt noch nach ihrer Familie: »Nun habe ich einmal drei Wochen blos auf eigene Kosten gelebt, u. gefunden dass ich dabei nicht darbe; u. gefunden, dass ich *so* auch drei Monate, auch drei Jahre leben könnte.« Das Leben »auf eigene Kosten« bezieht sich nur vordergründig auf die finanziellen Kosten der Badereise, für die üblicherweise ihr Bruder Adolph aufkommt. (Dass ihr Mann dieses Geschenk, jedes Mal immerhin rund 800 Gulden, nicht »rundweg« zurückweist, versetzt die Beschenkte »in Zorn«.) Eigentlich geht es hier aber um die sozialen und emotionalen Kosten, also um das Köstliche einer freigewählten Einsamkeit: »Den Umgang mit guten u. gescheidten Menschen kann nichts in der Welt ersetzen«, aber leider wird er »meistens durch den Umgang mit so viel lästigen u. widerwärtigen Leuten« erkauft, »dass wir fast nie zu einem reinen Genusse kommen«.[163]

Das Bewusstsein, sich die Anerkennung ihres Mannes durch einen literarischen Erfolg verdienen zu müssen, begleitet Marie Ebner schon lange. »Wie wenig fehlt zum innigsten Verständniss!« hat sie ihrem Tagebuch anvertraut. »Ich brauchte nur einen schlagenden vollgültigen Beweis zu liefern, daß ich mich nicht aus Eigensinn oder aus Eitelkeit mit Schriftstellerei beschäftige. Es wäre aber eine Sache der Leistung. Die müsste danach sein.« Im Frühling 1867, gleich nach Moriz Ebners Abreise nach Paris, hatte Marie ihm geschrieben: »Wir haben uns in dieser letzten Zeit das Leben nicht leicht gemacht – es wird besser werden.« Und in ihrem Tagebuch hinzugefügt: »Werde ich aber die Schriftstellerei lassen können. Und wenn nicht, was dann? O *könnt* ich sie lassen!« Mitten in der Phase der Umarbeitung der *Marie Roland* scheint diese Selbstprüfung nicht mit letztem Ernst vorgenommen. Und bald darauf äußert Moriz Ebner sein Entzücken über das Stück. Es scheint, als wäre der »schlagende vollgültige Beweis« nun endlich geglückt.[164]

Im Herbst jedoch wird das neue Einverständnis zwischen den Eheleuten auf eine harte Probe gestellt: Das Deutsche Landestheater in Prag bringt *Das Geständnis* heraus, und das Publikum reagiert auf das Konversationsstück, wie die Autorin von ihrer Schwester Fritzi erfährt, kühl. Heinrich Laubes Vorbehalte in puncto Bühnenwirkung – der »warme Schluss« komme »um einen Act zu spät« – scheinen sich zu bestätigen. Dass Marie Ebner diesmal ein bürgerliches Pseudonym – M. Haller – gewählt hat, nützt ihr bei der Presse wenig. Namentlich das (deutschsprachige) tschechisch gesinnte Blatt *Politik* lässt an dem Ehebruchsdrama kein gutes Haar: »Moriz nimmt die Sache doch mir ein wenig übel. Noch eine solche Kritik u. ich werde für die Bühne überhaupt nicht mehr schreiben dürfen. ›Du trägst meinen Namen, ich will ihn nicht in solcher Weise verunglimpft sehen.‹ – Er hat das Recht so zu sprechen, ich sehe es ein.«[165]

Auch wenn sich ihre Freunde Andreas und Jetty Tunkler – »Die prächtigen Menschen!« – bemühen, Moriz Ebner zu beruhigen, und ihn bitten, Marie nicht zu entmutigen, hängt der Haussegen schief, und sie ist niedergedrückt. Dabei hat sie, inspiriert von den Pariser Theatererlebnissen, im November 1867 schon das nächste Stück in Arbeit, die Komödie *Das Waldfräulein*, die sie über Jahre beschäftigen wird. Dennoch beklagt sich Marie über innere und äußere November-Verdüsterung: »Im finsteren Hofzimmer ist's kaum möglich zu schreiben. (...) *Waldfräulein* sollte gedichtet werden in einer sonnenlicht durchglänzten Stube, warm u. klar sollt es darin sein, u. im Herzen dessen der es schreibt.«[166]

Nicht zuletzt liegen der Dichterin die politischen Ereignisse jener Jahre auf der Seele. Von der Erschießung Kaiser Maximilians in Mexiko erfährt sie gerüchteweise in Paris, bevor diese noch stattgefunden hat. Als sich die Todesmeldung bestätigt, ist Ebner-Eschenbach erschüttert und zeiht Frankreich als Schutzmacht der Illoyalität: »Wie muss unserem Kaiser zu Muthe sein den sie in Paris feierten, indessen sie in Mexico seinen Bruder sterben liessen!« Den Ausgleich mit Ungarn, der als Folge der Niederlage gegen Preußen Teil einer tiefgreifenden Verfassungsreform ist und die Umwandlung des Kaiserreiches in eine österreichisch-ungarische Doppelmonarchie mit sich bringt, nennt sie »Unser Unglück«. Doch die Baronin von Ebner-Eschenbach unterstützt das Handeln ihres Monarchen keineswegs bedingungslos. Der trotz Lissa verlorene Krieg dürfte sie veranlasst haben, mit ihrem Gatten in der kritischen Sicht der österreichischen Politik übereinzustimmen – jedenfalls äußert sie sich auch in Gesellschaft freimütig zu politischen und militärischen Fragen und eckt damit auch an, etwa bei der gräflichen Familie Colloredo. Zu Silvester 1866 notiert sie: »Das Jahr der Seeminen und der ›allerhöchsten Zufriedenheit‹. O mein geliebter Kaiser, das hast Du nicht gut gemacht!«[167]

Adolph Dubsky hat inzwischen den Offiziersdienst im Rang eines Majors quittiert und wird als mährischer Landtagsabgeordneter und Vertreter des Großgrundbesitzes 1867 in den Reichsrat entsandt. »Freut mich nicht wenig«, kommentiert seine Schwester die neue Ehre. Durch seine Haltung im Landtag hat Graf Dubsky sich in den »Augen der alten Perrücken« unter ihren Bekannten einen zweifelhaften Ruf als »Revolutionär u. Demokrat« erworben. »Wartet nur«, meint Marie, die es offenbar besser weiß.[168]

Im Streit mit den cisleithanischen, also österreichischen Bischöfen, die sich 1867 gegen die Pläne des Kaisers aussprechen, der auf Drängen der liberalen Abgeordneten die Bestimmungen des Konkordats im Sinne einer Trennung von Kirche und Staat lockern möchte, vertritt Adolph Dubsky jedenfalls die Position der Liberalen. Der schärfste Antiklerikale in der Familie aber war wohl Moriz Ebner. »In Ischl soll die Camarilla um den Kaiser versammelt sein u. ihn bestürmen das Concordat aufrecht zu halten. Wenn er nachgibt gehen wir mit Extra-Post zu Grund«, hält Marie Ebner ganz im Sinne ihres Mannes fest und klebt in ihr Tagebuch einen Zeitungsausschnitt über die alsbald erteilte »Kaiserliche Rüge an die Bischöfe« ein. Eduard Devrient hingegen nimmt seine Autorin vor allem als Produkt ihrer Erziehung und Sozialisation wahr: »Wir verplauderten uns vom Theater zur Kirche. Sie scheint doch von Herzen katholisch.« Die Einführung der Zivilehe, die staatliche Aufsicht über das Schulwesen, die freie Wahl des Religionsbekenntnisses und die Möglichkeit interkonfessioneller Ehen waren die Kernpunkte der sogenannten Maigesetze, die 1868 vom Reichsrat beschlossen wurden. Die heiß diskutierte Säkularisierung war auch in der Literatur ein Thema: Ludwig Anzengruber konnte sein Erfolgsstück *Der Pfarrer von Kirchfeld* (1870) fast unbehelligt von der Zensur auf die Bühne bringen, weil Kirchenkritik mit einem Mal im staatlichen Interesse war.[169]

Von der Konkordatsfrage und ihrer grundsätzlichen Treue zum Kaiserhaus abgesehen, befindet Marie von Ebner-Eschenbach sich in ihren politischen Ansichten in zusehends schärferer Opposition zu ihren Angehörigen. Im Sommer 1869 notiert sie als Gast ihrer Cousine Marie Zay auf Schloss Bucsán: »Es kränkt mich, daß ich so aus den Kreisen der Meinen herauswachse.« Offensichtlich sind es ihre utopisch-egalitären Vorstellungen von sozialer Gerechtigkeit, die ihr selbst ganz realistisch erscheinen, ihren Verwandten aber als »Romantik« und »Schwärmerei« gelten. – »Bin ich vorgeschritten, sind meine Lieben hier – zurückgegangen od: ist vielleicht das Umgekehrte der Fall?«[170]

Mittlerweile hat man Oberst Ebner von Eschenbach von der provisorischen Leitung des Genie-Komitees entbunden und ihm einen missliebigen Konkurrenten vor die Nase gesetzt. Er wird als »Geniechef beim Generalkommando« praktisch kaltgestellt. Die Familie vermutet deshalb persönliche Gründe für Marie Ebners kritische Haltung, jedoch: »Meine freisinnigen Ideen sind nicht eine Folge meiner Entrüstung, sie sind älteren Datums.« Marie Ebner berichtet ihrem Mann von den hitzigen Debatten, sie will aber »nachsichtig mit der Beschränktheit« sein und notiert, unterstrichen: »Ich nehme mir fest vor mich in keine Discussion über Politik mehr einzulassen. Hier steht's. – Ein Spitzbube der sein Wort nicht hält.«[171]

Aufgeschlossen gegenüber dem Neuen zeigt Ebner-Eschenbach sich auch in der Architektur. Zehn Tage nach der Eröffnung des neuen Hofopernhauses an der Ringstraße – die heftige öffentliche Kritik daran hatte den Architekten Eduard van der Nüll in den Selbstmord getrieben – notiert die Dichterin im Juni 1869: »Abends mit Leo im neuen Opernhause das mich entzückte. Einmal ein ganz schön gelungenes Werk in unserem neuen Wien. Aber wir müssen darüber schimpfen. Wir sind ein kleines aus Neid u. Spießbürgerlichkeit zusammengesetztes Volk. So nergelnd, so engherzig!«[172]

Das Jahr 1869 bringt Marie Ebner aber auch einen überraschenden Erfolg, wiederum nicht mit einer großen Tragödie, sondern mit einer Petitesse – einem rasch improvisierten Gelegenheitsstück. Die Dichterin war einem Frauenkomitee zur Errichtung eines Schillerdenkmals beigetreten: »Boshafte Menschen behaupten, daß Dr. L.[udwig] A.[ugust] Frankl, der schon ein Schillerdenkmal-Herrenkomitee gebildet hat und nun ein Schillerdenkmal-Frauenkomitee bildet, suchen werde, auch ein Schillerdenkmal-Kinderkomitee zusammenzubringen«, kommentiert Ebner-Eschenbach ironisch. Für das Benefizprogramm der Akademie für das Schillerdenkmal verfasst sie innerhalb von zwei Wochen, streng anonym, den Einakter *Doctor Ritter*, der einen Tag aus Schillers Leben in den Fokus rückt: Der Dichter, 1783 unter falschem Namen auf der Flucht aus Stuttgart (vor seinem Herzog), hat Unterschlupf im Hause Wolzogen in Bauerbach gefunden und sich in die junge Charlotte verliebt. Von deren Mutter sanft, aber bestimmt zur Raison gebracht, gibt er seine Liebe auf und folgt dem Ruf nach Mannheim, dem Ruf der Studenten – und seiner Kunst: »Die Welt mein Haus, die Menschheit meine Liebe!«[173]

Da der Lustspielautor Sigmund Schlesinger sein zugesagtes Fest-Stück offenbar nicht rechtzeitig liefern kann, soll *Doctor Ritter* im Mittelpunkt des Akademieprogramms stehen, was Schlesinger verstimmt; Ebner-Eschenbach droht dem Komitee brieflich, ihr »Dramatisches Gedicht« zurückzuziehen, wenn Schlesinger nicht bestätigt, zur Abgabe seines Stücks nicht imstande zu sein. Frau von

Littrow, ahnungslos über die wahre Autorschaft, empört sich über diesen Affront gegen das Komitee. »An den anonymen Verf: d: *Dtr R* schrieb sie einen sehr groben Brief. Très drôle!« Weniger lustig findet die Autorin Münchs Ankündigung, das Stück werde für das Burgtheater »bühnengerecht« gemacht: »Was werden die guten Doctoren wieder alles wegschneiden u. einrenken?« Nach einer Probelesung im kleinen Kreis bekommt Marie Ebner anonym eine Schillerbüste zugeschickt: »Natürlich v. Moriz.«[174]

Die Aufführung im Kärntnertortheater, mit Friedrich Krastel, dem Liebling der Damen, und Zerline Gabillon, wird im Rahmen des überlangen Akademieprogramms zum umjubelten Höhepunkt. Zwei Tage darauf wird die Inszenierung vom Burgtheater übernommen und findet freundlichen Beifall – nicht ganz so freundlichen, aber doch wohlwollenden bei der Kritik. Nur Ludwig Speidel rezensiert den Einakter in der *Presse* ausgesprochen bissig und deckt zu Beginn gleich einmal – »Da es alle Welt weiß, dürfen wir es ja verrathen« – das Pseudonym auf: »die Verfasserin ist Frau *Baronin v. Ebner*, auf literarischem Felde unter dem Kriegsnamen *Eschenbach* bekannt. Sie hat wohl daran gethan, sich hinter den wirksamen Namen Schiller zu stecken, denn auf eigene Hand dürfte sie wol schwerlich wirken können.« Zu Schillers Liebesverirrung merkt Speidel spöttisch an: »Bald hätten wir unsern Nationaldichter verloren und wären so auch um die Schiller-Akademie gekommen«. Und zuletzt: »*Herr Krastel* in der Titelrolle war ganz der Mann, die betreffenden Schiller-Tiraden (feinstes Panama-Stroh) brillant aufprasseln zu lassen. Schiller schlug bei diesen Stellen wacker durch.« Ludwig Speidel spielt in dieser Kritik nicht nur mit den Geschlechter-Vorurteilen des Publikums (er spricht etwa von »possirlichen Abgängen«), er macht auch aus seinen politischen Vorbehalten gegen schreibende Aristokraten kein Hehl; allein Anastasius Grün, recte Anton Graf Auersperg, der einen Prolog beigesteuert hat, findet als ehemals revolutionärer Dichter Gnade vor den Augen des Kritikers.[175]

Entschädigt wird Marie Ebner durch den Zuspruch Grillparzers, der ihr bei ihrem Besuch drei Wochen nach der Premiere versichert: »Glauben Sie mir üb: den Erfolg ihres Stückes hat sich in Wien kein Mensch so gefreut wie ich.« Dass Ebner-Eschenbach in *Doctor Ritter* das Idol ihrer Jugend zur Projektionsfläche ihrer eigenen Kunstauffassung machte und ein »sehr einseitiges Schillerbild« (Georg Reichard) gezeichnet hat, liegt auf der Hand. Wie in *Die Schauspielerin* hat das Lebensglück das Nachsehen gegenüber der künstlerischen Berufung und erzieherischen Verpflichtung. Entsagung wird zum moralischen Gebot.[176]

Die größte Freude erfuhr Marie Ebner aber wohl durch die Anerkennung eines Menschen, der ihrer Arbeit eine solche bisher versagt hatte: ihres Vaters. Immer wieder ist in ihren Tagebüchern von Auseinandersetzungen mit ihm die Rede – »unangenehmes pourparler mit Papa, der mir meine gemeinen Gesinnungen vorwirft«, die sich seiner Ansicht nach insbesondere darin zeigen, »dass ich ein Honorar für meine Arbeiten annehme«. An anderer Stelle heißt es: »Früh wieder einmal recht herzlich mit meinem guten Papa disputirt, unsere alte treue Liebe wird aber durch solche Kämpfe nur noch mehr befestigt.« Als die Familie am Tag nach der gemeinsam erlebten Premiere im Burgtheater zusammenkommt, um Graf Dubskys 85. Geburtstag zu feiern, äußert dieser sein Bedauern darüber, dass seine Marie so viele Theaterstücke schreibe, aber noch gar kein Glück damit gehabt habe. Warum sie denn nicht einmal ein Stück wie den *Doctor Ritter* schreiben könne? – »Da konnte ich doch nicht länger schweigen und lüftete den Schleier der Anonymität.« Der bekannt unsentimentale alte Herr war gerührt. Und umarmte seine Tochter.[177]

Die Prinzessin von Banalien blitzt ab

Im September 1869 stirbt einigermaßen überraschend Franz Dubskys vierte Ehefrau, Xaverine Kolowrat-Dubsky. Nachdem Marie 1867 ihre sehr geliebte Großmutter Bartenstein, die Mutter von Maman Eugénie, verloren hatte, trifft sie der Tod ihrer Stiefmutter wohl weniger, er sollte aber weitreichende Folgen für ihr Leben haben. Ihrer beider Verhältnis war nicht das beste gewesen, Marie hielt Maman Xaverine, bei allem musischen Interesse, für eine durch Vorurteile beschränkte, nicht gerade kluge, taktlose und oberflächliche, dabei aber auch bigotte Frau. »Glaub mir sie ist gar nicht imstande einen ehrlichen Karakter zu begreifen«, schrieb sie ihrer Schwester und Vertrauten Fritzi, die ihre Einschätzung teilte. Marie missbilligte Xaverine Dubskys »verletzendes Losziehen« über Nachbarn und

Bekannte. Auch klagte sie über die wenig dezenten Versuche ihrer Stiefmutter, den noch ledigen Bruder Victor zu verkuppeln: »Man möchte sich die Haare ausreissen. Eine leichtsinnigere taktlosere einfältigere Frau hat die Erde nie getragen.«[178]

Umgekehrt hatte es die ältere Dame mit ihrer Stieftochter auch nicht leicht. Bei gemeinsamen Theaterbesuchen etwa klagte sie, »dass es sie krank mache wenn ich dasitze, wie ein alter, boshafter Recensent u. mich im Critisieren der Stücke u Schauspieler ergehe. Sie hat recht. Ich bitte um Verzeihung u. will mich bessern.« Mit fortschreitendem Alter der Stiefmutter kam es zu einer Annäherung: »Sie kommt mir besser, viel milder geworden vor. Was ihr fehlt das ist ein klarer, scharfer Verstand, an Gemüt ist sie viel reicher als ich oft gedacht.« So empfindet die Tochter Respekt für eine Frau, für die sie lange nur Mitleid aufbringen konnte: Als Ehefrau eines herrischen, unruhigen und streitsüchtigen Mannes hatte Xaverine viel zu erdulden. In den Tagebüchern firmiert sie kaum anders als »die arme Mutter«. Marie Ebner erwähnt darin häufig die traurigen Verhältnisse im Elternhaus, die sie zur Schiedsrichterin zwischen den Parteien machen: »Da soll *ich* helfen, lieber Gott! u. bin selbst mit hunderttausend Keulen wund geschlagen.« Marie ergeht es wie in den Kontroversen zwischen Laube und Münch oder zwischen Moriz Ebner und seinem oft vergrämten Freund Tunkler, in denen sie stets zu vermitteln sucht: »Mir sagt jeder, daß ich Partei gegen ihn nehme.«[179]

Als Xaverine Dubsky nach kurzer Krankheit 61-jährig in Zdislawitz stirbt, überwiegt zunächst die Sorge um den Vater. Später leistet Marie der Stiefmutter Abbitte: »Es ist nicht auszusprechen wie Mama hier fehlt auf Tritt u. Schritt. Und als sie am Leben war, was hatte man nicht alles an ihr zu tadeln u. auszusetzen. Verzeih! Verzeih!« Mit einem Mal ist nun Marie Ebners häusliche Selbständigkeit in Gefahr: ihr als der kinderlosen Tochter wird zugemutet, zu ihrem Vater ins Drei-Raben-Haus zu ziehen, bis man eine passende Gesellschaftsdame für ihn gefunden hat. Zehn Tage vor dem Tod der Mutter hat Marie Ebner über ihre Zugfahrt nach Prag noch geschrieben: »Ein Flug. Ich war immer allein, las rauchte, dachte nach u. fühlte mich froh u. frei.« Jetzt rebelliert sie gegen die Zumutung, ihre Freiheit aufzugeben: »Ich werde die Aufgabe *nicht* durchführen die mir das Schicksal stellt, sie übersteigt meine Kraft.« Bald grollt der Vater, bald bestürmt er seine Tochter unter Tränen, ihn nicht zu verlassen. – »Ich blicke in die Zukunft wie in das Trostlose. – Was kann mir noch gutes werden? Für alle Fälle heißt meine Existenz: Freudlosigkeit, Abhängigkeit, tiefinnerste Einsamkeit.« Auch Moriz ist zunächst nicht mit Maries Übersiedlung einverstanden, zwischen dem Onkel und dem Neffen kommt es zu hitzigen Disputen, letzterer reist unversöhnt ab.[180]

Zurück in Wien, wird Marie von ihrem Mann »sehr freundlich u. herzlich« empfangen: »auch er fühlt dß wir uns aufgeben u. für P. leben müssen aber auch er empfindet dß es seine Kräfte übersteigt die schwere Pflicht ganz würdig, ganz vollkommen zu lösen.« Baron von Ebners Beförderung zum General (als Generalmajor) wird von den privaten wie den dienstlichen Ärgernissen überschattet. In Anbetracht des Konflikts mit seinem Schwiegervater trifft es sich gut, dass Ebner Anfang November 1869 auf Einladung des Khediven zur feierlichen Eröffnung des Suezkanals nach Ägypten aufbricht und von dort nach Jerusalem, Beirut und Konstantinopel weiterreist. Am 4. November notiert Marie Ebner: »Unser letztes Dinner am eigenen Tische. Abends Moriz abgereist. Recht schwer haben wir uns getrennt Eine neue Existenz beginnt. Die alte ist ja nicht immer eitel Glück gewesen, aber wir waren sie gewöhnt.«[181]

»Mit schwerem Herzen« geht Marie Ebner ins Drei-Raben-Haus, die Wohnung in der Landstraße gibt sie jedoch nicht gänzlich auf. Im Haushalt ihres Vaters befiehlt sie eine Säuberungsaktion. »O Mârinka!« apostrophiert sie die Köchin im Tagebuch: »Der Augiasstall war ein Boudoir im Vergleiche zu Deiner Speisekammer.« Als Graf Dubsky aus Zdislawitz eintrifft, ergibt sich im gemeinsamen Haus bald eine gewisse Routine, die es Marie erlaubt, für einige Stunden auch eigene Wege zu gehen. Wird es jedoch später – einmal verplaudert sie sich mit Ida Fleischl und Betty Paoli –, fürchtet sich die 39-Jährige wie ein junges Mädchen vor dem Heimkommen, »zum 2t male um ½ 12«, vom Vater aber gottlob »kein Wort des Vorwurfs«. So erweist sich ihre Situation im Vaterhaus als »eigentlich erträglich – u. doch wie sieht es in mir aus! Meine Seele schreit nach meinen Arbeiten, nach meinen Beschäftigungen ich glaube, so ist's denen die am Heimweh verschmachten.« Sephine von Knorr klagt sie, dass ihr in ihrem Zimmer in der väterlichen Wohnung kaum »eine halbe Secunde der Einsamkeit gegönnt« sei: »Unser armer guter Vater war immer etwas schwer zu nehmen, das Leben an seiner Seite war immer ein ruheloses. Du kannst Dir vorstellen – oder – nein! Du kannst Dir nicht vorstellen wie sich's jetzt hier im armen verwaisten Elternhause dahinschleppt.«[182]

Ein halbes Jahr währt der ungeliebte Dienst im Drei-Raben-Haus, dann findet man ein Fräulein Schwarz als Gesellschafterin für den Witwer, und Marie Ebner zieht wieder in die Landstraßer Wohnung zu ihrem Mann. Ihren Kuraufenthalt in Reichenhall, im Institut der Englischen Fräulein in St. Zeno (»Ich bin hier im Kloster – möchte gleich immer da bleiben«), bricht sie im Sommer 1870 vorzeitig ab, weil die allgemeine Erregung nach Ausbruch des Deutsch-Französischen Krieges keine rechte Kuratmosphäre mehr aufkommen lässt. Moriz Ebner, als »ein heftiger Gegner französischer Breitmacherei u. Prahlsucht«, befindet sich dank den deutschen Siegen »in Extase«. Seine Frau ist nicht mit leeren Händen nach Hause gekehrt: »Ich schrieb in Reichenhall ein Märchen, das mich während ich's schrieb sehr ergötzt hat«.[183]

Die Prinzessin von Banalien erzählt von der vollständigen Selbstpreisgabe im Namen der Liebe – und von einem Zusammenprall zwischen Natur und Zivilisation. Die mächtige Herrscherin über Banalien, das Reich der Oberfläche und kultivierten Falschheit, weist all ihre Freier ab, um sich in die Arme eines Waldmenschen zu werfen, eines Mannes ohne Namen und ohne Herkunft, der die Sprache der Tiere spricht und die des Hofes verachtet. Die Prinzessin nennt ihn Abdul und macht ihn zu ihrem Geliebten, hoffend, dass sie so auch seine Liebe erweckt – umsonst. Unter dem Feuer der Leidenschaft bleibt er ihr gegenüber kalt. Im Hofstaat räumt Abdul auf: Den Hofpoeten wirft er aus dem Fenster, weil dieser ein Vogelnest zerstört hat. Den Hofkoch durchbohrt er mit dessen eigenem Bratspieß, weil dieser einen Truthahn malträtiert hat. Vor den aufgebrachten Untertanen rettet die Prinzessin ihren Günstling auf märchenhaftem Weg und folgt ihm in den Wald. Als sie entdeckt, dass Abdul ein ebenso wildes Mädchen liebt, tötet sie es im Zorn und wird von ihrem Geliebten verflucht. Die zuständige Fee vermag das Mädchen wieder zum Leben zu erwecken, und die hoffnungslos Liebende und vor der Welt Entehrte wird die Frau ihres einzigen wahren und treuen Verehrers, eines edlen Königs, dessen Liebe zu ihr so groß ist, dass sie alle Hindernisse überwindet. Banalien blüht auf, die Königin, die einen Sohn geboren hat, scheint mit ihrem Schmerz versöhnt – da zieht eines Tages vor versammelter Hofgesellschaft der Leichnam Abduls im Fluss vorbei, und die Königin stürzt sich mit einem Aufschrei des Entzückens in die Fluten.

Im ironischen Gewand des Kunstmärchens hat Ebner-Eschenbach hier das Motiv der *Maria Stuart in Schottland* aufgegriffen und zugespitzt: Die Prinzessin liebt bedingungslos, leidenschaftlich, ohne Erwiderung und wider alle Vernunft. Als liebende Frau kommt die Herrscherin um ihren Verstand, ihre Macht, ihren guten Ruf; aber ihr Günstling profitiert nicht einmal davon. Als Naturkind ohne Ehrgeiz will er nur seine Freiheit und das Recht zu lieben, wen er eben liebt. Vor seiner Ethik kann die banale Welt der Formen und Fassaden nicht bestehen. Man kann *Die Prinzessin von Banalien* auch als eine Frucht von Marie Ebners Schopenhauer-Lektüre betrachten: Abduls barbarisches Verhalten entspricht dem Prinzip des Naturrechts. Sein Handeln entspringt dem Mitleid mit der Kreatur, Reue kennt er nicht.

Mit der Philosophie Arthur Schopenhauers hat Marie Ebner sich bereits 1860/61 intensiv beschäftigt und darüber mit Joseph Weil korrespondiert. Für sie höchst charakteristisch ist ihr Versuch, »aus seinem ganzen System ein erfreuliches, freundliches Resultat zu ziehen«, quasi Schopenhauer ohne Pessimismus. Marie Ebner zitiert Jean Pauls bildhaftes Resümee von *Die Welt als Wille und Vorstellung*, Schopenhauers Weltsicht gleiche »dem melancholischen See in Norwegen, auf dem man in seinen finstern Ringmauern von steilen Felsen, nie die Sonne, sondern in der Tiefe nur den gestirnten Taghimmel erblickt u. über welchen kein Vogel u. keine Woge zieht. – Nun glaube ich, daß dennoch ein warmer, liebevoller Lichtstreifen über dem Ganzen liegt: der Geist unendlichen Mitleids mit allem Weh der Erde, des vielleicht zärtlichsten Gefühls dessen das Menschenherz fähig ist.«[184]

Nach ihrer Lesung der *Prinzessin von Banalien* bei der Baronin von Knorr, in Anwesenheit Auguste von Littrows, Ferdinand von Saars und anderer Freunde, merkt Ebner-Eschenbach an: »Der Anfang des Märchens ermüdet.« Saar erinnert sich an Marie Ebners zu Beginn unsichere, zittrige Stimme, die immer kräftiger wurde. Der Beifall am Schluss habe, trotz den »zahlreichen Schönheiten« der »feinsinnigen Dichtung«, »etwas Gezwungenes« gehabt: »Man war eben nicht ergriffen, nicht hingerissen worden (…).« Die satirische Färbung der Geschichte war allerdings gar nicht auf eine empathische Rezeption angelegt – was sich vielleicht auf den Verkaufserfolg des Büchleins auswirkte: Nach etlichen Verlagsabsagen druckte der Wiener Buchhändler und Verleger Leopold Rosner *Die Prinzessin von Banalien* 1872 unter dem vollen Namen Marie Baronin Ebner-Eschenbach, aus Kostengründen allerdings ohne die Illustrationen des vom Märchen begeisterten Münchner Malers Eduard Ille. In ihrem Tagebuch kommentiert Ebner-Eschenbach die Mitteilung des Verlegers, er habe in einer Woche, in der acht »glänzende Recensionen« in führenden Blättern erschienen seien, zwei Exemplare verkauft: »Wenn das Jemand in 10 Jahren liest, so lacht er entweder über die Wiener od – über mich.«[185] Mehr als vierzig Jahre später blickte die Autorin zurück auf die *Prinzessin von Banalien*:

»Ich fühlt mich jung, als ich es schrieb,
Das Märchen von der blinden Lieb;
Nun beugt mich tief des Alters Joch –
Und an mein Märchen glaub ich noch.«[186]

Marie Ebners in jenen Jahren nach langem Hin und Her vollendete Komödie *Das Waldfräulein* beruht auf einer ähnlichen Konstellation, versetzt in die Sphäre der zeitgenössischen österreichischen Aristokratie: Ein Naturwesen fällt unter die »eleganten« Leute, die allesamt durch Borniertheit, Unbildung, Geistlosigkeit und Hochmut glänzen. Diesmal ist der Waldmensch weiblich – der Titel versteht sich als Reverenz gegen jenes gleichnamige Versepos von Joseph Christian von Zedlitz, das einst in der Beziehung zwischen Marie und Moriz gleichsam als Initialzündung fungierte und der blutjungen Dichterin den Anreiz gab, von der französischen auf die deutsche Sprache umzusteigen. Auch deutet Zedlitz' *Waldfräulein* (1843) mit dem Untertitel »Ein Mährchen in achtzehn Abentheuern« auf eine Verwandtschaft zwischen der Ebner'schen Prinzessin und der Lustspiel-Protagonistin.

Die Handlung ist, um eine verwickelte Intrige bereinigt, diese: Graf Hochburg holt seine Tochter Sarah vom Lande, wo sie aufgewachsen ist, in die Stadt, um sie zu verheiraten. Sarah macht sich dort durch allzu natürliches Betragen unmöglich und ist ihrerseits entsetzt vom Leben der »großen Welt«, das aus Müßiggang, Sportwahn, Leichtsinn, Verschwendung, Lüge und erotischem Freibeutertum besteht. Verehrt wird Sarah von zwei Männern: vom Grafen Paul Nordheim, dem Wunschschwiegersohn aller Mütter ringsum, und von ihrem demokratisch gesinnten Onkel Robert, dem schwarzen Schaf der Familie, dem die Nichte gefiele, wie sie ist, und der natürlich dem echten Onkel Moriz durchaus ähnlich sieht. Graf Paul will Sarah erziehen, aber es kommt, nachdem sie fast Onkel Roberts Frau geworden wäre, umgekehrt: Sarah nimmt Paul den Glauben an das gesunde Vorurteil und bekehrt ihn zur Herrschaft des Herzens, womit einem Happy End nichts mehr im Wege steht.

Nachdem Ebner-Eschenbach *Das Waldfräulein* über Jahre immer wieder zurückgestellt, neu aufgegriffen und wieder verworfen hatte, akzeptiert Heinrich Laube das Stück 1872 für das neugegründete Wiener Stadttheater, das er als Konkurrenzbühne zum Burgtheater übernommen hat. Als Lustspiel, das die zeitgenössische Gesellschaft, noch dazu die der eleganten Welt, ins Visier nimmt und im Ton der beliebten Komödien Eduard von Bauernfelds gehalten ist, passt ihm *Das Waldfräulein* perfekt ins Konzept. Auch ein kleiner Skandal käme Laube ganz gelegen. Es hat sich herumgesprochen, dass in der neuen Komödie eine Insiderin dem Hochadel einen wenig schmeichelhaften Spiegel vorhalte, und die Premiere im als bürgerlich punzierten Stadttheater am 13. Jänner 1873 wird denn auch von der vornehmen Welt gestürmt: Von Erzherzog Wilhelm abwärts ist *tout Vienne* erschienen, berittene Polizei versucht die Auffahrt der Equipagen und Fiaker in geordnete Bahnen zu lenken, in den Logen drängt sich der Adel.[187]

Am Tag der Premiere erwacht Marie Ebner, die noch nach einer der letzten Proben Textänderungen vorgenommen hat, um halb fünf Uhr früh. In ihrem Tagebuch vermerkt sie: »Einer der qualvollsten Tage meines Lebens (…). Mit Moriz in das Theater – lag von 7 bis ½10 auf der Folter.« Dicht verschleiert verbirgt die Autorin sich im Logendunkel. »Die Schauspieler machten mir nichts zu Danke u. das Stück schien mir elend! Nach dem letzten Aufzuge hörte ich mehr Zischen als Applaus Die 3 ersten lebte ich in Adolph[s] – den letzten in Laubes Loge qualvoll durch. Eine rechte Pein – u. das thut man sich freiwillig an? – Nein! nein – nicht freiwillig …«[188]

Die – dank der vorauseilenden Skandalisierung – zahlreichen und ausführlichen Kritiken in den Wiener Zeitungen loben zwar die Schauspieler und vermerken eine sehr positive Aufnahme des Stücks durch das Publikum, gehen aber mit dem *Waldfräulein* streng ins Gericht. »Ich schäme mich zu tode, ich getraue mich kaum auf die Straße. Die Zeitungen aller Gattungen u. Tendenzen überschütten mich mit Hohn. Grausam! Ein Fiaker grüßte mich freundlich, dem war ich dankbar.« Die unsanfte Behandlung des *Waldfräulein* durch die Wiener Kritik wurde für die Autorin zum traumatischen Erlebnis. Marie Ebner selbst hat sie später für das Erlöschen ihrer dramatischen Ambitionen verantwortlich gemacht – was so nicht stimmt. In einem Resümee im Tagebuch führt Ebner-Eschenbach aus: »Das Stück ist gewiß sehr schwach. Wer kann seine Fehler besser gesehen haben als ich sie sah bei der Probe und bei der Aufführung? Aber die schmachvolle Behandlung, die es erfährt, verdient es nicht. Ich weiß auch nicht, wie ich zu der persönlichen Gehässigkeit komme, die mir von allen Journalen, ohne Ausnahme, bewiesen wird.«[189]

Betrachtet man die Rezensionen näher, ergibt sich doch ein etwas differenzierteres Bild, in dem sehr wohl auch positive Ausnahmen zu finden sind, so im *Neuen Fremden-Blatt*, in der *Deutschen Zeitung*, im *Neuen Wiener Tagblatt* (Sigmund Schlesinger) und in der *Wiener Zeitung*, deren Kritiker zwar, wie die meisten, die dürftige Handlung bemängelt, aber den »warmen Gemüthshauch« echten Humors lobt und die Deutung als Schlüsselstück der Wiener Adelsgesellschaft zurückweist: Das Lustspiel zeichne »eine Fülle lebenswahrer Typen, in die nun, wer guten Willens ist, seine lieben Freunde einreihen mag, das ist dann eben *seine* Sache«. Eine Ausnahme stellt aber auch die Rüge dar, das Lustspiel sei »um einige Decennien zu spät auf die Welt gekommen«, da solche Adelige, wie sie darin vorgeführt würden, gar nicht mehr existierten.[190]

Selbst die überwiegend ablehnenden Rezensionen sind keine Totalverrisse, fast alle Rezensenten loben den Dialog, den Bilderbogen der Figuren und die Komik vieler Szenen. Die Attacken gegen die Verfasserin scheinen weniger persönlich als politisch motiviert. Als geradezu fatal erweist sich der Umstand, dass das Pseudonym Ebner-Eschenbachs – M. von Eschenbach – nur noch auf dem Papier hält. Während die meisten allgemein von einer adeligen Verfasserin sprechen, nennt die *Neue Freie Presse*, die schon bei *Doctor Ritter* vorgeprescht war, die »Baronin v. Eschenbach« beim Namen. Das Wissen der Rezensenten, dass erstens eine Frau und zweitens eine Aristokratin das Stück geschrieben hat, mobilisiert sämtliche diesbezüglichen

Ressentiments. So berichtet *Die Presse* in ihrer Nachtkritik von einer »gewissen maliciösen Beobachtungsgabe, wie sie geistreichen Damen mitunter eigen ist, die sich dem Gesellschaftskreis ihres nächsten Verkehrs überlegen fühlen«, und wird in der folgenden ausführlichen Rezension noch deutlicher: Frauen hätten durchaus Sinn für das »lächerliche Detail«, »aber ein Ganzes wissen sie auf diesem Feld selten zu bringen«, kurzum: »Der souveräne Humor ist ein männliches Vorrecht.«[191]

Der boshafteste aller Rezensenten, -tt- (wohl Hugo Wittmann) von der *Neuen Freien Presse*, merkt zum Widerspiel von Applaus und Zischen immerhin an: »Die Dissonanz entspricht unserer Empfindung.« Doch er bringt es fertig, der Autorin eine Warnung vor republikanischen Umtrieben zu unterstellen, und fühlt sich durch das Waldfräulein Sarah dreifach provoziert: weil es für Blaustrümpfe und außerdem für »emancipationssüchtige Frauen« werbe, ohne eigentlich selbst eine zu sein, und weil es »in den Salon hineinspringt wie ein Bauerntölpel«. Während die meisten adeligen Standesgenossen sich über ihre doch ziemlich grell beleuchteten Schwächen amüsieren konnten, empört sich der bürgerliche Kritiker über des Waldfräuleins schlechtes, in seinen Augen unnatürliches Benehmen, das nicht nur für Sarahs Familie, sondern auch für ihn darin gipfelt, dass sie »einen befreundeten Bedienten vor allen Gästen caressiert«, also liebkost. Am liebsten sähe er das Stück, in Maroquin gebunden, in »der Vitrine der Special-Ausstellung für Frauenliteratur«.[192]

Natürlich ist *Das Waldfräulein* auch ein camoufliertes Selbstportrait seiner Autorin. Sie hat darin ihre in *Aus Franzensbad* entwickelte Adelskritik zu einer bühnenwirksamen Prägnanz gebracht, die echte dramatische Aktion ersetzen muss. Dass ein Konversationsstück vor allem aus Konversation besteht, liegt freilich in seiner Natur. Ebner-Eschenbach lotet darin nicht zuletzt die feinen Unterschiede und Hierarchien innerhalb des aristokratischen Milieus aus. Die karikierten Typen – der adelige Pferdenarr und Ehebrecher aus Sportsgeist, die ihren Sohn vor Ehejägerinnen eifersüchtig beschützende Mutter, der stockkonservative Altgraf – sind in ihrer Dummheit und Beschränktheit so erschreckend scharf gezeichnet, dass kein Zweifel daran besteht, dass sie aus nächster Nähe beobachtet und erlitten sind, was einige Verwandte und Bekannte auch bemerken: Nicht nur Cousin Guido Dubsky ist not amused. Für Sarahs verschwendungssüchtigen Bruder konnte Marie Ebner Anleihen bei ihrem eigenen jüngsten Halbbruder Heinrich nehmen, dessen immens hohe Schulden zu jener Zeit beinahe seine Verheiratung unmöglich gemacht hätten.[193]

Trotz der Ablehnung durch die Wiener Kritik wurde *Das Waldfräulein* zum echten Erfolg beim Publikum: Mindestens zwölf Mal wurde es am Stadttheater gespielt, nach der sechsten Vorstellung übernahm die zwanzigjährige Katharina Schratt, die spätere Freundin Kaiser Franz Josephs, die Hauptrolle von Toni Hiller. Im April 1873 erhielt die Autorin die bisher angelaufenen Tantiemen, die erkleckliche Summe von 769 Gulden: »So viel trägt ein Stück das durchgefallen ist.« Im November meldet sie Sephine Knorr für die Wiederaufnahme wieder zweimal »mehr als 200 fl«, Papiergeld, nicht Münzen: »ein klingender, od: eigentlich: rauschender Beweis. Deshalb natürlich halten die Zeitungen das Maul.« 200 Gulden, drängt Sephine, möge sie gleich in Karl von Blaas (1815–1894), genauer, in ein Ölportrait des Malers investieren. Wirklich unterzieht Marie sich den langweiligen Sitzungen; während sie das Ergebnis »ganz vortrefflich« findet, beanstandet Adolph Dubsky »einen fremden Zug in dem Porträt«.[194]

Nach den bitteren Erfahrungen mit dem *Waldfräulein* war Ebner-Eschenbach jedoch nicht, wie sie später behauptete, »für immer von der Lust, fürs Theater zu arbeiten«, geheilt. Jedenfalls versucht sie noch 1873/74 vergeblich, ihre Komödie *Die Selbstsüchtigen* (zuvor *Die Egoisten*) auf eine Bühne zu bringen – Laube lehnt sie als zu anspruchsvoll für das Stadttheater ab, will aber auch nicht, dass sie das Stück im Burgtheater einreiche, »wie er sagte: Aus Neid, denn dort kann es gefallen.«[195]

An das in Venedig angesiedelte Lustspiel *Männertreue*, eine Variation des *Così fan tutte*-Themas, knüpft sie im Sommer 1873, den sie in Bad Reichenhall und in der Schweiz verbringt, die immer gleichen Hoffnungen auf den einen großen Erfolg – dann »hätten die Meinen vielleicht nichts mehr einzuwenden gegen die Ausübung meines Berufes. Das ist er ja doch.« Dabei verlässt sie das schlechte Gewissen nicht: »Aber was werden die Meinen sagen wenn ich Ihnen gestehe, daß ich ein fertiges Lustspiel in meinem Koffer mitbringe.« Die bereits fixierte Aufführung am Stadttheater kommt jedoch nicht zustande, weil die Autorin die dem Sparzwang geschuldete Besetzung ablehnt; dafür reüssieren Inszenierungen von *Männertreue* in

Coburg und Gotha und vor allem in Prag, wo im böhmischen Theater die tschechische Übersetzung von Marie Ebners Cousin Zdenko Graf Kolowrat richtiggehend einschlägt.[196]

Zuletzt wurde 1874 ausgerechnet Marie Ebners nach Meinung Saars und Kolowrats schwächstes (nicht erhaltenes) Stück, das einaktige Lustspiel *Untröstlich*, von Laube am Stadttheater unter dem Allerweltsautornamen Meier herausgebracht und erlitt verdienten Schiffbruch. Dennoch konzipierte und schrieb Ebner-Eschenbach weitere, heute verschollene Dramentexte. Die Aufführung des *Waldfräulein* bedeutete keine echte Zäsur: Ebner-Eschenbach hatte sich schon davor mit Prosa beschäftigt, und sie beschäftigte sich auch danach mit Dramen. In den achtziger Jahren, als anerkannte Erzählerin, wird sie sich darauf verlegen, nach dem französischen Vorbild der »Proverbes« sogenannte dramatische Sprichworte und »dialogisierte Novellen« in Zeitschriften zu publizieren, ohne diese mit Ambitionen auf eine Aufführung am Theater zu verbinden. Dennoch sollte Ebner-Eschenbach 1890, in Berlin und München, auf die Bühne zurückkehren, mit der Dialog-Novelle *Ohne Liebe*, die sie in der Folge zu einem einaktigen Lustspiel umarbeitete. Insgesamt verfasste sie 28 Dramen, von denen vierzehn gedruckt und dreizehn aufgeführt wurden.[197]

In den Jahren 1874/75 hingegen konnte Marie Ebner ihre Erfahrungen mit der Bühne nur als Scheitern auf allen Linien empfinden. In abgeklärter Form spiegelt das am Theater Erlebte der Aphorismus: »Wer in die Öffentlichkeit tritt, hat keine Nachsicht zu erwarten und keine zu fordern.« In 25 Jahren dramatischer Produktion hatte Marie von Ebner-Eschenbach sich trotz hartnäckiger Bemühung weder als Tragödien- noch als Lustspieldichterin durchsetzen können. War das wirklich allein die Schuld eines männerdominierten Theaterbetriebs und einer unverständigen und voreingenommenen Kritik? In einem mehr als defensiven Resümee nennt die Dichterin 1884 als die »wenigst mißlungenen unter meinen dramatischen Versuchen« *Maria Stuart in Schottland*, *Marie Roland*, *Die Veilchen* und *Dr. Ritter*. Aus heutiger Sicht tragen Ebner-Eschenbachs historische Versdramen, bei aller Modernität in der Auffassung weiblicher Handlungsmacht, wegen ihrer klassizistischen Form den Stempel des Epigonentums. In ihren Gesellschaftsstücken und Lustspielen tritt eine gewisse Überdeutlichkeit des politisch-moralischen Anliegens zutage. Andererseits war die Autorin nicht gewillt, entsprechend

Besuch des Kaisers in der Schwimmschule der Genie-Akademie zu Klosterbruck am 12. Juli 1853 (Lithographie von Gottlob Benjamin Reiffenstein)

Wetterhäuschen in Zdislawitz mit Moriz und Marie von Ebner-Eschenbach 1870 (Photo: W. Sonntag)

links: Das Ehepaar Ebner-Eschenbach in den sechziger Jahren (Photo)

Notizbüchlein mit Zeichnung Ebner-Eschenbachs *(oben)* und dem Zusatz: »Tante Marie wie sie mit dem Schwarz braun durch den Schweden Loch reitet« (Bürgstein/ Sloup 1865)

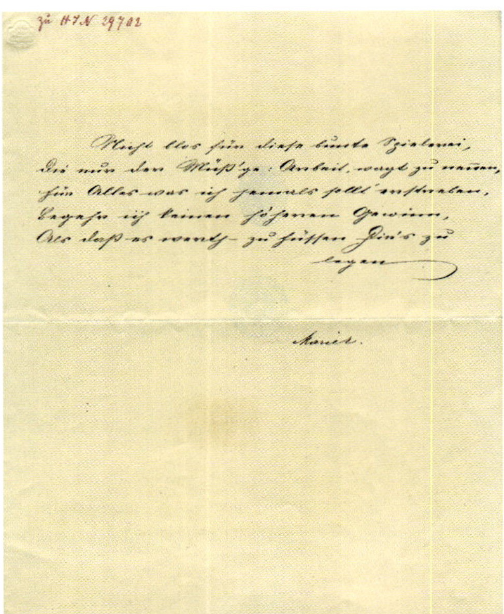

Gedicht Ebner-Eschenbachs für Franz Grillparzer (1860)

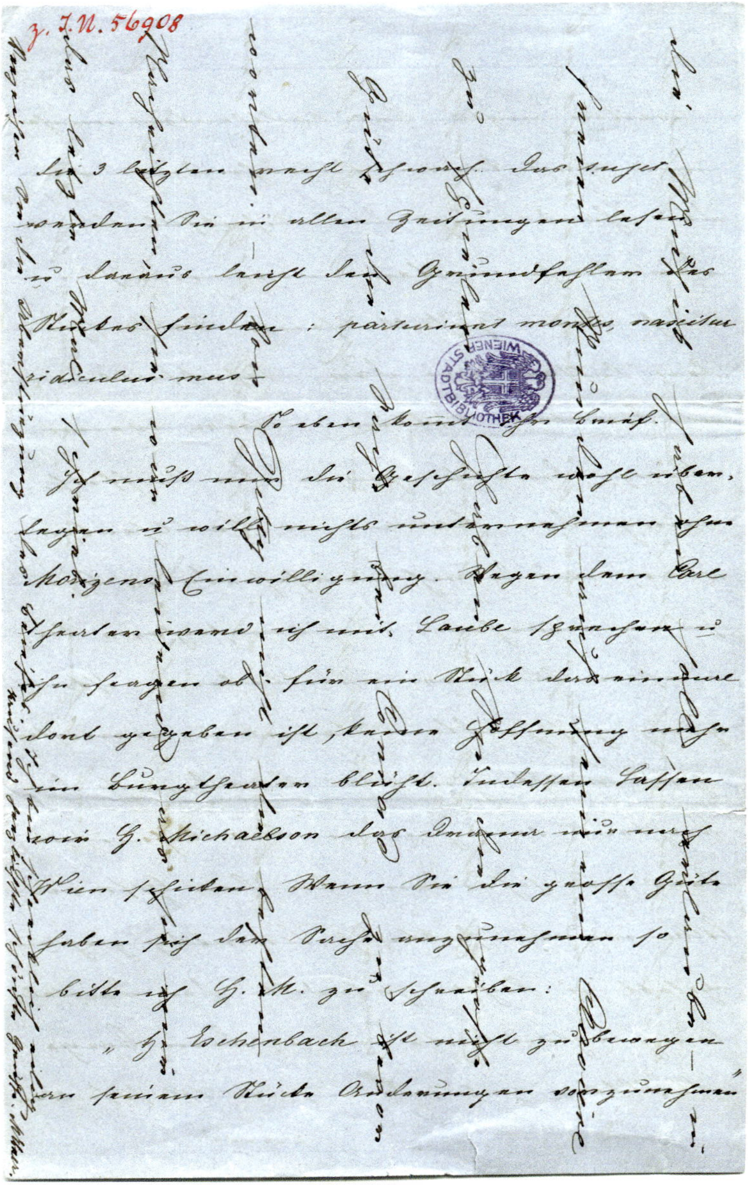

Brief an Joseph von Weilen (1. 12. 1860)

Wohnhaus
Landstraßer
Hauptstraße
(Fernolendthaus)

Das Ehepaar Ebner-Eschenbach
um 1867 (Photo: L. Angerer)

Marie von Ebner-Eschenbach in den
sechziger Jahren

Eduard Devrient, Intendant des Hoftheaters Karlsruhe

Heinrich Laube, Direktor des Hofburgtheaters

Friedrich Halm alias Baron Münch

L. Angerer

Josephine Freiin von Knorr
(Karl Blaas, 1873)

Der Bruder Adolph Graf Dubsky

linke Seite: Ebner-Eschenbach in den sechziger Jahren (Photo L. Angerer)

Exlibris Ebner-Eschenbachs mit Wolfram vom Eschenbachs »Ein wip mag wol« (Eine Frau kann sehr wohl)

Marie von Ebner-Eschenbach (Karl Blaas, 1873)

Taschenuhr aus der Sammlung Ebner-Eschenbachs

dem Publikumsgeschmack derb komische oder auch zynisch-frivole Zugstücke zu liefern. Zweifellos aber gelangen ihr bühnenwirksame, geistreich-amüsante und dabei gesellschaftskritische Komödien und Konversationsstücke nach französischem Modell, die jenen, die die zeitgenössischen Spielpläne beherrschten, zumindest ebenbürtig waren; was auch für ihre »ernsten« Stücke gilt, die etwa die auf der Bühne so erfolgreichen sentimentalen Werke eines Joseph Weilen oder Friedrich Halm überragen. Eduard Devrient hatte es ernst gemeint, als er ihr 1863 schrieb, er fürchte, »daß Sie sich aus Unbefriedigung an dem Verhalten der Bühne Ihrem Talente gegenüber von der Bühne selbst abwenden könnten. Ich müßte es aufs Tiefste beklagen, weil ich Ihre dramatische Befähigung für die Ihre Zeitgenossen überragende halte (…).« Im Falle Marie Ebners mag letztlich also doch das gesellschaftliche Vorurteil gegen die Dramatikerin, namentlich die adelige Dramatikerin, fatal gewesen sein.[198]

Krisen, Verluste, Niederlagen

Marie Ebners psychische Situation Anfang der siebziger Jahre lässt sich aber nicht allein durch äußere Einflüsse erklären: »So nervos! So leidend!«, heißt es im Frühjahr 1871. Und im Herbst: »Ich bin sehr verstimmt – im allertiefsten Innern – u. ich fühl's! – es könnte kommen was da wollte – meine ehrgeizigsten Wünsche könnten erfüllt werden eine unsterbliche Arbeit mir gelingen – es hülfe alles nichts in mir liegt's in mir!« 1870, im Jahr ihres vierzigsten Geburtstags, muss die passionierte Amazone das Reiten aufgegeben haben, im folgenden Jahr ist davon keine Rede mehr. Das hat etwas von Resignation – gesundheitliche Gründe mögen ausschlaggebend gewesen sein, wir wissen es nicht: Das Tagebuch des Jahres 1870 ist verschollen und nur in wenigen Auszügen durch Anton Bettelheim überliefert.[199]

Für Marie Ebners ausgeprägte Midlife Crisis mag auch eine Reihe von Todesfällen verantwortlich gewesen sein, die der Dichterin nahegingen: Im April 1871 erliegt Wilhelm von Tegetthoff, der Freund ihres Mannes, 44-jährig einer Lungenentzündung. Marie Ebner ist betroffen: »Alles Große, was wir in Österreich besaßen, entschwindet, uns armen Leuten bleibt nichts übrig als die schwammige u.

energielose Mittelmäßigkeit u. die rührige Canaille.« Im Mai stirbt Baron Münch: »Betrübt u erschüttert mich tief.« Dass Münch in dem »unseligen Kampf mit Laube« ihre Parteinahme für den Burgtheaterdirektor als Undank empfunden hatte, »werde ich Zeit meines Lebens nicht verwinden«. Am 21. Jänner 1872 verscheidet Grillparzer im Lehnstuhl, »nachdem er noch am Morgen seine Cigarre geraucht und wie gewöhnlich aufgestanden war«. Bis zuletzt war Marie Ebner mit ihrem Förderer in regelmäßigem Kontakt gestanden, er wollte ihr, wie sie nach seinem Tod von den Schwestern Fröhlich erfuhr, bei der Verlegersuche für *Die Prinzessin von Banalien* behilflich sein; an seinem 81. Geburtstag am 15. Jänner war er schon nicht mehr in der Lage gewesen, sie zu empfangen.[200]

Im August 1872 erhält die Familie die Todesanzeige von Maries Cousin Richard Dubsky: Er war auf einem ungarischen Bahnhof am helllichten Tag ermordet und beraubt worden, wie sich herausstellte, hatten Bauern ihn mit Forstmessern erstochen. Dann folgt der tiefste Einschnitt: Am 13. März 1873, ausgerechnet am Jahrestag der von ihm gehassten Revolution, stirbt, kurz nach seinem 89. Geburtstag, Marie Ebners Vater, der fast bis zuletzt ausgefahren und ins Theater gegangen ist. Nachdem Graf Dubsky versehen worden war, war der Pater am nächsten Vormittag wiedergekommen. »Papa sah ihn gross an u. sagte: ›Ja, geistlicher Herr, was wollen Sie denn? Es muss alles einen Anfang u. ein Ende haben.‹« Der Pater war beeindruckt: »›Das muss man ihm lassen‹, sagte er, ›er stirbt als braver Soldat.‹« An Franz Dubskys Bett versammelten sich seine Kinder Marie, Friederike, Adolph und Heinrich – Victor hatte gerade seinen Posten als Gesandter in Teheran angetreten. »Dann sagte er zweimal deutlich: ›Adieu‹; küßte jeden von uns hielt uns fest bei den Händen.« Aber erst vier Tage später ging es mit ihm »[n]ach langem, schwerem Kampfe im letzten Augenblicke friedlich« zu Ende.[201]

Nur die Herren der Familie machten sich zur Beisetzung des Leichnams in der Gruft von Zdislawitz auf: »Schwere schwere Augenblicke, am schwersten der in welchem der Wagen mit dem blumenbedeckten Sarge vor unseren Augen verschwand. Leb wohl mein geliebter Vater u. hab Dank für alles. – Du nimmst viel mit Dir was mir das Leben ausgefüllt hat – manchmal freudig, manchmal wehmütig, immer wichtig u zwingend.« Damit zieht die Tochter für sich eine ehrliche, eine ehrlich ambivalente Bilanz. Ebenso ehrlich und zutiefst antidynastisch ihre Empfindung angesichts der »traurigen Erbschaftsangelegenheiten«: »Eigenthum ist Diebstahl? Was ist dann Erben?«[202]

Just an jenem 13. März starb auch Oberst Andreas von Tunkler, der Mann von Maries guter Freundin Jetty, nach einer rätselhaften mehrwöchigen Krankheit. Der geniale Ingenieur, Konstrukteur und hochangesehene Fachmann für Fortifikationswesen war in den letzten Jahren eher psychisch auffällig gewesen. Sein immer schon großes Interesse für den in der vornehmen Welt sehr beliebten Spiritismus, für Tischrücken und Geisterbeschwörung, hatte, von Marie Ebner mit Besorgnis verfolgt, zusehends bedenklichere Formen angenommen. Zuletzt wurde er »schwer gemütskrank«, das Krankheitsbild entsprach dem einer Depression: »Tunkler liegt im Bette ißt nicht, spricht nicht, außer Alfred [seinem Sohn, D. S.] darf niemand um ihn sein.«[203] Seine Frau sah für ihn keinen anderen Ausweg mehr, als um Pensionierung anzusuchen. Ihr Mann erholte sich aber wieder und blieb im Dienst. Nach Tunklers Tod zog Jetty zu Marie Ebners Bedauern zu ihrer Familie nach Prag.

Im April 1872 ereilt auch den ältesten Sohn des Ehepaars Fleischl ein Unglück, das den Keim zu einer tödlichen Krankheit legt: Ernst Fleischl, Assistent des berühmten Carl von Rokitansky am pathologisch-anatomischen Institut, infiziert sich bei einer Obduktion mit Leichengift. Nach der Amputation des Daumens sollten extrem schmerzhafte Neurome über zwei Jahrzehnte immer neue Operationen erfordern, bis der Kranke 1892 im Alter von 45 Jahren sterben wird. Ernst Fleischl, der als genialer Kopf galt, wurde von Sigmund Freud bewundert und war mit diesem eng befreundet. Freud behandelte ihn mit Kokain, um ihn – von seiner Morphiumsucht zu heilen. Ernst Fleischl habilitierte sich rasch als Privatdozent, wurde Professor der Physiologie und 1887, auch als Erfinder wichtiger Messapparate, korrespondierendes Mitglied der Akademie der Wissenschaften. Marie Ebner mochte den von sich eingenommenen, hochfahrenden jungen Mann nicht besonders, er tat ihr aber leid, und sie fühlte vor allem mit seiner Mutter.[204]

Im Sommer 1871, den sie mit der Familie Fleischl im Schweizer Bad Schönbrunn verbrachte, hatte Marie Ebner in ihrem Tagebuch über »Ida u. Ernst«, die ein Gespräch über den Pessimismus führten, voll Bewunderung vermerkt: »Diese beiden Menschen leben das

Leben tiefer aus als wir andern, sie dringen allüberall auf den Grund der Dinge, was sie wissen trägt so reiche Früchte, (...) daß ihnen mit jeder neuen Erkenntniss auch zugleich eine neue Welt aufgeht.« Über Ernst Fleischl notierte sie anlässlich einer Wanderung (wobei sie den Namen unleserlich machte): »Wenn man ihn allein hat u. er nicht das Genie spielen will vor dem Kellner u. den erstaunten Doctoren (...) ist es doch manchmal möglich zu einer unbefangenen Beurtheilung seiner zu kommen u. zu einer Würdigung.« Er werde aber bald nur noch jenen erträglich sein, die ihm in »irgend einer Weise zu imponiren« verstünden.[205]

In Generalmajor Moriz Ebners Tätigkeit beim Generalkommando, die ihn zutiefst langweilte, kam mit der Zuteilung zum Komitee für die Wiener Weltausstellung 1873 etwas Abwechslung. Auch die militärischen Apparate und Maschinen, die Ebner konstruiert hatte, wurden bei dieser Gelegenheit gezeigt. Sieben Jahre nach Königgrätz war die Weltausstellung im Prater als propagandistisches Schaufenster der Monarchie und als Fanal des Fortschritts gedacht. »Es ist eine Immensität diese wahrhaftige *Welt*ausstellung. In 4 Wochen nicht auszusehen«, stöhnt Marie Ebner, nach fünfstündigem Besuch »gerädert«. Fünfmal größer angelegt als seinerzeit in Paris, sollte die Schau auch die Erholung der österreichisch-ungarischen Wirtschaft beweisen, sie förderte aber durch die Investitionen, die sie erforderte, durch die immense allgemeine Verschuldung und Spekulationsbereitschaft erst recht deren Überhitzung. Die staatliche Laissez-faire-Politik begünstigte dies. Kurz vor der Weltausstellung waren die Börsenkurse, aber auch die Immobilienpreise auf einem historischen Höchststand. Am 1. Mai wurde die Weltausstellung eröffnet, am 9. Mai platzte am »Schwarzen Freitag« die Spekulationsblase an der Wiener Börse, an der auch reichsdeutsches Kapital eine große Rolle spielte. Der Börsenkrach, der im September die New Yorker Börse erreichte, besiegelte das Ende der Gründerzeit.[206]

Auch die Familie Dubsky-Ebner-Eschenbach war von der Krise betroffen, wenngleich nicht existentiell: Adolph Dubsky hatte sich zur »Bestürzung« seiner Familie in der Finanzwelt etabliert und 1869 zum Verwaltungsrat der Wiener Union-Bank wählen lassen, was auch seine Schwester Marie als zu riskant und nicht standesgemäß ablehnte. Wenn der zum Bürger gewordene Aristokrat in der

Erzählung *Ein Edelmann* (1873) seinem Sohn einschärft, ein Graf könne kein Fabrikant sein, entsprach dies Marie Ebners Meinung: »Der ehrenwerteste Kaufmann verfolgt materielle, der Edelmann, im Sinne des Wortes, verfolgt ideale Zwecke. In dem Augenblicke, wo der letztere vergaß, daß in ihnen, und in ihnen allein, seine Macht wurzelt, hat er sich als Edelmann aufgegeben. Ein Geschäft, in dem er gewann, ist ein Geschäft, in dem er verlor; denn seines Amtes ist, Nutzen zu gewähren, nicht Nutzen zu nehmen.«[207]

Damit liest Ebner-Eschenbach unmissverständlich auch ihrem vielgeliebten Bruder die Leviten. Adolph Dubsky investierte unter anderem in Aktien, und so blieben ihm beim großen Krach Verluste nicht erspart. Die Union-Bank überstand die Krise jedoch, Graf Dubsky wurde später deren Präsident sowie auch der der Dux-Bodenbacher Eisenbahn und Vorstandsmitglied der Ungarischen Hypothekenbank. Obwohl Marie Ebner »einer neuen Zeit mit gräflichen Verwaltungsräthen« nichts abgewinnen konnte, ließ sie es sich gefallen, dass ihr Bruder auch ihr Kapital – aus dem Erbe ihrer Mutter – an der Börse veranlagte. Im Anhang ihrer Tagebücher verzeichnet sie ihre Ausgaben für Wertpapiere, zunächst Silber-Anleihen, sowie die Auszahlung von »Interessen« (also Zinsen) und notiert später auch Aktienkurse.[208] In der Erzählung *Die Kapitalistinnen* (1885) macht Ebner-Eschenbach sich über diese Form unwissend-naiver Vermögensanlage von Frauen unter männlicher Patronanz lustig: Infolge einer Namensverwechslung befürchten zwei ältere Damen den Totalabsturz ihrer Bankaktien.

Marie Ebners Reaktion auf die »Panique auf der Börse« verrät keinerlei persönliche Betroffenheit: »Hunderte von Menschen sind ruinirt. Viele Banken gestürzt. Am tiefsten die Baubanken. Heute waren mehr als 100 unnummerirte Fiaker herrenlos.« (Diese hatten den Finanz-Abenteurern als »Herrschaftswagen« gedient.) Dem Stadttheater war fast über Nacht mehr als die Hälfte seines Publikums abhandengekommen, was dazu führte, dass der Druck auf Heinrich Laube wuchs, im Spielplan (noch) leichtere Kost zu bringen und das Ensemble zu verkleinern – 1874 trat er als Direktor zurück, um im Jahr darauf wiederzukommen. Auch der Adel blieb jedoch von Verlusten nicht verschont. In der Dubsky'schen Verwandtschaft traf es die Grafen Stockau und Zay, die ihre großen Landgüter Napagedl und Bucsán verkaufen mussten.[209]

Wirklich nahe geht Marie Ebner das Schicksal Sephine Knorrs: Die reiche Erbin hat ihrem Onkel Geld zur Veranlagung übergeben, und dieser ist bankrott, ein Großteil von Sephines Aktien-Vermögen ist verloren. Marie erklärt sich, »in dieser Zeit wo die Ehrenmänner seltener sind als die ›blaue Blume‹«, mit der ihr eigenen Unbedingtheit sofort bereit, der Freundin zu helfen, ihr etwa ein wertvolles Bild abzukaufen oder Geld zu leihen. Ihrem Brief ist aber bei allem Mitgefühl eine gewisse moralische Genugtuung über die Ereignisse anzumerken:

> »Glaube mir, es wird sich alles was nicht wirklich zum Untergange reif war u. ihn verdiente, rascher aus diesem schwerem Ungemache erheben als es jetzt den Anschein hat. Die Bravheit wird wieder zu Ehren kommen. Man hätte ja verzweifeln müssen an der alten Wahrheit: ehrlich währt am längsten, wenn die früheren Zustände gedauert hätten. Der Schwindelbau reiszt bei seinem Einstürzen manche friedliche Heimstätte, manches ehrwürdige Haus zusammen, aber sie werden sich wieder erheben, sich wieder aufrichten lassen.«[210]

Da nun gar von einem Verkauf des Knorr'schen Schlosses Stiebar bei Gresten die Rede ist, will Marie Ebner ihrer Freundin »mit hunderttausend Freuden« einen hohen Betrag als Pfand für die Sanierung zur Verfügung stellen. »Ich schreibe gleich an Moriz u. beauftrage ihn die Obligationen im Nennwerthe von 12000 fl bereit zu halten. Ich werde 12 St: Pap:[ier, D. S.] Rente a 1000 fl deponiren u. die Coupons vom 1t Jänner abschneiden.«[211] Dann geschieht etwas, was ein bezeichnendes Licht auf Maries Position in der Familie wirft: Zu ihrer großen Empörung mischt sich ihr Bruder Adolph in die Angelegenheit ein, der ihr den Freundschaftsdienst nicht erlauben will. Er schreibt an Sephine, die daraufhin, ebenfalls tief gekränkt, sofort auf die Annahme der Papiere verzichtet. Von Rechts wegen ist die Sache klar: Es ist ihr, Maries, Geld, und nach österreichischem Gesetz konnte die (Ehe-)Frau auch ohne Einwilligung ihres Ehemannes oder eines Vormundes Geschäfte tätigen.[212]

Aber Adolph Dubsky spricht und handelt mit der Autorität des Familienoberhaupts. Seine Schwester widersetzt sich, bei aller Liebe. Sie ist »in Entrüstung gegen meine beiden Vormünder«, Moriz und Adolph. Sephine müsse die deponierten Obligationen »abholen lassen, wenn Du für mich nur einen Funken Freundschaft besitzest. Ich würde mich niemals darüber beruhigen, dasz es möglich war, ein von mir gegebenes Wort, hinter meinem Rücken aufzuheben u. zu nichte zu machen. Mit Deinem Briefe zugleich erhielt ich einen Brf von Moriz u. von Adolph u. las darin mit zornigem Erstaunen wie vollkommen verkehrt, der erste in seiner zerstreuten Gleichgiltigkeit, der zweite in seiner Schuselei, die Sache beurtheilen. (...) Du bist mir diese Ehrenrettung schuldig, lasse mich nicht die Rolle eines unmündigen alten Trottels spielen, dessen Versprechen weniger gilt als das eines Kindes.« Sephine Knorr bleibt aber bei ihrem Verzicht und erhält die benötigte Summe von Karl Fleischl. – Die Freundin hadert damit: »Warum habe ich das nicht thun dürfen?«[213]

Marie Ebners Verhalten in dieser Causa zeigt nicht nur, dass sie es mit der praktischen Bewährung von Freundschaft ernst nimmt, getreu ihrem Aphorismus »Es stände besser um die Welt, wenn die Mühe, die man sich gibt, die subtilsten Moralgesetze auszuklügeln, an die Ausübung der einfachsten gewendet würde.« Es zeigt auch, dass sie hier die Grenze zumutbarer Bevormundung eindeutig überschritten sah. Gegenüber Sephine wird Marie ungewöhnlich deutlich, was die Charakterisierung ihrer »Vormünder« betrifft, zu denen ihr Verhältnis für eine Weile getrübt bleibt: Schusseligkeit wirft sie dem Bruder vor, zerstreute Gleichgültigkeit dem Ehemann. Den männlichen Übergriff, den unbefugten Eingriff in ihr höchst eigenes Recht, ihrer ältesten Freundin beizuspringen, nennt Marie Ebner dennoch nicht beim Namen. Es ist erst wenige Monate her, dass ihr Mann ihr, »nicht bös, nicht aufgeregt«, aber unmissverständlich klargemacht hat: »Wenn meine Vorstellungen u. meine Bitten dich nicht abhalten für die Bühne zu schreiben, werde ich es dir verbieten.« Und Marie fragt sich im Tagebuch nur, ob sie ihm wohl gehorchen *könne*, nicht, ob er ihr überhaupt etwas zu verbieten habe.[214]

Vor der Affäre um Sephines Verluste hatten Adolph und Victor Dubsky ihre Schwester in Reichenhall besucht, wo sie mit Jetty Tunkler kurte, und ihr ebenfalls einmal mehr wegen ihrer – der »Seelenruhe« der ganzen Familie abträglichen – Schriftstellerei ins Gewissen geredet. Victor, der den Schah auf seinem Staatsbesuch in Österreich begleitete, hatte im Sommer 1873 mit 39 Jahren endlich geheiratet und seine Frau nach Teheran mitgenommen, eine Rosine Gräfin Thun-Hohenstein, von der Marie einen guten Eindruck hatte, bis sie merkte, dass diese hinter ihrem Rücken schlecht über sie redete. Auch das Sorgenkind Heinrich feierte eine standesgemäße Hochzeit, mit der erst fünfzehnjährigen Consuelo Gräfin Mels-Colloredo, nachdem er zum Entsetzen der Dubskys, aber auch seiner Schwester Marie, beinahe bei einer Kaffeesiederstochter kleben geblieben wäre. Die gemeinsamen glücklichen Tage im Schweizer Seelisberg, verschönert »durch Idas unaussprechlich lieben Umgang«, hebt Marie Ebner im Rückblick auf dieses traurige Jahr besonders hervor.[215]

Am 2. Dezember 1873 feiert Kaiser Franz Joseph sein 25-jähriges Regierungsjubiläum. Am Vorabend erstrahlt die Stadt in einer groß angelegten Festbeleuchtung. Die Ebners besichtigen das Stadttheater und die Ringstraße, bewundern die mit Gaslampen-Girlanden umwundenen Säulen des Palais Coburg. Generalmajor Ebner von Eschenbach nimmt selbstverständlich am Festakt teil – bei der Vorstellung der Generalität ist der Kaiser, wie die Dichterin in ihrem Tagebuch verzeichnet, »so ergriffen daß er mitten in seiner Rede von Rührung überwältigt nicht mehr weiter zu sprechen vermochte«. Ein anderes Jubiläum, das wie das kaiserliche 1873 zu begehen gewesen wäre, findet in Marie Ebners Tagebuch keine Erwähnung: ihre Silberne Hochzeit, die sie allein, das heißt, ohne ihren Mann *nicht* feiert; den entsprechenden Festtag ihrer Schwester verbucht sie dagegen sehr wohl. Allerdings erwähnt Ebner-Eschenbach ihren eigenen Hochzeitstag auch sonst nie.[216]

Der nächste Schlag für die Familie folgt im Sommer darauf: Moriz Ebner muss während einer Dienstreise durch seine Schwägerin Julie von seiner vorzeitigen Pensionierung erfahren. Seine Frau, die es bei Kinskys in Schloss Bürgstein in der Zeitung liest, ist bestürzt und ohne jeden Vorbehalt mit ihm solidarisch, vor allem wegen der rücksichtslosen Vorgangsweise und der Undankbarkeit des Systems: »Bleibende Schöpfungen, die ihn überleben werden, ihn u viele, viele.« Und: »Da wird es wieder geheißen haben: Gelehrter – nicht Soldat. Nicht zu brauchen …« Dass das ein »Wendepunkt« in ihrer beider Leben sein wird, realisiert Marie Ebner sogleich. Sie ahnt, dass seine ruhige Reaktion ihren Mann viel Mühe kostet, und notiert: »Wenn ihm unrecht geschieht, weiß man erst, wie hoch man einen Menschen stellt, wenn ihm weh getan wird, weiß man erst wie lieb man ihn hat.«[217]

Anlass für die vorzeitige Pensionierung ist Generalmajor Ebners kritischer Aufsatz *Über die Bequartierung stehender Heere in der Zukunft*. Darin analysiert er ungeschminkt die mangelhafte Unterbringung der Soldaten der k. u. k. Armee und regt grundlegende Verbesserungen sowie eine Transferierung der Kasernen aufs Land an. Bereits im Jänner des Jahres hatte seine Frau geahnt, dass der Aufsatz eine »gefährliche Sache« sei. Nach einer Lesung im Kreis von Genieoffizieren hatte man ihm von einer Veröffentlichung abgeraten. Moriz Ebner, eigensinnig wie stets, beharrte aber darauf, die Studie an den Wiener militär-wissenschaftlichen Verein zu schicken, wo man sich brüskiert fühlte. Generalmajor Friedrich von Beck, der Generaladjutant des Kaisers, sandte den Aufsatz zurück und schrieb: »Du hast Grundsätze, die mit jenen eines Soldaten und ganz besonders eines Generalen unverträglich sind (...). Sei daher froh, daß er nicht zur Vorlesung gekommen und lege ihn ad acta oder ins Feuer.« Moriz Ebner ist empört und fordert Beck zum Duell, nimmt dann aber dessen Entschuldigung an. Womit die Sache, wie sich bald zeigt, nur scheinbar erledigt ist.[218]

So endet Moriz Ebners Karriere, wie es der eines tatsächlich unsoldatischen Soldaten und Querkopfs angemessen erscheint. Er wird mit dem Titel eines Feldmarschall-Leutnants »ad honores« pensioniert. In seinen Memoiren bekennt der geschasste General seinen anfänglichen Groll, aber auch seine baldige Erleichterung: »Keine lästigen Inspizierungen mehr, kein Bureau Dienst, keine Meldungen, kein Hofdienst, keine Kirchengänge! Abgestreift war der lästige Plunder, ich fühlte mich wie neu geboren, war nun nicht bloß dem Titel nach, sondern in Wirklichkeit ein Freiherr geworden.«[219]

Eine tiefgreifende Veränderung hatte sich für das Ehepaar Ebner-Eschenbach zuvor schon in seinen Wohnverhältnissen ergeben. Im August 1871 hatte ihr Hausherr in der Landstraße ihnen gekündigt, weil er die von den Ebners frisch renovierte Wohnung nun selbst beziehen wollte. Die Suche nach einer neuen Bleibe zieht sich hin, Moriz' und Maries Wünsche divergieren außerdem: Er möchte in der Vorstadt bleiben, sie möchte in die Stadt. Die Wohnungssuche zehrt an den Nerven beider, zuerst wird nichts aus einer Wohnung auf der Landstraße, dann bekommen die Ebners eine Absage für ein Innenstadt-Appartement auf der Seilerstätte. Schließlich entscheiden sie sich für das Naheliegende: wieder in das Dubsky'sche Drei-Raben-

Haus zu ziehen, was Franz Dubsky merkwürdigerweise gar nicht recht ist. Da die Wohnung im dritten Stock, in der der junge Moriz einst mit seiner Mutter lebte, hergerichtet werden muss, wohnt Marie für einige Zeit in der väterlichen Wohnung. Am 23. Jänner 1873, noch zu Lebzeiten des Vaters und mitten im Wirbel um *Das Waldfräulein*, beziehen sie ihre »neue Wohnstätte« »wahrlich – nicht im Triumphe. Die Zimmer sind alle klein, sehr traurig u. kahl.«[220]

Schon der Abschied vom kleinen Vorstadthaus mit Garten war Marie Ebner schwer gefallen, sie ist sich sicher, dass sie »eine so bequeme Wohnung nie mehr bekommen« wird. Am 25. Mai 1872 zieht sie vor ihrer Abreise nach Reichenhall Bilanz: »Der letzte Tag den ich in unserer Wohnung auf der Landstr: zubringe. Nach 11 Jahren in denen so manches Unerwartete geschah, so manches Erwartete nicht eintraf, so viele Hoffnungen nicht in Erfüllung gingen aber auch so viele Befürchtungen nicht eintrafen. Elf Jahre. Noch einmal elf und ich bin eine Greisin[.]« Dieser Eintrag verrät einiges über das zeitgenössische Altersbild: Die das schreibt, ist 41 und wird in elf Jahren 52 – und ganz ungreisenhaft produktiv sein. Man hat darüber spekuliert, ob Ebner-Eschenbach hier mit den »Hoffnungen«, die »nicht in Erfüllung gingen«, auch die Hoffnung auf Kindersegen gemeint haben könnte. Gerade der damalige Sprachgebrauch – »in der Hoffnung sein« für Schwangerschaft – legt eine solche Vermutung nahe.[221]

Die künstlerische Bilanz jener Zeit erstellte Marie von Ebner-Eschenbach im Rückblick 1884 mit geradezu selbstquälerischer Härte: Durch dreißig Jahre habe sie der »Erfüllung meines Kindertraumes« von der Eroberung der Bühne »mit zureichender Ausdauer und mit unzureichendem Talent nachgestrebt«. Zehn Jahre später bedauert sie in *Aus meinen Kinder- und Lehrjahren*, die Kritik Otto Ludwigs an ihrer *Maria Stuart* nicht früher gekannt und gleich mit dem Dramen-Schreiben aufgehört zu haben: »Das wäre weniger bitter gewesen als durchzumachen, was ich noch durchmachen mußte, bis ich eines Tages die Geschichte meiner Bestrebungen und meiner Leiden in die bescheidenste Form brachte, in die der Erzählung. Da endlich trat die günstige Wendung in meiner Schriftsteller-Laufbahn ein. Der ›Spätgeborene‹ errang, worauf ich bis dahin vergeblich gehofft hatte: einen ersten kleinen Erfolg.«[222]

Die selbstverleugnende Geste der Bescheidenheit wischt hier nicht nur alle früheren »kleinen Erfolge« vom Tisch und stellt die Publikation des *Spätgeborenen* fälschlich als eine Art Durchbruch dar; sie macht auch klar, dass die Schriftstellerin ihren Weg vom Drama zur Erzählung als Abstieg betrachtet und ihre großen und kleinen Erfolge auf dem Gebiet der Prosa als eine Form des Scheiterns. Wer »ernstlich und heiß nach zu hoch gesteckten Zielen« strebe, so Ebner-Eschenbach, könne nur durch Demut erlöst werden: »Es dauert lang, ehe der Phantast, der meinte, nur auf dem Bergesgipfel werde er frei atmen können, sich zu dessen Füßen in einem Hüttlein einrichtet und darin seinen Frieden findet.« Und in einem abschließenden Superlativ des Understatements spricht die längst als bedeutendste Erzählerin deutscher Zunge anerkannte Marie Ebner sich sogar den Status einer Dichterin ab: »In meiner Jugend war ich überzeugt, ich müsse eine große Dichterin werden, und jetzt ist mein Herz von Glück und Dank erfüllt, wenn es mir gelingt, eine lesbare Geschichte niederzuschreiben.«

Die Novelle *Ein Spätgeborner*, begonnen im März 1873, direkt unter dem Eindruck des *Waldfräulein*-Debakels, ist nicht die erste Erzählung aus Ebner-Eschenbachs »mittlerer« Schaffenszeit. Davor war im »Hüttlein« der Prosa unter anderem bereits *Ein Edelmann* entstanden. Der Titel *Ein Spätgeborner* (später oft auch *Ein Spätgeborener*) bezieht sich auf die schmerzliche Erkenntnis des Protagonisten Andreas Muth, eines Beamten und Nebenbei-Dramatikers, mit seinen Theaterstücken um einige Jahrzehnte zu spät dran zu sein, weil das Publikum der Gegenwart nach gröberer Kost verlangt. An Devrient schrieb Marie Ebner: »Wie mein armer Held hätte ich um 50 Jahre früher auf die Welt kommen müssen, wenn ich in ihr etwas mehr hätte erreichen sollen, als eigene Klärung, als Fertigwerden mit mir selber, oder um es in wenig Worten auszusprechen, Resignation, die nichts zu thun hat mit pessimistischer Kopfhängerei.«[223]

Ferdinand von Saar erinnert sich, von der Autorin um sein Urteil gebeten, das Manuskript der Erzählung »nicht mit sehr großen Hoffnungen« zur Hand genommen zu haben; »aber bei jeder neuen Seite, die ich las, wuchs mein Erstaunen, meine Bewunderung. Denn hier hatte sich wie mit einem Schlage ein vollwertiges künstlerisches Schaffen betätigt; hier zeigten sich bereits die starken, stellenweise überwältigenden Ansätze jener ganz unvergleichlichen epischen

Darstellungsweise, welche fortan alle Schöpfungen der Ebner so besonders auszeichnet.« Saar erlebte den bewussten Schritt zur Prosa als »mächtigen Aufschwung« ihrer lange »verschleierte[n] und mit dilettantischen Anwandlungen ringende[n] Begabung«. Er, dem am Theater ähnlich frustrierende Erfahrungen wie seiner Kollegin beschieden waren, schrieb ihr, die Geschichte habe ihn »ergriffen und erschüttert – aus begreiflichen Gründen«.[224]

So begeht Marie von Ebner-Eschenbach ihren bewusst inszenierten Abschied vom Theater programmatisch in Prosa: mit einer Erzählung über das Theater. Breite Anerkennung war ihr auch damit noch nicht beschieden, aber sie hatte nun das Gefühl, auf dem richtigen Weg zu sein. Denn wie lautet das Motto von *Ein Spätgeborner*: »Nicht was wir erleben, sondern wie wir empfinden was wir erleben, macht unser Schicksal aus.«[225]

Anmerkungen

1 Marie von Ebner-Eschenbach: *Aphorismen*. In: Deutsche Dichtung, Bd. 3, 1888, 171.

2 Andererseits erinnert sich Ebner-Eschenbach (MK, 6/649) sehr wohl an die traurige »Hochzeitsreise« ihres Vaters und ihrer zweiten Stiefmutter – nach Zdislawitz. Zit. nach: Bettelheim I, 35. Moriz von Ebner-Eschenbach, *Erinnerungen*, 61. Im Sternhof verbrachte außerdem Johann Nestroy seine Jugend.

3 Vgl. Bettelheim I, 35f.

4 Zit. nach: Edda Polheim: Nachwort zu Moriz von Ebner-Eschenbach, *Erinnerungen*, 185f.

5 B, 1/369.

6 *Briefwechsel Ebner-Knorr*, Nr. 119, An Josephine von Knorr, [Bruck], [Di.] 4.3.[1856]. Vgl. Visitkarte Marie von Ebner-Eschenbachs an Marie von Najmájer, dat. 1. Mai, Wienbibliothek, Handschriftensammlung, I.N. 56010.

7 Marie von Ebner-Eschenbach: *Sämtliche Werke*. Bd. 5. Berlin: Paetel [1920], 74. Darin: *Erste Trennung*. Im Folgenden zitiert mit der Sigle ET, der Bandzahl 5 und der Seitenzahl.

8 Ebd., 84, 75. Vgl. Klostermaier, *Marie von Ebner-Eschenbach*, 77.

9 ET, 5/74. Klostermaier, *Marie von Ebner-Eschenbach*, 208. Vgl. auch ebd., 77: Moriz Ebners Reise nach England fand nicht »less than a year after their wedding« statt.

10 Marie Kittls Briefe an Marie von Ebner-Eschenbach, dat. ohne Jahresangabe, Wienbibliothek, Handschriftensammlung, I.N. 129949, I.N. 129940, I.N. 129950.

11 *Briefwechsel Ebner-Knorr*, Nr. 6, An Josephine von Knorr, [Budkau], [Mi.] 28.5.[1851]; Nr. 8, An Josephine von Knorr, [Zdisslawitz], [Fr.] 22.7.[1851]. Liest man Ebner-Eschenbachs Briefe aus dieser Zeit, ist man geneigt, ihr recht zu geben. Vgl. Bettelheim II, 92. Jakob Julius David: *Eine deutsche Realistin*. In: Neue Freie Presse, 29.10.1887.

12 Vgl. Gatti, *Geschichte der k. und k. technischen Militär-Akademie*, 881ff., 898. Vgl.

auch Briefwechsel Ebner-Knorr, Nr. 55, An Josephine von Knorr, [Bruck], [Fr.] 24.11.[1853].

13 Brief Marie von Ebner-Eschenbachs an Friederike Gräfin Kinsky, Am 4ten [Sep.? 1851], MZA Brünn, Familienarchiv Dubsky, G 366, Kart. Nr. 69, I.N. 900. Sie berichtet, Moriz habe ihr auf Französisch geschrieben, um vor seiner Mutter zu verbergen, dass der Kutscher mit ihren Pferden stockbetrunken in Znaim eingefahren sei. Außerdem habe er in Wien »eine Geliebte, mit 2 lebendigen Beweisen seines Attachemen[t]s«. Als Adresse in Znaim ist hier der Untere Platz Nr. 475 angegeben.

14 Vgl. Gatti, *Geschichte der k. und k. technischen Militär-Akademie*, 919, sowie Bettelheim II, 93f. Ebner-Eschenbach erwähnt in einem Brief an Josephine Knorr, Frau Doderer in Franzensbad angetroffen zu haben (*Briefwechsel Ebner-Knorr*, Nr. 181, An Josephine von Knorr, Franzensbad, [Mi.] 27.7.1859). Wilhelm Doderer trifft sie bei ihrem Bruder Adolph, vgl. TB II, 329 (6.3.1875), sie schickt ihm auch den ersten Band ihrer Erzählungen (vgl. ebd., 388).

15 Vgl. Gatti, *Geschichte der k. und k. technischen Militär-Akademie*, 784f., 937, 958.

16 *Briefwechsel Ebner-Knorr*, Nr. 66, An Josephine von Knorr, [Bruck], [So.] 22.1.[1854]; Nr. 70, An Josephine von Knorr, [Bruck]; [PS 4.2.][1854].

17 Gatti, *Geschichte der k. und k. technischen Militär-Akademie*, 929. Gatti datiert den Besuch mehrfach falsch auf 11./12.6. *Briefwechsel Ebner-Knorr*, Nr. 45, An Josephine von Knorr, [Znaim], [Di.] 12.7.1853. Es gab Pläne, die Genie-Akademie nach Wiener Neustadt zu verlegen, dazu kam es aber nie.

18 Ebd., Nr. 13, An Josephine von Knorr, [Znaim], [Do.] 22.4.[1852]. MK, 6/705. Klostermaier, *Marie von Ebner-Eschenbach*, 156f., interpretiert auch die Kopfschmerzen der Achtjährigen in der Erzählung *Die arme Kleine* als autobiographisch.

19 Marie von Ebner-Eschenbach: *Sämtliche Werke*. Bd. 6. Berlin: Paetel [1920], 190. Darin: *Bertram Vogelweid*. Im Folgenden zitiert mit der Sigle BV, der Bandzahl 6 und der Seitenzahl. TB 2, 4.12.1878, 597. Vgl. Polt-Heinzl, *Ringstraßenzeit und Wiener Moderne*, 66. Vgl. Klostermaier, *Marie von Ebner-Eschenbach*, 157.

20 Vgl. Georg Groddeck: *Psychische Bedingtheit und psychoanalytische Behandlung organischer Leiden*. Leipzig: S. Hirzel 1917, 15. Auch in Marie Ebners Aufzeichnungen gibt es Hinweise darauf, dass die Migräne bei ihr als Begleiterscheinung der monatlichen Regel auftrat. Vgl. dazu TB 2, 5.–8.5.1871, 34. Georg Groddeck: *Der Mensch als Symbol. Unmaßgebliche Meinungen über Sprache und Kunst.* Wien: Internationaler Psychoanalytischer Verlag 1933, 21f. Groddeck untersucht hier den Zusammenhang von Denken und Dünkel: »Denken ist das Verdrängen der andern Wahrheit – vielleicht aus Dünkel. Unser Gehirn ist nicht durch vieles Suchen nach Wahrheit überarbeitet, sondern durch den Versuch, das Primitive, Zwiegeschlechtige, Mannbar-Kindliche, Meinende, Menschliche in uns zugunsten des Realen, Objektiven zu vernichten. Da der Mensch nicht aus seiner Haut heraus kann, mißlang die Vernichtung, und nur eine Verdrängung kam zustande, bei der das Verdrängte zu Gift geworden ist.«

21 TB 2, 15.1.1872, 86 (über eine Aufführung von Grillparzers *Des Meeres und der Liebe Wellen*). Vgl. auch TB 1, 3.1.1866, 71.

22 *Briefwechsel Ebner-Knorr*, Nr. 19, An Josephine von Knorr, [Znaim], [Di.] 13.[7.1852].

23 Ebd., Nr. 70, An Josephine von Knorr, [Bruck]; [PS 4.2.][1854], sowie Nr. 59, An Josephine von Knorr, Bruck, [Fr.] 16.12.[1853].

24 Ebd., Nr. 13, An Josephine von Knorr, [Znaim], [Do.] 22.4.[1852].

25 Ebner-Eschenbach, MKL, 77f. Dort auch das folgende Zitat.

26 Vgl. Karl Gladt. *Ein Skizzenbuch der Marie von Ebner Eschenbach*. In: Librarium 10 (1967), H. 2, 66–81.

27 Zur ursprünglichen Fassung vgl. Briefwechsel Ebner-Knorr, insbes. Nr. 65, An Marie von Ebner-Eschenbach, Wien, [Fr.] 20.1.1854; Nr. 66, An Josephine von Knorr, [Bruck], [So.] 22.1.[1854]; Nr. 67, An Josephine von Knorr, [Bruck], [PS 25.1.]

[1854]; Nr. 69, An Marie von Ebner-Eschenbach, Wien, [Di./Mi.] 31.1./1.2.1854; Nr. 70, An Josephine von Knorr, [Bruck]; [PS 4.2.][1854].
Marie von Ebner-Eschenbach: *Gesellschaftsdramen, Künstlerdramen, Lustspiele und Einakter*. Krit. hrsg. und kommentiert von Marianne Henn. Berlin, New York: De Gruyter 2010 (= MEE: Kritische Texte und Deutungen 7), 236.

28 Vgl. *Briefwechsel Ebner-Knorr*, Nr. 30, An Josephine von Knorr, [vor dem 12.2.1853]; Nr. 31, An Marie von Ebner-Eschenbach, Wien, [Sa.] 12.2.185; Nr. 132, An Josephine von Knorr, [Bruck], [Mo.] 5.5.[1856].

29 Marie von Ebner-Eschenbach: *Gesammelte Schriften*, Bd. 1, 59. *Briefwechsel Ebner-Knorr*, Nr. 45, An Josephine von Knorr, [Znaim], [Di.] 12.7.1853. Vgl. zum eigentlichen Erstling Ulrike Tanzer: Vorwort zu: Marie von Ebner-Eschenbach: *Aus Franzensbad. Das Gemeindekind*. Leseausgabe, Bd. 1. Hrsg. von Evelyne Polt-Heinzl und Ulrike Tanzer. St. Pölten, Salzburg, Wien: Residenz Verlag 2014, 7–31, 12f. Darin: *Aus Franzensbad*. Im Folgenden zitiert mit der Sigle FR und der Seitenzahl.

30 *Briefwechsel Ebner-Knorr*, Nr. 80, An Josephine von Knorr, [Bruck], [So.] 7.5.1854.

31 Zit. ebd., Nr. 82, An Josephine von Knorr, [Bruck], [Mo] 5.6.[1854]. Ebd., Nr. 84, An Josephine von Knorr, [Bruck], [Mi./Do./Fr.] 14./15./16.6.[1854].

32 Ebd., Nr. 84, An Josephine von Knorr, [Bruck], [Mi./Do./Fr.] 14./15./16.6.[1854]. Vgl. Josephine von Knorrs Distanzierung von Heine: ebd., Nr. 145, An Marie von Ebner-Eschenbach, Stiebar, [So./Mo.] 17./18.8.1856.
Marie von Ebner-Eschenbach [Pseud. Emaéri]: *Aus einem Liederbuche*. In: Der Salon 2 (1854), Bd. 1, 218–220 [1. Teil], 219; vgl. auch Bd. 2, 383–386 [2. Teil].

33 Brief Marie von Ebner-Eschenbachs an Joseph Weilen, undatiert [1856], Wienbibliothek, Handschriftensammlung, I.N. 56931, vgl. auch ebd. ihren undatierten Folgebrief, I.N. 5631. Vgl. dazu *Briefwechsel Ebner-Knorr*, Nr. 144, An Josephine von Knorr, [Bruck], [Di.] 5.8.1856.
Vgl. *Reallexikon der deutschen Literaturgeschichte*. Hrsg. von Werner Kohlschmidt und Wolfgang Mohr. Bd. 3, Berlin: De Gruyter 2001, 120. Eine Publikation dieses Textes ist bis dato nicht nachgewiesen.

34 Joseph Weilen: *Einer Häßlichen*. Handschrift. Wienbibliothek, Handschriftensammlung, I.N. 61498.

35 Vgl. Joseph Weilen: *Einer Häßlichen!* In: Karl von Holtei (Hg.): *Für den Friedhof der evangelischen Gemeinde in Gratz in Steiermark. Erzählungen, vermischte Aufsätze und Gedichte*. Braunschweig, Wien, Graz: Friedrich Vieweg und Sohn 1857, 179.
Vgl. *Deutsches Schriftstellerlexikon* 1830–1880, Bd. W–Z. Hrsg. von Herbert Jacob et. al. Berlin: Akademie Verlag 2012, 189.

36 Fritz Mauthner: *Marie v. Ebner-Eschenbach. Erinnerungen*. In: Berliner Tageblatt, 2.4.1916. TB I, 5.4.1866, 89; 11.6.1867, 184. L, 3/1f., 26.

37 *Briefwechsel Ebner-Knorr*, Nr. 32, An Josephine von Knorr, [Znaim], [PS 25.2.] [1853]. Vgl. ebd. Nr. 49, An Josephine von Knorr, Wien, [So./Mo.] 21./22.8.[1853]. Ebd. Nr. 57, An Josephine von Knorr, [Bruck], [Fr.] 2.12.1853.

38 Vgl. Mitterhofer, *Moriz Ebner von Eschenbach*, 15ff. und 22, sowie Moriz von Ebner-Eschenbach, *Erinnerungen*, 7–13. Moriz Ebner beschreibt seine schaurige Phantasie, er hätte mit einem Knopfdruck die europäische Regentenelite auslöschen können.

39 Vgl. *Briefwechsel Ebner-Knorr*, Nr. 144, An Josephine von Knorr, [Bruck], [Di.] 5.8.1856. Gottfried Kinkel: *Gedichte*. Stuttgart-Augsburg: Cotta 1857, 249. Ebner-Eschenbach nennt nur den Gedichttitel, und zwar ungenau: »In einem belgischen Dome«.

40 Vgl. *Briefwechsel Ebner-Knorr*, Nr. 96, An Josephine von Knorr, [Bruck], [Sa.] 10.3.1855, und ebd., Nr. 98, An Josephine von Knorr, [Bruck], So. [8.4.1855]. Vgl. Brief Marie von Ebner-Eschenbachs an Friederike Gräfin Kinsky, Venedig, 1.7.1855, MZA Brünn, Familienarchiv Dubsky, G 366, Kart. Nr. 69, I.N. 900.
Vgl. G[abriel] Taussig: *Venedig als Kurort. Eine Beleuchtung seiner klimatischen Ver-*

hältnisse in ihrem Einflusse auf die Gesundheit. Venedig, Triest, Verona: H. F. Münster 1853.

41 Marie von Ebner-Eschenbach: Skizzenbuch, Wienbibliothek, Handschriftensammlung, I.N. 60442. Hier ist davon die Rede, dass »meine Caroline« infolge von Seekrankheit ohnmächtig wurde. Aus dem Heft wurden zahlreiche Seiten herausgeschnitten. Es ist bereits in Lateinschrift geschrieben.
Brief Marie von Ebner-Eschenbachs an Friederike Gräfin Kinsky, Venedig, 25.5.1855, MZA Brünn, Familienarchiv Dubsky, G 366, Kart. Nr. 69, I.N. 900.

42 *Briefwechsel Ebner-Knorr*, Nr. 8, An Josephine von Knorr, [Zdisslawitz], [Fr.] 22.7.[1851].

43 Ebd., Nr. 84, An Josephine von Knorr, [Bruck], [Mi./Do./Fr.] 14./15./16.6.[1854].

44 Groddeck, *Das Buch vom Es*, 187f. Georg Groddeck sieht im Reiten bald wie auch im Schaukeln und Tanzen eine Symbolisierung unschuldiger Onanie, bald eine gesellschaftlich akzeptierte Form der Exhibition (vgl. 45). Das Pferd, der Hengst mit seinem mächtigen Genital, verkörpert den Sexus unauslöschlich für das Kind (vgl. 197). Umgekehrt überträgt sich das tödliche Versagen des Pferdes symbolisch auf die Potenz des Reiters: Marie Ebner erzählt Sephine Knorr, dass bei einer Parade das Pferd ihres Mannes unter ihm »im Galopp mausetot« zusammengestürzt sei und dieser sich eine langwierige Knieverletzung zugezogen habe. (Briefwechsel Ebner-Knorr, Nr. 170, An Josephine von Knorr, [Franzensbad], [Fr.] 30.7.1858.)
Vgl. auch einen Traum Freuds, den er in seiner *Traumdeutung* analysiert: »Ich kann überhaupt nicht reiten, träume auch sonst nicht davon«. Im Traum reitet er auf einem grauen Pferd, fühlt sich nach anfänglicher Unsicherheit sehr wohl und heimisch im Sattel, einer Art Polster. (Die Traumquelle ist ein schmerzhaftes Furunkel, dessen Existenz durch den Traum negiert wird.) Sexuelles schwingt nach Freuds eigener Deutung ebenso mit wie die Rivalität mit einem Kollegen, der ihm, ebenfalls hoch zu Ross, begegnet. (*Die Traumdeutung*, Studienausgabe. Bd. II. Hrsg. von Alexander Mitscherlich, Angela Richard und James Strachey, Frankfurt am Main, 2000, 236–238.)

45 Vgl. Marie von Ebner-Eschenbach: Notizbuch mit Zeichnungen, Wienbibliothek, Handschriftensammlung, I.N. 59297, sowie Skizzenbuch, Wienmuseum, I.N. 51411.

46 Groddeck, *Das Buch vom Es*, 152. *Briefwechsel Ebner-Knorr*, Nr. 92, An Josephine von Knorr, [Bruck], [Sa.] 4.11.[1854]. Dort auch das folgende Zitat.

47 Vgl. TB 1, 5.9.1867, 201; 27.6.1866, 105; vgl. ebd.,13.10.1866, 122.
Briefwechsel Ebner-Knorr, Nr. 88, An Josephine von Knorr, [Bruck], [Mi.] 5.9.[1854].

48 Ebd., Nr. 124, An Josephine von Knorr, [Bruck], [Do.] 3.4.[1856].
Ovid: *Metamorphosen*. 8. Buch, Vers 848. Mestra, die Tochter des nimmersatten Erysichthon, lässt sich nicht an den ihr bestimmten Bräutigam verkaufen. Ihr erster Liebhaber Poseidon rettet sie vor dem Freier, indem er sie in einen Fischer verwandelt.
Vgl. Joseph von Radowitz: *Die Devisen und Motto [sic] des späteren Mittelalters. Ein Beitrag zur Spruchpoesie*. Stuttgart, Tübingen: Cotta 1850, 34; sowie Hermann Masius: *Naturstudien*. 1. Bd. Leipzig: Friedrich Brandstetter 81874, 264.

49 Vgl. Mitterhofer, *Moritz Ebner von Eschenbach*, 18. Vgl. MKL, 78. Vgl. Brief Marie von Ebner-Eschenbachs an Friederike Gräfin Kinsky, Wien, 1.12.1859, MZA Brünn, Familienarchiv Dubsky, G 366, Kart. Nr. 69, I.N. 900. Brief Marie von Ebner-Eschenbachs an Friederike Gräfin Kinsky, Venedig, 25.5.1855, ebd.

50 Alkemade, *Die Lebens- und Weltanschauung der Freifrau Marie von Ebner-Eschenbach*, 30f. MK, 6/635. Vgl. TB 1, 16.2.1865, 42. Marie von Ebner-Eschenbach: *Sämtliche Werke*. Bd. 4. Berlin: Paetel [1920], 566. Darin: *Gedichte*. Im Folgenden zitiert mit der Sigle GED, der Bandzahl 4 und der Seitenzahl.
Marie von Ebner-Eschenbach: Notizbuch mit Zeichnungen, 1868, Wienbibliothek, Handschriftensammlung, I.N. 59297.

51 G, 2/570. TB 1, 30.10.1864, 36. TB 2, 12.4.71, 29.

52 A, 1/623. *Briefwechsel Ebner-Knorr*, Nr. 39, An Josephine von Knorr, [Znaim], [So.] 1.5.1853; ebd., Nr. 181, An Josephine von Knorr, Franzensbad, [Mi.] 27.7.1859; ebd., Nr. 219, An Josephine von Knorr, Wien, [Di.] 14.5.1861.

53 Vgl. Friedrich Boschan: *Die salinischen Eisenmoorbäder zu Franzensbad (bei Eger in Böhmen) und ihre Heilwirkungen*. Wien: o.V. 1850. Lorenz Köstler: *Ein Handbuch für alle Besucher des Kurortes Eger-Franzensbad und dessen Umgebungen*. Eger: J. Kobrtsch und Gschihay 31858, 39.

54 Groddeck, *Das Buch vom Es*, 24, 26f. Groddeck (5f.) nennt auch einen konkreten Grund für die Verweigerung: »Menschen, die ihre Mutter hassen, sind kinderlos, und das ist so wahr, daß man bei unfruchtbaren Ehen ohne Weiteres annehmen kann, einer von beiden Teilen ist Feind seiner Mutter. Wer seine Mutter haßt, der fürchtet sich vor dem eigenen Kind; denn der Mensch lebt nach dem Satz: Wie du mir, so ich dir.« Wie sollte aber Marie, die gar keine Erinnerung an ihre Mutter hat, diese hassen können? Der Psychoanalytiker bietet auch für diesen Fall eine Erklärung: Das Schuldgefühl der Tochter, infolge deren Geburt die Mutter gestorben ist, verwandle sich uneingestanden in Hass auf die Tote.

55 Vgl. Klostermaier, *Marie von Ebner-Eschenbach*, 77. Moriz von Ebner-Eschenbach (*Erinnerungen*, 60) erwähnt die »physiologischen« Gründe zur Beschränkung der Ehe zwischen Blutsverwandten.

56 Brief Marie von Ebner-Eschenbachs an Friederike Gräfin Kinsky, Venedig, 12.7.1857, MZA Brünn, Familienarchiv Dubsky, G 366, Kart. Nr. 69, I.N. 900.

57 Vgl. *Briefwechsel Ebner-Knorr*, Nr. 160, An Josephine von Knorr, [Franzensbad], 20.7.1857.

58 Ebd., Nr. 172, An Josephine von Knorr, Bruck, [So.] 24.10.1858.
Brief Marie von Ebner-Eschenbachs an Joseph Weilen, 25.10.1859, Wienbibliothek, Handschriftensammlung, I.N. 56895.
Briefwechsel Ebner-Knorr, Nr. 175, An Josephine von Knorr, Wien, [Di.] 9.11.1858.
Vgl. ebd., Nr. 203, An Josephine von Knorr, Klosterbruck, [Fr.] 20.7.1860.

59 Vgl. Karlheinz Rossbacher: Einleitung zu: Marie von Ebner-Eschenbach: *Aus Franzensbad. Sechs Episteln von keinem Propheten*. Reprint der Ausgabe von 1858. Hrsg. und kommentiert von Karlheinz Rossbacher. Wien: Österreichischer Bundesverlag 1985, 13. FR, 36ff.

60 FR, 40. Tanzer, Vorwort zu *Aus Franzensbad*, 15.

61 Rossbacher, Einleitung zu *Aus Franzensbad*, 13. FR, 54f.

62 FR, 56. Damit nimmt Ebner-Eschenbach etwa den subversiv-pedantischen Gelehrtenkommentar von Christian Morgensterns »Dr. Jeremias Müller« vorweg.

63 Ebd., 69.

64 Ebd., 92, 90, 85ff.

65 Ebd., 89. Vgl. Bettelheim I, 40f. Offenkundig handelt es sich um Franz Seraph Graf von Stadion (1806–1853), österreichischer Innen- und Unterrichtsminister 1848/49.

66 FR, 103f.

67 Ebd., 96, 113, 94.

68 Vgl. Marie Worthley Montague: *Briefe*. Leipzig: M. G. Weidmanns Erben 1764 (engl. Originalausgabe 1763). Anon.: *Die Wiener Gesellschaft. Charakterisirt von einer Dame*. Wien: Wallishausser 1860. Vgl. Rossbacher, Einleitung zu *Aus Franzensbad*, 24, 27, und Tanzer, Vorwort zu *Aus Franzensbad*, 17f.

69 MKL, 78. TB 1, 6.2.1867, 157.

70 Bettelheim II, 97. ZT, 4/645. Der Text erschien 1916 zunächst in *Westermanns Monatsheften*.

71 FR, 94, 114. Vgl. Tanzer, Vorwort zu *Aus Franzensbad*, 19f. Rossbacher, Einleitung zu Aus Franzensbad, 29.

72 Brief Marie von Ebner-Eschenbachs an Franz Graf Dubsky, 24.1.1858, MZA Brünn, Familienarchiv Dubsky, G 366, Kart. 28, I.N. 146. Es handelt sich um den einzigen

erhaltenen Brief an den Vater: »ich küsse Deine Hände u. hoffe es recht bald in der Wirklichkeit thun zu können.«

73 Brief Marie von Ebner-Eschenbachs an Joseph Weilen, 25.10.1859, Wienbibliothek, Handschriftensammlung, I.N. 56895.

74 MK, 6/721f. Dort auch die folgenden Zitate.

75 Vgl. TB 1, 9.10.1863, 21. Vgl. Bettelheim II, 32f. Vgl. Fliedl, *Close reading*, 97–110, bes. 108. MK, 6/722.

76 Vgl. Reichard, *Die Dramen Marie von Ebner-Eschenbachs*, 97f.

77 Brief Marie von Ebner-Eschenbachs an Adolph oder Viktor Graf Dubsky, undatiert [1860?], Anfang fehlt, MZA Brünn, Familienarchiv Dubsky, G 366, I.N. 539 [in Tagebuch Bd. 1]. Die Nachrichten über das Befinden der Familie deuten eher auf Victor Dubsky, der als Diplomat im Ausland Dienst tat.

78 MKL, 78. Vgl. *Briefwechsel Ebner–Knorr*, Nr. 199, An Josephine von Knorr, Wien, [Sa.] 2.6.1860.

79 Vgl. ebd. sowie Brief Marie von Ebner-Eschenbachs [an Kathi oder Anna Fröhlich], 15.5.1860, Wienbibliothek, Handschriftensammlung, I.N. 29702.

80 MKL, 78. Marie von Ebner-Eschenbach: *Sämtliche Werke*. Bd. 4. Berlin: Paetel [1920], 580. Darin: *Meine Erinnerungen an Grillparzer*. Im Folgenden zitiert mit der Sigle EG, der Bandzahl 4 und der Seitenzahl.

81 Marie von Ebner-Eschenbach: *Die historischen Tragödien. »Maria Stuart in Schottland«, »Marie Roland«, »Richelieu«, »Jacobäa«.* Krit. hrsg. und kommentiert von Marianne Henn. Tübingen: Max Niemeyer 2006 (= MEE: Kritische Texte und Deutungen 6), 337, 344.

82 Vgl. *Briefwechsel Ebner–Knorr*, Nr. 201, An Josephine von Knorr, Klosterbruck, [Mo.] 2.7.1860. Bettelheim I, 50.

83 MKL, 80. Dort auch das vorangegangene Zitat.

84 Vgl. *Briefwechsel Ebner–Knorr*, Nr. 205, An Josephine von Knorr, [Klosterbruck], [Fr.] 17.8.1860. Zu Joseph Weil selbst meinte sie zwei Jahre zuvor, sie wolle und könne ihn nicht kritisieren. Vgl. Brief Marie von Ebner-Eschenbachs an Joseph Weilen, 24.12.1858, Wienbibliothek, Handschriftensammlung, I.N. 56912.

85 *Briefwechsel Ebner–Knorr*, Nr. 215, An Josephine von Knorr, [Wien], [Mi.] 20.3.1861.

86 Ebd., Nr. 205, An Josephine von Knorr, [Klosterbruck], [Fr.] 17.8.1860.

87 MKL, 81.

88 *Briefwechsel Ebner–Knorr*, Nr. 207, An Josephine von Knorr, [Zdislawitz], [Di.] 9.9.1860.

89 Otto Ludwig: *Der poetische Realismus*. In: Otto Ludwig: *Shakespeare-Studien*. Hrsg. von Moritz Heydrich. Leipzig 1874, 264–268, 264. Otto Ludwig meinte damit eine maßvolle Anreicherung der Realität: »Poesie der Wirklichkeit, die nackten Stellen des Lebens überblumend, die an sich poetischen nicht über die Wahrscheinlichkeit hinausgehoben.« - Otto Ludwig: *Romane und Romanstudien*. Hrsg. von William J. Lillyman. München, Wien: Hanser 1977, 547.
MKL, 82. Zit. nach: Ebner-Eschenbach: *Die historischen Tragödien*, 375. Vgl. ebd. und 374 zum Folgenden.

90 MKL, 82f. Zit. nach: Ebner-Eschenbach, *Die historischen Tragödien*, 812f.

91 MKL, 82. Ebner-Eschenbach, *Die historischen Tragödien*, 814, 816.

92 Vgl. ebd., 374, 817. Vgl. Reichard, *Die Dramen Marie von Ebner-Eschenbachs*, 98ff. TB 2, 19.10.1871, 62. Zit. nach: Ebner-Eschenbach, *Die historischen Tragödien*, 812. Vgl. auch ebd., 374. Klostermaier, *Marie von Ebner-Eschenbach*, 95, meint mit Bettelheim, Ebner-Eschenbach habe eine Aufführung in Karlsruhe besucht - dagegen wird aus dem Tagebuch klar, dass ihr Aufenthalt dort in die Sommerpause fiel. Vgl. TB 1, 20.7.1863, 15.

93 Vgl. ebd., 377ff., insbes. Susanne Kords Deutung, 378f., sowie 809f., die Argumentation gegen Devrient zur Schuldfrage. Vgl. auch Bettelheim I, 58ff.

94 Johannes Klein: Nachwort zu: Marie von Ebner-Eschenbach: *Das Gemeindekind, Novellen, Aphorismen*. München: Winkler 1956, 958. Vgl. MKL, 79.

95 Die Adresse war Heugasse 121; vgl. Brief Marie von Ebner-Eschenbachs an Joseph Weilen, 24.12.1858, Wienbibliothek, Handschriftensammlung, I.N. 56912. Vgl. Mitterhofer, *Moriz Ebner von Eschenbach*, 18, 20f.

96 *Briefwechsel Ebner-Knorr*, Nr. 178, An Josephine von Knorr, Wien, [Mi.] 25.5.1859. A, 1/616.

97 Marie von Ebner-Eschenbach: *Sämtliche Werke*. Bd. 5. Berlin: Paetel [1920], 321, 320. Darin: *Ob spät, ob früh*. Im Folgenden zitiert mit der Sigle OS, der Bandzahl 5 und der Seitenzahl.

98 *Briefwechsel Ebner-Knorr*, Nr. 199, An Josephine von Knorr, Wien, [Sa.] 2.6.1860. Dort auch die folgenden Zitate.

99 Brief Marie von Ebner-Eschenbachs an Friederike Gräfin Kinsky, 1.6.[1860], MZA Brünn, Familienarchiv Dubsky, G 366, Kart. Nr. 69, I.N. 900.

100 Ebd., Nr. 200, An Marie von Ebner-Eschenbach, Stiebar, [Do.] 7.6.1860, und Nr. 201, An Josephine von Knorr, Klosterbruck, [Mo.] 2.7.1860.

101 Bettelheim II, 106, gibt 1863 als Entstehungszeit an; in Ebner-Eschenbach, *Gesellschaftsdramen*, 79, wird das Stück als nicht datierbar geführt. Ebd., 59.

102 Ebd., 43, 13f.

103 Ebd., 39. Zit. nach: Bettelheim I, 67.

104 Zit. ebd., Bettelheim I, 65.

105 Vgl. ebd. 63, 67, und Bettelheim II, 101.

106 TB 1, 18.1.1863, 4; 22.4.1863, 7; 2.1.1864, 25.

107 *Briefwechsel Ebner-Knorr*, Wienbibliothek, Nr. 233, An Josephine von Knorr, [Wien], [Di.] 11.2.1862. Vgl. Bettelheim II, 103f. Vgl. auch TB 1, 6.1.1867.

108 Vgl. Rossbacher, *Literatur und Liberalismus*, 71ff. Vgl. Bettelheim I, 78f., Bettelheim II, 100ff. EG, 4/601.

109 TB 1, 26.3.1868, 233; 3.1.1863, 3. Friedrich Hebbel: *Tagebücher in vier Bänden*. Bde. 3 und 4. Hrsg. von Hermann Krumm. Leipzig: Hesse und Becker 1904, 252. Gemeint ist der österreichische Geiger Joseph Joachim (1831–1907).

110 TB 1, 19.2.1863, 5; 27.12.1868, 238.

111 Ebd., 31.12.1862, 1; 13.9.1866, 118; 19.9.1866, 119.

112 Ebd., 31.12.1863, 24; 16.3.1867, 164.

113 TB 1, 25.1.1865, 41.

114 Ebd., 11.11.1866, 126; 11.10.1866, 122.

115 Vgl. Sheila Patel: *Adeliges Familienleben, weibliche Schreibpraxis. Die Tagebücher der Maria Esterházy-Galántha (1809–1861)*. Frankfurt/M.: Campus 2015, 172ff. Marie von Ebner-Eschenbach: *Sämtliche Werke*. Bd. 3. Berlin: Paetel [1920], 323. Darin: *Margarete*. Im Folgenden zitiert mit der Sigle MA, der Bandzahl 3 und der Seitenzahl. TB 1, 9.5.1866, 95.

116 A, 1/594. TB 1, Anh. Dez. 1866, 147.

117 Vgl. Constantin von Wurzbach: *Biographisches Lexikon des Kaiserthums Österreich*. 60 Bde. Wien: Universitäts-Buchdruckerei von L. C. Zamarski 1856ff., 4. Bd. (1858), 341f. http://www.literature.at/alo?objid=11808
MK, 6/661, 663f.

118 Vgl. Klostermaier, *Marie von Ebner-Eschenbach*, 115, 119ff.; sie vermutet eine direkte Intervention aus dem Hause Auersperg. Vgl. auch Rossbacher, Einleitung zu *Aus Franzensbad*, 16f.

119 TB 1, Beil. 1863, 310. *Briefwechsel Ebner-Knorr*, Wienbibliothek, Nr. 233, An Josephine von Knorr, [Wien], [Di.] 11.2.1862. TB 1, 30.4.1863, 7.

120 Ebner-Eschenbach, *Gesellschaftsdramen*, 514.

121 Brief Marie Kittls an Marie von Ebner-Eschenbach, 17.3. 1862, Wienbibliothek, Handschriftensammlung, I.N. 129957. Kittl beklagt sich: »Herzlich hätte ich mich gefreut, wenn Du mir ein kleines Kärtchen mit beigelegt, aber Euer Gnaden sind

sehr rarr [sic] mit Ihren malerischen Schriftzügen und sind früher bereit ein Lustspiel, als einen Brief zu schicken.«
Briefwechsel Ebner-Knorr, Nr. 235, An Marie von Ebner-Eschenbach, Salzburg, [So.] 16.3.1862. Bettelheim I, 68f.

122 Zit. nach: ebd., 69. TB 1, 11.5.1863, 12.5.1863, 13.5.1863, 9.

123 Anon. [Emil Kuh]: *Theater*. In: Die Presse, 18.5.1863. Anton Bettelheim (I, 69) schreibt die Kritik Emil Kuh zu.

124 Vgl. Reichard, *Die Dramen Marie von Ebner-Eschenbachs*, 107. Vgl. TB 1, 5.6.1863, 10. Um 1860 entsprachen 80 Gulden etwa 960, 100 Gulden 1200 Euro. Nach Abzug der Druckkosten von 20 Gulden verblieben der Autorin 160, wozu sie anmerkt: »*Maria Stuart* hat beinahe so viel *gekostet*.«
Vgl. http://www.albertmilde.com/deu/waehrung.html sowie Rossbacher, *Literatur und Liberalismus*, 92f.; 1 Gulden entspricht 90 bis 100 Schilling.

125 Vgl. TB 1, 31.5.1863, 9; 9.6.1863, 11. Vgl. Klostermaier, *Anton Bettelheim*, 26. TB 1, 16.6.1863, 11; 10.7.1863, 14.

126 *Briefwechsel Ebner-Knorr*, Nr. 249, An Josephine von Knorr, Gastein, [Di.] 30.6.1863. Vgl. auch TB 1, Juni 1863, 10. Hier steht falsch »Inggers«.

127 TB 1, 9.7.1863, 13.

128 Brief Marie von Ebner-Eschenbachs [an Victor Graf Dubsky, ohne namentliche Anrede], Gastein, 9.7.1863, MZA Brünn, Familienarchiv Dubsky, G 366, I.N. 539 [in Tagebuch Bd.1].

129 TB 1, 16.7.1863, 14; 19.7.1863, 15. In Schwarzach im »Gasthof der merkwürdige Tisch mit den gesalzenen Protestanten« (14.7.1873, 14): Der bemalte sogenannte Salzleckertisch, an dem 1732 der »Salzbund« der protestantischen Bauern geschlossen wurde, ist im ehem. Gasthaus, jetzt Rathaus, zu besichtigen.
Eduard Devrient: *Aus seinen Tagebüchern*. Hrsg. von Rolf Kabel. Bd. 2. Karlsruhe 1852–1870. Weimar: Hermann Böhlaus Nachfolger 1964, 19.7.1867, 423. TB 1, 21.7.1863, 15.

130 Devrient, *Aus seinen Tagebüchern*, 19.7.1867, 423. Vgl. Ebner-Eschenbach, *Die historischen Tragödien*, 803. Vgl. Marie von Ebner-Eschenbach an Eduard Devrient, 14.12.1861, 19.1.1863. Zit. ebd., 815f.

131 TB 1, 27.4.1863, 7; 24.7.1863, 16.

132 TB 1, 25.7.1863, 16; 27.7.1863, 17. *Briefwechsel Ebner-Knorr*, Nr. 251, An Josephine von Knorr, Zdisslawitz, [Mi.] 19.8.1863.

133 Ferdinand von Saar: *Sämtliche Werke in 12 Bdn.* Hrsg. von Jakob Minor. Bd. 11. Leipzig: Max Hesse o.J. [1908], 162 (*Begegnungen mit Marie von Ebner-Eschenbach*). Das heute denkmalgeschützte Haus Landstraßer Hauptstraße 74 wurde Ende des 18. Jahrhunderts erbaut und 1805 von Franz Wipplinger umgebaut. 1849 erhielt es seine frühklassizistische Fassade und nach der Firma des durch seine Glanz-Schuhpasta bekannt gewordenen Fabrikanten Franz Fernolendt den volkstümlichen Namen »Haus Fernolendt«.

134 *Briefwechsel Ebner-Knorr*, Nr. 207, An Josephine von Knorr, [Zdislawitz], [Di.] 9.9.1860.

135 TB 1, 2.4.1864, 29; 15.12.1864, 37; 10.3.1865, 43; 9.12.1867, 217.

136 Vgl. ebd., 9.11.1866, 126. Saar, *Sämtliche Werke*, Bd. 11, 167. Vgl. TB 2, 15.9.1874, 287. Der Internist Prof. Anton Biermer erklärte auch ihr Ohrenleiden für unheilbar. Vgl. Klaus Poeck, Werner Hacke: *Neurologie*. Berlin, Heidelberg: Springer [11]2001, 427–430.

137 TB 1, 27.12.1864, 37. Vgl. Mitterhofer, *Moriz Ebner von Eschenbach*, 27f. Moriz von Ebner-Eschenbach, *Erinnerungen*, 17.

138 TB 1, 29.4.1866, 93.

139 Ebd., 3.7.1866, 5.7.1866, 106. Moriz von Ebner-Eschenbach, *Erinnerungen*, 18. TB 1, 17.7.1866, 108; 29.7.1866, 111.

140 Vgl. Beatrix Müller-Kampel: *Naturalistischer Pazifismus oder pazifistischer Kitsch?*

Zu Bertha von Suttners Erzählprosa. In: Roland Innerhofer, Daniela Strigl (Hg.): *Sonderweg in Schwarzgelb? Auf der Suche nach einem österreichischen Naturalismus in der Literatur.* Innsbruck: Studienverlag 2016, 139–152, 146. TB 1, 27.9.1866, 120; 2.10.1866, 121.

141 Moriz von Ebner-Eschenbach, *Erinnerungen*, 186. TB 1, 8.10.1866, 9.10.1866, 122; 14.10.1866, 123.

142 Moriz von Ebner-Eschenbach, *Erinnerungen*, 24. TB 1, 15.2.1868, 20.2.1868, 223.

143 TB 1, 8.3.1866, 84; 18.4.1866, 91; 4.5.1866, 94; 19.5.1866, 22.5.1866, 97; 16.10.1868, 236; 4.1.1869, 239.
Bettelheim (Bettelheim II, 102) datiert die erste Begegnung zwischen den Freundinnen auf 1863, bald nach der Uraufführung der *Veilchen.* Marie Ebner selbst aber (TB 1, Anh. Dez. 1866, 146) vermerkt sie für das Jahr 1866 und bestätigt sie (TB 5, 8.3.1905, 406) für den 8.3. jenes Jahres.

144 Vgl. dazu den auf Originaldokumenten basierenden Roman von Claudia Erdheim: *Betty, Ida und die Gräfin. Die Geschichte einer Freundschaft.* Wien: Czernin 2013, bes. 33, 147; sowie Bettelheim II, 102f.

145 Bettelheim II, 102. TB 1, 21.11.1867, 213. Marie von Ebner-Eschenbach: *Sämtliche Werke.* Bd. 3. Berlin: Paetel [1920], 203, 146. Darin: *Wieder die Alte.* Im Folgenden zitiert mit der Sigle WA, der Bandzahl 3 und der Seitenzahl.

146 Vgl. Bettelheim I, 79f. Vgl. Klostermaier, *Marie von Ebner-Eschenbach*, 174f. TB 2, 25.12.1874, 306. A, 1/608.

147 Vgl. TB 1, 15.2.1867, 159.

148 Ebd., 2.3.1867, 161. Saar, *Sämtliche Werke*, Bd. 11, 167. Der Text erschien zuerst in der Zeitschrift *Gartenlaube*, Jg. 1900, H. 18, 563.

149 Vgl. TB 1, 8.6.1865, 7.6.1865, 47.

150 Ebd., 2.2.1866, 77.

151 Marie von Ebner-Eschenbach, *Die historischen Tragödien*, 425f., 525.

152 Ebd., 403.

153 Vgl. ebd., 554, und die Zusammenfassung der wissenschaftlichen Diskussion, 557ff., bes. die Positionen Susanne Kords und Helga Krafts. Vgl. dort auch die folgenden Zitate.

154 TB 1, 27.1.1867, 155.

155 Brief Moriz von Ebner-Eschenbachs an Marie von Ebner-Eschenbach, 26.4.1867, MZA Brünn, Familienarchiv Dubsky, G 366, I.N. 644.

156 Devrient, *Aus seinen Tagebüchern*, 13.6.1862, 406. TB 2, 3.1.1875, 319. Polt-Heinzl, Ringstraßenzeit und Wiener Moderne, 83, bezieht diesen Vorwurf wohl zu Unrecht auf Ida Fleischl. Er galt, s. auch den zitierten Brief, den männlichen Autoritäten des Literaturbetriebs. TB 1, 14.2.1867, 159.

157 TB 1, 19.4.1867, 170; vgl. 15.4.1867, 169; 3.3.1867, 162; 11.7.1867, 193. Vgl. auch Marie von Ebner-Eschenbach, *Die historischen Tragödien*, 555ff.

158 Vgl. ebd., 556. Der Intendant des Weimarer Hoftheaters war August von Loën.

159 Brief Moriz von Ebner-Eschenbachs an Marie von Ebner-Eschenbach, 26.4.1867, MZA Brünn, Familienarchiv Dubsky, G 366, I.N. 644. TB 1, 2.5.1867, 172.

160 Vgl. TB 1, 10.5.1867, 174; vgl. 21.5.1867, 177; 18.6.1867, 187; 12.6.1867, 185; 6.6.1867, 183 (von Bettelheim zitierte spätere Fassung des Eintrags).

161 TB 1, 14.5.1867, 176. Zit. nach: Mitterhofer, *Moriz Ebner von Eschenbach*, 33.

162 TB 1, 19.6.1867, 187; vgl. 28.6.1867, 189. Devrient, *Aus seinen Tagebüchern*, 28.6.1867, 507.

163 TB 1, 12.7.1867, 13.7.1867, 193. Vgl. ebd., 21.7.1869, 270: »Ad: will wieder 800fl zur Badereise schicken ich bin darüber aufgeregt u. verstimmt.« 800 Gulden entsprechen etwa 8800 Euro.

164 Ebd., 13.3.1867, 163.

165 Ebd., 24.1.1867, 154. Vgl. Ebner-Eschenbach, *Gesellschaftsdramen*, 80f. Gespielt wurde das deutsche Original. Klostermaier (Marie von Ebner-Eschenbach, 102)

geht irrtümlich von einer Übersetzung des Stücks ins Tschechische durch Marie Ebners Cousin Zdenko Graf Kolowrat aus – dieser, der als tschechischer Lustspielautor in Prag reüssierte, übersetzte später ihre Komödie *Männertreue*, die unter dem Titel *Dva sousedé* in 1874 Prag aufgeführt wurde. Vgl. TB 2, 31.12.1874, 307. TB 1, 16.11.1867, 212.

166 Ebd., 19.11.1867, 17.11.1867, 213.

167 Ebd., 7.6.1867, 183; 5.7,1867, 191; 19.2.1867, 160; vgl. 18.1.1867, 153; Anh. Dez. 1866, 146.

168 Gatti, *Geschichte der k. und k. technischen Militär-Akademie*, 851. Vgl. Gustav Kolmer: *Das Herrenhaus des österreichischen Reichsrats*. Wien, Leipzig: C. Fromme 1907, 112. TB 1, 11.4.1867, 168; 28.2.1866, 82f.

169 TB 1, 7.10.1867, 206, 209. Devrient, *Aus den Tagebüchern*, 28.6.1867, 507. Vgl. Johann Sonnleitner: *Ludwig Anzengruber – Naturalist post mortem?* In: Roland Innerhofer, Daniela Strigl (Hg.): *Sonderweg in Schwarzgelb? Auf der Suche nach einem österreichischen Naturalismus in der Literatur*. Innsbruck: Studienverlag 2016, 126–138, 129ff.

170 TB 1, 17.7.1869, 20.7.1869, 269.

171 Ebd., 17.7.1869, 18.7.1869, 269; 21.7.1869, 170.

172 TB 1, 5.6.1869, 263. Auch der Kaiser hatte das im Stil der Neorenaissance errichtete Bauwerk kritisiert. Wenige Wochen nach Eduard van der Nüll war 1868 sein Partner August Sicard von Sicardsburg (an Tuberkulose) gestorben.

173 Ebd., 19.12.1868, 237. Ebner-Eschenbach, *Gesellschaftsdramen*, 180.

174 TB 1, 4.2.1869, 243; 1.2.1869, 242; 23.1.1869, 241. Vgl. Ebner-Eschenbach, *Gesellschaftsdramen*, 189ff.

175 Ludwig Speidel: *Schiller-Akademie – Burgtheater*. In: Die Presse, 27.2.1869. Vgl. Bettelheim I, 75f. Ebner-Eschenbach hat das Stück jedoch zunächst unabhängig von Schlesingers Auftragsarbeit geschrieben. Vgl. Bettelheim II, 130.

176 TB 1, 15.3.1869, 251. Reichard, *Die Dramen Marie von Ebner-Eschenbachs*, 111.

177 TB 1, 11.9.1866, 117; 21.9.1866, 119. Vgl. Bettelheim II, 131, und Franz Dubsky: *Erinnerungen an Marie von Ebner-Eschenbach*. In: Marie von Ebner-Eschenbach: *Letzte Worte*. Aus dem Nachlaß hrsg. von Helene Bucher. Wien, Leipzig, München: Rikola 1923, 9–30, 29.

178 Brief Marie von Ebner-Eschenbachs an Friederike Gräfin Kinsky, 1.12.1859, MZA Brünn, Familienarchiv Dubsky, G 366, Kart. Nr. 69, I.N. 900. TB 1, 25.9.1866, 120; 16.2.1866, 80.

179 TB 1, 7.3.1866, 84; 20.9.1866, 119; 6.12.1867, 216; 26.11.1866, 214.

180 TB 2, 17.9.1871, 57. TB 1, 26.8.1869, 274; 17.9.1869, 277; vgl. 23.10.1869, 283; 27.9.1869, 279.

181 TB 1, 25.10.1869, 283. Vgl. Mitterhofer, Moriz Ebner von Eschenbach, 36f. TB 1, 4.11.1869, 285.

182 TB 1, 11.11.1869, 286; 16.11.1869, 287; 3.12.1869, 290; 25.11.1869, 289. *Briefwechsel Ebner–Knorr*, Nr. 375, An Josephine von Knorr, [Wien], [Mo./Di.] 6./7.12.1869.

183 Ebd., Nr. 376, An Josephine von Knorr, Reichenhall, [Mi.] 6.7.[1870]; Nr. 378, An Josephine von Knorr, Wien, [Di.] 9.8.1870.

184 Brief Marie von Ebner-Eschenbachs an Joseph Weilen, 17.2.1861, Wienbibliothek, Handschriftensammlung, I.N. 56910. Zu Beginn heißt es: »Wenn es mir gelingt in Schopenhauer's Philosofie ganz einzudringen, so sind Sie es der mir durch geholfen hat. Sie haben ganz Recht; Schopenhauer's Anschauung des unfreien Willens ist höher ›als die gewöhnliche, im Umlauf coursirende falsche Münze‹.«

185 TB 2, 10.4.1872, 101.

186 ZT, 4/661.

187 Vgl. Marie von Ebner-Eschenbach: *Das Waldfräulein. Lustspiel in drei Aufzügen*. Erstdruck nach der Handschrift der Marie von Ebner-Eschenbach. Eingel. und hrsg. von Karl Gladt. Wien: Belvedere Verlag Wilhelm Meissel 1969, 45 [Einleitung].

Vgl. Ebner-Eschenbach, *Gesellschaftsdramen*, 693, 698. Laube betont den speziellen »Wiener Dialog« in der Tradition Bauernfelds.

188 TB 2, 13.1.1873, 167. Vgl. Saar, *Sämtliche Werke*, Bd. 11, 164.

189 TB 2, 15.1.1873, 168. Vgl. Heyse, Laistner (Hg.), *Neuer Deutscher Novellenschatz*, Bd. 1, [Vorwort] 194.

190 B.W.: *Stadttheater*. In: Wiener Abendpost, Beil. zur Wiener Zeitung, 14.1.1873. O. [Ludwig Oppenheimer]: *Theaterschau*. In: Blätter für Theater, Musik und Kunst, 17.1.1873.

191 J.B.: Theater. In: Die Presse, 14.1.1873; J. B.: *Stadttheater*. In: Die Presse, 15.1.1873.

192 Anon.: *Theater- und Kunstnachrichten*. In: Neue Freie Presse, 14.1.1873; -tt- [Hugo Wittmann?]: *Stadttheater*. In: Neue Freie Presse, 15.1.1873.

193 Vgl. TB 2, 21.1.1873, 169; zu Heinrich etwa 12.2.1873, 171.

194 Ebner-Eschenbach, *Gesellschaftsdramen*, 698. Jene Louise Schönfeld, die die Mutter des Paul Nordheim spielte, war nicht Marie Ebners Freundin (vgl. Ebner-Eschenbach, *Das Waldfräulein*, 44), sondern eine Namensvetterin.
TB 2, 15.4.1873, 180. *Briefwechsel Ebner–Knorr*, Nr. 438, An Josephine von Knorr, Wien, [Mo.] 10.11.[1873]; ebd., Nr. 439, An Marie von Ebner-Eschenbach, Stiebar, [Di.] 11.11.1873. TB 2, 17.12.1873, 226; 22.12.1873, 227.

195 Vgl. Heyse, Laistner (Hg.), *Neuer deutscher Novellenschatz*, 194. TB 2, 25.10.1872, 138.

196 TB 2, 22.7.1873, 199; 18.9.1873, 210. Vgl. Ebner-Eschenbach, *Gesellschaftsdramen*, 383. Vgl. Bettelheim II, 108, 146.

197 Vgl. Ebner-Eschenbach, *Gesellschaftsdramen*, 949, 939ff., auch das Folgende. Vgl. Ulrike Tanzer: *Dialogisches Erzählen. Zu den Novellen Marie von Ebner-Eschenbachs*. In: Hugo Aust, Hubertus Fischer (Hg.): *Boccaccio und die Folgen. Fontane, Storm, Keller, Ebner-Eschenbach und die Novellenkunst des 19. Jahrhunderts*. Frühjahrstagung der Theodor-Fontane-Gesellschaft e.V. Mai 2014 in Neuruppin. Würzburg 2006 (= Fontaneana 4), 155–168. Sowie Susanne Kord (Hg.): *Letzte Chancen. Vier Einakter von Marie von Ebner-Eschenbach*. London: The Modern Humanities Research Association 2005 (= MHRA Critical Texts 3), 1–20 [Einleitung].

198 A, 1/598. Heyse, Laistner (Hg.), *Neuer deutscher Novellenschatz*, 193. Zit. nach: Bettelheim II, 316.

199 TB 2, 6.4.1871, 27; 18.10.1871, 62. Vgl. Bettelheim II, 135ff.

200 TB 2, 7.4.1871, 27; 26.5.1871, 38; 21.1.1872, 87; vgl. 21.2.1872, 92.

201 Vgl. ebd., 21.8.1872, 126; 7.3.1873, 174; 9.3.1873, 13.3.1873, 175.

202 Ebd., 16.3.1873, 20.3.1873, 176.

203 Ebd., 6.4.1871, 27.

204 Vgl. TB 2, 15.4.1872, 101f. Vgl. https://www.wien.gv.at/wiki/index.php/Ernst_Fleischl_von_Marxow
[Artikel aus Felix Czeike: *Historisches Lexikon Wien*. Wien: Kremayr & Scheriau 1992ff.]

205 Ebd., 8.6.1871, 41; 7.6.1871, 40.

206 Vgl. Mitterhofer, *Moriz Ebner von Eschenbach*, 37f. TB 2, 6.5.1873, 182. Vgl. Rossbacher, Literatur und Liberalismus, 47–52.

207 Vgl. Kolmer, *Das Herrenhaus*, 112. TB 1, 16.3.1869, 251. Dort auch das Zitat im folgenden Absatz.
Marie von Ebner-Eschenbach: *Sämtliche Werke*. Bd. 1. Berlin: Paetel [1920], 191. Darin: *Ein Edelmann*. Im Folgenden zitiert mit der Sigle E, der Bandzahl 1 und der Seitenzahl.

208 Vgl. TB 2, 5.6.1874, 268f.; Anh. Juni 1878, 606f.

209 TB 2, 11.5.1873, 183. Vgl. Reichard, *Die Dramen Marie von Ebner-Eschenbachs*, 120. Vgl. TB 2, 26.6.75, 352.

210 *Briefwechsel Ebner–Knorr*, Nr. 416, An Josephine von Knorr, St. Zeno, [Sa.] 31.5.[1873].

211 Ebd., Nr. 426, An Josephine von Knorr, St. Zeno, [Mi.] 23.7.[1873].
212 Vgl. Ernst Holthöfer: *Die Geschlechtsvormundschaft. Ein Überblick von der Antike bis ins 19. Jahrhundert.* In: Ute Erhard (Hg.): *Frauen in der Geschichte des Rechts. Von der Frühen Neuzeit bis zur Gegenwart.* München: C. H. Beck 1997, 390–451, vgl. 399.
213 *Briefwechsel Ebner-Knorr*, Nr. 430, An Josephine von Knorr, Seelisberg, [Fr.] 8.8.[1873]. TB 2, 2.10.1873, 212.
214 A, 1/590. TB 2, 4.4.1873, 178.
215 Vgl. ebd., 5.7.1873, 195; 31.12.1873, 229.
216 Vgl. ebd., 1.12.1873, 2.12.1873, 223. Vgl. ebd., 16.9.1873, 209.
217 Ebd., 16.10.1874, 17.10.1874, 14.10.1874, 15.10.1874, 293.
218 Ebd., 30.1.1874, 242. Vgl. und zit. nach: Mitterhofer, *Moriz Ebner von Eschenbach*, 39f. Vgl. Moriz von Ebner-Eschenbach, *Erinnerungen*, 180.
219 Zit. nach: Mitterhofer, *Moriz Ebner von Eschenbach*, 41.
220 Vgl. TB 2, 28.8.1871, 54; 2.10.1871, 59; 9.2.1872, 90; 26.4.1872, 104; ebd., 23.1.1873, 169.
221 TB 2, 28.9.1871, 59. Vgl. Alkemade, *Die Lebens- und Weltanschauung der Freifrau Marie von Ebner-Eschenbach*, 31. Ebner-Eschenbach kommentiert etwa die Fehlgeburt von Zwillingen, die ihre Schwägerin erlitt, mit den Worten: »Arme liebe Sophie - ihr ist abermals eine Hoffnung gescheitert« (TB 1, 31.12.1865, 69).
222 Heyse, Laistner (Hg.), *Neuer deutscher Novellenschatz*, 193. MKL, 83. Dort auch das Folgende.
223 Brief Marie von Ebner-Eschenbachs an Eduard Devrient [24.3.1875?], zit. nach: Bettelheim I, 95. Der Brief scheint im Katalog der Handschriftensammlung der Wienbibliothek nicht auf.
224 Saar, *Sämtliche Werke*, Bd. 11, 165f. Heinz Kindermann (Hg.): *Briefwechsel zwischen Ferdinand von Saar und Marie von Ebner-Eschenbach.* Wien: Bibliophilen-Gesellschaft 1957 [Brief Saars vom 5.5.1875], 41.
225 Marie von Ebner-Eschenbach: *Sämtliche Werke.* Bd. 1. Berlin: Paetel [1920], 1. Darin: *Ein Spätgeborner.* Im Folgenden zitiert mit der Sigle S, der Bandzahl 1 und der Seitenzahl.

III. Kapitel

Berühmtsein

1875–1899

»Wenn es einen Glauben gibt, der Berge versetzen kann,
so ist es der Glaube an die eigene Kraft.«[1]

»Es ist traurig wie mein Geist verblüht, ich fühl's, ich fühle die Dürre in mir. Wie im Alter das Blut in den Adern zu stocken beginnt, so auch im Gehirne die Gedanken.« Das schreibt Marie von Ebner-Eschenbach mit 44. Seit ihren frühen Vierzigern interpretiert sie ihre zunehmenden Krankheiten und Unpässlichkeiten als Vorboten des Alters. Mit fünfzig behauptet sie: »für mich ist der Abend bereits herangezogen, der Lebensabend (…).« Mechtild Alkemade hat Ebner-Eschenbachs Lebenslauf nach der erlebnispsychologischen Methode Charlotte Bühlers analysiert und ist zu dem Schluss gekommen, dass die »Periode des rückwärtsschreitenden Wachstums« – sprich: ein deutlicher Alterungsprozess – bei Ebner-Eschenbach »wohl schon mit 45 Jahren« einsetzt, während die »biographische oder Ereigniskurve«, die Familienbande, Eheleben, Freundschaften und beruflichen Erfolg umfasst, deutlich später ansteigt. Dass biologisches Altern und erste Karrieregipfel zusammenfallen, kommt in der Lebensstruktur von Intellektuellen häufig vor; bei Ebner-Eschenbach indes fällt das Auseinanderklaffen von biologischen und biographischen Hochphasen besonders deutlich aus, erklärbar durch ihren frühen körperlichen Abbau einerseits und den späten Erfolg andererseits. Es zeuge vom »Lebensmut« und von der »Lebenskraft« Marie Ebners, »daß sie gerade zur Zeit des größten Tiefstands in ihren Lebensbereichen den wichtigen Schritt zur endgültigen Verwirklichung ihrer Lebensaufgabe macht«.[2]

Dieser wichtige Schritt ist die Vorbereitung und Publikation ihres ersten Bandes mit *Erzählungen*, der eben diesen schlichten Titel erhält. Das Buch erscheint 1875 in einem der ersten deutschen Verlage: bei Cotta in Stuttgart, wo einst Goethe und Schiller, in jüngerer Zeit Lenau, Mörike, Heine, Droste-Hülshoff und Hebbel beheimatet waren. Dass der Erzählband, wie Ferdinand von Saar in einem Portrait seiner Freundin meint, »sofort durchschlug und den Namen der Verfasserin in die erste Linie rückte«, stimmt zwar, was das Urteil der Rezensenten betrifft, nicht aber in puncto Verkaufserfolg. Die rasche Annahme des Manuskripts verdankte Marie Ebner der Protektion ihrer jüngeren Halbschwester Julie Fürstin von Waldburg-Zeil-Wurzach, die mit dem Verleger Albert Baron von Reischach bekannt war, dem Sohn von Georg von Cottas Schwager. Obwohl Marie Ebner Julies Brief an Baron Reischach eigentlich »nicht gut« fand, erfüllte er seinen Zweck – die Zusage kam nach nicht ganz drei Wochen. »Lief gleich zu meiner guten Ida um ihr's mitzutheilen, Moriz mit mir. Er war ganz gerührt von ihrer Freude.«[3]

Auftakt und Kernstück des Bandes ist die Novelle *Ein Spätgeborner*. Außerdem enthält er das »düster-phantastische Charakter-Gemälde *Chlodwig*« (Saar), die Geschichte einer pathologischen Realitätsverweigerung aus Liebesobsession; *Die erste Beichte* mit der autobiographischen Schilderung der Folgen allzu großen Wahrheitsdrangs – ein zwiespältiges Gedenkblatt für den verstorbenen Vater; *Die Großmutter*, nach einer realen Begebenheit im Leichenschauhaus; und das »Fragment« *Ein Edelmann*, die erzieherisch gemeinte Geschichte vom Edelmann als Bürger: Der Held bricht mit seiner gräflichen Familie, weil diese ihre Fabriksarbeiter ausbeutet, er verzichtet auf Majorat und Titel und heiratet eine Pastorentochter.

»Ich bin eine Feindin des Pessimismus u. wenn ich mir die Novellen an einander gereiht denke, so geben sie eine Kette von trostlosen Eindrücken«, notiert Ebner-Eschenbach zur Komposition des Bandes und bestätigt damit den Sieg der Kunst über die gute Absicht. In ihrer Prosa hat die Dichterin ihren Gesichtskreis erweitert: Nicht mehr die Schauplätze historischer Ereignisse, sondern zeitgenössische Örtlichkeiten rückt sie in den Blick, nicht mehr überlebensgroße Heldengestalten, sondern schwache, psychisch gefährdete Menschen, und nicht allein Adelige, sondern auch kleine Beamte, Lehrer, ja, Plebejer. Die Adelsschelte bleibt ein wichtiges Thema: Die Autorin übt

Kritik an der überharten Erziehung und dem rein äußerlichen Verhältnis zur Religion, aber auch am Standesdünkel und dem anachronistischen, mit Profitgier gepaarten Feudalgehabe der Aristokratie. Das Leben des Kleinadeligen Chlodwig ist nicht verpfuscht, weil der Vater seiner Angebeteten ihn für ihrer nicht würdig erachtet, sondern weil sie selbst dies verinnerlicht und auch nach dem Tod des Vaters nicht zur Liebe ihrer Jugend findet. *Ein Edelmann*, eine doch sehr idealistische Geschichte des Entsagens und einer quasi privatisierten Sozialutopie, brachte der Verfasserin zum ersten Mal »wirkliche, warme, herzliche Anerkennung« durch die gestrenge Betty Paoli und außerdem, bei ihrem Erstdruck 1873 in den Wiener *Dioskuren*, auch die Aufmerksamkeit Paul Heyses.[4]

Mit der nur wenige Seiten langen Erzählung *Die Großmutter* steigt Marie von Ebner-Eschenbach zum ersten Mal in Gefilde hinab, in die sich sonst nur die Naturalisten wagen: in die Morgue, die Leichenhalle des anatomischen Instituts. Die bitterarme Frau, die dort ihren verunglückten Enkel sucht und findet, flößt dem diensthabenden Assistenten, einem »jungen, stolzen Gelehrten«, in ihrem Schmerz so etwas wie »Ehrfurcht« ein, bis sie »den guten Rock« des Ertrunkenen für sich fordert. Die Erzählinstanz verweigert sich der wohlfeilen Verachtung für die Repräsentantin des Elends, der von ihrer ganzen Familie – der Mann ist ein Säufer, die Kinder sind verkommen – nur der Enkel geblieben war. Nicht sie erscheint als sentimental, sondern der junge Arzt, der zu wissen meint, wie echte Trauer sich gebärdet. Bei der Erstpublikation in den *Dioskuren* zeigte sich Ferdinand von Saar von der *Großmutter* »im Tiefsten erschüttert« und betrachtete sie als »die Perle des ganzen dickleibigen Buches«. Zu dieser Erzählung angeregt wurde Marie Ebner von einer wahren Begebenheit, die Ernst Fleischl zu Hause erzählt hatte.[5]

Figuren wie die Großmutter als literaturfähig zu erachten, dafür brauchte es, vor allem für eine aus der Schiller'schen Schule hervorgegangene Autorin, Mut. Vom Naturalismus – den die Zeitgenossen mit gewissem Schauder »Realismus« nannten – distanzierten sich sowohl Saar als auch Ebner-Eschenbach, alles Krasse, Grelle, Gemeine in der Darstellung war ihnen ebenso zuwider wie das deterministische Menschenbild. Über Émile Zola meinte Marie Ebner: »Der Menschenkenner, der Statistiker, der Psychologe Zola ist groß, der Dichter nicht.« Nach ihrer Vorstellung hat der Dichter dem kruden

Stoff etwas hinzuzufügen, das diesen zu verwandeln vermag, etwas Ideales oder auch: Poetisches. So hatte das auch Theodor Fontane 1853 programmatisch gemeint, als er den neu ausgerufenen Realismus nicht nur gegen Pathos und Gedankenschwulst abgrenzte, sondern auch gegen die »Misere«, die Elendsschilderung und die sozialkritischen »Tendenzbilder«. Er tat es mit Berufung auf Goethe: »›Greif nur hinein ins volle Menschenleben, / Wo du es packst, da ist's interessant;‹ aber freilich, die Hand, die diesen Griff thut, muß eine künstlerische sein. Das Leben ist doch immer nur der Marmorsteinbruch, der den Stoff zu unendlichen Bildwerken in sich trägt; sie schlummern darin, aber nur dem Auge des Geweihten sichtbar und nur durch seine Hand zu erwecken.«[6]

Dazu ermutigt, sich in diesem Sinne literarisch der städtischen und ländlichen Unterschicht zu widmen, wurde Ebner-Eschenbach wohl vor allem durch ihre intensive Turgenjew-Lektüre. Zwar bewundert sie auch Gottfried Keller, ihn erwähnt sie aber erst 1875 in ihrem Tagebuch als Entdeckung, obwohl sie bereits drei Jahre zuvor dessen Novelle *Die gerechten Kammacher* gelesen hat. Seine allumfassende Philanthropie und die besondere Vorliebe für Außenseiter, die satirische Neigung, sein Humor und sein Glaube an eine mögliche Wendung zum Guten verbindet Ebner-Eschenbachs Werk mit den Romanen von Charles Dickens. Seinen Einfluss hat Marie Ebner, auch vor sich selbst, gern ein wenig heruntergespielt, vielleicht weil sie gegen die englische Nation überhaupt gewisse emotionale Vorbehalte hatte – über die historische Rolle Englands finden sich in den Tagebüchern wiederholt abfällige Bemerkungen; vielleicht aber auch aus Angst vor allzu großer Verwandtschaft oder gar vor Plagiatsvorwürfen. Obwohl sie als junge Frau *Große Erwartungen* im englischen Original gelesen hat und später auch *Dombey und Sohn*, behauptet sie 1902 in ihrem Tagebuch, sie kenne nur *Die Pickwicker* und *David Copperfield*, und da liege die Lektüre 55 oder 57 Jahre zurück. Die Lektüre von *David Copperfield* ist im Tagebuch aber für März 1883 vermerkt.[7]

Stets bekannt hat Marie von Ebner-Eschenbach sich hingegen zu dem ungeheuren und nachhaltigen Eindruck, den Iwan Turgenjews Erzählungen auf sie gemacht hatten. Bereits 1866 hatte sie auf Empfehlung Ida Fleischls die von Friedrich Bodenstedt übersetzte zweibändige Ausgabe der *Erzählungen* gelesen, mit der Turgenjews

Ruf und Wirkung im deutschen Sprachraum, insbesondere in Österreich, begründet wurde: »Da heißt es, sich tief – tief verbeugen.« Wie schon in den *Aufzeichnungen eines Jägers*, die ihm die Verhaftung und achtzehnmonatige Verbannung auf sein Gut Spasskoje eingetragen hatten, beleuchtet der Dichter darin aus der Perspektive eines Gutsbesitzers die Schicksale der ganz armen Teufel, der Leibeigenen, aber auch Liebesbeziehungen im bürgerlichen und adeligen Milieu, ganz im Sinne des lyrischen Realismus der russischen Natürlichen Schule. Ebner-Eschenbach liest hinfort alles, was von Turgenjew auf Deutsch erscheint. In ihrem ersten Erzählband erweist sie ihm mit *Die Großmutter* ebenso ihre Reverenz wie mit *Die erste Beichte*, die sie zurückführt auf den ländlichen Boden ihrer Kindheit. Im Alter mokiert sie sich über ein Wort von Gorki, Turgenjew sei »ein so sanfter und angenehmer Schriftsteller. Wenn wir ihn lesen ist uns, als ob wir geschlagene Sahne trinken würden.« – »O Gorki! dein Name wird verraucht sein wie Qualm, während der Name Turgenjew noch wie ein Stern leuchten wird.«[8]

Mit der Novelle *Ein Spätgeborner* betrat Marie Ebner einerseits die Welt der kleinen Beamten, andererseits die Sphäre des Theaters. In leicht durchschaubarer Verhüllung erzählt sie ihre eigene Geschichte als offenen Angriff auf den Journalismus: Andreas Muth, Beamter der Finanzlandesdirektion, Schöngeist und Dilettant im besten Sinne, schreibt heimlich Jahr um Jahr ein Drama, das er seinem einzigen Freund, dem Lehrer Ziegler, unter dem Siegel der Verschwiegenheit vorliest und sodann, auf dessen zuverlässig erfolgenden Rat, bei der Hoftheaterintendanz einreicht, wo es ebenso zuverlässig abgelehnt wird. Eines Tages jedoch wird es angenommen, weil man hinter dem Pseudonym eine hochgestellte politische Persönlichkeit vermutet, den Grafen Auwald, was der Verfasser nicht ahnt. Die vernichtende Kritik, die seinem *Marc Aurel* nach der Uraufführung zuteil wird, gilt ebenfalls dem liberalen Politiker, dessen Name nicht zufällig einen Anklang an Auersperg alias Anastasius Grün aufweist. Als Andreas Muth das erfährt, bekennt er sich zur Autorschaft des Dramas, der für seinen Witz berühmte Kritiker der Staatszeitung Moritz Salmeyer bringt eine ironische Berichtigung. Muth verwindet nicht, dass er zugleich Begünstigter und Leidtragender einer Verwechslung geworden ist, und um seine poetische Potenz ist es geschehen: »Noch nie hatte er an sein Alter gedacht, jetzt fiel ihm das Bewußtsein seiner fünfundvierzig Jahre schwer auf das Herz. Was konnte die Zukunft noch gut machen? Er hatte keine mehr. Was konnte er von sich erwarten, nachdem er urteilslos und blind, ein langes Dasein hindurch Werke geschaffen hatte ohne Wert und Zweck? Das Bestreben seines ganzen Lebens war töricht gewesen, lächerlich alles, seine Hoffnungen, seine Entzückungen, ja selbst seine Resignation.« Denn: »Wo kein Anspruch vorhanden ist, da gibt es auch kein Verzichten.«[9] Unmöglich, das nicht vor dem Erfahrungshorizont der Autorin zu lesen, die sich, im Gegensatz zum mutlosen Muth, mit eben dem vorliegenden Text nach zahlreichen Niederlagen auf dem Theater eine Zukunft erkämpft hat, eine starke Frau, die ihre schwachen, ihre »weiblichen« Anteile abzuspalten und in einen schwachen Mann zu projizieren imstande war.

Die Geschichte des »Spätgeborenen« ist aber noch nicht zu Ende. Als Muth zu seiner Überraschung eine Tantième von dreihundert Gulden erhalten und beschlossen hat, sie seinem notleidenden Freund Ziegler zu überlassen, stattet Moritz Salmeyer ihm einen Besuch ab und offeriert ihm – aus einer »Art von Reue« – die Mitarbeit in seinem Blatt. Wenn Salmeyer seinem Opfer die Zeitungswelt erklärt, verhandelt Marie von Ebner-Eschenbach kaum verdeckt ihren eigenen Fall: »Ein Buch, ein Stück hinausschicken in die Welt«, ohne es der Gunst der Kritik anzuempfehlen, das sei »so kühn, daß man es schwerlich klug nennen darf«. Und: wer zu spät komme für den herrschenden Geschmack, den bestrafe eben das Leben: »Sie haben so viel und mehr Talent als hundert andere, die damit Glück machen …« Aber: »Die Menschen, für welche Sie schreiben, sind tot.« Naturgemäß kann der reine Tor des literarischen Betriebs die pragmatischen Lehren des Journalisten genauso wenig annehmen wie dessen per se unsittliches Angebot. Der zwar nicht als diabolisch, aber doch als skrupellos gezeichnete Kritiker erfährt zufällig von Muths unschuldiger Verehrung für die Frau des Grafen Auwald und benützt dieses Wissen für ein perfid anspielungsreiches Feuilleton, das auch der »geschickteste Staatsanwalt« nicht gegen dessen Verfasser verwenden hätte können und in dem eine unerlaubte Beziehung zwischen der Gräfin und dem beamteten Dichter phantasiert wird. Der Fassungslose wird zum Gespött seiner Kollegen, da tritt als edler Retter Graf Auwald auf und bietet ihm eine Stelle als Bibliothekar an.

Für Muth kommt die Rettung jedoch zu spät, er geht auf und davon, wird von Ziegler als Schwerkranker gefunden und stirbt.[10]

Das Ende schrieb die Autorin vor dem Mittelteil der Novelle. »Von der sage ich selbst: sie wird gut, wenn ich alles das hinein dichten kann was ich vorhabe Wenn es aber gelänge wie wenige werden auch *heraus* lesen was *hinein* gedichtet worden?« Die Arbeit an der Erzählung hatte mit der Einsicht begonnen: »Sie muß humoristisch behandelt werden denn ihr Held ist ein so schwacher Mensch daß er sich nicht ernsthaft nehmen läßt.« Die tragikomische Darstellung hilft Marie Ebner aber auch, das hochemotionale Thema in heilsame Distanz zu rücken. Anlässlich der ersten Vorlesung des *Spätgebornen* im Freundeskreis bemerkt sie: »Daß ich auf seine Schultern einen Theil meiner eigenen Enttäuschungen geladen habe, sahen nur Dr Pachler u. Ida Fleischl sehr gut u Moriz ein wenig.« Dr. Faust Pachler (1819–1891), Protegé des verstorbenen Baron Münch, war dabei, in dessen Rolle als ästhetischer Berater Marie Ebners hineinzuwachsen. Auch Pachler, seines Zeichens Hofbibliothekar und Verfasser von zwei Dutzend unaufgeführten Theaterstücken, mag dem Andreas Muth Pate gestanden sein. Marie Ebner mochte den von vielen als Kauz belächelten Mann und dessen Frau sehr; sie hielt wenig von seiner literarischen Leistung, aber viel von seinem Urteil.[11]

Als gebranntes Kind notierte die Dichterin nach Beendigung des *Spätgeborenen*: »Ich lese bereits im Geiste die Recensionen: Ein ungesundes Buch. Der Held ist ein nervöser Beamte [sic] der an einer Lungenentzündung stirbt die er sich in Folge – eines Zeitungsartikels zugezogen.« Die fiktive Selbst-Kritik verrät, dass Marie von Ebner-Eschenbach mit ihrer Scharfsicht, ihrer Fähigkeit zur Pointierung, aber auch einem gewissen Quantum Bosheit durchaus das Zeug zur Kritikerin gehabt hätte. Sie behielt ihre Verdikte jedoch für sich oder äußerte sie nur privatim oder in ihrem Tagebuch. So urteilte sie etwa über Schauspieler: »Sonnenthal war erdäpfelpuréeiger als je. Fr: Gabillon affectirt zum Platzen.« Oder über ein Drama Paul Lindaus, das sie am Stadttheater sah: »Da geht keine dramatische Ader hindurch durch dieses Stück – da pulsirt nichts, da vibrirt es nur. Die Leute haben so viel Leben wie ein todter Fisch auf den man Salz streut.«[12]

Ebner-Eschenbachs Polemik gegen die Kritik lässt in *Ein Spätgeborener* an Deutlichkeit nichts zu wünschen übrig: Nicht genug, dass die Rezensenten dem objektiv Minderwertigen zum Sieg verhelfen und Stücke ihrer Kollegen hinaufloben – was gemeinhin als Rufmord bezeichnet wird, erscheint hier beinah als Mord. Durch ihre eigenen Verwundungen sensibilisiert, nimmt die Autorin vor allem die Schattenseiten der Pressefreiheit wahr. Als ein journalismuskritisches Lustspiel von Paul Lindau am Burgtheater reüssiert, ist Marie Ebner höchst erfreut: »[Ludwig, D. S.] Speidel meint, die Freiheit sei in Gefahr wenn die Kritik – kritisirt würde. (…) Die sechste Großmacht nennen sich die Zeitungen? Warum sollen nur die 5 anderen angegriffen werden dürfen?«[13]

Mit ihrer Attacke nahm Ebner-Eschenbach den Feldzug des prominentesten Presse-Kritikers vorweg: Karl Kraus sollte die »Journaille« (eine durch ihn berühmt gewordene Wortprägung des späteren Burgtheater-Direktors Alfred von Berger), namentlich das Wiener Weltblatt *Neue Freie Presse*, sein Leben lang mit stählerner Rute verfolgen. Als die Dichterin 1900 zu ihrem siebzigsten Geburtstag als erste Frau die Ehrenmitgliedschaft des Wiener Presseclubs Concordia erhält – der Frauen bis dahin die Aufnahme verweigerte –, zitiert Kraus, in dessen Geburtsjahr 1874 Marie Ebners Novelle erschienen war, in einem *Fackel*-Heft 1902 ausführlich aus *Ein Spätgeborner*, und zwar aus dem Gespräch zwischen Moritz Salmeyer und Andreas Muth. Er kommt zu dem Schluss, dass sich in dem »Menschenalter seit damals« die Tyrannei einiger weniger zum System ausgebildet habe:

> »Und als die Pressmaffia endlich alle Dramatiker von der Scene, alle Erzähler vom Büchermarkt vertrieben und aus den mit Notizen und Tantièmen Grossgepäppelten eine Oligarchie der Talentlosigkeit (…) gebildet hatte, — da giengen sie hin und ernannten das einzige große Talent der Vergangenheit, das noch lebte, *zu ihrem Ehrenmitglied*: Und Frau Marie von Ebner-Eschenbach nahm die Mitgliedschaft an und ward die Collegin des Dichters Schnüfferl. Denn das Alter macht weitsichtig, und die Dichterin, die vor einem Vierteljahrhundert die Clique durchblickt hatte, sieht heute hinweg über das, was sich ihr allzu nah zu drängen gewusst hat.«[14]

Damals, 1874/75, appellierte Ebner-Eschenbach in ihrem Angriff auf die »sechste Großmacht« allerdings viel weniger als später Karl Kraus an das antisemitische Ressentiment ihrer Leserschaft. Sie lässt zwar Andreas Muths Hausherrin Salmeyers verleumderischen Artikel mit dem Ausruf »Zeitungsjuden! Lügenpack!« quittieren, durch den ironischen Zusatz »mit der vollsten Energie ihres konfessionellen und staatsbürgerlichen Bewusstseins« geht die Erzählerin aber auf Distanz. Dass Ebner-Eschenbach mit dem Namen des Kritikers auf die jüdische Dominanz innerhalb der Literaturkritik anspielen wollte (Karlheinz Rossbacher), darf man bezweifeln: Auch ihr Ehemann hieß Moriz, und Salmeyer kann als durchaus bodenständiger Name gelten. Auch war Ludwig Speidel, der in ihren Augen unlauterste Rezensent, kein Jude.[15]

Ein Spätgeborner lässt sich auch als Reverenz gegen den von der Theaterkritik misshandelten Beamtendichter Franz Grillparzer und dessen Novelle *Der arme Spielmann* (1848) verstehen. Auch der Spielmann, selbst Sohn eines hohen Beamten, flüchtet sich, weltfremd, in seine von den anderen verlachte Kunst. Gut zwanzig Jahre nach der Publikation von *Ein Spätgeborner* sollte Arthur Schnitzler seine zu Lebzeiten nicht veröffentlichte, bis in einzelne Motive verwandte Novelle *Später Ruhm* oder auch *Geschichte vom greisen Dichter* schreiben, die jüngst unter einiger öffentlicher Aufregung erstmals publiziert wurde. Sie wirkt in ihrer satirischen Zeichnung weniger scharf, ihr Held endet nicht tragisch, sondern kehrt zurück in die alte Philister-Behaglichkeit. Kommt auch *Ein Spätgeborner* nicht in Schnitzlers persönlicher Leseliste vor, so ist kaum vorstellbar, dass er sein Jugendwerk ohne dessen Kenntnis geschrieben haben sollte.[16]

Ihren ersten Erzählband widmete Marie Ebner ausgerechnet dem einstigen Schutzherrn ihrer dramatischen Bestrebungen – Eduard Devrient. Wie es sich gehört, hatte sie ihn vorher um seine Erlaubnis gebeten: »Mein Talent hat nicht gehalten, was Sie und ich uns einstens davon versprachen; die Ungunst der Verhältnisse war größer, als meine Fähigkeit, sie zu überwinden. Es ist eine schmale Ernte, die ich jetzt – so ziemlich am Ende meiner Laufbahn angelangt – einheimse.« Das ist als Understatement nun wirklich nicht zu unterbieten und jedenfalls eine gründlich falsche Selbsteinschätzung, der noch vier Jahrzehnte wahrhaft unermüdlicher Produktivität folgen sollten. »Sie fing als Künstlerin erst recht an in Jahren, in denen andere nothgedrungen aufhören«, meint Marie Ebners Bewunderer und Biograph Anton Bettelheim. Und Ferdinand Saar rühmt den

»Segen einer langsamen Entwickelung, einer späten Reife«: Während die einen gleich Meteoren verglühten, würden die anderen nach einem langen, dornigen Weg endlich den Punkt erreichen, »wo sie sicher wurzeln, um, nach dem schönen Worte Schopenhauer's, ›ewig zu grünen und zu blühen‹«. Die Metaphorik der Botanik ist den Zeitgenossen gleich zur Hand, Marie Ebner selbst formuliert: »Der Augenblick in welchem beim Künstler das Gleichgewicht zwischen Können u. Wollen sich herstellt ist der seiner Blühte.«[17]

Marie Ebners Befürchtung hinsichtlich der Rezensionen war jedenfalls unbegründet: Die *Erzählungen* werden besprochen – der prominente Verlag begünstigt das Interesse –, und sie finden allgemeinen Anklang. In Julius Rodenbergs *Deutscher Rundschau*, der angesehensten literarischen Zeitschrift Deutschlands, bescheinigt der Rezensent Friedrich Kreyssig den fünf Erzählungen, sie gehörten »zu dem Besten, was auf dem Gebiete der Novelle diese Jahre gebracht haben«. Er sieht ihre Wirkung in ihrer schlichten und unpathetischen Objektivität begründet. »Aber diese Wirkung, unbeschadet ihrer durchgreifenden Energie, ist doch überall durch einen warmen, lieben, ächt weiblichen Grundzug gemildert.« Hier wird das Ebner-Eschenbach'sche Bild gütiger Weiblichkeit vorgeformt und zugleich als Exempel eines Poetischen Realismus anerkannt, der die »Härten des Inhalts mit dem Zauber der Schönheit und Poesie« ummäntelt.[18]

Eine besondere Freude bereitete der Autorin die Besprechung von Betty Paoli, von der bekanntermaßen keine Gefälligkeitsurteile zu erwarten waren. In der Augsburger *Allgemeinen Zeitung* attestiert Paoli den *Erzählungen* ein »ungewöhnliches Maß von Geist, poetischer Kraft, umfassender Weltkenntnis« und einen »liebenswürdigen, von leiser Wehmut überflogenen Humor«, »diese, bei Frauen so seltene Gabe« komme »in manchen Figuren, häufig mit einem satirischen Beigeschmack, zur vollen Geltung«. Betty Paoli lobt die »Schärfe der Zeichnung und frische Lokalfärbung« und sieht Marie Ebners dramatisches Talent »in der Plastik ihrer Gestalten, in dem Geschick, womit sie die Personen perspektivisch gruppiert, und in dem fein individualisierenden Dialog«. Marie Ebner findet die Rezension »prächtig«: »Ich vergaß beim Lesen daß sichs um meine eigene Arbeit handelt u. hätte bald gedacht daß ich wünschte das Buch kennen zu lernen das B. P. da bespricht (...).«[19]

Die Anerkennung durch die berühmte Dichterin ist für Marie Ebner umso wertvoller, als ihr Verhältnis lange ein schwieriges und bis zuletzt nicht völlig entspanntes gewesen ist. Nach ihrem jugendlichen Annäherungsversuch ist die Jüngere bei der Älteren immer wieder abgeblitzt. So schrieb Marie Ebner etwa 1861 an Joseph Weil, sie habe bei Laube Betty Paoli angetroffen: »Sie ist nicht freundlich für mich, u. ich mache natürlich auch keinen Aufwand an Liebenswürdigkeit.« In ihren späteren Tagebuchnotizen beschreibt sie Ida Fleischls bekannt komplizierte Hausgenossin als ausgesprochen launisch und oft ungnädig; auch lasse sie im Gespräch »nie einen anderen einen Satz beenden«. Jedoch: »Betty Paoli kann bezaubernd sein, sogar Moriz stand heute unter ihrem Charme.« Obwohl von Ida Fleischl gewarnt, begeht Marie Ebner allerdings den Fehler, Betty Paoli einige ihrer Gedichte vorzulesen – »es war peinigend – unfreundlicher als sie sich zeigte ist's unmöglich zu sein«. Marie Ebner argwöhnt, dass das Urteil der Dichterin mitunter auch von deren Laune abhängt. So tadelt Paoli das Lustspiel *Männertreue* zuerst dem Vernehmen nach als »frivol u. weiß Gott wie derb«, dann scheint sie doch davon angetan. Wie dem auch sei: »Sie bleibt Scheidewasser für mich so lange sie lebt.«[20]

Dass, wie Ebner-Eschenbachs Umgebung mutmaßte, bei Betty Paolis überkritischer Haltung auch Eifersucht mit im Spiel gewesen sein mag, ist nicht von der Hand zu weisen. Paolis Scharfsinn und stilistische Brillanz als Essayistin und Kritikerin wurden zwar allgemein bewundert, doch als Lyrikerin hatte sie ihre besten Zeiten hinter sich und galt vielen als altmodisch. Für Eifersucht bot aber nicht nur das Feld der Literatur Nahrung, sondern auch das der persönlichen Beziehungen: Marie Ebners immer intensiveres Naheverhältnis zu Ida Fleischl machte Betty Paolis Stellung als deren alleinige Vertraute, aber auch kritisch Betreute, obsolet. Es dauerte Jahre, bis Paoli Marie Ebner wirklich herzlich begegnete, bis sich die Freundschaft zu dritt einspielte und sie sogar beim Korrigieren von Ebner-Eschenbachs Werken gelegentlich mithalf.

Zwischen Sappho und Božena

Die Jahre, in denen sie sich in erster Linie auf die Publikation von Prosa verlegt, waren auch die Jahre neuer und vertiefter Freundschaften mit Schriftstellerinnen – und Schriftstellern. Marie von Ebner-Eschenbach verstand es nicht nur, sich – vor allem – ältere Männer zu Freunden, Lehrern und Förderern zu machen, die ihre Verehrung genossen, mit ihr aber dennoch auf Augenhöhe verkehrten und sich ernsthaft und kritisch ihrer literarischen Arbeit annahmen. Sie bewährte sich auch als Freundin schreibender Frauen, denen gegenüber sie nun die Rolle einer Mentorin einnahm, die sich mit großem Engagement dem Gelingen fremder Werke widmete. Neben dem Ehepaar Pachler waren es Graf und Gräfin Wickenburg, beide deutlich jünger, mit denen Marie von Ebner-Eschenbach verkehrte: »Sie das tiefere Talent, er das edlere Wesen (…).« Albrecht von Wickenburg hatte den Staatsdienst aufgegeben und widmete sich wie seine Frau Wilhelmine »Minna« von Wickenburg-Almàsy vor allem der Lyrik. Jene kommt im Tagebuch Marie Ebners, im Gegensatz zu den meisten ihrer Gedichte, wegen ihrer Überheblichkeit nicht immer gut weg. Als Minna Wickenburg ihr über die *Erzählungen* schreibt, »wie eine Ruhmgekrönte die einer armen Anfängerin zu einem – Umgotteswillen – Erfolge, gnädigst zunickt«, ärgert Marie Ebner sich richtig über sie. Ihre Meinung über die Kollegin bleibt zwiespältig: »Minna ist sehr gescheidt, sie hat auch ein sehr schönes Talent. Etwas fehlt – (…). Vielleicht das warme, die ganze Menschheit zärtlich umfassende Herz, *die große Liebe*.«[21]

Über die verfügte zweifellos Adèle Wesemal, die unter dem Pseudonym Hermine Wild Erzählungen und Romane publizierte: »Sie hat ein großes, närrisches Herz.« Wesemal, fünf Jahre älter als Ebner-Eschenbach, pflegte bei ihren eigenen Lesungen heftig zu schluchzen und galt im Kreis der Freundinnen als einigermaßen verrückt und lebensuntüchtig. So verlor sie einmal auf der Fahrt nach Wiener Neustadt 41 Gulden, die sie von Ida Fleischl erhalten hatte: »Wie in einen Brunnen fällt alles was man für sie thut.« Dennoch versuchte Marie Ebner, ihr Publikationsgelegenheiten zu vermitteln, und korrigierte ihre Manuskripte – mit einigem Widerstreben, fand sie doch Adèle Wesemals Prosa ungesund, ja »unlauter«; es scheint, als wäre ihr die ganze Person etwas unheimlich gewesen: »Wenig Kunst, viel

Verstand, sehr viel Talent, mehr als das alles: Temperament. Ihr Blut schreibt.«[22]

Weniger belastet war die Freundschaft mit Florentine »Flora« Galliny, die unter dem *Nom de plume* Bruno Walden in zahlreichen Zeitschriften veröffentlichte und dann eine Anstellung als Literatur- und Theaterredakteurin bei der *Wiener Zeitung* erhielt. Marie Ebner nennt die fünfzehn Jahre Jüngere in ihren Notizen immer wieder amüsant und gescheit, »es fehlt ihr um ganz angenehm im Verkehr zu sein nichts als – Reinlichkeit«. Was alle diese Autorinnen und Autoren unterschiedlicher sozialer Herkunft miteinander verband, war ein Publikationsort: die 1872 gegründete Zeitschrift *Die Dioskuren*. In dem »Literarischen Jahrbuch des ersten allgemeinen Beamten-Vereines der österreichisch-ungarischen Monarchie« waren – neben den großen Namen – von Faust Pachler bis Josephine von Knorr alle vertreten. Marie Ebner veröffentlichte dort nicht nur ihre neuen Erzählungen, sondern, unter den Initialen M. E., auch Gedichte.[23]

Zu den Beiträgerinnen der *Dioskuren* gehörte auch die Dichterin Marie von Najmájer (1844–1904), die über kaum weniger Temperament verfügte als Adèle Wesemal. Najmájer wurde mit Marie Ebner 1875 näher bekannt; ihr stürmisches Werben um Zuneigung verstörte die Umworbene nachhaltig. Ein Blick auf diese einseitige Liebesgeschichte verrät einiges über den erotischen Diskurs der Epoche, aber auch über Marie von Ebner-Eschenbachs Kunst, sich bei Feuergefahr beizeiten in Sicherheit zu bringen. Najmájer stammte aus einer ungarischen Familie, sie hatte als junges Mädchen bei Josephine Fröhlich, der jüngsten der vier Schwestern, Gesangsunterricht genommen und war von Grillparzer, dessen Lebensgefährtin die zweitjüngste der Fröhlich-Schwestern war, zur Publikation ihrer Gedichte ermuntert worden. 1873 hatte sie der von der Presse zerzausten Verfasserin des *Waldfräulein* einen »[s]ehr liebenswürdigen Brief« geschrieben und seitdem bei ihr einen Stein im Brett: »Jedes Zeichen von Güte u. Teilnahme thut so wohl in einer solchen Zeit.« Man korrespondierte, traf einander gelegentlich, bis der Kontakt sich auf Marie Najmájers Drängen intensivierte.[24]

Im Jänner 1875 verehrt die Dreißigjährige der Älteren ein, wie diese in ihrem Dankesbrief meint, »wunderschönes Gedicht«, offenbar eine glühende Hommage, denn Marie Ebner zweifelt daran, das Lob zu verdienen – aber: »solche Geschenke weist man nicht zurück«.

Im Februar schreibt Marie von Najmájer ein zweites, zehnstrophiges Gedicht, das seiner Adressatin zu senden sie wohl erst im April wagt:[25]

»Frage nicht!

Worüber ich sann, was ich träumte,
Seitdem ich zuletzt Dir nah',
Und wo meine Seele säumte,
Und was ich im Geiste sah?

So hör' ich zuweilen Dich fragen,
Und wurde dann plötzlich gewahr:
Ich könne Dir's nimmermehr sagen,
Es sei mir selber nicht klar.«

Das lyrische Ich malt einen phantastischen Tagtraum aus, einen Locus amoenus im lichten Frühlingswald: »In freundlichem Sinnen ist Stunde / Um Stunde vorüber gerauscht.« Und fragt sich im Bann der Winterkälte: »Wer hat mir in sonnige Lande / Die träumende Seele entführt?« Die Szenerie wandelt sich, ehe sich eine Antwort abzeichnet, wieder ins Reale:

»Und als ich von Dir soll scheiden,
Da flüchtig die Zeit entschwand,
Da willst Du's nicht gerne leiden,
Und hältst mir lächelnd die Hand.

Aus diesem lächelndem Schweigen,
Aus diesem beredten Blick
Seh' traut ich den Wald entsteigen,
Erträumtes kehrt mir zurück,
(…)

Und würdest Du wieder mich fragen,
Worüber ich sann, wo ich war?
So könnt' ich's Dir nimmer sagen,
Denn völlig ward es mir klar.«

Hier entfaltet sich ein doppeltes Paradox: Der oder die Angeredete soll laut Überschrift nicht fragen, er oder sie hat es aber schon getan. Und das Ich erklärt am Ende, es könne sein Geheimnis nicht verraten, das Gedicht hat aber diesen Geheimnisverrat schon vollzogen. Dass dies ein Liebesgedicht ist, erklärt sich von selbst, die Verfasserin besiegelt es mit ihrer Unterschrift: »Marie.« Sonst redet man einander mit »Mein liebes Fräulein« und »Verehrte Frau Gräfin« an. Im Zwiegespräch zwischen Marie und Marie ist nun die Rollenzuweisung klar – die eine braucht vorgeblich zehn Strophen, um schreibend dem eigenen Affekt auf die Spur zu kommen, die andere soll diese Erfahrung lesend nachvollziehen.

Diese denkt aber nicht daran, das zu tun – vielmehr: es zuzugeben. Marie Ebner schreibt: »Dr. Pachler war ganz entzückt von Ihrem sehr lieblichen kleinen Gedichte u. gedenkt es poetisch zu beantworten. ›Frage nicht‹ scheint mir von großer aber etwas rätselhafter Schönheit. Auch mir thut es sehr leid daß wir niemals ein Colloquium in Ruhe u. ungestört abhalten können.« Die Antwort ist eigentlich eine Beleidigung, denn sie stellt klar: Das intime Geständnis wurde dem literarischen Hausfreund vorgelegt und auch gleich zur Beantwortung überlassen, als wäre es nicht persönlich an Marie Ebner gerichtet. Die Adressatin stellt sich dumm, denn die Aussage des Gedichts hat für sie bestimmt nichts Rätselhaftes. Sie ignoriert außerdem die intertextuelle Anspielung – auf Annette von Droste-Hülshoffs gleichsam zwischen den Geschlechtern schwebendes Gedicht *O frage nicht was mich so tief bewegt*, das durch die ursprüngliche Widmung *An Elise* ebenfalls die Sphäre des Homoerotischen berührt und Ebner-Eschenbach als Droste-Verehrerin zweifellos bekannt ist. Deshalb glaubt man der Briefschreiberin zu guter Letzt nicht, dass sie es bedauert, mit ihrer Verehrerin nie unter vier Augen sprechen zu können: Sie ist ganz offenkundig froh darum.[26]

Marie von Najmájer lässt sich aber nicht so schnell entmutigen. Drei Wochen später trägt Marie Ebner in ihr Tagebuch ein: »Dann kam Fräulein von Najmajer die viel Merkwürdiges über *Sappho* schwalbelte.«[27] Der Gebrauch von »schwalbeln« im Sinne von flunkern oder phantasieren weist über das Reich der Literatur hinaus: Anders als noch bei Grillparzer, galt die antike Dichterin mittlerweile nicht mehr als unglückliche Geliebte des Fährmanns Phaon, sondern als Galionsfigur der Frauenliebe – und »lesbisch« nicht als bloß geographischer Begriff. Die antike Freizügigkeit kollidierte, wie bei der Knabenliebe, mit dem wissenschaftlichen Diskurs, der um die Mitte des 19. Jahrhunderts Homosexualität als Krankheit etablierte.[28] Jetzt sieht Ebner-Eschenbach die Stunde gekommen, das Versteckspiel aufzugeben und der Freundin ins Gewissen zu reden. Noch dazu plant diese ein episches Gedicht über Gräfin Ebba Sparre (1629–1662), die Hofdame und innige Freundin der schwedischen Königin Christina, deren Biographie ein verfängliches Gebiet zu eröffnen scheint. Zwei Tage nach Najmájers Besuch greift Marie Ebner zur Feder und fällt mit der Tür ins Haus:

> »Das ist alles recht schön u. gut, Sappho mag eine höchst würdige Dame gewesen sein an der Spitze ihrer Töchterschule, aber wenn ich sagen würde daß mir's gefällt daß sie niemals einen Mann geliebt hat, da müßte ich lügen. Das ist ein Unglück – um nicht von einer Infirmität zu sprechen. Wir haben für Empfindungen wie die ihren, ein Lächeln des Spottes, oder ein Gruseln des Abscheus. Wenn Sie theures Fräulein auf meinen Rat auch nur den allergeringsten Wert legen so lassen Sie Sappho – Sappho sein, u. beschäftigen sich niemals mit einem Stoffe der in irgend einer Weise an den Gemütszustand dieser illustren Griechin gemahnt. Ich beschwöre Sie darum als Ihre wahre u. ergebene Freundin, u. als eine alte Frau, die vom Leben mehr wissen muß als Sie, u. mit tiefem Erschrecken wahrnimmt wie Sie in aller Unbefangenheit u. Ahnungslosigkeit im Begriffe stehen einen Stechapfel für eine Lilie anzusehen u. als solche zu preisen.«[29]

Marie von Ebner-Eschenbach versucht also die Bekämpfung von Leidenschaft durch Ironie. Gegen Sappho als die antike Schirmherrin weiblicher Bildung hat sie naturgemäß nichts einzuwenden, aber als Frau, die an einem Gebrechen, einer »Infirmität«, leidet, ist ihr die antike Dichterin zutiefst suspekt. Marie Ebner fürchtet um den Ruf der Freundin und spielt sogar ihre Erfahrung als verheiratete, ja »alte Frau« – sie ist 44 – aus, um die vermeintlich Unerfahrene zu warnen: Sie möge den Stechapfel der lesbischen Liebe, ein betörend duftendes, aber giftiges Gewächs, nicht mit der ähnlich blühenden Lilie, also der wahren Liebe, verwechseln; ohne Zweifel »an allusion to erotic love« (Charlotte Woodford).[30]

Bei ihrer Intervention lässt Marie Ebner ihre gemeinsame Beziehung ganz aus dem Spiel, der Hinweis auf ihr Alter fungiert aber wohl als imaginäres Stoppschild. Vergeblich, denn bald erhält sie aus Marienbad einen veritablen Liebesbrief:

> »Ich soll Sie lieb behalten? Kann man denn Ihr seraphisches Naturell erkennen, empfinden und auf sich wirken lassen, ohne immer inniger davon angezogen zu werden? Kann man Ihren Gesichtsausdruck in einem jener Augenblicke, da Sie ganz meinem Murillo-schen Jesukinde ähnlich sehen, in die Seele aufnehmen, und ihn wieder vergessen? Ich glaube nicht; nämlich im Allgemeinen. Was mich im Besonderen betrifft, so ist die Liebe zu Ihnen gegenwärtig vielleicht – Sie machten manchmal schon ein so wahrhaft bestürztes Gesicht, wenn ich im Begriffe stand, Ihnen Ähnliches zu sagen, daß ich Sie mit einem bestimmterem Ausdruck nicht erschrecken will – dasjenige, was mich am Innigsten erregt, erfüllt, und beschäftigt (...).«[31]

Najmájer bekennt sich zu ihrer Veranlagung, indem sie klarstellt, dass »[ä]hnliche Empfindungen« »schon öfter, und mit solcher Gewalt« über sie gekommen seien, dass sie diese nicht als »Grillen«, sondern als »mein Schicksal mitbestimmende Erlebnisse betrachten« müsse. Zugleich versucht sie, zur Beruhigung der als »Madonna« Apostrophierten, den Anschein von Begehren und Passion abzumildern. Anders als sonst, da sie stets durch gegensätzliche Charaktere angezogen worden sei, erlebe sie nun in dieser »schmerzlosen Liebe« zu einer Seelenverwandten eine »Freude ohne Reue«.

Im Ebner'schen Tagebuch finden diese Bekenntnisse keinen expliziten Niederschlag. Am 9. Dezember notiert die Verfasserin bloß: »dann ein recht penibler Abend mit Frln Najmajer. Sie ist *unmöglich*, unprésentabel trotzdem sie talentvoll u. gut ist. Aber wie ihre Sprache ein Gemisch ist von Hoch- u. von Fiakerdeutsch, so ihr Wesen ein ganz unvermitteltes Nebeneinander von Grobheit u. Zartheit Tölpelhaftigkeit u. Gutmüthigkeit.« Worin sich diese »Grobheit« und »Tölpelhaftigkeit« und das Penible, also Peinigende, geäußert haben könnten, lässt sich aus der Passage nicht erraten. Marie Ebner jedenfalls fühlt sich von so viel *unmöglicher* Leidenschaft in ihrem Seelenfrieden bedroht und geht auf Distanz. Die Freundin leidet darunter. Soeben hat sie, gegen Marie Ebners Rat, ihr großes Gedicht *Gräfin Ebba* vollendet, und sie hat es, schlimmer noch, als Projektionsfläche ihrer unerfüllten Liebe zur älteren Kollegin genutzt. Die Freude am Abschluss ihrer Arbeit aber sei ihr vergällt, »wenn Ihr ernst abweisender Blick jeden Gefühlsausbruch in mich zurückdrängt«: »Sie sind anders mit mir, als Sie waren; (…) lassen Sie mich nur ein einzigesmal wieder jenes liebe, lächelnde, still verklärte Antlitz sehen, von dem ich so schwer schied, nach dem ich mich so oft sehnte, und das mir nie wieder erscheinen will!«[32]

Postwendend kommt als Silvestergruß Marie Ebners Antwort, mit Bleistift rasch auf zwei Notizzettel geschrieben, angeblich wegen einer Grippe, die das Tagebuch freilich verschweigt: »Wenn ich seit einiger Zeit zurückhaltender gegen sie geworden bin, so liegt der Grund in der Abgötterei die Sie anfangen mit mir zu treiben. Sie sagen, ich könne Ihre Gefühle nicht ändern? Das thäte mir herzlich leid, denn es würde zur Entfremdung zwischen uns führen. Geschätzt werden erhebt, überschätzt werden beschämt.« Selbst jetzt noch redet Ebner-Eschenbach gezielt am Problem vorbei, so als ginge es nur um die Zurückweisung einer unverdient hohen Meinung. Und sie hofft, was in solchen Fällen meist gehofft wird: »Sorgen Sie dafür daß wir gute Freunde bleiben können.« Dennoch unterzeichnet sie persönlich wie nie – mit »M.«[33]

Fräulein Najmájer ist aber weder in der Lage noch willens, vom Gegenstand ihrer Verliebtheit abzulassen. Zwei Monate später schreibt die »Gräfin« streng: »Hilft nichts, Sie müssen dennoch abkühlen! Ich war auch jung und begeisterungsfähig u. weiß, daß gar nichts auf der weiten Welt so herbe Früchte trägt als das Gewecktwerden aus solchem Bewunderungstaumel. Man wacht eben nicht selbst auf, man wird geweckt. Glauben Sie mir!« Das gewünschte Portraitfoto schickt sie ihr aber doch. Ende März 1876 wird die anhaltend Bestürmte zum ersten Mal deutlich, was dieses Verhältnis angeht; zuvor hat Marie von Najmájer sich offenkundig verletzt gezeigt. Marie Ebner pocht an die eigene Brust: »Ihr Brief hat mir wirklich weh gethan; ich möchte Niemandem u. am wenigsten Ihnen, eine ›schmerzende Wunde‹ schlagen. Es ist mir gewiß nicht leicht geworden, eine Empfindung echt u. wahr wie die Ihre zurückzuweisen; meine erste Existenz-Bedingung jedoch ist Ruhe, äußere u. innere. Nennen Sie das Müdigkeit, Erschöpfung oder gar Egoismus, aber grollen Sie mir nicht.« In einer tieferen Schicht von Marie Ebners Bewusstsein hat die Verunsicherung durch die Avancen der leidenschaftlichen Ungarin aber doch Spuren hinterlassen. Elf Jahre später schreibt sie, sie sei im Traum Fräulein Najmájer begegnet, die grün karierte Hosen »und einen grau lila Männerrock trug, dazu einen Damenstrohut« [sic] – und gießt damit die eigene erotische Verwirrung in ein androgynes Bild.[34]

Die Bedeutung dieser hochemotionalen Episode für Marie von Ebner-Eschenbach ist gewiss nicht überzubewerten. Sie zeigt aber, wie zuverlässig ihre Abwehrmechanismen funktionieren – und dass sie, bei aller Aufgeschlossenheit gegenüber gesellschaftlichen Neuerungen, vor allem in Fragen der Sexualität den Normen ihrer Zeit verhaftet war. So portraitiert sie in ihrem Tagebuch etwa ihren Cousin Claudius Podstatzky zwischen den Zeilen als prototypischen Schwulen, als kunstsinnigen Junggesellen mit Seelenfreundin. Über Jahre verfolgt sie seine Krebserkrankung mit großer Anteilnahme und Sorge. Bis sie einmal vermerkt, der »arme Claudius« sticke an einem »furchtbaren Napoleon's Kopf, au petit point auf feinem canevas. Welche Geschmacksverirrung! das kann man schon ein krankhaftes Gelüste nennen.« Welche Krankheit gemeint ist, lässt sie selbst in der privaten Aufzeichnung offen. Bald danach berichtet sie, der unheilbar Kranke habe sich erschossen. Nicht ohne zur Warnung seiner Freundin einen Zettel an die Zimmertür geheftet zu haben: »Nicht erschrecken!«[35]

Die vom Geruch des Verbotenen bedrohte Geschichte mit Marie von Najmájer nimmt tatsächlich einen guten Ausgang und wird zur Freundschaft. Zwei Jahre nach dem Aufruhr der Gefühle freut Marie Ebner sich in einem Brief darüber, dass die Freundin ihr nicht mehr grolle – »wie ärmlich und abgemessen meine Empfindungsweise« auch gewesen sein mag. Bis zu Najmájers Tod 1904 sind die beiden Schriftstellerinnen in Kontakt, persönlich wie brieflich. Das auf Stefan Zweig gemünzte Wort vom »Genie der Freundschaft« passt ohne Frage auch auf Ebner-Eschenbach: Dank ihren weitverzweigten familiären, freundschaftlichen und beruflichen Kontakten verging kaum ein Tag, an dem sie nicht mehrere Briefe empfing – und schrieb. Bereits Ende der sechziger Jahre stieg Marie Ebner als einzige in ihrem Bekannten- und Verwandtenkreis nach und nach von Kurrent- auf Lateinschrift um. Im Tagebuch vermerkt sind alle Absender und Adressaten, aber auch die seltenen Ausnahmen: »Keinen Brief bekommen.« Und: »Heute schrieb ich nicht *einen* Brief.«[36]

Bis ins hohe Alter war die Dichterin neugierig auf Menschen, sie nahm nicht selten brieflich Kontakt auf und knüpfte neue Beziehungen, die sie sorgsam pflegte. Ihr Interesse am Wohlergehen ihrer Freunde und Freundinnen war nachhaltig, ihre Hilfsbereitschaft groß, ihre Toleranz gegen Eigenheiten und Schrullen außerordentlich. So ertrug sie jahrzehntelang mit grimmiger Ergebenheit die häufigen Besuche ihrer Freundin Leo (wohl: Gudenus), mit der – und deren Hund – sie immer wieder »ein paar nicht sonderlich amüsante Stunden« zubrachte: »Der Husten Bello's, ihre Mißhelligkeiten mit ihren Bedienten bildeten den Beginn unserer Conversation zur angenehmen Fortsetzung der selben erfuhr ich unsere gute Resi habe den Krebs, u. *man ergäbe sich.*« Gegen den »unausstehlichen Bello«, der »mir mit seiner zudringlichen Gefrässigkeit mein ganzes Mittagsessen verleidete«, hatte Marie Ebner eine regelrechte Allergie, dennoch erduldete sie auch ihn jahrelang, vermerkend, dass er, fast haarlos, noch immer »vegetirt«. Schließlich zitiert sie gleichsam mit hochgezogenen Brauen einen Brief Leos: »Bello ›*ist verblichen*‹.«[37]

Nur selten bereute Marie Ebner ihre Neugier und prinzipielle Offenheit wie im Falle der Skandalautorin Ada Christen. An ihr war in den Augen ihrer Zeitgenossen vieles zweifelhaft, nicht nur ihr Geburtsdatum: 1839, wie es im Taufregister steht, oder erst, wie von ihr in Umlauf gebracht, 1844? Mit bürgerlichem Namen hieß sie Christiane (oder Christine) Frederik (oder Friederik) und musste sich nach dem Tod ihres Vaters als Blumenmädchen und Wanderschauspielerin, später angeblich als Animierdame durchschlagen. Sie begann zu schreiben, verkehrte mit Literaten, darunter Friedrich Hebbel und Ludwig Anzengruber. Mit der von ihrem Jugendfreund Ferdinand Saar unterstützten Veröffentlichung der *Lieder einer Verlorenen* (1868) machte Ada Christen Furore, vor allem wegen deren unverblümter, aus weiblicher Perspektive geschilderter Erotik, die nach wie vor ein Skandalon war. Das Buch erlebte in rascher Folge vier Auflagen, Theodor Storm trat mit der Dichterin brieflich in Kontakt. Ihre Erzählungen und Romane aus plebejisch-kleinbürgerlichem Milieu nahmen naturalistische Elendsschilderungen vorweg. 1872 (oder 1873) heiratete Ada Christen ihren Lebensgefährten, den Militärschriftsteller und pensionierten Rittmeister von Breden. Die gesamte Auflage von Christens autobiographischem Roman *Ella* (1869) kauften die beiden nach ihrer Eheschließung auf, weil die kompromittierenden Details die Etablierung des Ehepaars Breden in der durchaus sensationslüsternen Wiener Gesellschaft gefährdet hätten.[38]

Marie Ebner lernte Ada Christen 1875 im Wiener Salon der Josephine von Knorr kennen und war von ihr, wie dem Tagebuch zu entnehmen, nicht gerade bezaubert: »Sie will um jeden Preis interessant sein. Wäre sie mager, sie würde sagen sie leide an der Auszehrung, da sie unförmig dick ist, sgt [sic] sie, sie leide an Schlaganfällen Sie ist bemüht sich eine 2t Unschuld zu schaffen indem sie – vermutlich nur in guter Gesellschaft, von ihrem ehelichen Glücke spricht.« Trotz allem Sarkasmus lädt die Baronin Ebner-Eschenbach die Dichterin mit Vergangenheit ein, sie zu besuchen; worauf Marie von Najmájer ihr »die bittersten Vorwürfe« macht. Es gebe Schranken, die man einhalten müsse: »Mit der Gemeinheit darf man nichts zu thun haben.« Tatsächlich erfährt Marie Ebner gleich am nächsten Tag von Ida Fleischl, dass Ada Christen sich über die Soireen bei Baronin Knorr und das »aristokratische Pack« dort den Mund zerrissen habe.[39]

Marie Ebner berichtet Najmájer sogleich: »Wegen A. Ch. haben Sie so völlig Recht als man nur haben kann. So albern habe ich lange nicht gehandelt, als da ich sie zu mir lud. Es geschieht indess was ohne Unart geschehen kann, um den Besuch zu vereiteln.« Das scheint auch gelungen zu sein. Vielleicht erfuhr Sephine Knorr nicht die ganze Wahrheit, jedenfalls ging Ada Christen in deren Haus weiter aus und ein. »Wie schade daß einer [sic] so braves Talent sich bei einem so nichtbravem Charakter eingenistet hat«, bemerkt Marie Ebner in einem Brief an Sephine. Diese aber zeigt sich eher wegen gewisser Gerüchte besorgt, die den Ehestand des genialischen Naturkindes in Zweifel ziehen. Sie sei ja bereit, den »Schleier über Vergangenes« zu breiten, verlange aber doch eine »annehmbare Gegenwart«.[40]

In ihrer Antwort stellt Marie Ebner klar, worauf es ihr in Sachen Freundschaft oder auch nur Umgang vor allem ankommt: »Mir wär's gleichgiltig ob Ada Christen verheiratet ist od: nicht, aber daß sie eine falsche Katz ist u. lügt so oft sie den Mund aufthut, das macht sie mir verächtlich.«[41]

Zur Zeit der Gefühlskonfusion mit Marie von Najmájer war Marie Ebners Sinnen und Trachten in Wahrheit von einer anderen Frau okkupiert: von Božena, der hochherzigen Magd, die sie zur Heldin ihres ersten Romans machte. *Božena* (1876) gehört nicht zu Ebner-Eschenbachs berühmtesten, sehr wohl aber zu ihren bedeutendsten Werken. Mit dem Portrait einer starken und selbstbewussten, aber auch ethisch vorbildlichen Frau, die der untersten Schicht der Dienstboten entstammt, ging die Dichterin konsequent den nächsten Schritt auf dem Weg zu einem sehr persönlich interpretierten Poetischen Realismus. Sie begann ihre erste längere Prosa nach *Aus Franzensbad* Ende Juli 1875, während eines Besuches bei ihrer Schwester auf dem Kinsky'schen Schloss Trpist (Trpísty), setzte ihre Arbeit in Zdislawitz und Wien fort und beendete sie nach einigen Krisen und Unterbrechungen Ende April 1876. Der Text, den die Autorin während seiner Entstehung bald Roman, bald Erzählung genannt hatte, erhielt für die Publikation, wie auch die späteren Werke, die bescheidenere Bezeichnung. Cotta nimmt das Manuskript sogleich an, die Autorin unterschreibt den Vertrag aber erst, als der Verlag vom geplanten damenhaften Klein-Oktav-Format abgeht: »aus Freude darüber einen Bleistift gekauft mit dem man nicht schreiben kann der aber 16 Gulden kostet. Und ich soll keine Närrin sein.«[42]

Der noch vor der Buchpublikation geplante Abdruck in Julius Rodenbergs *Deutscher Rundschau* kommt dagegen nicht zustande, angeblich wegen der Überlänge der Erzählung. Das ist deshalb merkwürdig, weil Rodenberg der österreichischen Autorin im Sommer 1875, gleich nach Erhalt des Rezensionsexemplars ihrer *Erzählungen*, enthusiastische Briefe gesandt und darin die Hoffnung ausgedrückt hat, es könne ihm gelingen, sie als »eines der bedeutendsten Talente, das aus Österreich hervorgegangen, an die *Deutsche Rundschau* zu fesseln«. Marie Ebner, hocherfreut über die Einladung durch die bereits nach einem Jahrgang angesehenste literarische Zeitschrift Deutschlands, verspricht ihm daraufhin eine noch zu schreibende Novelle, worauf Rodenberg erwidert: »Mag Ihre Novelle so lang werden, als Sie will, u. kommen wann Sie will – Sie wird *immer* willkommen sein (...).« Dass er *Božena* nun ablehnt, wohl weil die Erzählung ihm nicht zusagt, trifft Marie Ebner hart. Auch hat sie andere Angebote ausgeschlagen, da sie Rodenberg im Wort war. Der Einladung des Verlegers Eduard Hallberger konnte sie wiederum nicht folgen, weil der Abdruck in der Wochenzeitschrift *Über Land und Meer*, die eine Auflage von 140 000 hatte, an eine nachfolgende Buchausgabe gekoppelt gewesen wäre und sie Cotta schon zugesagt hatte. Der Cotta-Verlag steht indes unter keinem guten Stern, eine Hiobsbotschaft jagt die nächste: Im April 1876 erschießt sich Baron Reischach, sein Vater stirbt drei Tage später, sein siebzehnjähriger Sohn erhängt sich im Juni, in den Zeitungen ist von drohendem Bankrott die Rede.[43]

Während der Arbeit an *Božena* lebt Marie Ebner die längste Zeit als Strohwitwe: Ihr Mann ist auf Einladung ihres Bruders Victor nach Teheran gereist, wo dieser als k. u. k. Gesandter Dienst tut. Sechs Sommerwochen verbringen die Ebners 1875 noch gemeinsam bei Fritzi und Gustl Kinsky im westböhmischen Trpist. Victor hat dem Schwager den Reiseplan für Persien geschickt: »Eine lange Berathung haben wir heute abgehalten. Sind auf der Karte bis nach Enzeli gekommen. Ja, wenn ich eine gesunde Person wäre, ließe ich mir nicht zweimal sagen: Komm mit! – Aber so! –« Dass womöglich auch der begonnene Roman sie im Lande festhält, sagt sie nicht. Am 27. September 1875 begleitet Marie Moriz in Wien zum Zug: »Im Mai erst sehen wir uns wieder. Wie viel Unerwartetes wird bis dahin geschehen, wie viel Erwartetes – nicht eingetroffen sein?« Allein zu Hause widmet Marie Ebner sich mit besonderem Eifer dem Schreiben. Nachts liegt sie wach und denkt über einen besseren Schluss für die Erzählung nach. Fast scheint es, als würde sie die ständigen Vorhaltungen ihrer Lieben bestätigen: »Die heisse Arbeit macht féroce. Alles geht an mir vorbei was sich nicht auf das Buch bezieht. Verdient es so viel Liebe?« Von ihrem Mann kommen ausführliche Reiseberichte, nach sechs Wochen erst trifft er in Teheran ein – »Moriz schreibt höchst interessant u. so gut!«[44]

Sosehr Ebner-Eschenbach es genießt, abends auch allein zu sein, gerät ihr doch die freie Zeit nicht immer produktiv: »Heut hat mir die Arbeitskraft ein wenig nachgelassen. Vermutlich weil ich den ganzen Tag Zeit gehabt hätte sie auszuüben.« Wieder einmal lebt sie gern »auf eigene Kosten« und schaltet in der Wohnung nach ihrem Belieben: »5° Kälte des Morgens. Ich übersiedelte aus meinem Schlafzimmer in das von Moriz, wo es warm, behaglich u. ziemlich hell ist.« Noch während sie die letzten Kapitel schreibt, arbeitet sie bereits eifrig mit Ida Fleischl an Korrekturen und Strichen: »Es wird mir beinahe etwas zu kahl, zu nüchtern.« Für ihr Empfinden kommt sie viel zu langsam voran: »*ich* könnt mir mein Brot eher mit dem Schiebkarren verdienen als mit der Feder.« Am Ende ist sogar Betty

Paoli mit der Erzählung zufrieden, »u. so komme ich mir vor wie unverwundbar weil in Drachenblut gebadet«.[45]

Als Moriz am 4. Juni 1876 von seiner Weltreise zurückkehrt, ist das Buch fertig: »Er kam um halb sechs, sehr sonnverbrannt, etwas magerer aber vortrefflich aussehend u. in der besten Stimmung.« Moriz Ebner erschrickt über den Zustand seiner herzkranken Schwägerin Sophie, und er diskutiert bald wieder mit Sephine Knorr »mit alter Lust u. Liebe über ihre alten Streitfragen« religiöser Natur: »›Meine liebe Baronin – u. das glauben Sie?‹ Heimelte mich so an. Gut daß er wieder da ist.« An *Božena* hat der Ehemann freilich einiges auszusetzen, er vermisst die Leidenschaft darin, der Heldin werde es »zu leicht gemacht ihren Zweck zu erreichen«.[46]

Božena erzählt in zwanzig Kapiteln die Geschichte des bürgerlichen Hauses Heißenstein, fokussiert auf dessen unbürgerlichen guten Geist Božena. Die Dienstmagd übernimmt nach dem frühen Tod der Mutter die Erziehung der kleinen Rosa. Der Hausherr, ein reicher Weinhändler, heiratet in der Hoffnung auf einen Erben die ehemalige Gouvernante Nannette. Božena bleibt nur dem Kind zuliebe, auch als die zweite Frau Heißenstein ihrem Mann – bloß – ein Mädchen namens Regula schenkt. Diese wird zum Musterbild der mütterlichen Erziehung, während der Wildfang Rosa nur auf Božena hört. Als Rosas erste Liebe, der vornehme, aber bettelarme Leutnant von Fehse, um ihre Hand anhält, verweigert der Vater sie ihm, worauf die Tochter mit ihrem Verlobten durchbrennt. Die Magd, die das verhindern hätte können, hat die Nacht beim nichtsnutzigen Jäger Bernhard verbracht. Um ihre Schuld gutzumachen, folgt Božena dem jungen Paar in die Armut, die durch die Geburt einer Tochter –Röschen – noch verschärft wird. Nannette unterschlägt einen flehentlichen Brief Rosas an ihren Vater, der bleibt unversöhnlich, bis er vom Tod seiner Tochter erfährt. Bald danach fällt sein Schwiegersohn. Nun erst bereut Heißenstein seinen Starrsinn, doch ein Schlaganfall verhindert die Änderung seines Testaments zugunsten seiner Enkeltochter. Als Božena mit dem Kind über die Schwelle tritt, liegt der Patriarch im Sterben.

Fortan wird Röschen im Haus bloß geduldet. Als Nannette Heißenstein stirbt, bittet der junge Graf Ronald von Rondsperg die Alleinerbin Regula, das hochverschuldete Gut seiner Eltern zu kaufen; er denkt jedoch nicht daran, ihre Zusage, wie von ihr erhofft, mit einem Heiratsantrag zu belohnen. Ihm hat es vielmehr das junge Röschen angetan, auf das er mangels Vermögen verzichten zu müssen meint. Dank Boženas Intervention – sie droht Regula, die einstige Unterschlagung des Briefes durch Nannette öffentlich zu machen – erhält Röschen Gut Rondsperg von ihrer Tante zum Geschenk, womit der Hochzeit mit dem jungen Grafen nichts mehr im Wege steht. Ronald Rondsperg figuriert hier als der Edelmann mit bürgerlichen Tugenden, während Röschen die geborene Bürgerliche von natürlichem Adel darstellt. Möglich wird die Lösung durch das Eingreifen der »Plebejerin« Božena. Ebner-Eschenbachs Roman huldigt einer Art märchenhaftem Realismus. Märchenhaft ist die mythische Gestalt der Magd, die einst mit dem Kind im Arm aus der Fremde heimkehrte und diesem zu Glück und Reichtum verhilft, durchaus realistisch sind aber die konkreten politischen Verhältnisse des Vormärz, der Revolutionsjahre und des Nachmärz. Der »Komödien-Schluß« besiegelt die Verwirklichung der alle Interessen einer auseinanderdriftenden Gesellschaft versöhnenden Utopie.[47] Es geht um nichts weniger als um Weltverbesserung mit den Mitteln der Poesie.

Ökonomischen Fragen kommt dabei, wie meist in der Literatur des Realismus, eine überragende Bedeutung zu. Die romantische Liebesheirat ohne finanzielle Absicherung wird von der Erzählerin an einem abschreckenden Beispiel durchexerziert und von ihrer Heldin verworfen. Geldfragen und Herzensdinge erscheinen in ironischer Kontrastierung und die Exponentinnen des Bürgertums dabei in einem ganz schlechten Licht. Anhand der Heiratspolitik ihrer Romanfiguren veranschaulicht Marie Ebner eine Zeit des Umbruchs. Der reiche und selbstbewusste Bürger kann es sich leisten, einen armen Aristokraten als Schwiegersohn zu verschmähen (weil der nicht seinen Namen aufgeben und Weinhändler werden will), während seine zweite Gattin sich die gemeinsame Tochter als Frau Gräfin erträumt und ihr diese falsche Hoffnung vererbt.

Dass die alten Machtverhältnisse aus den Fugen geraten sind, macht die Erzählung offensichtlich. Der wirtschaftliche Niedergang vieler Adelshäuser, der durch die Revolution von 1848 noch beschleunigt wurde, hat den bürgerlichen Kapitalisten Oberwasser verschafft. Der alte Graf Rondsperg, der seine Augen davor verschließt und von einer Verpachtung des Gutes nichts wissen will, denkt und agiert wie

Franz Dubsky, von dessen Geldnöten das Tagebuch seiner Tochter Zeugnis ablegt. »Es sieht schlimm aus mit unseren Finanzen«, heißt es da einmal nach der Haushaltsabrechnung, die Marie Ebner für den Vater erledigt. Das Problem Zdislawitz wird von Sohn Adolph gelöst, indem er Franz Dubsky das Gut 1871 abkauft und den väterlichen Einwänden zum Trotz verpachtet, für 11 000 Gulden jährlich: Die einstmals berühmte Schafherde »ist verkauft um 4500 fl! – Meinem Großvater wurden 100/m [100 000 Gulden, D. S.] geboten.« Auch für Marie Ebner ist diese Zeit vom Bewusstsein des wirtschaftlichen Niedergangs geprägt.[48]

Während Božena als eine »positive, weibliche Gegenfigur zur patriarchalisch-kapitalistischen Welt Heißensteins« (Ulrike Tanzer) gezeichnet wird, erscheinen Nannette und ihre Tochter geradezu als Karikaturen bürgerlicher Weiblichkeit; Regulas Bildung macht sie zum unweiblich besserwisserischen »Blaustrumpf«, zur sarkastisch überspitzten Ausgabe einer Gattung, zu der ja auch die Autorin sich zählte; Regulas Sittlichkeit beschränkt sich auf Sittsamkeit und opfert alles dem schönen Schein. Während Božena in ihrer unbedingten Wahrheitsliebe ihr Verhältnis mit dem Jäger Bernhard Jahre später öffentlich bekennt und dadurch wider Erwarten in der Achtung der Leute nicht sinkt, sondern steigt, sind die Heißenstein'schen Frauen vollauf, aber ebenfalls erfolgreich mit der Präsentation der Fassade beschäftigt. In *Božena* verhandelt Marie Ebner »[b]ürgerliche Öffentlichkeit als praktische Macht« (Franz Schüppen).[49]

Regula ist durch und durch eine Frau der neuen Zeit, als »Kapitalistin« und Bauherrin ein Erfolgsmodell. Auch auf Schloss Rondsperg ist sie schon drauf und dran, nach utilitaristischen Prinzipien gründlich aufzuräumen und sich Wertgegenstände zu sichern. Doch Regula ist hier fehl am Platz, und sie wird schließlich durch die Heirat mit dem Gymnasialprofessor Bauer auf den ihr gebührenden verwiesen. Mögen Adel und Bürgertum in nachrevolutionärer Zeit auch zusammenrücken, so gibt die Erzählinstanz zuletzt doch jedem das Seine. Gut Rondsperg (Zdislawitz) erscheint als eine leicht desolate irdische Niederlassung des Paradieses. Von der einengenden Häuslichkeit des ebenso fiktiven mährischen Städtchens Weinberg gelangt das Romanpersonal auf das Land und ins Freie. Was dort geschieht, vollzieht sich gleichsam in Zeitlupe: Der erste Teil des Romans umfasst eine Zeitspanne von dreißig Jahren, der zweite Teil sieben Tage.

Schloss und Umgebung sind als Naturraum der Ort der Liebe, hier schlägt die Stunde der Wahrheit, hier geht der Showdown über die Bühne. Auf dem leicht verlotterten Landgut blühen die Sympathieträger des Textes auf, dort werden sie sich am Ende niederlassen.[50]

Die treue Dienerin Božena steht in der österreichischen Literatur in einer Reihe, die von Grillparzers *Ein treuer Diener seines Herrn* (1830) bis zu Hugo von Hofmannsthals Lustspiel *Der Unbestechliche* (1923) reicht: lauter dienstbare Geister, die sich erfolgreich gegen Aufruhr und Unordnung stemmen und dabei die Moral strikter vertreten als ihre Herren. *Ein treuer Diener seines Herrn* war überhaupt ein Lieblingsstück Ebner-Eschenbachs. »Ich habe geheult«, notiert sie nach einer Burgtheater-Aufführung, »mir giebt es kein rührenderes Stück.« Und an die Adresse der Kritik: »Sie finden diese Treue übertrieben? Die Narren! (...) Treue ist unendlich wie die Liebe, oder sie ist nicht.« Mit feudalen Sitten habe dies nichts zu tun: »Ein Mann, ein Wort! Bankban hat es gegeben u. hält es. Nicht aus Servilität sondern aus dem Gegentheile derselben: Aus Respect vor sich selber.«[51]

Boženas Treue gehört in diesem Sinne nicht ihrem Herrn, auch nicht ihrer Herrin, sondern den Kindern, an denen sie Mutterstelle vertritt. Sie repräsentiert die Macht der Ohnmächtigen: Ihrer gebildeten Herrschaft nicht nur moralisch, sondern auch intellektuell überlegen, gängelt Božena diese auch zu deren eigenem Besten. Zum Ethos des Dienens gesellt sich das des Herrschens: Božena, zu Deutsch die Gottesfrau, ist in jeder Hinsicht überlebensgroß. Graf Rondsperg nennt sie eine »Fürstin Libussa«. Libuže, die mythische Gründerin Prags, die sich ebenfalls mit einem nicht ebenbürtigen Mann verband, steht auch im Mittelpunkt von Grillparzers Drama *Libussa* (1848), das erst postum 1874 uraufgeführt wurde. Als mythische Heldin hat Božena keine Herkunftsgeschichte, und sie ist erhaben über gesellschaftliche Forderungen: Mutterschaft erscheint nicht als biologisch definiert und die Ehe nicht als höchstes Gut, auch als unverheiratete, kinderlose Frau genießt Božena die Achtung der Gemeinschaft und bewährt sich als vorbildliche Mutter.

Die wehrhafte Magd trägt Züge einer Amazone, manches erinnert an Brünhild: »Die schöne Božena hätte sich an Größe und Stärke kühnlich mit einem Flügelmann des Garderegiment Friedrich Wilhelms I. messen können. Dabei besaß sie ein ausdrucksvolles und gescheites Gesicht, in dem ein Paar rabenschwarze Augen funkelten, die auch der mutigste Mann nicht ohne leises Grauen in Ungnade auf sich gerichtet sah.« Božena ist keines Mannes Eigentum, aber sie ist keine Männerfeindin. Der Roman einer buchstäblich starken Frau erzählt von der »Wiedergeburt des Matriarchats aus der Mitte der Geringen, aus dem Plebejertum« (Heidi Beutin), einer Subalternen, die nicht als Opfer, sondern als Akteurin auftritt. *Božena* ist auch deshalb ein Frauenroman, weil die Vertreter des Patriarchats zu Randfiguren schrumpfen. Andererseits erstrahlt die »schöne Božena« nicht als reine Lichtgestalt. In ihrer Schwäche für den ebenso schönen Bernhard demonstriert sie wieder Marie Ebners Motiv der weiblichen Kopflosigkeit aus Liebe. Sexuelle Leidenschaft macht in diesem Kosmos unvernünftig und fehleranfällig. Božena versündigt sich nicht gegen einen moralischen Kodex, sondern gegen ihre eigene Natur, die ihr eine entwürdigende Selbstpreisgabe ebenso verbietet, wie sie ihr die Fürsorge für ein ihr anvertrautes Wesen vorschreibt. Die doppelte Wiedergutmachung an Rosa und deren Tochter befreit die Magd von ihrer subjektiv empfundenen Schuld. Der Begriff von Moral, der im Hause Heißenstein zur Debatte steht, ist dagegen ein zeittypisch auf Sexualmoral beschränkter.[52]

Nicht zuletzt ist *Božena* ein Generalangriff auf das »erziehliche Moment«, das Nannette gern im Munde führt. Dass sie ihre Erfahrung als Erzieherin der Grafenkinder in ihr bürgerliches Heim verpflanzt, gibt der Erzählstimme Anlass zu bitterem Spott. Regula wirkt als Nannettes Geschöpf wie eine literarische Illustration jener zeitgenössischen pädagogischen Praxis, die Betty Paoli 1869 in einem Essay *Über weibliche Erziehung* kritisierte: Der übliche Unterricht der Mädchen sei »ein leeres Scheinwesen und ungleich mehr geeignet, ihre guten Anlagen zu ersticken, als sie zu entwickeln«. Vermittelt würden »Kenntnisse, die den inneren Menschen unberührt lassen«, mit Absicht nicht jene, »deren Erwerbung das Denk- und Urtheilsvermögen stärkt und steigert«. Wichtig sei den Eltern, dass ein Mädchen »mehrere fremde Sprachen geläufig sprechen lerne und sich so viele literarische Kenntnisse aneigne als nöthig, um an dem Theetische eine nicht gar zu mißliche Rolle zu spielen«. In *Božena* wird Natürlichkeit gegen Künstlichkeit gesetzt, das lebendige Beispiel erweist sich als dem toten Buchstaben weit überlegen, Bildung erscheint vor allem im Zerrbild der *Ver*bildung. Und Herzensbildung ist, worauf es letzten Endes ankommt und worüber die Magd und der ihr treu ergebene kauzige Buchhalter Mansuet Weberlein verfügen. Erziehung wirkt durch Beispiel, nicht durch wissensgesättigte Strategie. Die Natürlichkeit bäuerlich einfacher Menschen eröffnet hier die »Kernzone des spezifisch ›Humanen‹« (Ingrid Cella).[53]

Der »bürgerliche (Miß)Bildungsroman als pädagogisches Lehrstück« (Franz Schüppen) wird durch die Wahl einer tschechischen Magd als Protagonistin auch zu einem emanzipatorischen Statement. Von ihrem Cousin Zdenko Kolowrat ließ Marie Ebner die tschechischen Ausdrücke im Text Korrektur lesen. Die Zeitgenossen nahmen an *Božena* indes nicht nur die Sympathie für das tschechische Volk wahr, sondern auch Ebner-Eschenbachs Argwohn gegenüber dem erstarkenden Nationalismus. In ihrer ersten großen Erzählung erweist Marie Ebner sich als eine Propagandistin der Evolution, und nicht der Revolution. Ihre Kritik versteht sie als konstruktiv und gleichsam systemerhaltend, sie verpflichtet ihre Gestalten auf ein humanistisches Ideal der Treue und Ehrlichkeit, des Mitgefühls und der Güte. In der Art und Weise, in der sie die Schuldigen beim Namen nennt, ist sie freilich nicht zimperlich, sie zeichnet Menschen und Zustände mit Humor, aber auch satirischem Biss. Trotz allem siegt ihre Zuversicht, dass eine komplexe Gesellschaft sich zum Nutzen aller Schichten zwischen den Polen Ästhetik und Ökonomie, Adel und Seelenadel, Stadt und Land, Nation und Weltbürgertum, Bürgersinn und Dünkel, Bildung und Herzenstakt auszutarieren vermag. Dieser sozialpsychologische Anspruch hat Folgen für die Gattungsfrage: *Božena* ist zwar novellenhaft auf ein überschaubares Personal und wenige Geschehnisse konzentriert, doch weitet sich die Erzählung in ihrer historischen und gesellschaftlichen Perspektive zum Roman, jedenfalls zum dicht komponierten »kleinen Roman«, der als Musterstück eines optimistischen österreichischen Realismus gelten kann.[54]

Die Reaktion ihrer Familie auf ihr bisher ehrgeizigstes Prosawerk musste Marie Ebner einmal mehr kränken. Im Diarium vermerkt sie Victor Dubskys beckmesserische Kommentare – »schrecklich absprechend« – und die auch von ihrem Mann gestellte Frage, warum denn Božena nicht im Dialekt rede: »Was antworte ich? – Was kann ich antworten?« Entschädigt wurde die Autorin durch das einhellige Lob in ihrem mehr oder weniger »professionellen« Freundeskreis.

Marie Kittl, ihre ehemalige Erzieherin, ist begeistert: »Welch schöne Sprache! Man hört den Rythmus [sic] der Poetin und in den Dialogen erkennt man die Autorin des Drama.« Joseph Weilen, der seinerseits die Geburt eines kleinen Grafen Kolowrat vermeldet, drängt es, »von Ihrer gesunden Tochter ›Božena‹ mit Ihnen zu sprechen. Einer gesunden Tochter, ehrlich, natürlich, wahr.« Der »Hauptvorzug« des Buches sei aber, dass man »den Verfasser« liebgewinne. Die Entscheidung für die Prosa sei die richtige gewesen: »Sie sind auf dem besten Wege (…). Glückauf.« Sephine Knorr, die den Winter »in Herzensangelegenheiten« in Paris zubrachte, ließ Iwan Turgenjew, der hervorragend deutsch sprach, einen Brief Marie Ebners und ein Exemplar der *Božena* zukommen, was der Freundin einen liebenswürdigen Brief des verehrten Dichters einträgt, das angekündigte Urteil über ihr Buch bleibt jedoch aus. Dafür nennt Ferdinand von Saar *Božena* »das Bedeutendste«, »was seit langem, wenigstens in Österreich, auf dem Gebiete der Erzählung geleistet wurde«, und die schwache Resonanz in der Presse »geradezu schändlich«.[55]

In der Tat gab es, außer zwei Würdigungen von Betty Paoli und Hieronymus Lorm (recte Heinrich Landesmann) und einer kränkenden Abqualifizierung als »Arbeit einer Damenfeder« im *Wiener Tagblatt*, keine Rezensionen. Auch der Absatz des Romans ließ wie jener der *Erzählungen* zu wünschen übrig. Am Ende des Jahres 1877 verbucht die Autorin 620 unverkaufte Exemplare, bei einer Auflage von 1000, und einen Restposten von 490 Stück der *Erzählungen*. Eine Neuauflage des Buches wird erst 1895 nötig werden, dann aber wird die Geschichte einer Magd die Gunst des Publikums, auch des wenig gebildeten, erringen, worüber die Autorin sich freut: »Ich hielt die ›Božena‹ für todt und begraben; daß sie jetzt ins Volk dringt und namentlich von Dienstmädchen in den Leihbibliotheken verlangt wird, ist mir ein tief empfundenes Glück.« 1877/78 ist Marie von Ebner-Eschenbach allerdings erneut tief frustriert: »Es geht mir mit meinen Erzählungen, wie es mir mit meinen Dramen gegangen ist. Die ersten errangen einen ehrenvollen Erfolg, die nachfolgenden bereiteten mir Enttäuschungen auf Enttäuschungen. Ich habe ein Ende gemacht mit dem Schreiben von Theaterstücken, ich werde hoffentlich die Kraft haben, mit der Schriftstellerei überhaupt ein Ende zu machen.« Damals, mit 48, hätte sie es längst besser wissen müssen.[56]

In den besten Jahren

Zu jener Zeit befindet sich Marie von Ebner-Eschenbach, wie sie es einst in *Aus Franzensbad* mit der Härte der Jugend ausgedrückt hat, in den »besten Jahren, nämlich in denen, welche kommen, wenn die guten vorbei sind«. Ihr Umgang mit dem Altern ist dabei nicht nur von Koketterie geprägt. In ihr Tagebuch trägt sie, noch nicht 45-jährig, ein: »Es ist keine gute Zeit für mich. Übergangszeit ins Alter.« An ihrem 45. Geburtstag notiert sie, ihre Nichte Elisabeth, die Tochter Fritzis, habe sie »ernsthaft u. ganz erschrocken« gefragt: »Mein Gott was könnten wir denn thun daß Du jünger wirst?!« Zu ihrem Körper, den sie vor allem als Störfaktor bei der Arbeit wahrnimmt, hat die Dichterin nach wie vor nicht das beste Verhältnis. Nicht auf die Inspiration kommt es ihr beim Schreiben an, stellt sie eines Tages fest, denn bleibt der Kopfschmerz aus, so ist sie sogleich zur Arbeit aufgelegt: »Alles physisch. Und was bilden wir uns ein, wir – Geister!«[57]

Auf Kur in Kissingen lässt sie sich wiegen und notiert ein Gewicht von 126 Zollpfund und 200 Gramm, umgerechnet 65 Kilo. So häufig und detailliert Marie Ebner über ihr körperliches Befinden Buch führt, so gründlich bleibt alles Indezente, also Sexuelle, selbst aus dem Tagebuch ausgeblendet. Die Wechseljahre finden nur indirekt ihren Niederschlag, als diffuses Unbehagen und Unwohlsein. Nur einmal äußert die Tagebuchverfasserin sich 1877 offen dazu – mit bezeichnender Bewertung: »Schon 2mal sind die Regeln fast ausgeblieben, es scheint sich also, Gott sei Lob u. Dank der ersehnte Wechsel einzustellen!« Im Jahr darauf heißt es jedoch: »Nach der Reise haben sich gewisse Dinge mit großer Heftigkeit eingestellt.« Im Kontext des Tagebuches ist es allerdings sehr gut möglich, dass in beiden Fällen nicht von der Verfasserin, sondern von ihrer Schwester Fritzi die Rede ist.[58]

Im Juli 1876 fährt Marie Ebner mit der Eisenbahn nach Schloss Trpist nahe Pilsen zu ihrer Schwester Friederike. Im Coupé bekommt sie einen Krampf, wird ohnmächtig, fällt vom Sitz und renkt sich den rechten Arm aus, verletzt sich auch an der Stirn. Statt sich in Trpist um die unter Herzbeschwerden leidende Fritzi kümmern zu können, ist Marie selbst Patientin. Der Arm wird ohne Narkose peinvoll eingerenkt, zwei Wochen lang hat sie starke Schmerzen und kann nicht schreiben. Marie Ebners Blutarmut wäre eine mögliche Erklärung für die Ohnmacht. Betrachtet man aber mit Georg Groddeck jeden Schwindelanfall als »eine Warnung des Es« vor dem realen und dem moralischen Fall, so verliert Marie Ebners Sturz seine Unschuld. Und dann ist es noch der rechte Arm, der dabei verletzt, die rechte Hand, die in Mitleidenschaft gezogen wird: die »Hand des Schaffens, der Autorität, des Rechtes und des Guten«. Welche Begierde ist es, die durch den ausgerenkten Arm vergehen soll? Wohl die Begierde zu schreiben, die, folgt man diesem Erklärungsmodell, das Es mit Scham verbindet und die zu verleugnen Marie Ebner sich über Jahrzehnte anerzogen hat. Die Dichterin selbst zieht in einem Aphorismus die Verbindungslinie zwischen dem Schreiben und dem Eros: »Wer von Schaffens*freude* spricht, hat höchstens Mücken geboren.« Zielt dies auf den Schaffensschmerz oder auf die Schaffenslust als Gegenbegriff ab? Muss man nicht doch mit Lust bei der Sache sein, wenn die Zeugung von Bedeutendem gelingen soll? So gedeutet wäre der Fall vom Sitz ein Hinweis auf den Umstand, dass die mit ihrem Alter sich Befreundende nach wie vor vitale Interessen hat und noch nicht jenseits von Gut und Böse weilt. Zwei Wochen nach ihrem Unfall schreibt Marie Ebner zum ersten Mal wieder mit der rechten Hand, die Schmerzen kehren aber nach weiteren zwei Wochen zurück.[59]

Und wirklich bleiben auch die Ansprüche und Unterstellungen ihrer Nächsten in dieser vermeintlichen sommerlichen Auszeit virulent. Diesmal sind es nicht die Männer, sondern zwei Marie nahestehende Frauen, die ihr Vorwürfe machen: Mit ihrer Schwester Friederl alias Fritzi und mit Jetty Tunkler, die zu Besuch ist, hat Marie ein »[u]nangenehmes, peinliches, höchst widerwärtiges Gespräch«, bei dem »ich mich vielmehr als nöthig ereiferte. Sie finden ich habe sie weniger lieb seit dem ich mich eifriger mit der Schriftstellerei beschäftige«. Es könnte freilich auch sein, dass Marie Ebner in Wahrheit vor dem Stoff schwindelt, mit dem sie in Trpist schwangergeht: Die Erzählung *Nach dem Tode* dreht sich um einen egoistisch-kaltherzigen Mann, einen in der Politik erfolgreichen Grafen, der erst nach dem Tod seiner Frau allmählich erkennt, was er an ihr verloren hat. Als Marie Ebner die ersten Kapitel schreibt, ist ihre Schwägerin Sophie noch am Leben, aber bereits schwer herzkrank. Dass mit der Vollendung der Novelle durch den Tod Sophies auch ein Schatten auf den so heiß geliebten, immer fürsorglichen Bruder Adolph fallen muss, dürfte der Verfasserin damals schon dunkel bewusst gewesen sein.[60]

Höchstwahrscheinlich aus dieser Zeit stammt ein Gedicht Ebner-Eschenbachs, das man in ihren *Sämtlichen Werken* vergeblich sucht. Es ist ein Plädoyer für ein erst heute so richtig in Verruf geratenes Genussmittel:

»Zigarette

Gewidmet sei das erste der Sonette,
In dem ich völlig mich der Form bemeistert,
Der Zauberin, die mich dazu begeistert:
Der duftenden Havannazigarette.

Nicht mühsam ward zusammen es gekleistert.
Es floß, ein Strom im selbstgegrabnen Bette,
Indessen ich des Rauches Wolkenkette
Gen Himmel blies vor Wonne halb entgeistert.

Mir zaubert, Feine, deines Dufts Narkose
Des Traumes Blüte ins entlaubte Leben,
In meinen Herbst die Nachtigall, die Rose.

Wenn deine zarten Wölkchen mich umschweben,
Fühl ich versöhnter mich mit meinem Lose
Und laß mit ihnen sich den Geist erheben.«[61]

So gilt das einzige von der Dichterin überlieferte Sonett just einer Hommage an die Zigarette – als kreatives Stimulans, als Mittel zur Beflügelung der Phantasie, ja als Trost des Alters. Geraucht hat Marie Ebner freilich schon als junge Frau, und zwar nicht nur Zigaretten, sondern, mit besonderem Genuss, vor allem Zigarren. In Einklang mit dem Wissensstand ihrer Zeit befürchtete sie keine gesundheitlichen Beeinträchtigungen, weder was ihre Kopfschmerzen, noch was ihre häufigen Halsentzündungen und Katarrhe betraf. Und war es George Sand noch einige Jahrzehnte zuvor gelungen, die Zigarre in ihrer Hand als Attribut der Männlichkeit zum gesellschaftlichen

Skandalon zu machen, so hatte sich in den sechziger und siebziger Jahren das Zigarrenrauchen bereits als salonfähige Beschäftigung vornehmer Damen etabliert. Das Rauchen in der Öffentlichkeit galt freilich als Kennzeichen leichtfertiger Frauenzimmer und war deshalb verpönt; aus psychoanalytischer Sicht mit gutem Grund, wird doch das Rauchen des Phallus Zigarette als sexuelle Symbolisierung und Form der Exhibition interpretiert. In der Novelle *Komtesse Muschi* strickt die Gräfin, die Mutter der Titelgestalt, »ein weißes Umhängetuch mit Dessins, gebildet durch die herabfallende Asche der Exceptionales, die sie immer im Munde führt«. Die Exceptionales, die das unschuldige Weiß beflecken, waren keine Damenprodukte, sondern große, teure Havannazigarren. »Die Muschi muß halt alles übertreiben«, sagt die Frau Mama »und steckt sich eine Zigarre ins Gesicht, die neunte seit dem Frühstück.« In der Erzählung *Ihr Traum* raucht die alte Gräfin »aus Gastfreundschaft, aber ohne Übung« eine »winzige Zigarette«, um ihren Gast dazu zu bewegen, sich aus der Zigarrenkiste zu bedienen. Und auch Maries jüngere Schwester Julie, verheiratete Fürstin Waldburg, rauchte offenbar Zigarren, ist eine Zigarrentasche als Geschenk für sie doch unter den Ausgaben im Tagebuch angeführt.[62]

Für die junge Marie Ebner war George Sand als emanzipierte Frau und als Sozialistin, aber auch als brillante Stilistin sehr wohl ein attraktives Role Model, später ging sie, um ihren Ruf als mütterlich-versöhnende Schriftstellerin besorgt, zu ihr deutlich auf Distanz. Das Rauchen als Zeichen der, auch geistigen, Unabhängigkeit zelebrierte sie aber ganz im Sinne der französischen Kollegin. Reiste sie auf Bahnfahrten allein im Abteil, empfand Marie Ebner es als ein Stückchen Freiheit, zu lesen, zu rauchen und nachzudenken. War sie zum Passivrauchen verurteilt, litt sie allerdings sehr wohl unter den schlechten Manieren der Raucher: »4 Herren im Wagen die alle rauchten, u. nicht einmal fragten: Genirt Sie's?« Auch zu Hause bot das Rauchen ihr so etwas wie ein Refugium: »Abends endlich etwas Ruhe, genieße sie bei Schopenhauer u. einer guten Cigarre.«[63]

Das Rauchen war keine billige Passion, für Zigaretten und Zigarren gab Ebner-Eschenbach monatlich etwa 10 Gulden (110 Euro) aus. Hundert Conchas – ein mittelgroßes Zigarrenformat – kamen auf rund 15 Gulden. Marie Ebner lud Ferdinand von Saar zu sich »auf eine Cigarre oder eine Cigarette« ein, sie verschenkte Rauchwaren und ließ sich, etwa von Sephine Knorr, damit versorgen, wenn sie dort, wo sie sich aufhielt, nichts Adäquates bekommen konnte. So schreibt sie der Freundin einmal »wegen der theuren, heißersehnten Cigarren«, sie möge sich nicht von Postbeamten irre machen lassen und auf das Paket einfach »diverse Gegenstände« schreiben. Das habe auch mit spanischer »Contrebande«, also Schmuggelware, stets anstandslos funktioniert.[64]

Ein Moment des Eskapismus wohnt für Marie von Ebner-Eschenbach nicht nur dem Rauchvergnügen inne, sondern auch der Schreiblust: Seit sie sich gesundheitlich stark eingeschränkt fühlt, »erscheint mir das Glück, das man in der Ausübung einer geistigen Tätigkeit findet, in einem wunderbaren Lichte. Ich frage mich, was die schlimmsten Widerwärtigkeiten uns anhaben können, wenn wir die Wünschelrute besitzen, die uns zu jeder Stunde aus diesem Erdenelend in eine selbstgeschaffene Welt zu versetzen vermag, in der wir herrschen dürfen nach schönen und gerechten Gesetzen.«[65] Hier verrät sich gleich auch ein Antrieb für die utopisch-optimistische Orientierung der Ebner'schen Literatur. Auch in der bereits erwähnten Novelle *Nach dem Tode* macht er sich bemerkbar: Die allmähliche Wandlung eines von seinen Eltern und dem Leben verwöhnten Aristokraten zum wahren Edelmann, der als Witwer seiner oberflächlichen Verlobten und der großen Welt Ade sagt, um sich fürderhin auf dem Familiengut seiner kleinen Tochter und seinen alten Eltern zu widmen, verdankt sich der erst postum entwickelten Liebe zu seiner verstorbenen Frau, die so zum Katalysator seiner guten Anlagen wird.

Der idealistische Wunsch nach Rettung der Seele wird unter umgekehrten Vorzeichen auch in der langen Erzählung *Margarethe* aufrechterhalten, mit der die Autorin sich auf schlüpfriges Terrain begibt: Die Heldin, eine künstlerisch begabte Näherin, verliert durch einen Unfall ihren Sohn, verliebt sich in den edelmütigen und -blütigen Verursacher ebendieses Unfalls, der als verheirateter Mann der Versuchung widersteht, dafür kommt sein bester Freund, ein nietzscheanischer Zyniker, zum Zug, der Margarethe zu seiner Mätresse macht. Als Nachfahrin der Dumas'schen *Kameliendame* überzeugt *Margarethe* nicht, die moralingesättigte Botschaft färbt auf die Schwarz-Weiß-Zeichnung der Charaktere ab und führt zu einem opernhaft-melodramatischen Schluss: Die auf Abwege geratene Frau erdolcht sich am Grabe ihres Kindes. Ebner-Eschenbach war sich eher der ethischen als der ästhetischen Problematik bewusst: »Nie wieder einen solchen Stoff! Alle prüden Leute werden mich steinigen.« Sie sah aber selbst das Schablonenhafte der Figuren und wusste auch, dass die Titelgestalt nicht, wie Joseph Weil meinte, zu wild und »elementar« geraten war, sondern im Gegenteil, wie ihr Mann tadelte, »nur zu wenig wild u. elementar«. Es genügte freilich, um die Grenzen der Schicklichkeit zu verletzen, die einem Familienblatt dazumal gesetzt waren – und so lehnte nicht nur Julius Rodenberg den Abdruck der Erzählung ab. Er tat es für seine *Deutsche Rundschau* mit ausdrücklichem Hinweis auf das »– virtuos behandelte – Bacchanal«, das Marie Ebner in der vom Grafen eingerichteten, luxuriösen Wohnung der gefallenen Schönheit stattfinden lässt. *Margarethe* wurde, in einer überarbeiteten Fassung, erst 1891 publiziert.[66]

Überraschender und schmerzlicher für Marie Ebner war die Ablehnung, die ihre knapp davor entstandene Novelle *Die Freiherren von Gemperlein* erfuhr. Die humoristische Charakterstudie zweier einander in herzlicher Gegnerschaft verbundener Brüder, zugleich Travestie der Ebner'schen Familiengeschichte und Liebeserklärung an Zdislawitz, entsprach nicht den zeitgenössischen Lesererwartungen: keine spannende Geschichte, weder Herz noch Schmerz im herkömmlichen Sinn und kein Happy End, im Gegenteil – das komische Stück Literatur endet aus dynastischer Perspektive traurig, mit dem Aussterben des Geschlechts. Mit stilistischer Bravour hat Ebner-Eschenbach in den Freiherren Friedrich und Ludwig zwei Musterbilder männlicher Halsstarrigkeit gezeichnet, die zugleich für diametral entgegengesetzte politische Positionen stehen: Friedrich als Verfechter der alten feudalen Herrlichkeit und des Geburtsadels, in Opposition zu Ludwig, dem einstigen Göttinger Studenten, dem Fortschrittsfreund und Propagandisten eines neuen aristokratischen Bürgersinns. Beide treffen sich nach vergeblichen Versuchen, in der Welt etwas auszurichten, in ihrer Liebe zu Gut Wlastowitz, dem Erbe ihrer Väter, wo sie ihre Zeit in rituellen Streitigkeiten zubringen. Dort wandeln sie, ein jeder nach seiner weltanschaulichen Fasson, auf Freiersfüßen, kommen damit aber auch nicht weit: War Friedrich »drei Jahre lang in einen Druckfehler« des Gotha verliebt[67], der ihm eine Komtesse schlechthin idealer Abstammung vorgegaukelt hat, die sich als Oberleutnant entpuppt, so kommt Ludwigs Absichten bei der Kaufmannstochter Äpelblüh ein Notar Klempe zuvor. Zuletzt verschauen sich die Brüder in dieselbe Frau, von der sich, als beide zu noblem Verzicht entschlossen sind, herausstellt, dass sie bereits verheiratet ist.

Mit einem besonderen Gefühl für dramaturgische Balance schickt Marie Ebner ihre Protagonisten in bühnenreif komödiantische Situationen, ohne sie je lächerlich zu machen, da sie »bei aller grotesken Komik nie die feine Linie der Natur überschreiten und uns in der glücklichsten Stimmung zwischen Lachen und Rührung erhalten« (Paul Heyse). Die Freiherren von Gemperlein mögen schrullige Herren sein, Witzfiguren sind sie nicht, vielmehr ist ihre Schöpferin ihnen herzlich zugetan. Schließlich fühlte sie sich während des Schreibprozesses von ihnen leibhaftig umgeben, ja bedrängt: »sie wandeln vor mir, sie sprechen, ich schreibe nicht, ich schreibe ab.« Papierene Gestalt annehmen konnten die Gemperlein, das wusste sie im Voraus, nur zu Hause: »Zdislawitzer Luft muß sie zeitigen.« Besorgt um die Rezeption war Marie Ebner schon während des Schreibens: »ich werde sehr enttäuscht sein wenn die *Gemperlein* Niemanden lachen machen (...).« So kommt es zwar nicht, doch ringt die Novelle bei einer Probelesung dem eigenen Gatten und dem Ehepaar Weilen erstaunlicherweise nicht »ein einziges Lächeln« ab.[68]

Zwar heimst die Autorin viel Lob ein, aber abdrucken will die Novelle niemand – insgesamt fünf Körbe verzeichnet das Tagebuch, darunter von Rodenberg und Cotta. Ferdinand von Saar lobt zum Trost rückhaltlos: »Diese wundervolle Charakterstudie konnten nur Sie machen. Und in dieser Hinsicht stelle ich sie fast über Ihre größeren Arbeiten.« Saars Brief macht die Autorin glücklich: »denn aufrichtig gestanden, ich liebe meine thörichten alten Junggesellen, und was man ihnen thut, das hat man mir gethan (...).« Als der angesehenste Novellist seiner Zeit, Paul Heyse, Marie Ebner im August 1883 um die Überlassung der *Freiherren von Gemperlein* für den ersten Band seines *Neuen deutschen Novellenschatzes* ersucht, ist sie hocherfreut und berichtet ihm von den vergeblichen Reisen, welche die Gemperlein, »Unterkunft suchend, angetreten hatten« – bis sie diese »voll Resignation ins dunkle Grab (eines Jahrbuches)« – der *Dioskuren* – gelegt habe, »wo sie ruhen sollten bis ans Ende aller Literatur«. In seinem Vorwort bekennt Heyse, die Herausgeber hätten sich unter all den vortrefflichen Werken Ebner-Eschenbachs für dieses entschieden, weil eine von einer Frau verfasste »humoristische Schöpfung ersten Ranges« eine Seltenheit sei.[69]

Gewisse Anregungen zur Charakteristik der Freiherren hat die Dichterin offenkundig aus dem Verhalten ihrer »vielgeliebten, streitbaren Geschwister« bezogen . Schon der Vater war ja kein Vorbild an Friedfertigkeit gewesen, wie man Marie Ebners Beschreibung eines Familienfrühstücks in Zdislawitz unter seinem Vorsitz entnehmen kann: »die ›Eseln‹ folgen [sic] dabei hin u. her – man musste sich hüten dass man nicht einen an den Kopf bekam. Die armen Reichen! Wenn sie *ahnen könnten* wie glücklich sie sein *könnten*, sie wären's gleich.« In der Realität benehmen Adolph und Victor sich kaum anders als ihre literarischen Konterfeis: »Vor dem Speisen meine lieben Brüder Sehr prächtig – beide. Zusammen aber kaum möglich, sie zanken immer u. schreien dabei sehr.«[70]

Nach seiner Rückkunft aus Teheran macht vor allem Maries Bruder Victor Dubsky eine unleidliche Phase durch, wobei er nicht einmal auf die herzleidende Schwägerin Sophie Rücksicht nimmt; Marie bedauert auch Victors Frau Rosine: »Wie erinnert er an den armen Papa! Es wird kein Frieden in seinem Hause einziehen können, (...) wenn das so fortgeht.« Auch Victor und Marie geraten wiederholt aneinander, sie verträgt seine apodiktischen Urteile nicht und meint, sich in großen wie in kleinen Fragen mit ihm überhaupt nicht mehr zu verstehen. Er wirft ihr übergroße Empfindlichkeit vor, was sie zugibt: bereits geschwächte Nerven würden eben nicht wieder stark. »Übrigens ahnt V. nicht, was ich schon alles geschluckt habe, ohne zu mucksen.«[71]

Als Sophie Dubsky im Jänner 1877 zu Maries großem Kummer stirbt, wird das Verhältnis der Geschwister aufs Neue erschüttert. Monatelang haben alle mit der Kranken mitgelitten, zuletzt ist sie durch Wassersucht so aufgequollen, dass ihr Mann ihr das Armband, das er ihr zur Hochzeit geschenkt hat, vom Handgelenk feilen muss. Doch selbst im Hause der Sterbenden herrscht eine feindselige Stimmung: »Familie. Sie sind schrecklich; wie grausam kann die Dummheit sein.« Offenbar sieht der seinem Schmerz ausgelieferte Adolph die langen Besuche seiner Schwester Marie bei Sophie nicht gern, er misshandelt seinen Sohn Victor, nicht zum ersten Mal, Moriz und Marie sprechen sich ihm gegenüber ganz prinzipiell gegen körperliche Züchtigung aus. Sophies Tod trifft auch Marie Ebner schwer, ihre Schwägerin hat für sie das Ideal der Weiblichkeit verkörpert: »Sie war schön, klug, ernst, gut und gütig, wahr und wahrhaftig, mutig, großherzig und rechtschaffen wie ein alter Mann. Sie war liebreich und mitleidig, wie die feinfühlendste Frau, gläubig und vertrauensvoll wie ein Kind.«[72]

Nach Sophies Tod will der Witwer das neue Haus in der Währingerstraße verkaufen. Nur seiner Frau zuliebe hat er es bauen lassen, statt der veranschlagten 45 000 Gulden hat es am Ende 70 000 gekostet, keine Bedrohung für die Solidität seiner Finanzverhältnisse, aber ein Ärgernis für den Bauherrn. Nun gibt es – von Marie missbilligte – Pläne eines gemeinsamen Haushalts mit dem Bruder Victor. Maries Angebot, sich mit Moriz der Kinder anzunehmen, wird von Adolph auf kränkende Weise zurückgewiesen. Im Tagebuch schreibt sie: »Wie soll eine Schriftstellerin sich auf Kindererziehung verstehen? Wie soll Adolph mir gestatten Einfluß auf seine vielgeliebten Drei zu nehmen? Ich kann ja nur meine Arbeiten im Kopfe haben.« Der Bruder vermag in jenen Wochen seine Antipathie kaum zu beherrschen, er hat sich ihr gegenüber »eine – an Grobheit streifende – anfahrende Art angewöhnt die mir nicht angenehm ist«. Erst als eine noch von Sophie ausgesuchte Gouvernante für die kleine Marie und ein »Hofmeister« für die Buben engagiert sind und Maries Rolle wieder als die einer teilnehmenden Tante definiert ist, entspannt sich das geschwisterliche Verhältnis langsam. Die Dichterin kümmert sich mit Hingabe um die Halbwaisen Marie, Victor und Eugen, später auch um die kleine Helene, die Tochter ihres Bruders Victor, die dieser während seiner Zeit als Botschafter in Madrid zum Leidwesen seiner Schwester in einer Wiener Klosterschule erziehen lässt: »Die Kinder sind das Licht meines Lebens, eine neue Freude ist in mein Dasein gekommen seitdem sie zu demselben gehören«, schreibt Marie Ebner ihrer Freundin Sephine. »Es sind sehr liebe Geschöpfe, ich hoffe daß sie gut, hilfreich und selbstlos werden. Besonders talentvoll ist nur Marie, dabei aber ein Leichtsinn! – Du solltest sie einmal sehen meine große, närrische, unbändige Nichte.«[73]

Nicht nur Marie Ebners Beziehung zu ihren Geschwistern, auch die zu ihrem Mann ist nicht ungetrübt. Zwar müssen sie sich nach dessen Pensionierung nicht wie befürchtet einschränken – die Gattin hatte

Sorge, auf ihre Sommerreisen verzichten zu müssen –, aber: »Nicht das Physische, das Moralische ist's, das leidet.« Moriz Ebner nützt sein Ungebundensein immerhin zu großen und kleinen Reisen, er gelangt nach Russland, Italien, Griechenland, Malta, Skandinavien, England, Schottland, Island und Konstantinopel; führt ihn sein Weg zu Verwandten, etwa zu seiner Schwägerin Julie nach dem schwäbischen Wurzach, lässt er sich schon einmal von seiner Frau trickreich »retten« – »Moriz: ›Schreibe mir, daß ich jetzt durchaus nachhause kommen müsse. Einen Brief, den ich Julie zeigen kann.‹ Ich schicke ihm ein Gedicht, das hoffentlich die mir gestellte Aufgabe erfüllt.« Wirken die Eheleute da als verschworene Gemeinschaft, so kommt es wenig später, ehe Marie zur sommerlichen Kur nach Kissingen abreist, fast zum Eklat: Die Ebners speisen in ihrem Stammlokal, dem Restaurant des zur Weltausstellung errichteten Hotel Métropole am Franz-Josephs-Kai, »wo Moriz ein Vortrag hielt (mit lauter Stimme) über die Pflichten die eine Frau in *meiner* Stellung gegen – sich selbst hat«. Es geht offenbar einmal mehr um den Konflikt zwischen dem Schreiben und den Anforderungen des Ehemannes. Auf dem Bahnhof dann »besorgte M. alles auf das beste und war sehr gut. Ich glaube, es hat ihm leid getan daß er so unmotiviert die unglückliche Streitfrage wieder auf Tapet brachte[.]« Das heißt freilich zwischen den Zeilen: Entschuldigt hat der Gatte sich für die peinliche Szene nicht.[74]

Marie Ebners künstlerisches Resümee dieser Jahre bleibt in die Frage gegossen: »Kann denn eine so Zerrissene wie ich bin, so von hundert Pflichten, (gern erfüllten) Ansprüchen, Verbindlichkeiten hin u her gezerrte Person etwas Nennenswerthes in der Kunst leisten?«[75]

»Erstritten ist besser als erbettelt«

Die Wende brachte das Jahr 1880, und zwar gleich mit einem Doppelschlag. Zum einen kam endlich der von Ebner-Eschenbach schon lange angestrebte Aphorismen-Band zustande. Auch hier hatte sie Abfuhr um Abfuhr erhalten, sowohl von Herausgebern als auch von Verlegern, bis in den Wiener *Dioskuren* 1876 eine erste kleine Auswahl von dreißig Stück erschien. 1880 brachte nun der kleine Berliner

Verlag von Franz Ebhardt Marie Ebners gesammelte *Aphorismen* unter dem schlichten Gattungstitel heraus.

Der große Erfolg der *Aphorismen* überraschte auch die Verfasserin. Sie war in ihren Honorarforderungen dem Verleger Ebhardt gegenüber bescheiden geblieben und freute sich im Dezember 1879 zwar über die schöne Ausstattung, monierte in ihrem Tagebuch aber den Preis, der dem eines Kalenders oder eines Telegramms entsprach: »Kosten drei Gulden. Wer soll das kaufen? 300 Aphorismen um drei Gulden, kommt das Stück auf einen Kreuzer, das ist zu teuer.« Der Leserschaft aber war der einzelne Ebner'sche Aphorismus sehr wohl einen Kreuzer wert. Die nicht thematisch gegliederte, aber exakt durchnummerierte Sammlung machte Furore und verkaufte sich. Die Zusammenstellung wurde zunächst um hundert, dann um weitere hundert Aphorismen ergänzt und 1893 in den Band I der *Gesammelten Schriften* aufgenommen. Den Nachlass und die in Zeitschriften verstreut publizierten eingeschlossen, hat Marie Ebner etwa 900 Aphorismen verfasst.[76]

Das Motto des »Meinen Freunden« gewidmeten Bandes, das zugleich eine Definition der Gattung mit deren eigenen Mitteln ist, wurde rasch berühmt: »Ein Aphorismus ist der letzte Ring einer langen Gedankenkette.« Obwohl die Gattung als männliche Domäne galt, profilierte sich Ebner-Eschenbach bald als Deutschlands bedeutendster »Aphoristiker« – neben Friedrich Nietzsche. Sie habe, urteilt die Gattungsgeschichte, »wohl die ausgereiftesten und, wenn man so will, die ›normalsten‹ Aphorismen geschrieben; in ihr hat die Gattung ihre ideale Mitte (...).« Das erste Exemplar des Buches lautete quasi programmatisch: »Sag etwas, das sich von selbst versteht, zum erstenmal, und du bist unsterblich.« Tatsächlich erreichten Ebner-Eschenbachs Formulierungen den Rang des Mustergültigen. Mit ihren *Aphorismen* hat sich 1880 das Genre in der deutschsprachigen Literatur endgültig etabliert, sie bedeuten »begriffsgeschichtlich gesehen Abschluß wie Neubeginn«, und zwar als Schlusspunkt einer Entwicklung von der Philosophie »in die Literatur hinein« (Friedemann Spicker).[77]

Marie Ebner, die ihre aphoristischen Einfälle jedenfalls seit den fünfziger Jahren notiert hatte, schätzte die aufklärerisch engagierten Aphorismen von Rahel Varnhagen und George Sand, vor allem aber die Werke der französischen Moralisten, denen es um die unsystematische Ergründung der Conditio humana, um Charakterkunde und die Lehre von den Affekten zu tun war – in einem Aphorismus formuliert sie, sozusagen auch in eigener Sache: »Dilettanten haben nicht einmal in einer sekundären Kunst etwas Bleibendes geleistet, sich aber verdient gemacht um die höchste aller Wissenschaften, die Philosophie. Den Beweis dafür liefern: Montaigne, La Rochefoucauld, Vauvenargues.« Und natürlich war Marie von Ebner-Eschenbach, die nicht den Anspruch erhob, als systematische Denkerin zu gelten, bei ihren autodidaktischen Annäherungen an die Philosophie auch vom aphoristischen Werk Schopenhauers und Nietzsches beeinflusst worden. 1874, als sie zum ersten Mal ein Buch Nietzsches – die *Unzeitgemäßen Betrachtungen* – liest, bemerkt sie mit bezeichnender Ambivalenz: »Ich bin voll Bewunderung u fühle mich dennoch abgestoßen. Der Styl ganz einzig. So wurde in deutscher Sprache noch nicht geschrieben[.]«[78]

Marie Ebners eigene Aphorismen erfüllen vorbildlich die Forderung der Gattung nach Kürze und Prägnanz, sie führen dabei das gesamte Arsenal einschlägiger Rhetorik vor, vom Wortspiel bis zum Paradoxon. Und doch verdanken sie ihre Wirkung gerade dem Spannungsverhältnis von Schlichtheit und – von ihren Zeitgenossen gern als »deutsch« apostrophierter – Gedankentiefe. Die kristalline Struktur der Sätze scheint durch ihre sprachliche Gestalt den Blick ungehindert freizugeben auf ihren Gehalt. Dieser Eindruck der Transparenz erweist sich zwar mitunter als trügerisch, doch sind Ebner-Eschenbachs Aphorismen allgemein verständlich und werden deshalb oft unterschätzt. Die Autorin selbst zitiert die Reaktion ihres zwanzigjährigen Dienstmädchens: »›Ach, Frau Baronin,‹ sagte sie, ›wenn ich mich hinsetzen wollte – in einer Stunde hätte ich ein solches Buch beisammen.‹ Sie war wirklich überzeugt, daß dazu nichts gehöre, als ein bißchen Sitzfleisch.«[79]

Als Moralistin im Sinne ihrer französischen Vorbilder widmete Marie Ebner mehr als die Hälfte der von ihr zu Lebzeiten veröffentlichten Aphorismen moralischen und lebensphilosophischen Fragen sowie dem menschlichen Verhalten. Mit psychologischem Scharfblick, sprachkritischer Verve und Humor konfrontiert sie dabei die christliche Ethik der Güte, des Mitgefühls und der Demut mit der Realität des gesellschaftlichen Umgangs, mit Überheblichkeit, Heuchelei und Lüge – ohne deren gemeinschaftsstiftende Kraft zu verkennen: »Es gäbe keine Geselligkeit, alle Familienbande würden gelockert, wenn die Gedanken der Menschen auf ihrer Stirn zu lesen wären.«[80] In ihrem Kompendium der Lebenskunst geht es insbesondere auch um das Verhältnis zwischen den Geschlechtern im Zeitalter der beginnenden Emanzipation, um die gerechte Verteilung irdischer Güter, um die Kunst und den literarischen Betrieb und nicht zuletzt um die eigene Stellung darin. Sogar in diesem von ihr selbst mitgeprägten Genre hat man Ebner-Eschenbachs Ironie, ihren Witz und ihre Anflüge von Bosheit lange ignoriert.

Vor allem aber kam es 1880 nach mehreren vergeblichen Anläufen endlich zum Entree in der *Deutschen Rundschau*: Dort erschien nun der einmal mehr als »Erzählung« bezeichnete Roman *Lotti, die Uhrmacherin* in zwei Fortsetzungen und brachte seiner Autorin den endgültigen Durchbruch. Die Autorin war sich der Bedeutung von Julius Rodenbergs Zusage wohl bewusst. Sie schrieb ihm: »Meine kühnsten und ehrgeizigsten Wünsche sind jetzt erfüllt. (…) Ich habe ein lang angestrebtes Ziel endlich erreicht – das ist doch das Schönste, das es giebt, wenn es uns auch in einem Alter zu Theil wird, das nicht mehr schön ist, wie Sie aus der beiliegenden Photographie sehen werden.« Der Herausgeber hatte sich in seinem Brief »huldigend« vor ihr verneigt und nach der Zurückweisung der *Božena* und der *Margarethe* die »Thür der *Rundschau* weit« aufgemacht für *Lotti, die Uhrmacherin* – und ihre Schöpferin um ein Foto gebeten. Begeistert war er von der »Noblesse der Gesinnung«, dem »poetischen Gehalt« und der »technische[n] Ausführung« der Erzählung: »Alles so natürlich, so schlicht, so glaubhaft, so wahr (…).«[81]

Diese Anerkennung besiegelte eine Freundschaft, die bis zu Rodenbergs Tod 1914 dauern sollte. Die habsburgtreu-katholische Baronin respektierte den jüdisch-preußischen Homme de lettres vorbehaltlos als kritische Instanz und stand ihm ihr Lebtag lang mit einem schier unerschöpflichen Vorrat an Dankbarkeit gegenüber. Rodenberg, ein Jahr jünger als seine Autorin, hieß eigentlich Julius Levy und hatte den Namen seiner kurhessischen Geburtsstadt angenommen. Der promovierte Jurist machte die *Deutsche Rundschau* mit Beiträgen von Theodor Storm, Paul Heyse, Gottfried Keller, Conrad Ferdinand Meyer und eben Marie von Ebner-Eschenbach in wenigen Jahren zur wichtigsten Plattform des Bürgerlichen Realismus. Die gemeinsam mit Berthold Auerbach (eigentlich Moses Baruch Auerbacher), dem

Autor der *Schwarzwälder Dorfgeschichten*, geplante Monatszeitschrift verstand sich als nationales Organ des jungen Kaiserreichs und übte als solches eine starke Anziehungskraft auch auf österreichische und Schweizer Literaten aus. Politisch als überzeugter Nationalliberaler vom Geist der 48er-Revolution geprägt, aber als kultureller Funktionsträger in die antidemokratische Struktur des Wilhelminismus gezwungen, hielt Julius Rodenberg an seinem ästhetischen Credo ideeller Bereicherung und sittlicher Erhebung durch die Literatur zeitlebens fest. So brachte die *Deutsche Rundschau* in den 1890er Jahren zwar Theodor Fontanes Spätwerk, verlor aber den Anschluss an die literarischen Strömungen der Zeit.[82]

In seiner Korrespondenz erweist Rodenberg sich als überaus einfallsreicher und überzeugender Lobredner, aber auch als umsichtig-diplomatischer Kritiker: Gerade seine Absagebriefe suchen in ihrer austarierten Verquickung von Tadel, Trost und Versprechen künftiger Projekte ihresgleichen. Dass beides, Zuspruch und Kritik, bei Marie Ebner auf fruchtbaren Boden fiel, lässt sich in ihren 242 im Rodenberg'schen Nachlass erhaltenen Briefen an den Herausgeber nachlesen. Auf die Ablehnung der Novelle *Margarethe* etwa antwortet sie: »Wie können Sie denken, daß ich auch nur einen Augenblick eine andere Empfindung habe wie die, als daß Sie recht haben, durch und durch *recht*, die *Margarethe* nicht in der *Rundschau* aufzunehmen. Ich gebe Ihnen mein Wort, daß ich Ihre Ablehnung erwartete.« Ebner-Eschenbachs »Lechzen nach Zuspruch und Anerkennung«, ihr »Genie der Dankbarkeit« (Helmut Brandt) und ihr weiblich-unterwürfiger Schülerinnen-Gestus stellen aber nur eine Seite ihres professionellen Verhaltens dar. Die andere drückte sich in einem starken Bewusstsein für die eigene Würde und in einem verdeckt angewandten strategischen Kalkül aus. So verteidigte Marie Ebner in den neunziger Jahren, als sie zur vielbegehrten Beiträgerin geworden war und die *Deutsche Rundschau* ihre Vormachtstellung im literarischen Feld bereits eingebüßt hatte, die Belieferung anderer Zeitschriften damit, dass die von ihr dort angebotenen Texte für die *Rundschau* nicht gut genug seien. Im Zuge des offen ausgebrochenen Streits um das von Rodenberg behauptete Monopol auf ihre Arbeiten sandte dieser seiner Lieblingsautorin einen Brief, der diese tief kränkte. Sie schickte ihn zurück an den Absender und machte so deutlich, dass die Grenze ihrer Langmut diesmal definitiv überschritten war.[83]

Aus feministischer Sicht hat Manuela Günter dem Zeitungsmacher Rodenberg vorgeworfen, es sei ihm darum gegangen, »seine Machtposition in der Kommunikation mit der Autorin auszubuchstabieren«, die er auch und gerade durch seine Wertschätzung gefesselt habe; außerdem habe er als Zensor in ihre Arbeiten eingegriffen und geschäftliche Belange über alles andere gestellt. Günter räumt allerdings ein, dass Rodenberg sich gegenüber Autoren wie Keller oder Meyer ähnlich patriarchal verhalten habe. Davon abgesehen, betrafen die Korrekturvorschläge des Herausgebers oft rein formale Dinge, durchaus nicht zum Nachteil des Textes. Die letzte Kontrolle der Fahnen behielt Ebner-Eschenbach sich stets vor. Hat sie ihre rituellen Unterwerfungsgesten und Dankbarkeitsbekundungen wirklich als »Camouflage« und »Maskerade« (Manuela Günter) inszeniert? Gewiss verstand die Dichterin die Attitüde weiblicher Bescheidenheit für ihre Zwecke virtuos zu nutzen und nahm sie auch selbstkritisch wahr: »Die Basis meiner sogenannten Bescheidenheit heißt Stolz. Ich vergleiche meine Leistungen eben nie mit denen der Kleinen, sondern immer nur mit denen der Großen.«[84]

Betrachtet man jedoch Marie Ebners ungeschützte Eintragungen im Tagebuch, wird klar, dass ihre Ergebenheit gegenüber Rodenberg eine aufrichtige und tief empfundene war. Das gilt grundsätzlich für ihre Beziehung zu Gönnern, Mentoren, Schriftstellerkollegen, von Grillparzer über Baron Münch, Eduard Devrient und Heinrich Laube bis zu Joseph von Weilen, Ferdinand von Saar und Paul Heyse: Ebner-Eschenbach legte zwar Wert auf die Meinung Ida Fleischls und Betty Paolis, aber sie blieb doch vor allem – dies hat wohl mit der lange entbehrten Wertschätzung durch den Vater zu tun – auf Anerkennung und Unterstützung von Männern fixiert, die im Theater- und Literaturbetrieb ja auch sämtliche Machtpositionen innehatten. Marie Ebner war von männlichem Zuspruch geradezu abhängig, und das änderte sich auch nach ihren ersten großen Erfolgen nicht. Rodenberg gegenüber bezeichnete sie sich als eine »Zitter-Pappel bis ans Ende«.[85] Marie von Ebner-Eschenbach war nicht nur ein Talent der Dankbarkeit, sondern auch eines der Bewunderung und Begeisterung, und sie blieb ihren Förderern gegenüber loyal, so lange sie konnte.

Dabei war sie, zum Beispiel gegenüber Joseph von Weilens Eitelkeit, Humorlosigkeit und gelegentlicher Arroganz, nicht unkritisch, und sie pflegte auch bewusst schwierige Beziehungen wie die zum jüdischen Schriftsteller und Kritiker Heinrich Landesmann alias Hieronymus Lorm. Lorm, der taub und fast blind war, hatte sie nach jahrelangem brieflichen Kontakt erst 1877 bei Ida von Fleischl kennengelernt, die die von ihm erfundene Tastsprache (später nach ihm »Lorm-Alphabet« benannt) beherrschte. Die Dichterin notiert zwar, er habe ihr »1000mal besser gefallen als seine Schriften. Der Mann wäre gut u. groß geworden ohne sein Unglück.« Im persönlichen Umgang ärgerte sie sich jedoch oft darüber, dass Landesmann ihr zum Dank für eine lobende Rezension ungeniert Empfehlungen oder ähnliche Revanchedienste abpresste. So abscheulich sie das fand, brach sie den Kontakt dennoch nicht ab, wohl auch aus Mitleid mit dem Schwerstbehinderten. Dass Landesmann jedes ihrer Worte auf die Goldwaage legte, machte die Korrespondenz mit ihm doppelt anstrengend, Briefe an ihn schob Marie Ebner stets lange vor sich her: »Ich athme auf! Das war ein Stück Arbeit! Lieber zwei Kapitel Novelle!«[86]

Im Vergleich dazu war der Briefverkehr mit dem liebenswürdig galanten Rodenberg begreiflicherweise ein Vergnügen. Bald nach dem vielbeklatschten Auftritt der *Lotti* lernten sich die beiden auch persönlich kennen: Rodenberg reiste im März 1881 zu einem Vortrag vor der Presse-Vereinigung Concordia nach Wien, und deren Präsident Joseph Weil von Weilen führte den Gast im Hause Ebner-Eschenbach ein. Das Tagebuch vermeldet nach all den überschwänglichen Briefen erstaunlich kurz: »Nach sieben Uhr Weilen mit Rodenberg der charmant war, etwas ungemein Liebes, Sympatisches hat, sehr schön u. ohne jede Prätention erzählt.«[87]

Die Geschichte, die Marie Ebner die Ehre einträgt, im selben Band der *Deutschen Rundschau* wie Conrad F. Meyer und Iwan Turgenjew vertreten zu sein, hat sie im November 1879 beendet: »*Lotti* fertig. Von allen meinen Kindern das unter den größten Schmerzen geborene. Wenn es lebensfähig ist, dann hat der Geist einen Sieg über die Materie davongetragen, denn die sträubte sich gewaltig gegen sein Entstehen.« Nach der böhmischen Magd hat die Dichterin nun eine Wiener Handwerkerin zur Protagonistin eines Romans erkoren, eine Pioniertat in der Literatur deutscher Sprache. Lotti Feßler entstammt nicht dem Kleinbürgertum, sie ist eine Bürgerin, keine Gehilfin, sondern Meisterin, wenn ihr auch der formelle Lehrabschluss fehlt. Eine Lehre ohne Meisterbrief hat 1879 auch Marie von Ebner-Eschenbach abgeschlossen. Im März des Jahres notiert sie: »Seit einigen Tagen habe ich begonnen, Unterricht in der Uhrmacherkunst zu nehmen, habe mir einen kleinen Werktisch eingerichtet und Werkzeuge angeschafft. Mein Lehrer ist Herr Karl Hartl, der sich jetzt nur noch mit dem Verkauf von Uhren befaßt, früher aber ein ganz ausgezeichneter Uhrmacher war. Ich kaufe alte Werke, um sie auseinander zu nehmen und wieder zusammenzusetzen.«[88]

Gewiss hat Marie Ebners Lerneifer auch mit ihrem Romanprojekt zu tun, in dem als eine Art Spiegelfigur ein junger Schriftsteller einen alten Uhrmachermeister aufsucht, damit ihn dieser in die Geheimnisse seiner Sammelstücke einweihe, soll eine alte Uhr doch in der neuen Novelle des Besuchers eine wichtige Rolle spielen. Marie Ebners Uhrmacherlehre bei Karl Hartl (oder Hartel) entspringt aber auch einem Interesse, das sie, wie sie in *Meine Kinderjahre* erzählt, »seit meiner frühen Kindheit beseelt« und das sie stolz mit keinem Geringeren als Kaiser Karl V. teilt: der »Liebhaberei für Uhren«. Am 21. März 1879 vermerkt sie: »Adolf schenkt mir ein Nürnberger Ei. Ich fange an, mir eine kleine Uhrensammlung anzulegen.« Die Formulierung ist irreführend, denn schon seit Jahren kauft Ebner-Eschenbach Uhren, entweder für sich selbst oder als Geschenke. Bei »Herrn Hartel eine Uhr angesehen die mich sehr lockt«, heißt es einmal. Ein andermal ersteht sie in Brixlegg eine goldene Spieluhr um 70 Gulden: »Für Moriz«. Von ihrer Tante Louise Freiin von Gudenus, wohl einem Vorbild für all die starken und weltklugen alten Damen in ihrem Werk (sie stirbt 1878 nach jahrelangem Siechtum an Krebs), erhält Marie Ebner eine »prachtvolle, alte, emaillirte Uhr« zum Geschenk, die ihr »eine ungeheure Freude macht«. Von Herrn Hartl erfährt die Sammlerin nun, dass sie so manches gute Stück zu wahrhaft phantastischen Preisen erworben hat. In ihrer neuen Sammlung konzentriert sie sich allerdings ganz auf Taschenuhren, keine gewöhnlichen, sondern kunstvoll ausgearbeitete, darunter Kreuzuhren, Kalenderuhren, Mondphasenuhren, Spieluhren mit stilisierten Lauten, mit Apfelbaumzweiglein oder sich verlustierenden Figürchen. Während der Arbeit am Roman wird die Uhrensammlung des Fräulein Lotti Feßler für deren Erfinderin zum Ort der Wunscherfüllung: »Fräulein Lotti fängt an, einen großen Platz in meiner Seele einzunehmen. Ich verleihe ihr alle Uhren, die ich selbst gern besitzen möchte.« Als sie 1896 den Text *Meine Uhrensammlung* publiziert, besteht dieselbe aus »hundertfünfzig Taschenuhren von der Zeit Kaiser Rudolfs II. an bis zur Gegenwart, und es ist unter ihnen keine einzige, die sich nicht durch irgend eine liebenswürdige und interessante Eigentümlichkeit auszeichnet«. Bei ihrem Tod umfasst das von ihr angelegte Inventar rund 270 Exemplare.[89]

In der Eingangsszene von *Lotti, die Uhrmacherin* bildet das morgendliche – leicht versetzte – Sechs-Uhr-Schlagen der um das Bett der Protagonistin versammelten Uhren die Ouvertüre zu einer detaillierten Vorstellung der einzelnen Meisterstücke. Man darf sich das tägliche Erwachen der Verfasserin ganz ähnlich vorstellen – sie hat Fräulein Lotti auch ihre eigene Wohnung im dritten Stock des Drei-Raben-Hauses zugewiesen, deren Wohnzimmerfenster »auf einen kleinen Platz sah – einen sehr kleinen, denn er wurde von nur vier Häusern gebildet; doch war er luftig und hell und gewährte den Anblick eines beträchtlichen Stückes Himmel, was gewiß kein geringer Vorzug war. Es will etwas heißen, im Herzen der Zivilisation zu wohnen, im Mittelpunkt der Hauptstadt, tausend Schritte vom Dome, (…) und dabei von seinem Fenster aus (…) Wolken und Vögel ziehen, und der Sonne und dem Mond ins Gesicht zu sehen.« Das einzige Fenster mit Aussicht auf den Himmel, das die »ganze im übrigen ziemlich finstere Wohnung« erhellt, eröffnet auch den Blick auf die Nachbarschaft der ebenfalls in den oberen billigen Stockwerken wohnenden, aber sozial unter den Feßlers rangierenden Kleinbürgerfamilien – ein Damenschneider, ein Pfeifenschneider, eine Naschwarenhändlerin.[90]

Im dritten Stock des laut Roman »gegenüberliegenden Hauses, das den Platz gegen Osten in einem stumpfen Winkel abschnitt«, wohnte in Marie Dubskys Kindertagen der kleine Ferdinand von Saar mit seiner früh verwitweten Mutter, was die beiden bei ihrer ersten Begegnung in der Landstraßer Hauptstraße entdeckten. Der Blick ging natürlich auch in die andere Richtung, von Saars zu Dubskys: »Ich konnte also von unseren Fenstern aus nach jenen der gräflichen Wohnung sehen. Wie oft mochte ich da die kleine Komtesse erblickt haben (…)!« Dass die Idylle, als die die Exposition der Geschichte angelegt ist, auf wackligem Fundament ruht, erfährt man fast nebenbei: Den alten Schneidermeister und dessen Tochter hat Lotti einst gerettet, als dieser sich und das kleine Mädchen vor Verzweiflung töten wollte, und ihnen einen auskömmlichen Kundenstock verschafft, zu dem sie selbst zählt. Der Schnitt ihres Mohairkleides hat sich »seit wenigstens zehn Jahren als vortrefflich bewährt«, dessen sorgfältige Ausführung harmoniert mit der Trägerin: »Alles solid und geschmackvoll.« Mit dieser Vorstellung ist klar, dass Lotti Feßler, »konservativ wie sie nun einmal ist«, allem Blendwerk ebenso abhold sein muss wie der Mode an sich.[91]

Die Rahmenhandlung zeigt dem Leser eine selbständige, in ihrem Beruf überdurchschnittlich tüchtige und erfolgreiche Mittdreißigerin, die von sich sagen kann: »*Ich habe das Leben, das ich brauche.*« Lottis Ziehbruder Gottfried ist dabei, »gleich nebenan in der breiten belebten Straße, die zum Domplatze führt«, der Rotenturmstraße, einen kleinen Uhrmacher-Laden zu eröffnen, den er mit Lotti gemeinsam führen will. Als Beispiel respektabler Berufsausübung, jenseits des weiblichen Berufsbilds der Gouvernante und des Dienstmädchens, ist sie vor dem Hintergrund der Zeit eine »Ausnahmeerscheinung«, die Ebner-Eschenbach ganz bewusst in einen »scheinbar biederen Rahmen« stellt, um »für den Zeitgeschmack irritierende Inhalte einzuschleusen« (Evelyne Polt-Heinzl), das Bild einer unverheirateten, bürgerlichen Frau etwa, die, unbekümmert um gesellschaftliche Usancen, buchstäblich eigene Wege geht und auf Anstandsbegleitung in der Öffentlichkeit verzichtet.[92]

Die Rückblende führt in eine Zeit vor fünfzehn Jahren zurück, in der Lotti um ihre Zufriedenheit und innere Ruhe kam, in »böse Tage«, als »alles, was sonst ihr Leben erhellte, ihr gleichgültig geworden, und das Leben selbst – eine Last«. Schuld daran war naturgemäß – ein Mann, und zwar der wissbegierige und begeisterungsfähige Verfasser der bereits erwähnten Novelle, der als Adept der Uhrmacherkunst in das Haus Feßler Eingang gefunden und sich, zu Gottfrieds bitterem Bedauern, bald in einen Schwiegersohn in spe verwandelt hatte. Hermann von Halwig, ein weiterer kleiner Beamter mit dichterischen Ambitionen, formuliert das Idealprogramm des Poetischen Realismus, wenn er über Meister Feßlers Sammlung sagt: »Eine schweigende, tote Welt, die ein Blick zum Dasein erweckt, zu einem mächtigern, schönern Dasein, als das sogenannte wirkliche (…). – Begreife das Begreifbare und aus allem, was dich umgibt, dringt die Fülle bildsamen Stoffes auf dich ein (…).« Erobert Halwig mit der Vorlesung seiner ersten Verserzählung noch die Herzen seiner drei Zuhörer und vor allem jenes von Lotti, so begibt er sich bald als freischaffender Künstler auf einen Weg des gefälligen Erfolgs, den seine Braut nicht mehr gutzuheißen vermag. Die Aufrichtigkeit, die er ihr abfordert, überfordert ihn rasch. Als Lotti spürt, dass sie Halwigs Liebe verloren hat, löst sie die Verlobung – gegen dessen äußeren Widerstand. Sie tut es in wahrhaft heroischer Selbstverleugnung mit dem Versprechen ewiger Freundschaft und Fürsorge, denn Fräulein Feßler repariert nicht nur Uhren: »Bedrückte Seelen warten – das verstehe ich, das ist die Kunst, die ich ausübe, das ist meine Virtuosität ...«[93]

Lotti gewöhnt sich ihre Liebe buchstäblich ab, sie liest Halwigs Bücher nicht mehr, in denen sie »eine Vorliebe, das Krasse, oft sogar das Widerliche zu schildern«, wahrnimmt – eine Spitze gegen die Moden des Naturalismus. Sie glaubt sich »vollkommen geheilt« von ihrer »ersten und einzigen Liebe« und nimmt die Nachricht von Halwigs Verheiratung mit einer schönen, armen, blaublütigen Frau mit Gleichmut hin. Das ist drei Jahre her, doch jetzt, als sie eine Taschenuhr aus einem Notverkauf zur Reparatur erhält und entdeckt, dass es sich um ihr Verlobungsgeschenk an Halwig handelt, ist ihr Seelenfrieden dahin. Bei einer Wiederbegegnung mit dem einst Geliebten bringt sie den Uhrmacher dazu, den Handel rückgängig zu machen. Halwig, auch dem Äußeren nach kein Künstler mehr, sondern ein nach der letzten englischen Mode gekleideter Geschäftsmann, ist ein Lohnschreiber geworden, der seinen Haushalt »mit der Feder bestreiten muß«. Halwigs junge, naiv-verschwenderische Frau Agathe leidet darunter: »Habe ich einen Mann geheiratet oder eine Schreibmaschine?« Dennoch verlangt sie von Lotti, sie möge Halwig dazu bringen, einen einträglichen Buchkontrakt zu unterschreiben und mit dem Erlös das Gut ihrer verschuldeten Eltern zu kaufen. Lotti gegenüber gesteht der Schriftsteller, mit seinen Sensationsromanen gegen sein eigenes künstlerisches Gewissen zu handeln. Um den Teufelspakt zu verhindern, entschließt Lotti sich, gegen den Willen ihres Ziehbruders, zum Verkauf ihrer Uhrensammlung um 150 000 Gulden. Halwig, der nichts von ihrer Tat erfährt, rettet sich frohgemut mit seiner Frau aufs Landgut, wohin Lotti eines Tages endlich der Einladung des Ehepaares folgt, um dort heimliche Zeugin eines sich selbst genügenden Glücks zu werden. Zurück in der Stadt, finden

Gottfried und Lotti endlich zusammen – wiederum ist sie es, die die Initiative ergreift. Die Krönung des guten Ausgangs durch die angezeigte Geburt eines Sohnes wird am Ende noch konterkariert durch die Nachricht, dass die Seelenrettung doch nicht gelungen sei: Halwig hat das Gut bald wieder verkaufen müssen, seine Frau sehnte sich nach Zerstreuung, er nach den »seligen Bitternissen seiner Schriftstellerei«, deren einstige Unschuld für ihn verloren bleibt.[94]

Als Kommentar zum Kunstverständnis ihrer Autorin ist die »Erzählung« *Lotti, die Uhrmacherin* zeitkritisch. Zum einen waren Kolportageromane in Heftlieferungen um 1880 ein Riesengeschäft, zum anderen fließt hier zweifellos auch Marie Ebners Abscheu vor den minderwertigen Erfolgsstücken der zeitgenössischen Bühnen ein. Etwas dick aufgetragen scheint die Moral von der Geschicht', wenn Halwig über den verstorbenen Meister Feßler, eine der seltenen verständnisvoll-gütigen Vaterfiguren in Ebner-Eschenbachs Werk, sagt: »Er trieb sein Handwerk wie eine Kunst. Wir – treiben unsere Kunst wie ein Handwerk (...).« *Kunst und Handwerk* – das war auch der ursprüngliche Titel, ehe die Autorin Julius Rodenberg eine Änderung in *Lotti, die Uhrmacherin* nahelegte; dies wohl auch als Echo auf Jeremias Gotthelfs populären Bildungsroman *Uli der Knecht* (1841), dessen Fortsetzung *Uli der Pächter* (1849) Ebner-Eschenbach 1871 gelesen hatte.[95]

Jedenfalls stellt *Lotti, die Uhrmacherin* den seltenen Fall eines Künstler- oder besser: Künstlerinnenromans dar, dessen Heldin eine Handwerkerin ist. Auf eine Erscheinung wie Halwig scheint dagegen ein Aphorismus Ebner-Eschenbachs gemünzt: »Der Charakter des Künstlers ernährt oder verzehrt sein Talent.« Lotti steht, als sein Gegenbild und als ein etwas verschämtes Selbstportrait Ebner-Eschenbachs, für die Fähigkeit, mit den anvertrauten Talenten zu wuchern. Wie das Uhrmacherhandwerk der Feßlers angesichts der Uhrenindustrie der Gründerzeit in einer Epoche des Umbruchs bereits ein Anachronismus ist, ein »Zeichen gegen den Zeitgeist«, so wird hier auch Lottis idealistische Kunstauffassung als unzeitgemäß postuliert.[96]

Dass Dichten in Wahrheit keine unweibliche, sondern eine unmännliche Beschäftigung sei, wird im Roman sowohl von der Feßler'schen Haushälterin als auch von der geborenen Freifrau Agathe behauptet: »Männlich ist Löwen und Tiger jagen, auf einem Seil über den Niagara wegschreiten, Schlachten gewinnen, Städte bauen … aber weißes Papier schwarz machen … bah!« Halwig vertritt den Typus des begabten, begeisterungsfähigen, gutherzigen, aber schwachen Mannes, der – wie auch in der Erzählung *Wieder die Alte* – von einer starken Frau geleitet und zu seinem Glück, soweit möglich, gezwungen werden muss. Liebe erscheint in diesem Kontext als eine Schwäche, die es zu überwinden oder aber in Caritas umzuwandeln gilt. In der Nacht der Entscheidung über das Schicksal ihrer Sammlung hört Lotti Halwigs Stimme in ihrem Kopf: »Du warst die Starke, und ich war schwach, du hättest mich nicht verlassen sollen. Aber du suchtest Ruhe, du rangst nach Frieden und gabst mich auf (…).«[97]

Fünfzehn Jahre liegt das Ende der Verlobung in der Erzählgegenwart zurück, zwanzig Jahre sind seit Marie Ebners eigenen Seelenkämpfen um eine ihr Leben erschütternde Begegnung vergangen. »Ruhe«, äußere und innere, hat sie Marie von Najmájer als »meine erste Existenz-Bedingung« genannt. Ihre Protagonistin muss dafür ein doppeltes Opfer bringen. Sie gibt nicht nur dem geliebten Mann seine Freiheit zurück, weil sie erkennt, dass die Zeit, das Leitthema des Buches, auch in jenen Gefühlsdingen tickt, die für ewig angesehen werden: Just die Verlobungsuhr als Unterpfand ewiger Liebe wird zum Zeichen von deren Flüchtigkeit. Lotti opfert aber auch als geheime Wohltäterin ihr Vermögen, ihren bisher unveräußerlichen Schatz, das väterliche Erbe und zugleich eine Sammlung libidinös besetzter Objekte, und sie tut es, wie die Warner ihr prophezeit haben, vergeblich, weil der Mann nicht zu retten ist, nicht einmal durch ein Zdislawitz ähnliches Paradies. Den Vorwurf ihrer Schriftstellerkollegin Fanny Lewald, hier würde »aus schwachherziger Liebe und Freundschaft einem Elenden geholfen«, weist Marie Ebner im Tagebuch zurück: Halwig sei kein Elender, und Lotti helfe weder aus Liebe noch aus Freundschaft noch aus Barmherzigkeit: »Sie thuts (…) um ihrer selbst willen. Sie hätte keine Ruhe mehr wenn sie es nicht thäte.« Vielleicht aber hätte Marie Ebner sich hierbei einer früheren Notiz erinnern sollen: »Übertriebene Opferfreudigkeit wirkt nicht erhebend. Ein Beispiel dem wir unmöglich folgen könnten, vielleicht kaum möchten, lässt uns kühl.«[98]

Die Uhr ist einerseits das Symbol der Modernisierung, der seit dem Mittelalter immer mehr verschärften Einspannung des Individuums in den Takt der Produktion. Andererseits hat die Uhr auch eine tiefenpsychologische Dimension. Psychoanalytisch betrachtet symbolisiert sie, »wie jede Maschine«, die Frau. Ihre Mechanik, die Unruhe, das Ticken haben eine naheliegende sexuelle Konnotation. Aber die Uhr ist auch ein Sinnbild für das Herz und damit für die Lebenszeit, wie dies in der von Carl Loewe 1852 vertonten Ballade *Meine Uhr* von Johann Gabriel Seidl zum Ausdruck kommt: »Und ward sie auch manchmal träger, / Und drohte zu stocken ihr Lauf, / So zog doch der Meister immer / Großmüthig sie wieder auf. // Doch stünde sie einmal stille, / Dann wär's um sie gescheh'n: – / Kein And'rer, als der sie fügte, / Bringt die Zerstörte zum Geh'n.«[99]

Die kaputte Uhr verweist auf das gebrochene Herz, und die Uhrensammlung enthält gleichsam Lottis gesammelte sublimierte Libido-Energie. Als Fräulein Feßler in der schlaflosen Nacht ihres schweren Entschlusses zum ersten Mal in ihrem Leben vergisst, ihre Uhren aufzuziehen, herrscht um sie der totale Stillstand, eine Stille, die den Tod bedeutet. Seit dem Tag des Uhrenverkaufs ist Gottfried Feßlers »gleichmäßig heitere Laune« dahin, nicht allein, weil die von ihm still Verehrte ihr großes Opfer einem anderen Mann gebracht und sich um seine, Gottfrieds, Wünsche nicht geschert hat, sondern auch weil das Reservoir an (sexueller) Vitalität unwiederbringlich verloren scheint. Seine Ziehschwester träumt, sobald die dreihundert Meisterwerke aus dem Hause sind, einen Wunscherfüllungstraum: Alle seien noch in ihrem Besitz. Lottis Kummer gilt wohl nicht nur dem Verlust ihrer Uhren, sondern dem Ablaufen der eigenen Lebenszeit, und damit der ungenutzten Chance zu Familiengründung und Reproduktion. »Solid und geschmackvoll« wie ihre Garderobe ist dann auch Lottis Partnerwahl: Einmal mehr fällt sie auf den älteren, brüderlichen Vertrauten. Bevor die naheliegende Lösung endlich als die rechte erkannt werden kann, muss Lotti auf die Frage einer kinderreichen Bahnwärtersfrau »und was ist denn Ihr Herr?« antworten: »Ich habe keinen; ich bin eine alte Jungfer.« So lässt sich das – für die Buchausgabe von *Lotti* hinzugefügte – verdächtig triviale Ende mit der Geburt eines Stammhalters auch als Schlussstein einer Utopie weiblichen Selbstentwurfs sehen, die nicht auf berufliche Erfüllung verzichtet, aber eine Sammlung nur symbolisch vitaler, in Wirklichkeit jedoch toter Gegenstände gegen echtes Leben und leibhaftige Mutterschaft eintauscht.[100]

Im für sie segensreichen Jahr 1880 macht Marie Ebner auch die Bekanntschaft einer deutschen Schriftstellerin, die sie, seit sie deren Hauptwerk kennt, bewundert: Louise von François. 1875 hat Ebner-Eschenbach den Roman *Die letzte Reckenburgerin* (1871) gelesen, den sie, wie auch viele Zeitgenossen, für den besten der jüngeren Zeit hält. Die unverheiratete Heldin der historischen Familiengeschichte ist ganz nach ihrem Geschmack: Als Letzte ihres Geschlechts schenkt Eberhardine ihre Liebe am Ende ihrer Ziehtochter und gibt diese einem Bürgerlichen zur Frau, weil es darauf ankomme, dass »in der entscheidenden Stunde das Urteil stirnhoch über dem Vorurteil und das Herz auf dem rechten Flecke steht«. Marie Ebner überwindet ihre »sträfliche Zaghaftigkeit« – zwar nicht, wie sie sich schriftlich erinnert, »am Tage«, an dem sie den Roman zu Ende gelesen hat, sondern fünf Jahre später –, aber sie tut es, schreibt auf ihrem schönsten Briefpapier und sendet der Kollegin ihre *Aphorismen* samt Widmung. Jahre später erfährt sie, dass Louise von François (1817–1893), die verarmte Nachkommin eines hugenottischen Adelsgeschlechts, ihren Brief einem Bekannten gezeigt und gemeint hat: »Wie kann man mit Jemandem in Korrespondenz treten, der Einem auf solchem Briefpapier schreibt?«[101]

In ihrer Antwort gibt die Beschenkte unumwunden zu, sie habe in ihrer Einsamkeit in Weißenfels an der Saale den Namen der Ebner-Eschenbach noch nie gehört. Dabei publiziert auch Louise von François in der *Deutschen Rundschau*, 1879 war dort ihr Roman *Der Katzenjunker* erschienen. Und sie korrespondiert intensiv mit Conrad Ferdinand Meyer. Marie Ebner ist aber gar nicht gekränkt, sondern freut sich über eine wahrhaft aufrichtige Seele – die sich auch wirklich in ihren weiteren Briefen artikulieren wird, mit anerkennenden, aber immer wieder auch kritischen Urteilen über Ebner-Eschenbachs Erzählungen.

François vergleicht die Brieffreundin mit ihrer englischen Kollegin George Eliot, sie tadelt den düsteren Ausgang von *Chlodwig* und *Ein Spätgeborner* oder die »Mache« der *Božena*: »Sie bleiben ihrer Heldin, der edlen, starken Magd, nicht treu genug, schieben Sie [sic], kaum daß Sie uns das Herz für sie warm gemacht, bei Seite.« Oder sie fragt: »Einer der wenigen Ihrer Aphorismen, die ich nicht deutlich verstehe, ist die [sic] von dem Mitleid als der Liebe im Negligé. Heißt das lässiger Weichmuth im Schlafrock und Pantoffeln? oder erstes und letztes Tagesgefühl ohne Schaugepränge (…)?« Wären Marie Ebners Gegenbriefe nicht vernichtet (wohl wirklich von ihr selbst), kennten wir eine Antwort nicht nur auf diese berechtigte Frage.[102]

Die ihrer *Reckenburgerin* eng verwandte, eigenwillig-gerade Persönlichkeit der Norddeutschen offenbart sich nicht nur in ihrem markanten Briefstil. Über ihre erste Begegnung mit Louise von François im Juni 1880 berichtet Marie Ebner Sephine Knorr: »Ich lernte diese höchst interessante und eigenthümliche alte Frau, d. h. Fräulein (63 Jahre) in Nauheim, wo sie mich besuchte und vier Tage bei mir zubrachte, kennen. Wir lieben und schreiben uns. Ihre Briefe gehören zu dem Originellsten und Geistvollsten das ich kenne.« Dagegen sei ihre Korrespondenz mit Betty Paoli eingeschlafen, das komme »hauptsächlich von meinem Abscheu gegen Briefe zu denen man Handschuhe anziehen muß«.[103]

Ihr imponiert Louise von François' Mut zur Wahrheit. Die Aphoristikerin weiß: »Es gibt wenig aufrichtige Freunde – die Nachfrage ist auch gering.« Sie bewundert Louises Redelust und -talent, ihren Scharfsinn, ihren Humor und ihren Gleichmut angesichts ihrer finanziellen Lage: »Ich denke mir oft: L[ouise] v. F[rançois] ist in der Hand des Schicksals zu Erz gefestigt worden, während ich darin zerbröckelt bin.« Hinter den Kulissen des literarischen Betriebs setzt sie manchen Hebel für die verehrte Freundin in Bewegung, alljährlich zu Weihnachten schickt sie eine Kiste mit ungarischem Wein nach Weißenfels. Zweimal noch treffen Louise François und Marie Ebner einander sommers in Reichenhall. Sie erleben ihre Seelenverwandtschaft auch in einer gemeinsamen Schwäche: ihrer Angst vor Katzen. In einem Brief hat François bekannt, sie selbst sei der *Katzenjunker* und habe »diesen Abscheu vor diesem graziösen, hausfreundlichen Geschöpf«. In Reichenhall gibt sie eine Probe davon, als sich eine große Katze kurz am Wegesrand zeigt: »Louise war völlig außer sich. Sie schlug die Hände zusammen und lief uns voran dem Hause zu. Wir hörten sie laut jammern und weinen.« In der Schar der Tiere in Ebner-Eschenbachs Werk spielen Katzen eine unrühmliche Rolle: »[W]ie eine Schlange aus Samt« zwängt sich etwa der schwarze Kater, das »Raubtier«, in *Der Fink* durch den Türspalt, um der kleinen Pia den verletzten Vogel abzujagen, und er wird von ihr zur Strafe als »Unkatz« beschimpft.[104]

Anders als ihre ältere Freundin spricht Marie Ebner nicht nur von Abscheu, sondern von Hass gegen das »ganze Geschlecht dieser samtpfötigen Raubtiere, dieser Vogelmörder mit dem unhörbaren Schritt, den widerwärtig weichen Bewegungen, den falschen, phosphoreszierenden Augen«. Schon als Kind litt Marie unter einer sogenannten Ailurophobie, die sich beim Anblick von Katzen in körperlichen Symptomen äußerte, in Gänsehaut, eiskalten Händen und Füßen, Zittern »am ganzen Leibe«. In *Meine Kinderjahre* erinnert sich die Autorin an die ungeheure kindliche Mutprobe, die es bedeutete, ein »scheußliches Ding« von Katze aus einem Bottich vor dem Ertrinken zu retten, nur um später vom Gärtner zu erfahren, dass er das Tier erschlagen habe, weil »Katzen im Garten durchaus nicht geduldet werden dürfen«.[105]

Freud hat wilde Tiere als Traumsymbole für »leidenschaftliche Triebe« gelesen, »sowohl die des Träumers als auch die anderer Personen, vor denen der Träumer sich fürchtet«. Die totemistisch anmutende »Darstellung des gefürchteten *Vaters* durch böse Tiere, Hunde, wilde Pferde« bedeutet demnach die »Darstellung der vom Ich gefürchteten, durch Verdrängung bekämpften *Libido*«. Für Marie Ebner war die Katze, der Kater ohne Zweifel ein »Raubtier«, unheimlich, tückisch, suggestiv, wild. Die Verbindung zum Vater stellt sie in *Meine Kinderjahre* selbst her, allerdings nicht auf dem Wege der Identifikation, die Antwort des Gärtners ist ebenfalls ein Reflex darauf: »Auch mein Vater liebte diese Tiere nicht, man hielt sie nicht im Hause und verjagte sie im Garten.«[106]

Späte Freuden

Ihren fünfzigsten Geburtstag feierte Marie von Ebner-Eschenbach am 13. September 1880 in Zdislawitz – für sie war das immer ein doppeltes Fest, denn am 12. September (Mariä Namen) hatte sie Namenstag, den man in ihren Kreisen üblicherweise mit Gratulationen und Geschenken beging. Die eigentliche Geburtstagsfeier fand diesmal am 14. September statt, weil Adolph Dubsky erst am Nachmittag des 13. ankam und selbstverständlich auf den Herrn des Hauses gewartet wurde. Zum ersten Mal wird Marie bei einer solchen Gelegenheit von der Familie als Schriftstellerin geehrt: mit einem goldenen Lorbeerblatt, »zwischen dessen Rippen, die Namen aller meiner Bücher

u. Stücke gravirt sind«, und mit einem abendlichen Festspiel, bei dem Groß und Klein in lebenden Bildern Figuren aus ihren Werken darstellen, ihre Nichte Marianne gibt die Tante Marie am Schreibtisch, ihre Nichte Marie den Genius der Poesie mit dem Lorbeerkranz: »Freut mich, rührt mich, thut mir wohl.«[107]

Auf ihr sonstiges Befinden trifft das nicht zu, sie hat Augenbeschwerden, immer wieder starke Kopfschmerzen, gegen ihr Gesichtsleiden haben alle Kuren versagt, auch eine schmerzhafte Behandlung der Gesichtsnerven mit glühendem Draht durch die Doktoren Rudolf Chrobak und Josef Breuer, den Arzt der Familie Fleischl und der besten Wiener Gesellschaft, brachte keine Besserung. Später behandelt Breuer sie auch mit Kokain. »Tag der Leiden. Was thut mir *nicht* weh?«, fragt die Dichterin einmal in ihrem Tagebuch. An der Schwelle der fünfzig ist Marie Ebner auch »recht unzufrieden« mit sich – »ich bin nicht wie ich sein sollte, viel zu gereizt, viel zu unduldsam«. Ihre äußere Erscheinung beschreibt Louise von François (von Anton Bettelheim zusammengefasst) so: »nicht viel größer und nicht halb so dick wie die Georges [sic] Sand; das wellige Haar leicht versilbert, Augen voll Güte, Geist und Mutterwitz; ausgestattet mit dem seltenen Reiz, im Lächeln und Lachen sich zu verschönern«.[108]

In Zdislawitz und Umgebung unternimmt Marie Ebner ausgedehnte Spaziergänge, beim Reiten ist sie aber nur noch Zuschauerin. Über ihren – in der Familie als schwach und geschäftsuntüchtig geltenden – Schwager Gustl Kinsky und seinen Sohn bemerkt sie: »Gustl und Philipp machten Reiterkünste. Wenn man den alten Gustl auf einem noch jungen halb gerittenen Pferd Barriere springen sieht verzeiht man ihm vieles, und denkt: bist doch ein famoser Mensch!«[109]

Schloss und Park von Zdislawitz waren von Adolph Dubsky bereits nach dem Tod des Vaters großzügig renoviert und umgestaltet worden. Er hatte etwa die Straße verlegen, ein schmiedeeisernes Einfahrtstor setzen und Fenster und Türen vergrößern lassen, was Maries Beifall fand.[110] Der sommerlich-frühherbstliche Tagesablauf auf dem Lande entspricht recht genau ihrer Vorstellung einer vollkommenen Balance zwischen literarischer Arbeit und familiärer Geselligkeit, bei der sie sich vor allem ihren Nichten und Neffen widmet, mit denen sie auch Theaterstücke einstudiert. Aufgestanden wird, wie sie Faust Pachler verrät, um sieben Uhr, gefrühstückt nach Möglichkeit im

Garten. Nach dem Frühstück gehen die Kinder an ihre Lektionen, die Erwachsenen beraten über allerlei Verbesserungen im Schlosspark.

> »Um 9 Uhr begebe ich mich in mein Zimmer und an die Arbeit. Um zehn Uhr klopfen kleine Finger an meine Thür, und die Buben kommen, berichten, was sie gelernt, loben sich sehr, wenn sie brav waren (...), flehen um eine Fürbitte beim Lehrer oder Papa. Wenn's gar zu schön und lockend ist, mache ich auch noch mit ihnen einen Gang durch den Garten, bin aber dann wieder fleißig bis ½ 2. Dann wird Toilette gemacht und um 2 Uhr zu Tische gegangen. Gleich nach Tische (...) werden Kastanien gesammelt und in einem Wägelchen eingeführt, welke Blätter zu einem großen Berge gethürmt, da werden Spaziergänge unternommen, die aber ein Ziel haben, einen guten Zweck. Da besuche ich meine alten Freunde, einen einstigen Schafmeister, einen einstigen Gartengehülfen, irgend ein getreues altes Möbel, mit dem ich von längst vergangenen Zeiten, längst dahin geschiedenen Menschen sprechen kann. Und da freut mich's halt, wenn Jeder, der mich begegnet, mich freundlich ansieht und mir die Hand reicht und sagt: ›Das ist gescheidt, daß Sie wieder zu uns kommen.‹ Gewöhnlich bin ich um 6 Uhr wieder zu Hause, lese und schreibe noch eine Stunde, um 7 da geht das Klopfen an meiner Thür wieder an, der Spitzbube Victor [Sohn Adolphs, D. S.] hüpft herein: ›Darf ich Dich zur Billard-Parthie abholen? Darf ich Dir meinen Arm antragen?‹ Die ganze Familie spielt mit Leidenschaft à la guerre bis zur Souperstunde 8 Uhr. Nach dem Souper machen wir eine Bezique, bei der gewöhnlich mehr gelacht und geplaudert wird, als gespielt.«[111]

Mit einer Bézique, einem damals sehr populären Kartenspiel für zwei Personen, lässt Ebner-Eschenbach auch den alten Grafen Rondsperg in *Božena* sich vergnügen. Im familiären Kreis war es durchaus keine Seltenheit, dass Damen sich an Tarock- und Billardrunden beteiligten. Moriz Ebner war ein Freund des Billardspiels und bedauerte, dass sein »Vetter Adolf«, der die »Reit und Kutschierpeitsche besser handhabt als den Billard-Queue«, den Tisch in Zdislawitz abschneiden und die sechs Taschen verschließen ließ. Den Kindern diente er dann »als Kegelbahn und wäre auch als Nudelbrett verwendbar gewesen«.[112]

Im neu angebauten Seitenflügel des Schlosses hat Adolph Dubsky seiner Schwester eine eigene Wohnung einrichten lassen: »Das Sitz u. Schreibzimmer ein großes u. das Schlafzimmer ein kleines Kleinod. Alle Bilder die ich liebe haben sie mir herein gehängt wohin ich sehe erblicke ich ein Zeichen der Güte, der Sorgfalt, des Verständnisses. (…) Wenn ich hier nicht mein Allerbestes schreibe, ist mir nicht zu helfen.« Am Tag nach ihrer Ankunft notiert sie: »Geschlafen, wie ich nur in Zdisslawitz schlafe.« Die für »Tante Marie« geradezu idyllischen Verhältnisse auf dem heimatlichen Gut werden durch Adolphs neuerliche Heirat etwas überschattet: Zunächst freut sich die Schwester einfach mit dem Bruder, der in seine Braut Gisela Gräfin Pálffy verliebt ist »wie ein Jüngling«. Sie findet die junge Frau charmant, wenn auch ihr gegenüber etwas befangen. Als Nachfolgerin der grandiosen Sophie kann »Gisi« als Hausherrin jedoch vor Marie Ebner nicht bestehen. Marie Ebner erwartet »für eine so ängstliche u. empfindliche Person wie ich bin« eine unangenehme Atmosphäre in Zdislawitz: »Fast nichts von allem was dort geschieht, ist mir ganz recht.« Vor allem weil Gisela sich mit Adolphs Kindern schwertut und zum Beispiel Victor unterstellt, er sei bei einer Prüfung durchgefallen, weil er einen »bösen Willen« habe. Tante Maries Parteinahme kommt bei Bruder und Schwägerin nicht gut an: »Was früher eine Art Verdienst genannt wurde: meine Liebe zu den Kindern, wird mir jetzt fast als ein Unrecht angerechnet, und war und ist weder das Eine noch das Andere.« Victor soll nach Kremsier aufs Gymnasium, seine Tante würde gern mit ihm übersiedeln, die Eltern erlauben es nicht.[113]

Zu den ersten Beweisen wirklicher und breiter Anerkennung im literarischen Feld passen zwei Aphorismen Ebner-Eschenbachs – der erste: »Späte Freuden sind die schönsten; sie stehen zwischen entschwundener Sehnsucht und kommendem Frieden.« Der zweite Aphorismus widerspricht dem diametral: »Zu späte Erfüllung einer Sehnsucht labt nicht mehr. Die lechzende Seele zehrt sie auf wie glühendes Eisen einen Wassertropfen.« Diese Reaktion passte zu einem Melancholiker wie Ferdinand von Saar, Marie Ebners Naturell entsprach eher die erste Sicht der Dinge. Noch schlagen sich ihre jüngsten Erfolge nicht auf den Gesamtverkauf ihrer Bücher nieder. Bei Cotta will die neue Leitung kein weiteres Werk aus ihrer Feder mehr annehmen, ja, Baron Cotta soll nach dem kommerziellen Misserfolg der *Božena* gar geschworen haben, nie wieder einen Roman einer Frau zu verlegen. So bringt Franz Ebhardt in Berlin auch Marie Ebners *Neue Erzählungen* heraus, ohne Fixhonorar, nach der finanziellen Übereinkunft bei den *Aphorismen*: »Nachdem die Kosten gedeckt sind machen wir Halbpart.«[114]

Das Buch umfasst *Die Freiherren von Gemperlein, Lotti, die Uhrmacherin, Nach dem Tode* und als Eröffnungstext *Ein kleiner Roman*, dessen Titel zugleich seine Gattung bezeichnet. Ebner-Eschenbach erzählt darin die alles andere als gefällige Geschichte eines bösen Kindes und seiner an ihm verzweifelnden jungen Erzieherin: Helene, die heimlich ihren Arbeitgeber, den verwitweten Grafen, liebt, gelingt es nicht, das Herz der verstörend gefühlskalten, kleinen Anka zu gewinnen, die sich auf der Welt nur für einen Menschen interessiert: ihren Papa. Weil Helene weiß, dass der Vater blind gegenüber den Defiziten seiner Tochter ist, dass Anka sie hasst und sie selbst das Mädchen auch künftig nicht lieben würde können, weist sie die Werbung des Grafen zurück, der sich damit immerhin seiner machtgewohnten Schwiegermutter widersetzt hat. In der Wiener *Presse* nimmt Betty Paoli *Ein kleiner Roman* von ihrer nachdrücklichen Würdigung der *Neuen Erzählungen* explizit aus, das heißt, sie lobt die präzise Charakterisierung der Nebengestalten ebenso wie die getreue Darstellung der kaum überwindlichen gesellschaftlichen Barriere zwischen der aristokratischen Familie und der Gouvernante (eine kränkende Zurücksetzung, die sie selbst erfahren hat), doch sie sieht die Schwäche des Romans in Helenes unglaubwürdig vernünftigen Entscheidungen und in der auch noch verklärten Urteilsschwäche der männlichen Hauptfigur: »Warum kommt Helenen nicht der sehr naheliegende Gedanke: ›Der Mann, den ich liebe, ist leicht zu täuschen. Um so mehr tut es not, daß ein klarer blickendes, ihm treu ergebenes Wesen ihm zur Seite stehe und ihn vor seiner eigenen Leichtgläubigkeit schütze. Und sollte auch alles, woran er sich jetzt klammert, unter seinen Händen zerbröckeln, ich bleibe ihm.‹« Das wäre wohl, wie Paoli meint, »natürlicher und eben deshalb sympathischer«, doch die Autorin hat sich für den »Kultus der Verblendung« und einmal mehr auch des Verzichts auf Glück entschieden.[115]

In rascher Folge schreibt Marie Ebner nun Erzählung um Erzählung und findet dafür fast immer auch umgehend Abnehmer, allen voran Julius Rodenberg: Im Novemberheft 1881 der *Deutschen Rund-*

schau erscheint *Die Poesie des Unbewußten. Novelletchen in Correspondenzkarten* und gleich im selben Monat ein Nachdruck in der *Montags-Revue aus Böhmen.* 1882 folgt die Novelle *Die Unverstandene auf dem Dorfe* in der *Deutschen Rundschau.* Im Jahr darauf – Rodenberg hat dringend zum Verlagswechsel geraten – bringen die Gebrüder Paetel, Berlin, zu deren Haus auch die *Rundschau* gehört, vier *Dorf- und Schloßgeschichten* heraus, womit so etwas wie eine Ebner-Eschenbach'sche Marke eingeführt ist. Zwei dieser Texte sind zuvor ebenfalls 1883 publiziert worden: *Jacob Szela*, zur Zeit der polnischen Revolution angesiedelt, in der *Deutschen Rundschau,* und *Krambambuli*, sozusagen ganz bescheiden, in den *Dioskuren* des ersten allgemeinen Beamtenvereines. Dann folgen 1884 *Comtesse Muschi* und *Comtesse Paula* in der *Neuen Illustrirten Zeitung* und der *Illustrirten Frauen-Zeitung.* 1885 erscheinen nicht weniger als fünf neue Erzählungen in fünf verschiedenen Blättern: *Das Gartenhaus* in *Über Land und Meer, Er laßt die Hand küssen!* in *Vom Fels zum Meer, Der gute Mond* in *Westermanns Illustrirten Deutschen Monatsheften, Die Kapitalistinnen* in der *Illustrirten Frauen-Zeitung* und *Mein Neffe* in den *Dioskuren.*

Es hat sich also etwas geändert, nicht an Marie von Ebner-Eschenbachs Produktivität, aber ganz deutlich an der Nachfrage. Auffällig ist die formale Bandbreite ihrer Prosatexte, die sie bald Novellen, bald Erzählungen, bald »Kleine Romane« oder, spaßhalber, »Romänchen« nennt oder eben »Novelletchen«, eine seit den 1830er Jahren übliche Bezeichnung. Gerade *Die Poesie des Unbewußten* zeigt als kompositorisches Kabinettstück, mit welcher Lust sie innerhalb der Novellentradition »Gattungsgrenzen auslotet und mit Erzählformen experimentiert« (Ulrike Tanzer). Die »Novelette« *Komtesse Muschi* umfasst sechs Briefe Muschis an ihre Freundin Nesti, ihr Pendant, die *Komtesse Paula*, legt ihre Niederschrift etwas vermessen als »Memoiren« an, die, wie sie selbst einräumt, »ohnehin in ein Tagebuch ausgeartet« sind, das sich am Ende in eine Korrespondenz der Verlobten verwandeln soll, »deren Inhalt das ewige Geheimnis zweier Menschen bleiben muß«.[116]

Das »Novelletchen« *Die Poesie des Unbewußten*, in der Buchfassung dann »Novellchen« genannt, besteht aus 25 Korrespondenzkarten und einem Brief verschiedener Absender, die den Leser zum Mitwisser der jeweiligen Geheimnisse machen und so in ein raffiniertes

Ratespiel einspinnen: Eine sehr junge, namenlose Frau wurde von ihrer Mutter an den deutlich älteren, vermögenden Grafen Albrecht verheiratet; nun berichtet sie der Mutter, auf deren ausdrücklichen Befehl, in Form von Korrespondenzkarten anstelle langer Briefe, soll sie sich doch ganz ihrem Gatten widmen: »Ich mache jetzt erst seine Bekanntschaft. Eigentlich hast Du mich mit einem fremden Herrn in die weite Welt reisen lassen.« Aus den kurzen Botschaften der Tochter lässt die Autorin mit fein dosiertem Hintersinn das Bild einer gut erzogenen, schöngeistig gebildeten, extrem naiven jungen Frau erstehen, die sich selbst die Schuld an Albrechts Kommunikationsverweigerung gibt. Dem Leser eröffnet sich ein Gleichgewicht des Schreckens aus gegenseitiger Unkenntnis: Während die Frau sich ihrem Mann unterlegen fühlt, fühlt dieser sich ihr unterlegen – zum einen wegen seiner Unbildung, zum anderen wegen seines vorehelichen Lebens, das in der sieben Wochen umspannenden Korrespondenz ans Licht zu kommen droht: Albrecht hatte ein Verhältnis mit der verheirateten Gräfin Blanka, die, inzwischen verwitwet, auf dem Plan erscheint und droht, seiner Gattin alles zu verraten. Während Albrecht per Postkarte seine kluge Schwester als Verstärkung anfordert und seine in alles eingeweihte Schwiegermutter um Rat bittet, fällt es seiner Frau immer schwerer, in der behaupteten Ahnungslosigkeit zu verharren: »Ich bin nicht mißtrauisch, es geschieht aber alles, um mich dazu zu machen.« Als sie von Blanka schließlich Albrechts (vorgeblich wegen ihrer mangelhaften Orthographie) kompromittierende Briefe erhält, kann sie die harmlosere Lesart der Sache nicht mehr aufrechterhalten, lautet Blankas Gebrauchsanweisung doch: »Das Leben überhaupt, die Ehe insbesondere, ist ein Kampf. Hier sind Waffen.« Die junge Frau indes macht von diesen Waffen keinen Gebrauch, sie übergibt das Päckchen Albrecht, ohne das Siegel zu erbrechen, und erhebt gerade durch ihr nobles Nichtwissen-Wollen Anspruch darauf, dass auch ihr Mann die ehelichen Spielregeln – Vertrauen und Aufrichtigkeit – künftig einhält.[117]

Das durchgängige Spiel mit dem Doppelsinn, mit dem zwischen den Zeilen Gesagten und dem Bewusstwerden des Verschwiegenen, macht *Die Poesie des Unbewußten* zu »einem der interessantesten unter den kurzen Prosastücken Ebner-Eschenbachs« (Karin S. Wozonig). Der Titel spielt, noch vor der Entwicklung der Psychoanalyse, auf Eduard von Hartmanns vieldiskutiertes Werk *Philosophie des Unbewußten* (1869) an, in dem es unter anderem um männliche (Polygamie-) und weibliche (Monogamie-)Instinkte und die Motivierung der ehelichen Liebe durch den unbewussten Zeugungswunsch geht. Indem Albrechts Schwiegermutter als dessen Komplizin die zeittypische Rollenverteilung im Ehediskurs propagiert und ihm etwa rät, gegenüber seiner Frau auf Argumente zu verzichten, ausgenommen »Es war von jeher so«, entlarvt sie diese Rollenverteilung auch als ungerecht und verlogen: »wie wollen Sie regieren, wenn Sie nicht täuschen können? Und eine Frau nehmen, hat doch geheißen regieren wollen, seit die Welt steht.«[118]

Ebner-Eschenbach erweist sich in diesem »Novelletchen« einmal mehr als eine Erzählerin, die es faustdick hinter den Ohren hat. Sie macht sich nicht nur über eine Erziehung von Mädchen lustig, die diese nur sehr unzulänglich auf das wirkliche Leben vorbereitet, sie rückt auch die nach wie vor übliche arrangierte Ehe ins Zwielicht, passend zu ihrem Aphorismus: »Eine Vernunftehe schließen, heißt in den meisten Fällen, alle seine Vernunft zusammenzunehmen, um die wahnsinnigste Handlung zu begehen, die ein Mensch begehen kann.« Aus ihrem Bekannten- und Verwandtenkreis kannte die Dichterin, wie ihren Aufzeichnungen zu entnehmen ist, genügend abschreckende Beispiele. Wenn ein Ehemann nur, wie Maries Schwager Eberhard Fürst Waldburg, ein Ausbund an Langeweile war, hatte die Gattin noch Glück. In *Komtesse Paula* breitet Elisabeth, die stille Dulderin, zum Entsetzen ihrer Eltern plötzlich das Unglück ihrer Ehe vor der Familie aus, um ihre Schwester Paula vor Ähnlichem zu bewahren: Die verheißene Liebe habe sich nicht eingestellt im Lauf der Zeit, im Gegenteil, sie habe ihren Gatten als kleingeistig und stumpfsinnig durchschaut, eine »Nullität«, die sie pflichtgemäß als »höchste Instanz« anerkennen sollte: »Und wie man dabei innerlich verkommt, wie man sich verachtet, aber nur, um gleich wieder in schuldiger Demut unterzukriechen unter das ›geheiligte‹ Joch! (…) Wer macht denn einen Skandal? Wer läuft davon? Wer wirft sich ins Wasser? So etwas tun ja nur die ordinären Leute (…), unsereins desertiert nicht von seinem Posten!«[119]

Dass diese Brandrede gegen die standesgemäße moralische Versklavung aristokratischer Töchter der Autorin von Herzen kam, beweisen ihre Äußerungen gegenüber Sephine von Knorr. Da muss sie, als es um das Interesse eines finanzschwachen Prinzen an ihrer

Nichte geht, »aufrichtig gestehen, daß ich bei einer Verheiratung ebenso gern etwas zu thun haben will wie bei einer Hinrichtung«. Im nächsten Brief vertieft Marie Ebner ihre grundsätzlichen Vorbehalte gegen die Ehe:

> »Wenn es von mir abhinge dürften nur die wenigsten Leute heiraten, und auch diese erst nachdem sie die überzeugensten Proben davon abgelegt daß sie wirklich und wahrhaftig nicht ohne einander leben können. Ein unabänderliches Verhältniß! Ein Versprechen das nie wieder gelöst werden kann, wenn auch von all den Gründen die uns bestimmten es zu geben, kein einziger mehr vorhanden ist. Das ist ja gräßlich. Glaub mir, bieten wir zu einer Heirat nicht die Hand die aus irgend einer anderen Ursache geschlossen würde, als der alleinigen die eine solche Vermessenheit entschuldigen kann: die Liebe.«[120]

Ganz unwahrscheinlich scheint es nicht, dass die Briefschreiberin hier auch von sich spricht, obwohl sie ja für ihre Verehelichung den Entschuldigungsgrund Liebe geltend machen kann. In der Dialognovelle *Bettelbriefe* blickt die Gräfin Hochfeldt auf ihre, von ihrem Vormund bestimmte Ehe mit dem inzwischen verstorbenen Minister zurück, und dabei überwiegt die Erinnerung an eine neue Unabhängigkeit, ja Freiheit als verheiratete Frau, die sogar ihre Post selbst öffnen darf. In der Klosterschule hat man sie anders erzogen: »Ich habe nicht einmal gewußt, daß eine Frau einen Willen haben darf.« Als ihr »sehr imposanter« Gatte jedoch ihre Gewissensbisse wegen der tragischen Folgen einer versäumten Hilfeleistung nicht ernst nimmt, erkennt die Gräfin, dass die erhoffte »Brücke von meinem Verständnis zu dem seinen« nicht existiert. Trotz allem lautet ihr Resümee: »Es gibt viele weniger gute Ehen.« Dagegen scheint der General in der autobiographischen Erzählung *Der Muff* in einem freundlicheren Licht, als er die notorische und für die Betroffenen keineswegs immer segensreiche Almosentätigkeit seiner Frau mit dem Ausspruch »Du bist unverbesserlich, Gattin« quittiert und hinzusetzt: »Gottlob!«[121]

Nachdem die Dichterin die umfangreiche Novelle *Späte Reife* offenbar verworfen hatte (sie erwähnt Sephine Knorr gegenüber eine missglückte Prosaarbeit), nahm sie sich in der Erzählung *Die Unverstandene auf dem Dorfe* das Problem der Ehe in ihrer (klein-)bürgerlichen Variante und das Motiv der stolzen Frau noch einmal vor.

Die Geschichte ruft zu Beginn eine Konstellation des Elends auf, die Ebner-Eschenbach von ihren Dorfgängen aus eigener Anschauung kannte: »Die rüstige Waschfrau Josepha Lakomy dankte alle Morgen dem lieben Herrgott andächtig für zwei Dinge: erstens, daß er ihren Mann zu sich in die himmlischen Gefilde genommen, und zweitens, daß er ihr Töchterlein Marie in diesem irdischen Jammertal belassen hatte.« Im Säuferwahn war der Vater gestorben, und nun wollte Josepha ihre mitgiftlose Tochter verheiraten: »Dem Mädchen einen ›Ernährer‹ zu verschaffen, war der höchste Wunsch der Frau, die sich selbst erst satt aß, nachdem ihr Ernährer gestorben war.« Drei Männer werben um die schöne, tüchtige Frau, die »das stolze Bewußtsein ihres Wertes« von ihren Mitmenschen abzuheben scheint: Ein reicher Bauernsohn, dessen Liebe sie erwidert, ist nicht Manns genug, sich mit seinem Heiratswunsch gegen seinen Vater zu behaupten. Ein wohlbesoldeter fürstlicher Stallmeister und Pferdetrainer bekommt auf Josephas Drängen Maries Jawort und entpuppt sich als Verschwender und Trinker, der seine Frau immerhin liebt, ja vergöttert; er kommt bei einem Rennen ums Leben. Maries Stolz verbietet ihr, den ersten, nun reuigen Bewerber jetzt zu erhören; beinahe verhindert er auch ein Happy End mit dem an Moriz Ebner gemahnenden Schullehrer, der ihr, nachdem sie ihn beim Verlobungsfest vor versammelter Gästeschar geohrfeigt hat, vorführt, wie man über seinen Schatten springt. *Die Unverstandene auf dem Dorfe* ist einerseits ein kleiner Entwicklungsroman, voll Empathie und doch auch Tadel für das Laster der Überheblichkeit – *Der Widerspenstigen Zähmung* auf Mährisch sozusagen. Andrerseits stellt Ebner-Eschenbach in dieser Geschichte die Ehe ungeschönt als Armutsfalle und Gefängnis dar.[122]

Dabei liefern die Ehen ihrer Geschwister Marie Ebner abschreckende Beispiele auf unvergleichlich höherem materiellen Niveau: Adolph Dubsky behandelt seine junge Frau, die sich trotz anfänglichen Unstimmigkeiten bald das Mitgefühl und die Sympathie ihrer Schwägerin erwirbt, lieblos, er ist »sehr, sehr verstimmt aus einem Grunde der ihn beglücken sollte«: weil Gisela schwanger ist. »Schlecht verstandene Liebe zu den Kindern« macht ihn, was Marie schmerzt, »unvernünftig und grausam gegen G[isi]«. Dass der geliebte, großzügige, fürsorgliche Bruder auch eine andere, sehr dunkle Seite hat, nimmt die ältere Schwester nur schwer hin. Adolph Dubsky kann jähzornig und brutal sein, und er lässt seine Wut an seinen Kindern wie an seinen Tieren aus, einmal an der von allen geliebten Stute Fiorella: »Vorm: war ich einmal wieder im Stalle. A[dolph] hat Fiorella derart über den Kopf geschlagen daß das Auge des schönen Tieres schwer verletzt ist.« Der Stallmeister weint »bitterlich« und beklagt sich bei Marie Ebner über die üblen Reit-Manieren des Herrn Grafen. Männer, die ihre Pferde misshandeln, die ihre emotionale Überforderung an ihren Reittieren auslassen, spielen in Ebner-Eschenbachs Werk eine markante Rolle – vom fürstlichen »Headgroom« Peter Walter in *Die Unverstandene auf dem Dorfe* bis zum Grafen Albrecht in *Die Poesie des Unbewußten*. Dass das Pferd (wie in Saars *Schloß Kostenitz*) gleichsam stellvertretend für die Frau traktiert wird, zeigt sich auch in diesem Fall: Die »neuerlichen V[erirrungen]« des Grafen Dubsky haben etwas mit seiner Gattin Gisi zu tun, die Schwester deutet den Grund nur an, man kann einen Ehestreit vermuten, vielleicht geht es um eine andere Frau. Marie nehmen solche Aufregungen sehr mit, da möchte sie in Zdislawitz lieber Gast sein, als Hausgenossin werde sie »unausstehlich, und leide auch zu viel«.[123]

In Adolph erkennt sie die Ungeduld und Reizbarkeit ihres Vaters, sie weiß, dass er nicht zum Erzieher taugt, und so bleibt sie ihrer undankbaren Rolle als Fürsprecherin seiner Kinder über die Jahre treu. Wenn es um das Wohl eines Kindes geht, kann Marie Ebner auch deutlich werden und auf diplomatische Verbrämung verzichten. Dabei versucht sie, einen Funken der Empathie anzufachen, getreu ihrem Aphorismus »Wer sich an seine eigene Kindheit nicht mehr deutlich erinnert, ist ein schlechter Erzieher.« Über Victors Sohn Adolph schreibt sie ihrem Bruder Adolph: »Lieber lieber Alter! Du machst mir sehr bang. Erst verwöhnt ihr den Buben und dann gerathet Ihr außer Euch weil er voll Selbstüberhebung ist. ›Man muß sich auf seinen Rücken setzen‹ das darf man nicht sagen, denn darin spricht sich Grausamkeit aus, nicht Strenge. Bester Alter, denke an Deine eigene Kindheit zurück; auch Du warst unbotmäßig (…). Behandlung thut Noth, nicht eine Roßkur.« Ein Wort, das im Kontext der Fiorella-Geschichte einen bitteren Beigeschmack gewinnt. »Du hast nicht die Geduld dazu, wähle einen tüchtigen Erzieher (…). Ich kann Dich nicht genug bitten allerbester, geliebter Alter: Milde! wir brauchen sie selbst so erwachsen wir sind und einem Kinde gegenüber sollt sie uns ausgehen?« Als sie dreizehn Jahre später bei Adolph ein gutes Wort für Franz alias »Feri«, den Benjamin der Familie, einlegt, der als Großjähriger kein Taschengeld erhält, entfährt ihr ein Stoßseufzer: »Ach Gott ich bitte u. predige schon seit Jahren, singe immer mein altes Lied! Aber die Prophetinnen gelten einmal nicht, im Vaterland u. in der Familie.«[124]

Nicht besser als Gisela ergeht es Maries anderer Schwägerin Rosine. Auch Victor Dubsky hat das autoritäre väterliche Vorbild offenkundig verinnerlicht: Seine Entscheidung, während seiner Stationierung in Madrid die achtjährige Helene ins Wiener Sacré-Cœur zu geben, hat er mit seiner Frau nicht einmal besprochen, was Marie genauso »alterirt« wie die Wahl eines Klosterinternats an sich. Sie ist entsetzt über die anklagenden Briefe, die Rosine ihr schreibt – und noch entsetzter über die Briefe Victors, die Rosine ihr schickt. Vergeblich versucht sie, auf ihren Bruder einzuwirken. Während die älteren Brüder ihre Ehekrisen haben, steht Heinrich, der ewige Luftikus, schon vor der Trümmern seiner Ehe: Consuelo verlangt die Scheidung, Adolph gelingt es, die Bedingungen für eine Trennung zu arrangieren und den Skandal zu vermeiden.[125]

Marie Ebners eigene Existenz »im Stilleben einer kinderlosen Ehe«, wie Ferdinand von Saar schrieb, hat sich zwischen freundlichem Miteinander und friedlichem Nebeneinander eingependelt. Der pensionierte General findet Befriedigung nicht nur in seinen Reisen, sondern auch in der Planung und Umsetzung diverser Bauprojekte in Zdislawitz: Eine Wasserleitung, ein »Einsiedlerhaus« und vor allem die neue klassizistische Familiengruft, ein eindrucksvoller, der Geländestufe angepasster Kuppelbau, werden nach seinen Plänen errichtet. Mag Moriz Ebners Streitlust im Alter nachgelassen oder seine Frau weniger engagiert Paroli geboten haben, es ist jedenfalls im Tagebuch von Disputen kaum noch die Rede. Auch betrachtet Marie Ebner eine gewisse Fähigkeit zum Es-gut-sein-Lassen als weibliche Tugend. »So oft dasselbe zu sagen, wie Moriz u. Saar das verstehen, wäre, glaube ich, eine Frau nicht im Stande.« Zudem scheint Moriz von Ebner-Eschenbachs Verständnis für die geistigen Bedürfnisse seiner Frau spät, aber doch gereift zu sein. Noch 1880 hat Marie Ebner an Sephine Knorr über den »Mangel an Rücksichten« geschrieben, »den man so schrecklich oft als Einzelne inmitten einer großen Familie erfährt zu der man eigentlich gehört, am eigentlichsten aber – nicht gehört. Ich finde diese Art von moralischen

Nadelstichen beinahe die empfindlichste und entmuthigendste die es giebt.«[126]

Mit dem Erfolg beginnen ihre Angehörigen sich auch an Maries Rolle als Schriftstellerin zu gewöhnen. Moriz schenkt ihr mit symbolischer Geste einen »wundervollen Schreibtischfauteuil« und dazu, man war ja schließlich Homme de lettres, ein Sonett[127]:

»Es thront der Pabst auf apostol'schem Stuhle
Der Christenheit zum Frommen und zum Heil;
(...)
Und sitzend sendet Faust den Liebes-Pfeil,
Endymion zeugend, in das Herz der Buhle.

So ruh' auch Du, den Griffel in der Hand,
Das Haupt von gaehrenden Gedanken schwehr,
In dises harten Stuhles weiten Armen,

Und schenke uns im köstlichen Gewand
Viel neu Gebild, so licht, so klar und hehr
Daß Herz und Geist auf Neu uns mag erwarmen.«

Dass ihre geistige Arbeit für ihre Umgebung lange Zeit so etwas war wie ein Laster, hat die Dichterin indes längst verinnerlicht. Doch gelingt es ihr immer öfter, ihr chronisch schlechtes Gewissen zum Schweigen zu bringen – aus Schaffenslust, nicht Schaffensfreude: »Ich bleibe zuhause und genieße so recht aus dem Grunde die Wonne des Fleißigseins.«[128]

Mit der Novellen schreibenden Generalin in *Der Muff* liefert Marie Ebner einen ironischen Selbstkommentar. Dem »bisher wenig aufgemunterten Talent« der Protagonistin wird nun im Bekanntenkreis endlich ein wenig Aufmerksamkeit zuteil, und »das Gehen wird ihr heute so leicht, als ob die Trottoirs mit Kautschuk gepflastert wären«: »Man lasse mich mit frühen Triumphen ungeschoren, sie sind nicht selten die Vorboten späterer Niederlagen (...). Da lob ich mir mein bescheidenes Streben, das mich allerdings nicht auf die Höhe, aber doch auf eine Anhöhe geführt hat.« In ihrer euphorischen Arbeitslust findet ihre Schöpferin dennoch genügend Zeit, ihren Freundeskreis weiter auszubauen und vor allem ein Netzwerk schreibender Frauen zu knüpfen. Die größte Bedeutung aber hat für Marie Ebner zweifellos die Brieffreundschaft mit Paul Heyse, die bis zu dessen Tod 1914 nur eine solche geblieben ist – was eher an Heyse lag, der geplante Treffen mehrmals nicht mit der nötigen Konsequenz betrieb. Seine Bewunderung für Ebner-Eschenbachs Prosa war gleichwohl aufrichtig, er ließ der Dichterin über eine gemeinsame Bekannte Grüße und Komplimente ausrichten, und sie schrieb ihm 1882: »Ich glaube jetzt zu wissen, wie einem Soldaten zu Mute sein mag, der auf dem Schlachtfeld dekoriert worden ist. Voll Stolz und Glück und so tief gerührt, wie uns immer der Augenblick findet, in welchem wir ein oft geträumtes, aber nie erhofftes Ziel erreicht sehen.« Der demütige Ton gegenüber dem gleichaltrigen Kollegen galt dem anerkannten Dichterfürsten Deutschlands, der, vielgeehrt *und* vielgelesen, als erbitterter Gegner des Naturalismus in München residierte und den Nobelpreis 1910 erhielt, als seine Zeit bereits vorüber war. En vogue im Zeitalter des Jugendstils ist freilich Heyses »Schönheitskultus«, doch bereits dem Zeitgenossen Victor Klemperer schien Marie Ebner schon allein wegen der »völligen Konsequenz der Charakterschilderung« die »Bezeichnung einer heute Modernen« eher zu verdienen als »ihr minder tiefer und deshalb früher fertiger und mehr gelesener Altersgenosse«.[129]

Ebner-Eschenbach selbst lässt jedoch über ihren literarischen Abgott nichts kommen. Für die lange übersehene und unterschätzte Kollegin aus Wien ist die Anerkennung durch den Berühmten eine andauernde, bei jedem neuen Lob eines ihrer Werke wieder aufflammende Freude. Paul Heyse versteht seine Kommentare als kollegiale Liebesbriefe und versichert Marie Ebner mit ehrlichem Nachdruck, »daß nur eines zwischen uns steht: Ihr ganz unberechtigter Hang, zu mir aufblicken zu wollen, der mich jedesmal beschämt.« Wiederholt erklärt er der Kollegin, er wolle ihre längeren Texte nicht in zerstückelter Form – die meisten großen Romane des 19. Jahrhunderts von *Oliver Twist* bis *Anna Karenina* erschienen in Fortsetzungen – in der *Rundschau* lesen und warte lieber auf das Buch. Entzückt vermerkt Ebner-Eschenbach 1885, dass Heyse ihr einen Novellenband gewidmet hat – »Baronin Ebner in herzlicher Verehrung«: »Und schreibt dazu einen göttlichen Brief.« Auf seine Bedenken wegen der Anstößigkeit zweier Geschichten entgegnet sie hellsichtig: »Ich glaube, daß wir alle, bewußt oder unbewußt, damit beschäftigt sind, das Alphabet zu einer neuen Sprache zusammenzutragen, welche dereinst von der Moral gesprochen werden wird. Da wird manches Frevel heißen, was jetzt ein edles Opfer heißt und umgekehrt.« Künftige Leser würden in klassischen Werken »einer längst vergangenen Zeit« die »Empfindung eines feineren und höheren Rechtes als desjenigen, das damals gang und gäbe war«, wahrnehmen. Ebner-Eschenbach bezieht dies auf Heyses Werk und spricht dabei doch implizit von ihrem eigenen. Sie hat den Gedanken auch aphoristisch abgewandelt: »Nicht teilnehmen an dem geistigen Fortschreiten seiner Zeit, heißt moralisch im Rückschritt sein.«[130]

Unter den literarischen Freundinnen und Schützlingen Marie Ebners war Helene von Druskowitz (1856–1918) sicher die schillerndste Erscheinung. Sollte Ebner-Eschenbach geglaubt haben, die junge Frau, die sie 1881 bei Ida von Fleischl kennengelernt hatte, würde ihr gegenüber in ein auch nur ähnlich verehrungsvolles Verhältnis treten wie sie selbst Heyse gegenüber, so hat sie sich geirrt. Bescheidenheit war Helene von Druskowitz' Sache nicht, und sie war auch nicht bereit, eine solche vorzutäuschen, um dem weiblichen Tugendkatalog zu entsprechen. Sie hatte, weil Frauen an der Universität Wien noch nicht zum Studium zugelassen waren, in Zürich Philosophie studiert und 1878 dort als erste Österreicherin und als zweite Frau überhaupt promoviert: mit einer Doktorarbeit *Über Lord Byron's Don Juan*. Als Vortragende und freie Schriftstellerin versuchte Druskowitz ihr Dasein zu fristen. Sie lernte 1884 Friedrich Nietzsche kennen, der von ihr und ihrem Verständnis seines Werks zunächst sehr angetan war. Als sie seine Philosophie öffentlich attackierte, stutzte er »die kleine Litteratur-Gans« Druskowitz freilich wieder auf ein ihm erträgliches Maß zurück. Inwieweit die philosophische Essayistin in ihren späteren Pamphleten (*Pessimistische Cardinalsätze*, 1905) bloß eine »systemische Parodie männlicher Denk- und Wissenschaftspraxis« (Evelyne Polt-Heinzl) leisten und auf die zeitgenössischen Abhandlungen, etwa Paul Julius Möbius' *Über den physiologischen Schwachsinn des Weibes* oder Otto Weiningers *Geschlecht und Charakter*, antworten wollte oder ob ihrem Gestus nicht doch Elemente des Größenwahns innewohnten, ist nicht leicht zu entscheiden.[131]

Helene von Druskowitz lernt über Ebner-Eschenbach auch Louise von François kennen, die sie wiederum an Conrad Ferdinand Meyer empfiehlt. Marie Ebner ist von der jungen Frau beeindruckt, zugleich aber um sie besorgt. Anders als »das liebenswürdige, gescheite, feine Fräulein Natalie von Milde«, anders als Theo Schücking, die Tochter des Droste-Freundes Levin Schücking, oder später auch die Marie Ebner ganz ergebene Hermine Villinger, ist Helene von Druskowitz im Umgang mitunter schroff. Laut Marie Ebners Tagebuch ergreift Ida Fleischl einmal vor der Philosophin die Flucht: »Hel[ene] blieb und war von unnachahmlicher Widerwärtigkeit.« Und mit Bezug auf Ida Fleischls Schützling: »Das wird *meine* Wesemal. Ein Unglückskind.« Oft ist es auch Druskowitz' Selbstbewusstsein, das irritiert: »Sie sieht vortrefflich aus und kam mir sehr übermüthig vor. Von den günstigen Recensionen die über ihr Buch [*Percy Bysshe Shelley*, D. S.] erschienen sind, spricht sie wie von der selbstverständlichsten Sache u. macht Späße über meine Abneigung gegen die Recense[n]ten.« Druskowitz' Status einer radikalen Denkerin und, als Lesbierin, auch gesellschaftlichen Außenseiterin hält die Baronin Ebner jedoch nicht von intensivem Umgang ab. 1887 zieht die Philosophin zu ihrer Lebensgefährtin, der Opernsängerin Therese Malten, nach Dresden.[132]

Später verschlechtert sich das Verhältnis zwischen Ebner-Eschenbach und der »meinungsstarken« 26 Jahre jüngeren Intellektuellen, Druskowitz fasst sogar eine ausgesprochene Abneigung gegen die allseits Geliebte und Verehrte. Nach dem Tod ihres Bruders und ihrer Mutter wird Helene von Druskowitz' Alkoholkonsum immer exzessiver. Als Therese Malten sich 1891 von ihr trennt, leidet Druskowitz zunehmend unter Halluzinationen; im selben Jahr noch wird sie in die niederösterreichische Landesirrenanstalt Mauer-Öhling eingeliefert und entmündigt, was sie aber nicht daran hindert, weiter zu schreiben und zu publizieren.

Bei Ida Fleischl von Marxow begegnet Marie Ebner auch ihrem späteren Biographen zum ersten Mal, dem jüdischen Deutschnationalen Anton Bettelheim (1851–1930), einem promovierten Juristen, der als Feuilletonredakteur der *Presse* arbeitet. Ihr erster Eindruck ist zwiespältig: »Er – wie ist dieser Mann? Seine Tournüre hat etwas Verlegenes u sein Gesicht etwas selbstgewißes. Er sagt richtige u. unrichtige Dinge ganz geschwind nach einander. Gegen H[elene] D[ruskowitz] scheint er ein unbesiegbares Vorurtheil zu haben.«[133]

Dorf- und Schloßgeschichten

Vor dem Hintergrund von Marie Ebners jüdischer Freundesgalerie und einem in Österreich und Deutschland zunehmend von antisemitischer Aggression bestimmten politischen Klima kommt der langen Erzählung *Der Kreisphysikus* besondere Bedeutung zu. Sie bildet 1883 den Auftakt zu den *Dorf- und Schloßgeschichten* – als Erstveröffentlichung. Während Rodenberg die ebenfalls während des polnischen Aufstandes von 1846 spielende kürzere Erzählung *Jakob Szela* in der *Deutschen Rundschau* vorabgedruckt hatte, war die vereinbarte Publikation des *Kreisphysikus* nicht zustande gekommen. Dies lag nicht, wie Anton Bettelheim meinte, an der »eiligen Fristbestimmung« der Autorin: Es war ausgemacht, dass der Herausgeber bereits die »Aushängebogen« der umfangreichen Erzählung vom Paetel-Verlag erhalten sollte, um sie noch im Septemberheft der *Rundschau* (und vor Erscheinen des Buches Ende September) unterzubringen; als es Mitte Juli so weit ist, teilt Rodenberg der Autorin jedoch mit, er habe leider zu wenig Platz und könne auch den Abdruck nicht im Oktoberheft fortsetzen, weil der Jahrgang mit September schließe. Damit ist es Marie Ebner freilich auch kaum noch möglich, die Geschichte einer anderen Zeitschrift anzubieten. Auffälligerweise findet sich in Rodenbergs Absagebrief kein Kommentar zur Erzählung selbst. Marie Ebner schenkt denn der Begründung auch keinen Glauben: »Das sind faule Fische. Warum nicht einfach sagen: Die Geschichte gefällt mir nicht? Ich werde ihm aus der Verlegenheit helfen, u. ihn bitten, sie mir zurück zu schicken.«[134]

Das plötzliche Desinteresse Julius Rodenbergs könnte immerhin damit zu tun haben, dass der eine Held der »doppelten Bekehrungsgeschichte« (Anton Bettelheim) Dr. Nathanael Rosenzweig heißt und der selbst jüdische Herausgeber die *Deutsche Rundschau* mit einem jüdischen Thema nicht derart exponieren wollte. Der zweite Protagonist dieses seltsam heterogenen Textes ist ein historischer: Eduard (Edward) Dembowski (1822–1846), ein reicher Aristokrat und radikaler Sozialphilosoph; als »Sendbote« einer nationalen Bauernbefreiung wurde er zum maßgeblichen Akteur des Krakauer Aufstands von 1846, der durch die Intervention österreichischer Truppen und das Eingreifen tausender Bauern ein rasches Ende fand.[135]

Der erste Satz der Erzählung umreißt einen Charakter: »Doktor Nathanael Rosenzweig hatte eine entbehrungsreiche Jugend durchlebt.« Sein Medizinstudium in Krakau war durch Hunger erkauft: »Erwerben, der Inbegriff all seines Dichtens und Trachtens, Geld erwerben, Kenntnisse, Gunst, hauptsächlich die seiner Professoren (…), erwerben und nur ja nichts umsonst hergeben«. Auch Mitleid und Rücksicht meint er sich nicht leisten zu können, ausgenommen die Sorge für seine Großmutter. Sparsamkeit, gepaart mit Klugheit, Wissen und souveränem Auftreten, macht sich bezahlt. Die »Lust am Besitze« treibt Nathanael an, selbst »im Anblick des sternenbesäeten, mondhellen Himmels und der schneebedeckten Ebene, die in wunderbarer Blankheit erglänzte, gleich einer ungeheuren, neugeprägten Silbermünze … Wieviel Gold ließe sich erwerben um solche Münze? (…) Unschätzbares erkauft man damit, das weiß der Mann, der denen, die ihn bezahlen, die Gesundheit wiedergibt.« Nathanaels Erfolgsrezept ist ein Programm tadelloser Leistung und nüchterner Selbstsucht, von dessen gründlicher Revision die Geschichte erzählt. Ein erster Schritt ist die Rettung eines halberfrorenen Christenknaben, den Nathanael vom Wegesrand aufliest und, auf Fürsprache der uralten Großmutter, als »Famulus« in seinem Hause duldet.[136]

Von seiner Regierung verlangt Rosenzweig nur, dass sie den Juden endlich erlaube, Grund und Boden zu besitzen, alle revolutionären Umtriebe sind ihm suspekt. Da wird er bei einer Konsultation im nahen Schloss von den adeligen Verschwörern in ihre Pläne eingeweiht und von Eduard Dembowski um seinen Seelenfrieden gebracht: Der »Sendbote« spricht von einer Schuld des polnischen Volkes gegen die Juden und nennt Rosenzweig – wegen seiner Rettung des Waisenknaben – einen Samariter. Damit ist die Wandlung des Kreisphysikus in Gang gesetzt, vollendet wird sie durch die Predigt des religiös motivierten »Kommunistenführer[s]« in einem Gasthaus. Nathanael rettet den Sendboten vor den eindringenden Husaren, indem er ihn von einem Spitzel freikauft. In einem Epilog schreibt Ebner-Eschenbach die historischen Geschehnisse um: Bei ihr stirbt Dembowski nicht 1846 in Krakau im Kugelhagel der österreichischen Truppen, sondern lebt nach seiner Genesung inkognito als Bauer an der schlesischen Grenze, wo Nathanael Rosenzweig ihm nach Jahren wieder begegnet: Während er sich als Jünger des Sendboten bekennt, hat dieser, nach Nathanaels Weise, Abschied von der großen Utopie genommen und lebt seine Tolstoi'schen Ideale im eigenen Wirkungskreis. Victor Klemperer hat gewiss recht: Nicht der

Schwärmer Dembowski, sondern der durch dessen Beispiel geläuterte Kreisarzt steht Marie Ebner »als der im besten Sinne wahrhaft nutzbringende Mensch« nahe; das Evangelium der Nächstenliebe, das »mit der Konfession nichts zu schaffen hat« (Klemperer), ist aber hier kaum zu trennen vom Programm der sozialen und nationalen Revolution. Wenn Dembowski den reichen Gutsherren Verzicht predigt und den Bauern Erhebung, wenn er verkündet: »Vorrecht ist Unrecht«, dann drängen sich zum Beweis der Geistesverwandtschaft zwei Aphorismen Ebner-Eschenbachs auf: »Der größte Feind des Rechtes ist das Vorrecht.« Und: »Es gäbe keine soziale Frage, wenn die Reichen von jeher Menschenfreunde gewesen wären.« *Der Kreisphysikus* rechnet mit den Ideen des Liberalismus ab, mit Gerechtigkeit, Tüchtigkeit, Chancengleichheit, indem er zeigt, dass sie, zu Ende gedacht, die Revolution bedeuten: Ebner-Eschenbachs »analytische Leistung« besteht nach Karlheinz Rossbacher darin, gesehen zu haben, dass der Liberalismus seinen Feinden »das Werkzeug geliefert hat«, mit dem sie ihn in seiner »Saturiertheit« zu Fall bringen. Namentlich ihre Standesgenossen zu sensibilisieren und zu rühren, war ein Teil von Marie Ebners pädagogischem Impetus; die Saat ging auf, wenn ein ungarischer Magnat wie Graf Zay, der Mann ihrer Cousine Marie, nach der Lektüre gestand, selbst ihn »hätte der Sendbote zu einem Revolutionär machen können«.[137]

Die Dichterin selbst war durchaus gespalten zwischen sozialromantischem Wunschdenken und nüchterner Diagnose. Zu Polen hatte sie keine Beziehung, sie sprach auch kein Polnisch. Ihr Interesse gerade an den revolutionären Ereignissen in Galizien hatte wohl mit ihrem besonderen Verständnis und Engagement für die unterprivilegierte Landbevölkerung zu tun. Marie Ebners Hauptinformationsquelle war Moritz Freiherr von Salas *Geschichte des polnischen Aufstands vom Jahr 1846* (1867), eine habsburgtreue Darstellung, die gleichwohl die von den österreichischen Behörden, wenn nicht geschürten, so doch geduldeten Mordaktionen übergelaufener Bauern an polnischen Gutsbesitzern anprangert. Die Autorin verarbeitet aber auch Geschichten ihres Vaters über einen galizischen Arzt und Informationen des pensionierten k. k. Generals und Schriftstellers Karl Graf von Bigot de Saint-Quentin sowie ihrer aus Galizien stammenden Freundin Resi (Gräfin) Bobrowska, die sogar einmal einen Abend in der Gesellschaft Dembowskis verbracht hat. Der realistische Anspruch war Ebner-Eschenbach immerhin so wichtig, dass sie im Vorwort der *Dorf- und Schloßgeschichten* die Frage einiger Leser aus ihrem Umkreis beantwortete, »ob es denn in vormärzlicher Zeit einen jüdischen Kreisphysikus gegeben haben könne«: Ein Hofdekret von 1784 habe dies ausnahmsweise erlaubt.[138]

Versuche der jüngeren Forschung, der anerkannten Anti-Antisemitin Ebner-Eschenbach anhand des *Kreisphysikus* die unbewusste oder fahrlässige Verwendung antisemitischer Klischees nachzuweisen, muten doch spitzfindig, wenn nicht gar böswillig an. Die Autorin zeichnet hier, im Sinne eines realistischen Gesellschaftspanoramas, einen denunziatorischen jüdischen Wirt und seinen tatsächlich karikaturhaft missgestalteten Sohn als negative Nebengestalten – neben einem hartherzigen katholischen Bauern und einer bigotten polnischen Aristokratin. Ihnen stehen als positive Figuren aber nicht nur der Sendbote, sondern eben auch Rosenzweig und seine Großmutter gegenüber. Mit der Entwicklung des *Kreisphysikus* führt Ebner-Eschenbach im Sinne ihres pädagogischen Weltbilds vor, dass weder Abstammung noch Religionsbekenntnis noch klischiertes Selbst- oder Fremdbild eine Persönlichkeit an der Entfaltung ihrer guten Anlagen hindern können. Das gelingt mitnichten, weil Nathanael Rosenzweig sein Judentum aufgibt und Christ wird, sondern weil er seinen Panzer der Gleichgültigkeit und Selbstgerechtigkeit verliert: »ohnehin nur ein halber Jude«, nämlich nicht orthodox, ja nicht einmal religiös, bleibt er doch dem Bekenntnis seiner Väter treu und lässt sich nicht taufen. So stieß *Der Kreisphysikus* bei Marie Ebners jüdischen Freunden und Kritikern auf viel Zustimmung, allein Joseph von Weilen vermisste darin den ausgeprägten Volkscharakter: »Zu wenig und zu viel, kein Ganzes, die Bekehrung Rosenzweigs zu plötzlich. Das Ganze macht den Eindruck eines Bruchstücks aus einem großen Roman. Dann ist R[osenzweig] kein Jude, kein Semite.«[139]

Marie Ebners späteres öffentliches Auftreten gegen den Antisemitismus ist für eine katholisch sozialisierte österreichische Aristokratin bemerkenswert genug. Noch beachtlicher ist aber, dass es in ihren im engsten Sinn privaten Aufzeichnungen zwar abfällige Charakterurteile über einzelne jüdische Bekannte – ohne Verweis auf deren Judentum – gibt, aber weder Spuren von »opportunistischem« Antisemitismus aus Frustration oder Neid noch Zeitkritik im Gewand einer Kritik an einer von Juden dominierten Presse oder Finanzwelt. Auch ihre Misserfolge auf der Bühne und die boshaften Urteile jüdischer Rezensenten über ihre Stücke haben die Verehrerin Lessings und Heines nicht zu derartigen Pauschalurteilen verleitet, das gilt auch für die Zeit, als sie ihre Lebensfreundin Ida Fleischl noch nicht gekannt hat. Einmal allerdings findet sich im Tagebuch eine einschlägige Bemerkung – in Form einer Selbstkritik: »Ida von 6–8. Ich war aus Dankbarkeit daß die beste Seele meine Husterei anhören kam, abscheulich u. schimpfte über die Juden. Wie gemein ich bin, weiß ich nicht gut genug.«[140]

In den achtziger Jahren nimmt Ebner-Eschenbachs Empfindlichkeit gegen die immer schriller werdenden antisemitischen Töne zu. Als Betty Paoli (die als Hausgenossin Ida Fleischls vielen fälschlich als Jüdin galt) dem österreichischen Erzähler Leopold Kompert (1822–1886) einen Nachruf widmet und deshalb von Georg von Schönerer, dem Führer der Deutschnationalen, »furchtbar hergenommen« wird »als Judenfreundin«, ist Marie Ebner empört: »Elendes Pack! Die echten Brunnenvergifter. Vielleicht giebt es doch keinen moral[ischen] Fortschritt.« Als ein Gerücht behauptet, ein Berliner Nationalökonom sei im Duell mit einem »jüdischen Referendar« ums Leben gekommen, notiert Marie Ebner: »Blut auf die Mühle der Antisemitisten«. Auch während der Sommerfrische in Reichenau, das von vielen Wiener Juden frequentiert wird, sind die Menetekel nicht mehr zu übersehen: »Im Höllthal sah ich ihm [sic] Vorbeifahren auf den Felsen in großen rothen Buchstaben aufgeschrieben: ›Saujuden hinaus‹ ›Hier ruht ein todter Jud‹ ›Hundejuden‹, etc etc«.[141]

Die vierte Geschichte, die neben den beiden galizischen Erzählungen und *Die Poesie des Unbewußten* die *Dorf- und Schloßgeschichten* komplettiert, ist nur auf den ersten Blick ohne sozialkritische Brisanz: Vordergründig geht es in *Krambambuli* um die Treue eines Hundes gegenüber jenem seiner beiden Herren, der auf diese die älteren Rechte besitzt, mag er auch ein Wilderer, ja Mörder sein. Denn Krambambuli gehört inzwischen dem Revierjäger Hopp, der ihn dem Vagabunden um zwölf Flaschen des gleichnamigen Schnapses abgekauft hat. Die Treue zu seinem vorigen Herrn war kaum aus ihm herauszuprügeln, dann aber hielt sie, überstand auch ein Intermezzo beim Grafen – bis einander beim Showdown der Jäger und der Wilddieb gegenüberstehen, Krambambuli im herzzerreißenden Doublebind schließlich an seinem alten Herrn hinaufspringt und so seinen Tod verursacht, weil er dessen Kugel vom Jäger ablenkt. Für diesen wiederum ist er nach dem Verrat so gut wie gestorben – und wirklich grämt und hungert sich der Hund zu Tode. Als Hopp bereut, ist es zu spät.

Krambambulis Verbrechen besteht gerade in jener hündischen Tugend der Treue. Der Hund übt sie im wahrsten Sinne ohne Ansehen der Person – ob Gesetzeshüter, Jagdherr oder Verbrecher, ist ihm einerlei. Auf das Natur-Recht der Treue, das gegen die Satzung des menschlichen Gemeinwesens prallt, versteht sich die Kreatur besser als das Kulturwesen Mensch und führt so dessen Regelwerk ad absurdum. Auch darauf passt ein Ebner'scher Aphorismus: »Die Treue ist etwas so Heiliges, daß sie sogar einem unrechtmäßigen Verhältnisse Weihe verleiht.« *Krambambuli* erzählt aber auch davon, wie in einer sozialen Struktur, »innerhalb derer jeder jeden prügelt« (Werner M. Bauer), die drakonische Ahndung von Waldfrevel und Wilderei einen Mord provoziert. Hopp ist, das macht die Erzählerin klar, nicht einverstanden mit der harten Linie seines Vorgesetzten, des Oberförsters, und würde nach dessen Ermordung sich und seinen Hund am liebsten aus der Sache heraushalten.[142]

1887, vier Jahre nach der Erstveröffentlichung, nahm Paul Heyse *Krambambuli* in seinen *Neuen Deutschen Novellenschatz* auf, obwohl das Prinzip der Reihe vorsah, dass jeder Autor mit nur einem Werk darin vertreten sein solle. Ebner-Eschenbach schrieb die Geschichte, die ihre berühmteste werden sollte, in Zdislawitz. Am 5. September 1882 findet sich im Tagebuch der rätselhafte Eintrag: »*Krambambuli* beendet. Ist ein bissel sauber gerathen.« Dass Marie Ebner mit Hunden aufgewachsen ist, dass ihr deren Verhalten und Psychologie vertraut waren, wird in *Krambambuli* offensichtlich. Zum biographischen Kern der Geschichte steuerte ihr Neffe Franz Dubsky eine Erinnerung an einen geliebten Hund seines Vaters Adolph bei: Der habe einem Zigeuner einen halb totgeprügelten Hund abgekauft, der nach langem Kampf sehr an ihm gehangen, im Jahr darauf aber wieder seinem alten Herrn zugelaufen sei. Das mag sich auch alles so zugetragen haben, als Keimzelle des *Krambambuli* kommt es aber nicht in Frage, denn Franz »Feri« Dubsky kam als – von seinem Vater zunächst unerwünschter – Nachzügler am 13. September

1883, just am Geburtstag seiner Tante Marie, zur Welt, und da war *Krambambuli* bereits erschienen. Ein Jahr zuvor jedoch findet sich in Ebner-Eschenbachs Tagebuch der Hinweis: »Eigentlich verdanke ich diese Geschichte doch der Erzählung Papas von dem alten Förster, der sich im Gasthaus, mitten im Gespräch umwandte u. fragte: ›Was macht denn mein Krambuli [sic], dem es dann plötzlich einfiel, daß der Hund tot war u. der traurig vor sich hinbrummte: Schad um den Hund!‹« So wäre die ungeheuer kompakt komponierte Novelle von zwölf, dreizehn Seiten von ihrem Ende her entstanden. Bestimmt aber verdankt sie ihre Entstehung nicht nur dem Geschichtenfundus von Franz Dubsky senior, sondern auch Turgenjews Hundegeschichte *Mumu.*[143]

Marie Ebners Brüder und Neffen waren passionierte Jäger, die naturgemäß auf der Seite der Obrigkeit standen. Von Victor und Moriz erhielt die Dichterin einige sachdienliche Hinweise zum Text, die sie aufschrieb: »Nicht Stutzen, Flinte. Nicht anschießen.«[144] Wenn sie selbst auch als Mädchen Schießen gelernt hatte und mit auf die Pirsch gegangen war, so war ihr die Jagd doch zutiefst zuwider – wie auch der Gräfin Maria Dornach im Roman *Unsühnbar* die winterliche Treibjagd, bei der es von Wild wimmelt:

> »Aus der Erde schien es zu wachsen, erhob sich aus jeder Furche, sprang hinter jeder Scholle hervor, wandte alle seine Finten vergeblich an, stürzte herum im Wahnsinn der Angst, schrie, daß es einen Stein erbarmt hätte – und Jägern Vergnügen machte. (…) Die meisten Herren und alle Damen wurden von einem Rausch ergriffen. (…) Die Strecke bedeckt sich mit totem, verendendem, verstümmeltem Getier. Es düngt den Boden mit seinem Schweiße; es wird geknickt, erwürgt (…). Marie hatte weggeblickt. Widerwillen, Ekel, ein großes Staunen erfüllte sie: – die sich da ergötzen an den Qualen eines armseligen Geschöpfs, das sind lauter gute Menschen.«[145]

Zum Beispiel der gute, dem guten Leben zugeneigte Nachbar: »›Gräfin, schauen's her,‹ rief Clemens mit seinem heitersten Lachen. Auf zehn Schritte von ihm hatte ein alter, blinder Hase sich hingepflanzt und machte ein Männchen. Beide Löffel waren ihm abgeschossen, und die Farbe lief über seine erloschenen Lichter. Er wischte sie mit den Vorderläufen langsam ab, schüttelte sich, loste nach rechts und nach links, senkte traurig seinen kugelrunden Kopf und sah unglaublich dumm aus.«

Die Sprache der Jäger wird hier von Ebner-Eschenbach im überkorrekten Gebrauch gegen das gar nicht edle Waidwerk gewendet. Nicht nur die Herrschaft, auch das »Volk«, das die Treiber stellt, hat sein »Gaudium« am Totschießen und Totschlagen, und der waidmännische Ehrenkodex zählt nicht mehr in der Hitze des Gefechts, in der man »das Material« einfach über den Haufen schießt. Das Menschenbild im Kesseltreiben ist ein dunkles und entbehrt jeder poetischen Überhöhung. Der Blutrausch (dem »die meisten Herren und alle Damen« erliegen) ist kein männliches Privileg, 31 Hasen hat die Gutsnachbarin geschossen und ist höchst erstaunt, dass Maria Dornach kundtut, sich auf der Jagd nicht unterhalten zu haben. »Empfindelei« sei das, meint ein junger Diplomat. »Behauptet die Gedankenlosigkeit«, schlägt Maria sofort zurück.[146] Szenen wie diese, und nicht nur die in Wahrheit unsentimentalen, ergreifend traurigen Hundegeschichten *Krambambuli* und *Die Spitzin*, machten Marie von Ebner-Eschenbach rasch zu einem Idol der Tierschutzbewegung und zur begehrten Beiträgerin für einschlägige Kalender und Anthologien.

Während die Dichterin mit dieser Haltung auch in ihrem engeren Umfeld keinen Anstoß erregte, brachte die *Komtesse Muschi*, die zunächst in einem beliebten österreichischen Familienblatt, der *Neuen Illustrirten Zeitung*, erschien, einmal mehr die adeligen Freunde und Freundinnen gegen die Autorin auf, die in dem Text auch eine selbstironische Anspielung unterbringt: »Muschi« ist einer von Marie Ebners Spitznamen, ihr Bruder Victor und ihre Schwester Julie nennen sie so. Wie auch bei *Aus Franzensbad* wirkte die satirische Behandlung des Themas stärker provozierend als die ernst und direkt ausgesprochene Anklage – etwa der unvernünftigen Vernunftehe in *Komtesse Paula*. Dass die einstige Komtesse Dubsky sich in *Komtesse Muschi* über ihre sportversessene, von Pferden und Jagdhunden schwärmende, modefixierte, vergnügungssüchtige, fröhlich ungebildete Standesgenossin lustig macht, das fassten auch die meisten Komtessen-Eltern zu Recht als Angriff auf ihre Vorstellung von gesellschaftlicher Exklusivität, ihre mangelnde Vorbildwirkung und ihr Erziehungsmodell auf. »Dort kommt nie eine Seele hin«, bemerkt Muschi als eine Art Anti-*Waldfräulein* über die Schlossbibliothek, weshalb diese das passende Versteck für einen Wurf junger Hunde sei. So geschieht es ihr recht, dass der märchenhaft reiche Graf aus dem Schwabenland sich ausgerechnet für die blaustrümpfige Freundin Clara entscheidet, die in diesen Kreisen »den Mut hat, unelegant zu sein«. Für den Grafen Karl Kronburg gab offenkundig Carl Waldburg das Vorbild ab, der schwäbische Bräutigam und (wieder einmal) Cousin von Marie Ebners Nichte Sophie Waldburg, die dem, im guten Sinne, »biederen Deutschen« ganz aus eigenem Entschluss ihre Hand versprochen hatte.[147]

Das Erscheinen von *Komtesse Muschi* führt in der Familie Dubsky-Ebner zu einem Rückfall in alte Verhaltensmuster: »Die Meinen machen mir Vorwürfe«, offenbar weniger aus eigenem Urteil als wegen der Reaktion der ersten Wiener Gesellschaft: »Resi Colloredo kündigt mir ihre Freundschaft. Pepi Gudenus bemüht sich für seine Entrüstung Worte zu finden, es gelingt ihm schlecht.« Als hochbetagte Frau rechtfertigt die Autorin sich mit dem Vierzeiler *Komteß Muschi*: »Mir wurde übel genommen, / Daß ich *die* Muschi schrieb. / Ich tat's *den* Muschis zu frommen /Und ihnen auch zulieb.«[148]

Im Sommer 1885 wird die Familie in Zdislawitz durch einen lange befürchteten und doch unerwartet kommenden Verlust erschüttert: Im Juli verschlimmert sich plötzlich das wohl von seiner Mutter Sophie ererbte Herzleiden des fünfzehnjährigen Neffen Eugen alias »Jennerl«. Adolph Dubskys jüngerer Sohn kann sich kaum noch bewegen. »Nachm. verlangte er selbst versehen zu werden. Er dankte Gisi für ihre unendliche Güte u. empfahl ihr Victor.« Am nächsten Tag notiert seine Tante: »Niemals habe ich eines dieser Kinder angesehen, ohne mich zu fragen: wenn ich Dich selbst geboren hätte, könnt ich Dich lieber haben? Und nun fühle ich daß ich mit meinem Schmerz um Jennerl fertig werden kann, aber nicht mit dem Schmerz Adolphs, Mariens, Victors. *Der ist von allem das Schlimmste.* –« Drei Tage später stirbt der Neffe, sieben Jahre nach seiner Mutter, an deren Seite er in der Gruft bestattet wird: »Kampf – nennt man das Leben, das Sterben ist der ärgste Kampf.«[149]

Trotz allem begibt Marie Ebner sich bald wieder ans Schreiben, am allgemeinen Ausflug nach Kremsier, wo eine festliche Zusammenkunft von Kaiser und Kaiserin mit dem Zaren stattfindet, nimmt sie nicht teil. »Mit der Arbeit geht es noch gar nicht, meine Gedanken wandern in der Irre (...).« Eine längere Zeit des kreativen Müßiggangs und Leerlaufs erscheint Ebner-Eschenbach aber unerträglich. Sie arbeitet bereits intensiv an der Gouvernantengeschichte *Wieder die Alte*; eben erst hat sie die Novelle abgeschlossen, die wohl ihren radikalsten Beitrag zum Thema feudaler Selbstherrlichkeit darstellt: *Er laßt die Hand küssen* ging eine Woche nach Jennerls Tod an die Redaktion von *Vom Fels zum Meer* und wurde vom Redakteur »mit dem größten Vergnügen« akzeptiert, obwohl dieser Text auch das anspruchsvollste Familienblatt – Auflage: 65 000 – in Wahrheit überforderte. 1886 fand die Erzählung Aufnahme in die *Neuen Dorf- und Schloßgeschichten*.[150]

Zum Ursprung des Stoffes gibt es auch bei dieser Novelle zwei Versionen, diesmal stammen beide von der Autorin selbst. In einem Brief an ihre alte Freundin, die ehemalige Schauspielerin Luise Schönfeld-Neumann, erläutert Marie Ebner, die Sache habe sich, »nur viel krasser als ich sie berichte, in Ungarn begeben«. Darauf deute auch die »Erwähnung des jus gladii«, der Blutgerichtsbarkeit, durch den Grundherrn. Die plausiblere Erklärung findet sich allerdings im Tagebuch, das als Quelle einen befreundeten polnischen Magnaten angibt: »P[epi] Zamoyski's Geschichte von der polnischen Edeldame die ein zu rasch gefälltes Todesurteil widerrufen wollte. Sie schickt den Diener sich erkundigen ob ihre [sic] Befehl noch nicht vollzogen ist. Der kommt zurück: ›Er laßt die Hand küssen, er henkt schon.‹« Wie schon in *Krambambuli* findet der anekdotische Kern der Erzählung als wörtliches Zitat schließlich Eingang in den Text.[151]

Die Rahmenhandlung spielt in der Gegenwart, ein alter Graf erzählt einer befreundeten alten Gräfin beim Tee eine Geschichte aus der Zeit des Absolutismus: Seine Großmutter hatte einen Gärtner namens Mischka, der sich deren Gunst dadurch verscherzte, dass er ohne Trauschein nicht nur mit einem Mädchen lebte, sondern mit ihm auch noch ein Kind in die Welt gesetzt hatte. Den Befehl der Gräfin, die Liebschaft zu beenden, missachtet er, worauf jene seine Geliebte samt Kind in ein zwei Tagereisen entferntes Gut verbannt. Als Mischka sie gegen den herrschaftlichen Willen auf ihrem Weg begleitet, läuft ihm sein Vater, ein Trunkenbold, wutentbrannt nach, schlägt das Mädchen nieder und prügelt den Sohn nach Hause. Dort kommt es bald zu einem zweiten Kampf zwischen Vater und Sohn, den diesmal der Jüngere gewinnt, der daraufhin das Weite sucht.

Die Gräfin lässt nach dem Flüchtigen fahnden, um diesen für die Verletzung des sechsten Gebots und nun auch den vermeintlichen Verstoß gegen das vierte zu bestrafen. Mischka wird bei Mutter und Kind aufgespürt und nach dem Schloss gebracht, wo die Großmutter des Erzählers den übel Zugerichteten zu einer Strafe von fünfzig Stockhieben bei sofortiger Vollstreckung verurteilt. Auf die Fürsprache des Arztes hin, der sie davon unterrichtet, dass man Mischka vom Sterbebett seiner Geliebten geholt habe, begnadigt die Gräfin den Verurteilten. Der aber erlebt seine Begnadigung nicht mehr.

Er laßt die Hand küssen ist ein Text, der überzeugen will und daher ein erstaunliches rhetorisches Arsenal aufbietet. So wie der Graf, ein aufgeklärter Aristokrat der neuen Zeit, in einer ironisch maskierten Erzählweise auf die im Gestern verhaftete Gräfin einwirken will, so appelliert Ebner-Eschenbach an ihr adeliges Publikum, sich von feudalen Denkmustern zu verabschieden. Deshalb wehrt die Zuhörerin sich auch so hartnäckig gegen die, wie sie sagt, »Räubergeschichte«[152], sie will nichts hören, sie will nichts glauben, und sie distanziert sich nicht von ihrem historischen Pendant, der Großmutter des Erzählers.

Auch diese, auf rund zwanzig Seiten bis in ihre Mikrostruktur präzise gearbeitete Novelle wird dominiert von einer leitmotivischen Kette der Gewalt und des Prügelns. Zugleich drängt sich darin eine erotische Motivik auf, die im Subtext den Beweggrund der historischen Gräfin als Sexualneid entlarvt. Im uneigentlichen Sprechen des Erzählers kommt der Aberwitz ihres Selbstbildes ans Licht: »Wie gut und fürsorglich für ihre Untertanen sie war, darüber können Sie nach dem bißchen Gehörten nicht im Zweifel sein. Im Punkte der Moral jedoch verstand sie nur äußerste Strenge, gegen sich selbst nicht minder als gegen andere.«[153] Moral erscheint hier wieder einmal verkürzt auf die (katholische) Sexualmoral. Je heftiger die Gräfin selbst um die Sublimierung eigener Triebregungen zu kämpfen hat, desto strikter bekämpft sie sie in ihrem Untertan, der zugleich, wahrhaft Stachel in ihrem Fleisch, der Auslöser der Irritation ist.

Der Arzt, wie stets bei Ebner-Eschenbach die Stimme der Vernunft und des Fortschritts, will für Mischka intervenieren, doch die Gräfin empfängt ihn nicht, weil sie »andere Sorgen« hat – wie der Erzähler sich beeilt zu versichern, »nicht etwa frivole, sondern (...) Poetensorgen«. Ebner-Eschenbach versteht sich auf die Kunst der Leserlenkung: Indem der Binnen-Erzähler die Frivolität dementiert, lässt er einerseits den erotischen Aspekt anklingen und bestätigt andererseits den Verdacht des Frivolen erst recht – es ist ohne Zweifel frivol, sich mit Poesie abzugeben, wenn ein Mensch in seinem Leben bedroht ist. Das Schäferspiel der Gräfin um Chloe und Myrtill spielt offen und symbolisch (in den Vagina-Bildern der engen dunklen Taxusgänge des Schlossgartens) mit der scheinbar unschuldigen Erotik des Rokoko, die von der Poetin goutiert wird, während sie die reale Moralverletzung bekämpft.[154]

»So manch einer meint ein gutes Herz zu haben und hat nur schwache Nerven.« Dieser Aphorismus Ebner-Eschenbachs trifft auf die Adressatin der brutalen Geschichte – das Gegenüber des Erzählers – genauso zu wie auf Mischkas Herrin. In ihrem selbstgerechten Zynismus gehört diese zu den wenigen Figuren in Ebner-Eschenbachs Werk, die ein schlechtes Herz haben und ohne Milderungsgründe verurteilt werden; die ironische Verteidigungshaltung ihres Enkels betont das nur umso mehr. Dass es sich bei der Verurteilten um eine Gräfin handelt, macht die politische Anstößigkeit dieser Novelle aus. Ihre Autorin hat darin aber auch ein poetologisches Bekenntnis untergebracht: Als der Erzähler berichtet, Mischka »schämte sich in seine Haut hinein«, und seine skeptische Zuhörerin protestiert – »Es ist doch stark, daß Sie jetzt gar in der Haut Mischkas stecken wollen!« –, entgegnet jener: »Bis über die Ohren! (...) bis über die Ohren steck' ich darin! Ich fühle, als wäre ich es selbst, die Bestürzung und Beschämung, die ihn ergriff.« Ein empathischer Realismus, wie Ebner-Eschenbach ihn verstand, braucht keine Augenzeugen, um Anspruch auf Wahrhaftigkeit zu erheben.[155]

Nicht nur in ihrer Literatur, sondern tatsächlich in ihrem täglichen Leben äußerte Marie Ebners vielbeschworene Güte sich als außergewöhnliches Einfühlungsvermögen, als echtes Interesse am anderen. Trotz ihrer scharfen Zunge verabscheute sie Klatsch und üble Nachrede, lobte gern und viel. In ihren Tagebüchern ist nachzulesen, wie sie sich um ein wohlwollendes Urteil bemühte und für Anwandlungen von Eitelkeit, Hochmut und Empfindlichkeit schämte. Eine Heilige war sie freilich nicht: So groß ihre Toleranz gegen sozial auffällige, kapriziöse, egozentrische und geschwätzige Zeitgenossinnen und -genossen auch war, so reagierte sie doch allergisch auf

Dummheit und Überheblichkeit und verzieh es keinem, wenn er sie im Gespräch gelangweilt hatte. Bei aller Menschenliebe gestattete sie sich auch Bemerkungen wie: »Paul:[ine, D. S.] Weckbecker – schön wie eine heil: Cäcilia wenn sie am Claviere sitzt – u. dabei dumm wie eine Auster (...).« Oder über den prominenten Germanisten Erich Schmidt: »Seine Studenten beten u. die Damen schwärmen ihn an. Er sprach sehr viel, sagte aber nichts das man sich gerade zu merken brauchte.«[156]

Abgesehen von solchen gelegentlichen Sottisen aber verhielt Marie von Ebner-Eschenbach sich tatsächlich gütig gegen Ihresgleichen und wohltätig gegen Arme, und es haftete dieser Güte und Wohltätigkeit nichts Demonstratives an. In der Familie Dubsky war sie Teil der Erziehung: Die Kinder hatten von ihrem Taschengeld die »Armenpflege« zu bestreiten und den Dienstboten Kleinigkeiten zum Namenstag zu kaufen. Als Erwachsene entwickelte Marie indessen ein überdurchschnittliches Engagement für Bedürftige. Sie wusste mit ihrem *Kreisphysikus*, dass es müßig war, von den Armen ein besseres Wirtschaften zu verlangen: »Das Elend ist nicht sparsam, das Elend vermag einen so gesunden und fruchtbringenden Gedanken, wie den der Sparsamkeit, gar nicht zu fassen.« Die Summen, die sie in ihren monatlichen Aufstellungen für Arme und insbesondere Bettler verbucht, sind gelegentlich beträchtlich, darunter fallen auch größere Geldgeschenke für den Kammerdiener oder die Zofe. Dazu kamen Ausgaben für Wohltätigkeitsveranstaltungen, Lose, Spenden für Vereine. »Verschenkt 30–40 weiss nicht mehr an wen«, notiert sie etwa im Mai 1866. 90 Gulden für »Verschiedene Unterstützungen« vermerkt sie für Mai 1884. Und zusätzlich »Armen. Kleinigkeiten« weitere 4 Gulden und 93 Kreuzer; gemäß ihrem Aphorismus: »Wie soll ich das Geld nicht lieben, da es mir die Wonne verschafft, es verschenken zu können.«[157]

Freilich glaubt Marie Ebner nicht, die Lage der Armen durch milde Gaben bessern zu können – sie setzt auf Bildung und findet etwa Tolstois Idee, sein gesamtes Vermögen unter den Bauern seines Gutes zu verteilen, naiv. In der Erzählung *Der Muff* betrachtet sie selbstironisch das Glück der Protagonistin, auf der Straße Geld zu verschenken: »ein Unsinn und national-ökonomisch ein Verbrechen«, doch das Mitleid, »diese, wie in neuester Zeit festgestellt worden, verwerflichste Form des Egoismus, ist zu mächtig in ihr«; gegen

Nietzsches Verurteilung des Mitleids als schwächliches Erbe des Christentums hielt die Baronin Ebner sich an Schopenhauers Deutung als »ethisches Urphänomen« und Mittel für das Individuum, im Leiden des anderen das eigene Leiden und »den Schmerz der ganzen Welt« zu erkennen: »Ihm ist kein Leiden mehr fremd.« Aus der Sicht der Generalin beschreibt Ebner-Eschenbach die »ganze Süßigkeit« des »unvernünftigen Almosenspenden[s]«: »du (…) greifst in deinen Säckel, greifst ziemlich tief und reichst eine Gabe dar, welche den Armen auf das äußerste überrascht – o des wunderbaren Eindrucks! o der stummen seligen Frage: Das schenkst du mir? Du ganz fremder Mensch schenkst mir so viel? (…) Nun, dieses Staunen mit anzusehen, die Freude aufblitzen zu sehen auf dem Antlitz des Kummers, das ist Glück (…)!« Kein Wunder, dass die Geldbörse der Generalin nach einem Gang durch die Stadt leer ist und sie am Ende der Bettlerin nur ihren wertvollen Muff geben kann, der dieser als vermeintliches Diebesgut einigen Verdruss bringt.[158]

Auch das Steigen ihres Marktwertes im Feuilletonbetrieb nutzte Ebner-Eschenbach für ihr altruistisches Vergnügen: Als *Westermanns Monatshefte* für den Abdruck von *Wieder die Alte* das fürstliche Honorar von 1000 Mark bezahlen, jubelt sie: »Jetzt bin ich reich und jetzt soll mancher arme Teufel eine Weihnachtsfreude haben!« Je bekannter ihr Name wurde und je mehr sich ihre mildtätige Schwäche herumsprach, desto häufiger erhielt sie auch Bettelbriefe Unbekannter. Ihr Bruder Adolph warf ihr des Öfteren ihre Leichtgläubigkeit vor. Wie Gräfin Beate in der Dialognovelle *Bettelbriefe* saß auch deren Autorin gelegentlich Betrügern auf – Beate erhört nach einer Enttäuschung eine wirklich Hilfsbedürftige nicht, und diese geht mit ihrem Kind in die Donau. Marie Ebner verbuchte zwar jeden Knopf, jedes Sacktuch, jede Briefmarke, aber so ganz penibel war ihr monatliches Ausgabenverzeichnis nicht, immer wieder errechnet sie Fehlbeträge: »Aus dieser Thatsache geht hervor daß mir durch mich selbst od. durch andere ein Schaden von 52 fl 95. zugefügt wurde. Verzeihe Gott mir oder ihnen! Amen.« Als sie zu Hause den Diebstahl von 50 Gulden durch ein armes Mädchen, das »guter Hoffnung« ist, entdeckt, schreibt sie: »Es sei ihr gegönnt.«[159]

Das Besondere an Marie Ebners karitativer Tätigkeit war wohl ihr emotionales Beteiligtsein. Die Almosen wurden nicht von oben herab gegeben und nicht aus huldvoller Distanz, weil es sich eben für eine adelige Dame so gehörte. Überhaupt entsprang der Kontakt der Dichterin mit sozial unter ihr stehenden Menschen einem ungeheuchelten Interesse. Von klein auf war Marie von Ebner-Eschenbach neugierig auf fremdes Leben. Sie unterhielt sich gern mit Bauern und Handwerkern, fragte sie nach ihren Verhältnissen; zum Beispiel »das kleine bleiche Männchen«, mit dem sie auf Spaziergängen während ihrer Kur in Königswart öfter ins Gespräch kommt, ein Kunstweber, der im Wald Streu holt »›für's Kuhele‹. Überhaupt ist hier der Wald der Nährvater aller armen Leute[.]« Während der Renovierung ihrer Wohnung notierte sie: »Die Arbeiter sind prächtige Leute – ein bärbeissiger Hafner den 2 Stück Trabucos [Zigarren, D. S.] geschmeidig machten – ein Maurer der in Zdisslawitz geboren ist«. Als in der Zeit, in der die Ebners in der Landstraßer Hauptstraße wohnen, die »Frau des Fiakerkutschers« aus dem Nebenhaus von einem Pferd ins Gesicht getreten »u. schrecklich zugerichtet« wird, ist es für Marie Ebner selbstverständlich, sie mit Moriz zu besuchen.[160]

Hie und da erhält die Dichterin von ihren Gesprächspartnern auch konkrete literarische Anregungen. Einer Bäuerin aus St. Gilgen verdankt sie eine Anekdote um einen geschenkten Gulden. Die Begegnung mit einer alten Frau nahe Reichenhall regt sie zu einer Verserzählung an: *Die Erdbeerfrau* fasst ein Gespräch zwischen Sommerfrischlerin und Einheimischer prototypisch zusammen: Die Frau, die im Sommer Walderdbeeren sucht und an die Gäste verkauft, erzählt unvermutet ein Hiob'sches Schicksal. Ebner-Eschenbach bemüht sich hier um einen authentischen bayrischen Dialekt. Vor Jahren habe der Blitz in ihre Tenne eingeschlagen – »›Und voll mit Troad wie's war, so is verbrunnen, / Und aa' der Mo', sex Küh', zwoa Kinder, all's / Verbrunna.‹ / ›Wie? Verbrannt?!‹ / ›Ja, ja, verbrennt.‹«[161]

Marie Ebners Verhältnis zu ihren Dienstboten ging über das einer bloßen Arbeitsverpflichtung hinaus. Als der schwindsüchtige Sohn ihrer Kammerfrau Gusti im Sterben liegt, nimmt ihre Herrin an ihm Anteil wie an einem Familienmitglied: »Es ist zum Erbarmen, sein Anblick tut weh, *mir* – wie erst seiner Mutter!« Die Baronin begleitet Gusti in die Totenkammer, wo der Tote aufgebahrt liegt, und zur Einsegnung in den Stephansdom. Sie hatte ein Gespür für die Zwänge subalterner Frauenberufe, sie sah in den Häusern ihrer Brüder und Schwestern einige Kindermädchen kommen und gehen: »Am Morgen Bonnen-Revue. Das thut einem weh. – Wie jede hofft und wünscht behalten zu werden, wie man allen den bereits gekämpften Kampf mit der Noth des Daseins ansieht.« Auch Moriz von Ebner-Eschenbach legte Wert auf einen respektvollen Umgang mit dem Personal, wie sich Ida von Fleischls Dienstmädchen Helene Gasser erinnert. Immer habe er sie nach ihrem Befinden gefragt: »Mit allen Menschen war er gleich liebenswürdig, ob hoch oder niedrig.« Überhaupt war Helene angetan von der früher stets im Generalsrock erscheinenden Exzellenz Ebner – »sein liebes, sanftes Benehmen, man konnte es kaum glauben, daß dieser Herr beim Militär ist«.[162]

Marie Ebner ging auch mit den Erzieherinnen ihrer Nichten anders um als in ihren Kreisen üblich, wo man die gebildeten jungen Damen fühlen ließ, dass sie für einen persönlichen Verkehr mit ihren adeligen Dienstgebern nicht in Frage kamen. Die Familie kritisierte Maries Nachsicht gegen die Gouvernanten: »›Du bist zu gut für diese Leute‹. sagen sie, aber ihre Kinder vertrauen sie ihnen an.«[163] In *Wieder die Alte* und *Ein kleiner Roman* hat Ebner-Eschenbach die demütigende Behandlung der Erzieherinnen, die von der Herrschaft vielfach nach ihrem Unterhaltungswert taxiert wurden, zum Thema gemacht. Beide Erzählungen enden für die Heldinnen mit einem Verzicht auf Liebe und Glück.

Ein Meisterwerk

Mit einer Anspielung auf Grillparzer hat Anton Bettelheim die Dichterin den »Plutarch der Unberühmten« genannt – wie der antike Autor römische Kaiser und herausragende Männer portraitiert habe, so habe sie sich den kleinen Leuten gewidmet, den Kleinbürgern, Handwerkern und Spießern, dem Landvolk, den Besitzlosen und Ausgestoßenen. Der Berühmteste dieser Unberühmten in Ebner-Eschenbachs Werk ist zweifellos Pavel Holub, das *Gemeindekind*. Das Urbild der darin geschilderten fiktiven Gemeinde Soleschau heißt natürlich Zdislawitz. 1879 findet sich im Tagebuch die Notiz:[164]

> »Der Bürgermeister und die Geschworenen kamen nachmittags mit den Kindern, die von der Gemeinde erhalten werden müssen, weil ihre Eltern im Kriminal sitzen. Adolf wird gebeten, auch etwas für

> diese Unglücklichen zu tun. Er will, wir wollen. Drei Kinder, ein Knabe von 6, einer von 4 und ein Mädchen von 3 Jahren. Der Älteste schielt, sieht elend aus und so traurig, als ob er schon wüßte, was er vom Leben zu erwarten hat. Der kleine Junge und das Mädchen munter und zutraulich. Die Kleine zeigte uns mit Stolz ihre neuen Schuhe und ihren Hut, den sie vom Kopf nahm, um ihn recht bewundern zu lassen. Gute Menschen haben sie unterwegs mit diesen Sachen beschenkt.«

Fünf Jahre später verzeichnet Ebner-Eschenbach unter ihren Ausgaben »Stoff z[u] [e]inem Anzug f. d. Gemeindekind« für 2 Gulden. Der Stoff für den Roman, den sie gewissermaßen im Tausch für ihre Hilfe erwirbt, beschäftigt die Dichterin ungewöhnlich lange. Bereits 1883 arbeitet sie daran, immer wieder legt sie *Das Gemeindekind* zur Seite und zieht andere, kleinere Erzählungen vor. Am Silvestertag 1885 bedauert sie im Tagebuch, statt vor einem »im schönsten Gang befindlichen Gewebe« vor »zerrissenen Fäden« zu stehen: »Armes Gemeindekind. Wirst du noch? Du wirst! Gott segne meine Lieben und auch Dich.« Im Oktober 1886 erst schickt Marie Ebner den ersten Teil des Romans nach Berlin. Endlich kommt die langersehnte Nachricht von Julius Rodenberg: »Verdirbt mir die Nacht, ich werde nicht schlafen vor Freude.« Denn Rodenberg lobt keineswegs in nur »fast begeisterter Weise«: »liebe Freundin, das ist das Schönste, was Sie geschrieben haben, nicht nur, es gehört zu dem Schönsten, was seit langer Zeit überhaupt geschrieben worden ist. Die Handlung (...) wundervoll aufgebaut, die Composition durchsichtig, klar, die Zeichnung der Charaktere fest, der Stil edel und über dem Ganzen ein unbeschreiblicher Hauch von Hoheit und Milde (...).« Ein »Meisterwerk« sei dies, das »in der deutschen Literattur dauern« werde.[165]

Beglückt schickt die Autorin die Fortsetzung und zugleich »Alles, was ich auf dem Herzen habe, alles was ich guten Menschen ans Herz legen möchte. Von der Höhe, die ich zu erreichen angestrebt habe, der des letzten Capitels, werden Sie das Ganze überschauen und dann urteilen, ob ich wirklich – ich demütige Arbeiterin im Weinberge der Kunst (demütig, denn, wenn ich gekonnt habe, was kann ich dafür?) ein Werk zu Stande gebracht, das zu dauern verdient.« Indem Ebner-Eschenbach dem Herausgeber selbst jetzt noch, wohl nicht ganz ernst gemeint, die Möglichkeit einräumt, die Erzählung doch nicht zu bringen, zieht sie einen Schlussstrich unter die Phase der Verstimmung, die mit Rodenbergs Ablehnung des *Kreisphysikus* begonnen und von ihrer Seite zu einer zweijährigen Korrespondenzpause geführt hat – nach fast vier Jahren kehrt die gar nicht immer so »demütige Arbeiterin im Weinberge der Kunst« zur *Deutschen Rundschau* zurück. Der Abdruck beginnt auf Marie Ebners dringenden Wunsch schon im Februarheft 1887, noch im selben Jahr folgt die zweibändige Buchausgabe bei Paetel.

Nach Art eines historischen Berichts setzt die Erzählung im Jahr 1860 in der mährischen Landeshauptstadt B. (Brünn) ein, wo der Taglöhner und Trunkenbold Martin Holub für den Mord an einem Pfarrer zum Tod durch den Strang, seine Frau Barbara, ohne sich zu verteidigen, zu zehn Jahren Kerker verurteilt wird. Die Kinder der beiden, der dreizehnjährige Pavel und die zehnjährige Milada, fallen in die Obhut der Gemeinde. Die greise Schloss- und Gutsherrin erklärt sich bereit, die Fürsorge für das Mädchen zu übernehmen, wogegen der wenig einnehmende Bub beim übel beleumundeten Dorfhirten Virgil unterkommt, der die Zuwendungen der Gemeinde in die eigene Tasche steckt.

Während die Baronin Miladas Erziehung einem Nonnenkloster anvertraut, ist die allgemeine Prognose für Pavels Zukunft düster, und dieser tut das Seine, um ihr zu entsprechen. Als der einzige Mensch, der zu ihm hält, der alte Lehrer Habrecht, ihm als Belohnung für seinen regelmäßigen Schulbesuch ein Paar Stiefel schenkt, lässt Pavel sich diese von Virgils koketter Tochter Vinska abluchsen, die den Lehrer als Hexenmeister diffamiert. Alle falschen Beschuldigungen rächt der Bub mit echten Vergehen. Auf Habrechts Frage, was aus ihm werden solle, sagt er stolz: »Ein Dieb.« Dennoch ist das Gute von Anfang an in Pavel angelegt. Es zeigt sich in der Fürsorge für seine kleine Schwester oder als er ein brütendes Rebhuhn vor einer – naturgemäß – tückischen Katze rettet. Da dämmert ihm das »Bewußtsein einer Macht«, »einer andern, einer höheren als der, die seine starken Arme und sein finsterer Trotz ihm oft verliehen«.[166]

Es ist die Macht der Güte und des Mitleids, die später in der Novelle *Die Spitzin* (1901) eine ähnliche Bekehrung eines scheinbar gefühllosen Außenseiters bewirkt. In *Das Gemeindekind* zeichnet die zunächst allwissende, dann zunehmend Pavels Perspektive einnehmende Erzählinstanz den zähen Kampf um Bewährung und gesellschaftliche Anerkennung nach, mit vielen Rückschlägen und ohne rundum guten Ausgang. »So traurig, als ob er schon wüßte, was er vom Leben zu erwarten hat«, war das reale Vorbild für Pavel der Dichterin vorgekommen. Es scheint, als wollte sie mit dieser erfundenen Biographie die Befürchtungen des Buben widerlegen. Nach seinem Besuch bei Milada, die ihm ins Gewissen redet, beendet Pavel zunächst seine Karriere als Kinderbandenführer. Beim Lehrer will er das »neue Leben« anfangen. Pavels Vorsatz, künftig »brav« zu sein, wird auf eine harte Probe gestellt, als man ihn zu Unrecht des Mordes beschuldigt. Er soll den Bürgermeister, den Vater seines Rivalen um Vinskas Gunst, vergiftet haben. Pavel wird beinah gelyncht, eingesperrt und vom Gericht freigesprochen. Dieser Höhepunkt im zehnten der ursprünglich zwanzig (dann neunzehn) symmetrisch strukturierten Kapitel markiert die endgültige Wende in Pavels Leben und sein Erwachsenwerden: »Als ein Bub war er fortgegangen, als ein Bursche kam er heim (...).«[167]

Doch auch als das frühere Gemeindekind mit seinem Ersparten ein Grundstück kauft und dort, wie Milada versprochen, die Hütte baut, in der einst die Mutter mit ihm wohnen soll, gehen die Verleumdungen und Bosheiten der Dorfbewohner weiter. Bei dem erfolgreichen Versuch, seinem ärgsten Feind, Vinskas Ehemann, das Leben zu retten, beschädigt Pavel einen Zaun und wird vom Gemeinderat zum Schadenersatz verpflichtet. Er zahlt, sagt dabei jedoch den Bauern zum ersten Mal seine Meinung und verschafft sich bei der folgenden Rauferei endlich Respekt. Das schöne Feld, das die Baronin ihm zum Lohn für seinen nun tadellosen Lebenswandel schenkt, gönnt man ihm trotzdem nicht. Pavel verschmäht die verwitwete Vinska, ein anderes Mädchen tritt er einem Freund ab: »ich bleib der einsame Mensch, zu dem ihr mich gemacht habt.«[168] Beim Wiedersehen mit der Mutter nach zehn Jahren muss diese von ihm erfahren, dass Milada nach allzu strenger Kasteiung soeben im Kloster verstorben ist. Barbara Holub bekennt, nur wegen ihres Ehegelöbnisses nicht gegen ihren Mann ausgesagt zu haben. Am Ende nimmt Pavel seine Mutter, unbekümmert um die Missgunst der Leute, in sein Haus auf.

Das Gemeindekind lässt sich als Entwicklungs- und Bildungsroman lesen, der das gewonnene Selbstbewusstsein des Helden nicht allein über Besitz, sondern auch über den Erwerb sprachlicher Ausdrucksfähigkeit definiert. Der Gegensatz von Reden und Schweigen spielt eine wichtige Rolle im Text, geschwiegen wird aus Trotz, aus Unvermögen und Hörigkeit, aber auch aus Edelmut und Stärke. Pavel Holubs Geschichte veranschaulicht auf ergreifende Weise den Teufelskreis von schlechtem Ruf und schlechtem Verhalten, die Perfidie zur Schau gestellter Rechtschaffenheit und die zerstörerische Kraft des Vorurteils. Die Mechanismen der Ausgrenzung funktionieren reibungslos, bis sich der Betroffene dagegenstemmt. Marie Ebner nimmt in diesem Roman die anachronistische Anmaßung des Adels in Gestalt der kleinherzig-beschränkten Baronin genauso aufs Korn wie Kirche und Klerus. Die Nonnen, »unendlich fromm, unendlich teilnahmslos«, erscheinen als fatale Gegenmächte zur geschwisterlichen Liebe, ihrer Erziehung haftet eine tödliche Kälte an.[169]

Als Vertreter der Aufklärung kommt der Lehrer mit dem sprechenden Namen Habrecht am besten davon – ein Atheist, der als einziger christliche Nächstenliebe praktiziert. Selbst Opfer eines Rufmords, lehrt er Pavel, dass nur einer, der sich selbst achtet, der allgemeinen Verachtung widerstehen kann. Die Macht des Vorurteils erlebt der Lehrer nach seiner Versetzung auch im Nationalen, denn an seinem neuen Dienstort sind sie »noch viel rabiater tschechisch als hier, mein deutscher Name verdroß sie«. Als er beteuert, auf ihn keinen Wert zu legen, wird er erst recht als Spion verdächtigt. »Nationalitätenstolz« als eine »Narrheit, unwürdig des Jahrhunderts« – Habrechts Credo ist auch das der Autorin, die sich in ihren Werken mit zunehmendem Alter immer gereizter über die nationalen Bestrebungen der Tschechen äußert. So bildet die »Struktur des Vorurteils als Wahn und Aberglaube« (Karlheinz Rossbacher) im Dorf in nuce die Struktur der nationalistisch motivierten Konflikte zwischen den Völkern der Monarchie ab. Was der Lehrer seinem Schüler Pavel zum Abschied mit auf den Weg gibt, ehe er selbst sich nach Amerika aufmacht, greift Ebner-Eschenbachs Diagnose der revolutionären Situation noch einmal unmissverständlich auf: »In früheren Zeiten konnte einer ruhig vor seinem vollen Teller sitzen und sich's schmecken lassen, ohne sich darum zu kümmern, daß der Teller seines Nachbars leer war. Das geht jetzt nicht mehr, außer bei den geistig völlig Blinden. Allen übrigen wird der leere Teller des Nachbars den Appetit verderben – dem Braven aus Rechtsgefühl, dem Feigen aus Angst …«[170]

Die Wahl des Protagonisten wie des Milieus war nicht nur ein Reflex der Dorfgeschichten von Turgenjew und Tolstoi, sie hatte mit Marie Ebners Haltung in der »sozialen Frage« zu tun. Ganz bewusst machte sie Menschen von niedrigem Stand zu ihren Helden und gab ihnen ihre eigene, dialektal gefärbte Sprache: »Ihr Geringen, ihr seid die Wichtigen, ohne eure Mitwirkung kann nichts Großes sich mehr vollziehen«, lässt sie Habrecht sagen. Das Motto des Romans stammt von George Sand: »Tout est l'histoire«, »Alles ist Geschichte«. Ebner-Eschenbachs früher Beitrag zu einer »Geschichte von unten«, der in der Tradition der Waisenkinder-Romane von Charles Dickens steht, stieß wegen des Sujets auch auf Ablehnung. Im Roman scheint diese Kritik vorweggenommen: Die jämmerliche Behausung des Dorfhirten, ihr »schmutzfarbiges Durcheinander« sei »würdig des Pinsels eines Realisten« heißt es in ironischer Abgrenzung von naturalistischer Elendsmalerei. Über Helene Druskowitz erfährt Marie Ebner, dass Conrad Ferdinand Meyer von ihrer »Wahl der Stoffe und Personen« befremdet sei – »er selbst wäre psychologisch unfähig ähnliche Themen zu behandeln. Er achtet den Bauer, den Dienenden, den Arbeiter gleich dem Vieh.«[171]

Pavel, der die biblische Wandlung vom Saulus zum Paulus im Namen trägt, legt Zeugnis ab wider jeden Determinismus. Ebner-Eschenbach hat sich mit Darwin beschäftigt und seiner Lehre später in der Erzählung *Das Schädliche* auch Tribut gezollt. In *Das Gemeindekind* aber behauptet sie, wie in *Der Kreisphysikus*, gegen Vererbungslehre und Milieutheorie die Möglichkeit der Selbstschöpfung aus freiem Willen, ohne sie deshalb zu verklären. »Holub«, die Taube, steht symbolisch nicht allein für Liebe und Frieden, sondern auch für den Heiligen Geist, für die Kraft der Verwandlung. Ein Heiliger wird Pavel, anders als Milada, nicht – aber dafür überlebt er. Nachhaltig beschädigt in seinem Vertrauen, findet er keine Frau und gründet keine Familie, doch er hat sich, ein wahrer Selfmademan, seinen Platz in der Gemeinschaft erkämpft.[172]

Moriz Ebner liest *Das Gemeindekind* in zwei Tagen aus »und ist sehr zufrieden«. Herr von Fleischl, Idas Gatte, liest die ganze Nacht und lobt das Buch ebenfalls. – »Worüber ich mich freue.« Der Philosoph und Sprachkritiker Fritz Mauthner schreibt der Autorin: »Ich war schon lange Ihr stiller Verehrer, aber so etwas – nun kommt eine grobe Unhöflichkeit – hätte ich Ihnen nicht zugetraut. Wie Sie die

Mutter des Helden, die doch kaum auftritt, zu einer Hauptgestalt machen, wie Sie in der Schilderung der Klosterfrauen ohne ein einziges tadelndes Wort doch Partei ergreifen, das zeigt eine reife Kraft«, und »ich bin endlich wieder einmal von etwas Zeitgenössischem erschüttert«. Und Gottfried Keller habe, so Anton Bettelheim, einem Kritiker, der *Das Gemeindekind* »recht nett« fand, erwidert: »›Was nett … – Gut ist es‹. Freut mich cannibalisch!«[173]

Sogar über herzliches Lob in den heimischen Zeitungen kann Marie Ebner sich freuen. In der *Neuen Freien Presse*, wo einst die größte Häme über ihre Dramen gegossen wurde, erscheint eine prägnante Gesamtwürdigung ihres Œuvres durch den jungen Journalisten und Schriftsteller Jakob Julius David, der als mährischer Landsmann besonders den »Erdgeruch« und die genaue Kenntnis der Verhältnisse rühmt. Unter dem Titel *Eine deutsche Realistin* nennt David das »Schloßfräulein« von Ebner eine »streitbare Natur« und bescheinigt ihr Tiefe und, »was bei Frauen das Seltenste ist: Humor«. Mit diesem Portrait hat sich das Blatt gewendet, es bedeutet den endgültigen Durchbruch in Wien. Marie Ebner erhält »Gratulationsbriefe und Gratulationsbesuche«. (Zwei Tage darauf kommt gleich auch David selbst gratulieren.) Adolph liest ihr und Ida das Feuilleton vor, alle drei sind »glücklich und gerührt«. – »Aber das Kloster?« Dass man im Sacré-Cœur, wo Ebner-Eschenbach ihre Nichte Helene Dubsky regelmäßig besucht, nicht auf die Idee kommen sollte, die abschreckende Darstellung des Klosterlebens persönlich zu nehmen, scheint der Autorin schwer vorstellbar.[174]

Doch diese Befürchtungen sind bald vergessen: »Heute fordre niemand Rechenschaft von mir wegen Thuns od[er] Lassens, ich bin vor Freude confus. Die 1t Auflage des *Gemeindekind* beinahe erschöpft.« Allein die Wiener Buchhandlung Gerold hat über 100 Exemplare verkauft. Und am 21. Dezember: »O wenn es nur hieße: Nichts mehr da!« Auf sechzehn Einzelauflagen sollte es *Das Gemeindekind* zu Lebzeiten Ebner-Eschenbachs bringen. Am 27. Jänner 1890 erhält Marie Ebner eine Anfrage Victor Adlers, des Gründers der Sozialdemokratischen Arbeiterpartei, ob sie einem Abdruck von *Er laßt die Hand küssen* und vor allem von *Das Gemeindekind* in seiner – erst ein halbes Jahr alten – *Arbeiter-Zeitung* zustimmen würde. Adler bekennt sich als treuer Leser des Ebner'schen Werks, der versucht habe, den Arbeitern in seinen Vorträgen zu vermitteln, »was Sie uns sind u. noch mehr sein werden«. Und er lockt die Dichterin mit den rund 50 000 Lesern seiner Zeitung: »Sie haben, verehrte Frau, noch nie so verständnisvolle und begeisterte Leser gehabt, als Sie sie beim wirklichen Volke treffen würden (…).« Er möchte gern bei der Baronin vorsprechen, sie empfängt ihn gleich am 2. Februar und notiert: »Nicht geistreich aber gescheit und scheint gut. Ein reicher Socialist, der muß bei den meisten Leuten für närrisch gelten. Moriz u er sprachen nur ganz kurze Zeit miteinander. Da gibt es keine Brücke A[dler] war aber auch mir nicht geheuer.«[175]

Marie von Ebner-Eschenbach teilte zwar so manches Anliegen der Sozialdemokratie, doch als revolutionäre Massenbewegung war sie der Dichterin zuwider. Der Abdruck kam nicht zustande, weil Paetel dagegen Einspruch erhob. Knapp zehn Jahre später unternahm Engelbert Pernerstorfer im Namen der *Arbeiter-Zeitung* einen zweiten Versuch bei Ebner-Eschenbach, wobei er darauf hinwies, dass *Das Gemeindekind* kurz zuvor bereits in der sozialdemokratischen *Leipziger Volkszeitung* erschienen war. Victor Adlers Schulfreund Pernerstorfer war bei der Dichterin als Politiker und Journalist freilich nicht gut angeschrieben. Über einen Streik der Tramwaykutscher hatte sie 1889 im Tagebuch bemerkt: »Das Militär wird mit Steinen beworfen. 22 Dragoner blessirt. Das rühmliche Werk zweier Schufte: Hetzkaplan Eichhorn u. Gemeinderath Pernersdorfer [sic].« Anders als in ihrer Jugend steht Marie Ebner nun, als Mitglied einer gräflichen Familie von k.u.k. Offizieren, Botschaftern und Reichsratsabgeordneten, auf der Seite der Ordnung. Es sollte noch einmal zehn Jahre dauern, ehe der Roman 1910 in Fortsetzungen im Organ der österreichischen Sozialdemokratie erscheinen konnte. Ein Jahr später kam es auch zu einer Ausgabe im parteieigenen Vorwärts-Verlag.[176]

Die Zusammenarbeit mit Ida von Fleischl erreichte beim *Gemeindekind* eine neue Intensität. In ihren Aufzeichnungen hält Marie Ebner fest: »In dem ganzen Buche wird keine Zeile sein die ich nicht mit Ida durchgesprochen hätte, bei der ich nicht ihren Rath eingeholt hätte.« Später ergänzt sie: »Wie oft und viel habe ich geändert. Wenn sie aber sagte: ›Laß es, es ist gut‹, dann war ich aller Sorge enthoben.« Nach dem Besprechen des Stoffes machte Marie Ebner sich gewöhnlich an die Ausarbeitung einer ersten Fassung, dann folgte eine Vorlesung im Freundeskreis, niemals ohne Ida. Die damals übliche Praxis der

Lesungen von noch Unveröffentlichtem, die als Abendunterhaltung dienten, ließ selbst umfangreichere Texte immer auch in ihrer Klanggestalt zur Geltung kommen. Die Autorin konnte die akustische Wirkung des Geschriebenen überprüfen, am Rhythmus arbeiten, die Dialoge wie auf einer Bühne erproben. Die Reaktionen ihres noch so kleinen Publikums waren Ebner-Eschenbach ausgesprochen wichtig, und sie vermerkt sie meist in ihrem Tagebuch. Dort benennt sie auch das »Kreuz mit diesen Vorlesungen. Eine nicht kritische Zuhörerschaft nützt einem gar nichts, eine kritische bringt zur Verzweiflung wenn man so recht mitten drinn' ist in den Entbindungsqualen.« Im *Zeitlosen Tagebuch* beleuchtet die Notiz *Beim Vorlesen einer meiner Arbeiten* das Dilemma von der anderen Seite: »Wenn die Zuhörer nicht gleich in Ekstase geraten, denk ich: ›Da haben wir's! einmal wieder etwas Mißglücktes!‹ Und geraten sie in Ekstase, dann denk ich: ›Sie verstehen nichts.‹« Besonders schmerzt es die Autorin, wenn beim Vortrag komischer Szenen die Lacher ausbleiben: »Es ist keine Freude, wenn man an ein Publicum wie Ida u. B. Paoli gewöhnt ist. Weilen hat gar keinen Humor er kann nur über derbe Späße lachen.«[177]

Gelegentlich taucht Ida Fleischl in Ebner-Eschenbachs Tagebuch sogar als eine Art Koautorin auf: »N[ach] m[ittag, D. S.] kam Ida und wir schrieben die *Erinnerung* [*Aus den Kinderjahren*, D. S.] fertig. Fertig! Wir machten sie reif gearbeitet zu werden[.]« War eine Arbeit abgeschlossen, setzten die Damen sich zusammen und gingen die Manuskripte oder Fahnen gemeinsam durch, war eine von ihnen verreist, wanderten die Texte per Post hin und her. Erhalten ist das Manuskript einer frühen Parabel, an deren Ende Ida Fleischl ihren Kommentar geschrieben hat: »Die Par. gefällt mir sehr, aber (...).« Nichts ging an eine Redaktion oder an den Verlag, ehe Ida Fleischl dies absegnete: »Ihr den ganzen *Jacob Szela* vorgelesen und das Absolutorium erhalten.« Ida Fleischl war Ebner-Eschenbachs letzte Instanz – oder besser: die vorletzte, denn auch Julius Rodenbergs Korrekturvorschläge nahm die Autorin meist noch bereitwillig an. Die Beziehung zwischen den beiden Frauen war eine symbiotische, und sie ging weit über die literarische Sphäre hinaus. Ida Fleischl war für Marie Ebner Freundin, Vertraute, Mentorin, Lektorin, Anregerin – und Tarockpartnerin. Nachdem Louise von François Ida Fleischl kennengelernt und Marie Ebner gegenüber deren »Herzensgüte«

hervorgehoben hat, schreibt diese 1881: »sie hat nicht Zeit gehabt zu erfahren daß Idas Verstand ihrer Güte vollkommen gewachsen ist. Ich habe in 16 Jahren die Grenzen des einen eben so wenig kennen gelernt wie die des anderen.«[178]

Umgekehrt war »die Gräfin«, wie sie im Fleischl'schen Haushalt hieß, nach den Erinnerungen des Dienstmädchens Helene »die beste und treueste Freundin, durch 33 Jahre bis zum Tode, unzertrennlich und treu – der gnädigen Frau ihre Lebensfreude. Oft hat sie zu mir gesagt: ›Weißt du, wenn die Gräfin hereinkommt, heitert's mich immer auf, denn sie kommt stets mit heiterster Miene.‹« Diese Aufheiterung scheint auf wundersame Weise bei beiden ihre Wirkung entfaltet zu haben, denn Marie Ebner hatte denselben Eindruck: Wenn sie mit ihren familiären und literarischen Sorgen zu ihrer Freundin ging, kam sie stets gestärkt und erquickt zurück. Ida Fleischl tröstete sie etwa über schlechte Kritiken, und sie förderte ihre Entwicklung als Schriftstellerin mit Leseempfehlungen und Zuspruch. Ida erinnere sich etwa, so vermerkt Marie Ebners Tagebuch, an die ziemlich schwachen Parabeln, die sie ihr vor fünfzehn Jahren vorgelesen habe: »›Du bist geistig gewachsen, Du ziehst aus lecture und Erfahrungen den höchsten geistigen Gewinn.‹ Ein solches Lob [.]« Verbrachten die Freundinnen gemeinsame Kurwochen in der Schweiz oder in Reichenhall, empfand die Jüngere dies, wohl auch im Kontrast zu ihrem streitlustigen Gatten, immer als besonders friedlich und erholsam. Weilten beide Damen in Wien, sahen sie einander fast täglich. Anfänglich ein- bis zweimal pro Woche, dann beinah jeden zweiten Tag hielt man ein gemeinsames »Tarökchen«, meistens im Hause Fleischl in der Habsburgergasse in der Innenstadt, wo die Familie seit 1876 wohnte; Betty Paoli war mit von der Partie, hie und da beteiligte sich auch Moriz Ebner. Am 17. Mai 1891 notiert seine Frau: »N[ach] m[ittag, D.S.] bei Ida. Richard [deren Sohn] machte eine photographische Aufnahme der Tarok Partie bei Magnesium Licht.« In ihrem Nachruf auf Betty Paoli hat Ebner-Eschenbach das Ritual der Tarock-Treffen geschildert und Paolis Freund Friedrich Pecht (1814–1903) zitiert:[179]

> »Der verehrte Künstler und Kunstkritiker gerieth in edlen Zorn und fragte höchst unwirsch ob denn drei vernünftige Frauen wirklich nichts Besseres zu thun hätten bei ihren Zusammenkünften, als

> Tarok zu spielen? Ihm waren eben die Geheimnisse unserer Nachmittags-Beschäftigung nicht erschlossen. Er hatte den lächelnden Ernst nicht gesehen, mit dem Betty die bedeutende Handlung einweihte, indem sie sprach: ›Spielen! spielen! Wir sind nicht da, um uns zu unterhalten.‹ Und so spielten wir denn. Was? Betty's Ueberzeugung war: Tarok, weil sie ja doch Tarokkarten in Händen hielt. Wie? Nun das Bereich, in dem sie sich beim Kartenspielen bewegte, war nicht das der Berechnung und Combination, sondern das der Inspiration. Manchmal flog, nachdem sie ihre Blätter eines nach dem andern langsam aufgenommen hatte, plötzlich eines davon auf den Tisch, und sie sagte einen Ultimo an, der ein größeres Wagniß war als Hannibal's Zug über die Alpen. ›Aber Betty‹, rief dann Frau Ida ganz bestürzt, ›du hast ja noch gar nicht gekauft.‹ Richtig! zu kaufen hatte sie vergessen, holte das Versäumte sofort nach und begann zu gleicher Zeit eine sehr unterhaltende Geschichte zu erzählen.«

Im Sommer 1889 entschließt Marie Ebner sich zum ersten Mal, die Freundin in deren Sommerfrische nach St. Gilgen zu begleiten. Im März ist bei der Dichterin die Basedowsche Krankheit diagnostiziert worden: »Nun soll ich mich erns[t]lich entschließen das Leben einer Kranken zu führen, und gelobe es zu thun, sobald meine Arbeit fertig ist.« Mit der Arbeit ist der Roman *Unsühnbar* gemeint, und aus dem Gelöbnis wird, wenig überraschend, nichts. Froh ist sie immerhin, eine »Krankheit zu haben die meine Nervosität entschuldigt«. Sie leidet unter nächtlichen Herzkrämpfen, außerdem bedrückt sie die Sorge um ihren Mann. Er muss sich im Mai einer Staroperation unterziehen, zur Erholung fährt er mit seiner Gesellschafterin nach Zdislawitz, während Marie sich Anfang Juni in Begleitung ihrer Zofe Gusti für sechs Wochen der Familie Fleischl anschließen will – es sollten zwei Monate werden. Der Wolfgangsee oder, mit seinem älteren Namen, Abersee hat sich erst jüngst durch die Nähe der kaiserlichen Sommerresidenz in Ischl zu einer Fremdenverkehrsgegend entwickelt, bis zum Bau der Salzkammergut-Lokalbahn 1893 müssen die Gäste von Ischl aber mit dem Wagen anreisen oder in Strobl in den Dampfer umsteigen. Marie von Ebner-Eschenbach wohnt zunächst im Seehaus Ramsauer: »Die Luft ist himmlisch, die Aussicht aus meinen Fenstern schöner als man schildern kann; das »Seehôtel« ist eine Räuberhöhle. Alles schlecht, dafür aber theurer als bei Sacher.« Ihr

Zimmer mit Balkon beschreibt sie mit einigem Sarkasmus: »2 Betten, nicht zum Gebrauch, nur zur Zierde und 2 Waschtische und ein porcellanener Spucknapf auf 4 Füßen haben denselben Zweck. (...) Die Sitzmeubel, 2 Fauteuils, 4 Sessel haben auch einen Grund zu sein! sie wollen einem das Sitzen abgewöhnen.«[180]

Ebner-Eschenbach nützt ihre Ferien nicht zuletzt zur Arbeit. Sie ist froh, in St. Gilgen der Hitze der Stadt entronnen zu sein, schläft viel besser als in Wien und genießt die Ruhe, zittert aber einem Brief Rodenbergs entgegen, der ihr seine Meinung über die erste Lieferung von *Unsühnbar* (die er auf der Durchreise nach Italien persönlich bei ihr abgeholt hat) mitteilen soll. Literarisch ist sie ausnahmsweise überzeugt von der Qualität der Erzählung, in moralischer Hinsicht jedoch fürchtet sie Rodenbergs Urteil. Als es so weit ist, frohlockt sie: »Vivat! Vivat! Brief von Rodenberg und was für einer. Jetzt bin ich glücklich.« Tags darauf schreibt sie »An Moriz, über den Brief von Rodenberg. Ich bitte um intensive Theilnahme an meiner großen Freude u hoffe glühend, daß sie mir zuteil werden wird.« Rodenbergs Zuspruch erlöst sie aus einer massiven Schreibkrise, in wenigen Wochen gelingt es ihr nun, den Roman zu vollenden. Dabei macht sie auch Promenaden und Ausflüge mit Ida Fleischl, bei der sie gewöhnlich zu Mittag speist, und nimmt an der regen Geselligkeit der Sommerfrischler teil: Der berühmte Chirurg Theodor Billroth hat sich am See eine prächtige Villa bauen lassen, die den Mittelpunkt des kulturellen Lebens bildet. Der Hausherr komponiert und spielt Klavier, gelegentlich auch vierhändig mit Ida Fleischls Sohn Otto, der ebenfalls Arzt ist und seinen Flügel aus Wien mitgebracht hat. Billroths Tochter Else hat eine ausgebildete Gesangsstimme, die Marie Ebner ausnehmend gut gefällt. Die Dichterin freundet sich mit der Familie Billroth an und verkehrt bald auch in den im Brunnwinkl gelegenen Häusern der Mediziner Anton Frisch und Sigmund Exner; dessen Schwester Marie schlug einst die Werbung Gottfried Kellers aus und heiratete Anton Frisch. Sie wird ebenso eine gute Freundin Ebner-Eschenbachs wie Exners Ehefrau Emilie, die als engagierte Frauenrechtlerin später dem Wiener Frauen-Erwerbs-Verein vorsteht.[181]

Auch mit der sozialdemokratischen Familie Kautsky verkehrt die Dichterin: Sie schätzt den am Burgtheater wirkenden Bühnenmaler Johann Kautsky, mit seiner Frau, der Romanautorin Minna Kautsky, und dem Sohn der beiden, dem bedeutenden Politiker Karl Kautsky, kommt es aber immer wieder zu politischen Meinungsverschiedenheiten. Über sein Buch *Die Klassengegensätze von 1789* befindet sie: »Nicht unparteiisch, nicht gut geschrieben aber höchst merkwürdig.« Zwei Jahre später vermerkt sie ein »unangenehmes aufregendes Gespräch mit Herrn Carl Kautzky [sic]. Das taugt nicht für mich. Sie sollen ihre hässlichen Kämpfe fortführen Hass säen so viel sie's freut. Ich kann sie nicht hindern, kann mir nur denken: das ist nicht der rechte Weg.« Mit Frau Kautsky spielen die Damen Ebner und Fleischl gern Tarock, ihre Ansichten zur Forderung des Achtstundentages teilen sie nicht: »›Alle Fabriksbesitzer sind reich.‹ ›Die Arbeiter verlangen nur nach kürzerer Arbeitszeit, weil sie sich bilden wollen in den Stunden der Muße.‹ (…) Diese Theorien sind nicht kugelfest.« Nach einer Lesung Minna Kautskys aus ihrem jüngsten »politisch sozialen – od: sozial politischen?« Roman, den Marie Ebner rein handwerklich durchaus lobt, kann sie sich nicht verkneifen zu vermelden: »mitten hinein in die schönsten Sozial-Demokratischen Triumphe platzte die Nachricht, daß *Philipp* [Graf Kinsky, Fritzis Sohn, D. S.] *in Löschna* [Lešná, D. S.] *einstimmig zum Bürgermeister gewählt wurde.*«[182]

In ihrem ersten Sommer in St. Gilgen erreicht Marie Ebner die Nachricht vom Tod »meines armen lieben und getreuen Freundes Weilen«, mit dem sie gerade noch ein Stück der Hinreise gemeinsam zurückgelegt hat. »Er wird vielen Menschen und mancher guten Sache unersetzlich sein.« Das Fazit ihrer Ferien, das sie Anfang August zieht, ist gleichwohl ein durch und durch positives: »Ich reise ab mit dankerfüllter Seele, gestärkt u. erquickt. Wer mir vor 2 Jahren gesagt hätte, daß ich noch 2 glückliche Monate verleben werde in meinem Alter, den hätte ich ausgelacht. Gute Botschaften u. Briefe von zuhause, fleißig gewesen u. etwas zu Stande gebracht, Rodenb[er]gs Briefe, das Gefühl wiederkehrender Gesundheit, die unendliche Güte meiner lieben alten Menschen u. der lieben neuen, die ich hier kennen lernte die wahrhaft göttliche Natur – war das Glück genug?« Marie Ebner kehrte im folgenden Jahr wieder. Zehn lange, immer zu rasch verfliegende Sommer wird sie in St. Gilgen verbringen. »In Wien bin ich froh wenn ein Tag vorüber ist, hier wenn einer anfängt. Möchte jeder Stunde ein Schwergewicht anhängen«, formuliert die Uhrmacherin.[183]

Emilie Exner (1850–1909), die unter dem Künstlernamen Felicie Ewart schrieb, erinnert sich an das tägliche Sommerfrischeritual:

> »Vormittags arbeitete Baronin Ebner, da blieb sie unsichtbar, und begegnete man ihr hin und wieder zwischen den Dorfhäusern, dann konnte man sicher annehmen, daß sie von einem Kranken- oder Armenbesuch kam. Zu Tisch ging sie zu Frau von Fleischl, dann kam eine Parthie Piquet, wenn die beiden Damen allein waren, eine Tarokparthie, wenn der Sohn des Hauses Dr. Otto v. Fleischl nach Abschluß seiner Thätigkeit in Rom [als Botschaftsarzt, D.S.] zu der zärtlich verehrten Mutter gekommen war. Von ½4–5 war Baronin Ebner zu Hause; da empfing sie Besuch (...). Dann gab's eine ›Jause‹, Thee, Chocolade, fast immer Süßigkeiten, vom ›besten aller Brüder‹ allwöchentlich aus Wien geschickt. Nach 5 Uhr unternahmen die Freundinnen einen Spaziergang; tagein, tagaus wandelten sie dem Seeufer entlang, langsam ein Stündchen im Bergschatten auf und nieder; Dr. v. Fleischl pflegte mit gutmüthigem Spott zu behaupten, daß man sehr genau zusehen müsse, in welcher Richtung sich die beiden Damen bewegten.«[184]

Dabei passt die rüstige Dichterin sich dem langsamen Schritt der Freundin an. Die Baronin interessiert sich lebhaft für alles Technische, insbesondere für Baustellen, Pläne und Materialfragen, und verwickelt die Maurer in lange Gespräche, während derer Ida Fleischl bisweilen der Geduldsfaden reißt: »Und wie kindisch Marie sein kann (...), das freut sie, ich kann's nicht begreifen.« Die Bauernkinder laufen herbei, um der Baronin die Hand zu küssen und sich befragen zu lassen, die Ortsbewohner grüßen respektvoll, aber auch Verwandte und Freunde nutzen die Stunde der Promenade, um »die alten Frauen« zu sprechen, so etwa Luise Schönfeld-Neumann, die Literatinnen Theo Schücking und Hermine Villinger, der Philosoph Franz Brentano und Dr. Josef Breuer, mittlerweile nicht nur der Hausarzt der Fleischls, sondern auch der Ebners. Von ihrem Salzburger Schloss Neuhaus kommen Schwägerin Rosine (geborene Thun-Hohenstein) und Bruder Victor Dubsky mit ihrer Familie zu Besuch.

In der Villa Billroth liest Ebner-Eschenbach im Freundeskreis aus ihren in Arbeit befindlichen oder gerade abgeschlossenen Werken vor, aus der Literaturbetriebs- und Dilettantensatire *Bertram Vogelweid*, der Künstlernovelle *Verschollen* oder der unversöhnlichen Ehegeschichte *Mašlans Frau*, Texte, die nach Emilie Exners Zeugnis »durch den individuellen Reiz der vortrefflichen Vorleserin«

noch gewinnen. »Frau von Fleischl saß bei solchen Gelegenheit still lächelnd in ihrer Sophaecke und sagte mit ihrer tiefen, ernsthaften Stimme (…): ›Es ist ein Treffer, ja, es ist wirklich ein Treffer.‹« In ihrer mütterlichen Haltung gegen die nur wenig jüngere Freundin attestiert Ida Fleischl dieser nur einen Fehler: »sie ist viel zu gut, aber lieb muß man sie haben, man mag wollen oder nicht.«

Marie von Ebner-Eschenbachs Spendenfreudigkeit spricht sich im Ort rasch herum. Sie beschenkt die Kinder ihrer Vermieter mit Kleidung, sie unterstützt die Schule und das Armenhaus, veranstaltet dort Kinderjausen, organisiert Benefizvorstellungen für Blinde, aber auch für notleidende Kunstreiter-, Schausteller- und Theatertruppen, die den Fremdenverkehrsort frequentieren. In ihrem achten Sommer am Abersee ist die Dichterin selbst »zu einer Attraktion in St. Gilgen geworden« (Renate Ebeling-Winkler). Der Uferweg nach Lueg wird offiziell »Ebner-Eschenbach-Promenade« benannt, begeisterte Leser suchen ihr Idol auf, um ihm persönlich zu huldigen. Trotz aller Menschenfreundlichkeit macht die Dichterin sich keine Illusionen über ihre Gastgeber: »Markt in St. Gilgen. Jedes Anlächeln das die Alten einem gönnen hat einen habgierigen Beigeschmack, jeder Händedruck der Kinder etwas Klebriges [.]« Marie Ebner mokiert sich darüber, dass sich die Leute am Sonntag einen Rausch antrinken dürfen, nicht aber eine zerbrochene Fensterscheibe reparieren: »Von den Skt. Gilgnern darf man nicht sagen, daß sie durch übertriebene Frömmigkeit von den Freuden des Lebens abgelenkt werden. Ihre Bigotterie verträgt sich vortrefflich mit Liderlichkeit.« Die Stellung der Frau Baronin aus der Stadt gegen die Eingeborenen hat bisweilen etwas Koloniales: »Den großen schönen lieben Hund im Hause, hat ein Schuster gekauft um ihn schlachten zu lassen u. zu fressen. Kannibalen dieses Volk.«[185]

Der Charakter eines Refugiums, das St. Gilgen für Ebner-Eschenbach darstellt, bleibt von solchen Irritationen ungetrübt. In der Erzählung *Ihr Beruf* findet sich die Beschreibung eines »echten St. Gilgener Abends«, den Gerichtspräsident Staudenheim mit seinen Töchtern auf der Seeterrasse zubringt. Hier hat Ebner-Eschenbach ihre Sehnsucht nach abgeklärter Ruhe buchstäblich auf die Bergkulissen ihrer Lieblingssommerfrische projiziert:

> »Bis aufs letzte Tränentröpfchen hatte der Himmel sich für heute ausgeweint, nun spannte er ein mildes Blau über die Erde. Alle Schatten

> waren durchsichtig, und alle Linien waren weich; es lag etwas von Trost und Versöhnung in der ruhigen Luft, von Verklärung über dem See und den schönen Bergen, die ihn umschlossen. Ernst und stolz ragten die dunkel bewaldeten; auf den Kuppen und Felswänden der kahlen erschimmerte ein rosiger Schein wie ein Lächeln seliger Ruh über alles, was sich noch müht, noch emporstrebt und ringt im Kampfe um ein vergängliches Leben.«[186]

Ihr Beruf *und die »Frauenfrage«*

Entgegen dem äußeren Anschein ist für Ebner-Eschenbach das Ringen um ein Leben nach ihrer Fasson auch dann noch nicht vorbei, als sich ihr Ruf als Schriftstellerin längst konsolidiert hat. Noch als 57-Jährige bekommt sie von ihrer Familie das alte Lied zu hören: »Meine arme Schriftstellerei! Was die alles anrichtet. Sie ist Schuld daß ich einen Haushalt nicht zu führen verstehe – Haben sie recht, die das behaupten? Unser kleines Haus ist doch immer in guter Ordnung.« Bei ihrem Mann hat auch der Erfolg des *Gemeindekind* offenbar keinen grundlegenden Sinneswandel bewirkt: »Mit Moriz über die leidige Schriftstellerei gesprochen. Ist ihm noch immer antipathisch, aber er gibt zu daß ich nichts dafür kann.« So ist es verständlich, dass Ebner-Eschenbach auf eine Würdigung in der *Deutschen Rundschau* durch den Kritiker Moritz Necker allergisch reagiert: »Beginnt mit einem Lobe M[orizen]'s und des guten Einflusses den er auf meine Schriftstellerei genommen hat. Ist aber im Ganzen sehr gut.«[187]

Die wohltuende Wirkung der Kuraufenthalte und Sommerfrischen hat eben auch damit zu tun, dass Marie Ebner da ihrer familiären Pflichten enthoben und auch ihr Gatte fern ist: Moriz Ebner hat sie in St. Gilgen nie besucht, er braucht allerdings seinerseits auch zunehmend Betreuung: Sein Sehvermögen hat sich verschlechtert, der ersten Staroperation durch den angesehenen Spezialisten Prof. Ludwig Mauthner sind etliche weitere gefolgt, die immer nur kurzfristige Besserung gebracht haben, eine Sorge, die seine Frau schwer belastet und ihr in späteren Jahren bei der gewohnten Trennung im Mai ein schlechtes Gewissen bereitet, weil sie den Kranken nicht nach Zdislawitz begleitet. »Moriz abgereist. Thut einem so unsäglich leid, mit seinen armen Augen. Ich hätte mit ihm fahren sollen; (…) fühlte das beim Abschied. Man sollte die Schriftstellerei zeitweise an den Nagel hängen können.« Dennoch bleibt Marie Ebner 1896 vier volle Monate in St. Gilgen, ehe sie sich Anfang Oktober nach Zdislawitz aufmacht: »Moriz gar lieb u. gut. Nicht den kleinsten Vorwurf daß ich so lang fortgeblieben bin. Sie sind alle alle besser als ich alte Egoististin [sic], mit meiner Schreiberei.«[188]

Den Succus dieser lebenslangen Auseinandersetzung hat Marie von Ebner-Eschenbach in das Gedicht *So ist es* gefasst, das in der Zeitschrift *Vom Fels zum Meer* erscheint:

»Sie sagen mir: ›Das Dichten reibt dich auf.
Wir bitten, laß es! tu' das uns zuliebe.‹
– ›Mir selbst zuliebe tät' ich's, wenn ich könnt.‹
– ›Du kannst, sobald du willst. Doch daran fehlt's,
Am kräftigen Entschluß, zu überwinden
Die liebe Eitelkeit. Man lobt uns ja,
Und der an Lob gewöhnt, entbehrt es schwer.‹
›Das weiß ich nicht, doch eines weiß ich gut:
(…)
Mein armes Rühmchen wär' mir feil, und mit
Entzücken gäb' ich's für die Freiheit hin.
Ich diene ja, seht ihr, bin willenlos
In meines Dämons Macht … Wie nenn' ich ihn?
Heißt er vielleicht, – daß Gott erbarm! – Talent?
(…)
Doch fass' ich's nicht. Ist's möglich denn, zu lieben,
Was dir das Höchste raubt, die Selbstbestimmung?
Was dir mißgönnt die unbefang'ne Freude;
Entwertet deinen edelsten Genuß
Durch seiner Flüsterstimme rastlos Mahnen:
– Besinne dich! was machst du wohl daraus?
Gäb's nicht ein Bild – ein Streiflicht – ein Detail?
Der Dämon nimmt dein Herz, stiehlt dir die Seele,
Er füllt allein dein ganzes Denken aus.
(…)
In seinem Dienst wird alles ausgemünzt.«[189]

Der Dämon, der hier in Blankversen verhandelt wird, ist nicht das sokratische Daimonion, die schützende Gewissensstimme, nicht das apollinische Göttergeschenk und nicht das Talent der Bibel, sondern eindeutig ein Plagegeist, der dem Ich die unentwegte Ausbeutung von Welt und Wahrnehmung befiehlt. Wer so dichtet, ist nicht glücklich. Zum Streit mit den ungenannten Mahnern – »sie sagen mir« – und zur Fremdbestimmung durch den Schaffenszwang gesellen sich noch »Zweifelsqualen«: »Ob auf der Münze auch die Prägung echt« und von dauerndem Wert. Ebner-Eschenbach stellt Begabung nicht als Auszeichnung dar, sondern beinahe als Fluch – zumindest als Schicksal, dem zu entkommen unmöglich ist: »O Himmel! Wenn ich's könnte, ginge mir / Im Alter noch ein neues Leben auf«, ein Leben der reinen Hingabe an die anderen. Indem das lyrische Ich dies als utopisch schildert, formuliert es indirekt ein literarisches Programm der Empathie:

»– So nach wie vor blieb euer Leid das meine
Und euer Glück durchsonnte mir das Herz,
Doch euch zu schildern hätt' ich aufgehört.«

Ebner-Eschenbachs Selbstbekenntnis als Dichterin wider Willen mutet wie eine defensive Antwort auf die selbstbewusste Deklaration der Annette von Droste-Hülshoff (1797–1848) an, die, eine Generation zuvor, als schreibende Hochadelige in Familie und Öffentlichkeit ähnlichem Gegenwind ausgesetzt war. Ihr Gedicht mit dem unmissverständlichen Titel *Mein Beruf* (1844) verrät schon in der ersten Strophe eine andere Haltung:

»Was meinem Kreise mich enttrieb,
Der Kammer friedlichem Gelasse?«
Das fragt ihr mich als sey, ein Dieb,
Ich eingebrochen am Parnasse.
So hört denn, hört, weil ihr gefragt:
Bei der Geburt bin ich geladen,
Mein Recht so weit der Himmel tagt,
Und meine Macht von Gottes Gnaden.«[190]

Dieses Ich geht die Fragensteller direkt an, es verteidigt sein Aufenthaltsrecht auf dem Parnass mit einem gebieterischen Hinweis auf Geburt und göttliche Ermächtigung: nicht Dämon ist Droste-Hülshoffs Dichtertalent, sondern »Macht von Gottes Gnaden«. Marie Ebner liebte und verehrte die Droste, an ihrem Geburtstag war sie 1873 von der Schweiz aus nach Meersburg am Bodensee gepilgert und hatte die Burg mit den Zimmern der Dichterin und deren Grab besucht. Als sie eines Abends unpässlich ist, leistet ihr Mann ihr Gesellschaft und liest ihr Gedichte der Droste vor, unter anderem *Mein Beruf*, »bei dem Schauer der Ehrfurcht mich durchrieseln«. Mit dem Titel der Erzählung *Ihr Beruf* erweist Marie Ebner der verehrten Kollegin ihre Reverenz: Hier ist es ein junges Mädchen, das seine Berufung zur Nonne als seinen Beruf betrachtet und, zum Verdruss seines Vaters, die Werbung eines gefeierten Forschungsreisenden ausschlägt, als dieser stirbt, jedoch die Sorge für sein Kind als ihren – wahren – Beruf akzeptiert. Das Thema wird aber noch auf einer weiteren Ebene beleuchtet: Der vereinsamende alte Vater will für sich keine Rücksichtnahme, denn er bereut, dass er einst der verstorbenen Mutter, einer Malerin, das Opfer ihrer Kunst abverlangt hat: »Meine Eifersucht brannte heißer, als die Eifersucht auf einen Menschen gebrannt hätte. (…) Wie kämpfe ich an gegen einen Beruf? Der Feind läßt sich nicht greifen. Ich kann ihn nur hassen.«[191]

Die Option des Verzichts aus Liebe, die Ebner-Eschenbach hier am Beispiel der Malerin durchspielt, kam weder für sie noch für Annette von Droste-Hülshoff jemals ernstlich in Frage. Marie Ebner selbst hat sich zum Problem des weiblichen Talents in Notizen und Briefen auch kämpferisch geäußert, so zum Beispiel als Reaktion auf pseudowissenschaftliche Studien wie jene von Bogumil Goltz *Zur Charakteristik und Naturgeschichte der Frauen* (1859) oder auf Johannes Scherrs *Geschichte der deutschen Frauenwelt* (1860). »Als eine Frau lesen lernte, trat die Frauenfrage in die Welt«, heißt es in den *Aphorismen*. In einer sarkastischen Notiz beschreibt die Dichterin »Die dt. Hausfrau wie sie die Scherr's u. die Bogumil Goltze's träumen«: »Die Frau muss gläubig sein sie darf sogar abergläubisch sein. (…) Wenn das Wort ›Emancipation‹ ausgesprochen wird muß sie je nach Umständen entweder höhnisches Gelächter ausstossen od. in Ohnmacht fallen. (…) Jedenfalls aber muß sie fragen ob von nun an die Männer Kinder gebären u. säugen werden.« Als der Schriftsteller

Emerich Freiherr du Mont sie 1879 zur Mitarbeit an seinem Buch *Das Weib. Über dessen Wesen und Verhältniß zum Manne* einlädt, lehnt sie »in Ihrem Interesse« ab, einen der »Philosophischen Briefe« beizusteuern, da »jetzt von den meisten Literaten und Kritikern ausgemacht worden« sei, »dass wir von unseren eigenen Angelegenheiten nichts verstehen, und in denselben nicht mitzureden haben«. Sie will nicht durch öffentliche Reden, sondern durch Taten überzeugen. Du Mont gegenüber wird sie jedoch deutlich. Gerade in Deutschland habe eine »neu erfundene Naturgeschichte die Entdeckung gemacht, dass die Frau an und für sich nichts ist«: »Wie aber, wenn die Frau in erster Reihe ein menschliches, und erst in zweiter ein weibliches Wesen wäre? wenn sie eben so viel individuelles Leben besässe wie der Mann und der Ergänzung durch ihn nicht mehr bedürfte, als er der Ergänzung durch sie; und wenn es doch möglich wäre, dass ein wirkliches, ein grosses und der Expansion fähiges Talent auch in einer deutschen Frau zur Erscheinung käme?« Ebner-Eschenbach spricht unverkennbar nicht bloß von allgemeinen Wahrheiten, sie spricht in eigener Sache und will dabei doch keinesfalls als Ausnahme behandelt werden. Talent erscheint hier nicht als Dämon: »Talent ist nur ein anderes Wort für Kraft. Eine Kraft aber muss sich äussern, das ist Naturgesetz und dieses fragt nicht danach ob ihm willig oder widerwillig, Gehorsam geleistet wird. Von der Frau die ein Talent besitzt und es nicht ausüben soll, fordert man ganz einfach, dass sie sich einem Naturgesetz entziehe. Man hört nicht auf ihr vorzustellen, dass sie sich an der Natur versündigt, wenn sie ihrer Natur folgt.«[192]

Dass Marie Ebner unter diesen Auspizien Annette von Droste-Hülshoff als literarische Vorfahrin wahrnimmt, verwundert nicht. Mit vierzig liest sie eine Biographie der Droste, die deren um siebzehn Jahre jüngerer Vertrauter und – jedenfalls platonisch – Geliebter Levin Schücking verfasst hat. Die Verächterin des Biographischen vermisst hier das Handfeste: »Discret, fein, zart. Mehr Details hätten nicht geschadet, man wünschte noch eingehender über das wunderbare Wesen der Dichterin zu hören Schücking's Schilderung hat etwas nebelhaftes, u. ist beinahe als wagte er nicht feste Umrisse zu geben.« Sechs Jahre später lernt Ebner-Eschenbach »Lewin Schücking u. seine sehr liebe Tochter Theo« bei Ida Fleischl kennen; der Kontakt hat sich über Betty Paoli ergeben, die sich in mehreren Essays mit der Droste auseinandergesetzt hat. Von da an steht Marie Ebner mit Vater und

Tochter im Briefverkehr. Als Theo nach dem Tod Levin Schückings 1883 eine Herausgabe des Briefwechsels zwischen der Droste und ihrem Vater plant, unterstützt Ebner-Eschenbach sie bei der Verlagssuche und bei dem Versuch, einen Vorabdruck in einer Zeitschrift zu erreichen. Doch die Droste ist aus der Mode gekommen, da nützt nicht einmal Ebner-Eschenbachs Protektion bei der *Deutschen Rundschau*: »Theo schreibt zu meiner größten Bestürzung, daß Rodenberg die Briefe der Droste nicht nimmt. Sie haben zu wenig Publikum. Das ist eine Schande für Deutschland.« Für Marie Ebner ist diese Traditionslinie weiblichen Schreibens wichtig, sie nimmt das Desinteresse persönlich. An Theo Schücking schreibt sie: »Das Schicksal der Drostebriefe geht mir nahe, ist mir eine Herzensangelegenheit. Ich werde mich nie darüber beruhigen, dass die *deutsche Rundschau* auf diesen Beitrag verzichtet hat.« An der Geringschätzung des weiblichen Beitrags zum kulturellen Erbe ist für Ebner-Eschenbach nicht zuletzt die buchstäbliche Diskriminierung durch die Literarhistoriker schuld: »An die Eisenbahnzüge in Amerika hängt man zuletzt ein paar Waggons an – für die Neger. Jeder Literaturgeschichte wird ein letztes Kapitel angehängt – über die Schriftstellerinnen.«[193]

Jahre später scheint sich ein Kreis zu schließen, als Marie Ebners Freund Fritz Mauthner sich 1909, wie er ihr schreibt, »am schönsten Punkte des Bodensees« ansiedelt, »von dem kleinen Meersburg auch noch ein halbes Stündchen entfernt, auf einem Hügel zwischen Wald und Reben, in dem uralten Glaserhäusle, in welchem vor mehr als sechzig Jahren Annette Droste, Ihre einzige Rivalin, geliebt und gedichtet hat (…).« Mauthner schickt der Freundin auch eine Ansichtskarte vom Meersburger Droste-Denkmal mit dem »Bild der Collegin«.[194]

1887 veröffentlicht Ebner-Eschenbach im »Unterhaltungsblatt« der *Illustrirten Frauen-Zeitung* eine Parabel über »die Eintracht zwischen Unterwürfigkeit und Gewalthaberei«: *Eine dumme Geschichte* erzählt in einer hinterlistigen Parodie altdeutscher Ritterromantik von der Erfindung des Stiefelknechts als Keimzelle der Emanzipation. Die Geschichte lehrt: Die erste Frau, die ihrem Gatten den demütigen Liebesdienst des Stiefelausziehens verweigerte, hat die Welt verändert. »Die glücklichen Sklaven sind die erbittertsten Feinde der Freiheit.« – Dieser Ebner'sche Aphorismus ist auch auf die »Frauenfrage«

gemünzt. Eine Frau nach dem idealen Bilde des Mannes hat Marie Ebner zur Protagonistin ihres Märchens *Prinzessin Leiladin* (1892) gemacht – sie ist folgerichtig inwendig aus Pappendeckel; für ihre gesellschaftliche Funktionstüchtigkeit braucht sie kein Herz, nur ein bisschen kindische Eitelkeit, und als ihr ein Spiritist zu einem Herzen verhilft, erhört sie nicht den sie ehrlich liebenden Helden, auch nicht den wackeren Hofnarren, sondern den Prinzen von Leimsiedeland (ein »Leimsieder« ist ein Langeweiler), mit dem sie als Pappendeckelfigur bestens harmoniert.[195]

In ihrer sprachpolitischen Sensibilität war die Dichterin ihrer Zeit jedenfalls voraus: »Wenn eine Frau sagt ›Jeder‹ meint sie: jedermann. Wenn ein Mann sagt ›Jeder‹, meint er: Jeder Mann.«[196] So eindeutig Marie von Ebner-Eschenbach in Sachen Emanzipation Partei ergriffen hat, so hat sie sich doch nicht an der politischen Front engagiert. Über Jahre stand sie in engem Kontakt mit den Pionierinnen der bürgerlichen Frauenbewegung in Österreich Auguste von Littrow und Iduna Laube, den Gründerinnen des »Wiener Frauen-Erwerbs-Vereins« (1866), der die Förderung der Bildungs- und Arbeitsmöglichkeiten von Frauen zum Ziel hatte, und trat in den achtziger Jahren für die Einrichtung von Mädchengymnasien und die Zulassung von Frauen zum Universitätsstudium ein.

So stand sie nicht nur mit österreichischen Frauenrechtlerinnen wie Marianne Hainisch und der Sozialdemokratin Adelheid Popp in Verbindung, sondern auch mit engagierten deutschen Autorinnen wie Fanny Lewald, Helene Lange, der Herausgeberin der Zeitschrift *Die Frau*, und Natalie von Milde. Über deren Vermittlung trat Marie Ebner Anfang der neunziger Jahre dem »Deutschen Frauenverein Reform« bei, wobei sie, wie die radikalen Vertreterinnen, in puncto Bildung nicht für eine Förderung speziell »weiblicher« Anlagen, sondern für eine völlige Gleichstellung eintrat. Über die Kritik an den Studentinnen, die an der Universität Zürich zugelassen waren, meinte sie etwa: »Was hat man denn erwartet? Wer verliert ein Wort darüber, daß von den tausenden v. mänl. Studenten die alljährlich die Universitäten beziehen vielleicht nur einige hundert etwas taugen?« Beim allgemeinen Frauenwahlrecht ging Ebner-Eschenbach später jedoch nicht mit ihren progressiven Kolleginnen konform; das allgemeine Wahlrecht, befand sie 1911, habe bei ihr auf dem Land schon bei den Männern nicht funktioniert.[197]

Bereits 1885 gehört Marie Ebner zu den Gründungsmitgliedern des »Vereins der Schriftstellerinnen und Künstlerinnen in Wien«. Die Initiatorinnen Ida Barber und Julie Thenen planen eine Hilfsvereinigung für bedürftige Autorinnen mit eigenem Pensionsfonds, ein Gegenstück zur »Concordia«, die nach wie vor nur Männer aufnimmt. Marie Ebner ist ebenso zum Beitritt entschlossen wie Betty Paoli; sie lehnt es jedoch ab, sich als prominente Galionsfigur zur Präsidentin wählen zu lassen, und schickt sogar ihren Gatten mit einem Brief in die Abwehrschlacht. Wie Marie von Najmájer erwirbt Ebner-Eschenbach sich das Recht auf eine Mitgliedskarte mit einem Stiftungsbetrag von 100 Gulden, den Najmájer für sie beim Komitee hinterlegt. Zusätzlich bezahlt Marie Ebner aber offenbar auch noch die Eintragungsgebühr von 10 und die Jahresgebühr von 6 Gulden.[198]

Finanzielles Engagement und intensive Unterstützung jüngerer, wenig bekannter Kolleginnen leistet Ebner-Eschenbach bereitwillig, die Scharmützel und Eifersüchteleien des Vereinslebens liegen ihr hingegen ganz und gar nicht: »Das sind *so* kleinliche Gehässigkeiten! Gefallen mir nicht, meine Berufsgenossinnen.« Weibliche Solidarität war ihr kein Lippenbekenntnis; als 1887 eine Frau (Elise Levi alias E. Henle) den Lustspielpreis, den Heinrich Laube ausgeschrieben hat, gewinnt, frohlockt sie: »Sie siegte über 450 Mit-Bewerber. Ich habe eine viel ungetrübtere Freude als wenn ich's selbst wäre«.[199]

1889 erscheint jenes Werk, das Ebner-Eschenbach selbst als »meine sorgfältigst ausgeführte, *gewiß* meine letzte größere Arbeit« bezeichnet hat: *Unsühnbar*. Mit dieser Prognose sollte sie zwar nicht recht behalten, aber sie ist ausnahmsweise überzeugt von dem Ergebnis: »Denken Sie nur«, schreibt sie Julius Rodenberg, »daß ich noch nie ein so festes Vertrauen in eine meiner Arbeiten gesetzt habe, wie in diese«. Ein gutes Jahr hat sie an dem Roman geschrieben, der etwa so lang geraten ist wie *Das Gemeindekind*. Der Plot »beruht auf einem Ereigniß, das sich vor Jahren bei uns zutrug, das ich aber in die Gegenwart versetze. Nur die Pointe desselben war mir bekannt, doch beschäftigte mich der Gedanke seit Langem, den heroischen Entschluß einer edlen und allgemein geehrten Frau zu motivieren, die, um der Wahrheit die Ehre zu geben, mit einigen Worten ihren makellosen Ruf vernichtete.« Eine österreichische Fürstin hatte nach dem Tod ihres Gemahls gestanden, dass der neue Majoratsherr nicht der Sohn des Verstorbenen sei, worauf die Familie mit dem Einverständnis des Betroffenen die Erbfolge neu regelte. Das Problem von Schuld und Bekenntnis hat Marie Ebner ihr Leben lang beschäftigt. Bereits in ihrem Sittendrama *Das Geständnis* war es die Schwiegermutter, die die junge Gräfin mit der Wahrheit über ihren eigenen einstigen Fehltritt vor einem solchen bewahrte. Und schon 1875 skizzierte Ebner-Eschenbach eine Heldin, die »durch einen abgefeimten Betrug die Frau eines ehrenwerthen Mannes geworden«, diesem ihr Geheimnis ohne Not entdeckt und ihrer Wege geht, um zu sterben.[200]

Marie Ebner kannte und bewunderte Tolstois *Anna Karenina*, die sie in französischer Übersetzung gelesen hatte. Flauberts *Madame Bovary* hatte sie im Original gelesen. Die Darstellung eines Ehebruchs und seiner Folgen durch eine Autorin war aber doch noch etwas anderes als durch einen Autor, nämlich ein Verstoß gegen die guten Sitten. Weil die Dichterin Rodenbergs Empfindlichkeit in dieser Hinsicht kennt, ist sie überrascht und erleichtert, dass er schon nach der Lektüre der ersten zwölf Kapitel hellauf begeistert ist. Am Ende rühmt er die Heldin gar als »eine Märtyrerin, die das Kreuz auf sich genommen, um Tausende zu entsündigen, Tausende besser zu machen, die nun um ihr Schicksal weinen werden«.[201]

Ermuntert vom Verkaufserfolg von *Das Gemeindekind* und angestachelt von einem befreundeten Wiener Buchhändler, heckt Marie Ebner in St. Gilgen Pläne bezüglich ihrer Honorarforderung aus. Sie hat gerade ein Buch von Ossip Schubin (1854–1934), mit bürgerlichem Namen Aloisia Kirschner, gelesen, der bzw. die mit ihren Salonromanen, etwa mit der Ehebruchsgeschichte *Gloria victis!*, in den achtziger Jahren eine immense Popularität erreicht hat. Der Text der jüdisch-deutschen Prager Autorin ist in Ebner-Eschenbachs Augen »Maschine-Näherei, sehr geschickt, sehr flüchtig, sehr oberflächlich (...). *Ich* bemühe mich eine Goldstickerin zu sein aber oft mißglückts.« Da Ossip Schubin aber für ihre letzte »Maschine-Näherei« angeblich 10 000 Mark erhalten hat, verlangt Marie Ebner vom Paetel-Verlag für den Abdruck von *Unsühnbar* in der verlagseigenen *Deutschen Rundschau* und für die ersten beiden Auflagen keck ein Pauschale in derselben Höhe und kommentiert dies in ihrem Tagebuch: »Schwindelpreis«. Kürzlich erst hat Paetel die Rechte von drei älteren Ebner-Werken von Franz Ebhardt erworben, von dem sich die Dichterin nach einigem Ärger längst trennen wollte; die vereinbarten 2000 Mark sollte sie aber selbst berappen. Am 31. Juli kommt die Nachricht von Herrn Paetel: »Ohne Weiters« sei er bereit, ihr für *Unsühnbar* 10 000 Mark zu übersenden. Damit ist für die gar nicht immer Bescheidene eine finanzielle Schallmauer durchbrochen.[202]

In *Unsühnbar* wird der Ehebruchsfall der Gegenwart durch einen vergangenen Betrug überlagert und kontrastiert, der von Anfang an präsent ist, aber vor der jungen Gräfin Maria Wolfsberg verheimlicht wird: Ihr Vater hatte eine Beziehung mit einer Freundin seiner Frau, der Fürstin Alma Tessin. Von beiden Frauen wird er innig geliebt, doch seine Gattin stürzt er ins Unglück – sie verfällt einer Gemütskrankheit und stirbt. Alma Tessin aber wird die beste Freundin von Graf Wolfsbergs ahnungsloser Tochter, und just ein Verwandter der Ehebrecherin, Graf Felix Tessin – eine dunkle »Manfred-Schönheit« nach Lord Byron'scher Fasson und ein Nietzscheaner wie alle gefährlichen Verführer bei Ebner-Eschenbach –, bemüht sich erfolgreich um Marias Gunst. Gerade weil Tessin wie er selbst dem Typus des bedenkenlosen Herzensbrechers angehört, kommt er für Staatsminister Wolfsberg als Ehemann seiner geliebten Tochter nicht in Frage. So bestimmt er Graf Hermann Dornach, den begehrtesten, reichsten, vornehmsten Junggesellen, Liebling aller Schwiegermütter in spe, zu ihrem Mann, und Maria fügt sich, ohne Dornach, der sie liebt, Hoffnungen auf Gegenliebe zu machen. Als sie von der Affäre zwischen ihrem Vater und Alma erfährt, wendet sie sich von der Freundin ab. Hermann und Maria beziehen das Schloss in Dornach, sie bringt einen Erben zur Welt, als plötzlich Tessin auftaucht und sie bedrängt, bis sie sich ihm ergibt. Eingefädelt hat die Begegnung im Pavillon Marias Halbbruder Wolfi Forster, der schwindsüchtige, illegitime Sohn ihres Vaters, der sich für ihre Verachtung rächen wollte, seinen Triumph aber nicht lange überlebt. Maria wird schwanger, sie weiß, dass Tessin der Vater des Kindes ist, was einiges über die »Frequenz ihres ehelichen Sexuallebens« (Evelyne Polt-Heinzl) verrät, und sie verwirft den Gedanken an Selbstmord ebenso wie den an Flucht oder an ein Geständnis – ihr Mann würde ihr verzeihen, doch sein Glück wäre zerstört.[203]

So kommt der kleine Erich zur Welt und wird der Liebling aller. Maria bemüht sich zuerst in stiller Melancholie um die Armenfürsorge auf Gut Dornach, dann stürzt sie sich in allerlei Unterhaltungen, versucht es mit Reiten, Jagen, Tanzen, Fahren, um ihr Gewissen zu betäuben. Bei einem Ausflug geschieht das Unglück: Der erstgeborene Sohn stürzt in den Fluss, sein Vater Hermann Dornach springt ihm nach, beide kommen um. Bei der Testamentseröffnung verkündet Maria zum Entsetzen aller ihr Geheimnis, erklärt den kleinen Erich für nicht erbfähig und zieht sich mit ihm nach Schloss Wolfsberg zurück, wo ihr Vater sie widerwillig aufnimmt. Nach einem Jahr erscheint Tessin bei der Kränkelnden, entschlossen, sie zu seiner Frau zu machen und ihrem Sohn seinen Namen zu geben. Maria jedoch weist ihm die Tür und nimmt ihm das Versprechen ab, sich Erich niemals als dessen Vater zu erkennen zu geben. Sie bricht zusammen und stirbt bald darauf. Obwohl sie sich mit ihrem Vater noch versöhnen konnte, hat sie auch diesen von der Erziehung ihres Sohnes ausgeschlossen und Erich gutherzigen Verwandten ihres Mannes überantwortet.

Schon die grobe Inhaltsangabe verrät die Tücken des Stoffes: Die dramatische Spannung zwischen Pflicht und Begehren, die Drastik der Selbstbestrafung, die Stilisierung des liebenden Gatten wie der Büßerin zu Heiligenfiguren und der Tod Marias an gebrochenem Herzen bergen ein gewisses Kitschpotential, das die Autorin an manchen Stellen auch ausgeschöpft hat. Das Thema des psychosomatischen Leidens liegt um 1880 in der Luft, Josef Breuer gehört zu den Ersten, die sich damit therapeutisch befassen. Marias Krankheit lässt sich denn auch vor der Folie des Hysterie-Komplexes deuten. In der Erzählung *Oversberg* (1891), die sich um einen stillen Helden der Entsagung rankt, legt Ebner-Eschenbach einem Oberförster Worte in den Mund, die wie eine Kritik an *Unsühnbar* anmuten: »Das ist auch etwas Neues, daß sich die Leute zu Tode kränken. Zu meiner Zeit haben wir gelitten wie die Hunde und sind dabei gesund geblieben wie die Fische.« Doch auch im Roman selbst wird der Wert von Marias Opfer relativiert, freilich durch dessen Verursacher Tessin: »wie er sie lächerlich fand mit ihrer Sentimentalität und ihrer krankhaften Reue!«[204]

Die Bedeutung des Romans, der zu Ebner-Eschenbachs »gesellschaftspolitisch riskantesten Texten« (Evelyne Polt-Heinzl) zählt, liegt aber zweifellos darin, dass die zeitgenössisch virulente Frage des Ehebruchs und der Doppelmoral hier einmal aus weiblicher Perspektive verhandelt wird, als »wichtiges Korrektiv zum gängigen Bild der Literatur um 1900«, zur bekannten Darstellung erotischen Freibeutertums durch Arthur Schnitzler oder Hermann Bahr. Am

Beginn von *Unsühnbar* steht eine Vorstellung des *Fidelio*, der Apotheose der Gattenliebe. Die gewagte Prognose des Grafen Wolfsberg, »daß jede junge, unschuldige Frau sich in den Mann verliebt, der sie zuerst das Leben kennen lehrt«, also: die körperliche Liebe, sollte sich an seiner Tochter spät, aber doch bewahrheiten. Was er Maria am Vorabend ihrer Hochzeit aber sonst noch mitgeben will, wird von der Autorin im Kontext seiner fatalen Verfehlung gegen Marias Mutter in ein übles Licht gerückt: »Die Treue, meinte er, die der Mann seiner Frau am Altare geschworen, ist eine andere als die, deren Schwur er von ihr empfing. Eine scheinbare Vernachlässigung, eine flüchtige Zerstreuung des Gatten wird von dem Weibe, das sich selbst achtet, übersehen.« Ebner-Eschenbach stellt das Ideal der Gattin, »die niemals Nachsicht braucht, aber immer Nachsicht übt«, als ebenso bequem wie verlogen bloß und demontiert die zeitgemäße Übereinkunft vom Seitensprung des verheirateten Mannes als Kavaliersdelikt: Gelöbnis, Ehrlichkeit und Wahrhaftigkeit verpflichten Mann und Frau, Betrug und Lüge beflecken die Ehre beider.[205]

Das Schicksal der Maria Dornach ist eine Illustration des Sprichworts »Hochmut kommt vor dem Fall«. Die Heldin, die sich für unüberwindlich hält, wird durch einen stadtbekannten Filou vom Thron ihrer vermeintlichen moralischen Überlegenheit gestürzt, doch ihre Reue führt wiederum zu keinem realistischen, sondern zu einem negativ verzerrten Selbstbild. Sie selbst hat sich eine solche Tat nicht zugetraut. »Was ist Reue? Eine große Trauer darüber, daß wir sind, wie wir sind.« Der Ebner'sche Aphorismus erklärt, warum das Sakrament der Beichte Maria Dornach nicht trösten kann. Man könnte sagen: Noch in ihrer Zerknirschung ist sie überheblich. Mag Gott ihr vergeben, sie selbst kann es nicht, sie fühlt nach der Absolution keinerlei Erleichterung. Maria Dornach ist keine gute Katholikin, sie verharrt in einer »düsteren Gottferne« (Ulrike Tanzer). Nie fragt sie sich, was sie moralisch dazu berechtigt, ihre autoaggressiven Impulse auch gegen ihren Sohn zu richten und ihn um seinen Platz in der Familie zu bringen. Dass sie ihre Tat für unsühnbar hält, hat nichts mit der Verletzung des sechsten Gebots zu tun, sondern eher mit doppelter Scham: dass sie einen Mann betrogen hat, der das nicht verdient, und dass sie ihn mit einem Mann betrogen hat, der das auch nicht verdient.[206]

Ein anderer Aphorismus Marie Ebners bringt das Problem nüchtern auf den Punkt: »Wer an die Freiheit des menschlichen Willens glaubt, hat nie geliebt und nie gehaßt.« In *Unsühnbar* variiert die Dichterin ihr bereits in *Maria Stuart in Schottland* angeschlagenes Lebensthema der Untreue als Verrat an sich selbst, des Eros als Anschlag auf die eigene Souveränität. Auch die Heldin des Romans heißt Maria, und es sind ihre königliche Erscheinung und ihr Stolz, die den Wunsch des verkommenen Halbbruders wecken, ihre Makellosigkeit zu zerstören: »O Majestät, meinen letzten Lebensfunken für einen Flecken auf deinem Hermelin!« Wolfi ist es auch, der die unter Marias Contenance brodelnden Affekte zuerst wahrnimmt: »ich habe Ihnen so viel Leidenschaft gar nicht zugetraut«, sagt er stellvertretend für ihre Umgebung. Er meint damit ihr Klavierspiel, doch die Autorin meint etwas anderes.[207]

Die Dramatik von Marias Sturz verdeckt leicht den Blick darauf, dass in *Unsühnbar* nicht nur das Modell der Ehe auf dem Untersuchungstisch landet, sondern ein ganzer Stand. Der Roman zeichnet das Sittenbild einer Aristokratie, die sich selbst genügt und deren Nachwuchs sich für unwiderstehlich hält: »angehende Marschälle, Botschafter, Minister: die Zuversicht, daß es die Welt nur gut mit ihnen meinen könne, beseelt alle, und sie treten hinein wie junge Könige in ihr Reich.« Herrscht zwischen dem feudal denkenden Grafen Wolfsberg und seinen Leuten »eine Art bewaffneten Friedens, offene, gegenseitige Feindschaft«, so verwalten Hermann Dornach und Maria ihren Besitz als Mustergut des sozialen Fortschritts, eingedenk der Erkenntnis, dass die vielen Knechte das Brot der Herren verdienen: »Ohne ihre harte Arbeit keine Ruhe für uns, kein Genuß, nicht Kunst, nicht Wissenschaft …«[208]

Maria Dornach, Mitspielerin und Außenseiterin in einer Person, sieht, ohne es zu wollen, hinter die Kulissen und den Dingen auf den Grund – »in das Gewühl fröhlicher, geputzter Menschen, und was sie sah, war seltsam«. Hier geht es nicht bloß um den Adel, hier geht es um die Conditio humana:

> »Das glänzende Bild goldbetreßter Herren, von Juwelen strotzender Damen, des altertümlichen Prunkgemachs, worin sie sich bewegten, wurde durchscheinend und verschwand schemenhaft von [sic] einem tiefdunkeln Hintergrunde. In dem war ein Brausen und Grollen, wie es dräut im sturmgepeitschten Meer. Die Wellen türmten sich bis zum

> Himmel, stürzten in unermeßliche Tiefen, stiegen wieder empor, um wieder zu sinken, ein ewiges Auf und Nieder.
>
> Und ein Wehgeheul entrang sich diesem grausen Getümmel gejagter, jagender, verschlingender, verschlungener Wellen: denn sie bestanden aus Tier- und Menschenleibern; sie waren das gequälte Geschlecht der Lebendigen, und der Ozean, der diese Fluten rollte, war ein Ozean des Leidens ...«[209]

In diesem nihilistischen Vanitas-Bild ist die Autorin dem Schopenhauer'schen Pessimismus näher, als sie es wahrhaben will. Nicht Geschöpfe Gottes kämpfen den Kampf der Existenz, sondern »das gequälte Geschlecht der Lebendigen«. Kein Zweifel: Hier ist Marie von Ebner-Eschenbach in der Moderne angekommen.

Unverstellter als in anderen Werken Ebner-Eschenbachs kommt in *Unsühnbar* das zur Sprache, was sie selbst bewegt. Ihre eigene Aversion gegen Frömmelei und geselligen Stumpfsinn legt sie Graf Dornachs scharfzüngiger Schwester Dolph in den Mund: »Nicht wahr, ich bin nicht verantwortlich für ihr Geschwätz? – Sie hat sich geschult an den Frauen des XVIII Jahrhunderts«, schreibt Ebner-Eschenbach an Rodenberg. Vor allem aber zeichnet sie die liebevoll-ängstliche Beziehung zu ihrem eigenen Vater nach, dessen Treue als Ehemann sie in *Meine Kinderjahre* jedoch betont. Maria Dornach gestaltet sie in vielen Zügen (Schönheit und Musikalität ausgenommen) als lebensechtes Selbstportrait – das »Mordsweib« führt ein »eigentümliches Doppelleben. Heute die zweite Elisabeth von Thüringen, morgen eine Vollblut-Sportslady, die das starke Geschlecht oft übertraf an Kühnheit und ›Schneid‹«, und zwar sowohl als einhändig-vierspännig fahrender »four-in-hand-Kutscher« wie als Reiterin. Auf ihrer Vollblutstute vergisst sie für Augenblicke ihre Schuld: »von ihr getragen werden und so viel Leben, Kraft, Feuer deiner Laune unterworfen fühlen, dem Drucke deiner Hand – das ist Seligkeit. (...) Das schäumende Roß, die glühende Reiterin sind von demselben Rausche erfaßt.«[210]

Die Bilder gebändigter und entfesselter Sinnlichkeit verweisen auf die naheliegende autobiographische Lesart des Romans. Paul Heyse meinte aus ihren Werken schließen zu können, dass Marie Ebner »nichts Menschliches fremd geblieben« sei. Bedenkt man die Erfahrung, die sie um ihr dreißigstes Jahr gemacht hat, kann man annehmen, dass sie sich in die Situation ihrer Heldin zumindest sehr gut einfühlen konnte. Im Jänner 1890, als Marie Ebner den Text für die Buchausgabe verbessert, notiert sie: »in gestohlenen Minuten arbeitete ich an dem kleinen, pro domo geschriebenen Zusatz im Gespräche Dolphs mit Wolfsberg, dem vorletzten.« Pro domo? Was könnte damit gemeint sein? In der kurzen Szene verteidigt die kühle Dolph ihre Nichte und erinnert den Bruder daran, dass sein Blut in Marias Adern fließe. In der Buchversion fügt sie dem noch hinzu, dass die »abgewiesenen Erinnerungen und Gefühle« bei »Leuten eures Schlages« sich anhäufen, zum Berg werden und auf einmal über sie hereinbrechen würden. Als Marias Vater sich wundert, wie das sein könne: »Diese Frau (…) – und dieser Mann!«, entgegnet Dolph: »Soll ich alte Jungfer dir sagen, daß die Krone der Liebe nicht wie die von Mazedonien ›dem Würdigsten‹ bestimmt ist? – Das wäre eine langweilige Welt, in der nur Tugendbolde Eroberungen machen würden.« Wie wörtlich man die Bemerkung in eigener Sache auch nehmen mag: Es sind oder waren bei Marie Ebner Gefühle im Spiel, von deren Gewalt sie selbst überrascht war – und wohl auch eine große Enttäuschung.[211]

Die Reaktionen auf dieses Buch, das Ebner-Eschenbach von allen ihren Werken wohl am meisten am Herzen lag, waren im Großen und Ganzen enttäuschend. Zwar zeigt sich Louise von François angetan, doch Verwandte und Bekannte empören sich im »Philisterschwarm« über das anstößige Thema und die unmoralische Heldin. Auch Paul Heyse, nur im Abstrakten großzügig, »ist entrüstet u das geht mir sehr nah«. Zudem befinden etliche jener Kritiker, die den Fehltritt der »gefallenen Frau« nicht verurteilen, Marias Charakterentwicklung und Verhalten für wenig plausibel. »Kein Trostgebilde, nur dunkle Fragen«, erkennt Louise von François, und sie meint das anerkennend. Doch Erich Schmidts Bild vom »Sprung«, der durch dieses Kunstwerk laufe, prägt die Rezeption. Fritz Mauthner kritisiert in einer Besprechung in Bezug auf die Dezenz der Verführungsszene, der »starke Stoff« sei »nicht rücksichtslos genug angepackt«. Als die Autorin ihn bittet, ihr seine »collegiale« Meinung mitzuteilen, erläutert Mauthner, *Unsühnbar* sei für ihn »ein entzückendes, wahres Buch, welchem nicht viel gefehlt, um das beste der Ebner zu sein«. Allerdings seien »die Bösewichter« »pathetischer geworden, als das sonst Ihre Art ist«, sie hätten »etwas von der sokratischen Milde vertragen können, über welche Sie gebieten wie ein alter Philosoph«. Der »große Stoff« habe die Autorin verführt, »monumentaler zu wirken, als für Ihren Humor gut war«. Vor allem aber fehle für den Ehebruch die »Erklärung«, Maria erscheine »da und dort« nicht als »dieselbe Person«: »Sie – die Dichterin, kennen Maria natürlich besser als wir, aber Sie haben Ihr besseres Wissen nicht mitgetheilt.«[212]

Ebner-Eschenbach kann dem Freund schlecht erklären, *wie* gut sie ihre Maria kennt. Sie versucht jedoch die Einwände Mauthners und anderer in mehreren Umarbeitungen zu berücksichtigen und den Ehebruch besser zu motivieren. Angesichts der Fragenkataloge der Kritiker – selbst Anton Bettelheim hat einen solchen formuliert[213] – lässt sich mutmaßen, dass dem Unbehagen auch der angeblich vorurteilsfreisten Rezensenten doch auch ein Klischeebild der »typischen« Ehebrecherin zugrunde liegt, das mit dem einer edlen Frau nicht kompatibel ist. Wie dem auch sei: Fritz Mauthner weist die Unterstellung, er würde *Unsühnbar* als »verpfuscht« ansehen, weit von sich, versichert Marie Ebner seiner Verehrung und beschwört sie: »Frau Baronin, Dichterin, Ebner-Eschenbach, schreiben Sie nicht wieder so bescheiden. Ich erkläre Ihnen feierlich, daß ich fortan jedes bescheidene Wort gegen mich als Ironie auffassen werde. Seien sie gütigst bescheiden gegen Goethe u. gegen – Rodenberg, aber nicht gegen uns vom Mittelmaß.«

Triumphe und Abschiede

Das Jahr 1890 bringt Marie von Ebner-Eschenbach den sechzigsten Geburtstag und läutet zugleich ein Jahrzehnt der Verluste ein: Im Februar stirbt die geliebte Jetty Tunkler in Prag an Herzversagen. 1891 bringt den Tod von Maries Schwager Gustl Kinsky, von Faust Pachler, dem Freund und Berater, und, nach einem jahrelangen Martyrium, von Ernst Fleischl. 1892 erleidet Maries Schwester Fritzi einen Schlaganfall, danach spricht sie schwer, ihre rechte Hand bleibt gelähmt. 1893 stirbt Louise von François, im Jahr darauf Betty Paoli, außerdem verzeichnet die Dichterin den Tod ihrer Erzieherin Marie Kittl, mit der sie bis zuletzt in Kontakt war. Ende Dezember 1895 folgt der schwerste Schlag: Fritzi stirbt an einer Lungenentzündung und wird in Löschna begraben. »Das Grab meiner lieben Schwester liegt schon tief unter dem Schnee«, schreibt Marie Ebner am 4. Jänner 1896 in Wien.[214]

Das Geburtstagsfest zum Sechzigsten in Zdislawitz jedenfalls ist das einer gefeierten Dichterin. Und diese ist in der Lage, sich darüber von Herzen zu freuen: »Einer der schönsten und glücklichsten Tage meines ganzen langen Lebens. Am Morgen Gratulation der Meinen, der Großen und der Kleinen[.]« Es gibt ein Veteranenständchen und Bewirtung für die Dorfbewohner im Garten. Es kommen rund hundert Briefe und Telegramme, Lorbeerkränze, Uhren, Gedichte, Blumensträuße und -körbe: »mein Zimmer sieht einem Glashaus ähnlich.« Von ihrem Mann erhält sie ein Album mit Zdislawitzer Ansichten. Am folgenden Tag notiert die reich Beschenkte: »Nachzittern der Freude. Zahllose Briefe und Telegramme nachträglich.« Würdigungsartikel erscheinen, die Gemeinde Wien vermeldet, man werde das Portrait der Jubilarin malen lassen. Marie Ebner nimmt die Huldigungen sehr wohl auch als Beweis ihrer geglückten künstlerischen Mission entgegen. Noch in ihrer Jahresbilanz sagt sie dem Jahr mit gemischten Gefühlen »Gute Nacht«: »Du hast mir meine älteste, meine getreue und geliebte Freundin Jetty genommen, Du hast mir die Feier des 13t Sep[tember] gegeben u. damit den Beweis, daß ich nicht umsonst lebe.«[215]

1891 wird die Dichterin gemeinsam mit Conrad Ferdinand Meyer für den Schillerpreis vorgeschlagen, Kaiser Wilhelm II. wünscht jedoch keine Vergabe an Ausländer – so erhält Fontane den Preis. 1893 bringt Paetel Ebner-Eschenbachs *Gesammelte Schriften* in sechs Bänden heraus, der erste Schritt auf dem Weg zum Klassiker. Die Auswahl enthält Prosa, von den *Aphorismen* bis zu *Unsühnbar*, und einige wenige Gedichte; es fehlt sowohl das dramatische Werk als auch *Aus Franzensbad*. Auf dem Gipfel des österreichischen Parnass angelangt, ist es der Dichterin ein Bedürfnis, sich mit einem Gleichgestellten auszutauschen und seiner Anerkennung zu versichern: Sie schickt ihre Werkausgabe an den im deutschen Sprachraum extrem populären poetischen Realisten des bäuerlichen Lebens Peter Rosegger, den sie schätzt. Roseggers Roman über die Tiroler Befreiungskriege, *Peter Mayr, der Wirt an der Mahr* (1891), nennt Ebner-Eschenbach im Tagebuch »des Meisters Meisterstück«, und das schreibt sie dem Autor auch. Ihr Ton gegen den dreizehn Jahre Jüngeren ist einmal mehr von einigermaßen übertriebener Bescheidenheit – sie nennt Rosegger »lieber Meister« und unterzeichnet »In unbegrenzter Verehrung und Bewunderung«. Das briefliche Gipfeltreffen findet aber nicht unter gleichberechtigten Voraussetzungen statt: Wenige Tage später notiert Marie Ebner: »Rosegg[er] schreibt, daß er meine gesam[melten] W[erke] bereits besaß. Ich habe die seinen nicht. Eine Schande für mich.«[216]

Der Ruhm erleichtert freilich nicht nur prominente Bekanntschaften, er beschert auch Belastungen – Ebner-Eschenbach weiß sich nun der öffentlichen Beobachtung und Begutachtung ausgesetzt, sie muss das einmal erreichte Niveau mit jeder neuen Arbeit neu erkämpfen. *Berühmtsein* lautet der Titel einer Notiz in Marie Ebners Prosasammlung *Altweibersommer* (1909): »›Berühmt möchte ich sein,‹ sagst du und weißt nicht, was du redest. Berühmt sein heißt, mit nackten Füßen über ausgestreute Glasscherben dahinschreiten.« War der Dichterin früher die Nachfrage nach ihren Arbeiten zu gering, so ist sie ihr jetzt mitunter zu hoch. – »Dr Necker drangsalirte mich wegen eines Beitrags für die *n[eue], fr[eie] Presse*. Ich wollt' ich wäre todt, u. hätte Ruhe.«[217]

Dennoch reizt es sie, sich polemisch zu Literaturpolitik und -betrieb zu äußern. In der bissigen Satire *Die Visite* (1892) schildert sie den Besuch der berühmten Schriftstellerin Charlotte Henriette Göthekleist – »der weibliche deutsche Walter Scott« – bei ihrer Wiener Kollegin Cäsarine Denker. Die Dame, welche zu Hause Herrin eines »Affenhofstaates« ist, erscheint zur Jause mit ihrer Meerkatze, was zu einigen komischen Zwischenfällen führt, und nachdem man einander unentwegt der allergrößten gegenseitigen Verehrung versichert hat, kommt beim Abschied ans Licht, dass keine der beiden je ein Werk der anderen gelesen hat. Inspiriert wurde Ebner-Eschenbach zu dieser Skizze wohl durch einen Besuch der Baronin Franziska von Reitzenstein (1834–1896), die unter dem Pseudonym Franz von Nemmersdorf vielgelesene, meist historische Romane schrieb. Im Tagebuch notiert Marie Ebner: »Sie fand es natürlich, daß ich nichts von ihr gelesen habe denn sie hat auch nichts von mir gelesen. Sie mag Kinder nicht, hat 11 Katzen, denen sie 2 Zimmer u. einen Balcon zur Verfügung stellt, sie ist froh keine Geschwister zu haben (…).« Bündiger kann man eine herzliche Antipathie nicht umschreiben – die Katzenvorliebe allein hätte dafür wohl ausgereicht. Ebner-

Eschenbachs Spott gilt hier dem Kult des Berühmtseins, der sich von der Sache selbst abgelöst hat, aber auch – in Frau Göthekleists Plädoyer »für unsere zurückgesetzten Geschwister« – den Anhängern Darwins und den fanatischen Tierschützern und nicht zuletzt der (männlichen) Literaturkritik: Am Beginn resümiert Frau Denker zwei Kritiken ihres jüngsten Romans, die einander im Urteil widersprechen, aber einig sind in der Verachtung »weiblicher Federn«. Der eine Rezensent wertet die Autorin als weibliche »Ausnahme«: Ihr Buch sei »beinahe so gut, wie wenn ein Mann es geschrieben hätte«, sieht man von der »Wahl des heiklen Stoffes« und vom »Mangel an Ernst und Fleiß« ab. Der andere rühmt gerade das Talent der Frauen »zu minutiösem Fleiße«, bewertet Denkers Buch als in diesem Sinne »recht sauber ausgeführte weibliche Handarbeit« und lobt es wegen seiner »sittlichen Strenge«.[218]

In den vermutlich verschollenen Parabeln *Bauleute* und *Stylübung* (später *Schulaufgabe*) nimmt Ebner-Eschenbach Hermann Bahr und das Junge Wien ins Visier, Fritz Mauthner kann die Texte in seiner Zeitschrift *Deutschland* nicht bringen, denn Bahr ist nun ebenfalls Mitarbeiter. »Verdirbt m[ir] d[ie] Freude an der Ztg.« Ida Fleischl rät überhaupt vom Druck ab: »Lasse Dich nicht ein mit der Schwefelbande[.]« Den Ruf einer Satirikerin hat Ebner-Eschenbach aber nach wie vor. Sie erhält eine Anfrage »Von einem Herrn Karl Kraus, der ein Sammelbuch moderner Satyren herausgiebt«. Die von Kraus gemeinsam mit Anton Lindner als Reihe geplante Satirenanthologie kam über ein Geschäftspapier und einen Stempel sowie über eine Einsendung von Frank Wedekind nicht hinaus; hätte Marie Ebner geahnt, was aus dem Herausgeber werden würde (unter anderem ein vehementer Gegner Hermann Bahrs), hätte sie schon die Einladung des Neunzehnjährigen gefreut. Vier Jahre später liest Bahr Ebner-Eschenbachs Novelle *Verschollen* öffentlich vor, und die Autorin erwartet nichts weniger als eine Hinrichtung, die Vorlesung macht ihr aber alle Ehre.[219]

Am 17. Mai 1891 vermerkt Marie Ebner in ihrem Tagebuch den Eingang eines Briefes von Baronin Suttner: »Es wird ein Verein gegründet zur Abwehr des Antisemitismus, Einladung den Aufruf zu unterschreiben. Moriz will beitreten (...).« Am folgenden Tag spricht Bertha von Suttner (1843–1914) bei der Kollegin persönlich vor, Moriz Ebner bekräftigt seinen Beitrittswunsch. – »Ich natürlich auch.« Noch im Mai treten die Eheleute dem von Bertha von Suttner und ihrem Ehemann Arthur Gundaccar Freiherr von Suttner gegründeten »Verein zur Abwehr des Antisemitismus« bei. Erwünscht waren aus Gründen der Wirksamkeit naheliegenderweise nichtjüdische Proponenten. So wird auch die mit Marie Ebner gut bekannte Malerin Olga Wisinger-Florian (1844–1926) Mitglied des Vereins. Dass als prominenter Zuwachs Theodor Billroth gewonnen werden kann, mag Ebner-Eschenbachs Einfluss zu verdanken sein: Obwohl Billroth seine jüdischen Assistenten gefördert hat und mit vielen jüdischen Kollegen befreundet ist, hat er sich als Universitätsprofessor mit antisemitischen Äußerungen profiliert – und vollzieht nun eine Kehrtwendung. Von der ersten Generalversammlung des Vereins berichtet Ebner-Eschenbach, der Internist Professor Hermann Nothnagel habe verkündet: »Es giebt keine jüdischen Unarten. – Doch! – es giebt jüdische, deutsche, französische, italienische u. s. w. Unarten[.]« Ebner-Eschenbachs Denkmodell ist nicht das der Rasse, sondern das einer Art von Nationalcharakter, von dem das Individuum sich emanzipieren kann und in dessen »Unarten« das Judentum anderen Völkern gleichwertig ist.[220]

Das Verhältnis zwischen den beiden um 1890 wohl berühmtesten Schriftstellerinnen war kein enges. Bertha von Suttner hatte 1889 ihren pazifistischen Roman *Die Waffen nieder!* publiziert, der sehr bald zu einem Welterfolg wurde. Ebner-Eschenbach las ihn erst 1892 und urteilte im Tagebuch: »Ein Buch von [sic] so voll ehrlicher Überzeugung und Talent und oft wirklicher Beredsamkeit, und oft ganz dicht daneben kleine Orgien der Geschmacklosigkeit und des schlechten Tons, nicht nur gesellschaftlich schlechter.« Die Vermischung von Gesellschaftlichem und Ästhetischem unterläuft Marie Ebner wohl nicht zufällig: Bertha von Suttner ist zwar eine geborene Gräfin Kinsky, da aber ihre Mutter bloß eine »von Körner« war, galt und gilt die Frau des Barons Suttner nicht als hoffähig, denn dazu hätte sie sechzehn passende Ahnen nachweisen müssen. Das bedeutete, dass das ehrgeizige Mädchen nicht zur ersten adeligen Gesellschaft zugelassen war und zwischen ihr und den mit Marie Ebner verschwägerten Kinskys eine unsichtbare, aber deshalb nicht weniger spürbare Kluft bestand. Wäre die Kämpferin für den Frieden der Dichterin sympathisch gewesen, hätte deren gesellschaftlicher Makel für sie gewiss keine Rolle gespielt. So mochte sich die Adelskritik in Suttners Novellen *Phantasien über den Gotha* und in ihrem Roman *High Life* mit Ebner-Eschenbachs Position berühren, doch dies begründete noch kein herzliches persönliches Verhältnis.[221]

Das politische Klima in Wien hatte sich in den achtziger Jahren verschärft, der Antisemitismus mit dem Zuzug tausender galizischer Juden an politischer Bedeutung gewonnen. 1885 hatte der antikatholische und antihabsburgische Bismarck-Verehrer Georg von Schönerer in das »Linzer Programm« der Deutschnationalen erfolgreich einen Passus reklamiert, der die »Beseitigung des jüdischen Einflusses auf allen Gebieten des öffentlichen Lebens« forderte. Als Schönerer sich wegen einer Gefängnisstrafe aus dem öffentlichen Leben zurückziehen musste, schloss sich ein Teil der Deutschnationalen 1888 für die Wahl zum Wiener Gemeinderat mit Karl Luegers Christlichsozialen zusammen. Der einstige Liberale Lueger gewann, ab 1887 auch mit offen antisemitischen Parolen, als deklarierter Anwalt der kleinen Leute die Stimmen der Bürger wie der Kleinbürger und des niederen Klerus, die sich von antijüdischen Maßnahmen einen Aufschwung des Handwerks erwarteten. 1895 war die liberale Mehrheit im Wiener Gemeinderat Geschichte, und Lueger wurde zum Bürgermeister gewählt. Kaiser Franz Joseph versagte ihm die Bestätigung. Als die Christlichsozialen bei den Gemeinderatswahlen im Februar 1896 eine Zweidrittelmehrheit erhalten und ihr Führer im April erneut zum Bürgermeister gewählt wird, notiert Marie Ebner: »Der Kaiser wird Dr Lueger in Audienz empfangen und ihm sagen, daß *er* ihn nie bestätigen wird, *er*, aus eigenem Entschluß, und nicht auf Rat der Minister. Schade! Unser Kaiser sollte einen schlechten Menschen wie L[ueger] überhaupt nicht empfangen.« Bei seiner fünften Wahl zum Bürgermeister von Wien wird Karl Lueger 1897 jedoch als Teil einer politischen Absprache von allerhöchster Stelle gebilligt. Er tritt das Amt an und übt es bis zu seinem Tod 1910 aus.[222]

Der neue Wiener Bürgermeister ist zweifellos so etwas wie Ebner-Eschenbachs politischer Erzfeind. Sie macht ihn für die Vergiftung der Wiener Atmosphäre verantwortlich, hält ihn für opportunistisch, skrupellos und wahrhaft unchristlich. Dabei wird sie für ihre Verhältnisse geradezu ausfallend: In einem Brief an ihren Freund und Arzt Josef Breuer erscheint der Bürgermeister als »der niederträchtige Lueger«, im Tagebuch als »der gewalttätige Schwindler Lueger«, seine Parteifreunde nennt sie »Spießgesellen« und »Canaillen«, die nun statt des (jüdischen) Professor Suess den 2. Bezirk, die Leopoldstadt, im Reichsrat vertreten würden. Die Endsechzigerin sieht die politische Entwicklung als Teil eines allgemeinen Niedergangs. Auf christlichsoziale Schlachtrufe wie »Kauft nur bei Christen!« reagiert sie mit Entrüstung: »Wäre ich in Wien, ich würde nur noch in jüdischen Geschäften kaufen (…).« Dass der österreichische Landtag mit ihrem alten Bekannten Pepi Gudenus an der Spitze die jährliche Subvention für österreichisch-israelitische Waisenkinder streicht, aber 2000 Gulden für einen christlichen Antisemiten-Hetzfonds bewilligt, quittiert sie mit: »Ekel! Jede Spur von Rechtsgefühl ist in uns erstorben; in den Antisemiten auch jedes religiöse Gefühl.« Denn sonst würden sie nicht die Taufe von Juden für unwirksam erklären. Sie vermerkt, dass Dr. Breuer ihr das Honorar für 17 Besuche zurückgegeben hat: »Er lässt nur 3 gelten u. auch die nur höchst ungern. Ein echter – Jude!« Es ist gewiss kein Zufall, dass Ebner-Eschenbach in ihrer im Sommer 1898 geschriebenen Novelle *Der Vorzugsschüler* ihrem armen, von seinem aufstiegsfixierten Vater in den Selbstmord getriebenen Protagonisten einen rundum positiv gezeichneten jüdischen Hausiererburschen als Freund beigesellt.[223]

»Nur fort aus Wien!«, schreibt Marie Ebner am 16. Mai 1899 in Vorfreude auf die Sommerfrische in ihr Tagebuch. »Nur fort aus dieser von der antisemitischen Krätze ergriffenen Stadt die ihre alten Paläste niederreisst u. an ihre Stelle schreiend bunt beschmierte Marktbuden hinstellt, in deren Kirchen Hass gepredigt wird, die einen Schuft zum Bürgermeister u stumpfsinnige Flegel zu Schulinspektoren gewählt hat.« Den mannigfaltigen Ärgernissen ist aber auch in St. Gilgen nicht zu entkommen: »Es wimmelt von Radfahrern. Auffallend ist wie blödsinnig diese Menschen aussehen. Die Radfahrerpassion wirkt entschieden verdummend auf die Menschen. Man radelt im Interesse des christlichen Sozialismus, des – sogenannten. Der wahre ist etwas andres, ist das Höchste [.]« Das Ressentiment verbindet sich da en passant mit einem Bekenntnis zu einem Sozialismus eigener Prägung.[224]

Ganz ernsthaft ergreift Ebner-Eschenbach auch in der Dreyfus-Affäre Partei gegen die antisemitischen Nationalisten. Dass der Hauptmann Alfred Dreyfus von der französischen Armee als Jude und Elsässer zum Sündenbock für einen militärischen Geheimnisverrat gemacht, 1894 zu lebenslanger Haft auf der Teufelsinsel verurteilt und der wahre Täter aus Staatsräson freigesprochen wurde, widerstrebt Ebner-Eschenbachs tiefverwurzeltem Sinn für Gerechtigkeit: »Esterhazy freigesprochen im schändlichen Process Dreyfus. Herrlicher offener Brief Zolas *J'accuse* an Präsidenten Faure.« So kritisch Ebner-Eschenbach dem Künstler Émile Zola gegenübersteht, den politischen Aktivisten bewundert sie vorbehaltlos. »Generalsbagage« nennt die Frau Generalin seine Feinde, und über Zolas Verurteilung zu einem Jahr Arrest wegen Verleumdung (er flüchtet nach England) notiert sie: »Der Pöbel bricht in frenetischen Jubel aus.« Mit Genugtuung verfolgt sie die schließlich durchgesetzte Revision des Prozesses gegen Dreyfus und die Rehabilitierung des zu Unrecht Verurteilten.[225]

Im Großen und Ganzen sind Ebner-Eschenbachs politische Zukunftsprognosen pessimistisch. 1899 versucht sie sich in einem Brief an Josef Breuer als »Sibylle«: »Die Verwilderung und Verdummung, die jetzt herrschen, sind notwendig. Die Menschen müssen zu dem Weltkrieg, der bevorsteht, präpariert werden. Zu dem gegenseitigen Auffressen schärft man sich jetzt die Zähne.« Auch was den Fortbestand der Donaumonarchie betrifft, macht sich die Dichterin kaum Illusionen. Jede Erschütterung des Kaiserhauses erlebt sie förmlich am eigenen Leib. Bereits zehn Jahre zuvor, als im Jänner 1889 die Nachricht vom Selbstmord Kronprinz Rudolfs in Mayerling bekannt wurde, fand Marie Ebner die »Lobhudelei« der Presse »ekelhaft«, fühlte jedoch mit dem Vater: »Unser bedauernswürdiger, gütiger armer Kaiser!« Auch ihr Freund Joseph von Weilen, einer der engsten Mitarbeiter und Vertrauten des Toten, war am Boden zerstört. Moriz Ebner erinnert sich in seinen Memoiren an den kleinen Rudolf, dessen kommissionellen Prüfungen er beiwohnte, als ein besonders liebes und intelligentes Kind, dessen Geist von seinen allzu ehrgeizigen Erziehern gefährlich überlastet worden sei.[226]

Die »entsetzliche Nachricht« von der Ermordung der Kaiserin durch den Anarchisten Luigi Lucheni am 10. September 1898 lässt Ebner-Eschenbach mit Sorge in die Zukunft des Vielvölkerstaats blicken: »Was bedeuten alle Treue u. Liebeschwüre, die unser Kaiser jetzt empfängt, wenn jede Partei nach wie vor auf ihrem Unrecht besteht?« Der Schluss, den sie wenige Wochen nach dem Attentat zieht, ist freilich skandalös für eine gewesene Gräfin Dubsky und mit allerhöchster Entschließung ausgezeichnete Dichterin, weswegen er später auch aus dem Anton Bettelheim übermittelten Tagebuchauszug getilgt wird: »In meinen Augen ist Lueger ein viel schlechterer Mensch als Lucheni. Lueger hat langsam, grausam schmerzvoll getötet [.]« Er habe dem einen Kontrahenten »die Ehre abgeschnitten«, dem andern »das Herz gebrochen«, und seine Nebenmenschen »dumm u blind gemacht, um über sie regieren zu können«.[227]

In den neunziger Jahren greift Ebner-Eschenbach ihr in *Unsühnbar* auf die Spitze getriebenes Thema wieder auf und erprobt es im bäuerlichen Milieu. Diesmal haben die Protagonistinnen in ihrem Rigorismus die Moral zwar auf ihrer Seite, aber glücklich werden auch sie nicht. *Eine Todtenwacht* (später *Die Totenwacht*) aus dem Jahr 1892 entfaltet einen verbalen Zweikampf zwischen einer armen Bäuerin und ihrem reichen Nachbarn, der sich endlich herbeilässt, der nun Alleinstehenden einen Heiratsantrag zu machen. An der Bahre ihrer toten Mutter hält diese dem Mann aber all seine Gemeinheiten und Verbrechen der letzten Jahrzehnte vor – er hat sie verachtet, gedemütigt, ihr in einem Augenblick unverhoffter Nähe auch noch Gewalt angetan und das daraus entstandene Kind verleugnet. Jetzt hat sie genug, aus Selbstachtung: »Ich nehm dich nicht; lieber in die Höll als in dein schönes Haus!« Schon die zeitgenössische Kritik hat in der stolzen Bäuerin ein Musterbild der emanzipierten Frau erkannt.[228]

Der Heldin der Erzählung *Mašlans Frau* (1897), die sich ebenfalls an der schwer zu bestimmenden Grenze zwischen Standhaftigkeit und Halsstarrigkeit bewegt, steht die Erzählinstanz bei aller offenkundigen Sympathie mit etwas mehr Distanz gegenüber. Hier haben sich die Verletzungen durch den Mann während der Ehe zugetragen: Der fesche, allzu lustige Jäger und die schöne, wohlhabende, überaus tüchtige Bäuerin lieben einander, aber der Mann bleibt seiner Frau nicht treu, wenn er die Winter mit seinem Herrn, dem Grafen, in der Stadt verbringt. Evi Mašlan lässt ihn nicht mehr ins Haus, und im Streit leisten beide einen Schwur: er, dass er es nie wieder betreten und sie auch nicht zu sich rufen werde, sie, dass sie niemals ungerufen kommen werde. Das ist nun zehn Jahre her, der Mann ist todkrank, aber beide halten an ihrem Schwur fest, und weder dem Arzt noch dem Pfarrer gelingt es, einen von ihnen umzustimmen: Wie in *Unsühnbar* versagt die Macht des Priesters, der die Eheleute von ihrem Eid entbindet, vor der Macht des Gewissens, das die zutiefst unchristliche Mischung aus Bestrafung und Selbstbestrafung aber sehr wohl religiös motiviert. In dieser offenen Widersprüchlichkeit ist *Mašlans Frau* wohl die tiefgründigere und »modernere« der beiden Erzählungen. Unerbittlich exekutiert Ebner-Eschenbach das Schicksal der durch eigene Schuld getrennten Liebenden: Erst als Toter kommt Mašlan über die Schwelle des Hauses zu seiner Frau: »Hast mich nicht gerufen, hast deinen Schwur halten wollen. Hast recht gehabt (...); und jetzt bin ich dein und bist du mein für die Ewigkeit.«[229]

Mit dem Kurzroman *Glaubenslos* hat Marie von Ebner-Eschenbach sich schon 1893 die Kritik streng katholischer und kirchlicher Kreise zugezogen. Das Skandalon der Geschichte besteht darin, dass die Hauptfigur ein Priester ist, der seinen Glauben verloren hat, an seiner Berufung und seinem Beruf zweifelt und von seinem Posten desertieren will; vielleicht aber sogar noch mehr darin, dass der Priester am Ende zwar seine Zweifel besiegt, aber nicht weil er den Glauben an Gott, sondern weil er den Glauben an die Menschen wiedergefunden hat: »Ja denn! Trösten, helfen, bessern. Hier leben und sterben, ungekannt, ungenannt im bergenden Schatten, in dem allein sein ganzes Wesen sich entfalten kann.«[230] Der Text erscheint zunächst in der *Deutschen Rundschau* und noch im selben Jahr, mit abschwächendem Fragezeichen im Titel, als Buch bei Paetel.

In ihr Tagebuch trägt die Autorin ein Postskriptum ein, das ein prinzipielles Selbstbekenntnis ist: »Was will ich mit dieser Arbeit? Was ich mit jeder meiner Arbeiten will: Möglichst einfach und treu die Lebensgeschichte od: ein Stück Lebensgeschichte eines Menschen erzählen, dessen Charakter od. [/] u dessen Schicksal [/] Geschick mir ein besonders lebhaftes Interesse eingeflößt haben. Ich habe die ›Anregung‹ ein Buch zu schreiben nie durch ein Buch sondern immer nur durch einen Menschen empfangen.« Während der Arbeit am Text hatte Marie Ebner das Gefühl, unter ihren Möglichkeiten zu bleiben: »Wegen der vielen Rücksichten die ich nehmen muß auf die frommen Leute. Moriz sagt: ›Lächerlich! Das möcht mich doch nicht geniren.‹ Ein Mann hat gut reden.«[231]

Diese Rücksichten mögen für die Darstellung religiöser Fragen gelten, für die des ländlichen Milieus gelten sie nicht. Mit wahrhaft schonungsloser Scharfsicht zeichnet Marie Ebner in *Glaubenslos* das

Panoptikum verbohrter, hartherziger, grausamer, egoistischer Menschen, in das sie ihren Kooperator Leo Klinger gestellt hat; doch drei Menschen in dem Dorf, einem Abbild von St. Gilgen, bringen den mit seiner Mission Hadernden wieder zu sich: der alte Pfarrer in seinem kindlichen Gottvertrauen, ein unerschütterlich liebendes Mädchen und dessen Mutter, die vielgeprüfte, harte Kogelbäuerin, die sich am Ende gestattet, weich zu werden. Von Marie Ebners strengster Kritikerin, Ida Fleischl, kommt das Urteil: »Der Schluß ist wunderbar, ich war tief ergriffen. Der Ton, in dem du erzählst, ist durch seine Blumenlosigkeit stark u. wahr. Dein neues Werk ist schön u. gut.«[232]

Dass *Glaubenslos?* in der Kritik der *Neuen Freien Presse* als agnostisches Seelsorgeprogramm gut wegkommt, überrascht nicht, schon eher, dass die Autorin mit der Rezension Moritz Neckers, einige allzu hoch gegriffene Vergleiche mit Goethe und Lessing ausgenommen, ganz einverstanden ist und sich in ihrer Absicht von ihm erkannt fühlt. Denn der Kritiker befindet nebenbei über die Dichterin und ihren Glauben: »wie sie selbst ohne ihn glücklich und gerade zu leben gelernt hat, so konnte sie ihn auch nicht zum Maßstab des Urtheils über den Werth eines Menschen machen« – eine Offenbarung, die in dieser Eindeutigkeit durch Marie Ebners Aufzeichnungen und Briefe nicht gedeckt scheint. Abgesehen von ihrem jugendlichen Flirt mit dem Atheismus, hat sie sich stets, wenn auch nicht im Sinne des Katechismus, als gläubig bezeichnet und eher belustigt über an ihr geübte Bekehrungsversuche berichtet. In einer Eintragung aus dem Jahr 1898 heißt es: »Unsichtbarer Unbegreiflicher Unfassbarer wenn ich dich auch nie schauen soll, wenn ich die Sprache nie lernen soll in der man zu dir redet ich habe Deine Nähe gefühlt, mein Gott« – »bei meiner Arbeit, im Anblick Deiner herrlichen Erde, im Gefühl eines großen ohne äußern Anlaß empfundenen Glückes (…).« Moritz Necker stellt das Werk Marie Ebners dezidiert in die antiklerikale Tradition eines Ludwig Anzengruber, doch spricht er immerhin von ihrer »latenten Religiosität« und dem »Evangelium der Menschenliebe«; die Dichterin sei in *Glaubenslos?* »der metaphysische Skeptiker und der ethische Enthusiast geblieben, der sie stets war«.[233]

Bald darauf nimmt *Das Vaterland*, das führende aristokratisch-katholische Blatt der Monarchie, den Fehdehandschuh auf und greift die *Neue Freie Presse* wegen Neckers Artikel an. Ebner-Eschenbach ist mittlerweile bedeutend genug, um den ideologischen Zankapfel zwischen liberal-säkularen und kirchentreuen Kräften abzugeben. Über eine Bekannte erfährt sie davon: »Die Frommen machen der Baronin Grotthuss meine Hölle heiß. Ich werde natürlich in der Kritik auch nicht mit Sammtpfoten angerührt werden. Die Katholischen Eiferer sind gar grob.« Ebner-Eschenbach verfolgt alle Spuren des kirchlichen Einflusses im staatlichen Bereich mit Argusaugen. Dass zum Beispiel das Kollegium der Jesuiten in Kalksburg bei Wien Öffentlichkeitsrecht erhält und so zum Gymnasium mit Maturaabschluss aufgewertet wird, sieht sie als Signal des Rückschritts: »Im Zeitalter Darwins und Pasteurs versuistel[t] [sic] Österreich.«[234]

Mit Alternativen zum katholischen Glauben hat Marie von Ebner-Eschenbach sich schon bisher beschäftigt. In *Das Gemeindekind* lässt sie den Lehrer Habrecht am Ende nach Amerika aufbrechen, wo die Freunde eines Freundes »zu den eifrigsten Aposteln einer ›ethischen Gesellschaft‹« gehören, »deren Zweck die Verbreitung moralischer Kultur war und die täglich an Anhang und Einfluß gewann«. Er habe deren Botschaft in einem »Wunderbuch« vernommen, das »beinahe« seinen Lukrez – *De rerum natura*, die Bibel der Materialisten – ausgestochen habe. Er habe in der neuen Lehre etwas lang Vermisstes gefunden: »eine Anknüpfung mit dem Jenseits«, denn der Mensch brauche entweder »Wohlergehen oder einen Grund für unsre Leiden«.[235]

Marie Ebner, deren Denken und Streben stets in erster Linie auf das Diesseits gerichtet war, bezieht sich damit auf die 1876 durch Felix Adler und William M. Salter in den USA gegründete »Ethische Bewegung«, die im deutschen Sprachraum durch Salters Buch *Die Religion der Moral* (1885) bekannt wurde. Mit dem Übersetzer und Begründer der »Deutschen Gesellschaft für ethische Kultur«, dem Berliner Philosophieprofessor Georg von Gizycki, war Ebner-Eschenbach über Helene von Druskowitz in Verbindung gekommen. Die Ethische Bewegung verstand sich nicht als antireligiös, sondern propagierte eine humanistische Ethik ohne Gott, die das Trennende der Konfessionen überwinden sollte. Der Ansatz kam Marie Ebners undogmatischer Einstellung entgegen, gegenüber Louise von François bezeichnete sie sich sogar als »Jüngerin« Salters. Sie schickte ihr und Hermine Villinger jeweils ein Exemplar von *Die Religion der Moral*, in den Tagebüchern ist eine eingehende Beschäftigung mit dem Werk des Philosophen allerdings nicht nachzuweisen. Helene Druskowitz machte sich erbötig, William Salter *Das Gemeindekind* zu übermitteln. 1889 schickte Georg von Gizycki Ebner-Eschenbach Salters neues Buch *Moralische Reden*, das weitere Vorlesungen enthielt und das die Empfängerin aber nach wenigen Tagen an Ida Fleischl weitersandte.[236]

Ein anderer »Modephilosoph«, dessen Thesen Antworten auf Marie Ebners erkenntnistheoretische Fragen zu geben schienen, war Gustav Theodor Fechner (1801–1887). Er vertrat als Pionier der Psychophysik ein pantheistisches Weltbild. »Ida hatte mich mit seinen kleinen Schriften bekannt gemacht, die mich ziemlich kühl ließen«, schreibt Marie Ebner 1901 dem Fechner-Kenner Josef Breuer. Nun habe sie *Das Büchlein vom Leben nach dem Tode* und anderes gelesen. Sie sei »eine ignorante Natur«, aber sie habe »etwas, das stärker ist als Wissen, ich habe den Glauben« – für sie sei Fechners Lehre »die Religion der Zukunft«. Breuer meint hingegen, jene tauge nicht zur Volksreligion, die das Ebenbild Gottes brauche, sondern eher zur Lehre für eine gebildete Elite, der sie durch ihre »intellektuelle Ehrlichkeit« erlaube, Glauben und Wissenschaft zu vereinen. Mit ihrem Arzt Josef Breuer, der den Begriff »Psychoanalyse« prägte und 1895 gemeinsam mit Sigmund Freud die *Studien zur Hysterie* veröffentlichte, führte Marie Ebner bereits in den achtziger Jahren Gespräche über Fechner, Orient und Okzident, über das Nirwana und das Wesen von Hypnose und Halluzination.[237]

In der langen Erzählung *Ihr Beruf* (1903) drückt die Autorin dem Vater der angehenden Nonne Johanna Fechners *Büchlein vom Leben nach dem Tode* in die Hand, worauf diese frohlockt: »Du glaubst, wie ich glaube.« Und zur Antwort erhält: »Ich hoffe, wie du hoffst (…).« Johanna weiß nicht, dass es Fechners Lehren sind, in deren Geiste der – zum Schrecken der Wiener Gesellschaft – »konfessionslose« Vortragsstar Forster den Kampf gegen ihren Beruf und um ihre Liebe aufgenommen hat und ihr vorwirft: »die Frommen sind hart.«[238]

Gerade wegen der Erfahrungen in ihrer Familie und in erzkatholischen Adelskreisen hat Marie von Ebner-Eschenbach die Auseinandersetzung mit der Kirche bewusst gesucht. Die Parabel *Der Gottesleugner* entstand während der Arbeit am *Gemeindekind*: Der Herr nimmt einen Atheisten in den Himmel auf, weil er ein guter Mensch war; dafür will Gott die schlechten Menschen bestrafen, die sich »berühmen, in meinem Dienst und zu meiner Ehre zu handeln«. Bei einer Lesung ihrer Parabeln durch Joseph Lewinsky bittet Ebner-Eschenbach diesen Jahre später, *Der Gottesleugner* nicht vorzutragen, weil sie »die Frommen nicht zum Kampf herausfordern« will. Der Kampf ist aber längst im Gange. Im April 1896 schreibt Bertha von Suttner an Ebner-Eschenbach: »Haben Sie das *Vaterland* gelesen, worin mir die Ehre zuteil wird, neben Ihnen als Typus gottentfremdeten Culturweibertums genannt zu werden?« Selbst als hochdekorierte Dichterin bleibt Marie Ebner Zielscheibe der Klerikalen.[239]

Im Hause Ebner ist das Leben dieser Jahre von der Sorge um den Baron bestimmt, der trotz immer neuen ärztlichen Versprechungen immer neue Augenoperationen erdulden muss. Als General a. D. komponiert Moriz von Ebner Lieder und Walzer, die an Hausmusik-Abenden aufgeführt werden und nicht nur bei seiner Frau sehr gut ankommen. Vor allem aber arbeitet er an seinem umfangreichen Memoiren-Projekt, das in fünf Teilen und unterschiedlichen Versionen vorliegt. Als er 1882 damit beginnt, schreibt er noch selbst, nun, da seine Sehkraft immer mehr nachlässt, diktiert er seine Erinnerungen einer Sekretärin. Marie Ebner hält viel vom Erzähltalent ihres Gatten: »er ist der einzige von allen meinen Vielgeliebten, der erzählen kann, von den andern erfährt man eine od. die andre Episode.« Sie lobt auch Moriz' Prosa: »Seine *Memoiren* werden immer reichhaltiger u interessanter.« Doch schon während ihrer Entstehung ist der Dichterin klar, dass sie zu Lebzeiten des Kaisers nicht veröffentlicht werden können. Zu offenherzig benennt Moriz an ihm begangenes Unrecht, aber auch politische Fehler der kaiserlichen Regierung, zu schonungslos rechnet er mit seinen Gegnern ab. Und nun hat sich die frühere Situation zwischen den Ebners umgekehrt – jetzt ist sie diejenige, deren Ruf durch die Publikation des Ehepartners Schaden nehmen könnte: »Aber ändern wäre Sünd u. Schad. Lassen wie sie sind, nicht umarbeiten, aber weiter arbeiten. Veröffentl[ichung] 25 Jahre nach M[orizen]s Tod. Sie werden dann ein kostbares Dokument für öster[reichische] Geschichtschreiber sein [.]«[240]

Später änderte das Ehepaar seine Meinung und machte sich wieder ans Redigieren: »Moriz nennt uns das Streichquartett – das Herz hängt ihm an jedem Satz (…).« 1891 war Baron von Ebner mit Teil vier und der Schilderung seiner Dienstjahre fertig geworden, 1892 bis 1894 fügte er noch einen fünften Teil mit der Beschreibung seiner

»Reise- und Ruhejahre« an. Erst nach seinem Tod 1898 ließ Marie Ebner einige kurze Auszüge in der *Beilage der Allgemeinen Zeitung* (München) abdrucken. Ihrer Nichte Sophie Waldburg, die selbst Gedichte schrieb und ihrem Onkel Moriz in seinen letzten Jahren sehr nahe gestanden war, lag die Veröffentlichung einer von ihr erstellten Buchfassung am Herzen, aber es gelang ihr auch jetzt nicht, die Dichterin davon zu überzeugen.[241]

Was Marie Ebner davon gehalten hat, dass ihr Ehemann mit achtzig Jahren auch zwei Novellen verfasste, wissen wir nicht. Im Tagebuch vermerkt sie 1896 in St. Gilgen bloß, Moriz habe an Ida geschrieben: »Er wünscht daß Paetel seine Erzählungen verlege und die *Memoiren* (…).« An Selbstbewusstsein hat es ihrem Mann noch nie gefehlt. Wirklich fragt sie sogleich bei den Gebrüdern Paetel an, die aber nicht interessiert sind. Moriz Ebner von Eschenbachs Novellen *Hypnosis perennis* und *Das Wunder des Heiligen Sebastian* erscheinen, »seiner lieben Marie« gewidmet, 1897 unter dem Titel *Zwei Wiener Geschichten* bei Cotta. Der höfliche Anton Bettelheim nennt sie »kunstlos und warmherzig«.[242]

Mit der Erzählung *Rittmeister Brand* (1895) setzt Marie von Ebner-Eschenbach ihrem Mann ein Denkmal zu Lebzeiten. Es ist die Lebensgeschichte eines geborenen Pädagogen, der sich gegen den Widerstand seiner Eltern als Militär verwirklicht und seinem Stand zuliebe auf die große Liebe verzichtet. Dank einer Ironie des Schicksals muss er dennoch bald seinen Abschied nehmen, weil er in einem Duell einen niederträchtigen Vorgesetzten aus dem (Dienst-)Verkehr gezogen hat. Fortan widmet der nach wie vor von allen so genannte Rittmeister sich ganz der Kindererziehung: »Häuslichkeit, eigene Kinder – als ob ein Mensch ihrer bedürfe, der gewöhnt ist, sich überall häuslich einzurichten (…).« So lautet Brands Devise: »Den besten Trost für den Mangel an eigenen Kindern findet man in der Liebe zu denen der anderen.« Bis ihn eines Tages eine Spur zur einst geliebten Frau führt, die, inzwischen verwitwet, mit ihren Kindern unter armseligen Bedingungen ihr Dasein als Heimarbeiterin für eine Modistin fristet. Ehe es zur glücklichen Wiedervereinigung kommt, muss der Held einige Widrigkeiten überwinden – am Ende ist der lange dahinsiechende, überaus begabte Sohn seiner Sophie tot.[243]

Rittmeister Brand lässt sich als biographische Variante zur Geschichte des Ehepaars Ebner lesen: Sophie von Henning, die als Tochter eines uneinsichtig-verschwenderischen mährischen Gutsherrn in eine Sanierungsehe gezwungen wird, trägt Züge der Autorin. Mit Dietrich Brands Vergötzung des Berufs, seinem Hang zur Pedanterie, seiner Begabung und brennenden (nomen est omen) Leidenschaft für die Didaktik, seiner Anständigkeit und seinem Mut zeichnet Marie Ebner ein mehr liebevolles denn kritisches Portrait des Feldmarschall-Leutnants a. D. Es verrät auch eine Ahnung von dem, was Moriz Ebner bewegte: »Aber zwischen dem, was sich an weichen Empfindungen in einem Manne regt und dem, was von ihnen zutage kommt, liegt eine Welt des Unausgesprochenen.« Im Text wird Brand zudem eine »ganz vortreffliche, originelle Erzählungsgabe« attestiert, die er als Betreuer des kleinen Georg in sich entdeckt: »Kein brutales Vorbringen all dessen, was einem eingefallen ist, nein ein Erfinden während des Erzählens, und dabei ein fortwährendes Beobachten des Eindrucks, den dieses hygienische Fabulieren hervorbringt. Der Eindruck, den es macht, ist seine Muse, sein Stachel und Zügel; er lehrt: jetzt darfst du steigern, spannen, und jetzt mußt du nachlassen, wohltuend und sanft, und jeden Mißton auflösen und verklingen lassen in Frieden und Harmonie.«[244]

In der Forschung hat man diese Passage häufig aus dem Kontext gelöst und das »hygienische Fabulieren« zur poetologischen Maxime Ebner-Eschenbachs erhoben.[245] In *Rittmeister Brand* wird es aber angewandt, um ein schwer krankes Kind zu schonen, ist also hygienisch im eigentlichen Wortsinn. Und zudem wird hier eine besondere Technik des mündlichen Erzählens beschrieben, die Moriz Ebner wohl tatsächlich beherrscht hat. Für das Werk seiner Frau wäre eine prinzipielle Ausblendung des Brutalen, ein Verklingen-Lassen aller Misstöne »in Frieden und Harmonie« in jedem Fall eine unzutreffende Beschreibung.

Mit *Rittmeister Brand* gelingt Ebner-Eschenbach eine präzise, psychologisch stimmige, aber auch humorvolle Charakterstudie und ein Substrat ihrer eigenen Vorstellungen von zeitgemäßer Pädagogik, dem sie später als quasi schwarze Antithese die Schülerselbstmord-Novelle *Der Vorzugsschüler* gegenüberstellen sollte. Nicht zuletzt beschreibt *Rittmeister Brand* auch das Phänomen der Deklassierung unverschuldet in Not geratener Frauen in eindrucksvollen sozialpsychologischen und topographisch präzisen Milieubildern.

Dass in der Erzählgegenwart des Jahres 1890 die verwitwete Frau Sophie in einer billigen Vorstadtgegend ausgerechnet im Haus Berggasse 19 wohnt, muss dabei nichts bedeuten – allerdings arbeitete Josef Breuer zur Entstehungszeit des Textes gerade mit Freud an den *Studien zur Hysterie*. In Anbetracht von Ebner-Eschenbachs weitgestreuten Lese-Interessen fällt doch auf, das just Freuds Name in ihren Briefen und Notizen nirgends auftaucht.[246]

Rittmeister Brand erscheint zunächst als »Erzählung« in der *Deutschen Rundschau*. Als Theoretiker der Novelle vermisst Paul Heyse daran »eine größere Geschlossenheit«, »eine festere Silhouette, da die Erzählung, wie sie nun ist, zwischen Roman und Novelle sich in der Mitte hält. Halten Sie dem alten Novellenschatzgräber diese pedantische Marotte zu Gute, daß er überall zunächst nach dem ›Falken‹ [dem Dingsymbol nach Boccaccio, D. S.] ausschaut, auch wo ein ganzer Schwarm der liebenswürdigsten Singvögel an ihm vorüberzieht.« Die Autorin will es nun doch genauer wissen und fragt Heyse, ob es das »Mittelding zwischen Roman und Novelle«, zwischen einer Geschichte mit großem Hintergrund und einer festgefügten, mit gleichmäßigem Tempo, nicht auch geben dürfe – »und darf es nicht Erzählung heißen, und auch eine Kunstform sein, wenn auch eine anspruchslose?« Heyse gesteht das ohne Weiteres zu, *Das Gemeindekind* sei schließlich auch so ein Mittelding, in *Rittmeister Brand* aber sei der Schluss problematisch – warum müsse erst der Bub sterben, damit die beiden zusammenkommen? Auch trete »das Interesse an der Hauptfigur« beim Lesen manchmal »hinter den episodischen Charakter« zurück.[247]

In seinen letzten Jahren verbringt Baron Ebner-Eschenbach oft Wochen auf den Schlössern der Familie in Lissitz oder Löschna und bleibt bis tief in den Winter alleine, ohne seine Frau, in Zdislawitz – einmal sogar über Weihnachten. Von 23. bis 30. Dezember 1890 fehlen die Tagebuch-Eintragungen der sonst so Zuverlässigen, stattdessen findet sich der Vermerk: »Bittere, schwere Tage. Sie seien getilgt aus meiner Erinnerung, bis ich wieder schreiben kann [.]« Dass dies etwas mit Moriz' Verbleib im fast menschenleeren Schloss und der schweren Erkrankung seiner Sekretärin und Betreuerin Frau Krautschneider zu tun haben könnte, ist wahrscheinlich. Der erste Eintrag nach der Pause zu Silvester vermerkt jedenfalls »*Besseres aus Zdisslawitz*«. Marie Ebner plagt zuerst die Sorge, dann das schlechte

Gewissen. Moriz dürfe »nie mehr so lang allein in Zdisslawitz bleiben. Es ist ein Unsinn u ein Unrecht.« Ihr Mann kehrt aber, obwohl in einem Zimmer der Plafond herunterfällt, erst Mitte Februar zurück. Was sie selbst als Idealzustand betrachtet, hat Marie von Ebner-Eschenbach einmal in St. Gilgen definiert, nämlich die wenig menschenfreundliche Existenz einer *splendid isolation*: »Wenn ich über alle Menschen die ich liebe, ruhig sein kann, sie gesund und glücklich weiß, kenne ich kein beseligenderes Gefühl als das des völligen Alleinseins. Die Gefahr gestört zu werden existirt nicht mehr. Ist das kein Glück? Ein bischen faullenzen darf man auch.«[248]

Im Jahr 1897 muss Ministerpräsident Graf Badeni zurücktreten, weil die von ihm erlassenen Sprachverordnungen zur Einführung des Tschechischen als zweite Dienstsprache für Beamte in Böhmen und Mähren zu Krawallen und Schlägereien im Reichsrat geführt haben. »Ein trauriges Jahr für Östreich geht seinem Ende entgegen, und auch ein trauriges Jahr für uns. Moriz fast blind, ich arbeitsmüde«, notiert Marie Ebner am Silvestertag. »Ich nenne sie nicht um die mir am bängsten ist.« Nämlich ihren Mann und die ebenfalls leidende Ida Fleischl. Gegen seine Herzschwäche nimmt der 83-Jährige Digitalis, er hat wenig Appetit, ist oft matt, zwischendurch wieder munter: »Aber wie erinnert sein Zustand an den des armen Papa!« Als eigenwilliger Patient setzt der Baron bei Dr. Breuer durch, trotzdem ins Dampfbad gehen zu dürfen, was ihm anscheinend nicht schadet. Am 26. Jänner vermerkt seine Frau eine gravierende Verschlechterung seines Befindens: »Krankenwärter? Wärterin? Klosterfrau? – Versehen.« Offenbar erst am nächsten Tag empfängt der Kranke die Sterbesakramente – im Widerspruch zu seiner weltanschaulichen Haltung. Am 28. Jänner schreibt Marie Ebner: »Um 3 Uhr nachmittags todt. Aufstehn! rief er plötzlich Fr. Sophie [Krautschneider, D. S.], Franz [Diener, D. S.] ich hoben ihn auf u. führten ihn zum Fauteuil in der Ecke, in den er sich setzte Da begann sogleich ein furchtbares Röcheln – noch einmal versuchte er aufzustehen – die armen blinden Augen stierten grässlich: Ich drückte meine beiden Hände darauf Dann sank er zurück.«[249]

Aus dem Kreis der alten Kameraden treffen Kranzspenden ein, Erzherzog Ludwig Victor, der jüngste Bruder des Kaisers, bringt als ehemaliger Schüler seinen Kranz persönlich. Ein militärisches Begräbnis hat sich der Verstorbene verbeten. An der Überführung des

Leichnams nach Zdislawitz nimmt seine Frau, wie auch an früheren Begräbnissen, nicht teil. Der letzten Fassung von Moriz Ebners Testament ist ein Brief »An meine innigst geliebte Frau!« vom Mai 1883 beigegeben, in dem es heißt:

> »So will ich Dir ein herzliches Dankwort zurufen für die kaum verdiente Güte, mit welcher Du mich während unseres langen Zusammen-Lebens fortwährend beglückt hast. Fördern konnte ich Dich nicht, ich muß mich mit dem Troste begnügen, Dich absichtlich nicht behindert zu haben. So verdankst Du nur der eigenen Kraft die hohe Stellung, welche Du errungen hast, und Deinem warmen Herzen den Segen, welchen Du über weite Kreise verbreitest. Du erhellst die Geister Du bewegst das Gemüth. So immer man die Besten nennt, wird Dein Name genannt werden.
> Und so nun meine theure Marie, die ich heißer geliebt habe, als ich es Dir zeigen konnte: ›Lebe, Wirke, Nutze!‹ Wie bisher zum Heile aller, die Dir nahe standen.«[250]

Nach fast fünfzig Jahren Ehe bekommt Marie Ebner etwas zu lesen, was ihr Mann so nie gewagt hat auszusprechen. Und sie erfährt, dass er sich seiner Rolle als Hemmschuh ihrer künstlerischen Entwicklung im Stillen durchaus bewusst war.

Zehn Tage nach dem Tod ihres Mannes setzt Marie Ebner die Arbeit an den Korrekturen der »Familiengeschichte« *Die arme Kleine* für die Publikation in der *Gartenlaube* fort. Der berühmte Physiker Ernst Mach widmet dem Verstorbenen einen Nekrolog im Almanach der Akademie der Wissenschaften. Erzherzog Ludwig Victor macht der Dichterin einen Kondolenzbesuch. »Vor fünf Wochen. Wie lang das ist, wie kurz das ist«, trägt sie in ihr Kalenderbuch ein – und ein Jahr lang an fast jedem 28., manchmal auch falsch gezählt, »vor acht Wochen«, »3 Monate«, »Heute vor ½ Jahre« etc.[251]

Eine angenehme Ablenkung bietet der Erfolg, den Marie Ebners Einakter *Ohne Liebe* Ende April am Burgtheater hat; das zehn Jahre alte Lustspiel feierte (noch in einer Fassung als Dialognovelle) seine vielgelobte Uraufführung 1890 ausgerechnet auf der als naturalistisch punzierten Freien Bühne in Berlin und wurde ebendort und in anderen deutschen Städten fleißig nachgespielt. Am Burgtheater wird es bei der Premiere gemeinsam mit Grillparzers *Esther* angesetzt, bei der dritten Vorstellung aber mit Schnitzlers *Liebelei* gegeben. Anfang Mai bricht Ebner-Eschenbach nach St. Gilgen auf – es sollte ihr letzter Sommer dort werden. Am Wolfgangsee vollendet sie die Novelle *Uneröffnet zu verbrennen,* die aus der Sicht eines seiner Frau postum misstrauenden Ehemanns erzählt wird, und schreibt *Der Vorzugsschüler.* Nur kurz hat sie nach einem Besuch ihres Bruders Adolph eine Anwandlung von Melancholie: »Wann werden wir wieder beisammen sein wir alle? In der Gruft in Zdislawitz werden wir alle beisammen sein [.]« Ida Fleischl, die unter quälenden Rückenschmerzen leidet, hält sich zwischendurch einige Wochen in Deutschland auf, wo ihr ein Stützmieder angepasst wird. Dennoch wollen die Freundinnen am kühnen Plan festhalten, den Winter gemeinsam in Rom zu verbringen. Marie fährt, wie meist begleitet von Adolph, Mitte Oktober von St. Gilgen nach Bozen, wo sie mit den Fleischls – Ida, Otto und dessen Frau Mina – im Zug zusammentrifft.[252]

Mit 68 kommt Marie Ebner zum ersten Mal in die Ewige Stadt. Es ist ihre erste große Reise, seit sie vor mehr als dreißig Jahren Moriz in Paris besucht hat, und sie ist überwältigt. Die beiden Freundinnen wohnen an allererster Adresse, im Hôtel de Londres mit Blick auf die Piazza di Spagna. Ebendort beziehen sie alsbald eine Wohnung mit Aussicht und mit Möbeln, »die nur durch den Schmutz, der auf ihnen liegt, zusammengehalten werden. Nur nicht putzen!« Der römischen Küche setzen sie sich angeblich nicht aus, Ida Fleischls Tiroler Köchin Helene kocht heimische Kost. Beim Abschied von Rom gedenkt Ebner-Eschenbach aber doch des edlen Weins von Orvieto und der Mandarinen aus Sizilien, der »aromatische[n] Perlhühner u. zarte[n] Seezungen«.[253]

Der Ansturm der Eindrücke scheint die Dichterin zu verjüngen, mit großer Neugier und unstillbarem Wissensdurst stürzt sie sich auf die Schönheiten Roms, lässt sich unermüdlich von den archäologischen Koryphäen Emanuel Loewy und Christian Hülsen durch Museen und antike Fundstätten führen. Der ebenfalls verwitweten Ida Fleischl ist die Stadt von früheren Besuchen vertraut – ihr Sohn Otto arbeitet als Arzt in der österreichischen Botschaft. Mit Ida und deren Schwiegertochter Mina unternimmt Marie Ebner Besichtigungen, Spazierfahrten und -gänge, ein Aufzug verkürzt den Weg auf den Pincio: »Vom Ende des Pincio bis mitten in unseren Salon, 16 Minuten. Ist das nicht schön?« In ihrer Lesewut kommt Marie Ebner zu dem Schluss, die Lektüre allzu vieler kunstgeschichtlich-kritischer Bücher störe den Genuss der Kunstwerke. Und sie liest Briefe wieder, die Moriz ihr von seinen römischen Reisen geschrieben hat: »Ihm verdarb die Trauer u. Entrüstung über die Zerstörung, die Freude am Genuss der großartigen Überreste.« Marie Ebners Freude bleibt nahezu ungetrübt. Einmal freilich verrät ihre Nichte Marianne, die im Kloster untergebracht ist: »S. Croce hat einen neuen Gast. Den einzige [sic] Menschen den du hassest, sagt Marianne Also – Lueger der Hund [.]«[254]

Von den Römern und überhaupt den Italienern gewinnt die Besucherin kein günstiges Bild: »Elende Pferde- u Eselquäler u schlechte Soldaten in Afrika.« In ihren Reisebriefen *Aus Rom*, die in vier Folgen in der *Gartenlaube* erscheinen, bewundert Ebner-Eschenbach zwar das Geschick der Kutscher beim Manövrieren in den allerengsten Gassen und die Seelenruhe der Passanten, auch die Heiterkeit und Höflichkeit der einfachen Leute, die ortsübliche Grausamkeit gegen Esel und Pferde empört sie jedoch. Ausgerechnet das von ihr wenig geliebte Katzenvolk genieße Privilegien, dürfe sogar in die Kirchen: »In ganz Rom habe ich noch keinen lustigen Esel und noch keine traurige Katze gesehen.«[255]

Eine Art Entführung im Wagen eines betrügerischen Fremdenführers überstehen sie und ihre »Leidensgefährtin« dank Ida Fleischls »gewohnter erhabener Gelassenheit«, auch wenn diese »nur auf einem gewissen Mangel an Phantasie beruhen könne«. In der römischen Dependance geht es im Hause Fleischl genauso gastfreundlich zu wie in Wien und St. Gilgen, die deutsch-österreichische Kolonie geht dort aus und ein. Marie Ebner notiert: »Ossip Schubin hat bei uns gespeist sie ist eb[en] so talentvoll wie sie ordinär ist [.]« Um die 74-jährige Gastgeberin macht sich die Freundin Sorgen: »Nicht zufrieden mit Idas Befinden. Ihre körperlichen u. geistigen Kräfte lassen nach [.]«[256]

In Rom erreicht die Dichterin am 2. Dezember, am Tag von Franz Josephs fünfzigjährigem Regierungsjubiläum, die überraschende Nachricht von der Zuerkennung des »Ehrenzeichens für Kunst und Wissenschaft«. Von Adolph Dubsky erfährt sie, dass Graf Traun, der kaiserliche Oberstkämmerer, ein gründlicher Kenner und Bewunderer ihrer Werke, sie vorgeschlagen habe. Mag sein, dass auch Erzherzog Ludwig Victor im Hintergrund wirkte. Dass es beim Kaiser selbst mit dem literarischen Interesse nicht weit her war, wusste Ebner-Eschenbach. In ihrem Tagebuch vermerkt sie seinen Ausspruch, als man ihm davon berichtete, dass die Hofdame einer Prinzessin Kindergeschichten schreibe: »Frln Aretin schreibt, das ist schrecklich, das ist eine Calamität.« Eine wahre Flut von Glückwünschen langt bei ihr ein, auch einer des Wiener Bürgermeisters, dem die Geehrte comme il faut mit einem Telegramm dankt. Herrschaft und Domestiken feiern mit einem »immens großen Gallinaccio«, einem Truthahn, und gutem Wein, auf Kosten der »Frau Gräfin«. Am Neujahrstag 1899 wird Marie von Ebner-Eschenbach sogar zur Privataudienz des fast neunzigjährigen Papst Leo XIII. zugelassen, der jeden Sonntag die Messe in einem seiner Gemächer liest: »Sein Anblick hat etwas tief ergreifendes, rührt und imponirt zugleich.«[257]

Nach einem guten halben Jahr in Rom kehren die Freundinnen Ende April nach Hause zurück. Marie Ebner findet sich »wieder in meiner armen traurigen Wohnung in Wien. Die hat von vielen Leiden zu erzählen u. sie schweigt nicht.«[258] Ihre Tage dort sind aber gezählt, das Drei-Raben-Haus soll einem Neubau weichen. In ihren Kindheitserinnerungen schreibt die Dichterin, ihr Mann sei an der Wohnung seiner Kindheit und »Mannesjahre« gehangen.

> »Er hat den Abbruch des alten Gebäudes nicht mehr erlebt. Nun ist es hinweggefegt. An einer Ecke des Platzes, den es wuchtig und breit eingenommen hat, erhebt sich ein schmuckes Haus mit (...) niedrigen Zimmern. Nach englischer Mode heißt es, die aus der Not eine Tugend macht. Der Rest des Baugrundes ist Straßengrund geworden. Wagen und Automobile rasseln, Ströme von Menschen schreiten über den Boden, in den einst die ›drei Raben‹ ihre mächtigen Fundamente senkten.«[259]

Marie Ebners Lebensgefühl haftet da bereits etwas Resigniertes an: Eine neue Zeit geht über das bewährte Alte hinweg, eine Zeit, die das Gefällige dem Soliden vorzieht. Andererseits bewahrt Ebner-Eschenbach bis ins hohe Alter ihr Faible für technische Neuheiten, vom Lift über das Lichtspieltheater bis zum Automobil und zum Zeppelin. Im Frühling 1899 aber scheint sie gar nicht unglücklich, dem Rabenhaus mit seinen traurigen Erinnerungen Ade zu sagen. Adolph Dubsky hat bereits eine neue Wohnung für sie gefunden, die ihr gefällt und ideal gelegen ist: im Haarhof Nr. 4, in der Nähe von Adolph, der Am Hof wohnt, und Ida Fleischl, die in der Habsburgergasse zu Hause ist. Ebner-Eschenbach plant, einiges für die Übersiedlung im Herbst vorzubereiten, am 25. Mai die Audienz beim Kaiser zum Dank für das Ehrenzeichen zu absolvieren – und dann möglichst rasch mit der Freundin nach St. Gilgen aufzubrechen. Ida erscheint ihr freilich überaus müde und nervös, die Ärzte beruhigen. Am 29. Mai notiert Marie Ebner: »Unsere Abreise verschoben. Ida ist im Zimmer gefallen. Im ersten Augenblick sah die Sache bös aus.« Dr. Breuers Vermutung, dass der Schenkelhals gebrochen sein könnte, stellt sich jedoch als richtig heraus. Bald ist Ida Fleischls Bewusstsein infolge einer Lungenentzündung getrübt, in einem lichten Moment schickt die Kranke ihren Sohn Richard aus dem Zimmer und sagt zu Marie: »Man kann plötzlich vom Schlag gerührt werden; es kann auch langsam kommen. Ich weiß nicht ob der Schlag mich gerührt hat u. ich glaube, die Ärzte wissen es auch nicht. Jetzt bin ich noch bei Bewußtsein u. sage Dir. Es war das Glück meines Lebens, daß ich dir bei deinen Arbeiten manchmal, – durch Zufall – helfen konnte, u. nur weil vier Augen mehr sehen als zwei.« Am Abend des folgenden Tages folgt noch eine allerletzte Korrektur, geflüstert: »Wenn eine neue Auflage von der *Resel* [der Novelle *Die Resel*, D. S.] gemacht wird, dann ändre die Stelle wo vom Kahlkopf des Grafen die Rede ist; die gefällt mir nicht –«. Am 4. Juni morgens um fünf steht »das beste Herz das je geschlagen hat«, still, Ida Fleischl stirbt »[o]hne einen Laut«.[260]

Drei Tage lang trägt Marie Ebner, ein unerhörter Umstand, kein einziges Wort in ihren Kalender ein. Aber sie diktiert, bereits in Zdislawitz, doch Briefe, Dankbriefe für Beileidsschreiben, einen davon an Marie von Najmájer, die Jüngerin der Sappho: »Sie verstehen mich ganz und gar, Ihnen brauche ich nicht erst auseinandersetzen, wie mir zumute ist. Ich kann mir nicht vorstellen, daß einmal eine Zeit kommen sollte, in der nicht bei dem kleinsten Erlebniß, bei jedem neuen Einfall, der mir durch den Kopf schwirrt, mein erster Gedanke wäre: Das muß ich Ida sagen, darnach muß ich Ida fragen, ihren Rat muß ich mir holen.« Am 9. Juni nimmt Marie Ebner ihr Tagebuch wieder auf und schreibt: »Heute ist Dreyfus nach fünfjährigem Martyrium von der Teufelsinsel abgeholt worden. Den Tag hätte Ida noch erleben sollen.«[261]

Anmerkungen

1 A, 1/583.
2 TB 2, 20.6.1874, 272. Brief Marie von Ebner-Eschenbachs an Julius Rodenberg, 29.2.1880, zit. nach: Alkemade, *Die Lebens- und Weltanschauung der Freifrau Marie von Ebner-Eschenbach*, 16. Vgl. ebd., 16ff.
3 Ferdinand von Saar: *Marie von Ebner-Eschenbach*. In: Illustrierte Frauenzeitung (13), Nr. 1, 1886, 7.
TB 2, 29.1.1875, 323; 19.2.1875, 327.
4 TB 2, 4.12.1874, 303; 23.11.1872, 142; vgl. ebd., TB 2, 19.11.1873, 221. Hier ist in der kritischen Ausgabe zweimal fälschlich die Erzählung *Die Freiherren von Gemperlein* genannt, die Heyse »übermäßig gelobt« habe; wohl ein Irrtum bei der Transkription oder ein irrtümlicher späterer Eintrag der Verfasserin, denn diese Erzählung entstand erst 1877 und erschien 1889 in den *Dioskuren*.
5 Marie von Ebner-Eschenbach: *Sämtliche Werke*. Bd. 1. Berlin: Paetel [1920], 161f. Darin: *Die Großmutter*. Im Folgenden zitiert mit der Sigle GR, der Bandzahl 1 und der Seitenzahl.
TB 2, 4.1.1875, 319. Bettelheim I, 97.
6 TB 2, 30.6.1877, 508. Theodor Fontane: *Unsere lyrische und epische Poesie seit 1848*. In: Deutsche Annalen zur Kenntniß der Gegenwart und Erinnerung an die Vergangenheit 1 (1853), 353–377, 359.
7 Der Keller geltende Ausruf »Welch ein Meister! Marie Ebner, da lerne, lerne, lerne!« findet sich nur in der revidierten, von Bettelheim überlieferten Tagebuchfassung, ist also eigentlich an die Leser adressiert: vgl. TB 2, 9.1.1875, 320; 6.1.1872, 84; 20.8.72, 126; Anh. 1878, 605.
Vgl. TB 5, Anh. 1902, 292. Hier verwahrt sie sich explizit gegen die Unterstellung, sie habe Motive ihrer Novelle *Rittmeister Brand* bei Dickens gestohlen. Vgl. Marie von Ebner-Eschenbach: *Tagebücher III. 1879–1889. Kritische Texte und Deutungen*. Hrsg. von Karl Konrad Polheim und Norbert Gabriel unter Mitwirkung von Markus Jagsch und Claus Pias. Tübingen: Niemeyer 1993, Anh. März 1883, 360. Im Folgenden zitiert mit der Sigle TB 3, Datum und Seitenzahl.
8 TB 1, Anh. Mai 1866, 140. Vgl. Bettelheim I, 135–138. ZT, 4/652.
9 S, 1/18.
10 Ebd., 34ff., 43. Im Tagebuch erscheint die Erzählung von der ersten Nennung an auch unter dem Titel *Die Tantième*.
11 TB 2, 20.2.1874, 247; 2.3.1873, 173; 30.3.1874, 255; vgl. 20.5.1874, 265.
12 TB 1, 23.3.1867, 165. TB 2, 11.2.1875, 325; 24.10.1872, 138.
13 Ebd., 28.11.1874, 302.
14 Karl Kraus: *Kritiker und Dichter*. In: Die Fackel 108, 6/1902, 16–18, 17.
Die Mitgliedschaft wurde ihr am 12.9.1900 verliehen. Vgl. Peter Eppel: *Concordia soll ihr Name sein –: 125 Jahre Schriftstellerverein »Concordia«. Eine Dokumentation zur Presse- und Zeitgeschichte Österreichs*. Wien, Graz: Böhlau 1984, 128.
15 S, 1/42. Vgl. Rossbacher, *Literatur und Liberalismus*, 110.
16 Vgl. Polt-Heinzl, *Ringstraßenzeit und Wiener Moderne*, 27.
17 Zit. nach: Bettelheim I, 94. Bettelheim II, 182. Saar, *Marie von Ebner-Eschenbach*, 7. TB 2, 7.6.1876, 422. Über den erst 26-jährigen Karl Emil Franzos und seine »Kulturbilder« *Aus Halb-Asien*.
18 Friedrich Kreyssig: *Literarische Rundschau*. In: Deutsche Rundschau 4 (1875), 300–310, 302f.
19 Betty Paoli: *Erzählungen. Leopold Kompert und Marie v. Ebner-Eschenbach*. In: *Gesammelte Aufsätze*. Hrsg. von Helene Bettelheim-Gabillon. Wien: Verlag des literarischen Vereins in Wien 1908 (= Schriften des literarischen Vereins in Wien 9), 60–78, 72f. TB 2, 21.5.1875, 344.

20 Brief Marie von Ebner-Eschenbachs an Joseph Weilen, 9.2.1861, Wienbibliothek, Handschriftensammlung, I.N. 56916. TB 2, 19.2.1877, 482; 21.11.1872, 142; 2.3.1872, 94; 13.1.1874, 11.1.1874, 239.
21 TB 2, 20.12.1871, 72; 8.7.1875, 354; Ebner-Eschenbach tilgt den Namen im Tagebuch wieder, ohne ihn jedoch aus der Liste der Briefabsender zu streichen. Ebd., 26.4.1878, 560.
22 TB 2, 8.10.1873, 213; 27.4.1876, 412; 24.6.1871, 23.6.1871, 43.
23 Ebd., 12.4.1872, 101. Vgl. M.E.: *Gedichte*. In: Dioskuren 3 (1874), 507ff.
24 Vgl. auch zum Folgenden: Charlotte Woodford: *Constructing Women's Love of Women: Sappho and Queen Christina of Sweden in the Letters and Work of the Viennese Poet Marie von Najmájer*. In: Modern Language Review 103 (2008), 784–799, bes. 784. Die persönliche Bekanntschaft der beiden Frauen datiert allerdings spätestens von 1874. TB 2, 23.2.1873, 169. Vgl. auch Marianne Baumgartner: *Der Verein der Schriftstellerinnen und Künstlerinnen in Wien (1885–1938)*. Wien, Köln, Weimar: Böhlau 2015, 253ff.
25 Brief Marie von Ebner-Eschenbachs an Marie von Najmájer, 26.1.1875, Wienbibliothek, Handschriftensammlung, I.N. 56020. Marie von Najmájer: *Frage nicht!* [Dat. Februar 1875.] Wienbibliothek, Handschriftensammlung, I.N. 55627. In Ebner-Eschenbachs Tagebuch findet sich, anders als sonst, kein Vermerk über den Eingang des Gedichts, nur ein Brief Najmájers wird erwähnt, vgl. TB 2, 14.4.1875, 337.
26 Brief Marie von Ebner-Eschenbachs an Marie von Najmájer, 16.4.[1875], Wienbibliothek, Handschriftensammlung, I.N. 56023. Vgl. Woodford, *Constructing Women's Love of Women*, 785f.
27 TB 2, 8.5.1875, 341.
28 Vgl. Woodford, *Constructing Women's Love of Women*, 789f.
29 Brief Marie von Ebner-Eschenbachs an Marie von Najmájer, 10.5.[1875], Wienbibliothek, Handschriftensammlung, I.N. 56012.
30 Woodford, *Constructing Women's Love of Women*, 790. In einem frühen Brief an Sephine Knorr spielt Ebner-Eschenbach den Stechapfel sinnbildlich gegen den Lorbeer aus: Vgl. *Briefwechsel Ebner–Knorr*, Nr. 44, An Josephine von Knorr, [Bruck], [Di.] 5.8.1856.
31 Brief Marie von Najmájers an Marie von Ebner-Eschenbach, 1.7.1875, Wienbibliothek, Handschriftensammlung, I.N. 55623. Dort auch das Folgende.
32 TB 2, 9.12.1875, 380. Brief Marie von Najmájers an Marie von Ebner-Eschenbach, 28.12.1875, Wienbibliothek, Handschriftensammlung, I.N. 55624.
33 Brief Marie von Ebner-Eschenbachs an Marie von Najmájer, 31.12.1875, Wienbibliothek, Handschriftensammlung, I.N. 56011.
34 Briefe Marie von Ebner-Eschenbachs an Marie von Najmájer, 5.3. [1876] und 30.3. [1876], Wienbibliothek, Handschriftensammlung, I.N. 56013 und I.N. 56015. TB 3, 18.6.1887, 668.
35 TB 1, 6.3.1866, 84; 29.12.1867, 220.
36 Brief Marie von Ebner-Eschenbachs an Marie von Najmájer, 31.12.1877, Wienbibliothek, Handschriftensammlung, I.N. 56016.
TB 2, 20.6.1878, 573; 19.5.1878, 565.
37 TB 1, 14.11.1869, 287; 1.4.1866, 88. TB 2, 7.10.1871, 60; 19.6.1873, 191.
38 Vgl. Sigrid Schmid-Bortenschlager: *Ada Christen (1839–1901)*. In: Literatur und Kritik 307/308 (1996), 103–108. Vgl. auch Elisabeth Grabenweger: *Ada Christens Debüt »Lieder einer Verlorenen« (1868): Möglichkeiten, Positionen und Rezeption einer Lyrikerin der Gründerzeit*. Mit einem Verzeichnis aller erhaltenen Briefe von und an Ada Christen. Dipl. Wien 2005.
39 TB 2, 20.12.1875, 382; 27.12.1875, 28.12.1875, 383.
40 Brief Marie von Ebner-Eschenbachs an Marie von Najmájer, 31.12.1875, Wienbibliothek, Handschriftensammlung, I.N. 56011.

Briefwechsel Ebner-Knorr, Nr. 512, An Josephine von Knorr, Trpist, [Fr.] 6.10.1876; Nr. 560, An Marie von Ebner-Eschenbach, Stiebar, [Mo.] 19.11.1877.

41 Ebd., Nr. 561, An Josephine von Knorr, Wien, [Sa.] 24.11.1877.

42 Vgl. Kurt Binneberg: *Text- und Wirkungsgeschichte. Deutung.* In: Marie von Ebner-Eschenbach: *Božena.* Hrsg. von Kurt Binneberg. Bonn: Bouvier 1980 (= Marie von Ebner-Eschenbach: Kritische Texte und Deutungen II), 193–329, 195f., hier heißt es fälschlich Irpist; vgl. ebd., 200. Den Arbeitstitel *Das weiße Haus* änderte Ebner-Eschenbach zunächst, nach dem ursprünglichen Namen der Titelgestalt, in *Barbara* und schließlich in *Božena.* Der geographisch stimmige Name ist auch eine Verbeugung vor der als Barbara [!] Pankel in Wien geborenen tschechischen Schriftstellerin Božena Němcová (1820–1862) und ihrem berühmten Dienstbotenroman *Babička* (1855), deutsch *Die Großmutter.*

TB 2, 10.5.1876, 414. Zum »Damenformat« vgl. Polt-Heinzl, *Ringstraßenzeit und Wiener Moderne*, 87. Vgl. Daniela Strigl: Vorwort zu: Marie von Ebner-Eschenbach: *Božena. Der Vorzugsschüler.* Leseausgabe, Bd. 3. Hrsg. von Daniela Strigl. St. Pölten, Salzburg, Wien: Residenz Verlag 2015, 7–37.

43 Brief Julius Rodenbergs an Marie von Ebner-Eschenbach, 8.7.1875, zit. nach: Helmut Brandt: *Marie von Ebner Eschenbach und die »Deutsche Rundschau«.* In: *Die Österreichische Literatur. Ihr Profil von der Jahrhundertwende bis zur Gegenwart (1880–1980).* Teil 2. Hrsg. von Herbert Zeman. Graz: Akademische Druck- und Verlagsanstalt 1989, 1001–1015, 1009. Brief Julius Rodenbergs an Marie von Ebner-Eschenbach, 1.11.1875, zit. nach: Günter, *»Dank und Dank: – ich wiederhole mich immer, nicht wahr?«*, 58f.

Vgl. TB 2, 8.12.1875, 380; 22.4.1875, 410; 7.4.1876, 10.4.1876, 408 (das Tagebuch meldet irrtümlich den Tod des alten Baron Cotta). Vgl. ebd., 8.6.1876, 422.

44 TB 2, 23.8.1875, 362; 27.9.1875, 368; 13.11.1875, 376; 19.11.1875, 377; 24.10.1875, 373.

45 Ebd., 20.11.1875, 377; 16.1.1876, 394; 10.3.1876, 402; 22.2.1876, 298; 26.3.1876, 405.

46 Ebd., 4.6.1876, 421; 6.6.1876, 421; 3.7.1876, 427.

47 Franz Schüppen: *Bürgerlicher Realismus in Ebner-Eschenbachs Božena (1876).* In: Joseph P. Strelka (Hg.): *Des Mitleids tiefe Liebesfähigkeit. Zum Werk der Marie von Ebner-Eschenbach.* Bern: Peter Lang 1997. (= New Yorker Beiträge zur österreichischen Literaturgeschichte 7), 13–55, 37, vgl. 29f.

48 Vgl. TB 2, 9.1.1871, 11; 6.3.1871, 21; 4.4.1871, 27.

49 Tanzer, *Frauenbilder im Werk Marie von Ebner-Eschenbachs*, 91. Schüppen, *Bürgerlicher Realismus*, 27f., 50. Dass sie aber »Konformität mit den Werten einer wohllebenden Gesellschaft« (ebd., 50) als höchstes Ziel predige, möchte man doch relativieren. Gerade das Fassadenhafte dieser Existenz, wie es auch der Arbeitstitel *Das weiße Haus* symbolisch andeutet, wird ja deutlich ausgestellt.

50 B, 1/316. Vgl. Binneberg, *Text- und Wirkungsgeschichte*, 1980, 237ff., 251f.

Ihr Name, lat. für »kleine Königin«, lässt sich als Reverenz an Gottfried Kellers Novelle *Frau Regel Amrain und ihr Jüngster* (1855) aus dem Zyklus *Die Leute von Seldwyla* lesen, in der die Titelfigur sich ebenfalls als Unternehmerin bewährt und außerdem ein Erziehungsprojekt mustergültig realisiert.

51 TB 1, 17.2.1866, 80. TB 2, 5.8.1874, 281.

52 B, 1/208. Vgl. Heidi Beutin: *Marie von Ebner-Eschenbach: »Božena« (1876). Die wiedergekehrte »Fürstin Libussa«.* In: Horst Denkler (Hg.): *Romane und Erzählungen des Bürgerlichen Realismus. Neue Interpretationen.* Stuttgart: Reclam 1980, 246–259, 254.

53 Betty Paoli: *Über weibliche Erziehung.* In: Neue Freie Presse, 4.6.1869. Ingrid Cella: *Nachwort.* In: Marie von Ebner-Eschenbach: *Božena.* Frankfurt/Main, Berlin, Wien: Ullstein 1984, 289–310, 297.

54 Schüppen, *Bürgerlicher Realismus*, 49, vgl. 35, 54, vgl. 52.

55 TB 2, 12.11.1876, 454. Brief Marie Kittls an Marie von Ebner-Eschenbach, 18.6.1876, Wienbibliothek, Handschriftensammlung, I.N. 129977. Brief Joseph Weilens an

Marie von Ebner-Eschenbach, 12.10.1876, Wienbibliothek, Handschriftensammlung, I.N. 57444.

TB 2, 24.3.1876, 405; Vgl. *Briefwechsel Ebner–Knorr*, Nr. 536, An Josephine von Knorr, Wien, [Do.] 1.3.1877; Nr. 537, An Marie von Ebner-Eschenbach, Paris, [Mi.] 7.3.1877.

Kindermann (Hg.), *Briefwechsel zwischen Ferdinand von Saar und Marie von Ebner-Eschenbach*, 49 [Brief vom 26.11.1876].

56 Vgl. Betty Paoli: *Božena*. In: *Gesammelte Aufsätze*, 78–91, 83: »Die Verfasserin läßt sich weder auf eine Analyse der verschiedenen Charaktere ein, noch befaßt sie sich viel mit der Beschreibung des Äußeren der uns vorgeführten Personen; dennoch blicken wir ihnen bis auf der Seele Grund, dennoch sehen wir sie in voller Leibhaftigkeit vor uns stehen und können sie uns nur in dieser, keiner anderen Gestalt denken. Die Phantasie des Lesers so mächtig anzuregen, daß sie dichterischen Gebilden eine schier greifbare Form geben muß, ist nicht bloß das Vorrecht eines großen Talents; es setzt auch jene Beherrschung aller künstlerischen Mittel voraus, die der natürlichen Begabung erst zu ihrer vollen freien Machtentfaltung verhilft.« Vgl. auch Viktor K. Schemberg: *Ein Roman von Anzengruber*. In: Neues Wiener Tagblatt, Nr. 333, 2.12.1876. Vgl. Binneberg, *Text- und Wirkungsgeschichte*, 215.

Vgl. TB 2, Anh. Dez. 1878, 609. ZT, 4/659 [Am 4. April 1878. Nach dem Mißerfolg der *Božena*.] Sie fand diese Notiz Jahre später in einem alten Notizbuch.

57 FR, 105. TB 2, 30.4.1875, 339; 13.9.1875, 366; 30.11.1877, 536.

58 Ebd., 28.6.1877, 507; 15.11.1877, 533; 10.6.1878, 570. Hier berichtet Ebner-Eschenbach auch über schwerwiegende Gesundheitsprobleme ihrer Schwester Fritzi, die offenkundig nach Meinung der Ärzte mit dem Wechsel zusammenhängen. Über die erste Menstruation ihrer Nichte Marie schreibt sie ebd., 26.9.1878, 588: »Marie formirt. Armes Dingerl! Sie war empört.«

59 Vgl. TB 2, 13.7.1876, 430. Groddeck, *Das Buch vom Es*, 152, vgl. 164; 144. Die elektrische Bahn gilt als Onanie- und Schwangerschaftssymbol. Die von Groddeck behauptete symbolische Verbindung des Schreibvorgangs mit dem Geschlechtsakt wie mit der Onanie trägt das Ihre zu Scham und Verdrängung bei. Vgl. TB 2, 1.8.1876, 433. A, 1/620. Vgl. TB 3, 16.8.1876, 436.

60 Ebd., 7.8.1876, 434; vgl. 24.8.1876, 437.

61 Marie von Ebner-Eschenbach: *Zigarette*. In: *Pegasus in Tabakwolken. Deutsche Rauchergedichte vom Dreißigjährigen Krieg bis zur Gegenwart*. Hrsg. von Viktor Wendel. Leipzig: Karl W. Hiersemann 1934, 269. Als Quelle ist hier (515) nur »Nachlaß« angegeben. In Schloss Lissitz/Lissice befindet sich eine im Wortlaut leicht abweichende, verstümmelte kalligraphische Fassung (ohne vierte Strophe), betitelt *Cigarette*, mit der auch wegen der Datierung unglaubwürdigen Beschriftung: »Text und Malerei von Tante Marie Ebner von Eschenbach 1852«. Abgebildet in: Eleonora Jeřábková, Martin Reissner, Stanislav Sahánek: *Moravská spisovatelka Marie Ebnerová z Eschenbachu a Zdislavice*. Vydalo Moravské zemské muzeum Brno 2014, 36. Im Tagebuch, TB 2, 28.7.1875, 358, findet sich der Eintrag: »Heut nach langen Mühen ist mirs endlich gelungen das Sonett einzurenken.« Ein anderes Sonett ist jedenfalls nicht bekannt.

62 Vgl. Klostermaier, *Marie von Ebner-Eschenbach*, 159. Vgl. Groddeck, *Das Buch vom Es*, 188. KM, 2/162, 169.

Marie von Ebner-Eschenbach: *Sämtliche Werke*. Bd. 3. Berlin: Paetel [1920], 226. Darin: *Ihr Traum*. Im Folgenden zitiert mit der Sigle IT, der Bandzahl 3 und der Seitenzahl. TB 2, Anh. Dez. 1871, 79.

63 Vgl. TB 1, 26.8.1869, 274. TB 2, 10.10.1875, 371. TB 1, 6.11.1869, 286.

64 Vgl. TB 2, Anh. Aug. 1871, 77. Kindermann (Hg.), *Briefwechsel zwischen Ferdinand von Saar und Marie von Ebner-Eschenbach*, 53 [Brief vom 9.1.1879]. *Briefwechsel Ebner-Knorr*, Nr. 124, An Josephine von Knorr, [Bruck], [Do.] 3.4.[1856].

65 Zit. nach: Bettelheim II, 108f. (18.7.1879).

66 TB 2, 6.1.1878, 542; 25.3.1878, 554. Nicht korrekt als das »minutiös behandelte Bachanal« zit. in Brandt, *Marie von Ebner Eschenbach und die »Deutsche Rundschau«*, 1012. Vgl. Brief Julius Rodenbergs an Ebner-Eschenbach, 23.7.1881, Wienbibliothek, Handschriftensammlung, I.N. 58982/18 Vgl. auch Bettelheim II, 179. *Margarethe* erschien zuerst in Fritz Mauthners *Magazin für Literatur* (60 (1891), Nr. 12/13)

67 FG, 1/444.

68 Heyse, Laistner (Hg.), *Neuer deutscher Novellenschatz*, 194. TB 2, 31.8.1877, 521. Brief an Faust Pachler, zit. nach: Bettelheim I, 140. TB 2, 1.9.1877, 521; 28.1.1878, 545.

69 TB 2, 27.5.1878, 567. Kindermann (Hg.), *Briefwechsel zwischen Ferdinand von Saar und Marie von Ebner-Eschenbach*, 52f. [Brief Saars, 16.1.1879; Brief Ebners, 19.1.1879]. Zit. nach: Bettelheim I, 100. Vgl. auch Alkemade, *Die Lebens- und Weltanschauung der Freifrau Marie von Ebner-Eschenbach*, 260ff.
Heyse, Laistner (Hg.), *Neuer deutscher Novellenschatz*, 194f.

70 TB 1, 22.9.1867, 204; 14.9.1867, 203. TB 2, 5.5.1872, 106.

71 Ebd., 12.6.1876, 423; vgl. 19.4.1877, 493; 1.4.1877, 490.

72 Vgl. ebd., 20.12.1876, 461; 3./4.1.1877, 473; 12.1.1877, 475. Zit. nach: Bettelheim II, 161.

73 Vgl. TB 2, 11.7.1876, 429; 4.3.1877, 484f.; 16.3.1877, 487. *Briefwechsel Ebner-Knorr*, Nr. 579, An Josephine von Knorr, Zdisslawitz, [Di.] 3.9.1878.

74 Vgl. Mitterhofer, *Moriz Ebner von Eschenbach*, 42. TB 2, 2.11.1874, 297; 5.6.1877, 503; 25.6.1877, 506f.

75 Ebd., 2.2.1878, 546.

76 Vgl. TB 3, Anh. Juli 1880, 81; Anh. Dez. 1880, 86. Zit. nach: Bettelheim II, 202. Vgl. auch Daniela Strigl, Ulrike Tanzer: Vorwort zu: Marie von Ebner-Eschenbach: *Erzählungen und Aphorismen.* Leseausgabe, Bd. 4. Hrsg. von Evelyne Polt-Heinzl, Daniela Strigl und Ulrike Tanzer. St. Pölten, Salzburg, Wien: Residenz Verlag 2015, 7–30, bes. 22–27.

77 A, 1/579. Harald Fricke: *Der Aphorismus.* Stuttgart: Metzler 1984, 119. A, 1/581. Vgl. Friedemann Spicker: *Der Aphorismus. Begriff und Gattung von der Mitte des 18. Jahrhunderts bis 1912.* Berlin, New York: De Gruyter 1997 (= Quellen und Forschungen zur Literatur- und Kulturgeschichte 11), 172f.

78 ZT, 4/648. TB 2, 8.4.1874, 257.

79 ZT, 4/654.

80 A, 1/603.

81 Zit. nach: Bettelheim II, 176, 175 (Brief Rodenbergs, 16.12.1879).

82 Vgl. Brandt, *Marie von Ebner Eschenbach und die »Deutsche Rundschau«*, 1001f., 1009f.

83 Zit. nach: Bettelheim II, 180 (Brief Ebner-Eschenbachs, 26.7.1881). Brandt, *Marie von Ebner Eschenbach und die »Deutsche Rundschau«*, 1006, 1005. Vgl. Günter, *»Dank und Dank: – ich wiederhole mich immer, nicht wahr?«*, 68f. Die 259 Briefe Rodenbergs befinden sich in der Wienbibliothek (vgl. 58).

84 Ebd., 59f.; vgl. 62. Marie von Ebner-Eschenbach: *Weisheit des Herzens.* Eingeleitet und ausgewählt von Heinz Rieder. Graz, Wien: Stiasny 1958, 121.

85 Zit. nach: Bettelheim II, 183 (Brief Ebner-Eschenbachs, 21.12.1881, zur Datierung vgl. Brandt, *Marie von Ebner Eschenbach und die »Deutsche Rundschau«*, 1015).

86 TB 2, 10.5.1877, 497; vgl. 18.4.1876, 410. Vgl. Jiří Veselý: *Marie von Ebner-Eschenbach und Hieronymus Lorm.* In: Polheim (Hg.), *Marie von Ebner-Eschenbach*, 81–96.

87 TB 3, 12.3.1881, 104.

88 Zit. nach: Bettelheim II, 171, 168. Ebner-Eschenbachs Werkzeug, die rund 40 erhaltenen Taschenuhren aus ihrer Sammlung sowie deren handschriftliches Inventar sind heute im Wiener Uhrenmuseum zu sehen.

89 MK, 6/674. Zit. nach: Bettelheim II, 169. TB 2, 12.12.1873, 225; 20.7.1875, 357; 29.9.1875, 368. Ebner-Eschenbach, *Letzte Worte*, 155 (*Meine Uhrensammlung*).
90 L, 3/1f.
91 Saar, *Sämtliche Werke*, Bd. 11, 163. L, 3/2, 4, 6.
92 L, 3/14, 20. Evelyne Polt-Heinzl: Vorwort zu: Marie von Ebner-Eschenbach: *Lotti, die Uhrmacherin. Unsühnbar.* Leseausgabe, Bd. 2. Hrsg. von Evelyne Polt-Heinzl. St. Pölten, Salzburg, Wien: Residenz Verlag 2014, 7–31, 9ff.
93 L, 3/13, 28f., 43.
94 L, 3/45, 55, 123, Den epilogartigen Schluss fügte Ebner-Eschenbach auf Drängen Weilens hinzu, vgl. TB 3, 12.1.1880, 7.
95 Vgl. Polt-Heinzl, Vorwort zu *Lotti, die Uhrmacherin. Unsühnbar*, 16. L, 3/65. Bettelheim II, 175. Vgl. TB 2, 19.6.71, 43.
96 A, 1/596. Polt-Heinzl, Vorwort zu *Lotti, die Uhrmacherin. Unsühnbar*, 13.
97 L, 3/84, 54, 93.
98 TB 3, 9.4.1880, 25. TB 1, 19.2.1866, 81.
99 Vgl. Polt-Heinzl, Vorwort zu *Lotti, die Uhrmacherin. Unsühnbar*, 12. Johann Gabriel Seidl: *Gesammelte Schriften.* Hrsg. von Hans Max, Bd. 2. Wien: Braumüller 1877, 26. Von Seidl stammt auch der Text der österreichischen Kaiserhymne.
100 L, 3/112, 111, 119. Vgl. Polt-Heinzl, Vorwort zu *Lotti, die Uhrmacherin. Unsühnbar*, 19.
101 Vgl. TB 2, 12.4.1875, 336, 338; auch Moriz Ebner ist »entzückt«. Louise von François: *Gesammelte Werke.* Bd. 1. *Die letzte Reckenburgerin.* Leipzig: Insel Verlag 1877, 376. Zit. nach: Bettelheim I, 104f.
102 Zit. nach: Bettelheim I, 115, 118. Vgl. Bettelheim II, 206. Im TB 2, Anh. Feb. 1876, 465, findet sich die offenbar ursprüngliche Version: »Nachsicht ist Liebe im Négligé.«
103 Vgl. *Briefwechsel Ebner-Knorr*, Nr. 609, An Josephine von Knorr, Zdisslawitz, [Mi.] 4.8.1880.
104 A, 1/620. TB 3, 9.7.1881, 133. Vgl. Bettelheim II, 210f. Zit. nach: Bettelheim I, 117. TB 2, 18.7.1881, 136. F, 4/477f.
105 Vgl. Klostermaier, *Marie von Ebner-Eschenbach*, 163. MK, 6/610ff.
106 Sigmund Freud: *Die Traumdeutung.* Wien: Franz Deuticke [7]1945, 278. MK, 6/610.
107 TB 3, 12.9.1880, 55; vgl. 14.9.1880, 56.
108 Vgl. TB 4, 25.1.1893, 197. Vgl. TB 2, 30.5.1877, 501. TB 3, 11.5.1882, 217; 9.9.1880, 55. Bettelheim I, 123f.
109 TB 3, 15.7.1880, 45.
110 Vgl. TB 2, 11.10.1875, 371.
111 Zit. nach: Bettelheim I, 181.
112 Moriz von Ebner-Eschenbach, *Erinnerungen*, 153.
113 TB 3, 2.7.1882, 3.7.1882, 231; 22.9.1881, 21.9.1881, 151; 2.10.1881, 154; vgl. ebd. 25.9.181, 152.
114 A, 1/608, 586. Vgl. Bettelheim I, 99. TB 3, 23.2.1881, 100.
115 Betty Paoli: *Neue Erzählungen von Marie v. Ebner-Eschenbach.* In: *Gesammelte Aufsätze.* Hrsg. von Helene Bettelheim-Gabillon. Wien: Verlag des literarischen Vereins in Wien 1908 (= Schriften des literarischen Vereins in Wien 9), 91–111, 96.
116 Tanzer, *Dialogisches Erzählen*, 162, vgl. 164ff. KP, 2/234.
117 Marie von Ebner-Eschenbach: *Sämtliche Werke.* Bd. 2. Berlin: Paetel [1920], 144, 151. Darin: *Die Poesie des Unbewußten.* Im Folgenden zitiert mit der Sigle PU, der Bandzahl 2 und der Seitenzahl.
118 Karin S. Wozonig: *Marie von Ebner-Eschenbachs »Novellchen« »Die Poesie des Unbewußten«. Beziehungsgeflecht und Geschlechterstereotype.* In: Sborník Prací filozofické fakulty brněnské univerzity / Studia minora facultatis philosophicae universitatis Brunensis 11 (2006), 149–159, 154, vgl. 149. Ebner-Eschenbach kannte Hartmanns Buch zumindest aus Ida Fleischls kritischen Bemerkungen darüber, vgl. TB 1,

17.11.1869, 287. Ein Theaterstück Hartmanns nennt sie, TB 2, 13.4.1871, 29, ein »elende[s] Machwerk«: »Praxis u. Theorie, lieber Hartmann, unbewusster! Bleiben sie bei der Theorie.« PU, 2/154, 153.

119 A, 1/594. KP, 2/219.

120 *Briefwechsel Ebner-Knorr*, Nr. 607, An Josephine von Knorr, Zdisslawitz, [Mi.] 28.7.1880; Nr. 609, An Josephine von Knorr, Zdisslawitz, [Mi.] 4.8.1880.

121 Marie von Ebner-Eschenbach: *Sämtliche Werke*. Bd. 3. Berlin: Paetel [1920], 471, 481f. Darin: *Bettelbriefe*. Im Folgenden zitiert mit der Sigle BE, der Bandzahl 3 und der Seitenzahl.
Marie von Ebner-Eschenbach: *Sämtliche Werke*. Bd. 3. Berlin: Paetel [1920], 260. Darin: *Der Muff*. Im Folgenden zitiert mit der Sigle M, der Bandzahl 3 und der Seitenzahl.

122 Vgl. *Briefwechsel Ebner-Knorr*, Nr. 579, An Josephine von Knorr, Zdisslawitz, [Di.] 3.9.1878. Die Inhaltsangabe von *Späte Reife*, die Ebner-Eschenbach im Tagebuch notiert, stimmt nur teilweise mit dem Plot von *Die Unverstandene auf dem Dorfe* überein, vgl. TB 2, 25.5.1878, 566.
Marie von Ebner-Eschenbach: *Sämtliche Werke*. Bd. 2. Berlin: Paetel [1920], 239, 249. Darin: *Die Unverstandene auf dem Dorfe*. Im Folgenden zitiert mit der Sigle UD, der Bandzahl 2 und der Seitenzahl.

123 TB 3, 6.2.1883, 296; 9.2.1882, 297. TB 4, 15.11.1891, 166; vgl. 19.11.1891, 167; 16.11.1891, 166.

124 A, 1/585. Briefe Marie von Ebner-Eschenbachs an Adolph Graf Dubsky, 5.6.1891 und 1.6.1904, MZA Brünn, Familienarchiv Dubsky, G 366, Kart. 31, I.N. 178.

125 TB 3, 20.8.1882, 23.8.1882, 240; vgl. ebd. 22.9.1882, 246; 7.4.1882, 209.

126 Saar, *Marie von Ebner-Eschenbach*. TB 2, 23.6.1877, 506. *Briefwechsel Ebner-Knorr*, Nr. 607, An Josephine von Knorr, Zdisslawitz, [Mi.] 28.7.1880.

127 TB 3, 10.11.1883, 347. Gedicht von Moriz Ebner von Eschenbach, undat., MZA Brünn, Familienarchiv Dubsky, G 366, I.N. 581.

128 TB 3, 20.10.1885, 517f.

129 M, 3/249. Brief Ebner-Eschenbachs an Heyse, 21.3.1882, zit. nach: Alkemade, *Die Lebens- und Weltanschauung der Freifrau Marie von Ebner-Eschenbach*, 260. Vgl. Klemperer, *Marie von Ebner-Eschenbach*, 200f.

130 So war sie einmal ganz entsetzt, als Fritz Mauthner zu ihr meinte, in einer ihrer noch ungedruckten Novellen sei sie Heyse »an Innigkeit und psychologischem Tiefblick« überlegen – »Heyse und ich!« Vgl. Mauthner, *Marie v. Ebner-Eschenbach*.
Brief Heyses an Ebner-Eschenbach, 1.11.1887, zit. nach: Alkemade, *Die Lebens- und Weltanschauung der Freifrau Marie von Ebner-Eschenbach*, 302. TB 3, 26.10.1885, 519. Zit. nach: Bettelheim II, 215. Der Brief ist hier falsch datiert – richtig, laut TB 2, 523: 17.11.1885; im publizierten Briefwechsel (Alkemade) ist er nicht enthalten. A, 1/602.

131 Vgl. TB 3, 24.4.1881, 114. Polt-Heinzl, *Ringstraßenzeit und Wiener Moderne*, 68, vgl. 67ff. Vgl., auch zum Folgenden, Carol Diethe: *Nietzsche and the Blue Stockings*. In: Jacob Golomb (Hg.): *Nietzsche and the Austrian Culture / Nietzsche und die österreichische Kultur*. Wien: WUV 2004, 61–91, bes. 72–75.

132 TB 3, 12.5.1882, 217; vgl. ebd., 4.12.1883, 352; 14.2.1883, 298; 9.11.1883, 347.

133 Ebd., 21.3.1882, 206.

134 Bettelheim II, 185. Vgl. Briefe Julius Rodenbergs an Ebner-Eschenbach, 11.5.1883 und 15.7.1883, Wienbibliothek, Handschriftensammlung, I.N. 58982/35, 36. TB 3, 18.7.1883, 327. Eine Retournierung des *Kreisphysikus* hat Ebner-Eschenbach so knapp vor Erscheinen der *Dorf- und Schloßgeschichten* wohl doch nicht verlangt, Rodenberg hatte ja außerdem gar kein Manuskript erhalten.

135 Bettelheim I, 159. Vgl. Wojciech Kunicki: *Irredenta und Staatsräson. Gestaltung des Raumes in den Erzählungen »Jakob Szela« und »Der Kreisphysikus«*. In: Polheim (Hg.), *Marie von Ebner-Eschenbach*, 209–228.

136 Marie von Ebner-Eschenbach: *Sämtliche Werke*. Bd. 2. Berlin: Paetel [1920], 3, 5, 9. Darin: *Der Kreisphysikus*. Im Folgenden zitiert mit der Sigle K, der Bandzahl 2 und der Seitenzahl.

137 Ebd., 71. Klemperer, *Marie von Ebner-Eschenbach*, 233. K, 2/39. A, 1/601, 623. Rossbacher, *Literatur und Liberalismus*, 281. TB 3, Anh. Dez. 1883, 365.

138 Vgl. ebd., 23.2.1882, 201; 18.3.1883, 205. K, 2/1.

139 Vgl. Egon Schwarz: *Jüdische Gestalten bei Marie von Ebner-Eschenbach und Ferdinand von Saar*. In: The German Quarterly 63 (1990), H.2, 173–186. Vgl. Andrea Weinmann: *Das Bild vom Juden in Marie von Ebner-Eschenbachs Erzählung »Der Kreisphysikus«*. In: Renate Heuer, Ralph-Rainer Wuthenow (Hg.): *Gegenbilder und Vorurteil. Aspekte des Judentums im Werk deutschsprachiger Schriftstellerinnen*. Frankfurt/Main, New York: Campus-Verlag, 1995, 39–84. Vgl. die Zusammenfassung der Diskussion bei: Baumgartner, *Der Verein der Schriftstellerinnen und Künstlerinnen in Wien*, 172ff. K, 2/31. TB 3, Anh. Dez. 1883, 365.
Zu den zeitgenössischen jüdischen Stimmen vgl. neben Klemperer: Bettelheim I, 159–167, sowie Moritz Necker: *Marie von Ebner-Eschenbach. Nach ihren Werken geschildert*. Berlin: Georg Heinrich Meyer 1900, 208f.

140 TB 2, 8.11.1875, 375.

141 TB 3, 2.6.1887, 664; 11.8.1883, 330. In Wirklichkeit hatte der mit Fontane bekannte Stephan Gans zu Putlitz Selbstmord begangen. TB 3, Anh. 1887, 710.

142 Vgl. Daniela Strigl: *»Mich kann man nicht verurteilen« – Naturrecht und k. k. Justiz bei Marie von Ebner-Eschenbach und Ferdinand von Saar*. In: Roland Innerhofer, Daniela Strigl (Hg.): *Sonderweg in Schwarzgelb? Auf der Suche nach einem österreichischen Naturalismus in der Literatur*. Innsbruck: Studienverlag 2016, 111–125, bes. 114. A, 1/624.
Werner M. Bauer: *Anthropomorphismus und Säkularisation. Zu den Tiergeschichten Ferdinand von Saars und Marie von Ebner-Eschenbachs*. In: Polheim (Hg.), *Marie von Ebner-Eschenbach*, 177–208, 195. Vgl. Karlheinz Rossbacher: *Marie von Ebner-Eschenbach. Zum Verhältnis von Literatur und Sozialgeschichte am Beispiel von »Krambambuli«*. In: Österreich in Geschichte und Literatur 24 (1980), Heft 2, 87–106.

143 TB 3, 5.9.1882, 243. Vgl. Franz Dubsky: *Erinnerungen an Marie von Ebner-Eschenbach* [Nachwort]. In: Marie von Ebner-Eschenbach: *Krambambuli und andere Erzählungen*. Stuttgart: Reclam 1966, 58–61. TB 3, 11.9.1882, 244.

144 TB 3, 20.9.1882, 245.

145 U, 4/130f. Dort auch das Folgende.

146 Vgl. ebd., 135.

147 KM, 2/169, 178. Vgl. TB 3, 25.9.1882, 246.

148 Ebd., Anh. 1884, 447. ZT, 4/661.

149 TB 3, 12.7.1885, 13.7.1885, 15.7.1885, 499.

150 Ebd., 13.8.1885, 505; vgl. 23.7.1885, 501; 1.9.1885, 508. Der leitende Redakteur war Joseph Kürschner.

151 TB 3, 2.3.1884, 392. Nochmals vermerkt in Anh. 1884, 448. Brief Marie von Ebner-Eschenbachs an Luise Neumann-Schönfeld, 15.11.1885, Privatbesitz. URL: http://www.bda.at/text/136/908/6629/1/galerie/Der-Inbegriff-aller-Weisheit-ist-die-Menschenliebe-M-v-Ebner-Eschenbach_Unterschutzstellung-eines-Briefes-von-Marie-von-Ebner-Eschenb

152 Marie von Ebner-Eschenbach: *Sämtliche Werke*. Bd. 2. Berlin: Paetel [1920], 332. Darin: *Er laßt die Hand küssen*. Im Folgenden zitiert mit der Sigle EL, der Bandzahl 2 und der Seitenzahl.

153 Ebd., 339.

154 Ebd., 348; vgl. 349.

155 A, 1/591. EL, 2/340. In seiner Preisschrift über die Grundlage der Moral sagt Schopenhauer über das Mitleid, der »Unterschied zwischen mir und jedem andern,

auf welchem gerade der Egoismus beruht«, werde dabei »wenigstens zu einem gewissen Grade aufgehoben«. – »Da ich nun aber doch nicht in der Haut des anderen stecke, so kann allein vermittels der Erkenntnis, die ich von ihm habe, d.h. der Vorstellung von ihm in meinem Kopf, ich mich so weit mit ihm identifizieren, daß meine Tat jenen Unterschied als aufgehoben ankündigt.« (Arthur Schopenhauer: *Sämtliche Werke*. Hrsg. von Wolfgang Freiherr von Löhneysen. Bd. 3. Frankfurt/Main: Suhrkamp 1986, 740.)

156 TB 2, 22.10.1871, 63. TB 3, 10.2.1883, 297.

157 Vgl. MK, 6/668. K, 2/43. TB 1, Anh. 1866, 140. TB 2, Anh. Mai 1884, 451; Ebner-Eschenbach, *Weisheit des Herzens*, 73.

158 Vgl. Marie von Ebner-Eschenbach: Tagebuch mit Aussprüchen und Buchkritiken o.D. [1914/15], Wienbibliothek, Handschriftensammlung, I.N. 54515.
Schopenhauer, *Sämtliche Werke*, Bd. 3, 744. Arthur Schopenhauer: *Sämtliche Werke*. Hrsg. von Wolfgang Freiherr von Löhneysen. Bd. 1. Frankfurt/Main: Suhrkamp 1986, 515. M, 3/250.

159 TB 3, 6.12.1885, 527. TB 1, Anh. August 1869, 302. TB 3, 12.3.1889, 740.

160 TB 2, 17.6.1878, 572. TB 1, 10.10.1867, 207. TB 2, 5.3.1872, 6.3.1872, 94.

161 TB 3, Anh. Mai 1887, 706. Unter dem Titel *St. Gilgen* in: ZT, 4/635. TB 3, 11.6.1882, 225. GED, 4/574.

162 TB 3, 20.11.1883, 349; vgl. 3.12.1883, 352; 4.12.1883, 352; 11.1.1882, 192. Andrea Althaus (Hg.): *Mit Kochlöffel und Staubwedel. Erzählungen aus dem Dienstmädchenalltag*. Wien, Köln, Weimar: Böhlau 2010, 59.

163 TB 3, 9.7.1882, 232.

164 Bettelheim II, 151. Das Folgende zit. ebd., 171.

165 TB 3, Anh. Juni 1884, 452; 31.12.1885, 533; 23.10.1886, 605. Brief Rodenbergs an Ebner-Eschenbach und ihre Antwort im Folgenden zit. nach: Bettelheim II, 186f.

166 Marie von Ebner-Eschenbach: *Sämtliche Werke*. Bd. 2. Berlin: Paetel [1920], 414, 413. Darin: *Das Gemeindekind*. Im Folgenden zitiert mit der Sigle G, der Bandzahl 2 und der Seitenzahl.

167 Ebd., 469, 455, 497.

168 Ebd., 597.

169 Vgl. Rossbacher, *Literatur und Liberalismus*, 261. G 2/456.

170 G, 2/565. Rossbacher, *Literatur und Liberalismus*, 264f. G, 2/569.

171 G, 2/571, 396. TB 3, 23.6.1887, 669. Als Referenztexte können auch George Sands Roman *François das Findelkind* und Friedrich Schillers Erzählung *Der Verbrecher aus verlorener Ehre* gelten.

172 Vgl. Werner Michler: *Darwinismus und Literatur. Naturwissenschaftliche und literarische Intelligenz in Österreich. 1859–1914*. Wien, Köln, Weimar: Böhlau 1999 (= Literaturgeschichte in Studien und Quellen 2). Vgl. TB 3, 2.6.1882, 222. Enno Lohmeyer: *Marie von Ebner-Eschenbach als Sozialreformerin*. Königstein: Ulrike Helmer 2002. Vgl. auch Tanzer, Vorwort zu *Aus Franzensbad. Das Gemeindekind*, 23–29.

173 TB 3, 1.5.1887, 657; 29.5.1887, 663. Brief Fritz Mauthners an Marie von Ebner-Eschenbach, 1.5.1888, Wienbibliothek, Handschriftensammlung, I.N. 57148. TB 3, 22.3.1889, 741.

174 David, *Eine deutsche Realistin*. TB 3, 29.10.1887, 692; 26.10.1887, 691. Eineinhalb Jahre später wird Ebner-Eschenbach Jakob Julius David 50 Gulden leihen. Vgl. TB 3, 30.3.1889, 742.

175 TB 3, 19.12.1887, 702; 21.12.1887, 703. Brief Victor Adlers an Marie von Ebner-Eschenbach, 27.1.1890, Wienbibliothek, Handschriftensammlung, I.N. 56334. TB 4, 2.2.1890, 9.

176 Brief Engelbert Pernerstorfers an Marie von Ebner-Eschenbach, 25.11.1899, Wienbibliothek, Handschriftensammlung, I.N. 56740. TB 3, 22.4.1889, 746. Vgl. Rossbacher, *Literatur und Liberalismus*, 257ff., Anm. 65 (511).

177 TB 3, 24.1.1887, 639; 18.11.1886, 610. TB 2, 13.12.1875, 381. ZT, 4/636. TB 2, 30.3.1876, 406.

178 TB 3, 5.11.1887, 694. Marie von Ebner-Eschenbach: *Das rechte Licht* (Manuskript), undat., Wienbibliothek, Handschriftensammlung, I.N. 61261. Das Manuskript ist in Kurrentschrift und dürfte spätestens aus den sechziger Jahren stammen – Ebner-Eschenbach stieg in den späten sechziger Jahren sukzessive auf Lateinschrift um. TB 3, 31.1.1883, 295; 23.6.1881, 127.

179 Althaus (Hg.), *Mit Kochlöffel und Staubwedel*, 38f. TB 3, 23.7.1887, 675; 1.12.1886, 3.12.1886, 613. TB 4, 17.5.1891, 127. Marie von Ebner-Eschenbach: *Betty Paoli.* In: Neue Freie Presse, 22.7.1894.

180 TB 3, 3.3.1889, 739; 29.11.1887, 696; 3.6.1889, 756; Anh. Juni 1889, 803. Vgl. Renate Ebeling-Winkler: *Marie von Ebner-Eschenbach in St. Gilgen (1889–1898).* Hrsg. vom Heimatkundlichen Museum St. Gilgen. St. Gilgen [3]2005, 17–21.

181 TB 3, 6.6.1889, 7.6.1889, 756. Vgl. Ebeling-Winkler, *Marie von Ebner-Eschenbach in St. Gilgen*, 80ff.

182 TB 3, 11.7.1889, 764. TB 4, 18.7.1891, 141; 13.6.1890, 35; 13.7.1893, 229; 17.7.1893, 231.

183 TB 3, 5.7.1889, 763; 8.8.1889, 770. TB 4, 20.6.1897, 413.

184 Zit. nach: Bettelheim I, 186, das Folgende 191.

185 Vgl. Bettelheim I, 188f. Vgl. Ebeling-Winkler, *Marie von Ebner-Eschenbach in St. Gilgen*, 69ff., 79. TB 4, 7.6.1896, 322. TB 3, 4.8.1889, 769. TB 4, 17.6.1891, 134.

186 Marie von Ebner-Eschenbach: *Sämtliche Werke.* Bd. 6. Berlin: Paetel [1920], 150. Darin: *Ihr Beruf.* Im Folgenden zitiert mit der Sigle IB, der Bandzahl 6 und der Seitenzahl.

187 TB 3, 4.8.1887, 677; 24.9.1889, 780. TB 4, 3.9.1890, 52. Necker gehört freilich zunächst nicht zu den von ihr bevorzugten Kritikern: »Sobald ein Journalist eine Freude haben soll, muß er aber doch wenigstens über eine Sache sprechen, von der er nichts versteht. Necker z.B. von den aristokratischen Ansichten« (ebd.). Vgl. Necker, *Marie von Ebner-Eschenbach. Ein literarisches Charakterbild.* Necker betont, allerdings nicht zu Beginn des Aufsatzes, die naturwissenschaftliche Weltanschauung Moriz Ebners als Korrektiv zum Idealismus einer Dichterin.

188 TB 4, 26.5.1896, 319; 4.10.1896, 344.

189 GED, 4/566ff. Dort auch das Folgende.

190 Annette Freiin von Droste-Hülshof [sic]: *Gedichte.* Stuttgart, Tübingen: J.G. Cotta'scher Verlag 1844, 115.

191 Vgl. TB 2, 13.9.1873, 209; 23.4.1875, 338. Droste-Hülshoffs Gedicht *Auch ein Beruf* rechtfertigt ebenfalls die Existenz der (alleinstehenden) schreibenden Frau. IB, 6/172.

192 A, 1/612. Zit. nach: Tanzer, *Frauenbilder im Werk Marie von Ebner-Eschenbachs*, 226. Brief an Emerich Freiherrn du Mont, 20.12.1879, zit. ebd., 228f. Der Brief wird auch zitiert bei Bettelheim II, 276ff.

193 TB 2, 8.5.1871, 34; 8.12.1877, 537. TB 4, 13.2.1893, 201. Marie von Ebner-Eschenbach: *Briefwechsel mit Theo Schücking. Frauenleben im 19. Jahrhundert.* Hrsg. von Edda Polheim. Tübingen: Niemeyer 2001 (= Kritische Texte und Deutungen Erg.-Bd. 2), 34 [Brief Ebner-Eschenbachs, 10.3.1893]. Vgl. Marianne Winterholler: *Marie von Ebner-Eschenbach und Theo Schücking.* In: Polheim (Hg.), *Marie von Ebner-Eschenbach*, 67–80. Zit. nach: Tanzer, *Frauenbilder im Werk Marie von Ebner-Eschenbachs*, 25. Die Notiz stammt vermutlich von 1893, vgl. die Varianten in: TB 4, Anh. Nov. 1893, 272.

194 Brief und Ansichtskarte Fritz Mauthners an Marie von Ebner-Eschenbach, 26.10.1909 und 7.12.1909, MZA Brünn, Familienarchiv Dubsky, G 366, I.N. 759.

195 P, 3/675. A, 1/624. Vgl. Tanzer, *Frauenbilder im Werk Marie von Ebner-Eschenbachs*, 167f.

196 A, 1/627.

197 Vgl. Tanzer, *Frauenbilder im Werk Marie von Ebner-Eschenbachs*, 134–147. Zit. ebd., 145.

198 Vgl. Baumgartner, *Der Verein der Schriftstellerinnen und Künstlerinnen in Wien*, 44–52 sowie 55. TB 3, 1.4.1885, 478.; vgl. Anh. April 1885, 540. Unter »Schriftstellerinnen-Verein« ist eine Ausgabe von 116 Gulden eingetragen.

199 TB 3, 25.4.1887, 656. TB 2, 30.10.1877, 531. Vgl. Bettelheim II, 164, 323.

200 Zit. nach: Bettelheim II, 190. Vgl. Bettelheim I, 177. TB 2, 21.4.1875, 338.

201 Vgl. TB 3, 30.12.1886, 618; Anh. Feb 1883, 359. Vgl. Polt-Heinzl, Vorwort zu *Lotti, die Uhrmacherin. Unsühnbar*, 29; vgl. zu *Unsühnbar* im Kontext der zeitgenössischen Literatur auch Polt-Heinzl, *Ringstraßenzeit und Wiener Moderne*, 134–145. TB 3, 21.5.1889, 752. Zit. nach: Bettelheim II, 191.

202 TB 3, 15.7.1889, 765; ermuntert wurde sie von Theodor Demuth, Teilhaber der Wiener Buchhandlung Gerold. Ebd., 23.7.1889, 767; vgl. 30.4.1889, 748; 31.7.1889, 768.

203 U, 4/11. Vgl. Wandruszka, *Marie von Ebner-Eschenbach*, 77ff. Polt-Heinzl, Vorwort zu *Lotti, die Uhrmacherin. Unsühnbar*, 23f.

204 Vgl. ebd., 27. Marie von Ebner-Eschenbach: *Sämtliche Werke*. Bd. 3. Berlin: Paetel [1920], 416. Darin: *Oversberg*. Im Folgenden zitiert mit der Sigle O, der Bandzahl 3 und der Seitenzahl. U, 4/203.

205 Polt-Heinzl, Vorwort zu *Lotti, die Uhrmacherin. Unsühnbar*, 30. U, 4/29f.

206 A, 1/599. Dazu und zu Schopenhauers Unterscheidung zwischen »Reue« und »Gewissensangst« vgl. Strigl, *»Mich kann man nicht verurteilen«*, 118f. Tanzer, *Frauenbilder im Werk Marie von Ebner-Eschenbachs*, 131.

207 A, 1/583. U, 4/68, 66.

208 U, 4/73, 41, 36.

209 Ebd., 136.

210 Zit. nach: Tanzer, *Frauenbilder im Werk Marie von Ebner-Eschenbachs*, 115. Vgl. MK, 6/577. U, 4/138, 124.

211 Heyse, Laistner (Hg.), *Neuer deutscher Novellenschatz*, 195. TB 4, 3.1.1890, 1. U, 3/190. Vgl. dazu die erste Fassung: Marie von Ebner-Eschenbach: *Unsühnbar. Erzählung*. [3. Teil.] In: Deutsche Rundschau. Bd. 61 (Okt.-Dez. 1889), 321–377, 363.

212 Vgl. Tanzer, *Frauenbilder im Werk Marie von Ebner-Eschenbachs*, 115f. TB 3, Anh. Dez. 1889, 804. Schmidt zit. nach: Tanzer, *Frauenbilder im Werk Marie von Ebner-Eschenbachs*, 131. Mauthner zit. nach: Polt-Heinzl, *Ringstraßenzeit und Wiener Moderne*, 29. Brief Fritz Mauthners an Marie von Ebner-Eschenbach, 8.10.1890, Wienbibliothek, Handschriftensammlung, I.N. 57150. Dort auch das folgende Briefzitat.

213 Vgl. Bettelheim I, 178.

214 TB 4, 4.1.1896, 291.

215 Ebd., 13.9.1890, 55; 13.9.1890, 55. Vgl. Bettelheim I, 183. TB 4, 14.9.1890, 55; 11.10.1890, 61; 31.12.1890, 77.

216 Ebd., vgl. 10.7.1891, 139; 20.9.1893, 245. Briefe Marie von Ebner-Eschenbachs an Peter Rosegger, 22.9.1893 und 3.11.1893, Nachlass Peter Rosegger, Steiermärkische Landesbibliothek, Graz. Als Rosegger vom Kaiser den Orden der Eisernen Krone III. Klasse erhält, vergisst sie nicht, ihm einen Lorbeerkranz zu senden, obwohl gerade erst ihr Mann gestorben ist [Brief Ebner-Eschenbachs, 5.2.1898, ebd.]. TB 4, 10.11.1893, 257.

Die mit Ida Fleischl erarbeitete Auswahl der *Gesammelten Schriften* umfasst: Bd. 1: *Aphorismen. Parabeln, Märchen und Gedichte*. Bd. 2: *Dorf und Schloßgeschichten. Der Kreisphysikus. Jacob Szela. Krambambuli. Die Unverstandene auf dem Dorfe. Der gute Mond. Die Resel. Er laßt die Hand küssen*. Bd. 3: *Erzählungen. Erster Band. Lotti, die Uhrmacherin. Wieder die Alte. Nach dem Tode*. Bd. 4: *Erzählungen. Zweiter Band. Die Freiherren von Gemperlein. Der Nebenbuhler. Die Poesie des Unbewußten. Oversberg. Ihr Traum. Ohne Liebe. Bettelbriefe. Der Muff. Die Capitalistinnen. Comtesse Muschi. Comtesse Paula*. Bd. 5: *Das Gemeindekind*. Bd. 6: *Unsühnbar*. Die *Gesammelten Schriften* werden bis 1911 durch vier weitere Bände komplettiert.

217 Marie von Ebner-Eschenbach: *Sämtliche Werke*. Bd. 6. Berlin: Paetel [1920], 505. Darin: *Altweibersommer*. Im Folgenden zitiert mit der Sigle AL, der Bandzahl 6 und der Seitenzahl. TB 4, 26.12.1893, 267.

218 TB 3, 7.5.1886, 576. Vgl. Polt-Heinzl, *Ringstraßenzeit und Wiener Moderne*, 96. Marie von Ebner-Eschenbach: *Sämtliche Werke*. Bd. 5. Berlin: Paetel [1920], 313, 306. Darin: *Die Visite*. Im Folgenden zitiert mit der Sigle V, der Bandzahl 5 und der Seitenzahl.

219 TB 4, 19.10.1890, 63; 24.10.1890, 64; 3.6.1893, 219. Vgl. Karl Kraus, Frank Wedekind: *Briefwechsel 1903 bis 1917*. Mit einer Einführung, hrsg. von Mirko Nottscheid. Würzburg: Königshausen & Neumann 2007 (= Schriften der Frank Wedekind-Gesellschaft 5), 224. Vgl. TB 4, 7.11.1897, 436; 9.11.1897, 437.

220 Ebd., 17.5.1891, 127; 18.5.1891, 128; 4.8.1891, 144. Vgl. Baumgartner, *Der Verein der Schriftstellerinnen und Künstlerinnen in Wien*, 170.

221 TB 4, 17.6.1892, 191. Vgl. Polt-Heinzl, *Ringstraßenzeit und Wiener Moderne*, 60.

222 TB 4, 26.4.1896, 313. Zit. nach: Rossbacher, *Literatur und Liberalismus*, 432. Vgl. ebd. 430–437.

223 Marie von Ebner-Eschenbach, Dr. Josef Breuer: *Ein Briefwechsel, 1889–1916*. Hrsg. von Robert A. Kann. Wien: Bergland Verlag 1969 [Brief Ebner-Eschenbachs, 3.11.1898], 32. TB 5, 7.3.1898, 14. TB 4, 6.11.1896, 351. Ebner-Eschenbach, Breuer, Ein Briefwechsel [Brief Ebner-Eschenbachs, 4.12.1899], 36. TB 4, 7.2.1897, 386. TB 5, 28.5.1899, 148.

224 TB 5, 16.5.1899, 143; 22.7.1898, 40.

225 Ebd., 12.1.1898, 3; eventuell ein Fehleintrag, der Brief Zolas erschien erst am 13.1. Ebner-Eschenbach, Breuer, *Ein Briefwechsel* [Brief Ebner-Eschenbachs, 3.11.1898], 32. TB 5, 24.2.1898, 10.

226 Vgl. Ebner-Eschenbach, Breuer, *Ein Briefwechsel* [Brief Ebner-Eschenbachs, 4.12.1899], 36. TB 3, 31.1.1889, 4.2.1889, 734. Vgl. Moritz von Ebner-Eschenbach, *Erinnerungen*, 32f.

227 TB 5, 10.9.1898, 16.9.1898, 48; 8.10.1898, 52.

228 Marie von Ebner-Eschenbach: *Sämtliche Werke*. Bd. 4. Berlin: Paetel [1920], 451. Darin: *Die Totenwacht*. Im Folgenden zitiert mit der Sigle T, der Bandzahl 4 und der Seitenzahl. Vgl. Strigl, Tanzer, Vorwort zu *Erzählungen und Aphorismen*, 17.

229 Marie von Ebner-Eschenbach: *Sämtliche Werke*. Bd. 5. Berlin: Paetel [1920], 186. Darin: *Mašlans Frau*. Im Folgenden zitiert mit der Sigle MF, der Bandzahl 5 und der Seitenzahl.

230 Marie von Ebner-Eschenbach: *Sämtliche Werke*. Bd. 4. Berlin: Paetel [1920], 359. Darin: *Glaubenslos?* Im Folgenden zitiert mit der Sigle GL, der Bandzahl 4 und der Seitenzahl.

231 TB 4, 22.7.1893, 232; 11.3.1893, 205.

232 Ebd., 9.11.1893, 257.

233 Moritz Necker: »*Glaubenslos?*« In: Neue Freie Presse, 3.11.1893. TB 4, 3.11.1893, 255. TB 5, 9.10.1898, 53.

234 TB 4, 23.11.1893, 260. TB 5, 9.11.1898, 63.

235 G, 2/556.

236 TB 3, 21.12.1887, 703. Vgl. Alkemade, *Die Lebens- und Weltanschauung der Freifrau Marie von Ebner-Eschenbach*, 229. Vgl. TB 3, Anh. Dez. 1887, 711; 25.8.1889, 774; 5.9.1889, 776.

237 Vgl. Ebner-Eschenbach, Breuer, *Ein Briefwechsel* [Brief Ebner-Eschenbachs, 28.9.1901, Brief Breuers, 2.10.1901], 40, 42. TB 3, 30.6.1886, 588.

238 IB, 6/174, 135.

239 P, 3/699. TB 4, 12.5.1896, 316. Vgl. TB 3, 5.7.1886, 589.

240 TB 2, 8.9.1878, 586. TB 3, 18.1.1889, 731; 3.2.1889,734.

241 TB 4, 2.11.1896, 351. TB 5, 3.5.1899, 141; 22.5.1899, 145. Vgl. Moriz von Ebner-Eschenbach, *Erinnerungen*, 199 [Nachwort der Hg.]. Vgl. auch Eleonora Jeřábková:

Moriz von Ebner-Eschenbach (1815–1898). https://digilib.phil.muni.cz/bitstream/handle/11222.digilib/114762/1_BrunnerBeitratgeGermanistikNordistik_25-2011-1_16.pdf?sequence=1 182ff.

242 TB 4, 10.6.1896, 322. Bettelheim I, 31.

243 RB, 3/517, 534.

244 Ebd., 3/585f.

245 Vgl. etwa Fritz Martini: *Deutsche Literatur im bürgerlichen Realismus. 1848–1898.* Stuttgart: Metzler 1962, 495, und Eugen Thurnher: *Die Poesie des Ungesagten. Zu Stil und Weltanschauung der Marie von Ebner-Eschenbach.* In: Polheim (Hg.), *Marie von Ebner-Eschenbach*, 143–154, 154.

246 Das einstöckige Haus Berggasse 19 gehörte bis zu seinem Abriss 1889 Victor Adler, der dort auch seine Armenpraxis hatte. Im Neubau richtete 1891 Sigmund Freud sich Wohnung und Ordination ein. In *Rittmeister Brand* befindet sich die Berggasse 19 allerdings nicht im 9., sondern im 7. Bezirk (vgl. RB, 3/534).

247 Brief Heyses an Ebner-Eschenbach, 1.12.1895, Brief Ebner-Eschenbachs an Heyse, 3.12.1895, Brief Heyses an Ebner-Eschenbach, 4.12.1895, zit. nach: Alkemade, *Die Lebens- und Weltanschauung der Freifrau Marie von Ebner-Eschenbach*, 344ff., 348f.

248 TB 4, 31.12.1890, 77; 1.1.1891, 93; 11.1.1891, 95. TB 5, 5.10.1898, 52.

249 TB 4, 31.12.1897, 445. TB 5, 2.1.1898, 1; 26.1.1898, 5; 28.1.1898, 6. Am 27.1.1898, ebd., 8, erhält Ebner-Eschenbach einen Brief ihrer Nichte Marianne: »Ich bitte dich kniefällig lasse Onkel Moriz versehen!« Am 27.1.1899, ebd., 112, notiert Ebner-Eschenbach: »Heute vor einem Jahre ist Moriz versehen worden.« In der von Franz Dubsky überlieferten Fassung des Tagebuchs wird das Spenden des Sterbesakramentes nachträglich falsch für 25.1. vermerkt. Zum Folgenden vgl. TB 5, 29.1.1898, 31.1.1898, 6.

250 Zit. nach: Mitterhofer, *Moriz Ebner von Eschenbach*, 47 (Staatsarchiv Opava/Troppau). In früheren Testamenten erwähnt Moriz von Ebner den Beruf seiner Frau nicht. Vgl. MZA Brünn, Familienarchiv Dubsky, G 366, I.N. 644.

251 TB 5, 7.2.1898, 7. Vgl. Bettelheim II, 27. TB 5, 27.2.1898, 11; 4.3.1898, 13.

252 Ebd., 17.5.1898, 27. Vgl. Ebner-Eschenbach, *Gesellschaftsdramen*, 415ff., 763ff. TB 5, 9.8.1898, 43; vgl. 17.10.1898, 55; 21.10.1898, 56.

253 Ebd., 27.10.1898, 59; vgl. ebd., 518 [*Aus Rom*], und Althaus (Hg.), *Mit Kochlöffel und Staubwedel*, 100ff. TB 5, 28.4.1899, 139.

254 Ebd., 2.11.1898, 60; Anh. Dez. 1898, 97; 31.10.1898, 60; 23.3.1899, 129.

255 Ebd., 1.11.1898, 61; vgl. TB 5, 520 [*Aus Rom*].

256 Ebd., 514; 23.3.1899, 129; 15.12.1898, 76.

257 Ebd., 16.12.1898, 76. Zum Erzherzog vgl. Ebeling-Winkler, *Marie von Ebner-Eschenbach in St. Gilgen*, 61. TB 3, 29.11.1881, 165. Althaus (Hg.), *Mit Kochlöffel und Staubwedel*, 106. TB 5, 1.1.1899, 103.

258 Ebd., 30.4.1899, 140.

259 MK, 6/651.

260 Vgl. Polt-Heinzl, *Ringstraßenzeit und Wiener Moderne*, 117–121. TB 5, 29.5.1899, 148; 2.6.1899, 3.6.1899, 4.6.1899, 150.

261 Brief Marie von Ebner-Eschenbachs an Marie von Najmájer, 8.6.1899, Wienbibliothek, Handschriftensammlung, I.N. 56008. TB 5, 9.6.1899, 151.

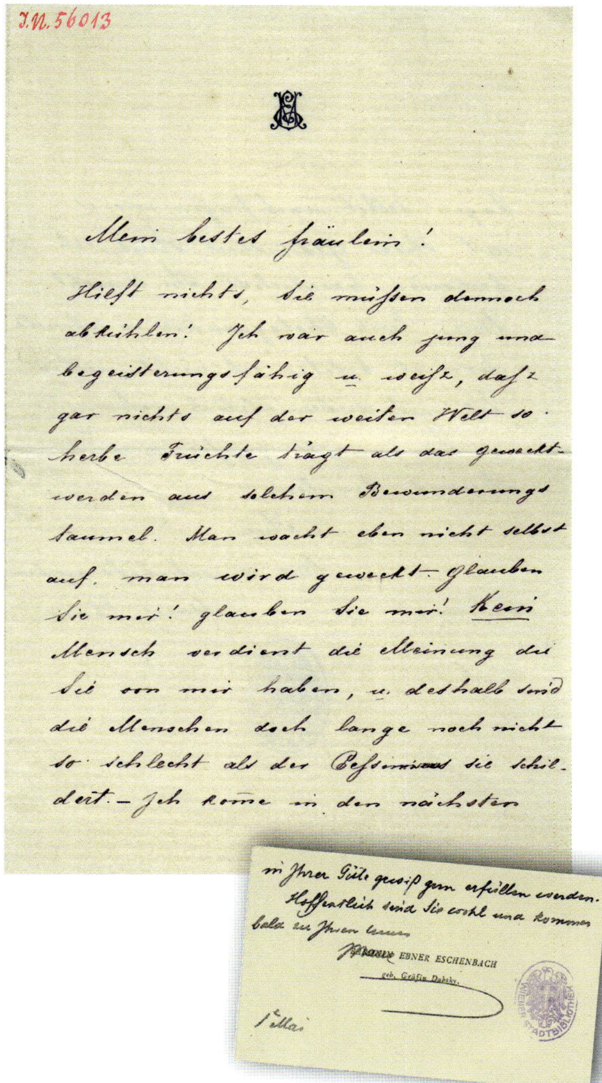

I.N. 56013

Mein bestes Fräulein!

Hilft nichts, Sie müssen dennoch abkühlen! Ich war auch jung und begeisterungsfähig u. weiß, daß gar nichts auf der weiten Welt so herbe Früchte trägt als das geweckt-werden aus solchem Bewunderungstaumel. Man wacht eben nicht selbst auf, man wird geweckt. Glauben Sie mir! glauben Sie mir! Kein Mensch verdient die Meinung die Sie von mir haben, u. deshalb sind die Menschen doch lange noch nicht so schlecht als der Pessimismus sie schildert. – Ich komme in den nächsten

in Ihrer Güte gewiß gern erfüllen werden. Hoffentlich sind Sie wohl und kommen bald zu Ihrer treuen

Marie Ebner Eschenbach

geb. Gräfin Dubsky.

1 Mai

Visitkarte und Brief an Marie von Najmájer (5.3.1876)

Marie von Ebner-Eschenbach in ihrem Schreibzimmer (Drei-Raben-Haus, nicht nach 1899)

Moriz von Ebner-Eschenbach

Marie von Ebner-Eschenbach, Ida von Fleischl-Marxow und Mariette Gräfin Kuefstein

Beim Tarockieren: Betty Paoli, Ebner-Eschenbach, Ida von Fleischl (Photo: Richard von Fleischl, 1891)

Kartenrunde in St. Gilgen, 1897: Ida von Fleischl, Ebner-Eschenbach, Otto von Fleischl (Zeichnung: Ludwig Michalek)

Wohnhaus
Ecke Spiegelgasse/
Graben (New-
York-Haus)

Arbeitszimmer
in der Spiegel-
gasse mit dem
Bild Ida Fleischls
auf dem Schreib-
tisch

Im Vorzimmer der Wohnung Spiegelgasse (nicht vor 1902)

Ebner-Eschenbachs Arbeitszimmer in der Spiegelgasse (Ölgemälde von Alois Hänisch)

Marie von Ebner-Eschenbach
(Heliogravüre nach einer Photographie)

Am Schreibtisch, mit dem Spiegelbild der Photographin Marianne Kinsky

In Venedig, 1907

Mit ihrer Nichte Marianne Gräfin Kinsky, 1910

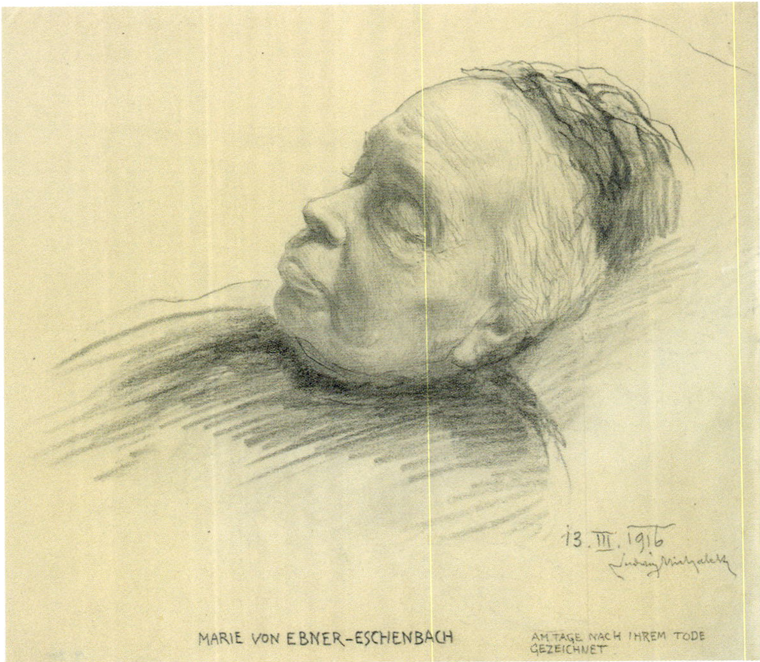

Marie von Ebner-Eschenbach am Totenbett, von Ludwig Michalek
»Am Tage nach ihrem Tode gezeichnet« (13. 3. 1916)

IV. Kapitel

Altweibersommer

1899–1916

»Man bleibt jung, so lange man noch lernen, neue Gewohnheiten annehmen und Widerspruch ertragen kann.«[1]

Nicht der Tod ihres Ehemannes, sondern der Tod ihrer besten Freundin wird zur Zäsur in Marie von Ebner-Eschenbachs späten Jahren. Das liegt nicht nur, aber auch an Ida von Fleischls Rolle als »künstlerisches Gewissen« der Dichterin (Anton Bettelheim). Zwei Tage nach Idas Tod erklärt Marie Ebner ihrem Bruder Adolph, warum es ihr unmöglich ist, die geplante Fahrt nach St. Gilgen allein anzutreten. Zu traurig wäre es dort, auf »Schritt und Tritt würde ich Ida vermissen. Jeder der mich anspräche würde mich nach ihr fragen, jedem müßt' ich Rede stehen, u. immer wieder diese schweren Tage aufleben lassen (…).« An Marie von Najmájer schreibt sie aus Zdislawitz: »Hier in meiner alten Heimat, wo ich nie mit Ida zusammen war, bringe ich mich noch am leichtesten durch.« Als Helene Tafel, ihre Übersetzerin ins Italienische, ihr versichert, sie wisse, wie ihr zumute sei, notiert Marie Ebner: »Weiß sie's? – Mein seelisches Rückgrat ist gebrochen, so ist mir zumute.«[2]

Im Tagebuch ist das Schriftbild auffällig verändert, bis in den Oktober hinein nur dürre Vermerke zum Wetter und zur Korrespondenz, kein Wort von Arbeit. Schwer bedrückt Marie Ebner »die geistige Einsamkeit, in der ich meinen Beruf nun weiter ausüben soll«. An Julius Rodenberg schreibt Marie Ebner im Juni, sie werde nun überhaupt nichts mehr veröffentlichen können. Später verlangt sie von ihm, er müsse ihre Texte künftig mit besonderer Strenge prüfen: »Jede andere Rücksicht verschwindet gegen die, daß eine schwache Arbeit von mir nicht in der Deutschen Rundschau erscheinen darf.« Im August lehnt sie die Einladung von Burgtheaterdirektor Paul Schlenther ab, einen Prolog zur Goethe-Feier zu verfassen. »Ja wenn Ida am Leben wäre! wenn wir in St. Gilgen wären – mit welcher Wonne hätte ich Ja gesagt!«[3]

Eine andere Bitte um ein Gelegenheitsgedicht kann sie einige Tage später aber nicht ablehnen: Franz Joseph wünscht, Baronin Ebner-Eschenbach möge den Text für die Inschrift des Kaiserin-Elisabeth-Denkmals verfassen, das in Salzburg errichtet werden soll. Die einstige Sympathisantin der 1848er-Revolutionäre ist fünfzig Jahre danach als Hofdichterin gefragt, und sie muss sich nicht verstellen, um diesem Anspruch Genüge zu tun. Noch am selben Tag, da Erzherzog Ludwig Victor ihr den Wunsch Seiner Majestät übermittelt hat, sendet Marie Ebner ihm drei Entwürfe, zwei Prosatexte und ein Gedicht. Ehebaldig erhält sie Antwort vom Erzherzog: Der Kaiser hat das Gedicht gewählt und dem Bruder »ganz entzückt« darüber geschrieben. Edmund Hellmers Marmorstatue in Lebensgröße wird 1901 in Anwesenheit des Kaisers im Park des Hotel de l'Europe enthüllt. 1853 war Salzburg für Elisabeth auf dem Weg nach Ischl die erste Station in Österreich gewesen, und ihre letzte Stunde auf österreichischem Boden verbrachte sie am 15. Juli 1898, von Ischl kommend, in dem zwischen Bahnhof und Hotel gelegenen Park. Zu dieser Zeit befand sich Ebner-Eschenbach im nahen St. Gilgen, auf ihrer Fahrt nach Rom übernachtete sie im Oktober desselben Jahres im Hotel de l'Europe.[4]

Just das Gedenkgedicht für die ermordete Elisabeth ist seit dreißig Jahren die erste Arbeit Marie Ebners, die veröffentlicht wird, ohne die Kontrollinstanz Ida Fleischl passiert zu haben. Als Postkarte mit dem Jugendbild der Kaiserin, einer Ansicht von Salzburg und einer handschriftlichen Fassung der Dichterin findet das Gedicht weite Verbreitung. Die schlichten Verse mit ihrem überaus sparsamen Einsatz von Reimwörtern haben den Geschmack des Monarchen offenbar getroffen:

»Dein Oesterreich, du hast es hier betreten
Als Kaiserbraut in holder Majestät,
Und alle Herzen flogen dir entgegen,
Ihr Jubelgruß war Segen, war Gebet.

Dein Oesterreich, du hast es hier betreten
Im Scheiden auch, geliebte Majestät,
Und wieder folgt dir nach des Volkes Segen
Und seine Thränen werden zum Gebet.«[5]

Im September übersiedelt Ebner-Eschenbach in die neue Wohnung, »die ich so freudig wählte, weil sie in der Nähe des Hofes u. der Habsburgergasse liegt«. Am 30. notiert sie: »Heute zum erstenmal seit Idas Tod durch die Habsburgergasse gegangen.« Von den Fleischl-Söhnen bekommt sie »[d]as große Schriftenpaket«, das ohne Zweifel auch ihre eigenen Briefe enthält, und »Idas Bild«. Ein von Marie Müller gemaltes Ölportrait wird Marie Ebner bis zu ihrem Tod auf dem Schreibtisch stehen haben.[6]

Auf Drängen Adolphs und ihrer Nichten begibt sich Marie Ebner im Herbst 1899 abermals nach Rom. Nach ihrer eigenen Definition kann man sie mit 69 noch jung nennen: »Man bleibt jung, so lange man noch lernen, neue Gewohnheiten annehmen und Widerspruch ertragen kann.« Das Lernen über die Geschichte und Kunstgeschichte Italiens ist ihr eine Leidenschaft, die Romreise wird zu einer herbstlichen Gewohnheit, Menschen, die ihr gegenüber noch Widerspruch einlegen, sind allerdings nicht so leicht nachzuweisen. Bei ihrem ersten Besuch in Rom war Marie Ebner überzeugt gewesen, es würde auch ihr letzter sein: »ich werfe gewiß vor der Abreise keinen Obulus in die Fontana trevi.«[7]

Unterwegs macht sie für zwei Wochen Station in Florenz, denn sie hat ein neues Projekt in Arbeit, dessen Grundidee sie noch mit Ida Fleischl besprochen hat: den Künstlerroman *Agave*. Er spielt in der Frührenaissance im Umkreis Masaccios, und so lässt sich Marie Ebner von Theo Schücking und der Übersetzerin Helene Tafel die Stadt zeigen, verbringt Stunden in den Uffizien und in der Kapelle der Brancacci mit den Fresken Masaccios. In ihren Notizen ist zum ersten Mal seit Ida Fleischls Tod wieder Freude am Leben spürbar. Bei der Arbeit ergeht es ihr wie jenem Mann, den sie 1909 in der Skizze *Der*

Bildhauer beschreiben wird und der in der Hingabe an seine Kunst für Momente den Verlust seines kleinen Sohnes vergessen kann. In Rom, wieder in der Wohnung vom Vorjahr, erträgt sie die Abwesenheit ihrer Freundin offensichtlich eher als in St. Gilgen, aber das Essen bei den »Minottos« – Mina und Otto Fleischl – ist naturgemäß traurig. Alle Freunde und Bekannten nehmen sich ihrer liebevoll an, aber, schreibt Marie Ebner an Josef Breuer, »wer an den Umgang mit Ida gewöhnt war, der hätte im Himmel ein Heimwehgefühl«.[8]

In Rom zieht sie die Bilanz ihrer Verluste und vergleicht sich einmal mehr mit einem Baum: »Alt sein heißt einsam sein, man kommt sich vor wie ein Baum, dem eine Wurzel nach der andern abgehauen wurde; der Boden in dem er steht hat keine lebendige Verbindung mit seiner Umgebung mehr. Nur noch sein Stamm steht in der Erde, u sein Leben ist nur noch ein Warten auf den ersten Windstoss der ihn fällen wird.« Dieser Ton ist aber doch nicht repräsentativ für Ebner-Eschenbachs römische Stimmung. Nach wie vor begeistert sie sich für das Schöne, nach wie vor macht und pflegt sie auch neue Bekanntschaften, zum Beispiel jene mit der deutschen Schriftstellerin Malwida Freiin von Meysenbug (1816–1903), deren *Memoiren einer Idealistin* nicht nur wegen ihrer Freundschaft mit Richard Wagner und Nietzsche Aufsehen erregten. Meysenbug macht der Wiener Kollegin das Kompliment, sie habe noch »nie Jemanden nach so kurzem Kennenlernen so lieb gewonnen wie Sie«. Zu Silvester 1899 schreibt Marie Ebner in ihren Kalender: »Letzter Tag des Jahres das mich arm gemacht hat.«[9]

Der nahende siebzigste Geburtstag und die zu erwartenden Ehren verstärken das Gefühl der Einsamkeit, fehlen doch jene beiden, die ihr in den letzten Jahrzehnten am nächsten gewesen sind, um sich mit ihr daran zu freuen. Gründe dafür gibt es genug: Eine geradezu überwältigende Flut von Huldigungen bricht über die Dichterin herein, die ihren Geburtstag wie stets im mährischen Abseits verbringt. Von Schloss Löschna, wo ihre Lieblingsnichte Marie als Frau ihres Cousins Philipp Kinsky (des Sohnes von Maries Schwester Fritzi) residiert, fährt die Dichterin nach Zdislawitz, um dort das obligate Veteranenständchen, den Fackelzug und die Jause für die Ortsbewohner zu absolvieren. Sie kommt aber zu ihren Landsleuten gleichsam nicht mit leeren Händen: Ihr lange gehegter Plan, in ihrem Geburtsort ein Armenhaus bauen zu lassen, ist gerade rechtzeitig zu ihrem Siebziger Wirklichkeit geworden. Schon 1891 hielt Marie Ebner im Tagebuch den Entschluss fest, ihre innig geliebte Uhrensammlung zu verkaufen, wenn sie dafür einen akzeptablen Preis erzielen könne –, und mit dem Erlös ein Haus für die Dorfarmen zu errichten und zu betreiben. So weit kommt es nicht, denn ihr Bruder nimmt sich ihr zuliebe der Sache an. Er baut zuerst ein »Arbeiterpalais« und beginnt dann mit dem Bau des Armenhauses, bei dem er Maries Angebot, »wenigstens die halben Kosten zu tragen«, ausschlägt: »Adolph hat alles aus eigenem bestritten, ich durfte nicht einen Kreuzer beisteuern.« Marie Ebners uneigennütziges Geburtstagsgeschenk ist, wie sie meint, »wunderhübsch« geworden.[10]

Während in Zdislawitz die liebevoll gestalteten Huldigungen im gewohnten Rahmen ablaufen, wird die Dichterin in Wien mit allem Pomp gefeiert. Mit »Die Ebner-Feier« überschreibt Anton Bettelheim ein eigenes Kapitel der Biographie – die gerade noch im Jubeljahr 1900 erscheint. Aus dem Reich grüßen die maßgeblichen Stimmen, von Gerhart Hauptmann über Friedrich Spielhagen bis zu Paul Heyse, der die Jubilarin in einem Festgedicht »Als Deutschlands größte Dichterin« besingt. In Österreich gratulieren Dichter ihrer Generation wie Saar und Rosegger und jüngere wie Schnitzler, ebenso die Führer der Sozialdemokratie Adler und Pernerstorfer, natürlich der ungeliebte Karl Lueger, und Erzherzog Ludwig Victor schenkt der Dichterin eine in einen Maria-Theresien-Taler gefasste Uhr. Die Frauen Wiens formieren sich unter der poetischen Ägide von Marie Eugenie delle Grazie und Marie von Najmájer. Nicht zu vergessen eine besondere Freude: Die Innung der Uhrmacher ernennt die Schöpferin der *Lotti* zu ihrem Ehrenmitglied, worauf jene zeitlebens besonders stolz sein wird.[11]

Neben Anton Bettelheims quasi autorisierter Biographie erscheint zum siebzigsten Geburtstag auch Moritz Neckers Buch *Marie von Ebner-Eschenbach. Nach ihren Werken geschildert*, das außerdem Kostproben weniger bekannter Ebner-Texte enthält. Mit der Rolle der Klassikerin zu Lebzeiten hat die Dichterin sich offenbar bereits angefreundet. Als sie zwei Jahre zuvor von den Plänen der beiden rivalisierenden Interpreten erfuhr – damals plante auch noch Jakob Minor eine größere Studie über sie – quittierte sie diese in ihrem Tagebuch mit »›Es sei!‹ sagte Grillparzer«.[12]

Ebner-Eschenbach ist um die Jahrhundertwende aber nicht nur in der Literaturwissenschaft angekommen, sie ist auch so etwas wie eine Volksdichterin geworden. Die Geschichte von dem Tiroler Bauern, der sich in ihre von einem Sommergast vergessenen *Aphorismen* vertieft, weil er keine Zeit habe »G'schichten« zu lesen, gefällt der Autorin genauso gut wie die Antwort des Augenspezialisten Ludwig Mauthner, der ihr auf ihren Dank hin erwidert: »O ich bitte: wir sind für nichts so dankbar, wie für Dankbarkeit. Aphorismus 49, 4t Hundert.« Gelesen wird Ebner-Eschenbach aber nachweislich auch in den allerhöchsten Kreisen, im Herrscherhaus: In einem entrüsteten Brief berichtet Marianne Kinsky ihrer Tante, die Kronprinzessin, Rudolfs Witwe Erzherzogin Stephanie Clothilde, habe in ihrem unter Pseudonym erschienenen Band *Gedankensplitter, Erlebnisse und Eindrücke* einen Aphorismus Marie Ebners ohne Quellennachweis gebracht: »Das ist ja ein gemeiner Diebstahl!« Die Autorin dürfte das gelassen gesehen haben: »Autoren, die bestohlen werden, sollten sich darüber nicht beklagen, sondern freuen. In einer Gegend, in der Waldfrevel nicht vorkommt, hat der Wald keinen Wert.«[13]

Die größte Genugtuung gibt der Dichterin aber wohl der für den 13. September angesetzte, in ihrer Abwesenheit stattfindende »Ebner-Abend« im Burgtheater, an dem die Einakter *Dr. Ritter*, *Ohne Liebe* und *Am Ende* gezeigt werden: *Dr. Ritter* ist Ebners Schiller-Hommage von 1869, bei den beiden anderen handelt es sich um aristokratische Konversationsstücke rund um das Wagnis Ehe: *Ohne Liebe* ist ein Lustspiel, in dem zwei die Vorzüge einer wohltemperierten Zuneigung preisen und ein Bündnis angeblich »ohne Liebe« schließen, und *Am Ende* Ebner-Eschenbachs jüngstes Theaterstück, das 1897 unter viel Applaus am Deutschen Theater uraufgeführt wurde: Ein reuiger Ehesünder kehrt »am Ende« zu seiner Frau zurück, und das alte Paar wagt einen neuen Anfang. Den Prolog zum Fest steuerte Ferdinand von Saar bei. Er gestaltet ihn als ein Lob der »Frauendichtung« und verschweigt nicht, dass Ebner-Eschenbachs »Weg zum Gipfel« »steil und dornig« war; den Zusammenhang mit dem Theater, genauer gesagt: dem Burgtheater, kann nur erahnen, wer ihn kennt. Auf ihn vor allem beziehen sich »die bangen Zweifelstunden«, »all die Enttäuschungen, Entmuthigungen«: »Auch sie erfuhr die Leiden des Genies / Und kämpfte mit dem Stumpfsinn dieser Welt.« Als Summe eines Dichterinnenwerks zieht Saar das charakterliche Beispiel: »Denn heller noch als ihres Geistes Ruhm / erstrahlt ihr tiefgeläutert Menschentum!«[14]

Die so Geehrte findet den Prolog »außerordentlich schön, viel zu schön für mich. Seien Sie doch aufrichtig guter, lieber Freund, und gestehen Sie daß ihr alle miteinander jetzt auf einmal viel zu viel Geschichten mit mir macht.« Die Betonung liegt hier durchaus auf »jetzt auf einmal«, doch der Vorwurf gilt nicht dem Kollegen. Saar begleitet sie seit den sechziger Jahren als treuer Freund mit herzlicher, kritischer Anerkennung. Schon 1875 hat er ihr seine Novelle *Die Geigerin* gewidmet, in der eine Frau, die ihr Leben und ihren Verdienst einem nichtsnutzigen Spieler aufgeopfert hat, schließlich in den Tod geht. Die Erzählung beginnt mit dem programmatischen Satz »Ich bin ein Freund der Vergangenheit«, und Saar weiß sich um die Wende zum neuen Jahrhundert in dieser Hinsicht erst recht eines Sinnes mit Marie Ebner. Der Briefwechsel zwischen den Kollegen ist von ehrlicher Verbundenheit und Sympathie geprägt und wohl der »natürlichste«, am wenigsten von selbstverkleinernden Verrenkungen bestimmte, den Ebner-Eschenbach mit einem männlichen Briefpartner geführt hat. Den Freundschaftsdienst der Geburtstagshuldigung kommentiert sie aber auch wieder mit provokantem Understatement: »Also der Größere der Kleineren! Ich weiß nicht, ob ich mich darüber freuen soll. Der Dichter von Pabst und Kaiser und die Dichterin der zwei mährischen Trotteln!« Nämlich der Freiherren von Gemperlein. Ebner-Eschenbach spricht den wenig Jüngeren meist vertraut mit »lieber Saar« oder »lieber guter Freund« an, er nennt sie »hochverehrte« oder »gnädigste Gräfin«, nimmt sich aber kein Blatt vor den Mund. Allein die Geldzuwendungen an ihn, die sie mitträgt und mitorganisiert, bilden eine gewisse Quelle der Befangenheit zwischen den beiden.[15]

Mit Ferdinand von Saar hat man jedenfalls den richtigen Lobredner für den Ebner-Abend verpflichtet, und er versteht die Überforderung der fernen Freundin gut: »Es muthet einen seltsam an, wenn man plötzlich mit Scheffeln zugemessen bekommt, was man sich gewissermaßen löffelweise verdient hat.« Als Sprecher des Prologs hat Saar, der an dem Abend mit Grippe zu Bett liegt, sich Adolf von Sonnenthal, den König des Salonstücks, gewünscht (er wirkte auch in der Uraufführung von Schnitzlers *Liebelei* mit). Weil aber Sonnenthal gleich zu Beginn die Hauptrolle in *Am Ende* spielt, kommt Joseph

Lewinsky zum Zug, der den Text laut *Fremdenblatt* mit »düsterer Feierlichkeit« deklamiert und ihn so um seine volle Wirkung bringt. Marie Ebner wäre es lieber gewesen, der Dichter hätte den Prolog selbst gesprochen.[16]

Auch wenn die Presse die Festaufführung rundum lobte und *Ohne Liebe* und *Am Ende* noch lange zu meistgespielten Stücken Marie Ebners gehören sollten: Der Abend konnte für sie keine wirkliche Wiedergutmachung darstellen und der verhinderten Dramatikerin keinen Durchbruch mehr bescheren. Im Kontrast zu den Dramen des Naturalismus haftete den Ebner'schen Salonstücken nun bereits etwas Altmodisches an, was das Publikum als Reverenz an die gute alte Zeit durchaus genoss. Aber auch im Vergleich mit Arthur Schnitzlers pessimistischen Gesellschaftsstücken, in denen Sexualität, Absurdität und Tiefenpsychologie aufs Tableau kommen, wirken die fein ziselierten, heiter-wehmütigen Salon-Petitessen unmodern. »Zu späte Erfüllung einer Sehnsucht labt nicht mehr. Die lechzende Seele zehrt sie auf wie glühendes Eisen einen Wassertropfen.« – Auf Marie Ebners spätes Ankommen am Burgtheater und bei der Wiener Kritik passt der Aphorismus wohl doch.[17]

Das zweite große Ereignis des Jubeljahres bedeutet für Marie von Ebner-Eschenbach wahrscheinlich noch mehr – und sie ist dabei auch persönlich anwesend: Die philosophische Fakultät der Universität Wien verleiht ihr als erster Frau das Ehrendoktorat. Bereits im Sommer hat der akademische Senat ihr »einstimmig, ja mit Acclamation« die Würde auf Vorschlag von Professor Jakob Minor zuerkannt, am 1. September hat der Kaiser »die Beschlüsse zu genehmigen geruht«. Erst drei Jahre zuvor waren in Wien Frauen als ordentliche Hörerinnen überhaupt zum Studium der Philosophie zugelassen worden, im Jahr 1900 promovierten die Ersten von ihnen. »Es ist daher nur consequent, Ihnen den ungleich längern und mühevolleren Weg nicht zu verschließen, der zum Ehrendoctorat führt«, sagt der Rektor Emil Schrutka von Rechtenstamm und betont die historische Bedeutung der Ehrung: »Sie haben den Triumph, die erste Frau zu sein, die auf dieser rechtlichen Grundlage die Würde eines Ehrendoctors erlangt.«[18]

Ein Triumph ist es in der Tat, ein emanzipatorischer, aber auch ein persönlicher: Die Autodidaktin, die als Mädchen nicht Latein und

Griechisch lernen durfte, empfängt die Doktorwürde honoris causa aus der Hand des Rektors der Alma Mater, die Dichterin, die als junge Frau einst einen Deutschlehrer beschäftigte, wird vom Ordinarius der Germanistik als »erste deutsche Schriftstellerin« geehrt, der »selbst unter den Dichterinnen der Vergangenheit« »allein von der Droste der Rang streitig gemacht werden« könnte. Im Ehrenbuch der philosophischen Fakultät steht der Name Marie von Ebner-Eschenbach nun neben Franz Grillparzer und Anastasius Grün, neben Eduard von Bauernfeld und Anton Bruckner und Kronprinz Rudolf.[19]

Auch der Rektor, ein Jurist, offenbart sich als Leser und Verehrer ihrer »duftigen Erzählungen«, der schon als Jüngling für die »herrlichen Frauengestalten geschwärmt« haben will. Der Promotor Jakob Minor, als Ordinarius Nachfolger von Erich Schmidt, macht in seiner Rede deutlich, dass Ebner-Eschenbach insbesondere auch als eine Symbolgestalt der Einheit, des Ausgleichs und des Konsenses preiswürdig erscheint: Ihr Herz sei »von Kindheit auf zwischen den Slaven und den Deutschen« geteilt, und dabei weise »diese deutsche und zugleich wieder echt österreichische Dichterin« doch »über die nationalen Gegensätze hinaus auf die höhere Menschenliebe«. Marie von Ebner sei den Werten der Klassik verbunden und zugleich »ein echtes und rechtes Kind der neuen Zeit« – und sie stehe überhaupt in der Mitte »zwischen der alten und der neuen Schule«, zwischen dem Idealismus und dem Realismus: »sie kann den Ruhm für sich in Anspruch nehmen, nach dem Tode Fontane's der einzige Schriftsteller der älteren Generation zu sein, der sich bei Alt und Jung der gleichen Anerkennung erfreut.«[20]

Es scheint, als wäre Marie von Ebner-Eschenbach die ideale Person, um in der längst zentrifugalen Kräften ausgesetzten Donaumonarchie die ruhige Mitte abzugeben, der Liebling aller, und dabei doch eine Frau mit Profil und Charakter – die mit »Selbstzucht« ihr Talent gegen alle Widerstände entfaltet habe. Der Promotor preist mannigfaltige typisch »weibliche« Tugenden und Gefühle wie Milde, Liebe, Stille, Ruhe, Humanität, Mitleid, Weisheit, aber er sagt immerhin auch, die frischgebackene Doktorin habe die Welt der österreichischen Aristokratie nicht nur »in mildem, liebenswürdigem Humor«, sondern auch »in scharfer Satire« erschlossen. Jakob Minors Zugang war womöglich kein rein akademischer. Fünfzehn Jahre zuvor hatte der neue Lehrstuhlinhaber laut Marie Ebners Tagebuch in einem ersten Vortrag noch »gegen den Einfluß der Frauen auf die Litter[atur] gesprochen«. Durchaus denkbar ist, dass dem Wirken des Promotors das einer inoffiziellen Promotorin voranging: Des Professors Frau Daisy Minor war eine bedeutende Aktivistin der Frauenbewegung, unter anderem Vizepräsidentin des »Bundes Österreichischer Frauenvereine«, und sie stand als ergebene Leserin mit Ebner-Eschenbach in Kontakt. Eine Ausnahme von der allgemeinen Ebner-Euphorie bilden am Beginn des 20. Jahrhunderts nur die Klerikalen. Die Dichterin fürchtet anlässlich ihres Ehrendoktorats »Grobheiten« aus »dem Lager zu erfahren, das mir auch jetzt wieder (…) seine weiß Gott unverdiente! Feindseligkeit fühlen ließ«.[21]

Die feierliche Promotion findet am 11. Oktober 1900 nicht etwa im Festsaal der Universität, sondern im privaten Rahmen statt: Adolph Dubsky hat seine repräsentative Wohnung Am Hof zur Verfügung gestellt, geladen ist nur die allerengste Familie, die akademischen Würdenträger rücken mit Pedell und Schwur-Szepter an. Marie Ebner hat einen Dank vorbereitet, der »auf jede Ansprache paßt«: »Er ist ganz kurz, wenn ich ihn nur gut herausbringe!«, schreibt sie Marianne. »Nach der Promotion Déjeuner von Sacher, Champagner, Toaste. Kannst Dir denken, wie ich mich ausnehmen werde! Strohdumm u. verlegen ich uralte Gans! Wenn mich nur keine gar zu arge Rührung packt (…).« Die ist dann freilich unvermeidlich. »Es war wunderschön«, berichtet Ebner-Eschenbach ihrer Nichte am Tag danach: »Sie fingen alle im officiellen Tone an u. wurden nach u. nach so herzlich u. warm daß wir alle weinten, die Herren Professoren nicht ausgenommen.«[22]

Die diversen Festivitäten zum Siebziger nehmen die Dichterin stark in Anspruch, die Visitendichte erreicht Rekordwerte, sodass Ebner-Eschenbach ihren Freund Saar im November 1900 davor warnen muss, unangemeldet zu kommen: »Bei mir geht es jetzt zu wie beim Zahnarzt, auf jeden Augenblick muß pränummerirt werden.« Es hat sich herumgesprochen, dass die Baronin – der das »antisemitische Wien« so »odios« ist – den Winter wieder in Rom verbringen will, auch deshalb möchten alle ihr davor noch einmal ihre Aufwartung machen. Ihre Pläne, eine Wohnung außerhalb Wiens für den ganzjährigen Aufenthalt zu suchen, verwirklicht Marie Ebner nicht. Auch die Idee, den Winter in Ischl, den Sommer in St. Gilgen zu verbringen, verwirft sie wieder. »Nach St. Gilgen bringe ich mich ja vielleicht doch«, glaubt sie damals noch. Stattdessen »bringt sie sich« nach Rom, von 1898 bis 1905 verlebt sie dort fünf Winter, nur 1901 und 1903 zieht sie es vor, in der kalten Jahreszeit bei Marie Kinsky und deren Kindern auf Schloss Löschna zu bleiben. Den Sommer und Frühherbst verbringt sie wie vor der Ära der St.-Gilgen-Aufenthalte in Löschna oder Zdislawitz, in den Zwischenzeiten bleibt sie trotz allen Bedenken in Wien.[23]

Im November 1900 geschieht auf der Fahrt nach Rom etwas Dramatisches: Bei einem ungeplanten Zwischenstopp in Bologna laufen die Träger mit ihrem Gepäck plötzlich zu einem anderen Bahnsteig, Angela, Marie Ebners Stubenmädchen und Sekretärin, eilt ihnen nach: »Ich bin allein in der dunkeln Bahnhof-Halle und gehe nun, wie ich meine, in derselben Richtung wie die andern und stehe plötzlich vor einer lautlos heranrollenden Lokomotive. Ebenso lautlos hat mich in dem Augenblick jemand ergriffen, zur Seite geschoben und ist, ohne sich um mich zu bekümmern, seiner Wege gegangen. Ich habe meinen Lebensretter weder gesehen noch gehört.«[24] Die Episode, die Ebner-Eschenbach nur in ihrem Tagebuch festhält, hat etwas Unwirkliches, Traumhaftes, sie ist beschrieben wie ein Moment der Epiphanie.

Das Bedürfnis nach einer moralischen Autorität, die in Zeiten des Umbruchs Halt und Orientierung verspricht, ist im Deutschen Reich nicht minder ausgeprägt als in der Donaumonarchie. 1903 veröffentlicht das *Berliner Tageblatt* als Ergebnis einer Umfrage ein Ranking der fünf bedeutendsten Frauen der Gegenwart: Marie von Ebner-Eschenbach belegt nach Bertha von Suttner, der rumänischen Königin Carmen Sylva, Sarah Bernhardt und Eleonora Duse Platz fünf. Immer lästiger werden der Dichterin die zahlreichen Anfragen und Bitten um Beiträge – Wortspenden, Autographen, Verse, Feuilletons, Antworten auf Umfragen, Begutachtung von Texten. »Ich bin hier in jeder Hinsicht das Pferd im Blutegel-Teich«, klagt sie Rodenberg über ihre Existenz in Wien. Vieles gewährt sie als höflicher Mensch, manches schmeichelt ihr auch, doch, wie sie Marie von Najmájer schreibt, »ich muß ja nicht Schnittling [Schnittlauch, D. S.] auf allen Suppen sein. Die Menschen sind aber unbarmherzig, nie bin ich mit den stupidesten Anforderungen so molestirt worden wie eben jetzt. Ida hielt ihre Hand über mich, seit sie fort ist, sieht mich die Indiscretion wie ihr ausgeliefert an.«[25]

Dabei gilt für Marie Ebner nach wie vor, was sie als noch Unberühmte an Faust Pachler schrieb: »Berühmt sein ist nichts. Schaffen ist alles.« Noch vor Ablauf einer Jahresfrist nach Ida Fleischls Tod hat sich ihre Schaffenslust mit Macht zurückgemeldet, und die Verwaltung ihres Ruhms hindert sie nun am Arbeiten. Dass Marie von Ebner-Eschenbach sich ums Berühmtsein nicht geschert hätte, passt zwar zu ihrem Mythos der Bescheidenheit, nicht aber zu ihrer tatsächlichen Lebensgeschichte. Ihre ehrliche Auffassung ist vielmehr in einem Aphorismus ausgedrückt: »Wer sich mit wenig Ruhm begnügt, verdient nicht vielen.«[26]

Früh hat Ebner-Eschenbach begonnen, sich gegen die erdrückende Last des Lorbeerkranzes zur Wehr zu setzen – Stillstand ist ihr von jeher verhasst, ja von Natur aus unmöglich. Als Sklavin ihres künstlerischen Dämons blickt sie stets nach vorne: »Was noch zu leisten ist, das bedenke; was du schon gleistet hast, das vergiß.« Früh plagt sie aber auch schon die Angst, im ungehemmten Schaffensdrang einmal das rechte Maß und Urteil zu verlieren. Nach dem Tod des Malers August von Pettenkofen bemerkt Marie Ebner 1889 anerkennend, dieser habe seine letzten Arbeiten verbrannt: »Gutes, Vortreffliches schien ihm mißlungen, er gab es nicht mehr aus der Hand. Ich hoffe auch so zu werden. Ich bin unzufrieden und sehr zufrieden mit meiner Unzufriedenheit [.]« Offensichtlich scheint es ihr im Zweifelsfall eher erstrebenswert, »Vortreffliches« zu vernichten, als Minderwertiges zu veröffentlichen.[27]

In der etwas plakativen »Künstlergeschichte« *Verschollen* (1896) hat Ebner-Eschenbach ihre Ängste vor dem Nachlassen ihrer Schaffenskraft formuliert. Ein alter Maler und Kunstprofessor, der für tot gilt, hat sich in einem Nest in den Bergen versteckt, wo er – anders als Ebner-Eschenbach – seiner Kunst in reinem Selbstgenügen frönt, ja, für sie gar kein Publikum mehr will, weil er meint, seinen Zenit überschritten zu haben, obwohl es ihm an Einfällen nicht mangelt. »Überproduktivität ist ein Schwächezustand«, erklärt er seinem Besucher, dem jungen Modemaler, der einst sein Schüler war und sich nun mit einem Bild des Meisters aus einer Schaffenskrise mogeln will. Der alte Lehrer offenbart sich als Opfer des Jugendstils: Als seine Bewunderer über die »unglaubliche Frische« seiner Werke staunten, während er selbst sich auf der Höhe seiner schöpferischen Kraft wähnte, da fühlte er sich zum ersten Mal alt: »Und ich Tor hatte mich überlebt und merkte es nicht. Nun ja, meine Hand war noch so fest und leicht wie je, mein Auge so scharf und unermüdlich wie je (...).« Auf keinen Fall wollte er »Wasser zutragen zur Sündflut der Mittelmäßigkeit«, und so hat der Maler seine Meisterwerke verbrannt und beschlossen, der Welt abhandenzukommen. Seine Autorin trauert mit ihm einer Zeit nach, da man dem Künstler zubilligte, wie Michelangelo erst im Alter zu reifen.[28]

Dabei zweifelt sie selbst aber zusehends an ihren Kräften: »Nicht leisten können, was andere leisten – du mußt dich bescheiden. Nicht mehr leisten können, was du selbst einmal geleistet hast – zum Verzweifeln.« Marie von Ebner-Eschenbach meint nicht mehr zu wissen, was sie kann, und sie vermisst Ida Fleischls schonungslosen Richterspruch. Anderen, vor allem den vielen jüngeren Verehrerinnen und Verehrern, traut sie nicht, weil sie sich selbst nicht traut, denn: »Im Alter sind wir der Schmeichelei viel zugänglicher als in der Jugend.« In ihren letzten eineinhalb Jahrzehnten hat Ebner-Eschenbach doch ohne Zweifel noch Werke zustande gebracht, angesichts derer sich die Frage nach dem Alter ihrer Verfasserin gar nicht stellt. Josef Breuers Geburtstagswunsch zum Siebzigsten hat sich auf erstaunliche Weise erfüllt: »kein Abbröckeln Ihrer Persönlichkeit, kein Verflackern der holden Flamme in Ihnen. Kurz: Leben und Vergehen, aber kein Vermorschen.« Ihrem Arzt und Freund beschreibt die Dichterin, die gerade über *Ihr Beruf* nachdenkt, die Entstehung neuer Texte, die zunächst schattenhaft aufzutauchen pflegen: »Erst wenn die Schatten Gestalten annehmen und sich heulend auf die Schwelle setzen, daß ich nicht mehr ein und aus kann ohne ihr lebensgieriges Geschrei zu hören und ihre lebensgierigen Augen zu sehen, erst dann lasse ich mich in den Kampf mit ihnen ein. Ein Kampf *ist es*, und noch nie habe ich ihn zu Ende gekämpft, ohne das Gefühl einer Niederlage davonzutragen.«[29]

Römisches Licht und mährische Erde

Gerade Marie Ebners umfangreichstes Werk dieser Jahre, der Künstlerroman *Agave*, war allerdings dazu angetan, die Zweifel an ihren schöpferischen Kräften weiter zu schüren. Sie beendet die Arbeit Anfang 1901, nach überaus fruchtbaren Monaten in Rom. Vereinbart wird der Abdruck in *Westermanns Illustrierten Deutschen Monatsheften* ab Oktober und die Buchpublikation im Jänner 1902 – *Agave* erscheint jedoch erst ein Jahr später, wozu die zwiespältigen Reaktionen der Leser beigetragen haben mögen. An die Recherche für diesen Roman hat seine Autorin beträchtliche Mühe gewandt, sowohl beim Lokalaugenschein in Florenz als auch bei ihren kunsthistorischen Studien. So hielt sie der Expertenstreit darüber, ob man die Fresken von San Clemente tatsächlich Masaccio zuschreiben könne, wochenlang auf. Wie in *Lotti, die Uhrmacherin* geht es auch hier um einen begabten, aber gewissermaßen gefährlich unterdotierten Mann, der in das Spannungsfeld zwischen Kunst und Handwerk gerät: Der junge Töpfer Antonio Venesco folgt Masaccio nach Florenz, um Maler zu werden, es gelingt ihm ein einziges, von der Liebe beflügeltes Meisterwerk, danach ist es mit seiner Kunst vorbei, doch findet er sein Glück im edlen Handwerk des Töpferns und in der Vereinigung mit der wiedergewonnenen Geliebten. Die Agave, die es in ihrem langen Pflanzenleben zu einer einzigen Blüte bringt, fungiert als Sinnbild des künstlerischen Eintagserfolgs. Als Schüler Masaccios ist Antonio nur das geworden, was sein Vater ihm prophezeit hat: »Ein Halber, der sich ein Ganzer dünkt und anderen weis macht, daß er es ist …«[30]

Das ist ein Thema, das Ebner-Eschenbach schon dreißig Jahre zuvor in ihrem Gedicht *Der Halbpoet* beschäftigt hat, auch hier übersetzt in eine Metaphorik des Pflanzlichen:

> »Es ist die allergrößte Pein,
> Ein Halbpoet geboren sein,
> Zu tragen in sich unerhellt
> Das Chaos einer ganzen Welt,
> Aus dessen Gären, dessen Ringen
> Kein ganzes Leben will entspringen.
> (…)

In dir ein Schaffen unbewußt,
Ein lautlos Schrei'n in deiner Brust,
Ein Wogen, Keimen, Knospensprengen,
Ein ruheloses Vorwärtsdrängen,
Und dennoch keiner Blüte Prangen,
Und dennoch kein Zumzielgelangen!«[31]

Viele dieser Halbpoeten, angefangen bei ihrer Gouvernante Marie »Mary« Kittl, hat Marie Ebner aus nächster Nähe erlebt, hat mit ihnen gelitten, sie ermuntert, getröstet und wider besseres Wissen an deren Erzeugnissen herumgedoktert. Ihre Erfahrungen mit jenen sendungsbewussten Minderbegabten stecken in dem aphoristischen Stoßseufzer: »Es gibt überall verschämte Arme, nur nicht in der Literatur.« Das Gedicht behauptet aber eine falsche Distanz, denn es spiegelt durchaus auch Ebner-Eschenbachs lange gehegte massive Zweifel an ihrem eigenen Talent. Selbst als arrivierte Autorin neigte sie nicht dazu, die eigene Bedeutung zu überschätzen. Über den Maler Ludwig Michalek, dem sie Modell zu einer Radierung saß, meinte sie einmal: »Ein ganzer Künstler, wenn auch kein großer. Ich glaube daß wir viel Ähnlichkeit mit einander haben, als Künstler. An gewaltige Aufgaben wagen wir uns nicht aber die, die wir uns stellen lösen wir.«[32]

Die Aufgabe, die Ebner-Eschenbach sich mit *Agave* gestellt hat, hat sie freilich der überwiegenden Meinung der Kritik zufolge nicht gelöst. Theodor Herzl, Ludwig Speidels Nachfolger als Feuilletonchef, nimmt sich persönlich in der *Neuen Freien Presse* des Buches an und schickt ironisch voraus, dass die Dichterin sich nun in »ihrem glorreichen Alter« nicht mehr der Kritik stellen müsse, »obwohl ihr schriftstellerisches Leben nicht schwer war – abgesehen etwa vom inneren Ringen, das Jeder kennt«. Herzls sarkastisches Resümee der Ebner-Feiern definiert seine Position jenseits der offiziellen Begeisterung, die immer »etwas Niederschmetterndes« habe: Wo es an Tadel fehle, fehle auch dem Lob die »rechte Würze«. In dem, was Herzl über die Person Ebner-Eschenbach, »von Haus aus gar eine Gräfin«, sagt, klingt die antiaristokratische Melodie der früheren *Neuen Freien Presse* an: »Die Lakaien haben sich vor ihr schon verbeugt, bevor sie als Dichterin amtlich beglaubigt war.« Und auch das Publikum höre eben einer großen Dame, die »sich herbeiläßt, ihm etwas zu erzählen«, immer noch sehr dankbar zu. Die parodistische Färbung der ausführlichen Inhaltsangabe enthebt den Rezensenten einer stichhaltigen Argumentation: »Wenn ein Töpfergeselle ein Maler werden will, und wenn sich das in einer Quattrocento-Novelle begibt, wird er immer ein Maler.« Herzls Fazit lautet bündig: »all dies Harmonische und Arrangirte läßt in uns die Vorstellung eines wirklichen, wenn auch Jahrhunderte entfernten Lebens nicht recht aufkommen«.[33]

Marie von Ebner-Eschenbach, die von Herzl immer wieder um Feuilletonbeiträge ersucht wird, kommentiert die Rezension fünf Monate später im Tagebuch: »In der *n[euen] fr[eien] Presse* hat Herr Herzl die *Agave* verhöhnt – mich dazu, die Kritiker von heute werden ja immer persönlich (...).« Als Widmungsspruch für ihre Freunde dichtet sie beziehungsvoll: »Da kommt u. sagt schüchtern ihr Ave / Die *herzl*ich verhöhnte *Agave*.«[34]

Die meisten Rezensenten machen die buchstäbliche Verpflanzung des Themas in die fremde Erde dafür verantwortlich, dass die Charaktere trotz der mustergültigen Färbelung des Florentiner Kolorits blass und abstrakt bleiben. Anton Bettelheim lässt einzelne »Treffer« der Erzählung gelten, doch »als Ganzes überzeugt sie weniger« als *Lotti, die Uhrmacherin*. Dass die *Agave* im Florentiner Boden allzu flach wurzelt, liegt aber wohl auch an der eindimensionalen Botschaft ehrlichen Künstlertums, am sentimentalen Ton, an konventionell gelösten Konflikten und einem gar gekünstelt wirkenden Ende. Ferdinand von Saar tröstet die Freundin, indem er die »sublime Symbolik« des Romans hervorhebt: »das Werk ist eben anders als Ihre anderen – und so wirkt es für den Augenblick befremdend«, Marie Ebners »Kraft des Herzens« und ihr Humor kämen darin nicht so zur Geltung. Victor Klemperer schließt sich 1910 der Meinung an, *Agave* könne sich mit »Marie Ebners Heimatsgeschichten an Lebenswärme nicht völlig messen« und wirke insgesamt wie »eine kunstgeschichtliche Studie über die Glanzzeit der italienischen Malerei«, aber er hebt die Aussage jenes Bildes hervor, das darin als Ausdruck wahrer Kunst gefeiert wird: Es ist ein Triptychon, das die ungetreue Geliebte als schönes Mädchen, als blühende Frau und als hässliche Alte darstellt. Das Bekenntnis zur »Notwendigkeit des Hässlichen« weise die »leidenschaftliche Anhängerin der *alten* Schule« als »getreue Anhängerin gerade der *neuen*« aus, als Vertreterin der Wahrhaftigkeit, und zwar nicht erst seit dem Siegeszug des Naturalismus und der literarischen Dekadenz.[35]

Es lässt sich freilich nicht leugnen, dass die erste große Arbeit, die Ebner-Eschenbach ohne das prüfende Auge ihrer Freundin Ida veröffentlicht hat, auf überwiegend negative Resonanz gestoßen ist. Die Dichterin leidet zwar regelmäßig nach Vollendung eines Werkes an einem Katzenjammer, der ihr nur dessen Defizite vor Augen führt, angesichts der Kritiken gibt sie aber nicht klein bei: »Wie sollte ich Respekt haben vor der Kritik? Bei mir ist von allem was sie mir prophezeite, das Gegenteil eingetreten. Die ersten Erzählungen wurden durchaus wohlwollend besprochen u. versagten völlig. *Božena* erfuhr Tadel u. Hohn u. lebt heute noch u. wird von demselben Kunstrichter der sie bei ihrem Erscheinen in den Staub trat, für meine beste Arbeit erklärt. (...) Deshalb verliere ich auch nicht den Mut trotz der Angriffe die *Agave* erfährt.« Ein Verkaufserfolg ist das Buch allemal.[36]

Marie Ebners Gelassenheit mag auch daher rühren, dass im Oktober 1901, gleichzeitig mit dem Abdruck der *Agave* in *Westermanns Monatsheften,* die Publikation einer unmittelbar danach entstandenen längeren Erzählung in der *Deutschen Rundschau* beginnt: Es handelt sich um *Der Erstgeborene,* der ihr allgemeine Anerkennung einträgt. In einem Brief hat Ebner-Eschenbach Rodenberg im Mai mitgeteilt, der Stoff stamme von einem Verwandten (offenbar Pepi Zamoyski, dem Urheber der Geschichte von *Er laßt die Hand küssen*), sie habe ihn oft mit ihrer »stillen Mitarbeiterin« Ida besprochen, die habe ihn aber für einen Romanstoff gehalten und ihr geraten, bei den Novellen zu bleiben. Nun sei ihr aber eingefallen, wie daraus eine Novelle zu machen sei, und seit drei Jahren sei die Geschichte bereits fertig in ihrem Kopf. *Der Erstgeborene* ist ein Lehrstück über Willkür und Selbstüberhebung, über feudales Denken oder besser: feudale Gedankenlosigkeit, Sexualität als Gewaltausübung und eine geheimnisvolle Mutter-Kind-Bindung, die trotz Trennung und anfänglicher Aversion bestehen bleibt.[37]

Schauplatz der Erzählung ist Ungarn, sie spielt wie ihr Gegenstück *Er laßt die Hand küssen* zur Zeit der Leibeigenschaft. Unter der Obhut eines fürsorglichen Geistlichen kommt die arme Ilona als Magd in die Schlossküche eines Magnaten. Sie verlobt sich mit dem Reitknecht Stephan, während die beiden aufs Heiraten sparen, üben sie sich, anders als Mischka und seine Geliebte, in Enthaltsamkeit. Da wird der für seinen sexuellen Appetit auf weibliche Dienstboten berüchtigte Graf auf die schöne Ilona aufmerksam, bestellt sie zu sich und vergeht sich an ihr, trotz all ihren Bitten um Schonung. Stephan glaubt nicht an Ilonas Schuldlosigkeit, sie gibt ihn frei, er greift seinen Herrn tätlich an, wird aber pardoniert. Wie in *Unsühnbar* führt die einmalige Begegnung zu einer Schwangerschaft. Der Bub mit Namen Akos wächst bei einer Ziehmutter auf, Ilona hat für ihn keine mütterlichen Gefühle, der Graf aber freundet sich allmählich mit ihm an. Elisabeth, die tiefgläubige Schwester des Grafen, wagt, was sie noch nie gewagt hat: Opposition gegen ihren allmächtigen Bruder. Schließlich bringt sie ihn dazu, auf seinem Totenbett die Mutter seines einzigen Kindes zu ehelichen. Ilona muss versprechen, niemals Kontakt zu ihrem Sohn zu suchen. Der Erstgeborene wird somit Erbe des Besitzes und seine Mutter als gräfliche Witwe von ihrem Stephan als Ehefrau akzeptiert. Zwölf Jahre später – damit ist die Geschichte in der Rahmenhandlung angekommen – sucht Akos sie in ihrem neuen Heim auf, Mutter und Sohn finden zueinander und geloben, ihre Gefühle geheim zu halten. Wie Mutter und Sohn Holub in *Das Gemeindekind*, wie Mutter und Sohn Pfanner in *Der Vorzugsschüler* geben Ilona und Akos ein Musterbeispiel innigster ödipaler Zweisamkeit – wenn auch nur für eine Stunde.

Bereits die Zeitgenossen haben gewürdigt, dass Marie Ebner mit der Vergewaltigung in *Der Erstgeborene* »auch vor dem Abstoßenden auf dem prekärsten Gebiet, dem erotischen«, nicht Halt gemacht hat (Victor Klemperer). Wie in *Unsühnbar* bleibt das eigentliche Geschehen der Phantasie des Lesers überlassen. Dies geschieht ja auch in Arthur Schnitzlers Skandalstück *Reigen*, das 1900 als Privatdruck erscheint. Anstelle des Gedankenstrichs, der bei Schnitzler wie schon in Kleists *Marquise von O.* den ausgesparten Beischlaf andeutet, fällt bei Ebner-Eschenbach am Kapitelende eine Tür ins Schloss. »Denk nicht, gehorche!« ist das Letzte, was das Mädchen, das eine unglückliche Neigung zum Denken und Nachdenken hat, zu hören bekommt. Der diabolische Sekretär sagt es, der dem Grafen den Kuppler macht und als feige Bedientenseele das Pendant zum Kammerdiener Fritz in *Er laßt die Hand küssen* darstellt.[38]

Nicht alle Mädchen auf dem Gut haben gegen ein Stelldichein mit dem Grafen etwas einzuwenden, denn die Belohnung ist reichlich. Für Ilonas Gefühl der Entehrung spielt nicht allein der aufgezwungene fremde Wille eine Rolle, sondern auch das rigorose Besitzdenken ihres Verlobten – sie weiß, dass er sie jetzt nicht mehr »nehmen« wird. In ihrer Beschreibung des Traumas Vergewaltigung, in der »literarische[n] Vorwegnahme psychologischer Ansätze« ist Ebner-Eschenbach »frappierend modern« (Ulrike Tanzer). Das Kapitel nach dem »Blackout« beginnt mit den Worten: »Das war eine andere Ilona, die von gestern und die von heute und die von all den Tagen, die dem Heute folgten. Eine, der aus der Seele gerissen worden ist mit Stumpf und Stiel und bis aufs letzte Würzelchen, was in ihr geblüht hatte an stiller Heiterkeit, an Lebensfreude und an schöner Zuversicht. Eine, die statt Sehnsucht nach ihrem Stephan unsagbare Scheu vor ihm empfand.« Scham und Schuldgefühle des Opfers zeigt die Erzählung ebenso wie die Übertragung der Abscheu gegen den Vergewaltiger auf das ganze männliche Geschlecht. In der Auseinandersetzung mit dem tobenden Stephan, einer Gerichtsszene en miniature, hält Ilona jedoch seiner Suada stand und kommt in ihrer Verteidigung noch einmal zur Sache: »›Ich kann nicht für mein Unglück … Wie soll ich dafür können? … Wer ist stärker, der Herr oder ich?‹ ›Du hast Zähne, du hast Nägel, hast eine Stimme, kannst schreien.‹ ›Und wer kommt auf mein Geschrei? Wer getraut sich? Wer hat dem Herrn etwas zu befehlen, Stephan, Stephan – du Narr!‹«[39]

Die einigermaßen unrealistische doppelte Wendung zum Guten – Akos' Legitimierung und die buchstäbliche Ver-söhnung mit ihm – folgt in *Der Erstgeborene* dem Muster sentimentaler Romane, deutet dieses aber dabei, wie Charlotte Woodford betont, subversiv um: Die Heldin bleibt nicht unberührt von dem, was ihr angetan wurde, und ihr Leiden lässt sich nicht überhöhen zu einem religiös oder sonstwie sinnvollen Opfer.[40] Als Verherrlichung der Mutterliebe erscheint *Der Erstgeborene* unter dem Buchtitel *Die unbesiegbare Macht* 1905 gemeinsam mit *Ihr Beruf*, dessen Erstdruck in der *Gartenlaube* erfolgte. Die Geschichte des Gerichtspräsidenten Staudenheim und seiner fünf Töchter, deren ihm liebste namens Johanna den Schleier dem Ehejoch vorzieht, beschwört am Ende eine andere Variante mütterlicher Liebe. Diese ist gerade nicht durch leibliche Mutterschaft, ja nicht einmal durch Blutsbande bestimmt, sondern durch das Gefühl von Verpflichtung und Zuständigkeit – Mitleid im Schopenhauer'schen Sinn. Das kränkliche Kind, das Johanna als Vermächtnis des verschmähten Bewerbers um ihre Hand ins Haus gebracht wird, spricht sie gewissermaßen unmittelbar als Mutter an und lässt, anders als sein Vater, ein Nein nicht gelten. Die Mutter Kirche hingegen muss auf Johanna als Braut Christi verzichten, der »gottlose« Forschungsreisende im Geiste Fechners hat postum gesiegt.

Nach ihrer Rückkehr aus Rom bezieht Ebner-Eschenbach Anfang Mai 1903 ihre neue Wiener Wohnung Ecke Graben 8/Spiegelgasse 1, die sie bereits im Herbst gemietet hat. Beschlossen ist eine Wohngemeinschaft mit ihrer ledig gebliebenen Nichte Marianne Kinsky. Das nach dem ersten Besitzer, der Lebensversicherungsgesellschaft New York, so genannte New-York-Haus ist ein Neubau und begeistert die Mieterin nicht, ähnlich wie auch der Nachfolgebau des Rabenhauses: »Bin stark enttäuscht. Wiener Geschwuf. [Hier: Snob, Geck, D. S.] Alles auf die Fassade verwendet, auch die Stiege schön, für das Innere des Hauses wenig geschehen. Die Höhe und die Niedrigkeit unseres zukünftigen Quartiers gleich bedauerlich. Der sogenannte 3. St. ist ein 4., die Plafonds der Zimmer liegen einem auf der Frisur. Auch wenig Platz haben wir.« Die »Übersiedlung nach New-York« bringt jedenfalls den Aufstieg vom ersten Stock im Haarhof in den viel helleren vierten. »Freundlicher wird es dort sein als in meiner jetzigen Wohnung, aber etwas beengt werden wir wohl sein, wir zwei Tyranninnen mit unseren sechs (!) Vasallen«, schreibt Marie Ebner 1902 an Josef Breuer. Ihr Abschied von Rom war vom Tod der schon lange dahinsiechenden Malwida von Meysenbug überschattet. Theo Schücking, die die Kranke den Winter hindurch hingebungsvoll betreut und außerdem der Dichterin mit Feuereifer bei Korrekturen und Korrespondenzarbeiten geholfen hatte, schien erschöpft. Bald nach ihrer Ankunft in Wien erfährt Marie Ebner, dass die um zwanzig Jahre jüngere Freundin einer Lungenentzündung erlegen ist.[41]

Nach wie vor erweitert Ebner-Eschenbach aber unablässig ihren Freundeskreis. In Rom hat sie sich mit Isolde Kurz (1853–1944), der deutschen Schriftstellerin und Übersetzerin, angefreundet. In ihren Notizen ermahnt Marie Ebner sich, deren neues Buch, *Die Stadt des Lebens*, über die Renaissance in Florenz, rundum gut zu finden: »Merk dir einmal, zu lieben, zu loben, zu bewundern bist du da nicht zum bemängeln. Das Buch ist prächtig. Punctum [.]« Die Schwäbin Hermine Villinger (1849–1917), Autorin der *Schwarzwaldgeschichten*, die ihr literarisches Vorbild von Karlsruhe aus seit 1896 jährlich in

Wien besucht und früher auch in St. Gilgen öfter zu Gast war, wird sogar in Zdislawitz empfangen. Ihre Anhänglichkeit an die »[l]iebe Meisterin« hat Züge einer Obsession, bisweilen auch einer Heiligenverehrung: »es ging ein Zauber von ihr aus, vor dem sich mein ganzes Innere beugte. (…) Sie schildern, unmöglich! Dazu fehlt mir die richtige Sehweite, dazu habe ich sie viel zu lieb. Man kann ihr alles sagen (…), denn Marie von Ebner-Eschenbach versteht zu trösten – ›wie einen seine Mutter tröstet. –‹« Marie Ebner protegiert die Freundin bei Rodenberg, der einiges von ihr in der *Rundschau* bringt. Villingers Bewunderung für Ebner-Eschenbach hinterlässt auch Spuren in ihrer Literatur: Dass ihr *Lebensbuch* einiges mit Marie Ebners *Ein kleiner Roman* gemein hat, wurde von der Autorin gar nicht bestritten – im Gegenteil, sie war stolz darauf.[42]

Sind im Verhältnis der Doyenne zu Hermine Villinger auch Mitleid und Fürsorge im Spiel, so verhält es sich bei Enrica von Handel-Mazzetti (1871–1955) ganz anders. Da ist es Ebner-Eschenbach, die die junge Autorin kontaktiert. Entzückt von der Erzählung *Meinrad Helmpergers denkwürdiges Jahr* (1899), schickt die Dichterin der Kollegin ihre *Agave* und lädt sie ein, sie zu besuchen. Der Empfang fällt, wie Enrica von Handel-Mazzetti sich erinnert, überaus herzlich aus, Marie Ebner zeigt ein lebhaftes Interesse an der Entstehung der im 18. Jahrhundert spielenden Konvertiten-Geschichte des *Meinrad Helmperger*. Gerade ist Theodor Herzls Rezension der *Agave* erschienen, und gegenüber ihrer Besucherin räumt die Autorin ein, Herzl könnte recht haben, »daß mir das historische Genre nicht liegt«. Die Damen sprechen auch von der am Tag der Fronleichnamsprozession 1903 bekannt gewordenen Ermordung des serbischen Königspaars durch Offiziere der »Schwarzen Hand« am 11. Juni, ein politisches Menetekel für den Balkan und für ganz Europa – Marie von Ebner-Eschenbach erzählt dem Gast von ihrem Gebet für den Kaiser, den sie von ihrem Fenster aus bei der Fronleichnamsprozession auf dem Graben gesehen hat, bevor man ihm vom Massaker berichtete.[43]

Zwischen den Baroninnen entsteht eine innige Freundschaft, es scheint, als würde Ebner-Eschenbach in der um vierzig Jahre jüngeren Halbwaise auch ein Abbild ihrer eigenen Jugend, eine Reminiszenz ihrer eigenen Anfänge erblicken. Bald bietet sie ihr das Du an: »unsere Seelen sind ja auf dem Du-Fuß; es gehört sich gar nicht, daß wir einander fortwährend baronisieren«. Die Sympathie für die junge Frau wird bei Ebner-Eschenbach nur noch von ihrer Bewunderung für deren Werk übertroffen. Sie hält Handel-Mazzetti für »das größte Talent unter allen die heute in deutscher Sprache schreiben Größe der Konzeption, Kraft Leidenschaft der Empfindung«, heißt es im Tagebuch. Allein ihr Geschmack müsse sich noch ausbilden. Marie Ebner beneidet ihre junge Freundin vor allem um ihr Talent zur komplexen Erfindung. Der Ton der Berühmten gegen die Anfängerin ist von verblüffender Kleinmütigkeit: »Ich bin Dir gegenüber keine Meisterin, Du nicht meine Schülerin. Vielmehr würde ich die Deine, wenn ich nicht so alt wäre.« Auch als Handel-Mazzetti 1905 nach Steyr übersiedelt, reißt der Kontakt nicht ab. Marie Ebner nimmt brieflich lebhaften Anteil an der literarischen Erfolgsgeschichte ihrer Freundin, gelegentlich kommt Enrica nach Wien. Ein Besuch in Steyr erscheint der Älteren, die jährlich nach Zdislawitz und Löschna pendelt und noch 1907 nach Venedig reist, als ein kühner Traum – manchmal kokettiert sie mit ihrem Alter.[44]

Mit *Jesse und Maria* (1906), einem Roman aus der Zeit der Gegenreformation, gerät Enrica von Handel-Mazzetti in die kirchliche Modernismusdebatte und wird so rasch über das katholische Lager hinaus bekannt: Weil der protestantische Held zu gut und mancher Katholik zu schlecht wegkommt, droht das Buch auf den Index zu geraten. Die Autorin wendet dies mit einer öffentlichen Unterwerfungserklärung unter die Autorität des Papstes ab. Davon ist in Ebner-Eschenbachs (publizierten) Briefen aber nicht die Rede. Wie viele Leserinnen und Leser fiebert Marie Ebner mit den Protagonisten mit, als der Roman in Fortsetzungen in der Zeitschrift *Hochland* erscheint, und sie rezensiert das Buch für *Westermanns Monatshefte*.[45]

In der Beschreibung, die sie von Marie Ebner gibt, hebt Handel-Mazzetti die Sanftheit der »eindrucksvolle[n]« Stimme ebenso hervor wie die Schönheit der Augen: »Sie waren grau, eigentlich mehr opalisierend, und ihr Ausdruck war die vollendetste Güte, mit weiblich-anmutiger Klugheit und einem Gran Schalkerei gepaart.« Und sie erwähnt »ihre zierlichen, wie aus Elfenbein geschnitzten Hände« – die Hände einer Uhrmacherin. Diese waren auch Hermine Villinger aufgefallen, als sie die Hausfrau mit ihren Taschenuhren hantieren sah: »Diese seltenen feinen Meisterwerke und diese seltenen feinen Hände der Besitzerin.« Und nicht zuletzt betrachtete auch Julius

Rodenberg, zu Tische bei Ebners in Wien, gerührt »ihre feine weiße Aristokratenhand, diese Hand, die so viel Schönes geschaffen«.[46]

Großen Wert legte Enrica von Handel-Mazzetti darauf zu bezeugen, Marie Ebner sei »als überzeugte, die süßen Pflichten des Glaubens übende Katholikin gestorben«. Gerade ihre Demut habe sie den »Weg zu ihrem Gott in späteren Jahren so mühelos, so wunderbar rasch« finden lassen. In der Tat gibt es Hinweise auf eine Annäherung an den Schoß der Mutter Kirche, wenn auch nicht auf ein völliges Aufgehen darin. »Ich muß einen Herrgott haben dem ich danken kann, für die gute Luft die ich atme für die Sonne, den Mond, die Sterne für die Bäume das Gras die Berge den Schnee«, bekennt Marie Ebner im Tagebuch. Dass in ihren Notizen der späten Jahre Messbesuche und der Empfang der Kommunion häufiger erwähnt werden, zeigt wohl auch den Einfluss der tiefgläubigen Hausgenossin Marianne Kinsky. Dabei bleibt die Dichterin sich der Gefahr der Übertreibung bewusst: »Wie stark u lauter muß ein Charakter sein um durch Frömmelei nicht verdorben zu werden.« Sie findet zwar »an emotional outlet« (Doris Klostermaier) im katholischen Glauben, aber sie gibt deshalb ihre Skepsis gegen die kirchlichen Dogmen, gegen Bigotterie und Eiferertum keineswegs auf. Auch sehen jene, die dem rechten Flügel des katholischen Lagers angehören, in ihr nach wie vor eine Widersacherin – noch im Jahr 1904 stellt ein Kaplan Falkenberg die Dichterin in eine Reihe gefährlicher »Seelenvergifter«, die allerdings von Goethe und Grillparzer bis Rosegger reicht. In ihren letzten Lebensjahren wird Ebner-Eschenbach von dem »engelhaften« Pater Rossmiller seelsorglich betreut, der in der Spiegelgasse auch quasi ambulant Beichten abnimmt und Messen feiert.[47]

Die zumindest teilweise Versöhnung mit der katholischen Kirche passte ohne Zweifel zu dem Bild, das die Dichterin der Nachwelt von sich zu hinterlassen wünschte. Nach ihrem siebzigsten Geburtstag hatte sie angefangen, mit Hilfe ihrer Neffen Victor und Franz und ihrer Sekretärinnen Helene Bucher und Marie Luggin die Manuskripte und noch existierenden Briefwechsel für das Familienarchiv in Zdislawitz zu sichten und zu ordnen – oder zu verbrennen. Außerdem begann sie, Auszüge aus ihren Tagebüchern zu erstellen, die sie für die Jahre 1867 bis 1904 ihrem Leibbiographen Anton Bettelheim überließ, der unter anderem auch vielgelobte Biographien von Beaumarchais und Balzac, Ludwig Anzengruber und Ferdinand von Saar verfasste. Nach Ebner-Eschenbachs Tod erhielt er die restlichen, von der Autorin selbst sowie von ihrem Neffen Franz redigierten Jahrgänge für sein Buch *Marie von Ebner-Eschenbachs Wirken und Vermächtnis.*[48]

Die von Bettelheim zitierten Passagen galten als authentisch, bis der tschechische Germanist Jiří Veselý Anfang der siebziger Jahre auf Marie Ebners doppelte Buchführung hinwies: Die Exzerpte sind nicht einfach ein »Best of« von sechs Lebensjahrzehnten (zehn Jahrgänge fehlen), sondern eine an das Lesepublikum adressierte Version – mit Ergänzungen und Erklärungen, aber vor allem auch Glättungen. Die Namen jener, die weniger gut wegkommen, sind ebenso getilgt wie Erörterungen von Familienangelegenheiten und überhaupt boshafte, sarkastische und politisch oder religiös anstößige Bemerkungen. Anton Bettelheim beeilt sich zu versichern: »So wenig in ihrem kristallhellen Lebenslauf zu verbergen war und ist, Schonung der Geheimnisse, ja selbst nur der Empfindlichkeiten Dritter ließ ihr Zurückhaltung als Gewissenspflicht erscheinen«, zumal sie überhaupt postumen »Generalbeichten« ablehnend gegenübergestanden sei. Ebner-Eschenbach war freilich auch in den Originaltagebüchern – sie verwendete Kalenderbücher der Wiener Firma Rollinger – zumeist von ausgesuchter Diskretion, mitunter sogar sich selbst gegenüber. Einmal fällt ihr im Familienkreis etwas auf, das sie »nicht aufschreiben will«, und so notiert sie für »kommende Zeiten als Wahrzeichen (…) nur diese Buchstaben: e tm ph«.[49]

Wie von selbst wird der Gang durch ihre Aufzeichnungen für Marie Ebner zum Lebensrückblick: »Ich arbeite mit Lust u. Liebe an den Tagebücherauszügen. Eine entschlafene Vergangenheit erwacht, ist nicht immer sehr heiter. Was habe ich ringen müssen um meine Kunst«, bekennt die 83-Jährige. Mit sich als Diaristin ist sie gar nicht zufrieden: »Ich mache Auszüge aus meinen alten Tagebüchern u. wundere mich über ihre Leerheit. Sorgfältig allem Interessanten aus dem Wege gegangen bin ich, habe nur das aller äusserlichste Tun, mein Hin- u. Herspazieren gewissenhaft eingetragen.«[50]

Zehn Jahre zuvor hat die Dichterin beim Durchgehen der Tagebücher überlegt, »ob sich daraus nicht ein Lebensbild zusammensetzen ließe, das nicht gerade langweilig anzumuten brauchte«. Sie fragt Julius Rodenberg im August 1903, ob er »nicht einen Schreck vor Lebensbildern« habe. Der aber ist von der Idee begeistert – nicht nur er, ihre ganze große Verehrergemeinde würde ein solches Buch begrüßen: »ihr, der Schöpferin, die so tief in die Seelen und Schicksale der anderen geblickt hat, einmal persönlich zu begegnen, welch ein Gedanke!« Wie stets beflügelt von Zuspruch, macht sich Ebner-Eschenbach an die Arbeit und beginnt mit der Rückschau auf ihre Kindheit, die schon von ihrer zunächst in der *Gartenlaube* abgedruckten Erzählung *Die arme Kleine* (1898) angeregt worden war. Im April 1904 lässt sie jedoch den Plan umfassender Lebenserinnerungen fallen und schreibt dem Herausgeber der *Deutschen Rundschau*: »Ich möchte sie nicht weiter fortführen, als bis zum Beginn meines 14. Jahres. Die ganze Zukunft, mein ganzes an äußeren Ereignissen armes Leben ist da schon vorgezeichnet gewesen.« Gewiss war für ihre Entscheidung auch die Schwierigkeit ausschlaggebend, bei einem solchen Projekt eine Balance zwischen Diskretion und Wahrhaftigkeit zu gewährleisten.[51]

Im Vorwort zu *Meine Kinderjahre*, geschrieben im Jänner 1905 in Rom, stellt die Autorin eine Behauptung richtig, die sie in ihrem Beitrag zu Karl Emil Franzos' *Geschichte des Erstlingswerkes* (1894) gemacht hat: ihre Erinnerungen an die Kindheit seien, einmal geweckt, sehr wohl lebhaft. Damals sei »doch noch etwas wie Zukunft« vor ihr gelegen, und die Vergangenheit habe sie nicht dermaßen gefesselt: »Nun stehe ich am Ziel, der Ring des Lebens schließt, Anfang und Ende berühren sich. Mit einer Macht des Erinnerns, die nur das hohe Alter kennt, lebt die Kindheit vor mir auf.« Dennoch betont Ebner-Eschenbach die selektive Rolle der Phantasie beim Prozess des Erinnerns. »Die Erinnerungen der Alten, sagt man, sind ein Teil des Erbes, den sie zu Lebzeiten auszahlen müssen.« – So lässt sich das französische Motto der Memoiren von G. Lenôtre übersetzen. Bevor Marie Ebner aber zur symbolischen Auszahlung ihrer Hinterlassenschaft schreitet, fügt sie eine für sie charakteristische Geste der Selbstverkürzung ein, die sie in eine Momentaufnahme ihrer römischen Erlebnisse kleidet: Als sie die Druckfahnen vor der Kulisse der Ewigen Stadt korrigiert, fällt für sie die Bedeutung der zu Hause in Mähren, unter »den Augen der Meinen« entstandenen »Skizzen« gleichsam in sich zusammen: »Mein Glauben an euer Etwas ist mir entschwunden, ihr armen Blätter. Weil ihr aber eure papiernen Flügel schon entfaltet habt, so fliegt denn, so gut ihr könnt.« Damit nimmt

Ebner-Eschenbach bildlich jene Kindheitsszene vorweg, in der die kleine Marie ihre Botschaften an fremde Weltenbürger dem Wind von Zdislawitz anvertraut.[52]

Wie stets betrachtet die Autorin auch diesmal die Publikation in der Zeitschrift nur als »Generalprobe« und die Buchausgabe als »Aufführung«. Bemerkungen über handelnde Personen, die deren Nachfahren kränken könnten, werden gemildert, sozial anklagende und pädagogisch zweifelhafte Stellen eliminiert. Es mag sein, dass *Meine Kinderjahre*, mit manchen Retuschen, ein Bild der Dichterin als junge Frau entwirft, das auf dem – durch Bettelheims Biographie von 1900 vorgeformten – öffentlichen Image der verehrungswürdigen Berühmtheit aufbaut. Dennoch breitet der Text das Drama des begabten Kindes Marie in existentieller Eindringlichkeit aus, dennoch offenbart sich eine Familie ohne Verständnis für ein ununterdrückbares Talent, dennoch wird die furchterregende Gestalt des Vaters deutlich akzentuiert sichtbar. Und dennoch suggeriert die Autorin keine Lösung für Maries Glaubenszweifel – oder besser: -verzweiflung.[53]

Meine Kinderjahre zählte zu Ebner-Eschenbachs Lieblingen unter ihren Büchern – wie *Lotti*, *Das Gemeindekind*, *Die Freiherren von Gemperlein* und auch *Božena* – allesamt Werke, die, früher oder später, auch den Beifall der Kritik fanden. Die Zeitungen druckten Ausschnitte aus dem Kindheitsbuch nach, die Wiener *Arbeiter-Zeitung* etwa die Szene mit der zerschossenen Fensterscheibe – mit dem Vermerk: »Auch für Arbeiterväter sehr nützlich zu lesen«. *Meine Kinderjahre* hält zwischen Humor und Bitterkeit ein heikles Gleichgewicht. Der Tenor der Geschichte ist die Botschaft letztendlichen Gelingens: Es spricht hier eine Autorin, die trotz allen Widrigkeiten und Enttäuschungen eben dies geworden ist. Gleichsam gegen den Strich gelesen, wird jedoch eine gegenläufige Spur sichtbar und der Text erweist sich, wie Konstanze Fliedl darlegt, als nicht muster-gültig: Ebner-Eschenbachs Kindheitserinnerungen verschmähen das seit Goethes *Dichtung und Wahrheit* kanonische Modell der Schriftstellerautobiographie als Verfolgung einer aufsteigenden Linie, ein Modell, dem etwa ein »Moderner« wie Hermann Bahr sehr wohl treu blieb. Schon die kaleidoskophafte Form, die Aufsplitterung des Geschehens in Bilder und Szenen, verweigert sich der Illusion einer chronologischen Schlüssigkeit: In *Meine Kinderjahre* versetzt Marie

Ebner die »Ordnungen des Schreibens, der Schrift und des Geschriebenen in Turbulenzen«, »erzählt nicht vom Werdegang einer großen Schriftstellerin, sondern von den oft sehr kläglich scheiternden Versuchen eines Kindes, sich in der Poesie zu beheimaten«. Deshalb ist Ebner-Eschenbachs Kindheitsbuch eine »Ausnahmeerscheinung unter den Autobiographien der Moderne«.[54]

Als die Dichterin im Frühling 1904 während der Arbeit an *Meine Kinderjahre* einen Brief der Bestsellerautorin Gabriele Reuter (1859–1941) erhält, in dem diese ihr von dem Projekt einer Ebner-Eschenbach-Monographie berichtet und sie um Material und um ein Treffen bittet, ist sie offensichtlich wenig erbaut. Reuter bekommt weder Informationen noch einen Besuchstermin, was angesichts von Marie Ebners Offenheit gegenüber jüngeren Kolleginnen erstaunlich ist. Vermutlich war Gabriele Reuters Erfolgsroman *Aus guter Familie. Leidensgeschichte eines Mädchens* (1895) nicht die rechte Empfehlung; sowohl die weibliche Neurose als auch die ihr zugrunde liegende Tabuisierung des Sexuellen im bürgerlichen Lebenskonzept waren Themen, die Ebner-Eschenbach gegen den Strich gingen. Von einer jüngeren Autorin, die sich vor einer drastischen Darstellung des modernen Lebens nicht scheute, war eine behutsame und diskrete Herangehensweise à la Bettelheim nicht zu erwarten. Dabei war die auf hundert Bände angelegte Reihe *Die Dichtung*, in der prominente Autoren über noch prominentere, meist verstorbene Kollegen schrieben, als Leistungsschau der Weltliteratur durchaus ambitioniert. Ebner-Eschenbach war neben Annette von Droste-Hülshoff zunächst die einzige Frau, die für eine Aufnahme in diesen Kanon ausersehen war.[55]

Das von Gabriele Reuter auch ohne deren Unterstützung verfasste Portrait der Dichterin erzählt zum einen unter Zuhilfenahme sämtlicher sentimentaler Klischees das Märchen von der »kleinen Komtesse«, aus der eine berühmte Dichterin wurde. Zum anderen trägt es bei aller Bewunderung dazu bei, das Bild der »zahme[n] alte[n] Dame« zu verfestigen, deren Werk ein Überbleibsel des vergangenen Jahrhunderts sei. Reuters Behauptungen, Ebner-Eschenbach sei »fast niemals ironisch«, ihre Motive seien »eng gesteckt« und ihr Stil gleiche »immer der Toilette einer vornehmen Frau«, gipfeln in dem Verdikt: »Marie Ebner ist die Dichterin der Idylle. Ihre Lieblingsgestalten sind alle im Grunde gute Seelen, die keiner Fliege ein Leid tun möchten, und die sich nur zuweilen anfangs ein wenig rauh gebärden (…).« Diese kritische Distanzierung ist Reuter wohl auch deshalb leichtgefallen, weil sie sich ihrem Objekt nicht persönlich verpflichtet fühlte.[56]

Der »ur-uralte Papagei« und die Sprache der Moderne

Marie von Ebner-Eschenbachs Opposition gegen die Literatur der Jungen, wenn sie denn »Moderne« sind, entspringt ihrer tiefverwurzelten Neigung zu Dezenz und ihrem prinzipiell humanistischen Menschenbild. Sie hat die Naturalisten ebenso abgelehnt wie nunmehr die Vertreter der Décadence, und sie dreht den Spieß um, indem sie den Neuerern gerade ihre Jugendlichkeit abspricht und ihnen eine Form von Altersgeilheit unterstellt: »Eine junge Literatur ist feurig und keusch. Unsere senile hat sich von der Leidenschaft zum Gelüste gewendet, vom Rührenden, Ergreifenden zum derb Packenden, (…) vom Schönen zum Fratzenhaften. Sie sucht nach neuen Kunstformen und findet neue Moden, und grauenhaft ist die Wechselwirkung zwischen den Büchern und den Lesern«, notiert Ebner-Eschenbach in ihrem *Zeitlosen Tagebuch.* Ihre literarische Neugier bleibt freilich bis ins höchste Alter ungebrochen – sie liest immerhin alles, bevor sie es verwirft; oder lässt es sich von ihrer Freundin, der Burgschauspielerin Auguste Wilbrandt-Baudius, vorlesen.[57]

Gerhart Hauptmann kommt dabei ganz schlecht weg – über die Landstreicher-Komödie *Schluck und Jau* urteilt Marie Ebner rundweg: »Spiel zu Scherz und Schimpf von Gerhart Hauptmann. Zum Weinen dieses Scherz-Spiel, zum Weinen über Werk und Autor.« Henrik Ibsen, den sich die Dichter des Jungen Wien als Galionsfigur der Moderne zu ihrem Heros erkoren haben, ohne ihm wirklich nachzueifern, ist ihr seit den neunziger Jahren suspekt. Ibsens *Gespenster* nennt Marie Ebner ein »häßliches und verlogenes Stück«, *Hedda Gabler* »widerwärtig«. Über *Die Wildente* schreibt sie: »Ich meine ›halt‹, ein Held den ich ermorden möchte, ist ein Held, ein Held, den ich prügeln möchte, ist kein Held. Ich kenne kein Stück von Ibsen in dem nicht ein paar Personen vorkommen, die ich nicht mit Vergnügen durchhauen sähe.« Die lange umkämpften Dramen kommen nun gar zu Burgtheater-Ehren. Marie Ebner spürt sehr wohl, dass ihr eigener, an den Klassikern ausgebildeter Geschmack sich weiter von dem des Publikums entfernt hat denn je: »Wie kann den Leuten die *Wildente* gefallen? Diese vertrackte Widerwärtigkeit! Eine gordisch zusammengeknotete Situation. Her mit dem Alexanderschwert!« Weniger kämpferisch schreibt sie ihrem Bruder: »Aber was ist zu machen? Dem Publikum gelüstet heutzutage nach dergleichen künstlich Ausgetüfteltem.«[58]

Den nun ebenfalls am Burgtheater aufgehenden Stern Arthur Schnitzlers beobachtet die gescheiterte Dramatikerin mit Argusaugen. Gar nicht anfreunden kann sie sich mit Schnitzlers Roman *Der Weg ins Freie* (1908): »Was wird in dem Buche geschwatzt! Welche unerträgliche Selbstbespiegelung! Der Held ist ja Schnitzler selbst. (…) Die einzige sympathische, liebe Gestalt, die einzige die uns ans Herz wächst ist seine Geliebte, die Musiklehrerin Anna Rosner. Was das Buch unerträglich langweilig macht, sind, außer den endlosen Gesprächen, die fortwährenden Erinnerungen des Barons. An alles (…) erinnert er sich mit beklagenswerter Gedächtnistreue u. kaut es uns wieder vor. Nicht einmal seine Träume erlässt er uns (…).« Seltsamerweise erwähnt Ebner-Eschenbach nicht, dass es in diesen »endlosen Gesprächen« auch um den Antisemitismus und die jüdische Assimilation in Wien geht. Im Falle von Schnitzlers Drama *Professor Bernhardi* ist das nicht mehr zu übersehen, und so sieht sich die 82-Jährige nolens volens gezwungen, das aufklärerische Verdienst des Autors zu würdigen: »Sehr merkwürdig. Ich hatte die Empfindung die ein Kurzsichtiger hat wenn ihm scharfe Brillen aufgesetzt werden.« 1914 – sie schreibt gerade an ihren *Erinnerungen an Grillparzer* – merkt Ebner-Eschenbach nach einer Vorlesung des Schauspiels *Der einsame Weg* an: »Ach Gott, man darf nicht eben an Grillp[arzer]s Tafeln geschwelgt haben, wenn man sich zu diesen Schüsseln setzen soll.« Immerhin muss sie Schnitzlers Einakter *Literatur* konzedieren, er sei »witzig, amüsant, possenhaft«.[59]

Alte Schule, der Titel, den die Dichterin 1897 einem Erzählband gab, war also jedenfalls programmatisch gemeint. Auf eine Rundfrage des Buchhändlers Hugo Heller *Vom Lesen und von guten Büchern* nennt Marie von Ebner-Eschenbach »einige ältere Bücher, die mich seinerzeit besonders gefesselt haben« – von Nikolaus Lenaus und Betty Paolis Gedichten über Anastasius Grüns *Der letzte Ritter* bis zu

Louise von François' *Die letzte Reckenburgerin.*[60] Geschmerzt haben muss die Dichterin, dass unter den 32 Beiträgern – darunter Peter Altenberg, Jakob Julius David, Sigmund Freud, Ernst Mach, Peter Rosegger, Arthur Schnitzler – kein einziger eines ihrer Bücher auf seine Liste setzt, nicht einmal die mit ihr persönlich bekannten Beiträgerinnen Enrica von Handel-Mazzetti, Marie Herzfeld, Emil Marriot (eigentlich Emilie Mataja) und Marie Eugenie delle Grazie.

Mit dem ersten Literaturnobelpreis, der 1909 an eine Frau, nämlich an Selma Lagerlöf, ging, hatte Ebner-Eschenbach wiederum Gelegenheit, ihren eigenen Wahlspruch »Können und Gönnen« in der Praxis zu erproben. Seit Jahren war ihr eigener Name wie auch jener Peter Roseggers im Gespräch für den Nobelpreis gewesen. Nun kam mit der Schwedin Selma Lagerlöf die nächste Generation zum Zug. Ihrem Freund Fritz Mauthner gestand Marie Ebner verschämt: »Ich bewundere sie sehr; ich muß es aber noch so weit bringen, ganz froh zu sein bei dieser Bewunderung.«[61]

Vor der Folie ihres eigenen Werkes erscheint Ebner-Eschenbachs Wettern gegen die »Modernen« als eine Art unzulänglicher Abwehrzauber. Denn die Konflikte und Ausweglosigkeiten des literarischen Fin de Siècle haben sich durchaus auch ihrer Gedankenwelt bemächtigt. So träumt der Nietzscheaner Graf Lothar in der Novelle *Uneröffnet zu verbrennen* (1898) »wache, wüste Träume eines halbverrückten Neurasthenikers. Was er am meisten verabscheute: die entnervende, weibisch machende Krankheit des sterbenden Jahrhunderts, sollte sie auch ihn befallen?« Und wirklich: aus Nervenschwäche phantasiert der Witwer sich die ehebrecherische Schuld seines besten Freundes, er fordert den Unschuldigen und tötet ihn im Duell – eine sinnlose, durch nichts zu veredelnde Tat, die er nie verwinden wird. Noch radikaler pessimistisch und wahrhaft zeitgemäß sind Marie Ebners Erzählungen *Das Schädliche* (1894) und *Die Reisegefährten* (1899). In *Das Schädliche* wird Ebner-Eschenbach ihrem Glauben an die Verantwortung des Einzelnen ebenso untreu wie ihrem ethischen Optimismus: Der Ich-Erzähler bekennt in seiner »Generalbeichte«, er habe seine eigene Tochter sterben lassen, weil er sie als genetisch verdorben erkennen musste, als unverbesserlich böse wie ihre verstorbene Mutter, schädlich wie der Marder in der Welt des Jägers: »Es ist gut und recht, das Schädliche wegzuschaffen aus der Welt«, lautet die darwinistische Rechtfertigung, die der Vater sich selbst nicht glauben kann. In *Die Reisegefährten* erzählt Marie Ebner mit Sympathie und Verständnis vom gar nicht reumütigen Geständnis eines Arztes gegenüber einer Zugbekanntschaft: Er habe einmal einen Patienten getötet, um dessen Familie, insbesondere dessen Tochter, von der Tyrannei des Kranken zu befreien – Euthanasie oder besser: Mord als eine Tat, die von der Erzählinstanz nicht verurteilt wird, das ist gewiss nicht das Paradestück der Verkünderin der »Güte im Menschenherzen« (Gabriele Reuter).[62]

Mag sie der Literatur der Jungen gegenüber auch kritisch eingestellt sein, so verkehrt Marie von Ebner-Eschenbach doch auch mit prononciert »modernen« Autoren, deren Ansichten sie bisweilen staunend zur Kenntnis nimmt. So korrespondiert sie mit Felix Salten und empfängt gelegentlich Richard Schaukal, der ihr als ein »sehr netter Mensch« erscheint. Marie Ebner genießt die Aufmerksamkeit der Jungen durchaus: »Manchmal komme ich mir aber doch vor wie der ur-uralte Papagei, den niemand mehr verstand, weil er eine tote Sprache sprach.« Die Dichterin liebäugelt mit der Rolle des geschassten Hofnarren im Pappendeckelreich der *Prinzessin Leiladin*, der von sich sagt, er sei »der überwundene Standpunkt«. Seinem Freund gegenüber, der meint »Nicht für alle Leute«, beharrt er: »Aber für die Jugend, also für die Zukunft.« In der Erzählung *Der Herr Hofrat* (ursprünglich *Der Einbruch*, 1912) übt sich Ebner-Eschenbach sichtlich in konsequent ironischer Selbstkritik, indem sie dem Hagestolz und Kulturpessimisten, der im Laufe der Geschichte bekehrt werden soll, ihre eigenen Tiraden vom allgemeinen Niedergang in den Mund legt. Auch eine Stellungnahme zum Siegeszug der Psychoanalyse findet sich da: »Lauter Triebe, nichts als Triebe, alles sexual, unser Denken, unser Träumen, das Sexuelle Grund und Ursache jedes Interesses, jeder Anhänglichkeit und Zuneigung.«[63]

Alles Technische interessiert und begeistert Marie Ebner hingegen wie eh und je. Wohl auf Wunsch des Leiters, ihres St. Gilgener Freundes Professor Sigmund Exner, wird sie am 14. Juni 1901 ins Wiener Phonogrammarchiv zur phonographischen Aufzeichnung ihrer Stimme gebeten – als eine der ersten Prominenten, der Kaiser kommt erst 1903 an die Reihe, wird aber aus Gründen der Höflichkeit an den ersten Listenplatz gesetzt. Ebner-Eschenbach wählt das Gedicht *Ein kleines Lied* und die Parabel *Es gibt einen Engel* und liest mit zeittypisch getragener Modulation. Alle Ereignisse der jungen Luftfahrt verfolgt sie mit gespannter Aufmerksamkeit, zum Beispiel den Flug des k. u. k. Oberleutnant Blaschke in »Montblanc-Höhe« 1912: »Keinem [sic] anderem Land der Welt hat bisher die Aviatik so wenig an Geld u. Menschen gekostet wie Österreich u. gerade in Österreich wurde das erfolgreichste Flugmeeting abgehalten.« Sie freut sich, als ihr Neffe Victor in ihrem Zdislawitzer Zimmer als Überraschung elektrisches Licht einrichtet. Und sie hat, als einstige Reitnärrin, die längste Zeit eine »völlig perverse, mit Abscheu gemischte Sehnsucht«, das »Mißvergnügen« des Autofahrens kennenzulernen, findet es dann angenehm und lässt sich gern chauffieren. Dass ihr Neffe Philipp Kinsky nur viereinhalb Stunden von Wien nach Brünn braucht, ist ihr einen Eintrag wert. »Die guten teuren Kinder nachmittags abgeautomobilt«, notiert sie, wie sie einst geschrieben hat: »nach Hause gecomfortabelt« – Comfortable war die übliche englische Bezeichnung für den im Vergleich mit dem Fiaker billigeren Einspänner.[64]

Marie Ebners Gefühl einer fossilhaften Existenz wird durch eine Reihe von Todesfällen in ihrem Umkreis noch verstärkt. 1905 stirbt hochbetagt jene Luise Neumann-Schönfeld, die die Schwestern Dubsky einst auf der Bühne des Hofburgtheaters angehimmelt haben und mit der die Dichterin in den letzten Jahren wieder in engem Kontakt gestanden ist. »Bei ihr ist alles Harmonie u edelstes Gleichgewicht gewesen. Bei ihr traf zu: das Verständniss reicht weiter als der Verstand«, ruft ihr die Freundin im Tagebuch nach. Am 23. Juli 1906 nimmt sich der unheilbar krebskranke und schwer depressive Ferdinand von Saar das Leben – wie es einem verabschiedeten Offizier ansteht, mit seinem Armeerevolver: »So war die Photographie, die er mir vor einigen Tagen schickte, und auf die er schrieb ›Ein Dichtergruß‹ sein Abschiedsgruß.«[65]

Mit der ungewöhnlichen poetologischen Erzählung *Novellenstoffe. Ein Gespräch* (1907) hat Ebner-Eschenbach dem melancholisch-hitzigen Freund und Weggefährten ein Gedenkblatt verfasst: Ein Dichterkollege bittet die Ich-Erzählerin um einen guten Stoff für eine Novelle. Sie, ganz Realistin – »Stoffe fliegen zu Hunderten in der Luft herum« –, bekennt sich als eifrige Leserin der Gerichtssaalberichte. Von denen mag der Freund nichts hören, so breitet sie probeweise einiges andere vor ihm aus: die Geschichte einer großen Liebe, die nicht erklärt und nicht gelebt wird; die Geschichte einer Dichterin, deren begabte Ziehtochter bei einem Bootsunfall ums Leben kommt; das Bild eines gelangweilten Dichterjünglings (der Richard Schaukal gleicht) – und die Geschichte einer Hausbesorgerin aus der Vorstadt, die vom Vater ihrer fünf Kinder sitzen gelassen wird. Das ist der Stoff, an dem der poetische Funke zündet. Der Freund übernimmt die Fackel des Erzählens, er brennt lichterloh für die arme Frau: »Das Blut stieg ihm zu Kopfe, durch seinen Körper lief ein Schüttern; seine schönen blauen Augen wölbten sich und sprühten Zornesfunken.«[66]

In *Novellenstoffe* führt die Erzählerin nicht zuletzt vor, was alles geeignet ist, sie selbst zum Schreiben zu bewegen. Das wesentliche Movens ihrer Literatur hat Ebner-Eschenbach in einem Gedichtfragment zusammengefasst, das ihr einmal im Traum – bei einem Besuch Betty Paolis – einfiel: »Ich sehe, was keiner sieht, ich höre was keiner hört, ich fühle tausendfach den Schmerz der andern.«[67]

Im April 1907 erliegt Marie Ebners langjährige Kammerfrau Gusti Erbert einer Lungenentzündung. An Sephine von Knorr schreibt die Dichterin: »mir ist schwer ums Herz um meine Gusti, um diesen sanften stillen, immer diensteifrigen u. dienstwilligen Hausgeist. Es kommt mir leer u. öde vor in meinen Räumen seitdem sie aus ihnen geschieden ist.« Ganz so friedlich lesen sich frühere Tagebuchnotizen nicht, da ist auch von Zerwürfnissen und rituellen Kündigungen Gustis die Rede. »Alte Diener sind kleine Tyrannen, an die die große Tyrannin Gewohnheit uns knüpft« – dieser standesbewusste Aphorismus hat wohl einen autobiographischen Erfahrungskern. Marie Ebners Trauer um die treue Seele wird deshalb nicht geschmälert, selbstverständlich kommt die Dienstherrin für Arzt- und Begräbniskosten auf, was, wie sie Adolph Dubsky berichtet, ihre Kasse stark in Anspruch nimmt.[68]

Am 30. Mai 1908 stirbt Sephine Knorr auf Schloss Stiebar nach einem Schlaganfall. Wenige Jahre zuvor war Marie Ebners Verhältnis zu ihrer ältesten Freundin durch das Erscheinen von Knorrs *Gedichten* (1902) bei Cotta eine Zeitlang belastetet. Die beiden waren uneins über die Auswahl, auch wünschte die Autorin eine Besprechung durch Marie Ebner, die diese nicht schreiben wollte, um sie beide nicht dem Vorwurf der »Cameraderie« auszusetzen. Sephine von Knorr litt darunter, dass ihr Weg als Dichterin in die Öffentlichkeit so ganz und gar verschüttet war und auch bleiben sollte, und sie erwartete von der berühmten Freundin wohl noch mehr Engagement. Diese tat tatsächlich, was in ihrer Macht stand – so schickte sie Sephines Gedichte an Richard Schaukal, der sie besprechen sollte. Und blies das Unternehmen wieder ab: »Bitte seine Recension der Ged[ichte] S[ephine]'s nicht drucken zu lassen. *zu* verletzend. Er merkt es gar nicht, wie sehr (…).« Vom Tod der Freundin überrascht, bemerkt Marie Ebner in ihrem Tagebuch: »Neue Freunde können uns die alten nicht ersetzen, die nicht mit denen wir uns auf ein Wort hin verstanden haben, bei denen eine Andeutung genügte um uns u. sie in eine ganze längst entschwundene Zeit zu versetzen.«[69]

Diesen Verlusten zum Trotz ist Marie Ebners Einstellung zum Alter alles andere als passiv oder gar resignativ. Man könnte sagen: Einerseits hat sie sich in ihrem Selbstbild wie in ihrem Image quasi in die offenen Arme des Greisentums gestürzt, andererseits hat sie als Künstlerin so getan, als gäbe es kein Morgen. Ebner-Eschenbach ist nach ihrem siebzigsten Geburtstag eben keineswegs nur damit beschäftigt, ihr »literarisches Haus zu bestellen«. Zwar lesen sich die Titel ihrer späten Prosabände wie stete Einübungen in das Pensionistendasein: *Alte Schule* (1897), *Aus Spätherbsttagen* (1901), *Altweibersommer* (1909), *Stille Welt* (1915), *Aus einem zeitlosen Tagebuch* (1916); aber als 74-Jährige archiviert Ebner-Eschenbach einen Zeitungsbericht über einen amerikanischen Internisten, demzufolge ein jeder in seinem vierzigsten Lebensjahr den Zenit seiner Fähigkeiten erreicht habe und danach der Menschheit von keinerlei Nutzen mehr sei: Mit sechzig, so der Professor, »könne *ein Mensch nichts Besseres anfangen, als sich chloroformieren lassen und schmerzlos in ein besseres Jenseits überzugehen.* Professor Osler selbst ist bereits 57 Jahre alt.« Die Tagebuchschreiberin kommentiert das nicht, aber man spürt förmlich ihre stille Empörung. Denn sie selbst will neunzig Jahre alt werden, nur aus unbefriedigtem Schaffensdrang, »nicht aus Lebenslust«, wie Anton Bettelheim sich beeilt zu erklären – als ob gerade in ihrem Fall das eine vom anderen so leicht zu trennen wäre. Zur geistigen Stärkung liest sie Prentice Mulfords *Der Unfug des Sterbens*, den Bestseller der neuplatonischen New-Thought-Bewegung, der das ewige Leben in irdischer Leiblichkeit als paradoxes spirituelles Ziel propagiert.[70]

Anfang 1909 bemerkt die Dichterin in ihrem Tagebuch:

»Wie oft hast du dir schon gesagt, bei jedem Blick in den Spiegel, dir gesagt: Ich werde alt. Und nicht blos der Spiegel verrät es dir auch dein ungewohnt rasches Ermüden, dein Ruhebedürfnis, die abnehmende Arbeitskraft. Aber es kamen doch noch Stunden u. Tage in denen sie sich wieder meldete u. du dein Alt*werden* vergessen konntest. Nun aber ist das Alt*sein* gekommen u. sein erstes Symptom ist für mich – persönlich für mich – der Zweifel an der Wichtigkeit meiner Arbeit, an den [sic] Einfluß den sie zu üben vermag, an die Dauer die ihr beschieden ist.«[71]

Damit ist freilich das letzte Wort noch immer nicht gesprochen, Marie Ebners Befinden und Arbeitslaune unterliegen auch weiterhin starken Schwankungen. Manchmal geht gar nichts: »Den ganzen Tag, ich unglückseliger alter Blaustrumpf! an dem Schreibtisch zugebracht. Wenn es einen gar nicht mehr freut das Geschmier! (…) – welcher Unsinn sich noch damit zu plagen!« Aber sie steht doch, wenn sie nachts nicht schlafen kann, auf, macht Licht und notiert rasch eine Szene, ehe sie sich wieder zu Bett begibt. Rücksicht nehmen muss sie nun auf niemanden mehr. Freilich: »Wenn die Zeit kommt, in der man könnte, ist die vorüber, in der man kann.« Mit 83 schreibt sie: »Was gäbe ich darum, mir Freude am Müßiggang angewöhnen zu können.« In *Meine Kinderjahre* kommentiert die Ich-Erzählerin den aktuellen Jugend-Kult mit Achselzucken: »Es ist so, und je tiefer ins Greisenalter ich hineingerate, um so mehr Hochachtung bekomme ich vor dem, *was ist.*« Diese demonstrative Gelassenheit ist aber doch eher eine literarische Pose. Marie Ebner nimmt ungemindert lebhaften Anteil an den Geschehnissen der großen wie ihrer kleinen Welt. Die Affäre um (die verwitwete) Madame Marie Curie und (den verheirateten) Paul Langevin, die von ihren Gegnern dazu benützt wird, die Wissenschaftlerin zu diskreditieren, »kränkt« die Dichterin: »Sie hätte müssen eine Tugendheldin sein um sich verzeihen zu machen, dass sie so gross ist.«[72]

1912 stellt sie ziemlich desillusioniert fest, dass Tierquälerei nicht nur in Italien zu Hause ist, sondern auch in Wien. Gerade hat sie vom Weltbund für Tierschutz die »silberne Rothardt Medaille« erhalten, und sie vermisst schlicht Zivilcourage, wenn »[d]ie Leute« sich »über die entsetzlichen Mißhandlungen der Pferde« auf den Großbaustellen der Stadt empören: »Und ist doch niemand Schuld als ›die

Leute‹. Wenn unter den 20 oder 30, die zuschauen, nur einige wären, die auf den Tierquäler zugehen und ihm sagen würden: Noch ein Schlag und wir prügeln *dich* durch, daß dir Hören und Sehen vergeht, hätten die Mißhandlungen ein Ende. (…) Überhaupt, wo wäre Niedertracht und Gemeinheit, wenn das Publikum keine Sympathie für sie hätte?« In Zdislawitz wiederum ärgert sich Marie Ebner über den Arzt des Nachbarortes, der einer alten Frau ein Wucherhonorar verrechnet und sie geklagt hat: »wenn die Erdäpfel reifen gehören sie dem Doktor.«[73]

Besonders liegt ihr das literarische Talent ihres jüngsten Neffen Franz »Feri« Dubsky am Herzen, der als hauptberuflicher Diplomat Dramen und Gedichte schreibt. Sein erstes Stück kommentiert sie begeistert – »ich glaube nicht, daß meine Liebe für den Autor mich verblendet«. Als ein rekommandierter Brief für ihn vom Burgtheater kommt (eine bedingte Annahme des Dramas) notiert Tante Marie: »Ich *brenne.*« Für Feri, den allzu hochmütigen kleinen Grafen, hat sie einst das pädagogische Märchen *Hirzepinzchen* (1890) geschrieben, an das Franz Dubsky sich später erinnert: »die Geschichte eines kleinen Jungen, der sehr keck und selbstbewußt war und die Liebe seiner Umgebung als etwas Selbstverständliches hinnahm, sie schlecht vergalt und in seinem Übermut sogar eine leibhaftige Fee als gemeine Person bezeichnete. Da bemerkte ich auf einmal: das war ja ich, ich selbst (…), da verstand ich auf einmal, daß es wirklich nur die Liebe der anderen gewesen war, die meinem Leben Gehalt verliehen hatte. Da schmolz etwas in meinem Innern.«[74]

Das Staunen, bekanntlich der Ursprung aller Philosophie, hat Marie Ebner gerade im Umgang mit ihren Großnichten und -neffen nicht verlernt. In ihrem allerletzten *Zeitlosen Tagebuch* findet sich eine semiotische Reflexion über das Lesen, das der Dichterin in ihren Kindertagen zunächst so schmerzlich verschlossen blieb:

> »Lesen ist ein großes Wunder. Was hast du vor dir, wenn du ein Buch aufschlägst? Kleine, schwarze Zeichen auf hellem Grunde. Du siehst sie an, und sie verwandeln sich in klingende Worte, die erzählen, schildern, belehren. (…) Was können sie nicht, die kleinen, schwarzen Zeichen, derer nur eine so geringe Anzahl ist, daß jeder einzelne von ihnen alle Augenblicke wieder erscheinen muß, wenn ein Ganzes gebildet werden soll, die sich selbst nie, sondern nur ihre Stellung zu

der ihrer Kameraden verändern. Und hinter die Rätsel dieser Eigenschaft, die ihnen anhaftet, zu kommen, uns den Weg zu ihren Geheimnissen zu eröffnen, wird einem Kinde zugemutet, und ein Kind vermag's – wenn das nicht ein Wunder ist ...«[75]

In ihren Lektüren befasst sich die Hochbetagte auch mit theoretischen Werken, sie liest etwa Bücher des Nietzsche-Forschers Josef Hofmiller, des Philosophen und Anhängers der »Ethischen Bewegung« Friedrich Jodl, Fritz Mauthners *Wörterbuch der Philosophie*, Houston Stewart Chamberlains *Die Grundlagen des neunzehnten Jahrhunderts* (»eine Frucht des genialen Dilettantismus«) und in ihren letzten Lebenswochen voller Zustimmung Friedrich Naumanns geopolitische Studie *Mitteleuropa*. Ein Zug von Altersmilde bestimmt ihren persönlichen Umgang, nicht aber ihr intellektuelles Urteil. So will sie mit der schwedischen Reformpädagogin Ellen Key (*Das Jahrhundert des Kindes*), die Josephine Knorr in Paris kennengelernt hat, nichts zu tun haben. Für sie gehört die Nietzsche-Anhängerin mit ihren Parolen gegen die Elternmacht zu den »giftigsten Krankheitserregern unserer kranken Zeit«: »Und wenn sie mit mir in einem Hause wohnte, meine Schwelle überträte sie nicht.« Ebner-Eschenbach weigert sich auch strikt, zu einem Album beizutragen, in dem der französische Dichter François Coppée vertreten ist – der sich auf Seiten der Dreyfus-Gegner engagierte: »verzeih, aber wo Coppée steht, stehe ich nicht.«[76]

Obwohl Marie von Ebner-Eschenbachs Alter Ego in der Dialog-Geschichte *Novellenstoffe* behauptet, zu alt zu sein, um aufregende Liebesgeschichten zu schreiben, lässt sich die Autorin 1906 durch einen Kuraufenthalt in Bad Reichenhall zu einer eben dort spielenden Erzählung anregen: Ein Sechzehnjähriger verliebt sich zum ersten, seine Mutter wohl zum letzten Mal. »Zum ersten Mal wieder freudig gearbeitet«, berichtet Marie Ebner im Tagebuch. Die melancholische Studie über den Prozess des Sich-Verliebens und den Schmerz des Verzichtenmüssens, die auch die ödipalen Komplikationen zwischen Mutter und Sohn nicht ausspart (ohne sie freilich so zu nennen), ist als Hommage an Turgenjews Novelle *Erste Liebe* gestaltet und heißt zunächst auch so, ehe sie den Titel *Ob spät, ob früh* erhält. Julius Rodenberg zeigt sich auch nach einer Umarbeitung nicht wirklich glücklich mit dem Text, was die Autorin, die sich ihres Marktwerts durchaus bewusst ist, zwischen den Zeilen heraushört: »Er behält die Erzählung, nicht weil sie ihm gefällt, sondern weil sie von der Ebner-Eschenbach ist.«[77]

Im selben Jahr wie *Ob spät, ob früh*, 1908, erscheint in der *Österreichischen Rundschau* einer der kompromisslosesten, »modernsten« Texte Ebner-Eschenbachs, die später als »Genrebild« bezeichnete Erzählung *Das tägliche Leben*. Die Wucht ihres ersten Satzes hat es in sich: »Am Vorabend der silbernen Hochzeit eines allverehrten Ehepaares, die von einem großen Familien- und Freundeskreise festlich begangen werden sollte, erschoß sich die Frau.« Es gibt keinen Abschiedsbrief, ihr Tod gilt als »ein ganz unerklärliches Ereignis«, hat sie doch »in den glücklichsten Verhältnissen gelebt«. Der Analyse dieser alles andere als glücklichen Verhältnisse gilt die weitere Erzählung, in die das Ich einer Schriftstellerin sich einschaltet, die als Spiegelbild der Autorin gesehen werden darf. Nun würde man in Anbetracht von Ebner-Eschenbachs persönlicher Rekatholisierung eine Kritik des Selbstmordes erwarten – doch weit gefehlt. Frau Gertrud, die Verstorbene, war Präsidentin eines nicht näher bezeichneten Vereins, die Ich-Erzählerin war ihre Freundin und Weggefährtin – »sehr eng hatte unsere gemeinsame Tätigkeit, die nach langen Kämpfen bedeutende Erfolge aufweisen konnte, uns verbunden«. Die Erzählerin gerät in ein Haus der hysterischen Trauer, die sie bei sich unnachsichtig kommentiert: Der Witwer, ein Ornithologe, ist dem Nervenzusammenbruch nahe, die schöne ältere Tochter sichtlich voll Bitterkeit, weil die Tat der Mutter ihrem Mann die Beamtenkarriere zu verpatzen droht. Die jüngere Tochter weint hemmungslos, doch die Erzählerin blickt über die Szene hinweg in die Zukunft, die Zukunft eines ihren Gatten blind anhimmelnden »Offiziersfrauchen[s]«: »Sie wird singen und sich ihres unbedeutenden Lebens freuen, als hätte nie ein Schatten den Glanz seiner spiegelklaren und spiegelseichten Einförmigkeit getrübt.« Mitleid vermag die Besucherin allein für Frau Gertruds frömmelnd-katholische Mutter aufzubringen, die als »Mater dolorosa« die ewige Verdammnis ihrer Tochter beklagt. Und aus Mitleid erzählt sie der alten Frau denn auch eine Lüge über ein schreckliches Versehen mit dem geladenen Revolver, die diese nur allzu gern glaubt.[78]

Der Arzt, wie so oft in Ebner-Eschenbachs Œuvre ein Sprachrohr der Aufklärung und des gesunden Menschenverstands, tadelt die

Erzählerin ob ihrer Lüge und vermutet seinerseits ein schreckliches Geheimnis als Grund für die Tat. Während einer schlaflosen Nacht vergegenwärtigt die Erzählerin sich die Diskrepanz zwischen Gertruds imponierender öffentlicher und ihrer kläglichen privaten Rolle. Sie lässt ein Mittagessen Revue passieren, bei dem sie im Hause der Freundin zu Gast war und deren Verwandlung erlebt hat: »Unsere klare und kräftige Führerin erschien zerstreut, unsicher, beinahe schüchtern.«[79] Das gelehrte Familienoberhaupt hat keine Manieren, kommt zu spät, küsst seine Frau zu deren größter Verlegenheit geräuschvoll auf den Mund, wird – wie sie – von Töchtern und Schwiegersöhnen belächelt, entspricht dem Muster des Patriarchen aber wenigstens insofern, als er seiner Frau das Wort abschneidet, sobald sie sich in ein intellektuelles Gespräch zwischen ihm und ihrem ebenfalls gelehrten Vater mengt.

Ihre Freundin Gertrud, da ist sich die Erzählerin sicher, war längst zermürbt von Unverständnis und Lieblosigkeit, »Nadelstiche« nur, »doch treffen sie immer dieselben Wunden«: »*Täglich* – darin besteht's.« Das Bild, das Ebner-Eschenbach zur Veranschaulichung einsetzt, ähnelt jenem aus *Unsühnbar:* die »abgewiesenen« Gefühle, die »wie zurückgeschobener Sand oder Schnee« zum Berg anwachsen und eines Tages über den Menschen hereinbrechen. Hier ist es, passend zum täglichen Leben, der Staub, der während des Tages fällt, der fortgeschoben wird »Abend für Abend gegen eine Wand«: »Und an der Mauer häuft sich die Masse und steigt und steigt und wird zum Walle, der einzusinken droht, wenn neue, immer neue Anstöße ihn erschüttern, lange nur droht, am Ende jedoch das Gleichgewicht verliert und über seinem Erbauer zusammenstürzt.« Im Falle von Gertrud geschieht das nach Überzeugung ihrer Weggenossin an jenem Tag, »an dem ihr häusliches Glück gefeiert werden sollte«: »Selbstüberwindung bis an die äußerste Grenze des Möglichen … Heuchelei – nein!«[80]

Selbstachtung und das Bemühen um Würde bewegen in *Das tägliche Leben* die Protagonistin nicht bloß zu Verzicht und Entsagung, sondern – wie auch in der Erzählung *Die Resel* (1888) – zur Selbstauslöschung. Diese lässt sich in der Tat als eine »Form des Widerstands« gegen die patriarchale Ordnung lesen und die Erzählung als »vehemente Kritik am bürgerlichen Frauenideal« (Ulrike Tanzer). Die Frau, die sich auf paradoxe Art wehrt, tut es nicht mit Gift, sondern, wie Ferdinand von Saar, mit dem Revolver, also auf die männlich-militärische Weise, die zu ihrem »Herrschertalent« passt. In ihrer Ehe war Gertrud freilich dazu verdammt, Sklavin zu sein: Der Kuss, den sie coram publico von ihrem Mann erhält, erzeugt einen Laut, »ähnlich dem Schnalzen mit einer kleinen Peitsche« – Marie von Ebner-Eschenbachs Art, sexuelle Unterwerfung zur Sprache zu bringen und zugleich die popularisierte Version des Nietzsche-Wortes »Gehst du zum Weibe, vergiss die Peitsche nicht« anklingen zu lassen. Der Revolver symbolisiert die phallische Macht, der sich die von ihrem Gatten zur »Trudel« infantilisierte Frau widersetzt, indem sie sich diese aneignet. Die Angehörigen der Selbstmörderin erscheinen als Hohlköpfe, gelehrte Spinner, bigotte Beschränkte, hochmütige Geltungssüchtige, kurzum: Pappendeckel-Menschen im Sinne Marie Ebners. Ihre Domäne ist nicht das Gefühl, sondern die Sentimentalität.[81]

Gertrud, die ihre Tätigkeit nicht aufgegeben hat, obwohl ihre Mutter den Verein als einen »antikirchlichen« perhorresziert, wird von der Erzählerin mit allen Attributen einer konventionell-sentimentalen, christusartigen Erlöserfigur ausgestattet (Charlotte Woodford), allein – es gibt keine Erlösung. »Verurteilt sie denn!«, ruft die Ich-Erzählerin aus und weigert sich ihrerseits, die Selbstmörderin zu verurteilen. In *Das tägliche Leben* bringt die 78-jährige Autorin die Fassade katholischer Moral und bürgerlicher Familienideologie auf eine Weise zum Einsturz, die keinen Zweifel daran lässt, dass hier nichts mehr je wieder heil wird.[82]

Ob man nun an den »Verein der Schriftstellerinnen« denken mag oder an den »Wiener Frauenerwerbsverein«: Marie Ebner hat Frauen wie die heldenmütige Gertrud, Frauen, die »Tausenden zum Heil« wirkten, gut gekannt und bewundert, Iduna Laube zum Beispiel oder Emilie Exner. Ihr war bewusst, dass das öffentliche Wirken gerade bürgerlichen Frauen eine Sphäre außerhalb der ihnen bisher allein zugebilligten häuslichen eröffnete, zumal ihnen die Mitgliedschaft in einem explizit politischen Verein ohnehin per Gesetz verboten war. Marie Ebners eigenes Verhältnis zur Vereinsmeierei war aber zumindest gespalten. In einer Aufstellung des Jahres 1898 finden sich sage und schreibe 23 Vereine auf ihrer Beitragsliste, vom »Verein Adeliger Frauen zur Beförderung des Guten und Nützlichen« und der Grillparzer-Gesellschaft über das Wiener Frauenheim bis zum

Tierschutz-Verein. So wird eine Notiz im Tagebuch nur zu verständlich: »Darf ich Ihnen gestehen, daß ich zur Partei der Unparteiischen gehöre u daß ich im Begriff stehe einen Antivereine-Verein zu bilden?«[83]

Texte wie *Das tägliche Leben* waren nicht dazu angetan, die Gloriole der Milde und Güte um die öffentliche Figur der Ebner-Eschenbach in einem helleren Licht erstrahlen zu lassen. Jedoch: »Ein Schriftsteller muß wenigstens einen kleinen Teufel im Leib haben«, dekretiert die Dichterin in ihrem Tagebuch, und das gilt natürlich auch für sie selbst.[84] Außerdem war die Persona der Dichterin als kollektives Eigentum ihrer Leserinnen und Leser schon so weit verfestigt, dass Widerhaken und Brüche gar nicht mehr wahrgenommen wurden. Fritz Mauthner, der Marie Ebner nur dreimal persönlich begegnete, ihr aber in einer intensiven Brieffreundschaft verbunden war, greift in seiner Rückschau das Charakter-Klischee der Baronin auf, um es zugleich zu korrigieren:

> »Die herrschende Leidenschaft der Ebner war die Güte; sie war ein Genie der Güte.
> Selbstverständlich ist das nicht so gemeint, als ob die Erzählungen, die kleinen Märchen und die Sprüche der Ebner auch nur eine Spur von der Langweiligkeit geschnitzter Dorfengel gehabt hätten; ihre überlegene Güte war so lustig, daß sie über die bösen Menschen mitleidig und noch über ihre eigenen Lieblinge wehmütig lachen konnte. (...) In ihren letzten Lebensjahren (ich sprach sie zuletzt im März 1911) hatte sich diese Gütigkeit verklärt. Die hundert lieben Teufelchen waren aus ihren schmeichlerischen alten Augen verschwunden und nur allesverstehende und allesverzeihende Milde war zurückgeblieben. Aber vor dreißig Jahren! Sie war ja schon damals, was man eine alternde Frau nennt; doch ein Kobold blickte einen an, klug wie ein Zauberer und gütig wie eine Fee.«[85]

1909 erscheint bei Paetel *Altweibersommer*, eine Sammlung von Parabeln, Skizzen und Gedanken, deren Titel bewusst auf die Flüchtigkeit des gleichnamigen Gespinstes anspielt. 1910 steht die Feier des achtzigsten Geburtstags an, die Marie Ebner wie immer in ihrem Geburtsort erwartet, von dem ihr der Abschied im Herbst Jahr um Jahr schwerer fällt. Zwei Jahre zuvor hat sie an Marianne geschrieben, sie scheide mit der Frage, »ob ich dieses Fleckchen Erde, an dem mein Herz hängt, je wieder betreten werde«. Doch das Leben dort werde ihr »ohne jede böse Absicht unerträglich gemacht« – Schwägerin Gisi ist »nervos« –, dennoch bleiben »meine liebevoll gehegten Pläne: Fliederblühte in Zdisslawitz, Weihnachtskerzen in Löschna«. Im ersten Kriegsjahr wird sie klagen: »Das Losreissen von Zdis[slawitz] das ist eine Operation! Ein alter Kasten wie ich, sollte nicht mehr verschoben werden.«[86]

Noch vor dem eigenen runden Geburtstag gilt es aber, am 18. August den des Kaisers zu feiern, mit dessen Regierungsjubiläen, Reisen, (wenigen) Krankheiten die Dichterin seit Jahren mitfiebert, als wäre es ein Familienmitglied. Dass sie Franz Joseph »um keinen Preis überleben« will, hat sie Enrica Handel-Mazzetti anvertraut; wie viele seiner – deutschen – Untertanen hat sie wohl Angst vor dem, was mit dem Vielvölkerreich »danach« geschehen würde. Als die Redaktion der österreichischen Zeitschrift *Die Zeit* von Ebner-Eschenbach einen Beitrag für die Kaiser-Festnummer erbittet, braucht sie nur einen Tag, um ein Gedicht *Zum 18. August* reisefertig zu machen. Zu ihrem eigenen Geburtstag erhält Marie von Ebner-Eschenbach den Elisabeth-Orden 1. Klasse, das einzige Damenverdienstzeichen der Monarchie, das der Kaiser zu Ehren der hl. Elisabeth von Thüringen und zugleich auch zum Andenken an seine ermordete Gemahlin gestiftet hat. Der Kommentar der Geehrten im Tagebuch lautet wenig überraschend: »Zu viel!«[87]

Geburtstagswünsche kommen unter vielen, vielen anderen von der deutschen Kaiserin, der Großherzogin von Baden, dem Prager Erzbischof. Marie Ebner dankt per Telegramm. Für die Masse der Gratulanten hat die Jubilarin diesmal ein Dankgedicht drucken lassen, in dem sie, erstaunlich genug, die persönliche Beantwortung in eine nicht allzu ferne Zukunft verschiebt: »Laßt nur die Zeit, die liebe Zeit verfließen, / ein neu Beginnen dankbar mich genießen; geraten erst in Zug die zehn mal acht, / dann fühl ich wieder mich ganz jung gemacht.« Und fähig zu einem wahrhaft würdigen »Dankesgruß«. Unter allen Ovationen, wie sie zuletzt nur ihr verehrter Meister Grillparzer zum Achtziger erfahren hat, bedeutet Marie Ebner die »Rettung« eines Nussbaumes vor ihrem Zdislawitzer Fenster nicht die geringste Freude: Ihr Bruder wollte ihn zu ihrem Leidwesen fällen lassen, ihr Neffe Victor intervenierte erfolgreich und ließ die amerikanische Flügelnuss, mit einem Transparent geschmückt, als »Der dankbare Baum« zum Geburtstag gratulieren.[88]

Bäume haben es Ebner-Eschenbach schon immer angetan, in ihrer Literatur sind sie das Sinnbild von Schutz und Trutz, von Stärke und Lebenskraft und stehen so für die wackeren unter ihren Romanfiguren, wie etwa die Eiche für die große Božena. Umgekehrt spricht aus ihnen in Marie Ebners Weltsicht eine anthropomorphe Natur. In der Skizze *Eine Heldin* lässt sich eine gewisse Selbstbezüglichkeit nicht leugnen – sie preist eine vom Sturm gespaltene Fichte, die, anstatt abzusterben, frisch ausgetrieben und einen neuen Wipfel entwickelt hat: »sie klammert sich mit ihren Wurzeln eisenfest in die Muttererde und wiegt, umwettert und umtobt, in stolzer Ruh das immergrüne Haupt.«[89]

Nicht zuletzt stellt eine von Anton Bettelheim initiierte Aktion eindrucksvoll die parteienübergreifende Integrationsmacht der Achtzigjährigen unter Beweis: Die Sammlung für einen Marie von Ebner-Eschenbach-Fonds, ein sinniges Geschenk für eine passionierte Schenkerin, erbringt die schöne Summe von 20 000 Goldkronen; die dazugehörige Grußadresse unterschreiben mehr als 500 Persönlichkeiten, die sich wohl schwerlich auf einen anderen Text einigen hätten können: vom Erzhaus und den Fürsten Schwarzenberg, Auersperg und Fürstenberg bis zu den Sozialdemokraten Engelbert Pernerstorfer und Ludo Moritz Hartmann. Marie Ebner entscheidet sich dafür, die Zinsen aus diesem Fonds alljährlich zu ihrem Geburtstag als »Ebner-Eschenbach-Preis« vom Wiener Zweigverein der Deutschen Schillerstiftung für hervorragende literarische Leistungen auszahlen zu lassen. Gemeinsam mit Bettelheim, Minor und dem Glasindustriellen Ludwig Lobmeyr, dem Obmann des Zweigvereins, arbeitet die Jubilarin die Preisstatuten aus – Männer werden von der Verleihung nicht explizit ausgeschlossen, aber de facto ist es der erste Literaturpreis für Frauen. Als Jury fungiert der jeweilige Vorstand des Wiener Zweigvereins, verstärkt durch den Präsidenten des Presseklubs Concordia. Zu Lebzeiten der Dichterin geht der Preis an Isolde Kurz (1911), Emilie Marriot-Mataja (1912), Hermine Villinger (1913), Enrica von Handel-Mazzetti (1914), Helene Böhlau (1915) und im Todesjahr Ebner-Eschenbachs an Marie Eugenie delle Grazie (1916).[90]

Auch das künftige Schicksal ihrer Uhrensammlung beschäftigt Marie von Ebner-Eschenbach sehr. Beinah wörtlich wiederholend, was sie vor Jahrzehnten ihrer *Lotti* in den Mund gelegt hat, gesteht sie einem Uhrenkenner: »Meine lieben Uhren machen mir das Sterben schwer. Wer wird sie wohl nach mir so gut behandeln?« 1908 hatte die Uhrmacher-Innung Marie Ebner zu ihrer Fahnenmutter gewählt und ihr damit die angenehme Pflicht auferlegt, ein neues Fahnenband zu stiften. Marie Ebner sorgt sich aber nicht nur um ihre fast wie Haustiere geliebten Kleinodien, sie will ihren Wert auch sinnvoll nutzen und greift in ihrem Testament ihr altes Armenhaus-Projekt wieder auf. Als Erben setzt sie ihren Neffen Victor Dubsky, Adolphs älteren Sohn, ein: »Aus den Erträgnissen meiner Werke soll mein Erbe die Kosten der Erhaltung der Armen im Armenhause zu Zdisslawitz bestreiten. Meine Uhrensammlung soll verkauft werden, sobald ein preiswürdiges Angebot sich findet. Die Hälfte des Erlöses soll zur Errichtung und Erhaltung eines Kindergartens in Zdislawitz verwendet«, die andere Hälfte zwischen Nichten und Neffen geteilt werden.[91]

Stille Welt *und Lärm des Krieges*

In ihren letzten Jahren entwickelt Marie Ebner, die sich die längste Zeit ihres Lebens über Tischrücker und andere Spiritisten lustig gemacht hat, eine Beziehung zum Übersinnlichen, für die sie sich geniert: »Wie bald würden die Leute die mich für eine leidlich vernünftige Person halten ihre gute Meinung ändern wenn sie wüßten wovon ich durchdrungen bin. Ich habe nämlich den unerschütterlichen Glauben an das Leben der Toten. Das Gefühl der Nähe der meinen (…) ist ein lebendiges starkes Gefühl«, das sich nicht »wegphilosophieren« lasse. »Sie sind da meine Toten, unhörbar unsichtbar umschweben mich, beruhigen trösten heilen.« Es geht ihr also nicht um ein erkenntnistheoretisches Interesse, sondern um eine erlebte Gegenwart. Ihrer Nichte Marie Kinsky erzählt Ebner-Eschenbach, sie habe beim Tod ihres Mannes und ein zweites Mal beim Tod Idas, am Sterbebett sitzend, die Empfindung gehabt, »es fasse sie jemand mit innigem Händedruck an der Hand«. Ihre Begabung als »eine Art Geisterseherin« betrifft auch Lebende, sie meint zu spüren, wenn ihre Gedanken und die eines ihr lieben Menschen »sich im Raume begegnen«. In der kurzen Erzählung *Vielleicht* (1914) verleiht sie ihre Gabe einem verschrobenen jungen Philosophen, der auf den Friedhöfen den Toten ihre Geheimnisse abzulauschen vermag – oder das jedenfalls glaubt. Beeinflusst ist der Held von Gustav Theodor Fechners Schrift *Zend Avesta* (1851), die die Beseeltheit aller Körper des Kosmos verkündet.[92]

Am 31. Mai 1911 vollendet Marie Ebner ihr vorsichtig abwägendes spiritistisches Credo *Vielleicht* in Zdislawitz. Drei Tage später schreibt sie in ihr Tagebuch: »Ein herrlicher Tag. – Am Nachmittag trete ich in mein Zimmer und ans Fenster und da steht vor mir auf dem Wege und im hellen Sonnenschein, aber wie hinter einem ganz durchsichtigen Schleier mein Bruder Adolf. Er sieht herüber zu mir und grüßt mich mit der Hand, wie zum Abschied. Die Vision dauerte nur eine Sekunde. Ich muß immer daran denken.« Erst am 11. Juni erfährt sie, dass die Familie Adolph nach Bern begleitet hat, wo er sich, angeblich wegen eines kleinen Kropfes, operieren ließ. – »Was bedeutet die Vision, die ich vor acht Tagen hatte? Als Marie mir von der Operation sprach, durchzuckte die Erinnerung mich wie ein Blitz.« Es scheint, als habe man Tante Marie auch den wahren Grund für den Eingriff verschwiegen, denn der Patient erholt sich nicht, wird, während sein Sohn Victor nach Zdislawitz tröstliche Telegramme schickt, immer schwächer und apathischer. Am 1. August trifft der Kranke im Salonwagen in Wien ein. Am 2. August vermerkt seine Schwester: »Adolf! – Meine vielgeliebten Kinder kamen am Nachmittag, brachten die Nachricht.«[93]

Der Tod des ältesten ihrer drei Halbbrüder trifft Marie Ebner ins Mark: »in die Gruft treten und sich sagen: ›da hinter der Marmorplatte liegt Adolf – das ist fürchterlich.‹« Und nun lichten sich die Reihen: Im selben Jahr noch stirbt ihr Dichterfreund Albrecht Wickenburg, im Juli 1913 Flora Galliny, 1909 schon ist Emilie Exner (alias Felicie Ewart) gestorben, der Ebner-Eschenbach einen Nachruf gewidmet hat – alle deutlich jünger als sie selbst. 1914 ist das Todesjahr von Paul Heyse und Julius Rodenberg und von Maries viel jüngerer Schwester Julie. Als die Dichterin im Juni erfährt, dass Bertha von Suttner tot ist, notiert sie: »Wen soll ich noch überleben?« Jedenfalls überlebt sie ihre Cousine Marie Zay und ihren Bruder Victor, der im Juli 1915 nach kurzer Krankheit stirbt; sein Leichnam trifft in Zdislawitz ein, wo seine Schwester die Sommerwochen verbringt: »Heute hat mein lieber Bruder Victor die erste Nacht in der Gruft in Zdis[slawitz] geschlafen. In der wir als Kinder so oft gebetet haben.«[94]

Über die Trauer um ihren »vielgeliebten« Adolph hilft Marie Ebner die Arbeit an der wehmütig-humorvollen Erzählung *Der Herr Hofrat* hinweg, die 1912 unter dem Titel *Der Einbruch* in der *Deutschen Rundschau* erscheint. Die »Wiener Geschichte« ergreift in der Konfrontation zwischen Alter und Jugend, zwischen dem starrsinnigen, verbitterten Hofrat Hügel und der bezaubernden jungen Frau seines Neffen, die Partei der Jugend, die zum Schluss siegreich bleibt. Ebner-Eschenbach portraitiert in *Der Herr Hofrat* aber auch ohne jeden Weichzeichner den Charakterkopf des wirklichen Hofrats Franz Grillparzer. Insbesondere zeichnet sie im routiniert kämpferischen Verhältnis zwischen dem Hofrat und seiner rüstigen Haushälterin Kamilla Riesel die schwierige Beziehung des Dichters zu der von ihm gepiesackten Kathi Fröhlich nach: »Ihr Stolz bildete den Panzer, an dem die erfinderischen Bosheiten des Gebieters abprallten.«[95] Mit sichtlichem Vergnügen hat die Autorin die Stadien von Verstocktheit, zaghafter Enteisung und endlicher Läuterung mit Dialogen illustriert, die einer Screwball Comedy alle Ehre machten.

Es folgen die psychologisch überzeugende Ehenovelle *Erste Trennung* (1913) – eine junge Frau, die erzogen werden soll, erzieht ihren Mann – und die autobiographisch getönte Geschichte *Die Sünderin* (1914), die den Primat praktischer Hilfeleistung gegenüber erzieherischer Konsequenz und Sittenstrenge vorführt. Immer wieder aufs Neue macht Marie Ebner sich mit »einem Kopf zum Türen einrennen« ans Schreiben, erledigt pünktlich und zuverlässig die Korrekturen aller Zeitschriftenabdrucke, Erstausgaben und Neuauflagen, erhebt Einwände gegen die Ausstattung ihrer Bücher – und findet selbstverständlich Gehör. So wie die kakanische Ikonographie den alten Kaiser pflichtgetreu am Schreibtisch ausharren und sein Reich verwalten lässt, so desertiert auch die erste Dichterin Österreichs nicht von ihrem Posten, bis zuletzt.[96]

Unter Einsamkeit leidet Marie Ebner nicht, eher wünscht sie sich etwas mehr Ruhe – oder jedenfalls die richtigen Besuche: »Ohne den Umgang mit Menschen, die uns etwas Geistiges bringen und etwas Geistiges mitnehmen, ist das Leben von larmoyanter Langeweile. Aber gerade mit der Sorte von Nichtsbringern und Nichtsmitnehmern bin ich in Wien so furchtbar reich versehen«, klagt sie Josef

Breuer. Auch wenn Marie Ebner das Jahr 1913 zum Abschluss als Tiefpunkt beschreibt – »dieses Jahr lastet schwerer auf mir als sonst zehn Jahre. Ich fühle mich als eine wirklich jämmerliche, geistig u. physisch ohnmächtige Greisin« –, so macht sie sich zu Anfang des neuen Jahres doch unverdrossen an ihre Grillparzer-Erinnerungen, die *Westermanns Monatshefte* Ende 1915 bringen, ein Vorabdruck daraus erscheint in der *Neuen Freien Presse*.[97]

Zur Vorbereitung durchforstet Ebner-Eschenbach mit Akribie ihre alten Tagebücher, liest sich durch Grillparzers Werk und besichtigt mit ihrer Nichte Marianne die Gedenkräume im Rathaus und die Portraits des Dichters, von denen sie nur die Moritz Daffingers gelten lässt. Zu einem Zeitpunkt, da sie selbst auf der Bühne des kulturellen Lebens längst in Grillparzers Rolle als Poeta Austriae auftritt, rekonstruiert sie das Verhältnis zu ihrem Mentor und übt sich mit Wonne wieder in der alten Schülerinnen-Bescheidenheit. Es sind liebevolle, aber auch kritisch-ironische Erinnerungen einer klugen Verehrerin, die bei aller andächtigen, empathischen Ehrfurcht für den Künstler nicht vergisst, dass er ein Egozentriker und Griesgram war und dass sein Ruhm auf dem Opfer seiner ewigen Braut Kathi Fröhlich gründete. Ihr, die dem geliebten Mann zuliebe künstlerischen »Selbstmord« beging und auf eine Laufbahn als Schauspielerin verzichtete, hat Ebner-Eschenbach hier ganz bewusst auch ein Denkmal gesetzt. Natürlich geht es ihr bei der Rehabilitierung der Kathi Fröhlich und ihrer beiden ebenfalls mit Grillparzer hausenden Schwestern – die sie weder »Haushälterinnen« noch »Parzen« noch »Musen« nennen mag, sondern »Schutzgeister« – auch um die Würdigung eines lange totgeschwiegenen weiblichen Beitrags zur österreichischen Kulturgeschichte. *Meine Erinnerungen an Grillparzer* tragen die gewollte Subjektivität schon im Titel. Am Ende des Manuskripts angelangt, notiert die Dichterin mit seltener Zufriedenheit in ihren Kalender: »Was ich mir vorgenommen hatte, ist ausgeführt: es steht nicht ein Wort darin das einem Buche entlehnt wurde. Nur eigene Beobachtungen u. nur wirklich Miterlebtes kommt darin vor.«[98]

Drei Wochen später wird das österreichische Thronfolger-Paar, Erzherzog Franz Ferdinand und seine Frau Sophie, in Sarajevo von Gavrilo Princip ermordet. Der Beginn des Weltkriegs, vor dem sie schon lange gezittert hat, erschüttert die fast 84-Jährige – als Menschenfreundin und als österreichische Patriotin, aber auch als Tante kriegsdiensttauglicher Neffen und Großneffen. Die erklärte Feindin jedes Nationalismus hat sich auch gegen Rüstung und Krieg ausgesprochen; so träumt sie in der Skizze *Ein Traum im Traume* im Band *Altweibersommer* von einem Goldenen Zeitalter des Friedens und des Wohlstands, befördert durch eine Schar modernster Luftfahrzeuge, deren Geheimnis die Träumerin aber für sich behält, als sie merkt, dass die irdischen Erfinder nur Kriegszwecke und »Mordwerkzeuge« im Sinn haben. Also eigentlich genau das tun, womit Maries verstorbener Ehemann sich seinen Namen gemacht hat. Gleichwohl ist die Witwe des Feldmarschall-Leutnants Ebner von Eschenbach keine Pazifistin. Sie fürchtet um den Bestand der Monarchie und ist zunächst ganz auf offizieller Linie: »Das Kriegsmanifest unseres Kaisers ist prachtvoll, würdig, rührend begeisternd«, schreibt Marie Ebner am 29. Juli 1914 in unverbrüchlicher Loyalität zu ihrem Monarchen. Wieder einmal kommt England bei ihr am schlechtesten weg: »England empörender denn je. Möchte Europa aushungern, um sich satt zu essen, das heisst wohl übersatt«, heißt es noch Anfang 1916. Sie notiert die letzten Meldungen von allen Kriegsschauplätzen von Przemyśl bis Verdun und sorgt sich quälend um ihre Lieben. Im Juni 1915 bringt die Nachricht, dass ihr jüngster Bruder Heinrich auf seinem Gut in Görz in italienische Gefangenschaft geraten sei, sie um den Schlaf. »Wieder ein Tag u. wieder ein Tag u. eine Zeit in der jeder Tag so schwer wiegt wie ein Jahrhundert.«[99]

Im Herbst 1915 bemerkt die Dichterin, nun schon im Widerspruch zur k. u. k. Propaganda, es sei schade um das serbische Volk. Wie Karl Kraus in den *Letzten Tagen der Menschheit* ist ihr die Konjunktur der Kriegsdichter ein Dorn im Auge: »Wieder neue Kriegsgedichte. Welch einen Hühnerhof von piepsender Literatur hat dieser Weltkrieg schon hervorgerufen. Einige Hähne haben allerdings gut und kräftig gekräht, aber jetzt schweigt, Hühner und Kapaunen.« Je länger an allen Fronten gekämpft wird, desto stärker rückt der Krieg in Ebner-Eschenbachs Notizen als übernationale Katastrophe in den Vordergrund. Mit Tolstoi hält sie es zwar für »unrecht«, den Fahneneid zu leisten, doch lehnt sie es ab, die Leute davon zu überzeugen und so »in einen Kampf hinein zu hetzen in dem sie unterliegen« müssten. Der ewige Friede werde noch Jahrtausende auf sich warten lassen. Im Mai 1915 sieht sie klar: »Wer nach diesem größten und furchtbarsten aller Kriege, von denen die Welt je zerfleischt worden ist, wird sagen können: ich habe von den verruchten Beispielen, die der Feind mir gab, keines befolgt, der wird im Geiste und in der Wahrheit Sieger sein.« Und sie zieht bald danach ein bitteres Fazit, das zugleich eine Bilanz ihres Lebens wie des durchlebten Jahrhunderts ist: »Aus unserem Traume vom Fortschritt der Civilisation sind wir nun wohl erwacht.«[100]

Am Silvestertag des ersten Kriegsjahres scheint der Taumel der Begeisterung in Deutschland wie Österreich winterlich abgekühlt, es ist ruhig in der Wiener Innenstadt, die Behörden haben jeglichen Silvester-Rummel verboten. »In Wien endet still dies laute Jahr.« Und Marie von Ebner-Eschenbach möchte sich am liebsten wieder aus dem permanenten politischen Bereitschaftsdienst entlassen und ins Privatleben verabschieden: »Es ist unglaublich und merkwürdig, daß sich in dieser Zeit der schwerstwiegenden Ereignisse, in der nur das Wichtigste uns wichtig sein dürfte, eine leise Schaffenslust in mir regt. Ich will ihr nicht nachgeben, denn das erscheint mir lächerlich und ich wehre mich dagegen. Aber angenehm ist dieser Kampf nicht.«[101]

Es versteht sich von selbst, dass sie den Kampf verliert, wie sie diesen Kampf immer verloren hat. Sie leidet unter Kopf-, Augen-, Gichtschmerzen, Ohrensausen, Schwindel, Herzklopfen, Beklemmungen, Schlaflosigkeit, Husten und schreibt weiter, kürzere Geschichten wie *Ein Lied* und *Die eine Sekunde*, die den letzten Erzählband *Stille Welt* (1915) komplettieren. »Die Schmerzen will ich ja gern hinnehmen«, bekennt sie Dr. Breuer. »85 lassen sich nicht in 58 verwandeln, aber daß mir jede, auch die geringste geistige Anstrengung gar so erschwert wird, ist bitter.« In dem Gedicht *An den Tod* wünscht sich das lyrische Ich zu sterben, »Bevor erfüllt mein letzter Traum, / Mein letztes Wort gesprochen, / Bevor von meinem Lebensbaum / Die letzte Frucht gebrochen.« Das war der Dichterin wohl nicht ganz vergönnt: Es war schließlich, so scheint es, alles gesagt.[102]

Im Frühjahr 1915 wird die jährliche Fahrt nach Zdislawitz vorbereitet. Am 1. Mai schreibt Marie Ebner: »Am 12t sollen wir abreisen u. ich kann die Empfindung nicht los werden, dass ich nicht fortkommen, dass ich früher sterben werde.« Sie bestellt Anton Bettelheim zu sich, um ihre Tagebuchauszüge und Korrespondenzen zu besprechen. Ihre Vorahnung trügt sie freilich: Am 12. Mai 1915 fährt sie wie gewöhnlich mit Marianne in sechsstündiger Bahnfahrt nach

Zdislawitz. Dort lebt sie auf, auch dies wie immer. Gleich am nächsten Tag heißt es: »Ein wundervoller Morgen, warm, sonnig, windstill. Die Nachtigallen schlagen so laut, daß sogar ich taube Person sie bis in mein Zimmer jubilieren höre. Am Abend liest man dann in der Zeitung schaudernd die Berichte über die Schlacht Gorlice-Tarnow.« So bewusst sich die Dichterin auch in ihrem mährischen Refugium der Kriegswirklichkeit ist, so empfindet sie doch pure Freude im Erlebnis der Natur: »Abds. schöne Wolken, schöner Sonnenuntergang u. dann ein Sternenhimmel zum Nieder-knieen!«[103]

Ein vielfaches Abschiednehmen liegt in der Luft, und die Dichterin wappnet sich gegen Anwandlungen von Nostalgie und Traurigkeit, zum Beispiel in der Skizze *Die Linden*:

> »Da stehen wir, die alten Linden und ich. Sie in vier langen Reihen auf dem breiten Wege, ich auf der Rampe, die neben ihm herläuft. Da stehen wir und sehen einander an. Was ist aus uns geworden? Was aus mir, die so müd an euch vorüberschleicht, und was aus euch? (…) Traure nicht über uns, tönt es mir von den Linden zurück. Wir werden noch vielmals unser Laub jugendfrisch erneuern und es mit einem duftenden Blütenschleier überziehen, und Hunderte von Vögeln werden in unsern Zweigen nisten und Millionen Bienen uns summend umschwärmen, während hier auf Erden jede Spur von dir verweht sein wird. Wir werden nicht um dich trauern, traure du nicht um uns (…), träume deine letzten dunkelhell beschwingten Erdenträume vor dem Erwachen in der Ewigkeit.«[104]

Die Linden nimmt Ebner-Eschenbach in ihre Prosasammlung *Aus einem zeitlosen Tagebuch* auf, die zunächst für den Abdruck in *Westermanns Monatsheften* vorgesehen ist: eine bunte Mischung von zum Teil explizit autobiographischen Skizzen und Anekdoten, von Lesefrüchten, Spruchgedichten, Reflexionen und Aphorismen, von Vignetten über Freunde und Freundinnen, zum Beispiel über eine Eigenheit Ida Fleischls, die hier als *I.F.* figuriert: »›So‹. Es war merkwürdig, was sie aus diesem ›So‹ zu machen wußte. Wenn sie es sagte, im ernsten Gespräch mit einem ihr geistig Ebenbürtigen, langsam und nachdenklich, da kam es wie eine Pause auf dem Wege des Suchens nach dem letzten Grund der Dinge. (…) Sie sagte es heiter, aufmunternd und frisch, wenn einer einen Ausspruch getan hatte, der ihr gefiel, und dann tat es dem, dem es zugestimmt, mehr Ehre an, als Lob- und Preisgesänge aus dem Munde vieler getan hätten.«[105] Indem Marie Ebner noch einmal ein Streiflicht auf den Charakter der verstorbenen Lebensfreundin wirft, auf deren Neigung zu Prägnanz und Lakonik, beleuchtet sie auch den Umgang der beiden Frauen miteinander, denn der hier genannte »eine« war oftmals doch wohl sie selbst.

Die Dichterin macht ihr *Zeitloses Tagebuch* für die Publikation fertig, und der Sommer in Zdislawitz geht zur Neige: »Die Schwalben sind s[ehr] aufgeregt, sammeln sich, machen sich reisefertig halten vorher noch Umschau im Garten, umfliegen wie Abschied nehmend das Haus.« Vor dem Abschied gilt es noch den 85. Geburtstag zu feiern, ein stilles Fest diesmal, Victor Dubsky, der neue Schlossherr, hat eine Messe in der Bibliothek arrangiert, die Rede des Pfarrers ergreift die Jubilarin tief. Von Hermine Villinger erfährt sie, dass man ihr in deutschen Zeitungen überschwänglich huldigt, sie einmal gar »die Märchenfrau im Silberhaar« nennt. – »O Du lieber Gott, wenn sie doch meine armselige Frisur sehen könnten!« Noch in Zdislawitz resümiert sie gar nicht heiter: »Ich habe nicht die Empfindung ins hohe Alter, ins hohe *Greisen*alter getreten zu sein, ich habe die Empfindung hineingefallen zu sein, ganz plötzlich. Augen, Gehör, Schlaf sind auf einmal schlechter und schwächer geworden, als sie schon waren, und das Schwinden des Gedächtnisses eine wahre Qual. Es macht mich mir selbst oft zum Spott.«[106]

Wieder in ihrer Wiener Wohnung, gedenkt Marie Ebner am 27. November des hundertsten Geburtstags ihres Moriz. Am 21. Jänner 1916 erinnert sie sich nicht nur an Grillparzers Todestag, sie erhält auch ein Telegramm von ihrem Verleger, der ihren Honorarwunsch akzeptiert, worauf sie das Manuskript von *Meine Erinnerung an Grillparzer* und *Aus einem zeitlosen Tagebuch* nach Berlin absenden lässt. Für sie eilt die Sache, sie will das Erscheinen des Buches noch erleben. Ihr Neffe Feri bringt sein neues Theaterstück, an dem sie einiges auszusetzen hat – und das ihm gegenüber auch tut. Anfang Februar leidet sie »sehr« unter Schmerzen, schreibt noch einige Ergänzungen für das *Zeitlose Tagebuch*. Am 14. Februar erkrankt Marie Ebner an einem Katarrh, der in eine Lungenentzündung ausartet und von einem schweren Angina-Pectoris-Anfall begleitet wird, drei Tage später vermeldet das Tagebuch: »Letzte Ölung. Pater Roßmiller ein Engel, mein guter Breuer wie ein treuer Sohn.« Als der Geistliche das Zimmer betritt, bittet ihn die Kranke, sich ja nicht den Kopf an der Hängelampe zu stoßen. »Wir müssen immer lernen, zuletzt auch noch sterben lernen«, sagt die Aphoristikerin. Am Tag danach ein letztes, nein, vorletztes Wort über den Krieg, ein Zitat aus dem Psalm 68: »Zerstreue die Mächte, die Kriege wollen, zerschmettere sie in deiner Kraft.« Am 20. Februar lässt Marie von Ebner-Eschenbach ihrem Testament aus dem Jahr 1914 ein Kodizill anfügen, in dem sie Jetty Tunklers Sohn Viktor und ihre Kammerfrau und Sekretärin Angela Erbert, Gustis Nichte, mit zusätzlichen Geldbeträgen bedenkt.[107]

Zwei Tage später berichtet Josef Breuer seinem Freund und Kollegen Otto von Fleischl, die Patientin habe die »Stenokardie«, die herzbedingte Brustenge, überwunden, »ist aber sehr herunter, wird durch Husten und Schlaflosigkeit sehr mitgenommen. *Wenn* sie durchkommt, wird sie einige Stockwerke herabgestiegen sein. Wahrscheinlich ist mir, daß sie in der Genesung auslöscht. Angesichts der drohenden senilen Gangrän [Absterben des Gewebes, D. S.] – nicht das ärgste …« Indessen vermerkt die Kranke selbst eine »[b]edeutende Besserung«, fühlt sich angeblich »[w]ie neu belebt.«[108]

Am 2. März nimmt Marie Ebner noch von der Erkrankung Carmen Sylvas Notiz, die mit ihr die Ehre teilt, Trägerin des kaiserlichen »Ehrenzeichens für Kunst und Wissenschaft« zu sein und an diesem Tag in Bukarest verstirbt. Am 9. März notiert sie: »Die furchtbaren Kämpfe um Verdun. Wir siegen uns zu Tode, soll ein Deutscher gesagt haben.« Tags darauf verbucht sie eine »sehr gute Nacht«. Und sie antwortet dem Redakteur von *Westermanns Monatsheften*, sie sei beim Druck des *Tagebuches* mit allem einverstanden, »aber das Erscheinen des Buches darf nicht verzögert werden«. Ihr letztes Buch wird dennoch erst postum erscheinen. Am 11. März die letzte Eintragung: »Herzklopfen. An Hermine.«[109]

In den Morgenstunden des 12. März 1916 stirbt Marie von Ebner-Eschenbach, wie Feri Dubsky sich erinnert, »bei vollem Bewußtsein, nachdem sie von Allen, die ihr im Leben nahegestanden waren, (…) Abschied genommen hatte, aufrecht in ihren Kissen – mit einem klaren, in die Ewigkeit gerichteten Blick«. Das Zeugnis des Neffen hat einen Hauch von Heiligenvita, es ist auch kein Augenzeugnis, denn Graf Dubsky stand zu dieser Zeit im Feld. Beim Tod der Dichterin anwesend war hingegen ihr Arzt Dr. Josef Breuer, der die keineswegs sanften Ereignisse nach der scheinbaren Genesung der Patientin mit medizinischer Nüchternheit zusammenfasst: »Da trat am 10.3. abends plötzlich sehr heftiges Stechen im Herzen auf, Atemnot und Tachykardie [Herzrasen, D.S.]- Erscheinungen, die auch den 11.3. über andauerten. Die Nacht vom 11.3. zum 12.3. war gut, aber am 12. morgens trat mit starker Dyspnoe [Atemnot, D.S.] und Tachykardie die Praeagonie ein, der nach zwei Stunden der Tod folgte ... Ihr letztes Wort war natürlich: ›Ich dank' Euch allen für alles‹; das vorletzte aber: ›Hat die Angela der Schneiderin das Geld geschickt?‹«[110]

Die Tote wird auf dem »Paradebett« aufgebahrt und liegt dort, wie es ihr geziemt, »so klein und still und so bescheiden«, ja »fast verschwindend unter den mächtigen Blumengewinden und Kränzen«. Am 15. März um drei Uhr wird Marie von Ebner-Eschenbachs Leichnam von der Spiegelgasse in den nahen Stephansdom überführt. *Tout Vienne* wohnt dem Requiem bei, vom Ministerpräsidenten Graf Stürgkh bis zur Uhrmachergenossenschaft, die ihrer Fahnenmutter die letzte Ehre erweist. Mit der Nordbahn tritt Marie Ebner ihre letzte Reise nach Zdislawitz an.[111]

Anmerkungen

1 A, 1/613.

2 Bettelheim II, 103. Brief Marie von Ebner-Eschenbachs an Adolph Graf Dubsky, 6.6.1899, MZA Brünn, Familienarchiv Dubsky, G 366, Kart. 31, I.N. 178. Brief Marie von Ebner-Eschenbachs an Marie von Najmájer, 8.6.1899, Wienbibliothek, Handschriftensammlung, I.N. 56008. TB 5, 12.8.1899, 156.

3 Brief Marie von Ebner-Eschenbachs an Adolph Graf Dubsky, 9.6.1899, MZA Brünn, Familienarchiv Dubsky, G 366, Kart. 31, I.N. 178. Zit. nach: Brandt, *Marie von Ebner Eschenbach und die »Deutsche Rundschau«* [Brief Ebner-Eschenbachs, 26.7.1899], 1007. TB 5, 17.8.1899, 156.

4 TB 5, 21.8.1899, 25.8.1899, 157. Vgl. Ebeling-Winkler, *Marie von Ebner-Eschenbach in St. Gilgen*, 61–65. Vgl. TB 5, 17.10.1898, 55.

5 Zitiert nach der eigenhändigen Fassung auf der Ansichtskarte, ÖNB, Bildarchiv, I.N. Pf 6639 E 30/3.

6 TB 5, 30.9.1899, 160; vgl. 20.2.1902, 230. Vgl. Bettelheim II, 238.

7 TB 5, Anh. Jan. 1899, 173.

8 Die Geschichte hat einen realen Kern: Als Ebner-Eschenbach Roberto Zaccagnini 1905 in Rom Modell sitzt, erfährt dieser, dass sein Sohn aus dem Fenster gestürzt und tot ist. Vgl. TB 5, 14.4.1905, 13; vgl. 16.11.1899, 167. Ebner-Eschenbach, Breuer, *Ein Briefwechsel* [Brief Ebner-Eschenbachs, 4.12.1899], 36.

9 TB 5, Anh. Nov. 1899, 181. Vgl. Bettelheim II, 238ff. TB 5, Anh. Nov. 1903, 372; 31.12.1899, 172.

10 Vgl. TB 4, 6.12.1891, 170f. Vgl. TB 5, 23.8.1898, 45. Karte Marie von Ebner-Eschenbachs an Adolph Graf Dubsky, 23.8.1898, MZA Brünn, Familienarchiv Dubsky, G 366, Kart. 31, I.N. 178. Brief Marie von Ebner-Eschenbachs an Marianne Gräfin Kinsky, 8.10.1900, MZA Brünn, Familienarchiv Dubsky, G 366, Kart. 69, I.N. 902.

11 Vgl. Bettelheim I, 229–233, II 240.

12 TB 5, 26.8.1898, 45.

13 TB 3, 17.5.1889, 752; 23.5.1889, 753. Brief Marianne Gräfin Kinskys an Marie von Ebner-Eschenbach, 5.7.1900, MZA Brünn, Familienarchiv Dubsky, G 366, I.N. 718. Das Buch der Erzherzogin erschien 1900 unter dem Pseudonym J. Lüsen. A, 1/593.

14 Vgl. Ebner-Eschenbach, *Gesellschaftsdramen*. 951f., 417f. Kindermann (Hg.), *Briefwechsel zwischen Ferdinand von Saar und Marie von Ebner-Eschenbach* [Karte Ebner-Eschenbachs, 4.9.1900], 115 [Prolog zur Marie von Ebner-Eschenbach-Feier im Hofburgtheater 13. September 1900].

15 Ebd., [Brief und Karte Ebner-Eschenbachs, 23.9.1900, 4.9.1900] 117, 112. Ferdinand von Saar: *Novellen aus Österreich*. Bd. 1. Heidelberg: Georg Weiß Verlag 1897, 163.

16 Vgl. ebd., [Briefe Saars, 18.9.1900 und 27.9.1900] 112f., 118, [Brief Ebner-Eschenbachs, 23.9.1900] 117.

17 Vgl. Ebner-Eschenbach, *Gesellschaftsdramen*. 951f., 417f. A, 1/586.

18 Prorektor Wiesner zit. nach: Brief Marie von Ebner-Eschenbachs an Marianne Gräfin Kinsky, 8.10.1900, MZA Brünn, Familienarchiv Dubsky, G 366, Kart. 69, I.N. 902. Zit. nach: Bettelheim I, 236.

19 Zit. nach: ebd., 245, 236.

20 Zit. nach: ebd., 237, 246f.

21 Brief Marie von Ebner-Eschenbachs an Marianne Gräfin Kinsky, 8.10.1900, MZA Brünn, Familienarchiv Dubsky, G 366, Kart. 69, I.N. 902. Zit. nach: Bettelheim I, 246. TB 3, 14.11.1885, 523. Vgl. TB 5, 6.8.1898, 42.

22 Brief Marie von Ebner-Eschenbachs an Marianne Gräfin Kinsky, 8.10.1900 und 12.10.1900, MZA Brünn, Familienarchiv Dubsky, G 366, Kart. 69, I.N. 902.

23 Kindermann (Hg.), *Briefwechsel zwischen Ferdinand von Saar und Marie von Ebner-Eschenbach* [Brief Ebner-Eschenbachs, 4.11.1900], 120. Brief Marie von Ebner-Eschenbachs an Marie von Najmájer, 27.6.1899, Wienbibliothek, Handschriftensammlung, I.N. 56007.

24 Zit. nach: Bettelheim II, 240f.

25 Vgl. Rossbacher, *Literatur und Liberalismus*, 366. Zit. nach: Bettelheim II, 40. Brief Marie von Ebner-Eschenbachs an Marie von Najmájer, 27.6.1899, Wienbibliothek, Handschriftensammlung, I.N. 56007.

26 Brief an Pachler aus dem Jahr 1874 zit. nach: Bettelheim I, 182. »But she did not care for fame, since it meant invasion of her cherished privacy«, heißt es bei Klostermaier, *Marie von Ebner-Eschenbach*, 281. Ebner-Eschenbach, *Gesammelte Schriften*, Bd. 1, 42.

27 A, 1/606. TB 3, 12.4.1889, 744.

28 Marie von Ebner-Eschenbach: *Sämtliche Werke*. Bd. 4. Berlin: Paetel [1920], 516, 523, 527. Darin: *Verschollen*. Im Folgenden zitiert mit der Sigle VE, der Bandzahl 4 und der Seitenzahl.

29 A, 1/602, 613, 621. Ebner-Eschenbach, Breuer, *Ein Briefwechsel* [Briefe Ebner-Eschenbachs, 8.9.1900 und 2.1.1902], 38, 43.

30 Vgl. Karten Marie von Ebner-Eschenbachs an Adolph Graf Dubsky, 19.1.1901 und 4.1.1900, MZA Brünn, Familienarchiv Dubsky, G 366, Kart. 31, I.N. 178.
Marie von Ebner-Eschenbach: *Sämtliche Werke*. Bd. 6. Berlin: Paetel [1920], 350. Darin: *Agave*. Im Folgenden zitiert mit der Sigle AG, der Bandzahl 6 und der Seitenzahl.

31 GED, 4/559f.

32 A, 1/601. TB 4, 26.7.1897, 420.

33 Theodor Herzl: »*Agave*.« In: Neue Freie Presse, 21.5.1903.

34 TB 5, 17.10.1903, 348; 24.5.1903, 325.

35 Bettelheim II, 243. Kindermann (Hg.), *Briefwechsel zwischen Ferdinand von Saar und Marie von Ebner-Eschenbach* [Brief Saars, 10.8.1903], 125f. Klemperer, *Marie von Ebner-Eschenbach*, 195f. Zur Beschreibung des Bildes vgl. die Notiz vom April 1899, Ebner-Eschenbach, *Weisheit des Herzens*, 122f.

36 TB 5, 3.5.1903, 322. Vgl. Karte Marie von Ebner-Eschenbachs an Adolph Graf Dubsky, 4.6.1903, MZA Brünn, Familienarchiv Dubsky, G 366, Kart. 31, I.N. 178.

37 Zit. nach: Tanzer, *Frauenbilder im Werk Marie von Ebner-Eschenbachs*, 191 (Brief Ebner-Eschenbachs, 8.5.1901). In diesem Brief bezeichnet Ebner-Eschenbach den polnischen Grafen Zamoyski wider besseres Wissen als »Tschechen« und verlegt das historische Vorbild für *Er laßt die Hand küssen* abermals, im Widerspruch zu ihrem Tagebuch, von Polen nach Ungarn.

38 Klemperer, *Marie von Ebner-Eschenbach*, 198. Marie von Ebner-Eschenbach: *Sämtliche Werke.* Bd. 6. Berlin: Paetel [1920], 26. Darin: *Der Erstgeborene.* Im Folgenden zitiert mit der Sigle ER, der Bandzahl 6 und der Seitenzahl.

39 Tanzer, *Frauenbilder im Werk Marie von Ebner-Eschenbachs*, 193. ER, 6/26, 31.

40 Vgl. Charlotte Woodford: *Suffering and Domesticity: The Subversion of Sentimentalism in Three Stories by Marie von Ebner-Eschenbach.* In: German Life and Letters 59, H. 1, 2006, 47–61, bes. 59ff.

41 Ebner-Eschenbach, Breuer, *Ein Briefwechsel* [Brief Ebner-Eschenbachs, 3.9.[1902]], 51.Vgl. Paul Harrer-Lucienfeld: *Wien, seine Häuser, Geschichte und Kultur.* Band 1, 1. Teil. Wien 1951ff., 48–52. Ungedr., Wienbibliothek. Wie die meisten Wiener Häuser der Zeit hat auch dieses aus Steuergründen ein Mezzanin genanntes nominelles Zwischengeschoß, de facto das erste Stockwerk.

Ebner-Eschenbach, Breuer, *Ein Briefwechsel* [Brief Ebner-Eschenbachs, 11.9.1902], 54. Vgl. TB 5, 28.4.1903, 321; 24.5.1903, 325.

42 TB 5, Anh. Okt. 1902, 280. Vgl. Klostermaier, *Marie von Ebner-Eschenbach*, 289ff. Villinger zit. nach: Bettelheim I, 234. Vgl. Alkemade, *Die Lebens- und Weltanschauung der Freifrau Marie von Ebner-Eschenbach*, 67, 141.

43 Vgl. Johannes Mumbauer: *Der Dichterinnen stiller Garten. Marie von Ebner-Eschenbach und Enrica von Handel-Mazzetti. Bilder aus ihrem Leben und ihrer Freundschaft.* Freiburg i. Br.: Herder 1918, 28f. Im Tagebuch ist der Besuch Handel-Mazzettis für den Vortag, den 10. Juni, vermerkt. Vgl. TB 5, 10.6.1903, 327.

44 Mumbauer, *Der Dichterinnen stiller Garten* [Brief Ebner-Eschenbachs, 14.8.1904], 43. Marie von Ebner-Eschenbach: *Tagebücher VI. 1906–1916. Kritische Texte und Deutungen.* Hrsg. von Karl Konrad Polheim und Norbert Gabriel. Tübingen: Niemeyer 1997, Anh. Juni 1908, 107. Im Folgenden zitiert mit der Sigle TB 6, Datum und Seitenzahl.

Mumbauer, *Der Dichterinnen stiller Garten* [Brief Ebner-Eschenbachs, 11.12.1909], 67; vgl. ebd., 47.

45 Petra-Maria Dallinger: *Enrica von Handel-Mazzetti.* In: *Stichwörter zur oberösterreichischen Literaturgeschichte.* http://www.stifter-haus.at/lib/publication_read.php?articleID=149.

Vgl. Mumbauer, *Der Dichterinnen stiller Garten*, 44f.

46 Ebd., 26, 34f., 31. Villinger zit. nach: Bettelheim I, 235. Rodenbergs Tagebucheintrag von 1896 zit. nach: Bettelheim II, 198.

47 Mumbauer, *Der Dichterinnen stiller Garten*, 34, 33. TB 6, Anh. Mai 1909, 199. TB 5, Anh. Okt. 1903, 365. Anon.: *Gefährliche Seelenvergifter.* In: *Neues Wiener Tagblatt*, 8.6.1904. Vgl. Jiří Veselý: *Tagebücher legen Zeugnis ab. Unbekannte Tagebücher der Marie von Ebner-Eschenbach.* In: Österreich in Geschichte und Literatur 15 (1971), 211–241, 232. Falkenbergs Streitschrift erschien 1904 anonym unter dem Titel *Literarische Ungezogenheiten.*

Vgl. Klostermaier, *Marie von Ebner-Eschenbach*, 249: »Gone was her scepticism toward Church doctrine and dogma, gone her discontent with (…) its propagation of obscurantism and servility.« Vgl. TB 6, 31.3.1908, 52.

48 Vgl. Bettelheim II, VIIIf., 39. Vgl. Strigl, *Der Biograph als Testamentsvollstrecker*, bes. 113–119.

49 Vgl. Veselý, *Tagebücher legen Zeugnis ab.* Bettelheim II, 249. TB 2, 10.2.1871, 481.

50 TB 6, 16.10.1913, 295f.; 9.8.1913, 292.

51 Zit. nach: Bettelheim II, 39f. Vgl. Klostermaier, *Marie von Ebner-Eschenbach*, 243f.

52 MK, 6/547. Das Motto von G. Lenôtre, recte Théodore Gosselin (1855–1935), lautet: »Les souvenirs des vieillards, a-t-on [dit,] sont une part d'héritage qu'ils doivent acquitter de leur vivant.«
MK, 549, 551. Ebner-Eschenbach wollte mit einer noch kleinmütigeren Wendung schließen, die sie auf Rodenbergs Wunsch jedoch aufgab. Vgl. Bettelheim II, 245f.

53 Vgl. Mumbauer, *Der Dichterinnen stiller Garten* [Brief Ebner-Eschenbachs, 21.10.1906], 54. Vgl. Klostermaier, *Marie von Ebner-Eschenbach*, 243ff. Vgl. Klostermaier, *Anton Bettelheim*, 22. Vgl. Marie von Ebner-Eschenbach: *Autobiographische Schriften I. Meine Kinderjahre. Aus meinen Kinder- und Lehrjahren.* Kritisch hrsg. und gedeutet von Christa-Maria Schmidt. Tübingen: Niemeyer 1989 (= Kritische Texte und Deutungen 4), 135, 184f.

54 Nach dem Zeugnis Handel-Mazzettis, vgl. Mumbauer, *Der Dichterinnen stiller Garten*, 32. Zur *Arbeiter-Zeitung* vgl. Ebner-Eschenbach, Breuer, *Ein Briefwechsel* [Brief Breuers, 16.4.1905], 72f. Fliedl, *Close reading*, 108; vgl. ebd. und 98f.

55 Vgl. Charlotte Woodford: *»Eine Dichtung vom Dichter – ein Phantasiebild, aus Schauen, Erleben und Träumen zusammengefügt«. Gabriele Reuters Aufsatz über Marie von Ebner-Eschenbach.* In: Wilhelm Hemecker (Hg.): *Die Biographie – Beiträge zu ihrer Geschichte.* Berlin, New York: De Gruyter 2009, 105–121, 110.

56 Gabriele Reuter: *Ebner-Eschenbach.* Berlin, Leipzig: Schuster und Löffler o. J. [1905] (= Die Dichtung 19), 13, 43, 58, 62, 59.

57 ZT, 4/672.

58 Zit. nach: Bettelheim II, 251. TB 6, 1.1.1913, 284; 30.3.1914, 305. TB 5, 26.3.1898, 17; Anh. April 1903, 358. Karte Marie von Ebner-Eschenbachs an Adolph Graf Dubsky, 27.3.1903, MZA Brünn, Familienarchiv Dubsky, G 366, Kart. 31, I.N. 178.

59 TB 6, Anh. Mai 1909, 201; 29.1.1913, 282; 4.3.1914, 304; 5.2.1914, 303. Vgl. Polt-Heinzl, *Ringstraßenzeit und Wiener Moderne*, 34ff.

60 *Vom Lesen und von guten Büchern. Eine Rundfrage.* Veranstaltet von der Redaktion der *Neuen Blätter für Literatur und Kunst.* 32 Originalbriefe. Wien: Hugo Heller & Cie. 1907, VIII.

61 Mauthner, *Marie v. Ebner-Eschenbach.*

62 Marie von Ebner-Eschenbach: *Sämtliche Werke.* Bd. 5. Berlin: Paetel [1920], 219. Darin: *Uneröffnet zu verbrennen.* Im Folgenden zitiert mit der Sigle UV, der Bandzahl 5 und der Seitenzahl.
Marie von Ebner-Eschenbach: *Sämtliche Werke.* Bd. 4. Berlin: Paetel [1920], 363, 402. Darin: *Das Schädliche.* Im Folgenden zitiert mit der Sigle SCHÄ, der Bandzahl 4 und der Seitenzahl. Reuter, *Ebner-Eschenbach*, 69.

63 TB 5, Anh. Juni 1902, 274; 23.1.1902, 225. Vgl. *Briefwechsel Ebner-Knorr*, Nr. 878, An Josephine von Knorr, Löschna, [Sa.] 16.8.1902. ZT, 4/648.
Marie von Ebner-Eschenbach: *Sämtliche Werke.* Bd. 3. Berlin: Paetel [1920], 628. Darin: *Prinzessin Leiladin.* Im Folgenden zitiert mit der Sigle PL, der Bandzahl 3 und der Seitenzahl.
Marie von Ebner-Eschenbach: *Sämtliche Werke.* Bd. 5. Berlin: Paetel [1920], 11, 29. Darin: *Der Herr Hofrat.* Im Folgenden zitiert mit der Sigle HH, der Bandzahl 5 und der Seitenzahl.

64 Ebner-Eschenbachs Stimmprobe mit *Es gibt einen Engel* (*Der traurige Engel*, AL, 6/503) ist zu hören unter: http://www.mediathek.at/atom/19BB273A-250-00330-00000DD4-19BA0646/?m=1
TB 6, 1.7.1912, 267. Marie von Ebner-Eschenbach: *Bei meinen Landsleuten. Erzäh-*

lungen, Novellen und Skizzen. Der Nachlaß der Marie von Ebner-Eschenbach in vier Bänden. Hrsg. und mit Nachworten versehen von Heinz Rieder. Bd. 1. Wien: Agathonverlag 1947, 175 (*Die Welttante*). Vgl. TB 6, 6.3.1907, 21; 3.8.1909, 165. TB 2, 11.4.1872, 101. Vgl. Polt-Heinzl, *Ringstraßenzeit und Wiener Moderne*, 120f.

65 TB 5, Anh. Okt. 1905, 473. TB 6, 24.7.1906, 10.

66 Marie von Ebner-Eschenbach: *Sämtliche Werke*. Bd. 4. Berlin: Paetel [1920], 531, 553. Darin: *Novellenstoffe*. Im Folgenden zitiert mit der Sigle N, der Bandzahl 4 und der Seitenzahl.

67 Zit. nach: Bettelheim II, 269 (10.9.1907).

68 Vgl. TB 6, 28.4.1907, 24. *Briefwechsel Ebner-Knorr*, Nr. 995, An Josephine von Knorr, Wien, [Do.] 2.5.1907. Vgl. TB 4, 9.5.1893, 214: »Gusti hat mir gekündigt. Zum zehntenmal, glaube ich.« A, 1/591. Brief Marie von Ebner-Eschenbachs an Adolph Graf Dubsky, 19.5.1907, MZA Brünn, Familienarchiv Dubsky, G 366, Kart. 31, I.N. 178.

69 Vgl. Kindermann (Hg.), *Briefwechsel zwischen Ferdinand von Saar und Marie von Ebner-Eschenbach* [Brief Ebner-Eschenbachs, 7.9.1905], 143. Vgl. *Briefwechsel Ebner-Knorr*, Nr. 864, An Josephine von Knorr, Löschna, [Mi.] 29.1.1902. TB 5, 21.10.1902, 258. Vgl. Tanzer, *Wiederentdeckt*, 26f. TB 6, 4.6.1908, 63.

70 Zit. nach: Bettelheim II, 39. TB 5, 26.2.1905, 403. Bettelheim II, 3. Vgl. Ebner-Eschenbach, Breuer, *Ein Briefwechsel* [Brief Ebner-Eschenbachs, 14.10.1909], 103.

71 TB 6, 3.1.1909/Anh. 1908, 122.

72 TB 5, 10.10.1903, 347. Vgl. TB 6, 18.2.1908, 46. A, 1/600. TB 6, 7.12.1913, 298. MK, 6/572. TB 6, 11.12.1911, 254.

73 Vgl. ebd., 7.2.1912. Zit. nach: Bettelheim II, 291f. TB 6, 12.7.1908, 71.

74 TB 6, 8.6.1914, 309; 18.7.1914, 311. Franz Dubsky: *Erinnerungen an Marie von Ebner-Eschenbach*. In: Marie von Ebner-Eschenbach, *Letzte Worte*, 9–30, 24f.

75 ZT, 4/670f.

76 TB 6, Anh. Mai 1909, 198; vgl. 8.1.1916, 347. *Briefwechsel Ebner-Knorr*, Nr. 995, An Josephine von Knorr, Wien, [Do.] 2.5.1907, sowie Nr. 809, An Josephine von Knorr, Löschna, [So.] 22.7.1900.

77 TB 6, 17.7.1906, 10; 8.6.1908, 64.

78 Marie von Ebner-Eschenbach: *Sämtliche Werke*. Bd. 5. Berlin: Paetel [1920], 523, 525ff. Darin: *Das tägliche Leben*. Im Folgenden zitiert mit der Sigle TL, der Bandzahl 5 und der Seitenzahl.

79 Ebd., 529.

80 Ebd., 535. U, 4/190. TL, 5/535.

81 Tanzer, *Frauenbilder im Werk Marie von Ebner-Eschenbachs*, 10. TL, 5/529, 533. Wörtlich verkündet in *Also sprach Zarathustra* das alte Weiblein als seine »kleine Wahrheit«: »Du gehst zu Frauen? Vergiß die Peitsche nicht!« (Friedrich Nietzsche: *Also sprach Zarathustra. Ein Buch für Alle und Keinen*. Leipzig: C. G. Naumann 1907, 98). TL, 5/524.

82 Ebd., 534. Vgl. Woodford, *Suffering and Domesticity*, 51ff.

83 TL, 5/529. Zum Vereinswesen vgl. Polt-Heinzl, *Ringstraßenzeit und Wiener Moderne*, 50. TB 5, Anh. Dez. 1898, 98. TB 5, [30.5.] Anh. Nov. 1899, 180.

84 Ebd., 6.4.1899, 134.

85 Mauthner, *Marie v. Ebner-Eschenbach*.

86 Brief Marie von Ebner-Eschenbachs an Marianne Gräfin Kinsky, 22.8.1908, MZA Brünn, Familienarchiv Dubsky, G 366, Kart. 69, I.N. 902. TB 6, 4.11.1914, 318.

87 Vgl. Mumbauer, *Der Dichterinnen stiller Garten*, 29. Vgl. TB 6, 8.8.1910, 226; 4.9.1910, 228.

88 Vgl. TB 6, 14.9.1910, 228. Zit. nach: Bettelheim II, 288. Vgl. TB 6, 12.9.1910, 228; vgl. 12.9.1911, 249.

89 Zur Baumsymbolik bei Ebner-Eschenbach vgl. Beutin, *Marie von Ebner-Eschenbach: »Božena« (1876)*, 252f. ZT, 4/631.

90 Vgl. Bettelheim II, 273ff. und 289, hier sind irrtümlich falsche Jahreszahlen genannt.

Vgl. Susanne Schwabach-Albrecht: *Die Deutsche Schillerstiftung 1909–1945.* Frankfurt/Main: Buchhändler-Vereinigung 2001 (= Archiv für Geschichte des Buchwesens 55), 53f. Der Preis ging u. a. an Ricarda Huch, Ina Seidel und Paula Grogger und wurde 1933 zum letzten Mal vergeben.

91 In *Lotti, die Uhrmacherin* (L, 3/19) heißt es: »Ja, meine Uhren – die machen mir noch das Sterben schwer!« Alexander Groß, zit. nach: Bettelheim II, 287. Vgl. ebd., 270. Testament Marie von Ebner-Eschenbachs, MZA Brünn, Familienarchiv Dubsky, G 366, I.N. 585. Das Testament stammt vom 1.3.1914. Die Uhrensammlung wurde nach Ebner-Eschenbachs Tod von der Stadt Wien mit Hilfe von Mäzenen für das in Gründung befindliche Uhrenmuseum um 300 000 Kronen erworben, ihre Überreste – während des Zweiten Weltkriegs verschwand ein Großteil auf ungeklärte Weise – sind auch heute noch dort zu sehen. Vgl. Viktor Stöger: *Das Uhrenmuseum der Stadt Wien.* In: Reichspost, 22.6.1917. Angeblich haben amerikanische Sammler der Dichterin zu ihren Lebzeiten den fünffachen Betrag für die 270 Uhren geboten. Vgl. anon.: *Das Wiener Uhrenmuseum.* In: Neue Freie Presse, 25.5.1918.

92 TB 6, Anh. Mai 1909, 199f. Ebner-Eschenbach, Breuer, *Ein Briefwechsel* [Brief Marie Gräfin Kinskys an Josef Breuer, 8.4.1916], 170. TB 6, 17.9.1913, 294.

93 Zit. nach: Bettelheim II, 289f. Am 12.8.1910 (TB 6, 226) findet sich die Notiz, Adolph habe sich in Wien ein altes, unter der Haut am Hals steckendes Schrotkorn entfernen lassen, vielleicht war schon dies eine schonende Version der Familie, um eine Krebsoperation vor der Schwester zu verheimlichen.

94 Zit. nach: Bettelheim II, 291. Vgl. Klostermaier, *Marie von Ebner-Eschenbach,* 199. TB 6, 22.6.1914, 310; 21.7.1915, 335.

95 HH, 5/8.

96 TB 6, 19.7.1913, 291; vgl. 3.11.1915, 341.

97 Ebner-Eschenbach, Breuer, *Ein Briefwechsel* [Brief Ebner-Eschenbachs, 18.11.1913], 141. TB 6, 31.12.1913, 299. Vgl. Marie v. Ebner-Eschenbach: *Meine Erinnerungen an Grillparzer.* In: Neue Freie Presse, 24.10.1915.

98 Vgl. TB 6, 10.3.1914, 304. EG, 4/614, 612. TB 6, 7.6.1914, 309.

99 AL, 6/512. Vgl. TB 6, Anh. Juli 1908, 108; 29.7.1914, 311; 22.1.1916; vgl. 9.6.1915, 12.6.1915, 332; 4.10.1914, 316.

100 TB 6, 4.11.1915, 341. Bettelheim II, 298. Zu Tolstoi: Marie von Ebner-Eschenbach: Tagebuch mit Aussprüchen und Buchkritiken o.D. [1914/15]. Wienbibliothek, Handschriftensammlung, I.N. 54515. TB 6, 23.5.1915, 331; 5.6.1915, 332.

101 Zit. nach: Bettelheim II, 296f.

102 Ebner-Eschenbach, Breuer, *Ein Briefwechsel* [Brief Ebner-Eschenbachs, 12.7.1915], 165. ZT, 4/679.

103 TB 6, 1.5.1915, 330. Zit. nach: Bettelheim II, 297; vgl. TB 6, 14.8.1915, 336.

104 ZT, 4/631f.

105 Ebd., 634.

106 TB 6, 6.9.1915, 337; vgl. 13.9.1915, 337; 30.9.1915, 338. Zit. nach: Bettelheim II, 300 (5.10.1915).

107 TB 6, 27.11.1915, 342; 21.1.1916, 348; 27.1.1916, 348; 2.2.1916, 10.2.1916, 349. A, 1/630. Zit. nach: Bettelheim II, 299, vgl. 301. Vgl. Testament Marie von Ebner-Eschenbachs, MZA Brünn, Familienarchiv Dubsky, G 366, I.N. 585.

108 Ebner-Eschenbach, Breuer, *Ein Briefwechsel* [Brief Breuers an Otto von Fleischl, 22.2.1916], 167. Zit. nach: Bettelheim II, 299. Vgl. anon.: *† Marie v. Ebner-Eschenbach.* In: Neue Freie Presse, 13.3.1916.

109 Vgl. TB 6, 2.3.1916, 351. Zit. nach: Bettelheim II, 300.

110 Dubsky: *Erinnerungen an Marie von Ebner-Eschenbach,* 30. Ebner-Eschenbach, Breuer, *Ein Briefwechsel* [Brief Breuers an Otto von Fleischl, 15.3.1916], 168.

111 So erinnert sich Enrica Handel-Mazzetti in: Mumbauer, *Der Dichterinnen stiller Garten,* 39. Vgl. anon.: *† Marie v. Ebner-Eschenbach.* In: Neue Freie Presse, 13.3.1916. Vgl. Bettelheim II, 301.

Epilog

Nach dem Tode

»Was liegt am Ruhm, da man den Nachruhm
nicht erleben kann?«[1]

Ihren Eingang in die Ewigkeit hat Marie von Ebner-Eschenbach sich in einem Gedicht mit dem Titel *St. Peter und der Blaustrumpf* ausgemalt. Der darin geschilderte Disput zwischen Petrus und einem »Weiblein« am Himmelstor ist die ultimative Antwort der Dichterin an alle Frommen, denen sie nicht fromm genug war. Der Ton ist ironisch, die Sache ist ernst:

»– ›Wer bist denn du?‹ – ›Ein Strumpf, o Herr …‹
Sie stockt, und milde mahnet er:
›Mein Kind, erkläre dich genauer
Was für ein Strumpf?‹ – ›Vergib – ein blauer.‹
Er aber grollt: ›Man trifft die Sorte
Nicht häufig hier an unsrer Pforte.
Seid samt und sonders freie Geister,
Der Teufel ist gar oft nicht dreister (…).‹«[2]

Wie seine Schöpferin gibt auch der Blaustrumpf nicht so rasch auf: Sehr wohl habe er (also sie) ein Leben lang Gott gesucht und »in sel'gen Stunden« auch gefunden. – Und wo?

»– ›Daselbst, wo ich zu Hause war,
(Mein Handwerk brachte das mit sich)
Im Menschenherzen. Wunderlich
War dort der Höchste wohl umgeben;
Oft blieb von seines Lichtes Weben

Ein glimmend Fünklein übrig nur,
Und führte doch auf Gottes Spur.‹«

Am Schluss sieht Sankt Peter endlich ein, dass diese Form des kreativen Gottesdienstes dem der frommen Leute um nichts nachsteht: »Besprich es drin. – Ich lass' dich ein.«

Über dem Eingang der Familiengruft von Zdislawitz, in der die Dichterin in der Nische neben ihrem Mann ruht, befindet sich ein Spruch, den sie selbst verfasst hat: Das arme Herz hienieden, / Von manchem Sturm bewegt, / Erlangt den wahren Frieden, / Erst hier – wo es nicht mehr schlaegt.« Mit Marie Ebners sterblicher Hülle war vor der Beisetzung noch einiger Aufwand betrieben worden. Wie bei prominenten Zeitgenossen üblich, hatte man ihr eine Totenmaske abgenommen. Am 27. März 1916 bestätigte der Gipsformator Moriz Schroth den Hinterbliebenen, dass es sich bei dem Abguss, den er der Familie geliefert hatte, um den einzig existierenden handle, und verpflichtete sich, »ohne Bewilligung der Erben kein weiteres Exemplar herzustellen und diese Maske nur über Auftrag der Erben zu vervielfältigen« – das »Copyright« blieb bei der Familie Dubsky. Ein Zusatz von fremder Hand auf der Bestätigung besagt hingegen: »Professor Michalek hat aber die Maske bei Schroth abgezeichnet!« Zu einer Zeit, da Leser ihre Salons gern mit Totenmasken ihrer Lieblingsdichter schmückten, war deren Vertrieb ein einträgliches Geschäftsfeld. Marie von Ebner-Eschenbach selbst besaß die Kopie der Kopie der Lebendmaske Goethes aus dem Rollett-Museum in Baden.[3]

Die Arbeit des gefragten Spezialisten Schroth, der auch Karl Luegers und Gustav Klimts Totenmasken abnahm, dürfte aber nicht zur Zufriedenheit der Auftraggeber ausgefallen sein, denn man beauftragte den Bildhauer, Mediziner und Professor für Anatomie an der Akademie der bildenden Künste Dr. Hermann Vinzenz Heller mit einer Nachbesserung. Heller gab in einer »Erklärung« am 5. Oktober 1916 zu Protokoll, er habe den gipsernen Originalguss der Totenmaske zwecks Rekonstruktion der »verschobenen und verzerrten Mundpartie« der Verewigten übernommen. Zu diesem Zweck habe er vom Original eine »sogenannte Stuck-Hohlform gemacht und aus dieser durch mechanisches Ausquetschen mit Modellierton ein weiches Positiv-Model hergestellt«:

»An diesem Ton-Modelle korrigierte ich nun die Mundpartie und teilweise die Kinnpartie des Unterkiefers unter vorzugsweiser Benützung mehrerer Front- und Seitenansicht zeigender Photographien der Verstorbenen aus ihren letzten Lebensjahren, wobei ich vor allem dem Umstande Rechnung zu tragen hatte, dass diese Aufnahmen die Verstorbene *mit Zahnprothese* wiedergeben. Angewiesen auf diese Aufnahmen nach dem Leben war ich gezwungen, den Mund und die Kieferpartien mit eingelegter Prothese darzustellen. Ich habe dies ausdrücklich zu bemerken, weil ich aus diesem Grunde eine Verlängerung der Vertikal Axe des unteren Gesichtsdrittels um ca. 1,5 cm vornehmen musste.
Von der so rektifizierten Maske wurden zunächst ein blindgeformtes Gips-Positiv, hierauf aus diesem eine neue Stuck-Hohlform und aus le[tz]terer hernach 12 Gipsgüsse gewonnen.
Die erste Stuck-Hohlform des Originales und zwei Ausgüsse dieses verzerrten Originales wurden in einer Kiste verpakt, welche ich laut diesbezüglichen Auftrages an den Gräflich-Dubskyschen Gärtner Dudak in Zdisslawitz per Post abgesendet habe.
Das blindgeformte Gips-Positiv und das Stuck-Negativ für weitere korrigierte Ausgüsse befinden sich gegenwärtig noch in meinen Händen.«[4]

Eigentlich sollten die Totenmasken den erhabenen Augenblick des Todes authentisch festhalten, aber wenn das Ergebnis der idealen Vorstellung eines würdigen Sterbens nicht entsprach, dann behalf man sich eben mit »Korrekturen«. So wurde Marie von Ebner-Eschenbachs Bild für die Nachwelt noch postum retuschiert. Als Kultautorin ihrer Epoche hatte sie einen Ruf zu verlieren – und musste über ihren letzten Atemzug hinaus wenn schon nicht Verklärung, so doch Gelassenheit und Weisheit ausstrahlen. Die Dichterin selbst hat sich über ihre Portrait-Retuschen immer schon lustig gemacht. In ihrem Tagebuch findet sich ein Vierzeiler *Auf ein verschönerndes Jugendbild*:

»Ich bin's nicht mehr u das Warum?
Könnt Ihr im Kürschner lesen;
Doch bin ich auch – u weiß darum –
So hübsch gar nie gewesen«[5]

Marie Ebners »rektifizierte« Totenmaske ist im Depot des »Wienmuseums« aufbewahrt. Welches Schicksal der Originalmaske zuteilwurde, nachdem sie in die Hände des Schlossgärtners von Zdislawitz gelangt war, ist nicht bekannt.

Wer heute nach Zdislavice kommt, findet Schloss und Park im Zustand fortgeschrittener Verwahrlosung. Dass Ebner-Eschenbach wirklich gemäß ihrem Kindheitswunsch der Erde »eine wenigstens leise Spur« ihrer Schritte »eingeprägt« hat, hier wäre nichts davon zu bemerken. Der Besitz ist privat und steht seit Jahrzehnten zum Kauf – der tschechische Staat hat keinerlei Interesse an einer Gedenkstätte für eine deutschsprachige Schriftstellerin. »Von dem Lattenzaun standen nur noch einzelne Stücke sozusagen aufrecht, der größte Teil hatte sich morsch und müde ins Gras gelegt und war unter ihm und üppig wucherndem Unkraut verschwunden.« Es scheint fast, als hätte Marie Ebner die Szenerie in *Die arme Kleine* vorausgeahnt. Hier kehrt eine Frau nach Jahren ins Herrenhaus ihrer Familie heim und der Bürgermeister öffnet für sie die Fensterläden: »Licht und Luft drangen herein, liebe Heimatluft, liebes, heimatliches Sonnenlicht. Es beleuchtete grell alle Risse in den Mauern, alle klaffenden Lücken in den Kapitälen, Kanten, Sockeln, Verzierungen der Pilaster und die Schadhaftigkeit der Treppe und ihres Geländers und die Wellenlinien des Deckengewölbes.«[6]

Ein Denkmal für die Dichterin gibt es allerdings: Im Park des benachbarten Schlosses in Hoštice, das einst auch den Dubskys gehörte, steht Roberto Zaccagninis in Rom geschaffene Marmorbüste, auf deren Sockel eine Szene aus dem *Gemeindekind* im Bronzerelief dargestellt ist. Marie von Ebner-Eschenbach selbst wusste freilich, was sie immer schon ganz unbescheiden angestrebt hatte: »So manches papierne Denkmal hat mehr Bestand als ein Denkmal von Erz.«[7]

Anmerkungen

1 A, 1/607.

2 GED, 4/562f.

3 Bestätigung Moriz Schroths, 27.3.1916, Wienbibliothek, Handschriftensammlung, I.N. 212920. Vgl. Michael Hertl. *Totenmasken. Was vom Leben und Sterben bleibt.* Stuttgart: Jan Thorbecke Verlag 2002. Vgl. zu Marie Ebners Goethe-Maske: Michael Hertl: *Goethe in seiner Lebendmaske.* Würzburg: Königshausen & Neumann 2008, 16.

4 Erklärung Hermann Hellers über die von ihm vorgenommenen Korrekturen an der Totenmaske der Marie von Ebner-Eschenbach, 5.10.1916, Wienbibliothek, Handschriftensammlung, I.N. 212920.

5 TB 5, Anh. Mai 1902, 272. Im Originalwortlaut »bich« statt »bin ich«. Gemeint ist *Kürschners Deutscher Literatur-Kalender*, ein Nachschlagewerk mit allen Lebensdaten.

6 ZT, 4/648. Bedřich (Friedrich) Dubský verkaufte den Besitz in den zwanziger Jahren an Josef Hlavnička, Manager der Schuhfabrik Bata in Zlín, der Ende der dreißiger Jahre auf der Flucht vor den Nazis nach Südamerika emigrierte; er wurde vom kommunistischen Regime enteignet. In der ČSSR befanden sich in Schloss Zdislawitz eine Einrichtung der Armee, dann eine Hühnerfarm und zuletzt ein Heim für psychisch kranke Frauen. Nach der Wende wurden Schloss und Grund vom Staat an die Erben des früheren Eigentümers restituiert, die in Brasilien leben. Seit 2000 ist das Schloss unbewohnt und dem Verfall preisgegeben. Das auf Gemeindegrund stehende Mausoleum der Familien Dubsky-Ebner-Eschenbach wurde hingegen aus Anlass des hundertsten Todestages der Dichterin auf Initiative des mährischen Landesmuseums Brünn und des für die Gruft zuständigen Regionalmuseums Kroměříž (Kremsier) generalsaniert. Vgl. Jeřábková, Reissner, Sahánek: *Moravská spisovatelka Marie Ebnerová z Eschenbachu a Zdislavice.* Im ehemaligen Schloss des Lissitzer Zweiges der Familie Dubsky (nördlich von Brünn) ist eine Dauerausstellung über die Dichterin zu besichtigen. Teile von Ebner-Eschenbachs Bibliothek befinden sich – noch ungeordnet – in Schloss Frain (Vranov). AK, 5/608f.

7 ZT, 4/666. Robert Weigls (1851–1902) für Zdislawitz bestimmte und dort auch aufgestellte Büste Ebner-Eschenbachs aus Carrara-Marmor (vgl. TB 5, Anh. Dez. 1902, 281f.) wurde laut Auskunft von Augustin Kloiber, St. Gilgen, vor etlichen Jahren aus dem Vorhaus des Schlosses gestohlen. Er hatte zuvor für die Gemeinde St. Gilgen einen Bronze-Abguss dieses Denkmals anfertigen lassen, der sich seit 2002 im Park von St. Gilgen befindet.

Anhang

Leben und Werk

1830 Am 13. September als Marie Dubsky, Tochter des Baron Franz Dubsky und seiner Frau Marie, geborene Freiin von Vockel, in Zdislawitz (Zdislavice, Mähren) geboren. Tod der Mutter am 2. Oktober.
1837 Tod der Stiefmutter, geborene Eugénie Freiin von Bartenstein.
1840 Vierte Heirat des Vaters mit Xaverine Gräfin von Kolowrat-Krakowský.
1843 Erhebung des Vaters in den Grafenstand.
1848 Am 3. Juli Heirat mit ihrem Cousin Moriz Freiherr Ebner von Eschenbach. Bezug einer gemeinsamen Wohnung in Wien.
1851 Übersiedlung nach Znaim bzw. Klosterbruck (Louka) bei Znaim. Beginn des Briefwechsels mit Josephine Freiin von Knorr.
1852 Bekanntschaft mit Jetty Tunkler.
1854 Erste Publikation *Carl I. von England und die hervorragenden Charactere seiner Zeit.* Pseudonym Emaéri.
1855 Sommerreise nach Venedig.
1856 Rückkehr aus Klosterbruck nach Wien.
1857 Tod der Schwester Sophie Fürstin Waldburg-Zeil-Wurzach.
1858 *Aus Franzensbad. Sechs Episteln von keinem Propheten*, anonym.
1860 Erste Begegnung mit Franz Grillparzer.
1861 Uraufführung des Trauerspiels *Maria Stuart in Schottland* (von M. v. Eschenbach) am Hoftheater Karlsruhe. Überarbeitete Fassung des Dramas *Die Schauspielerin.*
1863 Uraufführung des Lustspiels *Die Veilchen* (von Eschenbach) am Burgtheater.

1866 Erste Begegnung mit Ida Fleischl.
1867 Uraufführung des Dramas *Das Geständnis* am Deutschen Landestheater Prag (Pseudonym M. Haller). Erste Begegnung mit Ferdinand von Saar. Reise nach Paris.
1868 Uraufführung des Trauerspiels *Marie Roland* (von M. v. Eschenbach) am Hoftheater Weimar.
1869 Uraufführung des Einakters *Doctor Ritter* (von M. v. Eschenbach) am Wiener Kärntnertortheater und Erstaufführung am Burgtheater. Tod der Stiefmutter Xaverine Gräfin Dubsky.
1872 *Die Prinzessin von Banalien. Ein Märchen* bei Rosner, Wien.
1873 Uraufführung des Lustspiels *Das Waldfräulein* (von M. v. Eschenbach) am Stadttheater, Wien. Tod des Vaters am 13. März. Reise in die Schweiz.
1874 Uraufführung des Lustspiels *Männertreue* in Coburg, Aufführung in tschechischer Übersetzung am böhmischen Theater in Prag. Vorzeitige Pensionierung des Gatten.
1875 *Erzählungen* bei Cotta, Stuttgart.
1876 *Božena* bei Cotta, Stuttgart.
1877 Tod der Schwägerin Sophie Gräfin Dubsky.
1880 *Aphorismen* bei Ebhardt, Berlin. Debut in der *Deutschen Rundschau* mit *Lotti, die Uhrmacherin.*
1881 *Neue Erzählungen* bei Ebhardt, Berlin.
1883 *Dorf- und Schloßgeschichten* mit *Krambambuli* bei Paetel, Berlin.
1884 Eröffnung von Paul Heyses Reihe *Neuer Deutscher Novellenschatz* mit *Die Freiherren von Gemperlein.*
1885 *Zwei Comtessen* bei Ebhardt, Berlin.
1886 *Neue Dorf- und Schloßgeschichten* bei Paetel, Berlin.
1887 *Das Gemeindekind* in der *Deutschen Rundschau* und bei Paetel, Berlin.
1889 *Miterlebtes. Erzählungen* bei Paetel, Berlin. Erster von zehn Sommeraufenthalten in St. Gilgen am Wolfgangsee.
1890 Tod Jetty von Tunklers. *Unsühnbar* bei Paetel, Berlin. Uraufführung der Dialogisierten Novelle *Ohne Liebe* an der Freien Bühne, Berlin. *Hirzepinzchen. Ein Märchen* bei Union Deutsche Verlagsanstalt, Stuttgart u. a.
1891 *Margarete* bei Cotta, Stuttgart.

1892 *Drei Novellen* und die Ida von Fleischl gewidmeten *Parabeln, Märchen und Gedichte* bei Paetel, Berlin.
1893 *Glaubenslos?* und *Gesammelte Schriften* (6 Bände) bei Paetel, Berlin.
1894 *Das Schädliche. Die Todtenwacht* bei Paetel, Berlin.
1895 Tod der Schwester Friederike »Fritzi« Gräfin Kinsky.
1896 *Rittmeister Brand. Bertram Vogelweid. Zwei Erzählungen* bei Paetel, Berlin.
1897 *Alte Schule. Erzählungen* bei Paetel, Berlin. Uraufführung des Einakters *Am Ende* am Deutschen Theater, Berlin.
1898 Tod des Ehemannes. Erster von fünf Winteraufenthalten in Rom. Zuerkennung des kaiserlichen »Ehrenzeichens für Kunst und Wissenschaft«.
1899 Tod Ida von Fleischls.
1900 Verleihung des Ehrendoktorates der Universität Wien. Ebner-Abend mit *Am Ende*, *Doctor Ritter* und *Ohne Liebe* am Burgtheater.
1901 *Aus Spätherbsttagen. Erzählungen* bei Paetel, Berlin.
1903 *Agave* und *Die arme Kleine* bei Paetel, Berlin.
1905 *Die unbesiegbare Macht. Zwei Erzählungen* bei Paetel, Berlin.
1906 *Meine Kinderjahre. Biographische Skizzen* bei Paetel, Berlin.
1907 Oktober/November Reise nach Venedig.
1908 Tod Josephine von Knorrs.
1909 *Altweibersommer* bei Paetel, Berlin.
1910 *Genrebilder. Erzählungen* bei Paetel, Berlin.
1911 Tod des Bruders Adolph Graf Dubsky.
1914 Tod der Schwester Julie Fürstin Waldburg-Zeil-Wurzach.
1915 *Stille Welt. Erzählungen* bei Paetel, Berlin. Tod des Bruders Victor Graf Dubsky.
1916 Stirbt am 12. März in Wien. *Meine Erinnerungen an Grillparzer. Aus einem zeitlosen Tagebuch* bei Paetel, Berlin.

Siglen und Abkürzungen

A *Aphorismen.* In: Sämtliche Werke (Paetel), Bd. 1
AG *Agave.* In: Sämtliche Werke (Paetel), Bd. 6
AK *Die arme Kleine.* In: Sämtliche Werke (Paetel), Bd. 5
AL *Altweibersommer.* In: Sämtliche Werke (Paetel), Bd. 6
B *Božena.* In: Sämtliche Werke (Paetel), Bd. 1
BE *Bettelbriefe.* In: Sämtliche Werke (Paetel), Bd. 3
Bettelheim I *Bettelheim, Marie von Ebner-Eschenbach 1900*
Bettelheim II *Bettelheim, Marie von Ebner-Eschenbach 1920*
BV *Bertram Vogelweid.* In: Sämtliche Werke (Paetel), Bd. 6
E *Ein Edelmann.* In: Sämtliche Werke (Paetel), Bd. 1
EB *Die erste Beichte.* In: Sämtliche Werke (Paetel), Bd. 1
EG *Meine Erinnerungen an Grillparzer.* In: Sämtliche Werke (Paetel), Bd. 4
EL *Er laßt die Hand küssen.* In: Sämtliche Werke (Paetl), Bd. 2
ER *Der Erstgeborene.* In: Sämtliche Werke (Paetel), Bd. 6
ET *Erste Trennung.* In: Sämtliche Werke (Paetel), Bd. 5
F *Der Fink.* In: Sämtliche Werke (Paetel), Bd. 4
FG *Die Freiherren von Gemperlein.* In: Sämtliche Werke (Paetel), Bd. 1
FR *Aus Franzensbad.* In: Leseausgabe (Residenz Verlag), Bd. 1
G *Das Gemeindekind.* In: Sämtliche Werke (Paetel), Bd. 2
GED *Gedichte.* In: Sämtliche Werke (Paetel), Bd. 4
GL *Glaubenslos?* In: Sämtliche Werke (Paetel), Bd. 4
GR *Die Großmutter.* In: Sämtliche Werke (Paetel), Bd. 1
HH *Der Herr Hofrat.* Eine Wiener Geschichte. In: Sämtliche Werke (Paetel), Bd. 5
IB *Ihr Beruf.* In: Sämtliche Werke (Paetel), Bd. 6
IT *Ihr Traum.* Erlebnis eines Malers. In: Sämtliche Werke (Paetel), Bd. 3
K *Der Kreisphysikus.* In: Sämtliche Werke (Paetel), Bd. 2
KM *Komtesse Muschi.* In: Sämtliche Werke (Paetel), Bd. 2
KP *Komtesse Paula.* In: Sämtliche Werke (Paetel), Bd. 2
L *Lotti, die Uhrmacherin.* In: Sämtliche Werke (Paetel), Bd. 3
M *Der Muff.* In: Sämtliche Werke (Paetel), Bd. 3
MA *Margarete.* In: Sämtliche Werke (Paetel), Bd. 3
MF *Mašlans Frau.* In: Sämtliche Werke (Paetel), Bd. 5
MK *Meine Kinderjahre.* In: Sämtliche Werke (Paetel), Bd. 6
MKL *Aus meinen Kinder- und Lehrjahren.* In: Franzos (Hg.), Die Geschichte des Erstlingswerks
MZA *Moravský zemský archiv*, Mährisches Landesarchiv Brünn
N *Novellenstoffe.* Ein Gespräch. In: Sämtliche Werke (Paetel), Bd. 4
O *Oversberg.* Aus dem Tagebuche des Volontärs Ferdinand Binder. In: Sämtliche Werke (Paetel), Bd. 3
OS *Ob spät, ob früh.* In: Sämtliche Werke (Paetel), Bd. 5
P *Parabeln und Märchen.* In: Sämtliche Werke (Paetel), Bd. 3
PL *Prinzessin Leiladin.* In: Sämtliche Werke (Paetel), Bd. 3
PU *Die Poesie des Unbewußten.* Novellchen in Korrespondenzkarten. In: Sämtliche Werke (Paetel), Bd. 2
RB *Rittmeister Brand.* In: Sämtliche Werke (Paetel), Bd. 3
S *Ein Spätgeborner.* In: Sämtliche Werke (Paetel), Bd. 1
SCH *Schattenleben.* In: Sämtliche Werke (Paetel), Bd. 4
SCHÄ *Das Schädliche.* In: Sämtliche Werke (Paetel), Bd. 4
T *Die Totenwacht.* In: Sämtliche Werke (Paetel), Bd. 4
TB 1 *Tagebücher I. 1862–1869*
TB 2 *Tagebücher II. 1871–1878*
TB 3 *Tagebücher III. 1879–1889*
TB 4 *Tagebücher IV. 1890–1897*
TB 5 *Tagebücher V. 1898–1905*
TB 6 *Tagebücher VI. 1906-1916*
TL *Das tägliche Leben.* In: Sämtliche Werke (Paetel), Bd. 5
U *Unsühnbar.* In: Sämtliche Werke (Paetel), Bd. 4
UD *Die Unverstandene auf dem Dorfe.* In: Sämtliche Werke (Paetel), Bd. 2
UV *Uneröffnet zu verbrennen.* In: Sämtliche Werke (Paetel), Bd. 5
V *Die Visite.* In: Sämtliche Werke (Paetel), Bd. 5
VE *Verschollen.* Eine Künstlergeschichte. In: Sämtliche Werke (Paetel), Bd. 4
WA *Wieder die Alte.* In: Sämtliche Werke (Paetel), Bd. 3
ZT *Aus einem zeitlosen Tagebuch.* In: Sämtliche Werke (Paetel), Bd. 4

Literaturverzeichnis

Der Hauptbestand des Nachlasses von Marie von Ebner-Eschenbach befindet sich in Wien, in der Wienbibliothek im Rathaus (Handschriftensammlung), und in Brünn, im Mährischen Landesarchiv (Moravský zemský archiv, MZA, v Brně). Die Tagebücher werden in der Regel nach der ursprünglichen Fassung zitiert. Sperrung wird als Kursivierung wiedergegeben, »m̄« und »n̄« als »mm« und »nn«. Im Übrigen folgt die Schreibweise der Zitate jener der Originaldokumente.

Werke Marie von Ebner-Eschenbachs

Marie von Ebner-Eschenbach: *Aphorismen.* In: Deutsche Dichtung, Bd. 3, 1888, 171

Marie von Ebner-Eschenbach: *Aphorismen.* In: Deutsche Dichtung, Bd. 25, 1898/99, 9

Marie von Ebner-Eschenbach [Pseud. Emaéri]: *Aus einem Liederbuche.* In: Der Salon 2 (1854), Bd. 1, 218–220 [1. Teil], Bd. 2, 383–386 [2. Teil]

Marie von Ebner-Eschenbach [Anon.]: *Aus Franzensbad. Sechs Episteln von keinem Propheten.* Reprint der Ausgabe von 1858. Hrsg. und kommentiert von Karlheinz Rossbacher. Wien: Österreichischer Bundesverlag 1985

Marie von Ebner-Eschenbach: *Aus meinen Kinder- und Lehrjahren.* In: Karl Emil Franzos (Hg.): *Die Geschichte des Erstlingswerks. Selbstbiographische Aufsätze.* Eingeleitet von Karl Emil Franzos. Mit den Jugendbildnissen der Dichter. Berlin: Concordia Deutsche Verlags-Anstalt o.J. [1894], 67–83 (= MKL)

Marie von Ebner-Eschenbach: *Autobiographische Schriften I. Meine Kinderjahre. Aus meinen Kinder- und Lehrjahren.* Krit. hrsg. und gedeutet von Christa-Maria Schmidt. Tübingen: Niemeyer 1989 (= MEE: Kritische Texte und Deutungen 4)

Marie von Ebner-Eschenbach: *Bei meinen Landsleuten. Erzählungen, Novellen und Skizzen.* Der Nachlaß der Marie von Ebner-Eschenbach in vier Bänden. Hrsg. und mit Nachworten versehen von Heinz Rieder. Bd. 1. Wien: Agathonverlag 1947

Marie von Ebner-Eschenbach: *Betty Paoli.* In: Neue Freie Presse, 22.7.1894.

Marie von Ebner-Eschenbach: *Božena.* Krit. hrsg. und gedeutet von Kurt Binneberg. Bonn: Bouvier 1980 (= MEE: Kritische Texte und Deutungen 2)

Marie von Ebner-Eschenbach [Pseud. Emaéri]: *Carl I. von England und die hervorragenden Charactere seiner Zeit. Historische Studie.* In: Der Salon 2 (1854), Bd. 1, 14–25, 53–57, 82–89

Marie von Ebner-Eschenbach: *Das Waldfräulein. Lustspiel in drei Aufzügen.* Erstdruck nach der Handschrift der Marie von Ebner-Eschenbach. Eingel. und hrsg. von Karl Gladt. Wien: Belvedere Verlag Wilhelm Meissel 1969

Marie von Ebner-Eschenbach: *Die historischen Tragödien. »Maria Stuart in Schottland«, »Marie Roland«, »Richelieu«, »Jacobäa«.* Krit. hrsg. und kommentiert von Marianne Henn. Tübingen: Max Niemeyer 2006 (= MEE: Kritische Texte und Deutungen 6)

Marie von Ebner-Eschenbach: *Gesammelte Schriften, Bd. 1, Aphorismen. Parabeln, Märchen und Gedichte.* Berlin: Paetel 1893

Marie von Ebner-Eschenbach: *Gesellschaftsdramen, Künstlerdramen, Lustspiele und Einakter.* Krit. hrsg. und kommentiert von Marianne Henn. Berlin, New York: De Gruyter 2010 (= MEE: Kritische Texte und Deutungen 7)

Marie von Ebner-Eschenbach: *Krambambuli und andere Erzählungen.* Stuttgart: Reclam 1966

Marie von Ebner-Eschenbach: *Leseausgabe in vier Bänden.* Hrsg. von Evelyne Polt-Heinzl, Daniela Strigl und Ulrike Tanzer. St. Pölten, Salzburg, Wien: Residenz Verlag 2014/15

Bd. 1. *Aus Franzensbad. Das Gemeindekind.* Hrsg. von Evelyne Polt-Heinzl und Ulrike Tanzer. Vorwort von Ulrike Tanzer. Mitarb. von Lina Maria Zangerl. St. Pölten, Salzburg, Wien: Residenz Verlag 2014 (= FR)

Bd. 2. *Lotti die Uhrmacherin. Unsühnbar.* Hrsg. und mit einem Vorwort von Evelyne Polt-Heinzl. St. Pölten, Salzburg, Wien: Residenz Verlag 2014

Bd. 3. *Božena. Der Vorzugsschüler.* Hrsg. und mit einem Vorwort von Daniela Strigl. St. Pölten, Salzburg, Wien: Residenz Verlag 2015

Bd. 4. *Erzählungen und Aphorismen.* Hrsg. von Evelyne Polt-Heinzl, Daniela Strigl und Ulrike Tanzer. Vorwort von Daniela Strigl und Ulrike Tanzer. St. Pölten, Salzburg, Wien: Residenz Verlag 2015

Marie von Ebner-Eschenbach: *Letzte Worte.* Aus dem Nachlaß hrsg. von Helene Bucher. Wien, Leipzig, München: Rikola 1923

Marie v. Ebner-Eschenbach: *Meine Erinnerungen an Grillparzer.* In: Neue Freie Presse, 24.10.1915

Marie von Ebner-Eschenbach: *Sämtliche Werke [in 6 Bänden].* Berlin: Paetel o.J. [1920]

Bd. 1. *Erzählungen. Božena. Neue Erzählungen. Aphorismen. Die Prinzessin von Banalien. Am Ende*

Bd. 2. *Dorf- und Schloßgeschichten. Zwei Komtessen. Neue Dorf- und Schloßgeschichten. Das Gemeindekind. Ein kleiner Roman. Ohne Liebe*

Bd. 3. *Lotti, die Uhrmacherin. Miterlebtes. Margarete. Drei Novellen. Rittmeister Brand. Prinzessin Leiladin. Hirzepinzchen. Parabeln und Märchen*

Bd. 4. *Unsühnbar. Glaubenslos? Das Schädliche. Die Totenwacht. Alte Schule. Gedichte. Meine Erinnerungen an Grillparzer. Aus einem zeitlosen Tagebuch*

Bd. 5. *Stille Welt. Aus Spätherbsttagen. Genrebilder. Die arme Kleine*

Bd. 6. *Die unbesiegbare Macht. Bertram Vogelweid. Agave. Altweibersommer. Meine Kinderjahre*

Marie von Ebner-Eschenbach: *Tagebücher I. 1862–1869. Kritische Texte und Deutungen.* Hrsg. von Karl Konrad Polheim unter Mitwirkung von Rainer Baasner. Tübingen: Niemeyer 1989 (= TB 1)

Marie von Ebner-Eschenbach: *Tagebücher II. 1871–1878. Kritische Texte und Deutungen.* Hrsg. von Karl Konrad Polheim unter Mitwirkung von Markus Jagsch, Claus Pias und Georg Reichard. Tübingen: Niemeyer 1991 (= TB 2)

Marie von Ebner-Eschenbach: *Tagebücher III. 1879–1889. Kritische Texte und Deutungen.* Hrsg. von Karl Konrad Polheim und Norbert Gabriel unter Mitwirkung von Markus Jagsch und Claus Pias. Tübingen: Niemeyer 1993 (= TB 3)

Marie von Ebner-Eschenbach: *Tagebücher IV. 1890–1897. Kritische Texte und Deutungen.* Hrsg. von Karl Konrad Polheim und Norbert Gabriel unter Mitwirkung von Markus Jagsch. Tübingen: Niemeyer 1995 (= TB 4)

Marie von Ebner-Eschenbach: *Tagebücher V. 1898–1905. Kritische Texte und Deutungen.* Hrsg. von Karl Konrad Polheim und Norbert Gabriel. Tübingen: Niemeyer 1996 (= TB 5)

Marie von Ebner-Eschenbach: *Tagebücher VI. 1906–1916. Kritische Texte und Deutungen.* Hrsg. von Karl Konrad Polheim und Norbert Gabriel. Tübingen: Niemeyer 1997 (= TB 6)

Marie von Ebner-Eschenbach: *Unsühnbar. Erzählung.* [3. Teil.] In: Deutsche Rundschau. Bd. 61 (Okt.-Dez. 1889), 321–377

Marie von Ebner-Eschenbach: *Weisheit des Herzens.* Eingeleitet und ausgewählt von Heinz Rieder. Graz, Wien: Stiasny 1958

Marie von Ebner-Eschenbach, Dr. Josef Breuer: *Ein Briefwechsel, 1889–1916.* Hrsg. von Robert A. Kann. Wien: Bergland Verlag 1969

Marie von Ebner-Eschenbach, Josephine von Knorr: *Briefwechsel 1851–1908*. Krit. und kommentierte Ausgabe. Hrsg. von Ulrike Tanzer, Irene Fußl und Lina Maria Zangerl. In Zusammenarb. mit Gabriele Radecke. 2 Bde. Berlin: De Gruyter 2016

Marie von Ebner-Eschenbach: *Briefwechsel mit Theo Schücking. Frauenleben im 19. Jahrhundert*. Hrsg. von Edda Polheim. Tübingen: Niemeyer 2001 (= MEE: Kritische Texte und Deutungen Erg.-Bd. 2)

Heinz Kindermann (Hg.): *Briefwechsel zwischen Ferdinand von Saar und Marie von Ebner-Eschenbach*. Wien: Wiener Bibliophilen-Gesellschaft 1957

Susanne Kord (Hg.): *Letzte Chancen. Vier Einakter von Marie von Ebner-Eschenbach*. London: The Modern Humanities Research Association 2005 (= MHRA Critical Texts 3)

Vom Lesen und von guten Büchern. [Antwort auf] *Eine Rundfrage*. Veranstaltet von der Redaktion der *Neuen Blätter für Literatur und Kunst*. 32 Originalbriefe. Wien: Hugo Heller & Cie. 1907, VIII

Weitere Primärliteratur

Lou Andreas-Salomé: *Lebensrückblick. Grundriß einiger Lebenserinnerungen*. Aus dem Nachlass herausgegeben von Ernst Pfeiffer. Zürich: Max Niehans und Wiesbaden: Insel 1951

Eduard Devrient: *Aus seinen Tagebüchern*. Hrsg. von Rolf Kabel. Bd. 2. Karlsruhe1852–1870. Weimar: Hermann Böhlaus Nachfolger 1964

Annette Freiin von Droste-Hülshof [sic]: *Gedichte*. Stuttgart, Tübingen: J. G. Cotta'scher Verlag 1844

Claudia Erdheim: *Betty, Ida und die Gräfin. Die Geschichte einer Freundschaft*. Roman. Wien: Czernin 2013

Theodor Fontane: *Unsere lyrische und epische Poesie seit 1848*. In: Deutsche Annalen zur Kenntniß der Gegenwart und Erinnerung an die Vergangenheit 1 (1853), 353–377

Louise von François: *Die letzte Reckenburgerin. Gesammelte Werke*. Bd. 1. Leipzig: Insel Verlag 1877

Peter Handke: *Das Ende des Flanierens*. Frankfurt/Main: Suhrkamp 1980

Friedrich Hebbel: *Tagebücher in vier Bänden*. Bde. 3 und 4. Hrsg. von Hermann Krumm. Leipzig: Hesse und Becker 1904

Karl Kraus, Frank Wedekind: *Briefwechsel 1903 bis 1917*. Mit einer Einführung, hrsg. von Mirko Nottscheid. Würzburg: Königshausen & Neumann 2007 (= Schriften der Frank Wedekind-Gesellschaft 5)

Otto Ludwig: *Romane und Romanstudien*. Hrsg. von William J. Lillyman. München, Wien: Hanser 1977

Friedrich Nietzsche: *Also sprach Zarathustra. Ein Buch für Alle und Keinen*. Leipzig: C. G. Naumann 1907

Friedrich Nietzsche: *Die fröhliche Wissenschaft*. Frankfurt/Main: Insel Verlag 1982

Ferdinand von Saar: *Novellen aus Österreich*. Bd. 1. Heidelberg: Georg Weiß Verlag 1897

Ferdinand von Saar: *Sämtliche Werke* in 12 Bdn. Hrsg. von Jakob Minor. Leipzig: Max Hesse o.J. [1908]

Arthur Schopenhauer: *Sämtliche Werke*. Hrsg. von Wolfgang Freiherr von Löhneysen. Bd. 1. Frankfurt/Main: Suhrkamp 1986

Johann Gabriel Seidl: *Gesammelte Schriften*. Hrsg. von Hans Max. Bd. 2. Wien: Braumüller 1877

Joseph Weilen: *Einer Häßlichen!* In: Karl von Holtei (Hg.): *Für den Friedhof der evangelischen Gemeinde in Gratz in Steiermark. Erzählungen, vermischte Aufsätze und Gedichte*. Braunschweig, Wien, Graz: Friedrich Vieweg und Sohn 1857

Marie Worthley Montague: *Briefe*. Leipzig: M.G. Weidmanns Erben 1764

Literatur zu Marie von Ebner-Eschenbach

Das Verzeichnis umfasst die zitierten Werke sowie eine Auswahl weiterer Arbeiten.

Mechtild Alkemade: *Die Lebens- und Weltanschauung der Freifrau Marie von Ebner-Eschenbach. Mit sechs Tafelbeilagen und dem Briefwechsel Heyse und Ebner-Eschenbach.* Graz, Würzburg: Wächter-Verlag 1935

Anon. [Emil Kuh]: *Theater.* In: Die Presse, 18.5.1863

Anon.: *Theater- und Kunstnachrichten*: Neue Freie Presse, 14.1.1873

Anon.: *Gefährliche Seelenvergifter.* In: Neues Wiener Tagblatt, 8.6.1904

Anon.: *† Marie v. Ebner-Eschenbach.* In: Neue Freie Presse, 13.3.1916

Dee L. Ashliman: *Marie von Ebner-Eschenbach und der deutsche Aphorismus.* In: Österreich in Geschichte und Literatur 18 (1974), 155–165

J. B.: *Theater.* In: Die Presse, 14.1.1873

J. B.: *Stadttheater.* In: Die Presse, 15.1.1873

Werner M. Bauer: *Anthropomorphismus und Säkularisation. Zu den Tiergeschichten Ferdinand von Saars und Marie von Ebner-Eschenbachs.* In: Karl Konrad Polheim (Hg.), *Marie von Ebner-Eschenbach. Ein Bonner Symposion zu ihrem 75. Todesjahr.* Bern et al.: Peter Lang 1994, 177–208

Anton Bettelheim: *Marie von Ebner-Eschenbach. Biographische Blätter.* Berlin: Paetel 1900 (= Bettelheim I)

Anton Bettelheim: *Marie von Ebner-Eschenbachs Wirken und Vermächtnis.* Leipzig: Quelle & Meyer 1920 (= Bettelheim II)

Heidi Beutin: *Marie von Ebner-Eschenbach: »Božena« (1876). Die wiedergekehrte »Fürstin Libussa«.* In: Horst Denkler (Hg.): *Romane und Erzählungen des Bürgerlichen Realismus. Neue Interpretationen.* Stuttgart: Reclam 1980, 246–259

Kurt Binneberg: Marie von Ebner-Eschenbach: *Božena.* Krit. hrsg. und gedeutet von Kurt Binneberg. Bonn: Bouvier 1980 (= MEE: Kritische Texte und Deutungen 2)

Burkhard Bittrich: *Marie von Ebner-Eschenbachs Erzählung »Der Herr Hofrat«.* In: Karl Konrad Polheim (Hg.): *Marie von Ebner-Eschenbach. Ein Bonner Symposion zu ihrem 75. Todesjahr.* Bern et al.: Peter Lang 1994, 259–273

Burkhard Bittrich: *»Uneröffnet zu verbrennen«. Ein spätes Meisterwerk der Ebner-Eschenbach.* In: Joseph P. Strelka (Hg.): *Des Mitleids tiefe Liebesfähigkeit. Zum Werk der Marie von Ebner-Eschenbach.* Bern: Peter Lang 1997 (= New Yorker Beiträge zur österreichischen Literaturgeschichte 7), 143–154

Agatha C. Bramkamp: Marie von Ebner-Eschenbach. The Author, Her Time and Her Critics. Bonn: Bouvier 1990 (= Abhandlungen zur Kunst-, Musik- und Literaturwissenschaft 387)

Helmut Brandt: *Marie von Ebner Eschenbach und die »Deutsche Rundschau«.* In: *Die Österreichische Literatur. Ihr Profil von der Jahrhundertwende bis zur Gegenwart (1880–1980).* Teil 2. Hrsg. von Herbert Zeman. Graz: Akademische Druck- und Verlagsanstalt 1989, 1001–1015

Gudrun Brokoph-Mauch: *»Die Frauen haben nichts als die Liebe«. Variationen zum Thema Liebe in den Erzählungen der Marie von Ebner-Eschenbach.* In: Joseph P. Strelka (Hg.): *Des Mitleids tiefe Liebesfähigkeit. Zum Werk der Marie von Ebner-Eschenbach.* Bern: Peter Lang 1997 (= New Yorker Beiträge zur österreichischen Literaturgeschichte 7), 57–76

Ingrid Cella: Nachwort zu: Marie von Ebner-Eschenbach: *Božena.* Frankfurt/Main, Berlin, Wien: Ullstein 1984, 289–310

Milan Čoupek: *Aus der Geschichte der Geschlechter Dubsky von Třebomyslic und Ebner von Eschenbach.* In: Karl Konrad Polheim (Hg.): *Marie von Ebner-Eschenbach. Ein Bonner Symposion zu ihrem 75. Todesjahr.* Bern et al.: Peter Lang 1994, 15–26

Anna Čoupkova-Hamerníková: *Der schriftliche Nachlaß der Marie von Ebner-Eschenbach im Familienarchiv Dubsky.* Beilage: *Inventar des schriftlichen Nachlasses der Marie von*

Ebner-Eschenbach. In: Karl Konrad Polheim (Hg.): *Marie von Ebner-Eschenbach. Ein Bonner Symposion zu ihrem 75. Todesjahr.* Bern et al.: Peter Lang 1994, 27–65

Jakob Julius David: *Eine deutsche Realistin.* In: Neue Freie Presse, 29.10.1887

Franz Dubsky: *Erinnerungen an Marie von Ebner-Eschenbach.* In: Marie von Ebner-Eschenbach: *Letzte Worte.* Aus dem Nachlass hrsg. von Helene Bucher. Wien, Leipzig, München: Rikola 1923

Franz Dubsky: *Erinnerungen an Marie von Ebner-Eschenbach* [Nachwort]. In: Marie von Ebner-Eschenbach: *Krambambuli und andere Erzählungen.* Stuttgart: Reclam 1966, 58–61

Renate Ebeling-Winkler: *Marie von Ebner-Eschenbach in St. Gilgen (1889–1898).* Hrsg. vom Heimatkundlichen Museum St. Gilgen. St. Gilgen ³2005

Moriz von Ebner-Eschenbach: *Erinnerungen des k. k. Feldmarschall-Lieutenants.* Hrsg. von Edda Polheim. Berlin: Nicolai 1994

Konstanze Fliedl: *Close reading. Zu Marie von Ebner Eschenbachs »Meine Kinderjahre«.* In: Roland Innerhofer, Daniela Strigl (Hg.): *Sonderweg in Schwarzgelb? Auf der Suche nach einem österreichischen Naturalismus in der Literatur.* Innsbruck: Studienverlag 2016, 97–110

Gertrud Fussenegger: *Marie von Ebner-Eschenbach oder Der gute Mensch von Zdißlawitz. Ein Vortrag.* München: Delp'sche Verlagsbuchhandlung 1967 (= Schriftenreihe der Künstlergilde 9)

Norbert Gabriel: *»… daß die Frauen in Deutschland durchaus Kinder bleiben müssen …« Die Tagebücher der Marie von Ebner-Eschenbach.* In: In: Joseph P. Strelka (Hg.): *Des Mitleids tiefe Liebesfähigkeit. Zum Werk der Marie von Ebner-Eschenbach.* Bern: Peter Lang 1997 (= New Yorker Beiträge zur österreichischen Literaturgeschichte 7), 77–95

Karl Gladt. *Ein Skizzenbuch der Marie von Ebner Eschenbach.* In: Librarium 10 (1967), H. 2, 66–81

Manuela Günter: *»Dank und Dank: – ich wiederhole mich immer, nicht wahr?« Zum Briefwechsel zwischen Marie von Ebner-Eschenbach und Julius Rodenberg.* In: *Briefkultur im 19. Jahrhundert.* Hrsg. von Rainer Baasner. Tübingen: Max Niemeyer Verlag 1999, 55–72

Helga H. Harriman: *Marie von Ebner-Eschenbach in Feminist Perspective.* In: Modern Austrian Literature 18 (1985), H. 1, 27–38

Paul Heyse: Vorwort zu: Paul Heyse, Ludwig Laistner (Hg.): *Neuer Deutscher Novellenschatz.* 24 Bände, Bd. 1, Ludwig Starklof: *Sirene. Marie von Ebner-Eschenbach: Die Freiherren von Gemperlein.* München, Leipzig: Oldenbourg 1884, 193–196

Eleonora Jeřábková, Martin Reissner, Stanislav Sahánek: *Moravská spisovatelka Marie Ebnerová z Eschenbachu a Zdislavice.* Vydalo Moravské zemské muzeum Brno 2014

Eleonora Jeřábková: *Moriz von Ebner-Eschenbach (1815–1898).* In: Brünner Beiträger zur Germanistik und Nordistik 16 (2011), H. 1/2. 175–200
https://digilib.phil.muni.cz/bitstream/handle/11222.digilib/114762/1_BrunnerBeitratgeGermanistikNordistik_25-2011-1_16.pdf?sequence=1

Eleonora Jeřábková: *Marie von Ebner-Eschenbach. Leben und Werk im Kontext.* Diss. Brünn 2012
http://is.muni.cz/th/25787/ff_d/DISERTACE_15_11_12.pdf

Johannes Klein: Nachwort zu: Marie von Ebner-Eschenbach: *Das Gemeindekind, Novellen, Aphorismen.* München: Winkler 1956

Victor Klemperer: *Marie von Ebner Eschenbach.* In: Jahrbuch der Grillparzer-Gesellschaft 19 (1910), 183–234

Doris Klostermaier: *Anton Bettelheim. Creator of the Ebner-Eschenbach Myth*, in: *Modern Austrian Literature 29* (1996), 15–43

Helmut Koopmann: *Schloß-Banalitäten. Lebenslehren aus einer halbwegs heilen Welt: Marie von Ebner-Eschenbach.* In: *Deutschsprachige Schriftstellerinnen des Fin de Siècle.* Hrsg. von Karin Tebben. Darmstadt: Wissenschaftliche Buchgemeinschaft 1999, 162–180

Helmut Koopmann: *Spätherbst einer Gesellschaft. Soziale Erzählkunst in Marie von Ebner-Eschenbachs Novellen.* In: Karl Konrad Polheim: *Marie von Ebner-Eschenbach. Ein Bonner Symposion zu ihrem 75. Todesjahr.* Bern et al.: Peter Lang 1994, 155–176

Susanne Kord: Einleitung zu: Susanne Kord (Hg.): *Letzte Chancen. Vier Einakter von Marie von Ebner-Eschenbach.* London: The Modern Humanities Research Association 2005 (= MHRA Critical Texts 3), 1–20

Karl Kraus: *Kritiker und Dichter.* In: Die Fackel, H. 108, 6/1902, 16–18

Carsten Kretschmann: *Marie von Ebner-Eschenbach. Eine Bibliographie.* Hrsg. von Karl Konrad Polheim und Norbert Gabriel. Tübingen: Max Niemeyer 1999 (= MEE: Kritische Texte und Deutungen Erg.-Bd. 2)

Friedrich Kreyssig: *Literarische Rundschau.* In: Deutsche Rundschau 4 (1875), 300–310

Wojciech Kunicki: *Irredenta und Staatsräson. Gestaltung des Raumes in den Erzählungen »Jakob Szela« und »Der Kreisphysikus«.* In: Karl Konrad Polheim (Hg.): *Marie von Ebner-Eschenbach. Ein Bonner Symposion zu ihrem 75. Todesjahr.* Bern et al.: Peter Lang 1994, 209–228

Enno Lohmeyer: *Marie von Ebner-Eschenbach als Sozialreformerin.* Königstein: Ulrike Helmer 2002

Fritz Mauthner: *Marie v. Ebner-Eschenbach. Erinnerungen.* In: Berliner Tageblatt vom 2.4.1916

Bettina Mitterhofer: *Moritz Ebner von Eschenbach – Erfinder und Literat. Ein Mann im Schatten seiner Frau.* Diss., Wien 1986

Johannes Mumbauer: *Der Dichterinnen stiller Garten. Marie von Ebner-Eschenbach und Enrica von Handel-Mazzetti. Bilder aus ihrem Leben und ihrer Freundschaft.* Freiburg i. Br.: Herder 1918

Jiří Munzar: *Marie von Ebner-Eschenbach. Eine große deutschsprachige Schriftstellerin aus Mähren.* Hrsg. vom Nationalen Institut für Denkmalpflege. Brünn 2003

Jiří Munzar: *Marie von Ebner-Eschenbachs Tagebücher, autobiographische Schriften und einige autobiographische Momente in ihrem Werk.* In: Irena Šebestová (Hg.): *Interkulturelle Dimensionen in der deutschsprachigen Literatur.* Ostrava: Philosophische Fakultät der Universität Ostrava 2013, 71–78

Moritz Necker: *»Glaubenslos?«* In: Neue Freie Presse, 3.11.1893

Moritz Necker: *Marie von Ebner-Eschenbach. Ein literarisches Charakterbild.* In: Deutsche Rundschau 64 (Juli-Sep. 1890), 338–357

Moritz Necker: *Marie von Ebner-Eschenbach. Nach ihren Werken geschildert.* Berlin: Georg Heinrich Meyer 1900

O. [Ludwig Oppenheimer]: *Theaterschau.* In: Blätter für Theater, Musik und Kunst, 17.1.1873

Eva-Maria Orosz: *»Meine Uhren machen mir das Sterben schwer.« Marie von Ebner-Eschenbach. Die Dichterin als Uhrensammlerin.* In: *Highlights aus dem Wiener Uhrenmuseum.* Hrsg. von Wolfgang Kos. Wien: Wien Museum 2010, 11–14

Betty Paoli: *Božena.* In: *Gesammelte Aufsätze.* Hrsg. von Helene Bettelheim-Gabillon. Wien: Verlag des literarischen Vereins in Wien 1908 (= Schriften des literarischen Vereins in Wien 9), 78–91

Betty Paoli: *Erzählungen. Leopold Kompert und Marie v. Ebner-Eschenbach.* In: *Gesammelte Aufsätze.* Hrsg. von Helene Bettelheim-Gabillon. Wien: Verlag des literarischen Vereins in Wien 1908 (= Schriften des literarischen Vereins in Wien 9), 60–78

Betty Paoli: *Neue Erzählungen von Marie v. Ebner-Eschenbach.* In: *Gesammelte Aufsätze.* Hrsg. von Helene Bettelheim-Gabillon. Wien: Verlag des literarischen Vereins in Wien 1908 (= Schriften des literarischen Vereins in Wien 9), 91–111

Betty Paoli: *Über weibliche Erziehung.* In: Neue Freie Presse, 4.6.1869

Peter C. Pfeiffer: *Marie von Ebner-Eschenbach. Tragödie, Erzählung, Heimatfilm.* Tübingen: Francke 2008

Edda Polheim: Nachwort zu Moriz von Ebner-Eschenbach, *Erinnerungen des k. k. Feldmarschall-Lieutenants.* Hrsg. von Edda Polheim. Berlin: Nicolai 1994

Karl Konrad Polheim (Hg.): *Marie von Ebner-Eschenbach. Ein Bonner Symposion zu ihrem 75. Todesjahr.* Bern et al.: Peter Lang 1994

Evelyne Polt-Heinzl: Vorwort zu: Marie von Ebner-Eschenbach: *Lotti, die Uhrmacherin. Unsühnbar.* Leseausgabe, Bd. 2. Hrsg. von Evelyne Polt-Heinzl. St. Pölten, Salzburg, Wien: Residenz Verlag 2014, 7–31

Georg Reichard: *Die Dramen Marie von Ebner-Eschenbachs auf den Bühnen des Wiener Burg- und Stadttheaters.* In: Karl Konrad Polheim (Hg.): *Marie von Ebner-Eschenbach. Ein Bonner Symposion zu ihrem 75. Todesjahr.* Bern et al.: Peter Lang 1994, 97–121

Gabriele Reuter: *Ebner-Eschenbach.* Berlin, Leipzig: Schuster und Löffler o.J. [1905] (= Die Dichtung 19)

Ferrel V. Rose: *The Guises of Modesty. Marie von Ebner-Eschenbach's Female Artists.* Columbia, SC: Camden House 1994 (= Studies in German literature, linguistics, and culture)

Karlheinz Rossbacher: Einleitung zu: Marie von Ebner-Eschenbach: *Aus Franzensbad. Sechs Episteln von keinem Propheten.* Reprint der Ausgabe von 1858. Hrsg. und kommentiert von Karlheinz Rossbacher. Wien: Österreichischer Bundesverlag 1985

Karlheinz Rossbacher: *Literatur und Liberalismus. Zur Kultur der Ringstraßenzeit.* Wien: Jugend & Volk 1992

Karlheinz Rossbacher: *Marie von Ebner-Eschenbach. Zum Verhältnis von Literatur und Sozialgeschichte am Beispiel von »Krambambuli«.* In: Österreich in Geschichte und Literatur 24 (1980), H. 2, 87–106

Ferdinand von Saar: *Marie von Ebner-Eschenbach.* In: Illustrierte Frauenzeitung (13), Nr. 1, 1886, 7

Ferdinand von Saar: *Sämtliche Werke* in 12 Bdn. Hrsg. von Jakob Minor. Bd. 11. Leipzig: Max Hesse o.J. [1908] [*Begegnungen mit Marie von Ebner-Eschenbach*]

Eda Sagarra: *Herr-Diener-Konstellationen in Marie von Ebner-Eschenbachs Erzählung. »Er laßt die Hand küssen«.* In: In: Karl Konrad Polheim (Hg.): *Marie von Ebner-Eschenbach. Ein Bonner Symposion zur ihrem 75. Todesjahr.* Bern et al.: Peter Lang 1994, 229–237

Viktor K. Schemberg: *Ein Roman von Anzengruber.* In: Neues Wiener Tagblatt, Nr. 333, 2.12.1876

Franz Schüppen: *Bürgerlicher Realismus in Ebner-Eschenbachs* Božena *(1876).* In: Joseph P. Strelka (Hg.): *Des Mitleids tiefe Liebesfähigkeit. Zum Werk der Marie von Ebner-Eschenbach.* Bern: Peter Lang 1997. (= New Yorker Beiträge zur österreichischen Literaturgeschichte 7), 13–55

Egon Schwarz: *Jüdische Gestalten bei Marie von Ebner-Eschenbach und Ferdinand von Saar.* In: The German Quarterly 63 (1990), H. 2, 173–186

Claudia Seeling: *Zur Interdependenz von Gender- und Nationaldiskurs bei Marie von Ebner-Eschenbach.* St. Ingbert: Röhrig Universitätsverlag 2008 (= Mannheimer Studien zur Literatur- und Kulturwissenschaft 44)

Ludwig Speidel: *Schiller-Akademie – Burgtheater.* In: Die Presse, 27.2.1869

Joseph P. Strelka (Hg.): *Des Mitleids tiefe Liebesfähigkeit. Zum Werk der Marie von Ebner-Eschenbach.* Bern: Peter Lang 1997 (= New Yorker Beiträge zur österreichischen Literaturgeschichte 7)

Daniela Strigl: *Der Biograph als Testamentsvollstrecker. Anton Bettelheim erfindet Marie von Ebner-Eschenbach.* In: Stephan Kurz, Michael Rohrwasser, Daniela Strigl (Hg.): *Der Dichter und sein Germanist. In Memoriam Wendelin Schmidt-Dengler.* Wien: new academic press 2012 (= Zur neueren Literatur Österreichs 26), 112–130

Daniela Strigl: *Jenseits von Krambambuli: Die phallischen Anmaßungen der Schriftstellerin Marie von Ebner-Eschenbach.* In: Volltext 2/2015. 1, 28–31

Daniela Strigl: *»Mich kann man nicht verurteilen« – Naturrecht und k.k. Justiz bei Marie von Ebner-Eschenbach und Ferdinand von Saar.* In: Roland Innerhofer, Daniela Strigl (Hg.): *Sonderweg in Schwarzgelb? Auf der Suche nach einem österreichischen Naturalismus in der Literatur.* Innsbruck: Studienverlag 2016, 111–125

Daniela Strigl: Vorwort zu: Marie von Ebner-Eschenbach: *Božena. Der Vorzugsschüler.*

Leseausgabe, Bd. 3. Hrsg. von Daniela Strigl. St. Pölten, Salzburg, Wien: Residenz Verlag 2015, 7–37

Daniela Strigl, Ulrike Tanzer: Vorwort zu: Marie von Ebner-Eschenbach: *Erzählungen und Aphorismen.* Leseausgabe, Bd. 4. Hrsg. von Evelyne Polt-Heinzl, Daniela Strigl und Ulrike Tanzer. St. Pölten, Salzburg, Wien: Residenz Verlag 2015, 7–30

Ulrike Tanzer: Vorwort zu: Marie von Ebner-Eschenbach: *Aus Franzensbad. Das Gemeindekind.* Leseausgabe, Bd. 1. Hrsg. von Evelyne Polt-Heinzl und Ulrike Tanzer. St. Pölten, Salzburg, Wien: Residenz Verlag 2014, 7–31

Ulrike Tanzer: *Dialogisches Erzählen. Zu den Novellen Marie von Ebner-Eschenbachs.* In: Hugo Aust, Hubertus Fischer (Hg.): *Boccaccio und die Folgen. Fontane, Storm, Keller, Ebner-Eschenbach und die Novellenkunst des 19. Jahrhunderts.* Frühjahrstagung der Theodor-Fontane-Gesellschaft e.V. Mai 2014 in Neuruppin. Würzburg 2006 (= Fontaneana 4), 155–168

Ulrike Tanzer: *Frauenbilder im Werk Marie von Ebner-Eschenbachs.* Stuttgart: Heinz 1997 (= Stuttgarter Arbeiten zur Germanistik 344)

Ulrike Tanzer: *Unbekannte Briefe Marie von Ebner-Eschenbachs und Ferdinand von Saars.* In: Julia Danielczyk, Ulrike Tanzer (Hg.): *Unerwartete Entdeckungen. Beiträge zur österreichischen Literatur des 19. Jahrhunderts.* Wien: Verlag Johann Lehner 2014 (= Quodlibet 12), 244–258

Ulrike Tanzer: *Wiederentdeckt. Die Lyrikerin Josephine von Knorr.* In: *Festschrift für Wolfgang Wiesmüller.* Mitteilungen aus dem Brenner-Archiv 30 (2011), 25–38

Eugen Thurnher: *Die Poesie des Ungesagten. Zu Stil und Weltanschauung der Marie von Ebner-Eschenbach.* In: Karl Konrad Polheim (Hg.): *Ein Bonner Symposion zu ihrem 75. Todesjahr.* Bern et al.: Peter Lang 1994, 143–154

Edith Toegel: *Marie von Ebner-Eschenbach. Leben und Werk.* New York et al.: Peter Lang 1997 (= Austrian Culture, Bd. 25)

-tt- [Hugo Wittmann?]: *Stadttheater.* In: Neue Freie Presse, 15.1.1873

Jiří Veselý: *Marie von Ebner-Eschenbach und Hieronymus Lorm.* In: Karl Konrad Polheim (Hg.): *Marie von Ebner-Eschenbach. Ein Bonner Symposion zu ihrem 75. Todesjahr.* Bern et al.: Peter Lang 1994, 81–96

Jiří Veselý: *Tagebücher legen Zeugnis ab. Unbekannte Tagebücher der Marie von Ebner-Eschenbach.* In: Österreich in Geschichte und Literatur 15 (1971), H. 4, 211–241

B.W.: *Stadttheater.* In: Wiener Abendpost, Beil. zur Wiener Zeitung, 14.1.1873

Marie Luise Wandruszka: *Marie von Ebner-Eschenbach. Erzählerin aus politischer Leidenschaft.* Wien: Passagen Verlag 2008

Andrea Weinmann: *Das Bild vom Juden in Marie von Ebner-Eschenbachs Erzählung »Der Kreisphysikus«.* In: Renate Heuer, Ralph-Rainer Wuthenow (Hg.): *Gegenbilder und Vorurteil. Aspekte des Judentums im Werk deutschsprachiger Schriftstellerinnen.* Frankfurt/Main, New York: Campus-Verlag 1995, 39–84

Marianne Winterholler: *Marie von Ebner-Eschenbach und Theo Schücking.* In: Karl Konrad Polheim (Hg.), *Ein Bonner Symposion zu ihrem 75. Todesjahr.* Bern et al.: Peter Lang 1994, 67–80

Charlotte Woodford: *Constructing Women's Love of Women: Sappho and Queen Christina of Sweden in the Letters and Work of the Viennese Poet Marie von Najmájer.* In: Modern Language Review 103 (2008), 784–799

Charlotte Woodford: *»Eine Dichtung vom Dichter – ein Phantasiebild, aus Schauen, Erleben und Träumen zusammengefügt«. Gabriele Reuters Aufsatz über Marie von Ebner-Eschenbach.* In: Wilhelm Hemecker (Hg.): *Die Biographie – Beiträge zu ihrer Geschichte.* Berlin, New York: De Gruyter 2009, 105–121

Charlotte Woodford: *Suffering and Domesticity: The Subversion of Sentimentalism in Three Stories by Marie von Ebner-Eschenbach.* In: German Life and Letters 59, H. 1, 2006, 47–61

Karin S. Wozonig: *Beschauliche Erzählerin, Sozialrevolutionärin oder geniale Dichterin – Konstruktionen der Schriftstellerin Marie von Ebner-Eschenbach.* In: brücken. Germanistisches Jahrbuch. Neue Folge 18, H. 1/2 (2010), 61–71

Karin S. Wozonig: *Marie von Ebner-Eschenbachs »Novellchen« »Die Poesie des Unbewußten«. Beziehungsgeflecht und Geschlechterstereotype.* In: Sborník Prací filozofické fakulty brněnské univerzity / Studia minora facultatis philosophicae universitatis Brunensis 11 (2006), 149–159

Weitere Literatur

Andrea Althaus (Hg.): *Mit Kochlöffel und Staubwedel. Erzählungen aus dem Dienstmädchenalltag.* Wien, Köln, Weimar: Böhlau 2010

Anon.: *Die Wiener Gesellschaft. Charakterisirt von einer Dame.* Wien: Wallishausser 1860

Anon.: *Das Wiener Uhrenmuseum.* In: Neue Freie Presse, 25.5.1918

Marianne Baumgartner: *Der Verein der Schriftstellerinnen und Künstlerinnen in Wien (1885–1938).* Wien, Köln, Weimar: Böhlau 2015

Friedrich Boschan: *Die salinischen Eisenmoorbäder zu Franzensbad (bei Eger in Böhmen) und ihre Heilwirkungen.* Wien: o.V. 1850

Felix Czeike: *Historisches Lexikon Wien.* Wien: Kremayr & Scheriau 1992ff. https://www.wien.gv.at/wiki/index.php/Ernst_Fleischl_von_Marxow

Petra-Maria Dallinger: *Enrica von Handel-Mazzetti.* In: *Stichwörter zur oberösterreichischen Literaturgeschichte.* http://www.stifter-haus.at/lib/publication_read.php?articleID=149

Gerhard Danzer: *Der wilde Analytiker. Georg Groddeck und die Entdeckung der Psychosomatik.* München: Kösel 1992

Deutsches Schriftstellerlexikon 1830–1880, Bd. W–Z. Hrsg. von Herbert Jacob et. al. Berlin: Akademie Verlag 2012

Carol Diethe: *Nietzsche and the Blue Stockings.* In: Jacob Golomb (Hg.): *Nietzsche and the Austrian Culture / Nietzsche und die österreichische Kultur.* Wien: WUV 2004, 61–91

Peter Eppel: *Concordia soll ihr Name sein –: 125 Jahre Schriftstellerverein »Concordia«. Eine Dokumentation zur Presse- und Zeitgeschichte Österreichs.* Wien, Graz: Böhlau 1984

Konstanze Fliedl: *Auch ein Beruf. »Realistische« Autorinnen im 19. Jahrhundert.* In: Gisela Brinker-Gabler (Hg.): *Deutsche Literatur von Frauen.* Bd. 2. 19. und 20. Jahrhundert. München: C. H. Beck 1988, 69–86

Else Freistadt: *Vom inneren Leben der Jugend.* In: *Handbuch der Individualpsychologie.* Bd. 2. Hrsg. von Erwin Wexberg. Berlin-Heidelberg: Springer 1926, 235–275

Sigmund Freud: *Die Traumdeutung,* Studienausgabe Bd. 2. Hrsg. von Alexander Mitscherlich, Angela Richard und James Strachey. Frankfurt am Main, 2000

Harald Fricke: *Der Aphorismus.* Stuttgart: Metzler 1984

Friedrich Gatti: *Geschichte der k. und k. technischen Militär-Akademie. 1. Teil. Geschichte der k. k. Ingenieur- und der k. k. Genie-Akademie. 1717–1869.* Wien: Wilhelm Braumüller 1901

Elisabeth Grabenweger: *Ada Christens Debüt »Lieder einer Verlorenen« (1868): Möglichkeiten, Positionen und Rezeption einer Lyrikerin der Gründerzeit.* Mit einem Verzeichnis aller erhaltenen Briefe von und an Ada Christen. Dipl., Wien 2005

Georg Groddeck: *Psychische Bedingtheit und psychoanalytische Behandlung organischer Leiden.* Leipzig: S. Hirzel 1917

Georg Groddeck: *Das Buch vom Es. Psychoanalytische Briefe an eine Freundin.* Leipzig, Wien, Zürich: Internationaler Psychoanalytischer Verlag 1923

Georg Groddeck: *Der Mensch als Symbol. Unmaßgebliche Meinungen über Sprache und Kunst.* Wien: Internationaler Psychoanalytischer Verlag 1933

Paul Harrer-Lucienfeld: *Wien, seine Häuser, Geschichte und Kultur.* Band 1, 1. Teil. Wien 1951ff.
Dieter Hein: *Die Revolution von 1848/49.* München: C.H. Beck [4]2007
Michael Hertl. *Totenmasken. Was vom Leben und Sterben bleibt.* Stuttgart: Jan Thorbecke Verlag 2002
Michael Hertl: *Goethe in seiner Lebendmaske.* Würzburg: Königshausen & Neumann 2008
Ernst Holthöfer: *Die Geschlechtsvormundschaft. Ein Überblick von der Antike bis ins 19. Jahrhundert.* In: Ute Erhard (Hg.): *Frauen in der Geschichte des Rechts. Von der Frühen Neuzeit bis zur Gegenwart.* München: C. H. Beck 1997, 390–451
Roland Innerhofer, Daniela Strigl (Hg.): *Sonderweg in Schwarzgelb? Auf der Suche nach einem österreichischen Naturalismus in der Literatur.* Innsbruck: Studienverlag 2016
Gustav Kolmer: *Das Herrenhaus des österreichischen Reichsrats.* Wien, Leipzig: C. Fromme 1907
Lorenz Köstler: *Ein Handbuch für alle Besucher des Kurortes Eger-Franzensbad und dessen Umgebungen.* Eger: J. Kobrtsch und Gschihay [3]1858
Otto Ludwig: *Der poetische Realismus.* In: Otto Ludwig: *Shakespeare-Studien.* Hrsg. von Moritz Heydrich. Leipzig 1874, 264–268
Fritz Martini: *Deutsche Literatur im bürgerlichen Realismus. 1848–1898.* Stuttgart: Metzler 1962
Hermann Masius: *Naturstudien.* 1. Bd. Leipzig: Friedrich Brandstetter [8]1874
Werner Michler: *Darwinismus und Literatur. Naturwissenschaftliche und literarische Intelligenz in Österreich. 1859–1914.* Wien, Köln, Weimar: Böhlau 1999 (= Literaturgeschichte in Studien und Quellen 2)
Werner Michler: *Zur Frage eines österreichischen Naturalismus.* In: Roland Innerhofer, Daniela Strigl (Hg.): *Sonderweg in Schwarzgelb? Auf der Suche nach einem österreichischen Naturalismus in der Literatur.* Innsbruck: Studienverlag 2016, 21–32
Beatrix Müller-Kampel: *Naturalistischer Pazifismus oder pazifistischer Kitsch? Zu Bertha von Suttners Erzählprosa.* In: Roland Innerhofer, Daniela Strigl (Hg.): *Sonderweg in Schwarzgelb? Auf der Suche nach einem österreichischen Naturalismus in der Literatur.* Innsbruck: Studienverlag 2016
Nikolai J. Ossipow: *Tolstois Kindheitserinnerungen. Ein Beitrag zu Freuds Libidotheorie.* Wien: Internationaler Psychoanalytischer Verlag 1923
Sheila Patel: *Adeliges Familienleben, weibliche Schreibpraxis. Die Tagebücher der Maria Esterházy-Galántha (1809–1861).* Frankfurt/M.: Campus 2015
Klaus Poeck, Werner Hacke: *Neurologie.* Berlin, Heidelberg: Springer [11]2001
Evelyne Polt-Heinzl: *Ringstraßenzeit und Wiener Moderne. Porträt einer literarischen Epoche des Übergangs.* Wien: Sonderzahl 2015
Joseph von Radowitz: *Die Devisen und Motto* [sic] *des späteren Mittelalters. Ein Beitrag zur Spruchpoesie.* Stuttgart, Tübingen: Cotta 1850
Reallexikon der deutschen Literaturgeschichte. Hrsg. von Werner Kohlschmidt und Wolfgang Mohr. Bd. 3. Berlin: De Gruyter 2001
Karlheinz Rossbacher: *Literatur und Bürgertum. Fünf Wiener jüdische Familien der liberalen Ära zum Fin de Siècle.* Wien, Köln, Weimar: Böhlau 2003 (= Literatur und Leben 64)
Sigrid Schmid-Bortenschlager: *Ada Christen (1839–1901).* In: Literatur und Kritik. 307/308 (1996), 103–108
Susanne Schwabach-Albrecht: *Die Deutsche Schillerstiftung 1909–1945.* Frankfurt/Main: Buchhändler-Vereinigung 2001 (= Archiv für Geschichte des Buchwesens 55)
Johann Sonnleitner: *Ludwig Anzengruber – Naturalist post mortem?* In: Roland Innerhofer, Daniela Strigl (Hg.): *Sonderweg in Schwarzgelb? Auf der Suche nach einem österreichischen Naturalismus in der Literatur.* Innsbruck: Studienverlag 2016, 126–138
Friedemann Spicker: *Der Aphorismus. Begriff und Gattung von der Mitte des 18. Jahrhunderts bis 1912.* Berlin, New York: De Gruyter 1997 (= Quellen und Forschungen zur Literatur- und Kulturgeschichte 11)
Viktor Stöger: *Das Uhrenmuseum der Stadt Wien.* In: Reichspost, 22.6.1917

G[abriel] Taussig: *Venedig als Kurort. Eine Beleuchtung seiner klimatischen Verhältnisse in ihrem Einflusse auf die Gesundheit.* Venedig, Triest, Verona: H. F. Münster 1853
Karl Wagner: Nachwort zu: Ferdinand von Saar: *Novellen aus Österreich II.* Hrsg. und mit einem Nachwort von Karl Wagner. Wien: Buchgemeinschaft Donauland o. J., 296–310
Währung – Gulden und Kronen. Gegenwerte in Euro. Albert Milde. K. k. Hof- Kunst- und Bauschlosserei und Eisenconstructions-Werkstätte zu Wien http://www.albertmilde.com/deu/waehrung.html
Karin S. Wozonig: *Die Literatin Betty Paoli. Weibliche Mobilität im 19. Jahrhundert.* Wien: Löcker 1999
Constantin von Wurzbach: *Biographisches Lexikon des Kaiserthums Österreich.* 60 Bde. Wien: Universitäts-Buchdruckerei von L. C. Zamarski 1856ff., 4. Bd. (1858) http://www.literature.at/alo?objid=11808

*Register**

* Näheres zum Umfeld Ebner-Eschenbachs im Personen- und Werkregister des *Briefwechsels Ebner–Knorr*.

Bildnachweis

Bezirksmuseum Wien-Landstraße: S. XII, oben; S. XXI, unten; S. XXIII, oben.

Mährisches Landesarchiv Brünn, G366 Archiv Dubsky Zdislavice (Inv. Nr 538; Kart. 55, Inv. Nr. 581, Kart. 59, Inv. Nr. 893, Kart. 68): S. VI/VII, S. XV, unten; S. XVIII, unten rechts, S. XXII, unten, S. XXIII, oben, unten.

Österreichische Nationalbibliothek, Bildarchiv: S. III, unten: ST167F, S. VIII, unten links: NB 532.839B, S. XII, unten links: ÖNB Pf 4232:B (8), unten rechts: Pf 4232:B (11a) (Photo: Rudolf von Bohr), S. XIII, oben: PORT_0010344_01, unten links: PORT_0090335_01, unten rechts: PORT_00090533_01; S. XIV: ÖNB Pf 4232:B (10), S. XVIII, unten links: Pf 4231:C (19).

Privatbesitz: S. XV, oben links (Photo: Ulrike Tanzer).

Schloss Lešná bei Valašské Meziříčí, Wallachisches Kreismuseum (Photo: Milan Ošťádal): S. I, oben links, oben rechts, unten.

Wienbibliothek im Rathaus, Handschriftensammlung: S. X, oben: Ia 81181, HIN 59297, unten: HIN 29702, S. XI: HIN 56908; S. XVII: HIN 56013, HIN 56010, S. XXI, oben: Fd HIN 231335.

Wien Museum: Cover: HMW 47.274, S. II unten: HMW 43746/1, S. III oben: HMW 43746/), S. IV, oben: HMW 51411/20, unten: HMW 51411/1, S.V, oben: HMW 51411/23, Mitte: HMW 51411/20, unten: HMW 51411/5, S. IX rechts unten: HMW 43746/5, S. XIX, unten: HMW 143225, S. XX, oben: HMW 14223, S. XXII, oben: HMW 27304, S. XXIV: HMW 199538.

https://repository.library.brown.edu/studio/item/bdr:238231/: S. IX, oben.

Alle anderen Abbildungen wurden gemeinfreien Quellen entnommen.

Johann Nepomuk Frhr. Dubsky von Třebomyslic (1752–1790)
∞ *Johanna Freiin von Moschkop* († 1812)

Joseph († 1813)

Friedrich († 1814)

Helene (1782–1864)
∞ *Wenzel Ebner von Eschenbach* (1743–1820)

Franz Dubsky Frhr. von Třebomyslic (1784–1873)
1. ∞ Konradine Freiin von Sorgenthal (1804–1826)
2. ∞ ***Marie Freiin von Vockel*** (1801–1830)
3. ∞ Eugénie Freiin von Bartenstein (1808–1837)
4. ∞ Xaverine Gr. Kolowrat-Krakowský (1809–1869)

Friedrich Sigismund Frhr. von Vockel (1772–1829)
∞ *Marie Rosalia Kaschnitz von Weinberg* († 1802)